ॐ नमो भगवते वासुदेवाय

国家十二五重点出版项目

中国社会科学院创新工程学术出版资助项目

博伽梵往世书

BHĀGAVATA PURĀṆA

第四卷 第三篇
(1–16章)

维亚萨戴瓦 著
英文译著 A.C.巴克提韦丹塔·斯瓦米·帕布帕德
中文翻译 嘉娜娃

中国社会科学出版社

目　　录

第一章

维杜茹阿的询问

第1节

श्रीशुक उवाच
एवमेतत्पुरा पृष्टो मैत्रेयो भगवान् किल ।
क्षत्त्रा वनं प्रविष्टेन त्यक्त्वा स्वगृहमृद्धिमत् ॥१॥

śrī-śuka uvāca
evam etat purā pṛṣṭo
maitreyo bhagavān kila
kṣattrā vanaṁ praviṣṭena
tyaktvā sva gṛham ṛddhimat

śrī-śukaḥ uvāca—圣舒卡戴瓦·哥斯瓦米说 / evam—就这样 / etat—这 / purā—以前的 / pṛṣṭaḥ—被问及 / maitreyaḥ—伟大的圣哲麦垂亚 / bhagavān—圣恩 / kila—肯定地 / kṣattrā—由维杜茹阿 / vanam—森林 / praviṣṭena—进入 / tyaktvā—弃绝 / sva-gṛham—自己的家 / ṛddhimat—富有的

译文 舒卡戴瓦·哥斯瓦米说：伟大的奉献者维杜茹阿王离开他那富有的家进入森林后，求教于圣恩麦垂亚圣人。

第 2 节

यद्वा अयं मन्त्रकृद्वो भगवानखिलेश्वरः ।
पौरवेन्द्रगृहं हित्वा प्रविवेशात्मसात्कृतम् ॥२॥

yad vā ayaṁ mantra-kṛd vo
bhagavān akhileśvaraḥ
pauravendra-gṛhaṁ hitvā
praviveśātmasāt kṛtam

yat—房子 / vai—还有什么说的呢 / ayam—圣奎师那 / mantra-kṛt—大臣 / vaḥ—你们 / bhagavān—至尊人格首神 / akhila-īśvaraḥ—万物的主宰 / pauravendra—杜尤丹 / gṛham—家 / hitvā—抛弃 / praviveśa—进入 / ātmasāt—当成自己的 / kṛtam—这样接受

译文 潘达瓦兄弟的住宅令人无话可说。万物之主圣奎师那像你家大臣一样地行事。祂曾常去那住宅，仿佛它是自己的家。然而，对杜尤丹的房子祂却不屑一顾。

要旨 根据高迪亚(Gauḍīya)传承的“既是一体，又有区别”(acintya-bhedābheda-tattva)哲学，任何满足至尊主圣奎师那(Śrī Kṛṣṇa)感官的事物也是圣奎师那。举例说，至尊主在温达文享受祂内在能量的超然喜乐，所以温达文圣地(Vṛndāvana-dhāma)和圣奎师那是一样的，二者没有区别(tad-dhāma vṛndāvanam)。同样，对至尊主而言，潘达瓦兄弟(Pāṇḍava)的家也是给予祂超然喜乐的地方。这节诗中提到，至尊主把潘达瓦兄弟的家当成自己的家，因此潘达瓦兄弟的家就如同温达文，维杜茹阿(Vidura)本不该离开这一充满超然喜乐的地方。所以确切地说，他离家的原因并不是由于家庭内部的纷争，而是借机去找圣人麦垂亚(Maitreya)，与他一起探讨超然的知识。对维杜茹阿这样的圣人来说，任何世间的烦恼都不足挂齿，这种烦恼有时反倒能促成人获得更高的灵性觉悟。正因为如此，维杜茹阿便借着家庭不和的机会去见圣人麦垂亚。

第 3 节

राजोवाच
कुत्र क्षत्तुर्भगवता मैत्रेयेणास सङ्गमः ।
कदा वा सहसंवाद एतद्वर्णय नः प्रभो ॥ ३ ॥

rājovāca
kutra kṣattur bhagavatā
maitreyeṇāsa saṅgamaḥ
kadā vā saha-saṁvāda
etad varṇaya naḥ prabho

rājā uvāca—国王说 / kutra—何地 / kṣattuḥ—与维杜茹阿 / bhagavatā—与圣恩 / maitreyeṇa—与麦垂亚 / āsa—有 / saṅgamaḥ—会面 / kadā—何时 / vā—并且 / saha—与 / saṁvādaḥ—谈话 / etat—这 / varṇaya—讲述 / naḥ—给我 / prabho—我的导师啊

译文　(帕瑞克西特王)问舒卡戴瓦·哥斯瓦米：圣洁的维杜茹阿与圣恩麦垂亚·牟尼在何时何地相遇、相谈？我的导师，请答应我的请求，为我们讲述这段奇遇。

要旨　绍纳卡圣人(Śaunaka Ṛṣi)和苏塔·哥斯瓦米(Sūta Gosvāmī)之间一问一答，帕瑞克西特王(Mahārāja Parīkṣit)和圣苏卡戴瓦·哥斯瓦米(Śukadeva Gosvāmī)之间也如此；圣苏卡戴瓦·哥斯瓦米逐一回答帕瑞克西特王提出的问题。君王非常渴望了解维杜茹阿和麦垂亚这两位伟大的灵魂之间所进行的那场意义深远的谈话。

第 4 节　न ह्यल्पार्थोदयस्तस्य विदुरस्यामलात्मनः ।
तस्मिन् वरीयसि प्रश्नः साधुवादोपबृंहितः ॥ ४ ॥

na hy alpārthodayas tasya
vidurasyāmalātmanaḥ
tasmin varīyasi praśnaḥ
sādhu-vādopabṛṁhitaḥ

na—绝非 / hi—肯定 / alpa-artha—无关紧要的目的 / udayaḥ—提出 / tasya—他 / vidurasya—维杜茹阿的 / amala-ātmanaḥ—那位圣人的 /

tasmin－在那个……里 / varīyasi－涉及重大主题的 / praśnaḥ－问题 / sādhu-vāda－圣人所赞许的事物 / upabṛṁhitaḥ－充满

译文 圣洁的维杜茹阿是至尊主优秀、纯粹的奉献者，他请教圣恩麦垂亚圣人的问题必定意义重大、境界高深，并得到学术界的一致赞同。

要旨 一个阶层人士之间谈话的内容和另一个阶层人士之间谈话的内容，重要性是不一样的。你不能指望商人在做生意时提的问题有什么重大而深远的灵性意义。根据不同阶层人士所具有的不同品性，就能猜出他们相互间问答的内容是什么。《博伽梵歌》(Bhagavad-gītā)是圣主奎师那和阿尔诸纳(Arjuna)之间的一场谈话，他们一个是至尊主，另一个是最杰出的奉献者。至尊主承认阿尔诸纳是祂的奉献者和朋友(《博伽梵歌》4.3)，因此聪明人都能猜出：他们当时在谈奉爱瑜伽(bhakti-yoga)。事实上，整部《博伽梵歌》都以奉爱瑜伽为基础。功利性活动(karma)和活动瑜伽(karma-yoga)是两个不同的概念。功利性活动是指活动者为享受活动结果而从事的一种规范化的活动，活动瑜伽则是奉献者为满足至尊主而从事的活动。活动瑜伽的出发点是奉爱，是为了取悦至尊主；而功利性活动的出发点则是满足活动者本人的感官。《圣典博伽瓦谭》(Śrīmad-Bhāgavatam)建议：人应该在确实想要了解灵性内容时，再去拜见一位真正的灵性导师；那些对灵性内容不感兴趣的世俗之人，实际上没有必要为赶时髦去找灵性导师。

帕瑞克西特王作为学生对学习有关神的科学知识非常认真，而苏卡戴瓦·哥斯瓦米是教授超然知识的真正的灵性导师。他们都知道维杜茹阿和圣人麦垂亚谈论的是境界极为高深的话题，帕瑞克西特王很高兴能从真正的灵性导师那里学习这些知识。

第 5 节 सूत उवाच

स एवमृषिवर्योऽयं पृष्टो राज्ञा परीक्षिता ।
प्रत्याह तं सुबहुवित्प्रीतात्मा श्रूयतामिति ॥५॥

sūta uvāca
sa evam ṛṣi-varyo 'yaṁ
pṛṣṭo rājñā parīkṣitā
praty āha taṁ subahu-vit
prītātmā śrūyatām iti

sūtaḥ uvāca一圣苏塔·哥斯瓦米说 / saḥ一他 / evam一就这样 / ṛṣi-varyaḥ一伟大的圣哲 / ayam一舒卡戴瓦·哥斯瓦米 / pṛṣṭaḥ一被问及 / rājñā一被君土 / parīkṣitā一帕瑞克西特 / prati一向 / āha一回答道 / tam一对君王 / su-bahu-vit一富有经验的 / prīta-ātmā一极为满意 / śrūyatām一请听我说 / iti一那么

译文 圣苏塔·哥斯瓦米说：见多识广、经验丰富的非凡圣人舒卡戴瓦·哥斯瓦米，对君王很满意。听了君王的询问后，他对君王说："请注意聆听这个论题。"

第 6 节 श्रीशुक उवाच

यदा तु राजा स्वसुतानसाधून्
पुष्णन्न धर्मेण विनष्टदृष्टिः ।
भ्रातुर्यविष्ठस्य सुतान् विबन्धून्
प्रवेश्य लाक्षाभवने ददाह ॥६॥

śrī-śuka uvāca
yadā tu rājā sva-sutān asādhūn
puṣṇan na dharmeṇa vinaṣṭa-dṛṣṭiḥ
bhrātur yaviṣṭhasya sutān vibandhūn
praveśya lākṣā-bhavane dadāha

śrī-śukaḥ uvāca—圣舒卡戴瓦·哥斯瓦米说 / yadā—当 / tu—但 / rājā—兑塔瓦施陀王 / sva-sutān—他自己的儿子们 / asādhūn—奸诈的 / puṣṇan—助长……的气焰 / na—从不 / dharmeṇa—行在正道上 / vinaṣṭa-dṛṣṭiḥ—盲目的人 / bhrātuḥ—他兄弟的 / yaviṣṭhasya—年幼的 / sutān—儿子们 / vibandhūn—失去保护者(父亲)的 / praveśya—引……进入 / lākṣā—虫胶漆 / bhavane—房子里 / dadāha—纵火

译文 圣舒卡戴瓦·哥斯瓦米说：兑塔瓦施陀王想支持他奸诈的儿子们；在这不虔诚的欲望影响下，他变得盲目，竟然为了烧死他那些失去父亲的侄子——潘达瓦兄弟，纵火焚烧用虫胶漆建筑的房子。

要旨 兑塔瓦施陀(Dhṛtarāṣṭra)天生是个瞎子，但从他为非作歹、姑息纵容自己那帮奸诈的儿子这一点来看，这种“盲目”比眼睛瞎还要更糟糕。肉体上的“眼瞎”并不会妨碍一个人的灵性进步，但如果灵性上是“瞎子”，那么就算肉体再健康，也妨害人在人类生命阶段中提升自我。

第 7 节

यदा सभायां कुरुदेवदेव्याः
केशाभिमर्शं सुतकर्म गर्ह्यम् ।
न वारयामास नृपः स्नुषायाः
स्वास्रैर्हरन्त्याः कुचकुङ्कुमानि ॥ ७ ॥

yadā sabhāyāṁ kuru-deva-devyāḥ
keśābhimarśaṁ suta-karma garhyam
na vārayām āsa nṛpaḥ snuṣāyāḥ
svāsrair harantyāḥ kuca-kuṅkumāni

yadā—当 / sabhāyām—聚会 / kuru-deva-devyāḥ—神圣的尤帝士提尔之妻朵帕蒂的 / keśa-abhimarśam—揪她的头发以侮辱她 / suta-karma—

他儿子的举动 / garhyam－令人切齿的 / na－没有 / vārayām āsa－阻止 / nṛpaḥ－国王 / snuṣāyāḥ－他侄媳妇的 / svāsraiḥ－被她的眼泪 / harantyāḥ－在洗刷……的她的 / kuca-kuṅkumāni－她乳房上的朱粉

译文　当杜沙森纳不顾神圣君王尤帝士提尔之妻朵帕蒂泪水涌流，冲刷着涂抹在她胸脯上的红粉，硬去拖扯她的秀发时，兑塔瓦施陀王并没有阻止他儿子的恶劣行径。

第 8 节　द्यूते त्वधर्मेण जितस्य साधोः
सत्यावलम्बस्य वनं गतस्य ।
न याचतोऽदात्समयेन दायं
तमोजुषाणो यदजातशत्रोः ॥ ८ ॥

dyūte tv adharmeṇa jitasya sādhoḥ
satyāvalambasya vanaṁ gatasya
na yācato 'dāt samayena dāyaṁ
tamo-juṣāṇo yad ajāta-śatroḥ

dyūte－靠赌博 / tu－却 / adharmeṇa－靠阴谋诡计 / jitasya－输者的 / sādhoḥ－圣人 / satya-avalambasya－托庇于真理的人 / vanam－森林 / gatasya－去……的人的 / na－从不 / yācataḥ－被索要……时 / adāt－交出 / samayena－在适当的时候 / dāyam－应得的一份 / tamaḥ-juṣāṇaḥ－受错觉蒙蔽 / yat－正如 / ajāta-śatroḥ－无敌之人的

译文　生来就从不与人为敌的尤帝士提尔，在赌博时被对方用诡计击败。但他因为发誓要一生诚实，所以便离开王国去了森林。他在到期后返回家园，恳求兑塔瓦施陀归还他应得的那部分王国，却遭到被错觉蒙蔽的兑塔瓦施陀的拒绝。

要旨　尤帝士提尔王(Mahārāja Yudhiṣṭhira)是他父亲王国的合

法继承人，但他的伯父兑塔瓦施陀偏袒以长子杜尤丹(Duryodhana)为首的自己的亲生儿子，以种种不法手段骗去侄儿们的国土。最后，潘达瓦兄弟提出只要五个村庄，兄弟五人一人得一个村庄，但那帮篡夺王位的人竟连这点要求也不答应。这件事最终引发了库茹柴陀(Kurukṣetra)战争，因此挑起这场战争的人并非潘达瓦兄弟，而是库茹家族。

潘达瓦兄弟都是查锤亚(kṣatriya, 刹帝利)，而统治管理国家是查锤亚唯一的谋生方式；除此之外，他们不可能去做其他事。布茹阿玛纳(brāhmaṇa, 婆罗门)、查锤亚和外夏(vaiśya, 吠舍)在任何情况下都不会为了生计受雇于他人。

第 9 节 यदा च पार्थप्रहितः सभायां
जगद्गुरुर्यानि जगाद कृष्णः ।
न तानि पुंसाममृतायनानि
राजोरु मेने क्षतपुण्यलेशः ॥ ९ ॥

yadā ca pārtha-prahitaḥ sabhāyāṁ
jagad-gurur yāni jagāda kṛṣṇaḥ
na tāni puṁsām amṛtāyanāni
rājoru mene kṣata-puṇya-leśaḥ

yadā—当 / ca—还 / pārtha-prahitaḥ—在阿尔诸纳建议下 / sabhā-yām—在聚会上 / jagat-guruḥ—全世界的导师 / yāni—那些 / jagāda—去 / kṛṣṇaḥ—主奎师那 / na—永不 / tāni—这些话 / puṁsām—全体理智之人的 / amṛta-ayanāni—如同甘露 / rājā—国王(兑塔瓦施陀或杜尤丹) / uru—非常重要 / mene—确实考虑 / kṣata—耗尽 / puṇya-leśaḥ—极少的虔诚活动

译文 整个世界的灵性导师主奎师那，被阿尔诸纳派去参加会议，尽管祂的话语使某些人(彼士玛等)听来像是纯美的甘露，但彻底丧失了以往虔诚活动功德的人却无动于衷。国王(兑塔瓦施陀或杜尤丹)并不重视主奎师那的话。

要旨　整个宇宙的灵性导师——主奎师那，受命于阿尔诸纳担任和谈使臣，亲赴兑塔瓦施陀王主持的大会。奎师那是众生的主宰，但却因为是阿尔诸纳超然的朋友，所以很高兴像朋友帮助朋友那样，担任阿尔诸纳的信使。这就是至尊主与祂的纯粹奉献者交往过程中的美妙之所在。至尊主来到集会上，倡议和平。由于这番话出自至尊主本人之口，彼士玛(Bhīṣma)及其他众位杰出的将领都听得津津有味；但杜尤丹和其父亲兑塔瓦施陀因前世虔诚活动的善果已经耗尽，并没有仔细聆听。这就是没有行善积德之人的反应。前世所做的善行虽然能助人当上一国之君，但杜尤丹及其同伙的善报正迅速减少，所以他们的所作所为清楚地表明，他们必定会把王国输给潘达瓦兄弟。首神发出的讯息，在奉献者听来就像甘露一般，但非奉献者听来却正好相反。健康人吃冰糖觉得很甜，但患了黄疸病的人吃起来却觉得很苦。

第 10 节　यदोपहूतो भवनं प्रविष्टो
　　मन्त्राय पृष्टः किल पूर्वजेन ।
अथाह तन्मन्त्रदृशां वरीयान्
　　यन्मन्त्रिणो वैदुरिकं वदन्ति ॥१०॥

yadopahūto bhavanaṁ praviṣṭo
　mantrāya pṛṣṭaḥ kila pūrvajena
athāha tan mantra-dṛśāṁ varīyān
　yan mantriṇo vaidurikaṁ vadanti

yadā—当 / upahūtaḥ—被……召见 / bhavanam—王宫 / praviṣṭaḥ—进入 / mantrāya—为征求意见 / prstah—被问及 / kila—当然 / pūrvajena—

被兄长 / atha—于是 / āha—说 / tat—那 / mantra—建议 / dṛśām—切中要害的 / varīyān—极好的 / yat—……的 / mantriṇaḥ—国中大臣(有才干的政治家们) / vaidurikam—维杜茹阿的教导 / vadanti—他们的确说

译文 当维杜茹阿应他长兄(兑塔瓦施陀)的邀请前去提供建议时，他进入宫殿并给予了中肯的教导。他劝告的内容很著名，并得到经验丰富的国务大臣们的赞同。

要旨 维杜茹阿提出的政治建议非常精辟，与近代著名人士查纳克雅·潘迪特(Paṇḍita Cāṇakya)在政治、道德理论方面所给予的教导一样具有权威性。

第 11 节 अजातशत्रोः प्रतियच्छ दायं
तितिक्षतो दुर्विषहं तवागः ।
सहानुजो यत्र वृकोदराहिः
श्वसन् रुषा यत्त्वमलं बिभेषि ॥११॥

ajāta-śatroḥ pratiyaccha dāyaṁ
titikṣato durviṣahaṁ tavāgaḥ
sahānujo yatra vṛkodarāhiḥ
śvasan ruṣā yat tvam alaṁ bibheṣi

ajāta-śatroḥ—无敌的尤帝士提尔的 / pratiyaccha—归还 / dāyam—合法的份额 / titikṣataḥ—如此忍让的他的 / durviṣaham—无法容忍的 / tava—你的 / āgaḥ—冒犯 / saha—与 / anujaḥ—弟弟们 / yatra—在那里 / vṛkodara—彼玛 / ahiḥ—复仇之蛇 / śvasan—喘着粗气 / ruṣā—愤怒地 / yat—……的他们 / tvam—你 / alam—肯定地 / bibheṣi—的确害怕

译文 (维杜茹阿说：)没有敌人的尤帝士提尔一直在忍受你的伤害给他造成的无法形容的痛苦，你现在必须把他的合法领土归还给他。他和他弟弟们正在等待，在他们中，彼玛一心复仇，像蛇一样喘着粗气。你无疑惧怕他。

第 12 节 पार्थांस्तु देवो भगवान्मुकुन्दो
गृहीतवान् सक्षितिदेवदेवः ।
आस्ते स्वपुर्यां यदुदेवदेवो
विनिर्जिताशेषनृदेवदेवः ॥१२॥

pārthāṁs tu devo bhagavān mukundo
gṛhītavān sakṣiti-deva-devaḥ
āste sva-puryāṁ yadu-deva-devo
vinirjitāśeṣa-nṛdeva-devaḥ

pārthān－普瑞塔(琨缇)之子 / tu－但 / devaḥ－至尊主 / bhagavān－人格首神 / mukundaḥ－赐予解脱的圣奎师那 / gṛhītavān－接受了 / sa－与 / kṣiti-deva-devaḥ－布茹阿玛纳和半神人们 / āste－在 / sva-puryām－连同祂的家人 / yadu-deva-devaḥ－被雅杜王朝的王室成员所崇拜 / vinirjita－被征服的 / aśeṣa－无数 / nṛdeva－众多国王 / devaḥ－至尊主

译文 主奎师那——人格首神，把普瑞塔的儿子们视为自己的亲人，而全世界的君王都站在圣主奎师那一边。祂在祂的家中，与祂一起的是祂的家人——雅杜王朝的王子和君王们；在这些征服过世上无数统治者的人物中，主奎师那是他们的主人。

要旨 维杜茹阿曾给兑塔瓦施陀提出过很好的建议，让他和普瑞塔的儿子——潘达瓦兄弟结成政治联盟。他首先谈到主奎师那是他们的表兄弟，与他们关系密切。主奎师那是至尊人格首神，因而值得全体布茹阿玛纳(婆罗门)及管理宇宙事务的半神人崇拜。此外，主奎师那及其家族成员——雅杜(Yadu)王朝的王室成员，征服了世上所有的国王。过去，查锤亚常与其他各个国家的国王开战，并在征服王室成员后，抢走美貌的公主。这一制度在当时被认为是很光荣的，因为一名查锤亚能娶到一位公主，完全是凭着他作为战胜方的那股英雄豪气。雅杜王朝年轻的王子们全都以这种方式——凭英勇善战，娶到了其他国王的女儿，所以说他们征服了全世界的国王。维杜茹阿想让自己的兄长清楚地意识到：与潘达瓦兄弟交战很危险，因为支持潘达瓦兄弟的，是那个曾在少年时就已经打败了康萨(Kaṁsa)和佳尔桑达(Jarāsandha)等恶魔，征服过布茹阿玛(Brahmā)和因铎(Indra)等半神人的主奎师那。正因为如此，潘达瓦身后有全宇宙的力量在支持他们。

第 13 节 स एष दोषः पुरुषद्विडास्ते
गृहान् प्रविष्टो यमपत्यमत्या ।
पुष्णासि कृष्णाद्विमुखो गतश्री-
स्त्यजाश्वशैवं कुलकौशलाय ॥१३॥

sa eṣa doṣaḥ puruṣa-dviḍ āste
gṛhān praviṣṭo yam apatya-matyā
puṣṇāsi kṛṣṇād vimukho gata-śrīs
tyajāśv aśaivaṁ kula-kauśalāya

saḥ—他 / eṣaḥ—这 / doṣaḥ—冒犯的人格化身 / puruṣa-dviṭ—忌妒主奎师那 / āste—存在着 / gṛhān—家 / praviṣṭaḥ—进入 / yam—……的他 / apatya-matyā—把……认为你的儿子 / puṣṇāsi—供养 / kṛṣṇāt—从奎师那 / vimukhaḥ—反对 / gata-śrīḥ—失去一切吉祥 / tyaja—抛弃 / āśu—尽快 / aśaivam—不吉祥的 / kula—家族 / kauśalāya—为了

译文 你把冒犯的人格化身杜尤丹当做你永不犯错的儿子供养着，但他忌妒主奎师那。由于你这样供养着奎师那的非奉献者，你失去了所有吉祥的品德。尽快使你自己摆脱这厄运，做有利于整个家族的事情吧！

要旨　梵文中把一个优秀的儿子称为阿帕提亚(apatya)——不让父亲堕落的人。儿子在父亲死后举行祭祀取悦至尊主维施努(Viṣṇu)，就能使父亲的灵魂受到保护。这一习俗如今在印度仍很流行。父亲一旦死去，做儿子的就会去嘎亚(Gayā)，在维施努的莲花足下举行祭祀；对一个堕落的父亲来说，儿子这样做就能解救父亲的灵魂。但如果儿子与维施努为敌，那么心怀敌意的他怎么可能去向维施努的莲花足供奉祭祀呢？主奎师那本人是至尊人格首神维施努，但杜尤丹敌视祂。为此，杜尤丹无法做到在父亲兑塔瓦施陀死后保护父亲。他本人都会因为不信维施努而坠落，又怎么可能保护他的父亲呢？维杜茹阿建议兑塔瓦施陀说，如果他真心希望全家好，就应该尽早把这个逆子赶出家门。

查纳克雅·潘迪特(Cāṇakya Paṇḍita)在他的“道德训示”中说：“既非博学之士，又非至尊主的奉献者，这种儿子要来何用？”如果儿子不是至尊主的奉献者，那他就像一双瞎了的眼睛，只会给人招来麻烦。医生有时建议人挖掉这双没有用的眼睛，以使人不用再没完没了地受苦。维杜茹阿可以预见到，杜尤丹就如同只会给人增添麻烦的瞎眼，将给兑塔瓦施陀的家族招致巨大的灾难。因此，维杜茹阿义正词严地劝告兄长去掉这个祸根。兑塔瓦施陀误以为杜尤丹是个能使父亲获得解脱的好儿子，错误地养育了一个冒犯的人格化身。

第 14 节　इत्यूचिवांस्तत्र सुयोधनेन
प्रवृद्धकोपस्फुरिताधरेण ।
असत्कृतः सत्स्पृहणीयशीलः
क्षत्ता सकर्णानुजसौबलेन ॥१४॥

ity ūcivāṁs tatra suyodhanena
pravṛddha-kopa-sphuritādhareṇa
asat-kṛtaḥ sat-spṛhaṇīya-śīlaḥ
kṣattā sakarṇānuja-saubalena

iti—这样 / ūcivān—在讲话时 / tatra—那里 / suyodhanena—被杜尤丹 / pravṛddha—充满 / kopa—愤怒 / sphurita—抖动 / adhareṇa—嘴唇 / asat-kṛtaḥ—侮辱 / sat—值得尊敬的 / spṛhaṇīya-śīlaḥ—美好的品德 / kṣattā—维杜茹阿 / sa—与 / karṇa—卡尔纳 / anuja—弟弟们 / saubalena—与沙库尼

译文 人品受到德高望重之人尊重的维杜茹阿，因为说这番话而遭到杜尤丹的侮辱。杜尤丹当时快要气炸了，双唇一直抖动着。当时与杜尤丹在一起的有卡尔纳、杜尤丹的弟弟们及舅父沙库尼。

要旨 经典中说，正如给毒蛇喂牛奶只会使它变得毒性更强，金玉良言反而会刺怒愚蠢的人。圣人维杜茹阿是如此正直可敬，所有高尚的人都敬仰他的品格。但杜尤丹却愚蠢透顶，竟敢侮辱他。这是他与舅舅沙库尼(Śakuni)、朋友卡尔纳(Karṇa)狼狈为奸的结果。杜尤丹之所以干出那些丧尽天良的恶事，与卡尔纳在背后怂恿是分不开的。

第 15 节 क एनमत्रोपजुहाव जिह्मं
दास्याः सुतं यद्बलिनैव पुष्टः ।
तस्मिन् प्रतीपः परकृत्य आस्ते
निर्वास्यतामाशु पुराच्छ्वसानः ॥१५॥

ka enam atropajuhāva jihmaṁ
dāsyāḥ sutaṁ yad-balinaiva puṣṭaḥ

tasmin pratīpaḥ parakṛtya āste
nirvāsyatām āśu purāc chvasānaḥ

kaḥ—谁 / enam—这 / atra—这里 / upajuhāva—邀请 / jihmam—刁滑的 / dāsyāḥ—一个宫女的 / sutam—儿子 / yat—……的 / balinā—凭靠……的供养 / eva—肯定地 / puṣṭaḥ—长大 / tasmin—向他 / pratīpaḥ—敌意 / parakṛtya—敌人的利益 / āste—处于 / nirvāsyatām—把他赶走 / āśu—立刻 / purāt—从王宫 / śvasānaḥ—让他只剩呼吸的份儿

译文 (杜尤丹说：)是谁让这个宫女的儿子到这里来的？他是如此刁滑，竟然充当敌人的间谍来反对那些抚养他长大的人。立刻把他扔出宫殿，剥夺他的一切拥有，让他只剩呼吸的份儿。

要旨 查锤亚君王在娶妻时，会把公主的一些年轻女仆一起带回家。君王的这些侍女被称为达茜(dāsī)——宫女。宫女也能为君王生儿子，这些儿子被称为宫女的儿子(dāsī-putra)。他们无权继承王位或接受分封，但在生活的其他方面可以享受与王子一样的待遇。维杜茹阿就是这样一位宫女的儿子，因此不被视为是查锤亚。兑塔瓦施陀王非常喜爱他这个母亲是宫女的弟弟维杜茹阿，将他视为自己的至交兼哲学顾问。杜尤丹很清楚维杜茹阿是位伟大的灵魂、祝愿者；但不幸的是，他却用这种尖刻的话语伤害他无罪的叔叔。杜尤丹不但攻击维杜茹阿的出生，还称维杜茹阿是个背信弃义的人；因为在他看来，维杜茹阿支持被他视为敌人的尤帝士提尔(Yudhiṣṭhira)。他想立即把维杜茹阿赶出王宫，剥夺他拥有的一切。如有可能，他还想杖打维杜茹阿，打得他最后只剩喘气的份儿。他责骂维杜茹阿是潘达瓦兄弟的奸细，因为维杜茹阿在给兑塔瓦施陀王提建议时维护潘达瓦兄弟的利益。王室生活、政治权谋总是这样错综复杂，所以即使像维杜茹阿这样一位无可指责的人也会背上某种罪名而遭到惩罚。维杜茹阿没有想到侄子杜尤丹会这么做，这真让他惊呆了。他决定趁一切还未发生之前，先离开王宫，永不再回来。

第 16 节 स्वयं धनुर्द्वारि निधाय मायां
भ्रातुः पुरो मर्मसु ताडितोऽपि ।
स इत्थमत्युल्बणकर्णबाणै-
र्गतव्यथोऽयादुरु मानयानः ॥१६॥

svayaṁ dhanur dvāri nidhāya māyāṁ
bhrātuḥ puro marmasu tāḍito 'pi
sa ittham atyulbaṇa-karṇa-bāṇair
gata-vyatho 'yād uru mānayānaḥ

svayam—他自己 / dhanuḥ dvāri—弓在门边 / nidhāya—放 / māyām—外在能量 / bhrātuḥ—兄弟的 / puraḥ—从宫中 / marmasu—内心 / tāḍitaḥ—被刺伤 / api—尽管 / saḥ—他(维杜茹阿) / ittham—像这样 / ati-ulbaṇa—严厉的 / karṇa—耳朵 / bāṇaiḥ—被箭 / gata-vyathaḥ—并不难过 / ayāt—离开了 / uru—伟大的 / māna-yānaḥ—这样想着

译文 刻薄的言语之箭穿入维杜茹阿的耳朵，刺痛了他的心，他把自己的弓放在门口，义无反顾地离开了他哥哥的宫殿。他认为外在能量的活动至高无上，因此丝毫不感到遗憾。

要旨 至尊主纯粹的奉献者永远不会被至尊主的外在能量制造的尴尬处境所打扰。《博伽梵歌》第3章的第27节诗中谈道：

prakṛteḥ kriyamāṇāni
guṇaiḥ karmāṇi sarvaśaḥ
ahaṅkāra-vimūḍhātmā
kartāham iti manyate

“灵魂受假我的迷惑，以为是自己在活动，却不知实际是物质自然的三种属性在活动。”

深陷于物质存在的受制约的灵魂，受外在能量的不同属性的影响。被假我控制的他，以为是自己在做所有的事。至尊主的这种外在能量——物质自然，完全处在至尊主的控制下，而受制约的灵魂又完全受外在能量的支配。所以，受制约的灵魂完全受制于至尊主的法律；仅仅因为受假象的蒙蔽，他才会以为自己是在独立地从事活动。杜尤丹就是这样在外在能量的影响下行事，而这最终造就了他的毁灭。他不接受维杜茹阿的良言相劝，反而侮辱这位伟大的灵魂——他整个家族的祝愿者。维杜茹阿是至尊主纯粹的奉献者，所以明了这一切。尽管杜尤丹的话极大地侮辱了他，但他能够看出，杜尤丹受至尊主外在错觉能量(māyā)的影响，正一步步走向毁灭。维杜茹阿不仅认为外在能量的活动是至高无上的，同时也看到，至尊主的内在能量如何在这一特定的情况下帮助他。奉献者的心态总是超脱的，因为来自世俗世界的吸引从来都不可能令他感到满足。维杜茹阿从未被兄长的王宫所吸引；他随时都准备离去，彻底献身于为至尊主做超然的爱心服务。现在靠杜尤丹的恩典，他得到了这一机会；为此，他不但不会因为被杜尤丹恶言侮辱而感到难过，反而从心底里感谢他，感谢他给自己提供机会，能独自一人居住在圣地，全心全意地为至尊主做奉爱服务。这节诗中“并不难过(gata-vyathaḥ)”一词意义深刻，因为维杜茹阿摆脱了每一个被物质活动束缚的人都会经历的痛苦。因此他想，不必再用弓箭保护兄长了，因为他已注定灭亡。这样，他在杜尤丹采取行动前离开了王宫。至尊主至高无上的能量玛亚，在这个事件中通过内在和外在能量发挥了作用。

第 17 节　　स निर्गतः कौरवपुण्यलब्धो
गजाह्वयात्तीर्थपदः पदानि ।

अन्वाक्रमत्पुण्यचिकीर्षयोर्व्या-
अधिष्ठितो यानि सहस्रमूर्तिः ॥१७॥

sa nirgataḥ kaurava-puṇya-labdho
gajāhvayāt tīrtha-padaḥ padāni
anvākramat puṇya-cikīrṣayorvyām
adhiṣṭhito yāni sahasra-mūrtiḥ

saḥ—他(维杜茹阿) / nirgataḥ—离开……后 / kaurava—库茹王朝 / puṇya—虔诚 / labdhaḥ—这样得到 / gaja-āhvayāt—从哈斯提纳普尔 / tīrtha-padaḥ—至尊主的 / padāni—朝圣 / anvākramat—托庇 / puṇya—虔诚 / cikīrṣayā—这样期望 / urvyām—高级 / adhiṣṭhitaḥ—处于 / yāni—所有那些 / sahasra—数千 / mūrtiḥ—形象

译文 维杜茹阿靠他虔诚的言行，获得了虔诚的考茹阿瓦家族所得到的利益。他离开哈斯提纳普尔后，托庇于许多实际是至尊主莲花足的朝圣地。他怀着要过高级的虔诚生活的愿望，在有着数千至尊主超然形象的圣地旅行。

要旨 毫无疑问，维杜茹阿是一位极为高尚而虔诚的灵魂，否则就不会出生在考茹阿瓦(Kaurava)家族中了。出身高贵、非常富有、博学多识、容貌俊美，这些都是前世从事虔诚活动的结果。但这些虔诚的资本并不足以使人获得至尊主的恩典，为祂做超然的爱心服务。维杜茹阿认为自己还不够虔诚，因此决定去世上各大圣地朝圣，以变得更为虔诚，更有资格接近至尊主。当时，主奎师那亲自在世上显现时，维杜茹阿本可以立即去面见至尊主，但他并没有这样做，因为他认为还没有完全摆脱罪恶。人除非完全摆脱了一切恶报，否则不可能百分之百地献身于至尊主。维杜茹阿知道，自己因为与世故圆滑的兑塔瓦施陀和杜尤丹联谊而丧失了虔诚，不配立刻去见至尊主。《博伽梵歌》第7章的第28节诗对此证实说：

yeṣāṁ tv anta-gataṁ pāpaṁ
janānāṁ puṇya-karmaṇām
te dvandva-moha-nirmuktā
bhajante māṁ dṛḍha-vratāḥ

“在前世和今生行善并彻底消除了恶报的人，摆脱由错觉产生的二元性，坚定地为我服务。”

像康萨(Kaṁsa)和佳尔桑达(Jarāsandha)这类罪大恶极的恶魔(asura)，无法认识到主奎师那是至尊人格首神、绝对真理。只有那些遵守经典规定的宗教生活规范守则，从而能够练活动瑜伽，进而练思辨瑜伽(jñāna-yoga)，之后进入纯粹冥想状态练奉爱瑜伽的无罪奉献者，才能够知道什么是纯净的意识。人一旦发展出神性意识，就可以善用与纯粹奉献者联谊的机会，从中获益。人甚至可以在这一生就与至尊主交往、联谊(syān mahat-sevayā viprāḥ puṇya-tīrtha-niṣevaṇāt)。

朝拜圣地是为了去除朝圣者身上的恶报，这类圣地遍布宇宙各处，目的是给所有想达到纯净生存状态及觉悟神的人提供便利。但是，人不该只满足于拜访圣地、履行规定职责，而应该渴望去见那些正在圣地为至尊主做服务的伟大灵魂。在每一处圣地都有至尊主不同的超然形象。

这些形象被称为神像(arcā-mūrti)，即普通人能很容易欣赏到的至尊主的形象。至尊主超越我们的物质感官所能知觉的范畴，我们用现有的眼睛看不到祂，用现有的耳朵听不到祂。我们对至尊主的感知程度取决于我们究竟有多么投入地为至尊主做服务，或者说我们的生活在多大程度上摆脱了罪恶活动。但是，即使我们还未完全摆脱罪恶，至尊主仍然很仁慈地让我们能在庙里见到祂的神像形象。至尊主是全能的，因此能以神像的形象出现，接受我们的服务。所以，谁都不该愚蠢地以为神庙里的神像是偶像。这些神像不是偶像，而是至尊主本人。一个人在多大程度上摆脱了罪恶，相应地就能够在多大的程度上认识神像形象的重要性。因此，人始终需要纯粹奉献者的指导。

被称为巴茹阿特瓦尔沙(Bhāratavarṣa)的地区，有数以千计的圣地遍布各处。传统上，一年四季都会有人去拜访这些圣地。至尊主在不同的圣地展现的一些不同的神像形象分别如下：在祂的显现地玛图茹阿(Mathurā)，祂展显为阿迪·凯萨瓦(Ādi-keśava)；在奥瑞萨省(Orissa)的普瑞(Purī)中，祂展现为主佳干纳特(Jagannātha)，这个形象又被称为菩茹首塔玛(Puruṣotama)；在阿拉哈巴德(Allahabad)——帕亚哥(Prayāga)，祂展现为宾杜·玛达瓦(Bindu-mādhava)；在曼达尔(Mandara)山，祂展现为玛杜苏丹(Madhusūdana)；在阿南达冉亚(Ānandāraṇya)，祂以华苏戴瓦(Vāsudeva)、帕德玛纳巴(Padmanābha)和佳纳尔丹(Janārdana)等形象著称；在维施努康祺(Viṣṇukāñcī)，祂以维施努(Viṣṇu)的形象著称；在玛亚普尔(Māyāpura)，祂以哈尔依(Hari)的形象著称。至尊主的这些神像形象有千千万万，遍布宇宙各地。就所有这些神像形象，《永恒的柴坦亚经》(Caitanya-caritāmṛta)中说了这样一段总结性的话：

sarvatra prakāśa tāṅra—bhakte sukha dite
jagatera adharma nāśi' dharma sthāpite

“为了使奉献者快乐，帮助一般人消除罪恶，并在全世界建立宗教原则，至尊主出现在宇宙的各个角落。”

第 18 节 पुरेषु पुण्योपवनाद्रिकुञ्जे-
ष्वपङ्कतोयेषु सरित्सरःसु ।
अनन्तलिङ्गैः समलङ्कृतेषु
चचार तीर्थायतनेष्वनन्यः ॥१८॥

pureṣu puṇyopavanādri-kuñjeṣv
apaṅka-toyeṣu sarit-saraḥsu

ananta-liṅgaiḥ samalaṅkṛteṣu
cacāra tīrthāyataneṣv ananyaḥ

pureṣu—像阿尤迪亚、杜瓦尔卡和玛图茹阿那样的圣地 / puṇya—虔诚 / upavana—空气 / adri—山丘 / kuñjeṣu—果园 / apaṅka—不带罪恶 / toyeṣu—在水中 / sarit—河流 / saraḥsu—湖泊 / ananta-liṅgaiḥ—无限者的众多形象 / samalaṅkṛteṣu—如此装饰 / cacāra—进行 / tīrtha—朝圣之地 / āyataneṣu—圣地 / ananyaḥ—只身一人或只看见奎师那

译文　他独自旅行，心中只想着奎师那，走遍了像阿尤迪亚、杜瓦尔卡和玛图茹阿那样的圣地。他所到之处，空气、山丘、果园、河流和湖泊都极为纯净，没有罪恶，而且有由无限者的形象装饰着的神庙。他就这样在朝圣之旅的路途上向前迈进。

要旨　无神论者或许认为至尊主的这些神像(arcā)形象是偶像，但维杜茹阿和至尊主的其他众多仆人并不理会这样的看法。这里称至尊主的各类形象为无限者的形象(ananta-liṅga)。至尊主的这些形象有着无穷的力量，就如同至尊主本人一样。至尊主的神像形象和至尊主本人的形象在力量上没有分别。这就好比邮筒和邮局：小邮筒遍布城市各处，有着与大邮政系统同样的作用；邮局的责任是把信从一处送到另一处，而如果把信投在邮政总局认可的邮筒里，那么毫无疑问，信一样能被送出去。同样，神像形象(arcā-mūrti)也携带着至尊主无穷的力量，就像至尊主本人亲自到来一样。因此，维杜茹阿看各个不同的神像形象，看到的只是奎师那。他最终将能觉悟到：除了奎师那就再无其他任何事物了。

第 19 节　गां पर्यटन्मेध्यविविक्तवृत्तिः
सदाप्लुतोऽधः शयनोऽवधूतः ।

अलक्षितः स्वैरवधूतवेषो
व्रतानि चेरे हरितोषणानि ॥१९॥

gāṁ paryaṭan medhya-vivikta-vṛttiḥ
sadāpluto 'dhaḥ śayano 'vadhūtaḥ
alakṣitaḥ svair avadhūta-veṣo
vratāni cere hari-toṣaṇāni

gām—地球 / paryaṭan—穿越 / medhya—纯粹的 / vivikta-vṛttiḥ—独立的谋生方式 / sadā—总是 / āplutaḥ—使……变得圣洁 / adhaḥ—在地球上 / śayanaḥ—躺着 / avadhūtaḥ—头发等不作任何修饰 / alakṣitaḥ—不被看到 / svaiḥ—独自 / avadhūta-veṣaḥ—穿戴得像个乞丐一样 / vratāni—誓言 / cere—从事 / hari-toṣaṇāni—取悦至尊主的

译文 他这样在地球上行进时，唯一履行的职责就是取悦至尊主哈尔依。他的日常事务单纯而独立。他虽然披头散发、穿着乞丐服且睡在地上，但却因为一直不断地在圣地沐浴而得到圣化。就这样，他的亲戚们再也没有见过他。

要旨 朝圣者首要的任务是取悦至尊主哈尔依(Hari)。人在朝圣途中，不应该费心去迎合社会，不必顾及社会礼节、职业和穿着；而是应该时刻全身心地从事取悦至尊主的活动。这样，当他的思想和行为得到净化后，他就能在这一路的朝圣途中觉悟到至尊主。

第 20 节 इत्थं व्रजन् भारतमेव वर्षं
कालेन यावद्गतवान् प्रभासम् ।
तावच्छशास क्षितिमेकचक्रा-
मेकातपत्रामजितेन पार्थः ॥२०॥

itthaṁ vrajan bhāratam eva varṣaṁ
kālena yāvad gatavān prabhāsam

tāvac chaśāsa kṣitim eka cakrām
ekātapatrām ajitena pārthaḥ

ittham—就这样 / vrajan—旅行中 / bhāratam—印度 / eva—只有 / varṣam——地 / kālena—到某时 / yāvat—当 / gatavān—拜访 / prabhāsam—帕巴斯圣地 / tāvat—当时 / śaśāsa—曾经统治 / kṣitim—世界 / eka-cakrām—靠一股军事力量 / eka——/ ātapatrām—旗帜 / ajitena—凭着不可战胜的奎师那的仁慈 / pārthaḥ—尤帝士提尔王

译文 他在巴茹阿特大地上朝拜所有的圣地时，参拜了帕巴斯圣地。那时，尤帝士提尔王是全世界的帝王，把整个世界置于一股军事力量和一面旗帜的统治下。

要旨 五千多年前，当圣人维杜茹阿在地球各处朝圣时，印度被称为巴茹阿特·瓦尔沙(Bhāratavarṣa)，这一名字甚至沿用至今。在全世界大部分的地方，人们能系统阐述的世界史不超过三千年，但在那之前，全世界的帝王尤帝士提尔以一面国旗、一股军事力量统治四方。如今，在联合国上空飘扬着成千上万面国旗，但在维杜茹阿那个时代，靠阿吉塔(Ajita)——主奎师那的仁慈，只有一面国旗。世界各国都非常渴望重新统一成一个国家，树一面国旗，但为此他们必须求得主奎师那的恩典，只有祂才能帮助我们建立一个全球性的统一大国。

第 21 节 तत्राथ शुश्राव सुहृद्विनष्टिं
वनं यथा वेणुजवह्निसंश्रयम् ।
संस्पर्धया दग्धमथानुशोचन्
सरस्वतीं प्रत्यगियाय तूष्णीम् ॥२१॥

tatrātha śuśrāva suhṛd-vinaṣṭiṁ
vanaṁ yathā veṇuja-vahni-saṁśrayam

saṁspardhayā dagdham athānuśocan
sarasvatīṁ pratyag iyāya tūṣṇīm

tatra—那里 / atha—此后 / śuśrāva—听到 / suhṛt—亲属 / vinaṣṭim—都已死去 / vanam—森林 / yathā—就像 / veṇuja-vahni—由竹子产生的火 / saṁśrayam—相互摩擦 / saṁspardhayā—被暴烈的激情 / dagdham—燃烧 / atha—就这样 / anuśocan—想着 / sarasvatīm—萨茹阿斯瓦缇河 / pratyak—向西 / iyāya—走 / tūṣṇīm—默默地

译文 正当他在帕巴斯朝圣时，他听说他所有的亲戚都因暴烈的激情而死去，恰似整个森林因竹子相互摩擦生火而被烧毁。听到这消息后，他便向流淌着萨茹阿斯瓦缇河的西方进发。

要旨 考茹阿瓦(Kaurava)和雅达瓦(Yādava)这两个家族的人都是维杜茹阿的亲属，维杜茹阿听说，他们因家族内部自相残杀而同归于尽。用竹子相互摩擦的竹林来比喻充满激情的人类社会是很贴切的。整个世界就像一片森林，森林里随时都可能因为草木相互摩擦而燃起大火。没有人跑到森林里放火，只是因为竹子相互摩擦，便燃起大火，烧毁了整个森林。同样，在物质世界这座巨大的“森林”里，外在能量迷惑着受制约的灵魂，他们所具有的暴烈激情不断引发战火。就像只有靠云层降雨才能熄灭森林大火一样，这种世俗之火也只有靠圣人云朵般的仁慈所降下的甘霖才能熄灭。

第22节 तस्यां त्रितस्योशनसो मनोश्च
पृथोरथाग्नेरसितस्य वायोः ।
तीर्थं सुदासस्य गवां गुहस्य
यच्छ्राद्धदेवस्य स आसिषेवे ॥२२॥

tasyāṁ tritasyośanaso manoś ca
pṛthor athāgner asitasya vāyoḥ
tīrthaṁ sudāsasya gavāṁ guhasya
yac chrāddhadevasya sa āsiṣeve

tasyām—在萨茹阿斯瓦缇沿岸 / tritasya—名为特瑞塔的圣地 / uśanasaḥ—名为乌珊纳的圣地 / manoḥ ca—名为玛努的圣地 / pṛthoḥ—名为普瑞图的圣地 / atha—之后 / agneḥ—名为阿格尼的圣地 / asitasya—名为阿西塔的圣地 / vāyoḥ—名为瓦尤的圣地 / tīrtham—各个圣地 / sudāsasya—名为苏达斯的圣地 / gavām—名为枸的圣地 / guhasya—名为古哈的圣地 / yat—之后 / śrāddhadevasya—名为刷达戴瓦的圣地 / saḥ—维杜茹阿 / āsiṣeve—适当地拜访并做仪式

译文　萨茹阿斯瓦缇河畔有十一个朝圣地，它们分别叫特瑞塔、乌珊纳、玛努、普瑞图、阿格尼、阿西塔、瓦尤、苏达斯、枸、古哈和刷达戴瓦。维杜茹阿朝拜了所有那些圣地并做了适当的仪式。

第 23 节

अन्यानि चेह द्विजदेवदेवैः
कृतानि नानायतनानि विष्णोः ।
प्रत्यङ्गमुख्याङ्कितमन्दिराणि
यद्दर्शनात्कृष्णमनुस्मरन्ति ॥२३॥

anyāni ceha dvija-deva-devaiḥ
kṛtāni nānāyatanāni viṣṇoḥ
pratyaṅga-mukhyāṅkita-mandirāṇi
yad-darśanāt kṛṣṇam anusmaranti

anyāni—其他的 / ca—还有 / iha—这里 / dvija-deva—由伟大的圣人 / devaiḥ—和半神人 / kṛtāni—由……建造 / nānā—各种 / āyatanāni—各种形象 / viṣṇoḥ—至尊人格首神的 / prati—每个 / aṅga—部分 /

mukhya－主要的 / aṅkita－标有 / mandirāṇi－神庙 / yat－……的 / darśanāt－从远处看 / kṛṣṇam－第一位至尊人格首神 / anusmaranti－不断记着

译文 圣地中还有许多供奉着至尊人格首神维施努各种形象的神庙，都是由伟大的圣人和半神人们兴建的。这些神庙都以至尊主的主要象征做标志，使人永远记着存在中的第一位人格首神主奎师那。

要旨 人类社会被划分为四个社会阶层和四个灵性阶段，每一个人都能在其中找到相应的位置。这一制度被称为瓦尔纳刷玛·达尔玛(varṇśrama-dharma)，这部伟大文献已经在很多地方对此进行了谈论。圣人们——完全献身于整个人类社会灵性进步事业的人，被称为再生者中的精英(dvija-deva)。月球以上各高等星球的居民被称为半神人(deva)。再生者中的精英和半神人们经常建造各类神庙，内中供奉着哥文达(Govinda)、玛杜苏丹(Madhusūdana)、尼尔星哈(Nṛsiṁha)、玛达瓦(Mādhava)、凯沙瓦(Keśava)、纳茹阿亚纳(Nārāyaṇa)、帕德玛纳巴(Padmanābha)、帕尔塔·萨茹阿提(Pārtha-sārathi)等其他许许多多主维施努(Viṣṇu)的形象。至尊主将自身扩展为无数的形象，但所有这些形象彼此之间都毫无分别。主维施努有四只手，每只手中都持有一个特定的物件，它们分别是海螺、飞轮、大头棒和莲花，在这四件象征物中又以飞轮(cakra)为首。主奎师那是维施努最原初的形象，他只持一件象征物，即飞轮，因此有时被称为查克瑞(Cakrī)。至尊主的飞轮象征祂控制整个宇宙展示的力量。维施努神庙顶上都耸立着飞轮这一标记，以使人们从很远的地方就能看到它，从而立即想起主奎师那。建造雄伟、高大的神庙的目的在于，让人能从很远的地方看到神庙。在印度，每当兴建一座新的神庙时，都会沿袭这一从没有历史记载的古老年代流传至今的做法。无神论者愚蠢地宣传说，这些神庙都是很晚才建造的；这种说法在这里遭到了驳斥，因为维杜茹阿至少是在五千年前参拜这些神庙的，而这些维施努神庙早在维杜茹阿朝拜之前就已经存在很久了。伟大的圣人和半神人们从不为人和半神人立像，而是为普通大众的利益着想，建造维施努神庙，以他们提升到神意识的层面。

第 24 节

ततस्त्वतिव्रज्य सुराष्ट्रमृद्धं
सौवीरमत्स्यान् कुरुजाङ्गलांश्च ।
कालेन तावद्यमुनामुपेत्य
तत्रोद्धवं भागवतं ददर्श ॥२४॥

tatas tv ativrajya surāṣṭram ṛddhaṁ
sauvīra-matsyān kurujāṅgalāṁś ca
kālena tāvad yamunām upetya
tatroddhavaṁ bhāgavataṁ dadarśa

tataḥ－从那里／tu－但／ativrajya－游经／surāṣṭram－苏茹阿特王国／ṛddham－非常富有的／sauvīra－骚维茹阿王国／matsyān－玛茨亚王国／kurujāṅgalān－从西印度到德里省之间的一个王国／ca－还／kālena－在一定的时候／tāvat－一旦……就／yamunām－雅沐娜河边／upetya－到达／tatra－那里／uddhavam－乌达瓦——雅杜王朝中的佼佼者／bhāgavatam－主奎师那伟大的奉献者／dadarśa－恰好遇见

译文　朝拜过那些圣地后，他又穿越了苏茹阿特、骚维茹阿和玛茨亚等极为富裕的地区，以及被称为库茹占嘎拉的印度西部。最后，他抵达雅沐娜河畔，在那里遇见了主奎师那伟大的奉献者乌达瓦。

要旨　从现在的德里到乌塔尔·帕戴施(Uttar Pradesh)省的玛图茹阿(Mathurā)区，包括旁遮普(印度西北部)省古尔岗(Gurgaon)区一部分在内的方圆一百平方英里的范围，被认为是全印度最重要的朝圣地。这一地区之所以很神圣，是因为主奎师那曾多次走遍这里的各个地方。他首先显现在居住于玛图茹阿的舅舅康萨的家中，随后在温达文(Vṛndāvana)的养父南达王(Mahārāja Nanda)家中被抚养长大。即使到了今天，仍有许多至尊主的奉献者在那一地区四处漫游，如痴如醉地寻找奎师那和祂的童年伴侣——牧牛姑娘(gopī)们。并不是说这些奉献者能在这里真的见到奎师那，但奉献者急切地寻找奎师那和真的面对面地见到奎师那实际上是一样的。怎么会这样？对此无法解释，但那些至尊主的纯粹奉献者却可以实际地领悟到这一点。人们可以从哲学的角度了解，主奎师那以及对祂的记忆和冥想均处于绝对的层面，而怀着纯粹的神意识在温达文寻找祂，比面对面地见到祂给予奉献者更多的快乐。正如《布茹阿玛·萨密塔》(Brahma-saṁhitā)第5章的第38节诗中所证实的，至尊主的这种奉献者每时每刻都面对面地见到至尊主：

premāñjana-cchurita-bhakti-vilocanena
santaḥ sadaiva hṛdayeṣu vilokayanti
yaṁ śyāmasundaram acintya-guṇa-svarūpaṁ
govindam ādi-puruṣaṁ tam ahaṁ bhajāmi

"如痴如醉地爱着至尊人格首神——主夏玛逊达尔(Śyāmasundara, 主奎师那)的人，因为爱至尊主、为至尊主做奉爱服务而总在心中见到至尊主。"维杜茹阿和乌达瓦(Uddhava)都是非常杰出的奉献者，因此会同时到雅沐娜(Yamunā)河边，相见彼此。

第 25 节 स वासुदेवानुचरं प्रशान्तं
बृहस्पतेः प्राक्तनयं प्रतीतम् ।
आलिङ्ग्य गाढं प्रणयेन भद्रं
स्वानामपृच्छद्भगवत्प्रजानाम् ॥२५॥

sa vāsudevānucaraṁ praśāntaṁ
bṛhaspateḥ prāk tanayaṁ pratītam
āliṅgya gāḍhaṁ praṇayena bhadraṁ
svānām apṛcchad bhagavat-prajānām

saḥ－他(维杜茹阿) / vāsudeva－主奎师那 / anucaram－形影不离的伙伴 / praśāntam－头脑很清醒、性情很温和 / bṛhaspateḥ－半神人的博学的灵性导师毕哈斯帕提的 / prāk－以前 / tanayam－儿子或门徒 / pratītam－认可 / āliṅgya－拥抱 / gāḍham－充满感情 / praṇayena－怀着爱 / bhadram－吉祥 / svānām－他自己的 / apṛcchat－询问 / bhagavat－至尊人格首神的 / prajānām－家人

译文　乌达瓦是主奎师那永恒的同伴，还曾是毕尔哈斯帕提的优秀门生，维杜茹阿出于对乌达瓦强烈的爱拥抱了他。接着，维杜茹阿向他询问人格首神主奎师那家族的消息。

要旨　维杜茹阿比乌达瓦(Uddhava)年长，就像父亲，而乌达瓦是小辈，就像儿子，因此当他们两位相遇时，乌达瓦向维杜茹阿顶礼，维杜茹阿拥抱乌达瓦。维杜茹阿的哥哥潘杜(Pāṇḍu)是主奎师那的姑夫，而乌达瓦是主奎师那的堂兄弟，于是按照社会习俗，乌达瓦应该把维杜茹阿尊为父辈。乌达瓦是位精通逻辑学的大学者，而且众所周知，他还是博学的祭司、半神人的灵性导师毕哈斯帕提的门生。维杜茹阿向乌达瓦问起他的家人，可事实上已经得知他们都不在人世了。这番询问看起来似乎很奇怪，但圣舒卡戴瓦·哥斯瓦米(Jīva Gosvāmī)解释说，因为维杜茹阿对自己所听到的消息感到极为震惊，于是出于极度的好奇，又向乌达瓦问起此事。所以，维杜茹阿的这番询问是由于心理原因，而不是真的不知道。

第 26 节　कच्चित्पुराणौ पुरुषौ स्वनाभ्य-
पाद्मानुवृत्त्येह किलावतीर्णौ ।

आसात उर्व्याः कुशलं विधाय
कृतक्षणौ कुशलं शूरगेहे ॥२६॥

kaccit purāṇau puruṣau svanābhya-
pādmānuvṛttyeha kilāvatīrṇau
āsāta urvyāḥ kuśalaṁ vidhāya
kṛta-kṣaṇau kuśalaṁ śūra-gehe

kaccit—是否 / purāṇau—最古老的 / puruṣau—人格首神(奎师那和巴拉茹阿玛) / svanābhya—布茹阿玛 / pādma-anuvṛttyā—借着生于莲花之人的请求 / iha—这里 / kila—肯定地 / avatīrṇau—化身为 / āsāte—是 / urvyāḥ—世界的 / kuśalam—安康、福利 / vidhāya—为了这么做 / kṛta-kṣaṇau—使人生活兴旺、昌盛的人们 / kuśalam—都很好 / śūra-gehe—在舒茹阿森纳家中

译文 (维杜茹阿问道：)存在中的第一位人格首神应布茹阿玛(出生在长自至尊主肚脐的莲花上)的请求化身前来，通过提升众人增进了世界繁荣。(请告诉我，)祂们在舒茹阿森纳的家中还好吗？

要旨 主奎师那和巴拉茹阿玛(Balarāma)并非两位不同的人格首神。神是独一无二的，但祂扩展出许许多多的形象，这些形象彼此之间都相互关联。他们都是至尊主的完整扩展。主奎师那最直接的扩展是巴拉戴瓦(Baladeva)，而生于嘎尔博达卡沙依·维施努(Garbhodakaśāyī Viṣṇu)身上长出的莲花上的布茹阿玛(Brahmā)，则是巴拉戴瓦的扩展。这表明奎师那和巴拉戴瓦并不受制于宇宙的法律，相反，整个宇宙都处在祂们的控制下。祂们在布茹阿玛的请求下显现，以减轻世界的负担；祂们通过从事各种非凡的活动解救了世界，让众生获得快乐，生活蒸蒸日上。没有至尊主的恩典，谁也快乐不起来，生活也不可能兴旺、发达。由于至尊主奉献者的家庭快乐与否

有赖于至尊主是否满意，所以维杜茹阿首先询问至尊主是否安好。

第 27 节　कच्चित्कुरूणां परमः सुहृन्नो
भामः स आस्ते सुखमङ्ग शौरिः ।
यो वै स्वसॄणां पितृवद्ददाति
वरान् वदान्यो वरतर्पणेन ॥२७॥

kaccit kurūṇāṁ paramaḥ suhṛn no
bhāmaḥ sa āste sukham aṅga śauriḥ
yo vai svasṝṇāṁ pitṛvad dadāti
varān vadānyo vara-tarpaṇena

kaccit—是否／kurūṇām—库茹家族的人的／paramaḥ—最伟大的／suhṛt—祝愿者／naḥ—我们／bhāmaḥ—姻兄／saḥ—他／āste—是／sukham—快乐／aṅga—乌达瓦啊／śauriḥ—瓦苏戴瓦／yaḥ—……的他／vai—肯定地／svasṝṇām—姐妹的／pitṛ-vat—像父亲／dadāti—给予／varān—想要的一切／vadānyaḥ—慷慨大度／vara—妻子／tarpaṇena—通过取悦

译文　（请告诉我，）库茹族最好的朋友、我们的姻兄瓦苏戴瓦可好？他慷慨、宽宏，像父亲一样对待他的姐妹，而且总是让他的妻子们高兴。

要旨　主奎师那的父亲瓦苏戴瓦(Vasudeva)有十六位妻子，其中，巴拉戴瓦的母亲名叫袍茹阿薇(Pauravī)，又叫柔黑妮(Rohiṇī)，是维杜茹阿的妹妹；因此，瓦苏戴瓦是维杜茹阿的妹夫，他们是姻兄弟。瓦苏戴瓦的妹妹琨缇(Kuntī)是维杜茹阿的哥哥潘杜(Pāṇḍu)的妻子，从这层关系上讲，瓦苏戴瓦也是维杜茹阿的姻兄弟。琨缇比瓦苏戴瓦年纪小，而兄长有责任把妹妹当女儿一样对待。瓦苏戴瓦因为十分疼爱妹妹，所以每当琨缇有需要时，他总是慷慨赠予。瓦苏戴瓦从不让妻子们感到任何不满，同时还给妹妹送去想要的东西，又因琨缇早年守寡，所以对她更是特别关心。在问起瓦苏戴瓦是否安好时，维杜茹阿记起了瓦苏戴瓦的一切和其中一层层的亲戚关系。

第 28 节 कच्चिद्वरूथाधिपतिर्यदूनां
प्रद्युम्न आस्ते सुखमङ्ग वीरः ।
यं रुक्मिणी भगवतोऽभिलेभे
आराध्य विप्रान् स्मरमादिसर्गे ॥२८॥

kaccid varūthādhipatir yadūnāṁ
pradyumna āste sukham aṅga vīraḥ
yaṁ rukmiṇī bhagavato 'bhilebhe
ārādhya viprān smaram ādi-sarge

kaccit－是否 / varūtha－军事的 / adhipatiḥ－元帅 / yadūnām－雅杜王朝的 / pradyumnaḥ－奎师那的儿子帕杜么纳 / āste－是 / sukham－快乐 / aṅga－乌达瓦啊 / vīraḥ－伟大的战将 / yam－……的他 / rukmiṇī－奎师那的妻子茹珂蜜妮 / bhagavataḥ－从人格首神 / abhilebhe－作为一种赏赐而得到 / ārādhya－取悦 / viprān－布茹阿玛纳们 / smaram－邱比特(卡玛戴瓦) / ādi-sarge－在他的前生

译文 乌达瓦啊，请告诉我，雅杜王朝的总司令、前生是丘比特的帕杜么纳好吗？他母亲茹珂蜜妮取悦了布茹阿玛纳，并凭借他们的恩典与主奎师那生下了他。

要旨 根据圣舒卡戴瓦·哥斯瓦米的观点，斯玛尔(Smara)，即丘比特或卡玛戴瓦(Kāmadeva, 爱神)，是主奎师那的一位永恒的同伴。吉瓦·哥斯瓦米在他的一篇论文《奎师那·桑达尔巴》(Kṛṣṇa-sandarbha)中，对此作了详尽的解释。

第 29 节　कच्चित्सुखं सात्वतवृष्णिभोज-
दाशार्हकाणामधिपः स आस्ते ।
यमभ्यषिञ्चच्छतपत्रनेत्रो
नृपासनाशां परिहृत्य दूरात् ॥२९॥

kaccit sukhaṁ sātvata-vṛṣṇi bhoja-
dāśārhakāṇām adhipaḥ sa āste
yam abhyaṣiñcac chata-patra-netro
nṛpāsanāśāṁ parihṛtya dūrāt

kaccit—是否 / sukham—都很好 / sātvata—萨特瓦塔族 / vṛṣṇi—维施尼王朝 / bhoja—博佳王朝 / dāśārhakāṇām—达沙尔哈族 / adhipaḥ—乌卦森纳王 / saḥ—他 / āste—确实存在 / yam—……的他 / abhyaṣiñcat—立……为王 / śata-patra-netraḥ—主奎师那 / nṛpa-āsana-āśām—对王位所抱的希望 / parihṛtya—放弃 / dūrāt—遥远的地方

译文　我的朋友啊！(告诉我，)萨特瓦塔、维施尼、博佳和达沙尔哈的君王乌卦森纳现在可好？他远离他的王国，对继续执政不再怀有希望，但主奎师那使他重新登上了王位。

第 30 节　कच्चिद्धरेः सौम्य सुतः सदृक्ष
आस्तेऽग्रणी रथिनां साधु साम्बः ।
असूत यं जाम्बवती व्रताढ्या
देवं गुहं योऽम्बिकया धृतोऽग्रे ॥३०॥

kaccid dhareḥ saumya sutaḥ sadṛkṣa
āste ’graṇī rathināṁ sādhu sāmbaḥ
asūta yaṁ jāmbavatī vratāḍhyā
devaṁ guhaṁ yo ’mbikayā dhṛto ’gre

kaccit—是否 / hareḥ—至尊人格首神的 / saumya—庄重、严肃之人

啊 / sutaḥ—儿子 / sadṛkṣaḥ—同样 / āste——切都好 / agraṇīḥ—首屈一指的 / rathinām—武士中的 / sādhu—行为举止良好的人 / sāmbaḥ—桑巴 / asūta—生下 / yam—……的他 / jāmbavatī—主奎师那的一位王后章芭瓦缇 / vratāḍhyā—因遵守誓言而变得富有 / devam—半神人 / guham—名叫卡尔提凯亚的 / yaḥ—……的他 / ambikayā—向希瓦的妻子 / dhṛtaḥ—诞生 / agre—在前世

译文 高贵、和善的人啊！桑巴可好？一看他的长相，就知道他是人格首神的儿子。他前世作为卡尔提凯亚投生在主希瓦妻子的腹中，这一生投生为奎师那最富有的妻子章芭瓦缇的儿子。

要旨 主希瓦(Śiva)是至尊主的完整扩展，他是至尊人格首神三个属性的化身之一。他所生的卡尔提凯亚(Kārttikeya)和主奎师那所生的另一个儿子帕杜么纳(Pradyumna)地位同等。圣主奎师那降临物质世界时，祂所有的完整扩展也随祂一起显现，以展示至尊主在不同方面所起的作用；至尊主不同的完整扩展履行不同的职责，以利至尊主本人在温达文(Vṛndāvana)从事娱乐活动。华苏戴瓦(Vāsudeva)是纳茹阿亚纳(Nārāyaṇa)的一位完整扩展，当至尊主作为华苏戴瓦在黛瓦克伊(Devakī)和瓦苏戴瓦面前显现时，他是以纳茹阿亚纳这一角色显现的。同样，天堂王国所有的半神人也都以帕杜么纳(Pradyumna)、桑巴(Sāmba)、乌达瓦(Uddhava)等这些至尊主的同伴形象显现。这里我们知道，卡玛戴瓦显现为帕杜么纳，卡尔提凯亚显现为桑巴，八位瓦苏中的一位显现为乌达瓦。他们各自担任不同的角色，以丰富奎师那的娱乐活动。

第 31 节 क्षेमं स कच्चिद्युयुधान आस्ते
यः फाल्गुनाल्लब्धधनूरहस्यः ।

लेभेऽञ्जसाधोक्षजसेवयैव
गतिं तदीयां यतिभिर्दुरापाम् ॥३१॥

kṣemaṁ sa kaccid yuyudhāna āste
yaḥ phālgunāl labdha-dhanū-rahasyaḥ
lebhe 'ñjasādhokṣaja-sevayaiva
gatiṁ tadīyāṁ yatibhir durāpām

kṣemam—都很好 / saḥ—他 / kaccit—是否 / yuyudhānaḥ—尤由丹(萨提亚克依) / āste—在那里 / yaḥ—……的他 / phālgunāt—从阿尔诸纳 / labdha—取得 / dhanuḥ-rahasyaḥ—精通兵法的人 / lebhe—也取得 / añjasā—摘要性地 / adhokṣaja—有关超然性 / sevayā—靠服务 / eva—肯定地 / gatim—目的地 / tadīyām—超然的 / yatibhiḥ—由伟大的的弃绝者 / durāpām—很难取得的

译文　乌达瓦啊！尤由丹近来好吗？他向阿尔诸纳学习深奥难懂的军事艺术，达到了就连伟大的弃绝者都很难达到的超然目标。

要旨　达到超然的境界，意味着成为人格首神本人的同伴。人格首神被称为阿窦克沙佳(adhokṣaja)——祂超出感官所能感知的范围。出世之人(sannyāsī)离开家庭、妻子、儿女、朋友、房子、钱财等与世俗有关的一切，以追求觉悟布茹阿曼(Brahman, 梵)的超然快乐。可是，阿窦克沙佳的快乐远在布茹阿曼的快乐之上。经验主义哲学家通过哲学思辨推测至尊真理，由此享受到一种带有超然性的喜乐，但在此之上是布茹阿曼以祂作为人格首神的永恒形象所享受到的快乐。布茹阿曼的快乐是生物在摆脱物质束缚后享受到的，但至尊布茹阿曼(Parabrahman)——人格首神，却永恒地享受着快乐，而这种快乐是祂本身的一种能量，称为快乐能量(hlādinī)。靠否定布茹阿曼的外在能量来研究布茹阿曼的经验主义哲学家，不了解布茹阿曼的拉迪尼能量的特性。在全能者的众多能量中，祂的内在能量分三种，即知识能量(saṁvit)、存在能量(sandhinī)和快乐能量(hlādinī)。尽管伟大的瑜伽师(yogī)和思辨家(jñānī)按照遵守戒律(yama)、品德训练(niyama)、体位法(āsana)、控制呼吸(prāṇāyāma)、冥想(dhyāna)和集中注意力(dhāraṇā)等程序做，但仍觉悟不到至尊主的内在能量。然而，至尊主的奉献者靠做奉爱服务很容易便能觉悟到至尊主的这一内在能量。尤由丹(Yuyudhāna)不仅跟阿尔诸纳学习精通了的兵法，而且还达到了“通过做奉爱服务觉悟到至尊主的内在能量”这一生命境界。因此，从物质和灵性两方面看，他的生命都达到了最圆满的境界。为至尊主做奉爱服务就应该是这样的。

第 32 节

कच्चिद् बुधः स्वस्त्यनमीव आस्ते
श्वफल्कपुत्रो भगवत्प्रपन्नः ।
यः कृष्णपादाङ्कितमार्गपांसु-
ष्वचेष्टत प्रेमविभिन्नधैर्यः ॥३२॥

kaccid budhaḥ svasty anamīva āste
śvaphalka-putro bhagavat-prapannaḥ
yaḥ kṛṣṇa-pādāṅkita-mārga-pāṁsuṣv
aceṣṭata prema-vibhinna-dhairyaḥ

kaccit—是否 / budhaḥ—非常有学问的 / svasti—健康、安好 / anamīvaḥ—完美无瑕的 / āste—存在着 / śvaphalka-putraḥ—施瓦帕勒卡的儿子阿库茹阿 / bhagavat—关于人格首神 / prapannaḥ—投靠、服从 / yaḥ—……的他 / kṛṣṇa—至尊主 / pāda-aṅkita—印有足印 / mārga—道路 / pāṁsuṣu—在尘埃中 / aceṣṭata—展示 / prema-vibhinna—沉溺于超然的爱 / dhairyaḥ—内心平衡

译文 请告诉我，施瓦帕勒卡的儿子阿库茹阿可好？他

是皈依了人格首神的完美无瑕的灵魂。一次超然之爱的狂喜导致他心智失衡，摔倒在印有主奎师那足迹的土路上。

要旨　阿库茹阿(Akrūra)到温达文去找奎师那；他一旦在南达·瓜玛(Nanda-grāma)的尘土中看到至尊主的足印，便立刻因为超然的爱的心醉神迷而摔倒地。只有一直不断、全神贯注地想着奎师那的奉献者，才有可能进入这种如痴如醉的状态。这样一位至尊主的奉献者因为总是与至为纯粹的人格首神在一起，所以自然在各方面都是完美的。总是想着奎师那，这样做就像是有了一帖“杀菌剂”，它能防止人受到“具有传染性”的种种物质属性的“感染”。至尊主的纯粹奉献者时时想着至尊主，因此始终都和祂在一起。然而，在某个特定的时间和地方，奉献者所具有的超然情感会使他们进入另一种状态，由此打破他们内心的平衡。从至尊主的化身柴坦亚(Caitanya)的生平，我们可以了解祂曾经展示过的超然狂喜的典型征兆。

第 33 节

कच्चिच्छिवं देवकभोजपुत्र्या
विष्णुप्रजाया इव देवमातुः ।
या वै स्वगर्भेण दधार देवं
त्रयी यथा यज्ञवितानमर्थम् ॥३३॥

kaccic chivaṁ devaka-bhoja-putryā
viṣṇu-prajāyā iva deva-mātuḥ
yā vai sva-garbheṇa dadhāra devaṁ
trayī yathā yajña-vitānam artham

kaccit—是否 / śivam——切都好 / devaka-bhoja-putryāḥ—戴瓦卡·博佳王的女儿 / viṣṇu-prajāyāḥ—生下人格首神的她的 / iva—像那 / deva-mātuḥ—半神人的母亲(阿迪缇)的 / yā—……的她 / vai—确实 / sva-garbheṇa—由她本人的子宫 / dadhāra—孕育 / devam—至尊主 /

trayī－韦达经 / yathā－就像 / yajña-vitānam－传播祭祀的 / artham－目的

译文 正如韦达经是祭祀目的的储存库，正如半神人的母亲所做的一样，戴瓦卡·博佳王的女儿在她的子宫中孕育了至尊人格首神。她(黛瓦克伊)还好吗?

要旨 韦达经(Vedas)中充满超然的知识，富含灵性的价值；因此说，主奎师那的母亲黛瓦克伊腹中所怀的至尊主是韦达经意义的人格化身。韦达经和至尊主没有区别。韦达经的目的是要了解至尊主，而至尊主就是韦达经的人格化身。黛瓦克伊好比是充满了意义的韦达经，而至尊主则好比韦达经目的的人格化身。

第 34 节 अपिस्विदास्ते भगवान् सुखं वो
यः सात्वतां कामदुघोऽनिरुद्धः ।
यमामनन्ति स्म हि शब्दयोनिं
मनोमयं सत्त्वतुरीयतत्त्वम् ॥३४॥

apisvid āste bhagavān sukhaṁ vo
yaḥ sātvatāṁ kāma-dugho 'niruddhaḥ
yam āmananti sma hi śabda-yoniṁ
mano-mayaṁ sattva-turīya-tattvam

api－还有 / svit－是否 / āste－他怎样 / bhagavān－人格首神 / sukham－一切快乐 / vaḥ－你的 / yaḥ－……的他 / sātvatām－奉献者的 / kāma-dughaḥ－一切欲望的根源 / aniruddhaḥ－阿尼如达这一完整扩展 / yam－……的他 / āmananti－他们接受 / sma－远古以来 / hi－肯定地 / śabda-yonim－《瑞歌·韦达》的源头 / manaḥ-mayam－心念的创造者 / sattva－超然的 / turīya－第四位扩展 / tattvam－范畴

译文 我能否问一问阿尼如达的近况？他是纯粹奉献者一切心愿的满足者，而且自远古以来就被认为是《瑞歌·韦达》的成因、心念的创造者，以及维施努的第四个完整扩展。

要旨 阿迪·查图布佳(Ādi-caturbhuja)——直接来自巴拉戴瓦(Baladeva)的最初四人扩展，分别是：华苏戴瓦(Vāsudeva)、桑卡尔珊(Saṅkarṣaṇa)、帕杜么纳(Pradyumna)和阿尼如达(Aniruddha)。祂们都是属于维施努范畴的至尊主(Viṣṇu-tattva)，即都是人格首神，彼此间没有区别。在圣茹阿玛(Śrī Rāma)这一化身显现时，这四大扩展为从事特殊的娱乐活动而一起显现。主茹阿玛是最初四大扩展中的华苏戴瓦，祂的兄弟分别是桑卡尔珊、帕杜么纳和阿尼如达。阿尼如达还扩展出了玛哈·维施努(Mahā-Viṣṇu)，而《瑞歌·韦达》(Ṛg Veda)便是随玛哈·维施努的呼吸产生的。所有这些在《玛尔康戴亚往世书》(Mārkaṇḍeya Purāṇa)中都有清楚的解释。在主奎师那显现时，阿尼如达显现为至尊主的儿子。住在杜瓦尔卡(Dvārakā)的主奎师那实际是最初四大扩展中的华苏戴瓦，原本的主奎师那从未离开过哥珞卡·温达文(Goloka Vṛndāvana)。所有的完整扩展都属于同一个维施努范畴，祂们在能力上没有区别。

第 35 节

अपिस्विदन्ये च निजात्मदैव-
मनन्यवृत्त्या समनुव्रता ये ।
हृदीकसत्यात्मजचारुदेष्ण-
गदादयः स्वस्ति चरन्ति सौम्य ॥३५॥

apisvid anye ca nijātma-daivam
ananya-vṛttyā samanuvratā ye
hṛdīka-satyātmaja-cārudeṣṇa-
gadādayaḥ svasti caranti saumya

api—还有 / svit—是否 / anye—其他人 / ca—和 / nija-ātma—自己本人的 / daivam—圣奎师那 / ananya—绝对地 / vṛttyā—信心 / samanuvratāḥ—追随者 / ye—所有……的人 / hṛdīka—慧迪卡 / satya-ātmaja—萨缇亚芭玛之子 / cārudeṣṇa—查茹戴施纳 / gada—嘎达 / ādayaḥ—及其他人 / svasti—都好 / caranti—度过时光 / saumya—头脑冷静的人啊

译文 头脑冷静的人啊！慧迪卡、查茹戴施纳、嘎达和萨缇亚芭玛的儿子等把圣主奎师那视为自己的灵魂并因而毫不偏离地追随祂的人，近来可好？

第 36 节 अपि स्वदोर्भ्यां विजयाच्युताभ्यां
धर्मेण धर्मः परिपाति सेतुम् ।
दुर्योधनोऽतप्यत यत्सभायां
साम्राज्यलक्ष्म्या विजयानुवृत्त्या ॥३६॥

api sva-dorbhyāṁ vijayācyutābhyāṁ
dharmeṇa dharmaḥ paripāti setum
duryodhano 'tapyata yat-sabhāyāṁ
sāmrājya-lakṣmyā vijayānuvṛttyā

api—还有 / sva-dorbhyām—自己的臂膀 / vijaya—阿尔诸纳 / acyutā-bhyām—以及圣奎师那 / dharmeṇa—基于宗教原则 / dharmaḥ—尤帝士提尔王 / paripāti—维系 / setum—对宗教的尊重 / duryodhanaḥ—杜尤丹 / atapyata—忌妒 / yat—……的他的 / sabhāyām—王室会议 / sāmrājya—帝国的 / lakṣmyā—财富 / vijaya-anuvṛttyā—靠阿尔诸纳的服务

译文 也请允许我询问，尤帝士提尔王是否怀着尊重宗教之途的心按照宗教原则维系王国？奎师那和阿尔诸纳曾像尤帝士提尔的左膀右臂一样用自己的双臂护卫他，这使杜尤丹妒火中烧。

要旨　尤帝士提尔王是宗教的象征。当他在主奎师那和阿尔诸纳的帮助下统治王国时，他王国的富裕程度超过了人们所能想象的天堂的富裕程度。他真正的左膀右臂实际是主奎师那和阿尔诸纳，所以他的财富超过了任何人的财富。杜尤丹因忌妒他这些财富而千方百计要加害于他，这最终引发了库茹柴陀(Kurukṣetra)战争。战争结束后，尤帝士提尔王得以重新统治由他合法继承的王国，他在王国中恢复了敬奉宗教的原则。这就是在虔诚君主尤帝士提尔王统治下的王国之美。

第 37 节　किं वा कृताघेष्वघमत्यमर्षी
भीमोऽहिवद्दीर्घतमं व्यमुञ्चत् ।
यस्याङ्घ्रिपातं रणभूर्न सेहे
मार्गं गदायाश्चरतो विचित्रम् ॥३७॥

kiṁ vā kṛtāgheṣv agham atyamarṣī
bhīmo 'hivad dīrghatamaṁ vyamuñcat
yasyāṅghri-pātaṁ raṇa-bhūr na sehe
mārgaṁ gadāyāś carato vicitram

kim－是否 / vā－或 / kṛta－做 / agheṣu－向罪人 / agham－愤怒 / ati-amarṣī－不可征服的 / bhīmaḥ－彼玛 / ahi-vat－像眼镜蛇一样 / dīrgha-tamam－长期怀有的 / vyamuñcat－发泄 / yasya－……的他的 / aṅghri-pātam－踩踏 / raṇa-bhūḥ－战场 / na－无法 / sehe－忍受 / mārgam－道路 / gadāyāḥ－以大头棒 / carataḥ－挥舞 / vicitram－神奇的

译文　(请告诉我，)如眼镜蛇般所向无敌的彼玛，向罪人们发泄了他那压抑已久的愤怒吗？当他神奇地挥舞他的大头棒一路向前时，战场甚至容不下他。

要旨 维杜茹阿知道彼玛(Bhīma)的力量。每当彼玛上阵时，他踩踏地面的脚步，以及那以惊人的方式挥舞出的大头棒，都让敌人感到招架不住。强大的彼玛已经有很长一段时间未对兑塔瓦施陀的儿子们采取行动了，维杜茹阿想问一问：他究竟有没有把自己那一腔犹如饱受煎熬的眼镜蛇所积聚起来的怒火发泄出来？怀恨已久的眼镜蛇一旦喷射毒液，沾上毒液的人必难逃一死。

第 38 节 कच्चिद्यशोधा रथयूथपानां
गाण्डीवधन्वोपरतारिरास्ते ।
अलक्षितो यच्छरकूटगूढो
मायाकिरातो गिरिशस्तुतोष ॥३८॥

kaccid yaśodhā ratha-yūthapānāṁ
gāṇḍīva-dhanvoparatārir āste
alakṣito yac-chara-kūṭa-gūḍho
māyā-kirāto giriśas tutoṣa

kaccit—是否 / yaśaḥ-dhā—著名的 / ratha-yūthapānām—在杰出的战车战将中 / gāṇḍīva—甘迪瓦 / dhanva—弓 / uparata-ariḥ—征服敌人的人 / āste—好吗 / alakṣitaḥ—未被认出 / yat—……的他的 / śara-kūṭa-gūḍhaḥ—被箭雨罩住 / māyā-kirātaḥ—乔装的猎人 / giriśaḥ—主希瓦 / tutoṣa—感到满足

译文 (请告诉我，)手持甘迪瓦弓并因消灭敌人而在战车战将中一直名声显赫的阿尔诸纳近来可好？一次，当主希瓦装扮成猎人来找他时，他用箭雨笼罩希瓦，以此取悦了希瓦。

要旨 主希瓦(Śiva)想试一试阿尔诸纳的力量，就借故为一头猎取的野猪与阿尔诸纳争吵起来。他乔装成一个猎人迎战阿尔诸纳，阿尔诸纳用密集的箭雨罩住他，就这样一直打到主希瓦对阿尔诸纳感到满意为止。他赐给阿尔诸纳一个名叫帕舒帕提(Pāśupata)的武器，并祝福了阿尔诸纳。在这节诗中，维杜茹阿问起这位伟大的战士是否安好。

第 39 节

यमावुतस्वित्तनयौ पृथायाः
पार्थैर्वृतौ पक्ष्मभिरक्षिणीव ।
रेमात उद्दाय मृधे स्वरिक्थं
परात्सुपर्णाविव वज्रिवक्त्रात् ॥३९॥

yamāv utasvit tanayau pṛthāyāḥ
pārthair vṛtau pakṣmabhir akṣiṇīva
remāta uddāya mṛdhe sva-riktham
parāt suparṇāv iva vajri-vaktrāt

yamau—孪生兄弟(纳库拉和萨哈戴瓦) / utasvit—是否 / tanayau—儿子们 / pṛthāyāḥ—普瑞塔的 / pārthaiḥ—被普瑞塔之子们 / vṛtau—保护 / pakṣmabhiḥ—被盾牌 / akṣiṇī—眼睛的 / iva—像 / remāte—无忧无虑地玩耍着 / uddāya—夺得 / mṛdhe—在战斗中 / sva-riktham—自己的财产 / parāt—从敌人杜尤丹那里 / suparṇau—主维施努的坐骑嘎茹达 / iva—像 / vajri-vaktrāt—从因铎口中

译文　由哥哥们保护着的孪生兄弟好吗？正如眼皮一直在保护眼球，普瑞塔的儿子们一直保护着他们。恰似嘎茹达从手持霹雳的因铎嘴边抢走甘露，普瑞塔的儿子们从敌人杜尤丹的手中夺回了他们合法继承的王国。

要旨　茹达(Garuḍa)却能从他口中抢走甘露；杜尤丹也和天帝一样厉害，但普瑞塔(Pṛthā)的儿子们——潘达瓦兄弟，还是从杜尤丹那里夺回了自己的王国。嘎茹达和普瑞塔之子都是至尊主所钟爱的奉献者，因此他们能够面对如此强大的敌人。

维杜茹阿问起的是潘达瓦兄弟中的两个弟弟——纳库拉(Nakula)和萨哈戴瓦(Sahadeva)。这两位孪生兄弟与其兄长并不是由同一位母亲所生，他们的生母是玛德瑞(Mādrī)。虽然他们与哥哥们是同父异母的兄弟，但琨缇(Kuntī)在玛德瑞与其丈夫离开人世后照顾他们，把他们像尤帝士提尔、彼玛和阿尔诸纳一样视为己出。五兄弟在世人眼中就如同亲兄弟，三个哥哥像眼皮保护眼球一样照顾两个弟弟。维杜茹阿急切地想要知道，潘达瓦五兄弟从杜尤丹手中夺回他们自己的王国后，两个弟弟是否仍然在哥哥们的照顾下愉快地生活着。

第 40 节

अहो पृथापि ध्रियतेऽर्भकार्थे
राजर्षिवर्येण विनापि तेन ।
यस्त्वेकवीरोऽधिरथो विजिग्ये
धनुर्द्वितीयः ककुभश्चतस्रः ॥४०॥

aho pṛthāpi dhriyate 'rbhakārthe
rājarṣi-varyeṇa vināpi tena
yas tv eka-vīro 'dhiratho vijigye
dhanur dvitīyaḥ kakubhaś catasraḥ

aho—阁下啊 / pṛthā—琨缇 / api—还有 / dhriyate—还活着 / arbhaka-arthe—为了失去父亲的孩子们 / rājarṣi—潘杜王 / varyeṇa—最杰出的 / vinā api—没有他 / tena—他 / yaḥ—……的他 / tu—但 / eka—独自 / vīraḥ—战士 / adhirathaḥ—将领 / vijigye—能够征服 / dhanuḥ—弓 / dvitīyaḥ—第二个 / kakubhaḥ—方向 / catasraḥ—四个

译文 阁下啊！普瑞塔还活着吗？她那些失去父亲的孩子，是她活在世上的唯一原因；否则，在没有潘杜王的情况下，她不可能继续活着。潘杜是最伟大的将领，独自一人用弓箭便征服了四方。

要旨　忠贞的妻子在失去自己的夫君后是活不下去的，因此在远古时代，所有的寡妇都会在丈夫的尸体被焚化时自愿走进燃烧的火中殉葬。这一制度在印度曾经非常普遍，因为那时所有的妻子都对丈夫非常忠贞。后来，随着喀历年代的到来，妇女变得不再那么依恋丈夫，寡妇投火殉葬的事也就成了过去的历史。最近，这一制度已被政府废除，因为这原先曾是出于自愿的习俗到后来变成了强制性的社会陋习。

潘杜王去世时，他的两位妻子琨缇和玛德瑞都准备投火殉葬，但玛德瑞恳求琨缇为了潘达瓦兄弟这五个年幼的孩子而活下去，维亚萨戴瓦(Vyāsadeva)也这样请求她，琨缇于是答应了。琨缇强忍着巨大的悲痛，决定活下去，她无心在丈夫走后进行任何享受，而只想保护好孩子。维杜茹阿在此提到这件事，因为他知道嫂嫂琨缇黛薇的一切。从这节诗里我们知道，潘杜是一位伟大的战士，他独自一人手持弓箭征服了地球四方。失去这样一位英勇的丈夫，琨缇就算守寡也几乎很难独自活下去，但为了孩子，她必须这样做。

第 41 节

सौम्यानुशोचे तमधःपतन्तं
भ्रात्रे परेताय विदुद्रुहे यः ।
निर्यापितो येन सुहृत्स्वपुर्या
अहं स्वपुत्रान् समनुव्रतेन ॥४१॥

saumyānuśoce tam adhaḥ-patantaṁ
bhrātre paretāya vidudruhe yaḥ
niryāpito yena suhṛt sva-puryā
ahaṁ sva-putrān samanuvratena

saumya－高贵、和善的人啊 / anuśoce－只是悲叹 / tam－他 / adhaḥ-patantam－滑下 / bhrātre－在他兄弟的 / paretāya－死亡 / vidudruhe－背叛 / yaḥ－……的他 / niryāpitaḥ－赶出 / yena－被…… / suhṛt－祝愿者 / sva-puryāḥ－从他自己的家中 / aham－我本人 / sva-putrān－与他的儿子们 / samanu-vratena－认同那样的行为

译文 高贵、和善的人啊！我只为他(兑塔瓦施陀)感到悲哀，他背叛了他死去的弟弟。尽管我是他真诚的祝愿者，但他因为认同他亲生儿子所做的一切，便把我赶出了我自己的房子。

要旨 维杜茹阿并没有问他的哥哥兑塔瓦施陀是否还好，因为他知道兑塔瓦施陀不可能活得很好，要问也只会得到有关他滑向地狱的消息。维杜茹阿是兑塔瓦施陀真诚的祝愿者，心里也很关心他。维杜茹阿悲叹他竟敢背叛他死去的弟弟潘杜，不善待潘杜的儿子们，而且还在他那些奸诈的儿子们的指使下将自己赶出了家门。尽管如此，维杜茹阿从没有把兑塔瓦施陀视为敌人，而是始终为他祝福。事实证明，在兑塔瓦施陀生命的最后阶段，只有维杜茹阿才是他真正的朋友。这就是像维杜茹阿这样的外士纳瓦所具有的高尚情操，他甚至希望他的敌人一切都好。

第 42 节

सोऽहं हरेर्मर्त्यविडम्बनेन
दृशो नृणां चालयतो विधातुः ।
नान्योपलक्ष्यः पदवीं प्रसादा-
च्चरामि पश्यन् गतविस्मयोऽत्र ॥४२॥

so 'haṁ harer martya-viḍambanena
dṛśo nṛṇāṁ cālayato vidhātuḥ
nānyopalakṣyaḥ padavīṁ prasādāc
carāmi paśyan gata-vismayo 'tra

国际奎师那意识协会创办人、一代宗师
圣恩 A.C.巴克提韦丹塔·斯瓦米·帕布帕德

刻薄的言语之箭穿入维杜茹阿的耳朵，刺痛了他的心，他把自己的弓放在门口，义无反顾地离开了他哥哥的宫殿。（见第 16 页）

主奎师那预见到祂家族（雅杜王朝）的结局，并想要结束祂在地球上的娱乐活动，于是到萨茹阿斯瓦缇河岸边的一个僻静处，背靠一棵年轻的榕树坐了下来。乌达瓦和麦垂亚来与祂相见。（见第 135—139 页）

主布茹阿玛愤怒时，一个肤色蓝中带红的小孩从他的眉心处喷射出来。这个孩子是愤怒的化身茹铎（希瓦）。（见第 479 页）

无知的品质、伟大的圣人、韦达赞歌，艺术和科学等宇宙内众多的一切，都从主布茹阿玛的躯体和心智中产生出来。（见第 473—512 页）

外形如幼童般的伟大圣人——库玛尔四兄弟，在灵性世界——神的王国中，亲眼看到了至尊人格首神。

至尊主的同伴们簇拥着祂，用拂尘、伞和其它用品崇拜、侍奉祂。曾经是非人格神主义者的圣人们，看到至尊主后便成了祂的奉献者。（见第 654—661 页）

圣人喀夏帕正在全神贯注地冥想时，他妻子迪缇受性欲的折磨，乞求他与她交媾，以便生个孩子。（见第 570—571 页）

saḥ aham－因此，我 / hareḥ－至尊人格首神的 / martya－在尘世中 / viḍambanena－不被认出 / dṛśaḥ－眼光 / nṛṇām－普通人的 / cālayataḥ－令人困惑的 / vidhātuḥ－为了 / na－不 / anya－其他 / upalakṣyaḥ－被他人见到 / padavīm－荣耀 / prasādāt－靠……的恩典 / carāmi－旅行 / paśyan－通过看 / gata-vismayaḥ－毫无疑问 / atra－在这一点上

译文 我在没人看见的情况下走遍全世界后，对所发生的一切并不感到惊讶。人格首神从事的活动，看起来与这个有死亡的世界里的人所从事的活动一样，因此迷惑了其他人，但我凭借祂的恩典了解祂的伟大，因此在各方面都感到幸福。

要旨 虽然维杜茹阿是兑塔瓦施陀的弟弟，与兄长却有着天壤之别。凭借主奎师那的恩典，他不像兄长那样愚蠢，因此与兄长的交往并没有让他受影响。兑塔瓦施陀和他那些物质主义的儿子们妄想凭一己的力量主宰世界，至尊主鼓励他们这么做，使他们越来越迷惑。然而，维杜茹阿因为想要全心全意地为至尊主做奉爱服务，所以成了一名完全依靠绝对的人格首神的灵魂。在他一路朝圣的过程中，他认识到这一点，从此去除了一切疑虑。他根本不为失去家庭而感到难过，因为他现在已经体会到，比起家里那所谓的一点儿自由，依靠至尊主的恩典能使人获得更大的自由。人除非已经对至尊主的保护坚定不移，否则就不该进入生命的弃绝阶段。《博伽梵歌》中对生命的这一阶段解释为是：无畏、净化自己的生存(abhayaṁ sattva-saṁśuddhiḥ)。事实上，每个生物都完全依靠至尊主的恩典而存在，但除非他已进入一种纯净的生存状态，否则不可能稳固地处于这种状态。这一“依靠至尊主”的阶段被称为“净化自己的生存”(sattva-saṁśuddhiḥ)。这种净化最终将表现为摆脱恐惧。至尊主的奉献者被称为是“总是把一切献给至尊人格首神的纯粹奉献

者(nārāyaṇa-para)”，他什么都不怕，因为他始终都能意识到，至尊主在所有的情况下都在保护他。带着这样一种信念，维杜茹阿独自一人旅行，没有被任何朋友或敌人看到或认出来。他就这样摆脱了种种世俗的责任，享受着自由自在的生活。

当圣主奎师那以祂永恒极乐的夏玛逊达尔(Śyāmasundara)形象显现在这个世俗世界里时，那些并非至尊主的纯粹奉献者的人并不能认出祂或知道祂的荣耀。《博伽梵歌》第9章的第11节诗说：祂总是令非奉献者感到困惑，而奉献者却通过为祂做纯粹的奉爱服务，得以时时见到祂(avajānanti māṁ mūḍhā mānuṣīṁ tanum āśritam)。

第 43 节 नूनं नृपाणां त्रिमदोत्पथानां
महीं मुहुश्चालयतां चमूभिः ।
वधात्प्रपन्नार्तिजिहीर्षयेशो
ऽप्युपैक्षताघं भगवान् कुरूणाम् ॥४३॥

nūnaṁ nṛpāṇāṁ tri-madotpathānāṁ
mahīṁ muhuś cālayatāṁ camūbhiḥ
vadhāt prapannārti-jihīrṣayeśo
'py upaikṣatāghaṁ bhagavān kurūṇām

nūnam—当然 / nṛpāṇām—国王们的 / tri—三种 / mada-utpathānām—因妄自尊大而走入歧途 / mahīm—地球 / muhuḥ—不断地 / cālayatām—骚扰 / camūbhiḥ—因调动军队 / vadhāt—杀戮 / prapanna—皈依的人 / ārti-jihīrṣaya—愿意解除受苦者的痛苦 / īśaḥ—至尊主 / api—尽管 / upaikṣata—等待 / agham—冒犯 / bhagavān—至尊主 / kurūṇām—库茹家族的

译文 尽管祂是至尊主，总是愿意解除痛苦之人的苦恼，尽管库茹家族的人犯下了所有种类的罪行，尽管祂看到其他君王在三种虚荣的驱使下频繁调动他们强大的军队，使大地一直不得安宁，但祂还是克制自己不杀库茹家族的人。

要旨　至尊主在《博伽梵歌》中宣布，祂降临物质世界所急需完成的使命是：消灭恶徒，保护正在受苦但却对祂忠心耿耿的人。尽管如此，主奎师那还是容忍了库茹家族的人羞辱朵帕蒂(Draupadī)、迫害潘达瓦兄弟，以及侮辱祂本人等恶行。有人也许会问："祂怎么会容忍这些不公平的事情在祂面前发生呢？祂为什么不立即惩罚库茹家族的人呢？"朵帕蒂曾在库茹家族的会议上遭受羞辱，他们企图在大庭广众之下剥光她的衣服，是至尊主供给她无限长的沙丽，保护了她。可是，祂并没有当场惩罚羞辱她的那些人。然而，至尊主当时保持沉默，并不意味着祂饶恕了库茹家族的人犯下的罪行。当时，地球上还有许多国王因为钱财、教育和追随者这三种物质拥有，而变得极为骄傲，一直不断地调动兵力，使地球动荡不安。至尊主只是在等他们全都聚集在库茹柴陀战场上后，好把他们一网打尽，就此快速地完成祂消灭恶徒的使命。不信神的国王或国家元首，一旦因为物质财富增长、教育发展、人口增加而变得不可一世时，就总免不了要炫耀武力，无辜的人民因此而遭殃。在主奎师那亲自降临的那个时候，全世界有许许多多这样的国王，主奎师那于是安排了库茹柴陀大战。至尊主在展示祂的宇宙形象(viśva-rūpa)时，曾说出了祂消灭恶徒的使命："我是时间——世界最大的毁灭者，到这里来是为消灭所有的人。除了你们(潘达瓦)，双方在这里的士兵都会被杀死。因此，站起来。准备作战，赢得光荣。征服你的敌人，享受繁荣的王国。由于我的安排，他们已经被置于死地，而你，萨维雅萨祺(Savyasācī)啊！只不过是战斗中的一个工具。朵纳(Droṇa)、彼士玛、佳雅铎塔(Jayadratha)、卡尔纳及其他伟大的战士，已经被我消灭了。因此，杀死他们，不要感到不安。只管作战。你将在战场上打败敌人。"(《博伽梵歌》11.32-34)

至尊主总是想看到祂的奉献者在由祂本人一手策划的事件中成为英雄。祂想看到祂的奉献者和朋友阿尔诸纳在库茹柴陀战争中成为英雄，祂为此等着世上所有的恶徒集结一处。这是对至尊主之所以沉默等待的唯一解释。

第 44 节 अजस्य जन्मोत्पथनाशनाय
कर्माण्यकर्तुर्ग्रहणाय पुंसाम् ।
नन्वन्यथा कोऽर्हति देहयोगं
परो गुणानामुत कर्मतन्त्रम् ॥४४॥

ajasya janmotpatha-nāśanāya
karmāṇy akartur grahaṇāya puṁsām
nanv anyathā ko 'rhati deha-yogaṁ
paro guṇānām uta karma-tantram

ajasya—不经出生就存在的人的 / janma—显现 / utpatha-nāśanāya—为了消灭那些自命不凡的人 / karmāṇi—活动 / akartuḥ——个不需要做事的人 / grahaṇāya—从事 / puṁsām—所有人的 / nanu anyathā—否则 / kaḥ—……的 / arhati—值得 / deha-yogam—与躯体接触 / paraḥ—超然的 / guṇānām—三种自然属性的 / uta—更不用说 / karma-tantram—因果报应定律

译文 至尊主为了消灭傲慢自负之人而显现。祂的活动超然，为让全人类了解而演出。否则，既然至尊主超越一切物质属性，祂能为达到什么目的来地球呢？

要旨 《布茹阿玛·萨密塔》(Brahma-saṁhitā)中说：至尊主的形象是永恒、极乐和全知的(īśvaraḥ paramaḥ kṛṣṇaḥ sac-cid-ānanda-vigrahaḥ)。因此，祂的所谓诞生只是显现而已，就好比太阳升起在地平线上一样。祂的诞生不像生物体的诞生，要受物质自然的影响及其过往行为的报应的制约。祂的每一个活动都是独立的娱乐活动，并不受制于物质自然的因果报应。《博伽梵歌》第4章的第14节诗中说：

na māṁ karmāṇi limpanti
na me karma-phale spṛhā
iti māṁ yo 'bhijānāti
karmabhir na sa badhyate

“我不受任何活动的影响，也不追求活动结果。了解关于我这一真理的人，不再受活动报应的束缚。”

至尊主为生物制定的业报定律(karma)对祂本人并不起作用；至尊主也不像普通的生物，有着想要通过活动来改善自己生存条件的欲望。一般的生物为了改善自己受制约的生活而从事活动，但至尊主已经集一切财富、力量、声望、美丽、知识和绝对的弃绝于一身，还有什么必要“改善”呢？没有人能在任何方面超过至尊主，因此对至尊主来说，“改善”这种想法根本就是毫无意义的。我们应该总是把至尊主的活动与一般生物的活动加以区别，这样才能对至尊主的超然地位有正确的认识。能够认识到至尊主的超然性的人，才能成为至尊主的奉献者，并能立刻摆脱由自己过往的行为所招致的一切报应。《布茹阿玛·萨密塔》第5章的第54节诗中说：至尊主把奉献者过往行为的报应减到最低程度或一笔勾销(karmāṇi nirdahati kintu ca bhakti-bhājām)。

所有的生物都应该欣赏至尊主的活动。祂从事那些活动的目的，是为了吸引普通人转向祂。至尊主总是善待奉献者，保护奉献者；这样，一般的功利性活动者或寻求解脱之人就会被至尊主所吸引。功利性活动者能通过做奉爱服务达到他们的目的，寻求解脱的人也能通过奉爱服务达成自己的目标。奉献者并不想享受活动的结果，也不向往任何形式的解脱，他们以品味至尊主各种光荣的、超人的事迹为乐，比如，祂举起哥瓦尔丹山(Govardhana)；祂在婴儿时期杀死恶魔菩坦娜(Pūtanā)等。祂之所以从事这些活动，是为了吸引功利性活动者(karmī)、思辨者(jñānī)和奉献者(bhakta)等各种各样的人。祂超越一切业报定律，所以不可能像受制于自身活动报应的普通生物那样，被迫接受一个实际是幻象(māyā)的躯体。

至尊主显现的第二个目的是要消灭自命不凡的恶魔(asura)，阻止缺乏智慧的人宣扬荒唐的无神论信息。靠至尊主没有缘故的仁慈，那些被人格首神亲手杀死的恶魔都获得了解脱。充满深刻意义的至尊主的显现，根本不能与普通生物的“出生”相提并论。就连纯粹的奉献者都与物质躯体没有瓜葛，更何况以其原本的永恒、全知和极乐(sac-cid-ānanda)的形象显现的至尊主了；祂无疑更不可能被局限在物质的躯体中。

第 45 节

तस्य प्रपन्नाखिललोकपाना-
मवस्थितानामनुशासने स्वे ।
अर्थाय जातस्य यदुष्वजस्य
वार्तां सखे कीर्तय तीर्थकीर्तेः ॥४५॥

tasya prapannākhila-lokapānām
avasthitānām anuśāsane sve
arthāya jātasya yaduṣv ajasya
vārtāṁ sakhe kīrtaya tīrtha-kīrteḥ

tasya—祂的 / prapanna—皈依的 / akhila-loka-pānām—宇宙中所有的统治者 / avasthitānām—处于 / anuśāsane—在……的控制下 / sve—自己 / arthāya—为了……的利益 / jātasya—经出生之人的 / yaduṣu—在雅杜家族 / ajasya—不经出生就存在之人的 / vārtām—话题 / sakhe—我的朋友啊 / kīrtaya—请讲述 / tīrtha-kīrteḥ—其荣耀在圣地受到赞扬的至尊主的

译文　我的朋友啊！因此，请歌唱至尊主的荣耀，这些荣耀就是要在朝圣之地被歌颂的。祂不经出生就存在，但却出于对宇宙各地投靠祂的统治者没有缘故的仁慈而显现。正是为了他们的利益，祂才在雅杜王朝祂纯粹的奉献者家中显现。

要旨　整个宇宙中有不计其数的统治者，他们分别居住在各类星球上：太阳上有太阳神，月亮上有月神，天堂星球上有天帝因铎、瓦尤(Vāyu)、瓦茹纳(Varuṇa)，布茹阿玛珞卡(Brahmaloka)有主布茹阿玛(Brahmā)。他们都是至尊主顺从的仆人。物质世界里有各个不同的宇宙，各个宇宙中又有不计其数的星球，而一旦这其中出现任何管理的问题，管理者们便祈求至尊主显现，而至尊主就会应他们的请求显现。《博伽瓦谭》(Bhāgavatam)第1篇第3章的第28节诗中已证实了这一点：

ete cāṁśa-kalāḥ puṁsaḥ
　kṛṣṇas tu bhagavān svayam
indrāri-vyākulaṁ lokaṁ
　mṛḍayanti yuge yuge

"上面提到的所有化身，要么是至尊主的完整扩展，要么是完整扩展的部分，但其中的圣主奎师那，却是存在中的第一位人格首神。每当无神论者制造混乱时，至尊主的这些化身就降临不同的星球，保护有神论者。"

在每一个年代，每当服从至尊主的统治者遇到麻烦，至尊主就会显现。不仅如此，祂还会为了祂纯粹的奉献者而显现。服从至尊主的统治者和纯粹奉献者，总是完全服从至尊主的统治，从不违背至尊主的愿望，所以至尊主一直照顾他们。

朝圣的目的就是不断地想着至尊主；正因为如此，祂被称为"其荣耀在圣地受到赞扬的至尊主(tīrtha-kīrti)"。到圣地去的目的就是找机会荣耀至尊主。时至今日，虽然时代变了，但印度还是有许多朝圣的地方。就像我们住过的玛图茹阿和温达文，人们从早上四点起床开始，一直到晚上都在以各种形式吟诵、吟唱至尊主神圣的荣耀。圣地之美就在于，它能使人自然而然地记住至尊主神圣的荣耀。至尊主的名字、声望、特质、形象、娱乐活动及随从等，都与至尊主完全一样，因此吟诵、吟唱至尊主荣耀的结果，就是至尊主亲自出现。无论何时何地，每当纯粹奉献者聚集在一起吟唱至尊主的荣耀时，至尊主就毫无疑问在那里。至尊主本人说：祂总在祂的纯粹奉献者歌唱祂荣耀的地方。

到此为止，结束了巴克提韦丹塔对《圣典博伽瓦谭》第3篇第1章——“维杜茹阿的询问”所作的阐释。

第二章

回忆主奎师那

第 1 节 श्रीशुक उवाच

इति भागवतः पृष्टः क्षत्त्रा वार्तां प्रियाश्रयाम् ।
प्रतिवक्तुं न चोत्सेह औत्कण्ठ्यात्स्मारितेश्वरः ॥१॥

śrī-śuka uvāca
iti bhāgavataḥ pṛṣṭaḥ
kṣattrā vārtāṁ priyāśrayām
prativaktuṁ na cotseha
autkaṇṭhyāt smāriteśvaraḥ

śrī-śukaḥ uvāca一圣舒卡戴瓦·哥斯瓦米说 / iti一如此 / bhāgavataḥ一伟大的奉献者 / pṛṣṭaḥ一被问及 / kṣattrā一被维杜茹阿 / vārtām一消息 / priya-āśrayām一有关至爱的人 / prativaktum一回答 / na一不 / ca一也 / utsehe一变得急切 / autkaṇṭhyāt一因极度的焦虑 / smārita一回忆 / īśvaraḥ一至尊主

译文 圣舒卡戴瓦·哥斯瓦米说：当维杜茹阿请求伟大的奉献者乌达瓦讲述最可亲的人(主奎师那)的信息时，乌达瓦因为太想念至尊主导致过度焦急而无法立刻作答。

第 2 节 यः पञ्चहायनो मात्रा प्रातराशाय याचितः ।
तन्नैच्छद्रचयन् यस्य सपर्यां बाललीलया ॥२॥

yaḥ pañca-hāyano mātrā
prātar-āśāya yācitaḥ

tan naicchad racayan yasya
saparyāṁ bāla-līlayā

yaḥ一……的 / pañca一五 / hāyanaḥ一岁 / mātrā一被他母亲 / prātaḥ-āśāya一吃早餐 / yācitaḥ一招呼 / tat一那 / na一不 / aicchat一喜欢 / racayan一玩耍 / yasya一……的他的 / saparyām一服务 / bāla-līlayā一童年

译文 他甚至从五岁的孩提时代起，就已经在全神贯注地为主奎师那服务了；他是那么投入地做服务，以致他母亲喊他吃早饭，他都不想去吃。

要旨 乌达瓦(Uddhava)是一位与生俱来的主奎师那(Kṛṣṇa)的奉献者，又称解脱的灵魂(nitya-siddha)。他甚至在童年时期，就已经自然而然地在为主奎师那做服务了。他经常和有着奎师那模样的洋娃娃玩，给他们穿衣服、喂饭、崇拜他们，以这种方式来为他们服务；他就这样时时沉浸在超然的游戏中。这是永恒解脱的灵魂所具有的表现。永恒解脱的灵魂是从不忘记至尊主的奉献者们。人体生命的目的就在于恢复个体灵魂和至尊主之间永恒的关系，所有宗教训令背后的目的都是为了唤醒生物这一沉睡的本能。越早唤醒这一本能，也就越早达成人体生命的使命。出生在优秀的奉献者家庭的孩子，能有机会以各种方式为至尊主服务；而在奉爱服务路途上已经取得进步的灵魂，将有机会投生在这类灵性层次高的家庭中。《博伽梵歌》(Bhagavad-gītā)第6章第41节诗证实了这一点：奉献者即使堕落了，也能有机会投生在良好的布茹阿玛纳(brāhmaṇa，婆罗门)家庭或富贵的商人家庭(śucīnāṁ śrīmatāṁ gehe yoga-bhraṣṭo 'bhijāyate)。由于这两类家庭一般总是有崇拜主奎师那的习惯，孩子也就有机会模仿大人崇拜神像(arcanā)，所以出生在这类家庭里的人便天赐良机，能够自然而然地恢复他的神意识。

伟大的圣人纳茹阿达·牟尼所介绍的崇拜神像的程序(pāñcarātrika)，是训练人做奉爱服务的程序，具体指在神庙中崇拜至尊主，初习者可以通过它学习如何为至尊主服务。帕瑞克西特王(Mahārāja Parīkṣit)小时候也经常与长着奎师那模样的洋娃娃玩。如今在印度，高尚的家庭仍会给孩子玩茹阿玛(Rāma)、奎师那这一类模样像至尊主的洋娃娃，有时是模样像半神人的洋娃娃，以此培养他们为至尊主做服务的倾向和能力。靠至尊主的恩典，我的父母亲也给我们提供了这样的机会，让我们从人生的一开始就以“恢复与神的关系”为原则生活。

第 3 节 स कथं सेवया तस्य कालेन जरसं गतः ।
पृष्टो वार्तां प्रतिब्रूयाद्भर्तुः पादावनुस्मरन् ॥ ३ ॥

sa kathaṁ sevayā tasya
kālena jarasaṁ gataḥ
pṛṣṭo vārtāṁ pratibrūyād
bhartuḥ pādāv anusmaran

saḥ—乌达瓦 / katham—如何 / sevayā—通过这样的服务 / tasya—他的 / kālena—随着时间的流逝 / jarasam—年老体弱 / gataḥ—经历 / pṛṣṭaḥ—被问及 / vārtām—消息 / pratibrūyāt—为了回答 / bhartuḥ—至尊主的 / pādau—祂的莲花足 / anusmaran—回忆起

译文 乌达瓦就这样从孩提时代到老年一直不断地侍奉至尊主，服务的热情从未减弱过。他一旦被问及有关至尊主的信息，便立刻回忆起至尊主所有的一切。

要旨 对至尊主所做的超然服务不是世俗的，奉献者服务的热情只会逐渐增强，从不会松懈下来。一般而言，人到老年就会退休；但是为至尊主做超然的服务从不存在退休问题，相反随着年龄的增长，服务的热情会变得越来越强。做超然的服务不会有做够了、做腻了的时候，因此也就不存在退休的问题。在物质的层面上，一个人用他的物质躯体做服务做累了就被允许退休，但超然的服务是灵性的，不处在躯体的层面上，所以也就不会感到劳累。躯体层面上的服务随躯体变老而减弱，但灵魂是永远年轻的，所以灵性层面上的服务永远不会让人感到疲劳和厌倦。

乌达瓦虽然年事已高，但这并不表示他的灵魂也老了，他的服务态度进入了超然的成熟期。因此，一旦维杜茹阿(Vidura)向他问起主奎师那的消息，他就立刻想起至尊主，忘记了躯体层面上的自己。这就是为至尊主做纯粹奉爱服务的特征。就有关这一点，我们将在主卡皮拉(Kapila)对母亲黛瓦瑚缇(Devahūti)的教导中加以解释(lakṣaṇaṁ bhakti-yogasya)。

第 4 节 स मुहूर्तमभूत्तूष्णीं कृष्णाङ्घ्रिसुधया भृशम् ।
तीव्रेण भक्तियोगेन निमग्नः साधु निर्वृतः ॥ ४ ॥

sa muhūrtam abhūt tūṣṇīṁ
kṛṣṇāṅghri-sudhayā bhṛśam
tīvreṇa bhakti-yogena
nimagnaḥ sādhu nirvṛtaḥ

saḥ—乌达瓦 / muhūrtam——时 / abhūt—变得 / tūṣṇīm—默然无语 / kṛṣṇa-aṅghri—至尊主的莲花足 / sudhayā—被甘露 / bhṛśam—很成熟的 / tīvreṇa—由极为强烈的 / bhakti-yogena—奉爱服务 / nimagnaḥ—沉浸在 / sādhu—好的 / nirvṛtaḥ—全心全意地爱着

译文 有片刻的时间他沉默不语，身体纹丝不动，在奉爱的心醉神迷状态中沉浸于回忆至尊主莲花足的甘露中。在那回忆的甘露中，他越来越深地进入了如痴如醉的状态。

要旨 维杜茹阿一旦问起奎师那，乌达瓦顿时就像从睡梦中醒来一样；他像是在后悔自己忘了至尊主的莲花足。就这样，他又想起了至尊主的莲花足，记起了自己为至尊主所做过的所有的超然爱心服务。这样想着，他感受到了过去在至尊主身边时经常感受到的那种狂喜。因为至尊主是绝对的，所以想起祂与跟祂本人在一起并无不同。乌达瓦沉默片刻后，便越来越深地进入了如痴如醉的状态。至尊主的高级奉献者有时会展示出如痴如醉的情感，而这种情感会导致躯体的八种超然反应，即流泪、身体颤抖、流汗、烦躁不安、心跳过快和声音哽咽等。乌达瓦当着维杜茹阿的面展示了所有这些征兆。

第 5 节 पुलकोद्भिन्नसर्वाङ्गो मुञ्चन्मीलद्दृशा शुचः ।
पूर्णार्थो लक्षितस्तेन स्नेहप्रसरसम्प्लुतः ॥ ५ ॥

pulakodbhinna-sarvāṅgo
muñcan mīlad-dṛśā śucaḥ
pūrṇārtho lakṣitas tena
sneha-prasara-samplutaḥ

pulaka-udbhinna—超然的狂喜导致的躯体变化 / sarva-aṅgaḥ—躯体的每一个部分 / muñcan—擦拭 / mīlat—张开 / dṛśā—由眼睛 / śucaḥ—悲伤的泪水 / pūrṇa-arthaḥ—圆满的成就 / lakṣitaḥ—被看到 / tena—被维杜茹阿 / sneha-prasara—极度的爱 / samplutaḥ—彻底吸收

译文 维杜茹阿观察到，乌达瓦因为完全沉浸在这种心醉神迷的状态中，身体出现了超然变化的一切特征；与此同时，他努力想要擦干眼里涌出的与至尊主离别的泪水。维杜茹阿因此能明白，对至尊主巨大的爱已经把乌达瓦完全淹没了。

要旨 作为至尊主的经验丰富的奉献者，维杜茹阿目睹了最高层次的奉爱所具有的特征，并由此证实：乌达瓦对首神的爱已经达到了完美的境界。灵性的狂喜所引起的躯体反应发自灵性的层面，不是人通过练习所能表演出的造作表现。练习做奉爱服务会经过三个阶段：第一个阶段是遵守奉爱服务典籍中规定的规范守则；第二个阶段是奉爱服务处于稳定状态时对超然知识的吸收和觉悟；第三个阶段是进入灵性的狂喜状态，在这种状态中的奉献者会展示出超然的躯体反应所具有的征兆。为至尊主所做的九种奉爱服务以聆听、吟诵(吟唱)和记忆为开始，学生通过一直不断地聆听至尊主的荣耀和娱乐活动，清除内心的污染；随着他内心越来越净化，他也就能越来越坚定地做奉爱服务了。接下来，一个人将逐渐达到稳定、信心坚定、因感受到美好的滋味而喜爱、获得觉悟和吸收等几个阶段。在这一过程中，他对神的爱也将逐渐增强，直至进入最高的阶段；在最高阶段中还有爱慕、愤怒、依恋等多种表现，从这一阶段再继续往上将达到极为罕见的玛哈·巴瓦(mahā-bhāva)阶段，而普通生物一般无法达到这一阶段。对神的爱的人格化身——圣主柴坦亚·玛哈帕布(Śrī Caitanya Mahāprabhu)，展示了上述的一切。

圣主柴坦亚·玛哈帕布最主要的门徒圣茹帕·哥斯瓦米(Śrīla Rūpa Gosvāmī)，在他撰写的《奉爱服务的纯粹甘露之洋》(Bhakti-rasāmṛta-sindhu)一书中，对像乌达瓦那样的纯粹奉献者所表现出的超然征兆作了系统的阐述。我们对该书内容加以综合概述，编译为《奉爱的甘露》，以供想进一步了解奉爱服务科学细节性知识的人参阅。

第 6 节

शनकैर्भगवल्लोकान्नृलोकं पुनरागतः ।
विमृज्य नेत्रे विदुरं प्रीत्याहोद्धव उत्स्मयन् ॥ ६ ॥

śanakair bhagaval-lokān
nṛlokaṁ punar āgataḥ

vimṛjya netre viduraṁ
prītyāhoddhava utsmayan

śanakaiḥ—渐渐地 / bhagavat—至尊主 / lokāt—从……的住所 / nṛlokam—人类的星球 / punaḥ āgataḥ—回到 / vimṛjya—擦干 / netre—眼睛 / viduram—向维杜茹阿 / prītyā—满怀深情 / āha—说 / uddhavaḥ—乌达瓦 / utsmayan—凭着所有这些记忆

译文 伟大的奉献者乌达瓦很快把思绪从至尊主的居所拉回到人类的层次并擦干眼泪。他回忆起过去，心情愉快地开口对维杜茹阿说话。

要旨 乌达瓦完全沉浸在爱神的超然狂喜中时，实际上已经忘了外面的世界。纯粹的奉献者总是住在至尊主的居所，即使他处在现有的、看似属于这个(物质)世界的躯体中也不例外。纯粹奉献者因为沉浸在对至尊者的超然冥想中，所以并不处在躯体的层面上。乌达瓦在要与维杜茹阿说话时，他让自己从至尊主的住所杜瓦尔卡(Dvārakā)降到普通人类的物质层面上。纯粹奉献者身在尘世中的原因并不是出于任何物质的动机，而是为了给至尊主做超然的爱心服务。生物按照他的存在状态，要么生活在物质层面，要么生活在至尊主超然的住所。在《永恒的柴坦亚经》(Caitanya-caritāmṛta)中，圣主柴坦亚给圣茹帕·哥斯瓦米解释生物存在状态的转变过程说：“宇宙里的众生全都一世复一世地在享受各自功利性活动的报应。在他们中，有些人也许会因为与纯粹的奉献者交往而受其影响，在品味到美好的滋味后开始做奉爱服务。这一品味就是奉爱服务的种子；对于有幸得到这粒种子的人，经典建议他们把它植入自己的心中。就像人们用水浇灌种子，让种子发芽、生长、开花、结果一样，奉献者心中播下的奉爱服务的种子，要由聆听、吟诵(吟唱)至尊主的圣名和娱乐活动的‘水’来浇灌。奉爱服务的蔓藤受到滋养，逐渐生长，奉献者继续像园丁一样不断地浇水——不断聆听和吟诵(吟唱)。这棵奉爱服务的蔓藤渐渐越长越高，终于穿透整个物质宇宙，进入灵性天空，直至最终到达哥珞卡·温达文(Goloka Vṛndāvana)。仅仅靠聆听、吟诵(吟唱)这一形式为至尊主做奉爱服务，作为园丁的奉献者就能即便身处物质的层面却依然与至尊主的住所有联系。就像蔓藤总是托庇于一棵结实的树木；同样道理，奉献者灌溉的奉爱服务蔓藤也总是托庇于至尊主的莲花足，紧紧地缠在那里。蔓藤缠紧后，上面就开始结出果实，灌溉它的园丁便得以享受这爱的果实，他的生命就成功了。”从乌达瓦的表现能明显看出，他已达到了这一层面；他能既身处这个世界，同时又能去到最高的星球。

第 7 节

उद्धव उवाच
कृष्णद्युमणि निम्लोचे गीर्णेष्वजगरेण ह ।
किं नु नः कुशलं ब्रूयां गतश्रीषु गृहेष्वहम् ॥ ७ ॥

uddhava uvāca
kṛṣṇa-dyumaṇi nimloce
gīrṇeṣv ajagareṇa ha
kiṁ nu naḥ kuśalaṁ brūyāṁ
gata-śrīṣu opgṛheṣv aham

uddhavaḥ uvāca—圣乌达瓦说 / kṛṣṇa-dyumaṇi—奎师那这轮太阳 / nimloce—已落下 / gīrṇeṣu—被吞噬 / ajagareṇa—被巨蟒 / ha—在过去 / kim—什么 / nu—其他 / naḥ—我们的 / kuśalam—幸福和安宁 / brūyām—我可以说 / gata—离去了 / śrīṣu gṛheṣu—在房子里 / aham—我

译文 圣乌达瓦说：我亲爱的维杜茹阿，世界的太阳——主奎师那，落山了；我们的房子现在被时间的巨蛇吞没了。就有关我们的幸福，我还能对你说什么呢？

要旨 根据圣维施瓦纳特·查夸瓦尔提·塔库尔(Viśvanātha Cakravartī Ṭhākura)的评注，我们对奎师那这轮太阳的隐迹作出如下的解释，即维杜茹阿得知伟大的雅杜(Yadu)王朝和他自己的家族库茹(Kuru)王朝覆灭后，内心极度悲痛；乌达瓦能够理解维杜茹阿的心情，因此首先向他表示自己也深有同感说，日落之后，人人都处在黑暗里。既然整个世界都被悲伤的阴霾所笼罩，那么不仅是维杜茹阿和乌达瓦两人，而是谁都高兴不起来。乌达瓦像维杜茹阿一样满怀悲伤，不再奢望他们自己还会有幸福安宁的生活。

把奎师那比作太阳非常贴切，太阳一旦落山，黑暗就自动到来。但是，人们在日出日落的过程中所体验到的黑暗并不影响太阳本身。同样道理，主奎师那的显现和隐迹就恰似这日出和日落；祂在无数的宇宙中显现、隐迹，祂一旦出现在某个宇宙中，那个宇宙就到处是超然的光明，而祂一旦离开，那个宇宙就立刻陷入黑暗中。但是，祂的娱乐活动永远都在进行中，就像太阳或者出现在东半球，或者出现在西半球一样。太阳不是出现在印度就是出现在美国，当它出现在印度时，美国就在黑暗中；当它出现在美国时，印度所在的这个半球就是一片黑暗。

在一个半球上，太阳清晨升起，慢慢到最高空，然后又落下，而与此同时在另一个半球升起。同样道理，主奎师那在一个宇宙隐迹，与此同时又在另一个宇宙开始了祂另外的娱乐活动。就这样，祂永恒的娱乐活动(nitya-līlā)时时都在进行中，从没有结束。太阳每隔24小时升起一次；同样，主奎师那的娱乐活动也在每个宇宙的布茹阿玛(Brahmā)的一天里进行一次，而根据《博伽梵歌》，布茹阿玛的一天等于四十三亿太阳年。但无论至尊主在哪里显现，祂都会定期从事启示经典里描述的各种娱乐活动。

就像日落天黑后蛇蟒得势、盗贼猖狂、鬼魂出动、莲花失色，查夸瓦克依(cakravākī)鸟悲鸣；主奎师那隐迹后，不信神者蠢蠢欲动，奉献者却满怀悲伤。

第 8 节 दुर्भगो बत लोकोऽयं यदवो नितरामपि ।
ये संवसन्तो न विदुर्हरिं मीना इवोडुपम् ॥ ८ ॥

durbhago bata loko 'yaṁ
yadavo nitarām api
ye saṁvasanto na vidur
hariṁ mīnā ivoḍupam

durbhagaḥ－不幸的 / bata－无疑 / lokaḥ－宇宙 / ayam－这个 / yadavaḥ－雅杜王朝 / nitarām－尤其 / api－还有 / ye－那些 / saṁvasantaḥ－生活在一起 / na－不 / viduḥ－明白 / harim－人格首神 / mīnāḥ－鱼 / iva uḍupam－像月亮

译文 这个宇宙与它其中所有的星球是最不幸的。而更不幸的是雅杜王朝的成员们，因为他们认不出主哈尔依就是人格首神，正如鱼无法识别月亮。

要旨 乌达瓦为世上那些不幸的人悲伤，他们虽然亲眼目睹了圣主奎师那所有超然而神圣的品质，但却认不出祂。尽管至尊主从一开始显现在康萨(Kaṁsa)王的牢房直到最后消灭雅杜王朝(mausala-līlā)，凭祂拥有的钱财、力量、声望、美丽、知识和弃绝这六种财富展示了祂作为人格首神的威力，但世上的蠢人却还是不明白祂就是至尊主。蠢人们与至尊主没有亲密的接触，因此以为祂只不过是个非凡的历史人物。然而，与至尊主处在同一家族的雅杜王朝的人更不幸，他们总是与至尊主在一起，却不知道祂就是至尊人格首神。除了为他人而悲叹，乌达瓦也悲叹自己的不幸，因为他虽然知道奎师那是至尊人格首神，却未能好好抓住这个机会为至尊主服务。他为所有人的不幸，包括他自己的不幸而悔恨不已。至尊主的纯粹奉献者总认为自己是最不幸的，但那是出于对至尊主极度的爱，是一种从分离的痛苦(viraha)中所体会到的超然感受。

我们从启示经典中得知，月亮诞生于牛奶之洋。高等星系中有一个牛奶海洋，主维施努(Viṣṇu)作为控制众生心灵的超灵(Paramātmā)——祺柔达卡沙依·维施努(Kṣīrodakaśāyī Viṣṇu)，躺在其中。只见过咸水海洋的人不相信有牛奶海洋。要知道这个世界在梵文中还被称为“哥”(go)，意思是乳牛。乳牛的尿是咸的，根据阿尤尔·韦达(Āyur-veda)医学，乳牛的尿用来治疗肝病很有效。患肝病的人因为绝对不能喝牛奶，所以可能根本没尝过牛奶的滋味。尽管如此，他们知道乳牛除了有尿以外还有牛奶。同样，我们这些经验只限于这个有咸水海洋的小星球的人，虽然从没有亲眼见过，但却可以通过启示经典了解到世上还有一个牛奶海洋。月亮就产自这个牛奶之洋。生长在牛奶之洋中的鱼无法了解：“月亮不同于它们，并不是鱼”这样一个事实。鱼把月亮看做它们的同类，或者某个能发光的东西，仅此而已。那些认不出主奎师那的不幸之人就像那些鱼，他们认为：主奎师那是他们中的一员，只不过在钱财、力量等方面稍微出众一点而已。《博伽梵歌》第9章第11节诗中证实：这样的蠢人是最不幸的(avajānanti māṁ mūḍhā mānuṣīṁ tanum āśritam)。

第 9 节 इङ्गितज्ञाः पुरुप्रौढा एकारामाश्च सात्वताः ।
सात्वतामृषभं सर्वे भूतावासममंसत ॥ ९ ॥

ingita-jñāḥ puru-prauḍhā
ekārāmāś ca sātvatāḥ
sātvatām ṛṣabhaṁ sarve
bhūtāvāsam amaṁsata

ingita-jñāḥ—精通透过看相研究心理的科学 / puru-prauḍhāḥ—经验丰富的 / eka—一 / ārāmāḥ—消遣 / ca—还 / sātvatāḥ—奉献者或自己人 / sātvatām ṛṣabham—家族的首领 / sarve—所有的 / bhūta-āvāsam—无所不在的 / amaṁsata—能够认识到

译文 雅杜王朝的成员们都是经验丰富的奉献者，他们博学，精通透过看相研究心理的科学。此外，他们总是与至尊主一起从事各种消遣活动。但尽管如此，他们只知道祂是无所不在的至尊者。

要旨 《喀塔奥义书》(Kaṭha Upaniṣad)第1篇第2章的第23节诗说：人光靠自己的学识或心智思辨能力无法了解至尊主或超灵(nāyam ātmā pravacanena labhyo na medhayā na bahunā śrutena)。只有获得至尊主的恩典的人，才能了解至尊主。雅杜王朝的成员(Yādava)全都学识渊博、经验丰富，但尽管他们知道至尊主居于众生的心中，却认识不到祂是存在中的第一位人格首神。他们缺乏这样的认识并不是因为学问不够，而是因为自身的不幸。然而，在温达文(Vṛndāvana)，甚至没人知道至尊主是超灵，因为那里的居民都是至尊主非同寻常的纯粹奉献者，他们只把祂看做自己所爱的对象，并不知道祂是人格首神。但是，杜瓦尔卡的居民——雅杜王朝的成员，知道主奎师那是华苏戴瓦(Vāsudeva)——无所不在的超灵，却并不知道祂是至尊人格首神。作为精通韦达经(Vedas, 吠陀经)的学者，雅杜王朝的成员将主奎师那视为是降临在他们家族的超灵的化身，是处在每一个生物体心中独一无二的神，是维施尼王朝的至尊神(eko devaḥ..., sarva-bhūtādhivāsaḥ..., antaryāmī... 和 vṛṣṇīnāṁ para-devatā...)。他们的认识就只到这一步。

第 10 节 देवस्य मायया स्पृष्टा ये चान्यदसदाश्रिताः ।
भ्राम्यते धीर्न तद्वाक्यैरात्मन्युप्तात्मनो हरौ ॥१०॥

devasya māyayā spṛṣṭā
ye cānyad asad-āśritāḥ
bhrāmyate dhīr na tad-vākyair
ātmany uptātmano harau

devasya—人格首神的 / māyayā—在外在能量的影响下 / spṛṣṭāḥ—受污染 / ye—所有那些 / ca—和 / anyat—其他人 / asat—虚幻的 / āśritāḥ—被带走 / bhrāmyate—迷惑 / dhīḥ—智慧 / na—不 / tat—他们的 / vākyaiḥ—被那些话 / ātmani—在至尊灵魂中 / upta-ātmanaḥ—皈依的灵魂 / harau—向至尊主

译文　在任何情况下，受至尊主错觉能量迷惑的人所说的话，都不可能使那些完全皈依的灵魂失去自己的智慧。

要旨　韦达经中所有的证据都表明：圣主奎师那就是至尊人格首神。所有的前辈灵性导师(ācārya)，包括施瑞帕达·商卡尔查尔亚(Śrīpāda Śaṅkarācārya)，都接受这一事实。可是当主奎师那在世上显现时，不同的人对祂的认识各不相同，因此对祂的评价也各不相同。一般来说，对启示经典有信心的人按至尊主的本来面目认识并接受至尊主，当至尊主离开这个世界时，他们全都陷入了巨大的悲伤。我们在第1篇中已经对阿尔诸纳(Arjuna)和尤帝士提尔(Yudhiṣ-ṭhira)的悲痛之情做过分析；对他们而言，主奎师那的隐迹直到他们一生结束时都几乎是无法忍受的事情。

尽管雅杜王朝的成员对至尊主只有部分的认识，但他们也是光荣的，因为他们有机会能与作为他们家族首领的至尊主交往、联谊，并以亲密的方式为至尊主服务。雅杜王朝的成员与至尊主的其他奉献者，不同于那些把至尊主视为是普通人的人。那些人无疑是受错觉能量的蒙蔽，他们极为邪恶，忌妒至尊主。错觉能量牢牢地笼罩住他们，因为他们尽管受过高深的世俗教育，却不信神，被无神论的观点所污染。他们始终热衷于确立这样的说法，即主奎师那是普通人；祂因为从事了策划杀死兑塔瓦施陀(Dhṛtarāṣṭra)的儿子们及佳尔桑达(Jarāsandha)王等地球上的恶魔君王这类“不虔诚”的活动，结果死在一个猎人的手上。《博伽梵歌》中说：至尊主不受活动因果报应的影响(māṁ karmāṇi limpanti)，但这些人不信这句话。按无神论者的说法：主奎师那的家族——雅杜王朝，之所以灭亡是因为奎师那犯了杀死兑塔瓦施陀的儿子们的罪，因而被布茹阿玛纳(brāhmaṇa, 婆罗门)诅咒，落得这样的下场。至尊主的奉献者完全知道事实真相，所有这些诽谤无法动摇他们的心。他们对至尊主的正确认识，永不受任何干扰。那些受恶魔(asura)论调影响的人，也要受到谴责。这就是乌达瓦在这节诗里所表达的意思。

第 11 节 प्रदर्श्यातप्ततपसामवितृप्तदृशां नृणाम् ।
आदायान्तरधाद्यस्तु स्वबिम्बं लोकलोचनम् ॥११॥

pradarśyātapta-tapasām
avitṛpta-dṛśāṁ nṛṇām
ādāyāntar adhād yas tu
sva-bimbaṁ loka-locanam

pradarśya－靠展示 / atapta－未经历 / tapasām－苦行 / avitṛpta-dṛśām－没有完美的视野 / nṛṇām－人们的 / ādāya－采取 / antaḥ－隐迹 / adhāt－进行 / yaḥ－……的祂 / tu－但是 / sva-bimbam－祂本人的形象 / loka-locanam－在众人眼中

译文 圣主奎师那在地球的全体居民面前展示了祂永恒的形象，又通过从那些因为不从事必修的苦行而在看到祂时认识不到祂真实身份的人眼前离去，从事了祂的隐迹活动。

要旨 在这节诗中，梵文“没有完美的视野(avitṛpta-dṛśām)”一词意义深刻。这个物质世界里的受制约的灵魂，都在千方百计地想要满足自己的感官，但都以失败而告终，因为靠这种方式不可能让灵魂得到满足。对此有个很恰当的比喻，那就是“上岸的鱼”：如果把鱼从水里捞出来，放在岸上，不管你给它多少享受，它都快乐不起来。灵性的灵魂只有与至尊生物——人格首神接触时，才会感到快乐；除此之外，没有其他的可能性。在灵性世界的梵光(brahmajyoti)笼罩中有无数的外琨塔(Vaikuṇṭha)星球，至尊主出于祂无限的、没有缘故的仁慈，在这片超然的世界中作了无限的安排，以使生物获得无止境的快乐。

至尊主亲自来到世上展示祂超然的娱乐活动，其中又以温达文、玛图茹阿(Mathurā)和杜瓦尔卡三地的娱乐活动最具代表性。祂显现就是为了吸引受制约的灵魂回归首神，回归家园，回到那永恒的世界。然而，人们虽然目睹至尊主的娱乐活动，却因为自己还不够虔诚而未受吸引。《博伽梵歌》中说，只有彻底清除了恶报的人才能全心全意地为至尊主做超然的爱心服务。整个韦达(Vedic)体系的祭祀仪式，目的就在于使每一个受制约的灵魂能走上虔诚之路。社会各阶层人士如果严格遵守经典规定的规范守则，就能做到诚实、控制心、控制感官、容忍，等等，从而被提升到为至尊主做纯粹奉爱服务的层面。只有获得上述所说的超然视野，人才会感到心满意足，对物质的贪求才能得以平息。

当至尊主在世上时，正确看待祂的人感到心满意足，不再有物质贪求，从而能够与祂一起回到祂的王国；但那些不能如实看待祂的人，照样贪求物质事物，因此无法回归家园、回归首神。当至尊主从众人的视野中消失时，正如这节诗中所述，祂是以祂原本的永恒形象离去的。受制约的灵魂都误以为至尊主走时留下了祂的躯体，但事实上至尊主是以祂原本的形象离开的。不信神的非奉献者说，至尊主像普通的受制约的灵魂一样离世，这节诗驳斥了他们的错误论调。至尊主显现是为了解救世界，使其摆脱由不信神的恶魔带给它的过重负担；完成这一切后，祂就从世人的眼里消失了。

第 12 节　यन्मर्त्यलीलौपयिकं स्वयोग-
मायाबलं दर्शयता गृहीतम् ।

विस्मापनं स्वस्य च सौभगर्द्धेः
परं पदं भूषणभूषणाङ्गम् ॥१२॥

yan martya-līlaupayikaṁ sva-yoga-
māyā-balaṁ darśayatā gṛhītam
vismāpanaṁ svasya ca saubhagarddheḥ
paraṁ padaṁ bhūṣaṇa-bhūṣaṇāṅgam

yat—祂永恒的形象 / martya—有死亡的世界 / līlā-upayikam—正适合娱乐活动 / sva-yoga-māyā-balam—内在能量的力量 / darśayatā—为了展示 / gṛhītam—发现 / vismāpanam—美妙的 / svasya—祂本人的 / ca—和 / saubhaga-ṛddheḥ—拥有财富的人的 / param—至尊 / padam—最终的境界 / bhūṣaṇa—装饰 / bhūṣaṇa-aṅgam—装饰品的

译文 至尊主凭祂的内在能量尤嘎·玛亚出现在这个有死亡的世界里，以祂正适合从事娱乐活动的永恒形象到来。这些娱乐活动对每一个生物来说都精彩、奇妙，就连那些为自己拥有的财富而自豪的生物体，以及至尊主本人扩展出的主宰外琨塔星球的完整扩展们也不例外。正因为如此，祂（圣奎师那)的超然身体是美化一切装饰品的装饰物。

要旨 人格首神远比物质世界里各宇宙中的众生要杰出，这一点符合韦达赞歌中的说法(nityo nityānāṁ cetanaś cetanānām)。祂是众生之首，在钱财、力量、声望、美丽、知识和弃绝方面，没有谁能超过祂或与祂平等。当主奎师那出现在这个宇宙中时，祂以人形显现，因为这一形象正适合祂在这个物质世界里从事娱乐活动。祂没有以祂在外琨塔(Vaikuṇṭha)中的四臂形象出现在人类社会中，因为那形象不适合祂在此从事娱乐活动。尽管祂以人的形象显现，但祂所拥有的六种财富，无论是哪一种，都没人能与之相比。在这个世界里，人人都或多或少地为自己所拥有的财富感到骄傲，但当主奎师那出现在人类社会中时，祂胜过宇宙内所有与祂同时代的人。

至尊主的娱乐活动能为人的肉眼所见时称为“展示了的(prakaṭa)”，不为人的肉眼所见时则称为“未展示的(aprakaṭa)”。事实上，就像太阳从未离开过天空一样，至尊主的娱乐活动也从未停止过。太阳始终在天空中，在它自己的轨道上运行，但由于我们视力有限，我们有时能看到它，有时则看不到它。同样，至尊主的娱乐活动总是在进行之中，不是在这个宇宙就是在其他宇宙。主奎师那从杜瓦尔卡的超然住所隐迹时，只不过是从那里的人的眼前消失了。我们不要错误地以为，正好适合祂在人世间从事娱乐活动的祂的那个超然躯体，在任何方面会比祂在外琨塔星球的各个扩展逊色。祂通过在物质世界从事娱乐活动所展示的仁慈，胜过祂在外琨塔星球所展示的仁慈；从这个角度来说，祂在物质世界所展示的形象最超然。在外琨塔星球上，至尊主对那些解脱的生物(nitya-mukta)非常仁慈，但祂在物质世界的娱乐活动里，却对那些永恒受制约的堕落灵魂(nitya-baddha)也赐予仁慈。祂在有死亡的世界里借由祂的内在能量(yoga-māyā)所展示的六种绝妙的财富，甚至在外琨塔星球上也是罕见的。祂所从事的一切娱乐活动都不经由祂的物质能量展示，而是经由祂的灵性能量展示。甚至对外琨塔的纳茹阿亚纳(Nārāyaṇa)来说，祂在温达文跳茹阿萨舞的娱乐活动(rāsa-līlā)，以及祂与一万六千位妻子度过的居士生活都是美妙绝伦的，所以对这个物质世界里的其他生物而言无疑更是如此。这一点，就连至尊主的其他化身，如圣茹阿玛(Śrī Rāma)、尼尔星哈(Nṛsiṁha)和瓦茹阿哈(Varāha)等，都有同样的感受。祂展示了绝妙的财富，即使与主奎师那本人没有区别的外琨塔之主也仰慕祂的娱乐活动。

第 13 节 यद्धर्मसूनोर्बत राजसूये
निरीक्ष्य दृक्स्वस्त्ययनं त्रिलोकः ।

कात्स्न्र्येन चाद्येह गतं विधातु-
र्वाक्सृतौ कौशलमित्यमन्यत ॥१३॥

yad dharma-sūnor bata rājasūye
nirīkṣya dṛk-svastyayanaṁ tri-lokaḥ
kārtsnyena cādyeha gataṁ vidhātur
arvāk-sṛtau kauśalam ity amanyata

yat—……的形象 / dharma-sūnoḥ—尤帝士提尔君王的 / bata—无疑 / rājasūye—在茹阿佳苏亚祭祀场上 / nirīkṣya—通过看 / dṛk—景象 / svastyayanam—赏心悦目 / tri-lokaḥ—三个世界 / kārtsnyena—总和 / ca—就这样 / adya—今天 / iha—在宇宙中 / gatam—超过 / vidhātuḥ—创造者(布茹阿玛)的 / arvāk—近期的人类 / sṛtau—在物质世界里 / kauśalam—灵巧 / iti—就这样 / amanyata—思考

译文 当尤帝士提尔王举行茹阿佳苏亚祭祀时，宇宙内上、中、下三个星系里的全体半神人都聚集在祭坛边。看到主奎师那美丽的身体特征，他们都心中思量，祂定是人类的创造者布茹阿玛最杰出的创造。

要旨 主奎师那出现在这个世界里时，没有哪一样事物可以与祂的容貌体态相媲美。蓝色的莲花和天上的满月被比作物质世界中最美的事物，但主奎师那的形体是如此绝美，就连明月和莲花与之相比都黯然失色。物质宇宙内最美的生物——半神人，证实了这一点。半神人们以为主奎师那像他们一样也是由主布茹阿玛(Brahmā)创造的，但事实上，布茹阿玛是由主奎师那创造的。布茹阿玛没有能力创造出至尊主超然的美；奎师那不是由谁创造的，相反是祂创造了众生。这正如祂在《博伽梵歌》第10章的第8节诗中所言：“我是灵性世界和物质世界的源头。一切都来自我(ahaṁ sarvasya prabhavo mattaḥ sarvaṁ pravartate)。”

第 14 节 यस्यानुरागप्लुतहासरास-
लीलावलोकप्रतिलब्धमानाः ।
व्रजस्त्रियो दृग्भिरनुप्रवृत्त-
धियोऽवतस्थुः किल कृत्यशेषाः ॥१४॥

yasyānurāga-pluta-hāsa-rāsa-
līlāvaloka-pratilabdha-mānāḥ
vraja-striyo dṛgbhir anupravṛtta-
dhiyo 'vatasthuḥ kila kṛtya-śeṣāḥ

yasya—……的他的 / anurāga—依恋 / pluta—因……而增强 / hāsa—笑 / rāsa—情感 / līlā—娱乐活动 / avaloka—瞥视 / pratilabdha—由此获得 / mānāḥ—感到极度痛苦 / vraja-striyaḥ—布茹阿佳的少女 / dṛgbhiḥ—用眼睛 / anupravṛtta—追随 / dhiyaḥ—用智力 / avatasthuḥ—静静地坐着 / kila—确实 / kṛtya-śeṣāḥ—未做完家务

译文 布茹阿佳的少女们在与祂一起从事了欢笑、打趣并用眼神交流情感等娱乐活动后，都会在奎师那离开她们时感到痛苦万分。她们曾经用目光追随祂，就这样头脑麻木地坐着，无法做完她们的家务事。

要旨 主奎师那少年时在温达文，是出了名的喜欢与所有同龄女孩子取笑逗乐的人。祂如此强烈地爱着她们，从中感受到无与伦比的心醉神迷；布茹阿佳(Vraja)的少女也一样深深地迷恋着祂，她们对祂的爱超过布茹阿玛和希瓦(Śiva)等伟大的半神人对祂的爱。主奎师那最后承认，面对牧牛姑娘(gopī)们超然的爱，祂甘拜下风。祂说祂自己无法回报她们那一片纯洁无瑕的爱。牧牛姑娘们面对至尊主的戏弄，表面上看似很气恼，但当奎师那要离开她们时，她们却无法忍受与祂的分离，总是用眼睛和心去追随祂；她们就这样呆呆地在原地出神，连家务活也无法做了。即使在男女之间的情爱交流上也无人能胜过至尊主。启示经典上说，主奎师那本人从未踏出过温达文半步，祂因为那里的居民对祂怀有的超然的爱而永远留住在那里。因此，现在即使我们看不见祂，祂也时时刻刻都在温达文。

第 15 节 स्वशान्तरूपेष्वितरैः स्वरूपै-
रभ्यर्द्यमानेष्वनुकम्पितात्मा ।
परावरेशो महदंशयुक्तो
ह्यजोऽपि जातो भगवान् यथाग्निः ॥१५॥

sva-śānta-rūpeṣv itaraiḥ sva-rūpair
abhyardyamāneṣv anukampitātmā
parāvareśo mahad-aṁśa-yukto
hy ajo 'pi jāto bhagavān yathāgniḥ

sva-śānta-rūpeṣu－向至尊主心平气和的奉献者 / itaraiḥ－其他人(非奉献者) / sva-rūpaiḥ－按他们各自所带的自然属性 / abhyardyamāneṣu－被……骚扰 / anukampita-ātmā－最慈悲的至尊主 / para-avara－灵性和物质 / īśaḥ－主宰者 / mahat-aṁśa-yuktaḥ－偕同控制玛哈·塔特瓦的完整扩展们 / hi－无疑 / ajaḥ－不经出生就存在的人 / api－虽然 / jātaḥ－诞生 / bhagavān－人格首神 / yathā－好像 / agniḥ－火

译文 人格首神——灵性和物质创造中绝对慈悲的控制者，不经出生就存在，但当祂那些心平气和的奉献者与受制于物质自然属性的人之间产生冲突时，祂就会在物质创造实体的主宰们的陪同下像火一样以诞生的方式显现。

要旨 至尊主的奉献者因为在物质上一无所求，所以总是心平气和。解脱的灵魂一无所求，因此也就没有悲伤。想占有什么的人，失去时就会悲伤。奉献者不求物质上的拥有，也不求灵性的解脱。他们为至尊主做超然的爱心服务，把它作为一种义务，而并不在乎自己身处何方，或该做什么。功利性活动者(karmī)、思辨者(jñānī)和瑜伽师(yogī)都渴望获得某种物质的或灵性的利益；功利性活动者想获得物质的利益，思辨者和瑜伽师想获得灵性的利益。但是，奉献者并不想要任何物质或灵性的利益，他们只想按照至尊主的愿望，在物质世界或灵性世界里的任何地方为祂服务。至尊主对这样的奉献者总是特别仁慈。

在物质自然属性的影响下，功利性活动者、思辨者和瑜伽师各自怀有自己的动机，因此而被称为非奉献者(itara)。这些非奉献者，甚至包括瑜伽师，有时会去骚扰至尊主的奉献者。伟大的瑜伽师杜尔瓦萨·牟尼(Durvāsā Muni)就曾因为安巴瑞施王(Mahārāja Ambarīṣa)是至尊主的伟大奉献者而去骚扰他；大名鼎鼎的功利性活动者兼思辨者黑冉亚卡希普(Hiraṇyakaśipu)，甚至折磨他自己的奉献者儿子——帕拉德王(Prahlāda Mahārāja)。非奉献者骚扰至尊主那些心平气和的奉献者的例子很多。一旦出现这样的情况，至尊主便出于对祂的纯粹奉献者巨大的同情，偕同控制玛哈·塔特瓦(mahat-tattva)的祂的完整扩展们，亲自显现。

至尊主无所不在，祂既在物质世界又在灵性世界；当祂的奉献者与非奉献者之间产生冲突时，祂就会为了祂的奉献者而显现。正如随处都会发生“摩擦生电”的现象；至尊主无所不在，奉献者和非奉献者之间一旦发生摩擦，祂就会显现。当主奎师那带着某种使命显现时，祂所有的完整扩展都陪同祂一道前来。当祂作为瓦苏戴瓦(Vasudeva)之子显现时，人们对祂的这一化身持有不同的看法。一些人说祂是“至尊人格首神”；一些人说祂是“纳茹阿亚纳的化身”；还有一些人说祂是“祺柔达卡沙依·维施努(Kṣīrodakaśāyī Viṣṇu)的化身”。但事实上，《圣典博伽瓦谭》(Śrīmad-Bhāgavatam)第1篇第3章的第28节诗中说：祂是存在中的第一位人格首神(kṛṣṇas tu bhagavān svayam)，纳茹阿亚纳、各位主宰化身(puruṣa)，以及所有其他的化身都陪同祂一起到来，在祂的娱乐活动中发挥各自不同的作用。这节诗中的梵文“mahad-aṁśa-yuktaḥ”一句指出：创造玛哈·塔特瓦的众位主宰化身陪同祂一起到来。这也符合韦达赞歌的说法(mahāntaṁ vibhum ātmānam)。

当康萨和瓦苏戴瓦、乌卦森纳(Ugrasena)之间出现摩擦时，主奎师那就显现了，好比摩擦生电。瓦苏戴瓦与乌卦森纳是至尊主的奉献者，而作为功利性活动者及思辨者的代表的康萨则是非奉献者。奎师那本人被比作太阳，祂首先从黛瓦克伊(Devakī)的子宫这一“海洋”上升起；然后逐渐取悦了玛图茹阿周围的居民，恰似旭日东升，给莲花带来了蓬勃生机；接着继续逐渐上升，在杜瓦尔卡时好比正午的骄阳临空高挂；之后，至尊主便像太阳一样落山了，正如乌达瓦所说，万物于是都处在黑暗中。

第 16 节

मां खेदयत्येतदजस्य जन्म-
विडम्बनं यद्वसुदेवगेहे ।
व्रजे च वासोऽरिभयादिव स्वयं
पुराद्व्यवात्सीद्यदनन्तवीर्यः ॥१६॥

māṁ khedayaty etad ajasya janma-
viḍambanaṁ yad vasudeva-gehe
vraje ca vāso 'ri-bhayād iva svayaṁ
purād vyavātsīd yad-ananta-vīryaḥ

mām—对我 / khedayati—使我悲伤 / etat—这 / ajasya—不经出生就存在的人的 / janma—出生 / viḍambanam—令人困惑的 / yat—那 / vasudeva-gehe—在瓦苏戴瓦的家中 / vraje—在温达文 / ca—也 / vāsaḥ—居住 / ari—敌人 / bhayāt—因为害怕 / iva—好像 / svayam—祂自己 / purāt—从玛图茹阿城 / vyavātsīt—逃离 / yat—……的 / ananta-vīryaḥ—拥有无限力量者

译文　我一旦想起主奎师那，就想起祂如何虽然不经出生就存在，但却在关押瓦苏戴瓦的监牢中诞生；如何离开祂父亲的保护去了布茹阿佳，因为害怕敌人而隐姓埋名地住在那里；又如何虽然拥有无限的力量，但却因为害怕而逃离玛图茹阿：所有这些令人困惑的事情都让我痛苦、忧伤。

要旨　圣主奎师那是存在中的第一人，万物和众生都来自祂(ahaṁ sarvasya prabhavaḥ,《博伽梵歌》10.8)，是展示了的物质宇宙创造、维系和毁灭的根源(janmādy asya yataḥ,《圣典博伽瓦谭》1.1.1及《韦丹塔·苏陀》1.1.2)，所以任何一切都不可能与祂平等或比祂伟大。至尊主最完美，在祂从事超然的娱乐活动时，无论是当儿子、竞争对手还是敌人，祂都把祂所扮演的角色扮演得极其完美，甚至使乌达瓦那样的纯粹奉献者都感到困惑不解。举例说：乌达瓦很清楚主奎师那永恒存在，既不会死去，也不会永远消失，但还是为主奎师那的隐迹感到悲伤。所发生的一切都是祂十全十美的安排，以使祂那至高的荣耀达到完美的顶峰，而唯一的目的就是享受其中的乐趣。父亲在跟小儿子玩耍时，会躺在地上像被儿子打倒了一样，他这么做只是要让儿子高兴一下罢了。至尊主是全能的，祂能对诞生及无诞生、力量与失败、恐惧和无畏等一系列相对的事物作出调整。纯粹奉献者非常明白至尊主如何能调整相对立的事物；尽管如此，他们还是感到悲伤——为非奉献者感到悲伤，因为非奉献者不了解至尊主的荣耀。由于经典中有许多看似矛盾的地方，非奉献者就认为奎师那是被虚构出来的人物。实际上，根本不存在什么矛盾，如果我们了解至尊主就是至尊主，并不是我们中的一位，并不像我们一样具有种种缺陷，我们就会明白，对祂来说，一切都是可能的。

第 17 节　दुनोति चेतः स्मरतो ममैतद्
यदाह पादावभिवन्द्य पित्रोः ।

तातम्ब कंसादुरुशङ्कितानां
प्रसीदतं नोऽकृतनिष्कृतीनाम् ॥१७॥

dunoti cetaḥ smarato mamaitad
yad āha pādāv abhivandya pitroḥ
tātāmba kaṁsād uru-śaṅkitānāṁ
prasīdataṁ no 'kṛta-niṣkṛtīnām

dunoti—使我痛苦 / cetaḥ—心 / smarataḥ—当想到 / mama—我的 / etat—这 / yat—就像 / āha—说 / pādau—脚 / abhivandya—崇拜 / pitroḥ—父母的 / tāta—亲爱的父亲 / amba—亲爱的母亲 / kaṁsāt—出于对康萨的…… / uru—巨大的 / śaṅkitānām—那些害怕的人的 / prasīdatam—请对……满意 / naḥ—我们的 / akṛta—未履行 / niṣkṛtīnām—侍奉你们的责任

译文 主奎师那请求祂父母的原谅，原谅祂们(奎师那和巴拉茹阿玛)因为惧怕康萨而离开家，结果不能在双亲身边尽孝。祂说："父亲、母亲啊！请原谅我们的这一无能。"至尊主的这些举动使我心中疼痛不已。

要旨 我们从这节诗中看到，主奎师那和巴拉戴瓦(Baladeva)两人似乎都很害怕康萨，并为此要躲藏起来。主奎师那和巴拉戴瓦既然都是至尊人格首神，又怎么可能害怕康萨呢？这些叙述中是不是有自相矛盾的地方？事实是，瓦苏戴瓦极爱奎师那，所以想保护祂。他只想到奎师那是他的儿子，而从没想过奎师那是至尊主，能够保护自己。瓦苏戴瓦是至尊主伟大的奉献者，所以不想让奎师那像他的其他孩子一样被杀死。从道义上讲，瓦苏戴瓦既然曾经答应要把他所有的孩子都交给康萨，就应该把奎师那也交出去。但出于对奎师那强烈的爱，他违背了自己的诺言。瓦苏戴瓦所具有的这种超然的心态使至尊主感到很高兴。祂不想让瓦苏戴瓦的一片深情落空，就同意父亲把自己带到南达(Nanda)和雅首达(Yaśodā)的家中。途中，为了考验瓦苏戴瓦的爱的强烈程度，主奎师那在父亲抱祂过雅沐娜(Yamunā)河时落入河中，以致瓦苏戴瓦像疯了一样在汹涌的河水中拼命地找孩子。

这些都是至尊主光荣无比的娱乐活动，在这些展示中并不存在什么矛盾。奎师那是至尊主，根本不可能惧怕康萨，但为了使父亲高兴，祂同意父亲带祂逃走。祂所展现的最光辉的一点是：祂请求父母原谅自己因害怕康萨而离家期间，未能在他们足下侍奉他们；至尊主的莲花足甚至受到布茹阿玛和希瓦等半神人的崇拜，但祂却要崇拜瓦苏戴瓦的双足。至尊主以此给世人树立一个很好的榜样，那就是：即使身为至尊主，也要侍奉父母；做儿子的在很多方面亏欠父母，所以不管他有多了不起，也有责任侍奉父母。间接地，奎师那也想教育那些不接受神为至尊父亲的无神论者，让他们从祂的这一行为中学会应该给予至尊父亲多么大的尊敬。至尊主这一光荣无比的举动令乌达瓦惊叹不已，他因为自己不能随至尊主一起离去而感到难过。

第 18 节 को वा अमुष्याङ्घ्रिसरोजरेणुं
विस्मर्तुमीशीत पुमान् विजिघ्रन् ।
यो विस्फुरद्भ्रूविटपेन भूमे-
र्भारं कृतान्तेन तिरश्चकार ॥१८॥

ko vā amuṣyāṅghri-saroja-reṇuṁ
vismartum īśīta pumān vijighran
yo visphurad-bhrū-viṭapena bhūmer
bhāraṁ kṛtāntena tiraścakāra

kaḥ－还有谁／vā－或／amuṣya－至尊主的／aṅghri－脚／saroja-reṇum－莲花上的尘土／vismartum－忘记／īśīta－可能／pumān－人／vijighran－嗅／yaḥ－谁／visphurat－舒展／bhrū-viṭapena－柳叶般的眉

毛 / bhūmeḥ－地球的 / bhāram－负担 / kṛta-antena－致命的打击 / tiraścakāra－执行

译文 在闻过祂莲花足上的尘土哪怕一次后，有谁还能够甚至遗忘那气息？奎师那只要挑动一下祂那柳叶般的双眉，就能使那些给地球造成沉重负担的生物体受到致命的打击。

要旨 即使主奎师那扮演了一个孝顺儿子的角色，我们也不能把祂当做人类中的一分子。祂的活动是如此非凡，只要挑动一下眉毛，就能消灭那些给地球增加负担的人。

第 19 节 दृष्टा भवद्भिर्ननु राजसूये
चैद्यस्य कृष्णं द्विषतोऽपि सिद्धिः ।
यां योगिनः संस्पृहयन्ति सम्यग्
योगेन कस्तद्विरहं सहेत ॥१९॥

dṛṣṭā bhavadbhir nanu rājasūye
caidyasya kṛṣṇaṁ dviṣato 'pi siddhiḥ
yāṁ yoginaḥ saṁspṛhayanti samyag
yogena kas tad-virahaṁ saheta

dṛṣṭā－被看到 / bhavadbhiḥ－被阁下您 / nanu－当然 / rājasūye－在尤帝士提尔王举行的茹阿佳苏亚祭祀集会上 / caidyasya－切迪之王(锡舒帕勒)的 / kṛṣṇam－对奎师那 / dviṣataḥ－忌妒 / api－尽管 / siddhiḥ－成功 / yām－……的 / yoginaḥ－瑜伽师们 / saṁspṛhayanti－确实渴望 / samyak－完全地 / yogena－靠练瑜伽 / kaḥ－谁 / tat－祂的 / viraham－分离 / saheta－能忍受

译文 切迪的国王(锡舒帕勒)仇视主奎师那，但你也亲眼看到他是怎样获得瑜伽修行成就的；就连真正的瑜伽师都渴望靠他们的各种修行获得这种成就。谁能忍受与祂分离呢？

要旨　在尤帝士提尔王举行的那场规模盛大的集会上，主奎师那展示了祂没有缘故的仁慈。哪怕对一直忌妒祂，与祂作对的切迪国(Cedi)国王锡舒帕勒，至尊主也赐予仁慈。由于无法与至尊主真正对抗，锡舒帕勒对至尊主怀有极大的恶意。在这方面，他跟康萨、佳尔桑达等众多的恶魔没有什么区别。在尤帝士提尔王举行的茹阿佳苏亚(rājasūya)祭祀集会上，锡舒帕勒公然侮辱至尊主奎师那，最后被至尊主杀死。但是，会场上的每一个人都看见有一道光从锡舒帕勒体内射出，融进了主奎师那的身体。这表明锡舒帕勒获得了与至尊者合一的解脱，而这正是思辨者(jñānī)和瑜伽师(yogī)从事各种超然活动所孜孜以求的完美境界。

事实上，试图靠个人的心智思辨和瑜伽神秘力量去认识至尊真理的人，与那些被至尊主亲手杀死的人，其归宿是一样的——都获得融入至尊主超然身体放射出的梵光中的解脱。至尊主甚至对祂的敌人也很仁慈，集会上的每个人都亲眼目睹了锡舒帕勒所获得的这番成就。维杜茹阿当时也在那里，因此乌达瓦提及此事，让他回忆起往事。

第 20 节　तथैव चान्ये नरलोकवीरा
य आहवे कृष्णमुखारविन्दम् ।
नेत्रैः पिबन्तो नयनाभिरामं
पार्थास्त्रपूतः पदमापुरस्य ॥२०॥

tathaiva cānye nara-loka-vīrā
ya āhave kṛṣṇa-mukhāravindam
netraiḥ pibanto nayanābhirāmaṁ
pārthāstra-pūtaḥ padam āpur asya

tathā—也像 / eva ca—肯定地 / anye—其他人 / nara-loka—人类社会 / vīrāḥ—战士 / ye—那些 / āhave—在(库茹柴陀)战场上 / kṛṣṇa—主奎师那的 / mukha-aravindam—莲花般的面容 / netraiḥ—用眼睛 / pibantaḥ—当看到 / nayana-abhirāmam—非常悦目 / pārtha—阿尔诸纳 / astra-pūtaḥ—被箭净化 / padam—住所 / āpuḥ—到达 / asya—祂的

译文 毫无疑问，在库茹柴陀战场上作战的其他战士，都被阿尔诸纳利箭的猛攻所净化，看到奎师那莲花般的脸庞时感到极为赏心悦目，结果都到达了至尊主的住所。

要旨 至尊人格首神圣主奎师那显现在这个世界有两大使命：拯救虔诚的人，消灭恶徒。但由于至尊主是绝对的，祂的这两项活动，虽然看似不同，但最终的结果一样。无论祂消灭锡舒帕勒这种邪恶的人，还是保护虔诚的人，都是一样吉祥的。所有与阿尔诸纳交战并能够看到至尊主莲花脸的战士，最后的结局就像至尊主的奉献者一样——去了至尊主的住所。这节诗中的梵文“非常悦目(nayana-abhirāmam)”一词意义深刻，说明敌方阵营的战士在战场上看到主奎师那时，都对至尊主的美丽赞赏不已，由此唤醒了他们潜在的爱神的本能。锡舒帕勒也看到了至尊主，但他把至尊主视为敌人，所以内心的爱没有被唤醒。正因为如此，他融入至尊主身体发出的、被称为布茹阿玛玖提(brahmajyoti)的非人格梵光中，达到了与至尊主合一的境界。至于其他那些既不是至尊主的朋友也不是至尊主的敌人的人，因为赞赏至尊主美丽的容貌而心中泛起对首神一丝的爱，当即就被提升到了灵性星球外琨塔。至尊主本人的住所称为哥珞卡·温达文(Goloka Vṛndāvana)，祂所有的完整扩展纳茹阿亚纳居住的地方称为外琨塔。对神的爱潜伏在每个生物体的心中，为至尊主做奉爱服务的整个程序就是要唤醒潜伏在他们心中的、对神永恒的爱。但这种超然的唤醒程度各有不同，那些对神的爱完全被唤醒的人回到哥珞卡·温达文，因为意外或通过联谊刚刚复苏对首神的爱的人则被转到外琨塔星球。从本质上看，哥珞卡和外琨塔之间不存在物质上的区别，但外琨塔星球上的奉献者是用无比富裕的财富侍奉至尊主，而在哥珞卡上的奉献者则是怀着自然的爱侍奉至尊主。

对神的爱通过与至尊主的纯粹奉献者联谊得以唤醒。梵文“被阿尔诸纳的箭净化(pārthāstra-pūtaḥ)”一词很有意义。那些在库茹柴陀战场上见到至尊主美丽脸庞的人，首先是被阿尔诸纳向他们射去的箭净化的。至尊主显现的使命是为了减轻世界的负担，阿尔诸纳替至尊主作战，协助至尊主完成这一使命。就阿尔诸纳本人来说，他拒绝作战，整部《博伽梵歌》都是在教导阿尔诸纳，让他起来作战。作为至尊主纯粹的奉献者，阿尔诸纳不是按自己的意愿行事，而是为协助至尊主完成减轻世界负担的使命投入战斗。纯粹的奉献者所做的一切都不是为获得个人的利益，他们是在为至尊主而活动。阿尔诸纳在杀敌时就等于至尊主本人在杀他们，每当阿尔诸纳的箭射中一个敌人，那人就得到净化，清除了所有的物质污染，从而有资格进入灵性天空。那些欣赏至尊主的莲花足，在战场上见到祂美丽脸庞的战士，内心所具有的对神潜在的爱由此被唤醒，立即被提升到外琨塔，而不是像锡舒帕勒那样进入梵光那种不具人格特征的状态。锡舒帕勒死时并不欣赏至尊主，而战场上的那些战士死时则带着对至尊主的欣赏。这两种人都被提升到灵性的天空，但对神的爱被唤醒的人则被提升到灵性天空中的各个星球上。

乌达瓦似乎在为自己的处境感伤，认为自己还比不上库茹柴陀战场上的战士；他们都进入了外琨塔，而他还留在这里，为至尊主的隐迹而悲伤。

第 21 节　स्वयं त्वसाम्यातिशयस्त्र्यधीशः
स्वाराज्यलक्ष्म्याप्तसमस्तकामः ।

बलिं हरद्भिश्चिरलोकपालैः
किरीटकोट्येडितपादपीठः ॥२१॥

svayaṁ tv asāmyātiśayas tryadhīśaḥ
svārājya-lakṣmy-āpta-samasta-kāmaḥ
baliṁ haradbhiś cira-loka-pālaiḥ
kirīṭa-koṭy-eḍita-pāda-pīṭhaḥ

svayam—祂自己 / tu—但是 / asāmya—独一无二的 / atiśayaḥ—更伟大 / tri-adhīśaḥ—"三者"的主人 / svārājya—独立的至尊性 / lakṣmī—幸运 / āpta—取得 / samasta-kāmaḥ—所有的欲望 / balim—用于崇拜的物品 / haradbhiḥ—由……献上 / cira-loka-pālaiḥ—由创造的永恒维系者们 / kirīṭa-koṭi—千百万顶头盔 / eḍita-pāda-pīṭhaḥ—被人们通过祈祷所歌颂的双足

译文 圣主奎师那是所有种类的"三者"之主，是独立自主的至尊者，拥有一切种类的财富。祂受到创造的永恒维系者们的崇拜，祂们用祂们千百万的头盔去触碰祂的双足，献给祂供崇拜用一切。

要旨 如以上诗节所述，圣主奎师那是那么温和、仁慈，可祂实际上却是所有种类的"三者"之主。祂是三个世界、三种物质自然属性，以及卡冉诺达卡沙依·维施努(Kāraṇodakaśāyī Viṣṇu)、嘎尔博达卡沙依·维施努(Garbhodakaśāyī Viṣṇu)和祺柔达卡沙依·维施努(Kṣīrodakaśāyī Viṣṇu)这三位主宰化身(puruṣa)的至尊主。物质创造内有无数的宇宙，每个宇宙中都有不同的布茹阿玛、维施努和茹铎(Rudra, 希瓦)的展示；除此之外，每个宇宙中还有蛇沙·穆尔缇(Śeṣa-mūrti)，祂以无数的头支撑着所有的星球。主奎师那是他们全体的主人。作为玛努(Manu)的化身，祂是无数宇宙中所有玛努最初的源头，而每个宇宙里都有五十万四千位玛努的展示。祂是内在启明能量(cit-śakti)、错觉能量(māyā-śakti)和边缘能量(taṭastha-śakti)这三种主要能量的主人，完整地拥有钱财、力量、声望、美丽、知识和弃绝这六种财富。在任何方面的享乐上都没人能超过祂；毫无疑问，也没人与祂同等或比祂伟大。每一个生物，不管他是谁、在哪里，都有责任彻底皈依祂。因此，要说所有超然的控制者都向祂皈依，向祂供奉一切，也是不足为奇的。

第 22 节　तत्तस्य कैङ्कर्यमलं भृतान्नो
विग्लापयत्यङ्ग यदुग्रसेनम् ।
तिष्ठन्निषण्णं परमेष्ठिधिष्ण्ये
न्यबोधयद्देव निधारयेति ॥२२॥

tat tasya kaiṅkaryam alaṁ bhṛtān no
viglāpayaty aṅga yad ugrasenam
tiṣṭhan niṣaṇṇaṁ parameṣṭhi-dhiṣṇye
nyabodhayad deva nidhārayeti

tat—因此 / tasya—他的 / kaiṅkaryam—服务 / alam—当然 / bhṛtān—仆人们 / naḥ—我们 / viglāpayati—使痛苦 / aṅga—维杜茹阿啊 / yat—就像 / ugrasenam—向乌卦森纳王 / tiṣṭhan—坐着 / niṣaṇṇam—侍奉祂 / parameṣṭhi-dhiṣṇye—在王位上 / nyabodhayat—呈上 / deva—把……称为“我的主” / nidhāraya—请您了解 / iti—如此

译文　因此，维杜茹阿啊！当我们回忆起祂(主奎师那)曾站在端坐于王座上的乌卦森纳王面前，毕恭毕敬地向他解释说“我的君主啊！请允许我向您解释”时，我们这些作祂仆人的人不感到心痛吗？

要旨　主奎师那在祂父亲、祖父、兄长等所谓的长辈面前举止顺从，对祂所谓的妻子、朋友和同龄人显得亲切而友好，在祂母亲雅首达面前呈现出一副孩子气，对祂的年轻女友们则显得不胜俏皮。这些都不会使像乌达瓦那样的纯粹奉献者陷入迷惑；但其他不是奉献者的人，就被至尊主的这些行为搞糊涂了，因为祂的所作所为竟然跟普通人没什么两样。至尊主本人在《博伽梵歌》第9章的第11节诗中谈到这种被迷惑的状态说：

avajānanti māṁ mūḍhā
　mānuṣīṁ tanum āśritam
paraṁ bhāvam ajānanto
　mama bhūta-maheśvaram

"当我以人的形象降临时，愚蠢的人轻视我。他们不知道我作为万事万物的至尊主所具有的超然性。"

知识贫乏的人并不知道，至尊人格首神主奎师那作为万事万物的主宰其地位有多崇高，他们轻视祂。至尊主在《博伽梵歌》中清楚地阐明了祂的地位，但那些邪恶、以无神论观点研究这部经典的人，却为满足个人的目的而牵强附会地作出另一番解释，误导许多不幸的追随者，致使他们感染上同样的思想。这些不幸的人只是从这部伟大的知识宝典中断章取义地捡了几句话当口号，但却无法正确地认识奎师那就是至尊人格首神。然而，像乌达瓦这样的纯粹奉献者永远都不会被这类不信神的机会主义者所误导。

第 23 节　अहो बकी यं स्तनकालकूटं
　जिघांसयापाययदप्यसाध्वी ।
लेभे गतिं धात्र्युचितां ततोऽन्यं
　कं वा दयालुं शरणं व्रजेम ॥२३॥

aho bakī yaṁ stana-kāla-kūṭaṁ
　jighāṁsayāpāyayad apy asādhvī
lebhe gatiṁ dhātry-ucitāṁ tato 'nyaṁ
　kaṁ vā dayāluṁ śaraṇaṁ vrajema

aho－唉 / bakī－女魔菩坦娜 / yam－……的 / stana－她乳房的 / kāla－致命的 / kūṭam－毒液 / jighāṁsayā－出于忌妒 / apāyayat－滋养 / api－尽管 / asādhvī－不信神的 / lebhe－达到 / gatim－目的地 / dhātrī-ucitām－恰好适合当奶妈的人 / tataḥ－除了谁 / anyam－其他人 / kam－还有谁 / vā－肯定地 / dayālum－仁慈的 / śaraṇam－庇护所 / vrajema－我将托庇于

译文 尽管女魔(菩坦娜)对祂不忠，在自己乳房上涂抹致命的毒药准备在祂吸奶时毒死祂，但祂却赐予那恶魔母亲的地位。唉，除了托庇于祂这么仁慈的人，我还能托庇于谁啊？

要旨 这个例子说明了至尊主的无上仁慈，甚至对祂的敌人也不例外。常言道，就像从毒药里也能提取甘露一样，伟大的人物能看到小人身上的优点。在奎师那还是个婴儿时，女巫菩坦娜(Pūtanā)想要杀死这个神奇的孩子。她因为是个恶魔，所以无法认识到至尊主即使扮演一个婴儿的角色，也还是同样的至尊人格首神。祂虽然为取悦祂的奉献者雅首达而当了婴儿，但作为至尊主的地位却并没有因此而降低。至尊主可以任意以婴儿的形象或非人类的形象显现，其中并没有丝毫差别——祂将永远是同一位至尊者。但对于普通生物来说，无论他经过严格的苦修变得有多么强大，都永远无法与至尊主对抗。主奎师那之所以接受菩坦娜当自己的母亲，是因为她假装一个充满母爱的妈妈来给奎师那喂奶。至尊主接受生物体身上哪怕一丝细微的好品质，都会回赐给他最高的利益。这便是至尊主崇高的品性之所在。因此，除了至尊主以外，还有谁是我们最终可以托庇的人呢？

第24节 मन्येऽसुरान् भागवतांस्त्र्यधीशे
संरम्भमार्गाभिनिविष्टचित्तान् ।

ये संयुगेऽचक्षत तार्क्ष्यपुत्र-
मंसे सुनाभायुधमापतन्तम् ॥२४॥

manye 'surān bhāgavatāṁs tryadhīśe
saṁrambha-mārgābhinivișța-cittān
ye saṁyuge 'cakșata tārkșya-putram
aṁse sunābhāyudham āpatantam

manye—我认为 / asurān—恶魔们 / bhāgavatān—伟大的奉献者 / tri-adhīśe—向各类“三者”的主宰 / saṁrambha—敌意 / mārga—以……的方式 / abhinivișța-cittān—全神贯注地想着…… / ye—那些 / saṁyuge—在作战过程中 / acakșata—能看到 / tārkșya-putram—至尊主的坐骑嘎茹达 / aṁse—在肩上 / sunābha—飞轮 / āyudham—手持武器的人 / āpatantam—上前

译文 我认为对至尊主心怀恶意的恶魔们比奉献者还幸运，因为当他们与至尊主作战时虽然充满敌意，但却能够看到骑在塔克夏(喀夏帕)的儿子嘎茹达肩上的至尊主，看到祂手持飞轮武器的样子。

要旨 与至尊主面对面厮杀的恶魔(asura)因为被至尊主杀死而获得了解脱。恶魔得到这种解脱并非因为他们是至尊主的奉献者，而是靠至尊主没有缘故的仁慈。至尊主是那么超群绝伦，任何人不管通过什么方式与至尊主稍有接触，都将受益无穷，甚至得到解脱。祂是如此仁慈，甚至对祂的敌人，祂都会因为他们与祂有过接触并曾经怀着敌意去想祂，间接地把注意力集中在祂身上，而把解脱赐给他们。事实上，恶魔永远都无法和纯粹奉献者相提并论；乌达瓦之所以这么想，是感到与奎师那的分离所致。他想：自己也许都比不上恶魔，他们至少还能在生命的最后一段时间里面对面地看到至尊主。事实是：总怀着超然的爱心为至尊主做奉爱服务的奉献者所得到的回报，要比恶魔好成千上万倍；他们将被提升到灵性星球上，永恒而充满喜乐地与至尊主生活在一起。恶魔和非人格神主义者得到的赐福是融入至尊主的梵光中，但奉献者却获准进入灵性星球。要想把这两者作比较，那么可以把前者想象成浮在太空里，后者则居住在太空里的某个星球上。生活在星球上的生物远比那些没有形体、已经与阳光分子微粒融合在一起的灵魂要快乐得多。因此说，非人格神主义者所得到的待遇不比至尊主的敌人好多少，两者得到的是同一层次的灵性解脱。

第 25 节　वसुदेवस्य देवक्यां जातो भोजेन्द्रबन्धने ।
चिकीर्षुर्भगवानस्याः शमजेनाभियाचितः ॥२५॥

vasudevasya devakyāṁ
jāto bhojendra-bandhane
cikīrṣur bhagavān asyāḥ
śam ajenābhiyācitaḥ

vasudevasya－瓦苏戴瓦妻子的 / devakyām－在黛瓦克朗的子宫中 / jātaḥ－诞生在 / bhoja-indra－博佳王朝国王的 / bandhane－牢房里 / cikīrṣuḥ－为了做…… / bhagavān－人格首神 / asyāḥ－地球的 / śam－福利 / ajena－由布茹阿玛 / abhiyācitaḥ－被祈求

译文　布茹阿玛祈求人格首神赐予地球以幸福，应他的祈求，人格首神——圣主奎师那，通过瓦苏戴瓦进入其妻子黛瓦克伊的子宫，诞生在博佳君王的监狱中。

要旨　虽然至尊主的显现和隐迹这两种娱乐活动没有不同，但至尊主的奉献者一般不谈论至尊主的隐迹。维杜茹阿请乌达瓦谈谈“主奎师那所从事的活动”(kṛṣṇa-kathā)，以此方式间接地询问有关至尊主隐迹的事。乌达瓦于是就从头说起，说到奎师那是如何作为瓦苏戴瓦和黛瓦克伊的儿子，在玛图茹阿城中博佳国王康萨的监狱里诞生的。至尊主与这个世界没有任何瓜葛；祂是因为接受了像布茹阿玛那样的奉献者的请求，所以才为了整个宇宙的利益而降临地球的。《博伽梵歌》第4章的第8节诗就讲到了这一点：“一个年代复一个年代，我亲自降临，以拯救虔诚的人，彻底消灭邪恶之徒，重建宗教原则(paritrāṇāya sādhūnāṁ vināśāya ca duṣkṛtām/ dharma-saṁsthāpanārthāya sambhavāmi yuge yuge）。”

第 26 节 ततो नन्दव्रजमितः पित्रा कंसाद्विबिभ्यता ।
एकादश समास्तत्र गूढार्चिः सबलोऽवसत् ॥२६॥

tato nanda-vrajam itaḥ
pitrā kaṁsād vibibhyatā
ekādaśa samās tatra
gūḍhārciḥ sa-balo 'vasat

tataḥ－此后 / nanda-vrajam－南达王的牧场 / itaḥ－被抚养长大 / pitrā－由祂父亲 / kaṁsāt－从康萨那里 / vibibhyatā－害怕 / ekādaśa－十一 / samāḥ－年 / tatra－在那里 / gūḍha-arciḥ－被包着的火 / sa-balaḥ－和巴拉戴瓦 / avasat－住在

译文 那以后，祂父亲因为害怕康萨，把祂带到南达王的牧牛场。在那里，祂与祂哥哥巴拉戴瓦一起，像被遮住的火焰般生活了十一年。

要旨 尽管康萨一心想等至尊主一出生就杀了祂，但至尊主也无须因为害怕康萨而让人把自己送到南达王家中。恶魔一心一意就想杀至尊人格首神，或想尽一切办法证明：不存在神；或者奎师那并不是神而只是个普通人。尽管康萨这类人铁了心地要这么做，但这对主奎师那并没有任何妨碍。然而，祂为了扮演孩子的角色，便因为父亲瓦苏戴瓦害怕康萨而答应让父亲把自己带到南达王的牧场。南达王预定要收养祂这个“孩子”，雅首达妈妈也等着要享受至尊主童年的娱乐活动，于是为了满足所有人的愿望，祂在康萨的牢房中刚一显现就被从玛图茹阿带到了温达文。祂在温达文生活了十一年，在那期间，与祂的第一个扩展——哥哥主巴拉戴瓦一同度过了童年、少年和青春期所有令人心醉神迷的娱乐活动。瓦苏戴瓦想保护奎师那免遭暴虐的康萨的加害，也体现了他与奎师那的超然关系。当至尊主被看做是个需要父亲保护的儿子时，至尊主从中享受到了比被视为至尊神还要多的快乐。祂是众生的父亲，祂保护众生，但当祂的奉献者很自然地认为祂需要靠他们保护时，这对祂来说是一种超然的快乐。因此，当瓦苏戴瓦出于害怕康萨而把他带到温达文时，至尊主是在享受这其中的快乐，否则祂是不怕康萨或其他任何人的。

第 27 节　परीतो वत्सपैर्वत्सांश्चारयन् व्यहरद्विभुः ।
यमुनोपवने कूजद्द्विजसङ्कुलिताङ्घ्रिपे ॥२७॥

parīto vatsapair vatsāṁś
　cārayan vyaharad vibhuḥ
yamunopavane kūjad-
　dvija-saṅkulitāṅghripe

parītaḥ一由……围绕着 / vatsapaiḥ一牧牛童 / vatsān一小牛 / cārayan一放牧 / vyaharat一畅游 / vibhuḥ一全能者 / yamunā一雅沐娜河 / upavane一岸上的花园 / kūjat一嗓音 / dvija一再生鸟 / saṅkulita一浓密的 / aṅghripe一在树林中

译文　全能的至尊主在祂的孩提时代，由牧牛童和牛犊围绕着，游遍雅沐娜河畔，穿越河岸边有茂密树林和充满鸟儿歌声的花园。

要旨 南达王是康萨王统治下的一个农场主，养有千万头乳牛，属于从事经商和务农的外夏(vaiśya, 吠舍)阶层。正如查锤亚(kṣatriya, 刹帝利)的职责是保护人民，外夏的职责是保护乳牛。至尊主那时还是个孩子，于是便与祂的牧牛童伙伴们一起负责放养小牛犊。这些牧牛童前生都是一些伟大的圣人(Ṛṣi)或瑜伽师，在过了许多世这类虔诚的生活后，得以和至尊主直接交往，不分尊卑地与祂一起玩耍。这些牧牛童从不去管奎师那究竟是谁，只把祂看成他们最亲密、最可爱的朋友而跟祂嬉戏。他们实在是太爱祂了，甚至到了晚上，也只想着第二天一早能见到祂，跟祂一同到林中放牛。

雅沐娜(Yamunā)河岸边到处是美丽的花园，其中长着芒果树、菠萝蜜树、苹果树、番石榴树、橘树、葡萄藤、草莓树、棕榈树，以及其他许多草木和芬芳的鲜花。又因为树林位于雅沐娜河畔，自然还能见到有鸭子、鹤、孔雀等栖息在树干上。所有这些树木和鸟兽都是虔诚的生物，它们生在温达文这块超然的土地上，只是为了给至尊主和祂那些永恒的同伴带去快乐。

至尊主像孩子一样与伙伴们玩耍嬉戏时，杀死过许多恶魔，其中有阿嘎苏茹阿(Aghāsura)、巴卡苏茹阿(Bakāsura)、帕朗巴苏茹阿(Pralambāsura)和嘎尔达巴苏茹阿(Gardabhāsura)等。祂在温达文虽然是以一个小男孩的形象出现，但实际上却像一团被包着的火。正如一颗小火星一旦落在干柴上就能引燃熊熊大火，至尊主从祂婴儿时在南达王的家中开始，接连杀死了所有那些大恶魔。至尊主童年时玩耍的地方温达文如今还在，虽然我们用我们不完美的眼睛无法直接看到至尊主，但任何去到那里的人仍能感受到同样的超然喜乐。主柴坦亚(Caitanya)认为至尊主的这片土地与至尊主本人没有丝毫区别，因此值得奉献者们崇拜。主柴坦亚的追随者——高迪亚·外士纳瓦们(Gauḍīya Vaiṣṇava)，特别遵循这一教导。由于这片土地与至尊主本人完全一样，维杜茹阿和乌达瓦等奉献者便在五千年前朝拜那里，以便能够在能见到或不能见到至尊主的情况下与祂有直接的接触。直至今日，仍有成千上万至尊主的奉献者在温达文土地上的各个圣地漫游，以此方式为自己回归家园、回到首神身边做好准备。

第 28 节　कौमारीं दर्शयंश्चेष्टां प्रेक्षणीयां व्रजौकसाम् ।
रुदन्निव हसन्मुग्धबालसिंहावलोकनः ॥२८॥

kaumārīṁ darśayaṁś ceṣṭāṁ
preksaṇīyāṁ vrajaukasām
rudann iva hasan mugdha-
bāla-siṁhāvalokanaḥ

kaumārīm—正适合于童年的 / darśayan—正展示 / ceṣṭām—活动 / prekṣaṇīyām—值得一看 / vraja-okasām—由温达文的居民 / rudan—哭 / iva—就像 / hasan—笑 / mugdha—大吃一惊 / bāla-siṁha—幼狮 / avalokanaḥ—看似像

译文　至尊主在展示祂那些恰好适合孩提时代的活动时，只有温达文的居民们才能看到祂。祂恰似孩子般有时欢笑，有时哭泣；在这么做时，祂仿佛一头幼狮。

要旨　想要享受至尊主童年的娱乐活动，就必须追随温达文的南达、乌帕南达(Upananda)等那些身为奎师那父母辈的居民的榜样。孩子一定要某样东西时会为了它而大哭大闹，街坊邻里都让他吵得不得安宁，而一旦得到想要的东西后又随即破涕为笑。这一类的哭和笑总是很讨父母和家中大人们的喜欢，至尊主于是也同样又哭又笑，使当祂父母的那些奉献者们沉浸在超然的快乐中。至尊主的这些童年趣事只有南达王等布阿佳(温达文)的居民才能享受到，崇拜梵(Brahman)或超灵(Paramātmā)的非人格神主义者无法享受这些。有时，当奎师那在森林里遭到恶魔攻击时，祂会显出一副大吃一惊的样子，但马上就像只幼狮般死死盯住恶魔，杀死他们。祂的小伙伴见了也同样大吃一惊，回家便把事情经过讲给他们的父母听。就这样，人人都称赞他们的奎师那所具有的本领。作为孩子的奎师那，并不仅仅属于祂的父母南达和雅首达；祂是温达文全体年长居民的儿子，是所有与祂同龄的男孩和女孩的朋友。大家都深爱奎师那，祂是众生，包括动物、乳牛和小牛在内的生命及灵魂。

第 29 节 स एव गोधनं लक्ष्म्या निकेतं सितगोवृषम् ।
चारयन्ननुगान् गोपान् रणद्वेणुररीरमत् ॥२९॥

sa eva go-dhanaṁ lakṣmyā
niketaṁ sita-go-vṛṣam
cārayann anugān gopān
raṇad-veṇur arīramat

saḥ—祂(奎师那) / eva—肯定地 / go-dhanam—乳牛这一宝藏 / lakṣmyāḥ—由财富 / niketam—泉源 / sita-go-vṛṣam—美丽的母牛和公牛 / cārayan—放牧 / anugān—随从 / gopān—牧牛童 / raṇat—吹奏 / veṇuḥ—笛子 / arīramat—使生气勃勃

译文 在放牧十分美丽的母牛和公牛时，作为一切财富与幸运之宝库的至尊主，总是吹奏祂的笛子，从而使祂忠诚的追随者——牧牛童们快乐非凡。

要旨 至尊主长到六七岁时，就开始受命在牧场上照看母牛和公牛。祂父亲南达是一位富裕的农场主，养着成千上万头乳牛。根据韦达(Vedic)社会的经济观念，家中谷物成仓、乳牛成群，就是富裕。只要有乳牛和谷物，人类就能解决温饱问题；只要有充足的谷物和大量的乳牛，人类社会就不再有经济问题。除了这两者以外，所有其他的一切都是人为制造出来的、虚假的“所需之物”，让人因而把时间浪费在不必要的事物上，虚掷人生的宝贵生命。作为人类社会的导师，主奎师那以身作则告诉大家：经商阶层——外夏，应当养母牛和公牛，保护这些珍贵的动物。根据韦达文献(smṛti)的训喻，母牛是人类的母亲，公牛是人类之父。人类喝母牛的乳汁，就好比一个人吃母亲的奶一样，因此说母牛是人类的母亲。同样，公牛犁地，生产粮食，正好比父亲挣钱养活孩子一样，因此公牛是人类的父亲。人类杀自己的父母就等于是在自残。据经典记载，那些美丽的母牛和公牛毛色斑斓，身上带有红、黄、绿、灰、黑等各种颜色，它们五彩的毛色，再加上一副健康的、笑眯眯的神态，让一切都显得充满生机和活力。

更重要的是，至尊主还常常吹奏祂那管著名的笛子。祂的朋友们从笛声中感受到如此超然的快乐，早把非人格神主义者所极力称道的梵乐(brahmānanda, 布茹阿曼南达)抛到九霄云外去了。舒卡戴瓦·哥斯瓦米(Śukadeva Gosvāmī)下面将谈到，这些牧牛童都是一些从事过无数虔诚活动，累积了无数虔诚资本的生物，所以才能够与至尊主本人一起共度快乐的时光，听祂超然的笛声。《布茹阿玛·萨密塔》(Brahma-saṁhitā)第5章第30节诗对至尊主吹奏超然之笛作了证实：

veṇuṁ kvaṇantam aravinda-dalāyatākṣaṁ
barhāvataṁsam asitāmbuda-sundarāṅgam
kandarpa-koṭi-kamanīya-viśeṣa-śobhaṁ
govindam ādi-puruṣaṁ tam ahaṁ bhajāmi

布茹阿玛说：“我崇拜哥文达——存在中的第一位至尊主，祂擅长吹奏超然的笛子。祂标致的眼睛恰似莲花瓣，祂头上点缀着孔雀毛，肤色仿佛新鲜的雨云。祂的体态和容貌是如此美丽，胜过千万个丘比特。”这些都是至尊主身上非凡的特征。

第 30 节 प्रयुक्तान् भोजराजेन मायिनः कामरूपिणः ।
लीलया व्यनुदत्तांस्तान् बालः क्रीडनकानिव ॥३०॥

prayuktān bhoja-rājena
māyinaḥ kāma-rūpiṇaḥ
līlayā vyanudat tāṁs tān
bālaḥ krīḍanakān iva

prayuktān－被雇用 / bhoja-rājena－被康萨王 / māyinaḥ－厉害的男巫们 / kāma-rūpiṇaḥ－能随心所欲地变形 / līlayā－在娱乐活动中 / vyanudat－杀死 / tān－他们 / tān－他们到那里时 / bālaḥ－孩子 / krīḍanakān－玩偶 / iva－像

译文 能随心所欲变换形象的厉害的男巫们，被博佳的君王康萨派去刺杀奎师那，但至尊主在祂玩乐的过程中，像孩子打破玩偶般轻而易举地杀死了他们。

要旨 不信神的康萨想在奎师那一出生就杀了祂，但却愿望落空——奎师那跑了。随后，他得知奎师那就住在温达文的南达王家中，于是雇了很多能随意变形、做各种奇事的妖魔鬼怪。这些妖魔鬼怪，如阿嘎(Agha)、巴卡(Baka)、普坦娜、沙卡塔(Śakaṭa)、特瑞纳瓦尔塔(Tṛṇāvarta)和戴努卡(Dhenuka)等，分别变出各种模样来到扮演孩子角色的至尊主面前，妄图寻找一切可乘之机杀死至尊主。然而，至尊主就像摆弄玩具一样，把他们一一杀死了。孩子常会摆弄一些玩具狮子、大象、狗熊之类的小玩意儿，玩着玩着就把它们弄烂了。在全能的至尊主面前，任何一个强大的生物体都只不过像是祂这个小孩子手上的玩具狮子一样。无论在任何能力上，都没有谁可以超过至尊主；因此，没有谁能与至尊主平等或比祂伟大；任何人靠任何形式的努力都无法达到与至尊主同等的地位。思辨(jñāna)、瑜伽(yoga)和奉爱(bhakti)是三种公认的获得灵性觉悟的灵修方法；按照这三种方式灵修，可以达成人生的目标，达到不同层次的完美境界，但这并不意味着人能靠这些努力达到与至尊主同等的地位。在任何情况下，至尊主就是至尊主。无论祂像个孩子一样在母亲雅首达膝上玩耍，还是像个牧牛童一样与祂超然的伙伴在一起嬉戏，祂始终都是神，所拥有的六种财富丝毫未减。因此，祂永远是无可匹敌的。

第 31 节 विपन्नान् विषपानेन निगृह्य भुजगाधिपम् ।
उत्थाप्यापाययद्गावस्तत्तोयं प्रकृतिस्थितम् ॥३१॥

vipannān viṣa-pānena
nigṛhya bhujagādhipam
utthāpyāpāyayad gāvas
tat toyaṁ prakṛti-sthitam

vipannān－因为面临巨大的困境而不知所措 / viṣa-pānena－因为喝了有毒的水 / nigṛhya－征服 / bhujaga-adhipam－爬虫类动物之王 / utthāpya－出来后 / apāyayat－让……喝 / gāvaḥ－乳牛 / tat－那 / toyam－水 / prakṛti－天然的 / sthitam－状态

译文 爬行动物之王(卡利亚)用毒液污染了部分雅沐娜河水后，温达文的居民们面对险境不知所措。至尊主到水中惩罚这蛇王并赶走了它。从河水中出来后，祂让乳牛喝水，证明河水恢复了它原本的状态。

第 32 节 अयाजयद्गोसवेन गोपराजं द्विजोत्तमैः ।
वित्तस्य चोरुभारस्य चिकीर्षन् सद्व्ययं विभुः ॥३२॥

ayājayad go-savena
gopa-rājaṁ dvijottamaiḥ

vittasya coru-bhārasya
cikīrṣan sad-vyayaṁ vibhuḥ

ayājayat－使举行 / go-savena－靠崇拜乳牛 / gopa-rājam－牧牛人的君王 / dvija-uttamaiḥ－由博学的布茹阿玛纳 / vittasya－财富的 / ca－还有 / uru-bhārasya－巨大的财富 / cikīrṣan－想做 / sat-vyayam－正确使用 / vibhuḥ－伟大的人

译文 至尊主奎师那想要用南达王的大量钱财崇拜乳牛，同时教训一下天帝因铎。为此，祂建议祂父亲在博学的布茹阿玛纳的帮助下举行崇拜乳牛和牧场的仪式。

要旨 至尊主是众生的导师，因此也同样教导祂父亲南达王。南达王是一位极为富有的农场主，拥有许许多多的乳牛。他每年都会按照惯例，举行盛大而隆重的祭祀来崇拜天帝因铎(Indra)。让普通大众崇拜半神人，也是韦达经里推荐的，目的只在于使人通过这一途径接受至尊主为更高的权威。半神人是至尊主的仆人，由至尊主指派管理宇宙内的各项事务，因此韦达经建议人们举行祭祀(yajña)去满足半神人，但至尊主的奉献者却可以不必这么做。让普通大众崇拜半神人，是为使他们认识到至尊主的至尊地位而作的一种安排，但其本身并不是必不可少的；这类活动只是为了帮人获得物质利益而设。在这部经典的第二篇中我们已经论述过，承认至尊人格首神的至尊地位的人，无须崇拜位居第二的半神人。有时，智慧欠缺的人崇拜半神人也会使半神人因为自己拥有的能力而骄傲自大，忘记至尊主的至尊地位。当主奎师那在这个宇宙中显现时，就有这种情况出现，至尊主于是而想教训一下天帝因铎。祂请求南达王中止崇拜因铎的祭祀活动，把钱好好地用于崇拜哥瓦尔丹山的牧场和乳牛。主奎师那通过这一举动教导世人：应当将自己的一切活动，一切所得都用于崇拜至尊主；这样做能使人达到最高的成功。

这也是祂在《博伽梵歌》中的教导。祂尤其教导外夏应该保护乳牛，以及他们的牧场和农田，不该乱花辛辛苦苦赚来的钱。这样做才能使至尊主满意。判断一个人是否完美地履行了自己的职责，无论那是对自身的责任，对所在团体的责任，还是对所在国家的责任，都要以至尊主是否满意为标准。

第 33 节　वर्षतीन्द्रे व्रजः कोपाद्भग्नमानेऽतिविह्वलः ।
गोत्रलीलातपत्रेण त्रातो भद्रानुगृह्णता ॥३३॥

varṣatīndre vrajaḥ kopād
bhagnamāne 'tivihvalaḥ
gotra-līlātapatreṇa
trāto bhadrānugṛhṇatā

varṣati—倾盆大雨 / indre—由天帝因铎 / vrajaḥ—乳牛之乡(温达文) / kopāt bhagnamāne—因受辱而大怒 / ati—十分 / vihvalaḥ—遭受困扰 / gotra—乳牛所在的山丘 / līlā-ātapatreṇa—通过“伞的逍遥” / trātaḥ—被保护 / bhadra—清醒的人啊 / anugṛhṇatā—靠仁慈的至尊主

译文　朴实的维杜茹阿啊！天帝因铎感到受到羞辱，很没面子，于是不停地把雨水泼向温达文，致使乳牛之地布茹阿佳的居民遭受巨大的痛苦。然而，慈悲为怀的主奎师那玩乐般地把哥瓦尔丹山当做雨伞举了起来，从险境中拯救了布茹阿佳的全体居民。

第 34 节　शरच्छशिकरैर्मृष्टं मानयन् रजनीमुखम् ।
गायन् कलपदं रेमे स्त्रीणां मण्डलमण्डनः ॥३४॥

śarac-chaśi-karair mṛṣṭaṁ
mānayan rajanī-mukham

gāyan kala-padaṁ reme
strīṇāṁ maṇḍala-maṇḍanaḥ

śarat—秋季 / śaśi—月亮的 / karaiḥ—靠发出的光芒 / mṛṣṭam—照亮 / mānayan—这样想 / rajanī-mukham—黑夜的脸庞 / gāyan—歌唱 / kala-padam—动听的歌曲 / reme—享受 / strīṇām—佳人的 / maṇḍala-maṇḍanaḥ—佳人们众星捧月般围绕着的美少年

译文 在一年第三个季节中一个明月高照的秋夜里，至尊主用祂悦耳的歌声吸引来美丽的少女们，作为少女们众星捧月般围绕着的美少年，至尊主尽情享乐。

要旨 在离开乳牛之乡温达文之前，至尊主通过从事跳茹阿萨舞(rāsa-līlā)娱乐活动，取悦了祂的那些妙龄女友——超然的牧牛姑娘们(gopī)。乌达瓦到此停止了对至尊主活动的叙述。

到此为止，结束了巴克提韦丹塔对《圣典博伽瓦谭》第3篇第2章——“回忆主奎师那”所作的阐释。

第三章

至尊主在温达文之外的娱乐活动

第 1 节

उद्धव उवाच
ततः स आगत्य पुरं स्वपित्रो-
श्चिकीर्षया शं बलदेवसंयुतः ।
निपात्य तुङ्गाद्रिपुयूथनाथं
हतं व्यकर्षद्व्यसुमोजसोर्व्याम् ॥१॥

uddhava uvāca
tataḥ sa āgatya puraṁ sva-pitroś
cikīrṣayā śaṁ baladeva-saṁyutaḥ
nipātya tuṅgād ripu-yūtha-nāthaṁ
hataṁ vyakarṣad vyasum ojasorvyām

uddhavaḥ uvāca—圣乌达瓦说 / tataḥ—此后 / saḥ—至尊主 / āgatya—来 / puram—到玛图茹阿城 / sva-pitroḥ—亲生父母 / cikīrṣayā—祝福 / śam—幸福 / baladeva-saṁyutaḥ—和主巴拉戴瓦 / nipātya—拖下 / tuṅgāt—从王位上 / ripu-yūtha-nātham—众人之敌的头目 / hatam—杀死 / vyakarṣat—拉 / vyasum—死的 / ojasā—用力 / urvyām—在地上

译文 圣乌达瓦说：那之后，主奎师那与圣巴拉戴瓦一起去了玛图茹阿；为取悦祂们的父母，祂们把全民公敌的头目康萨从他王座上拉下处死，用祂们强大的力量拖着他在场内绕行。

要旨 这里只简略地提了一下康萨(Kaṁsa)王的死，因为后面第十篇会详细、具体地叙述这些娱乐活动。至尊主才十六岁时，就已经证明是父母亲优秀的儿子了。主奎师那(Kṛṣṇa)和主巴拉茹阿玛(Balarāma)兄弟两人离开温达文(Vṛndāvana)到了玛图茹阿(Mathurā)，杀死迫害祂们父母瓦苏戴瓦(Vasudeva)和黛瓦克伊(Devakī)的舅舅康萨。康萨是个铁塔似的彪形大汉，瓦苏戴瓦和黛瓦克伊无论如何也想不到奎师那和巴拉茹阿玛(巴拉戴瓦)竟能杀死这个最凶恶的敌人。当兄弟俩冲向坐在王位上的康萨时，祂们的父母十分害怕，心想两个儿子在南达王(Nanda Mahārāja)家藏了这么久，现在还是让康萨找到杀祂们的机会了。至尊主的父母因为深爱着儿子，当即感到大难临头，紧张得几乎要昏过去了。为了让父母相信祂们的确杀了康萨，奎师那和巴拉戴瓦便拖着康萨的尸体绕场一周，以安慰父母。

第 2 节　सान्दीपनेः सकृत्प्रोक्तं ब्रह्माधीत्य सविस्तरम् ।
तस्मै प्रादाद्वरं पुत्रं मृतं पञ्चजनोदरात् ॥ २ ॥

sāndīpaneḥ sakṛt proktaṁ
brahmādhītya sa-vistaram
tasmai prādād varaṁ putraṁ
mṛtaṁ pañca-janodarāt

sāndīpaneḥ—桑迪帕尼·牟尼的 / sakṛt—只一次 / proktam—传授 / brahma—韦达经各门各类的知识 / adhītya—在研习后 / sa-vistaram—完整而详尽地 / tasmai—向他 / prādāt—回报 / varam—赐福 / putram—他的儿子 / mṛtam—已死去的 / pañca-jana—离开躯体的灵魂所在的地方 / udarāt—从里面

译文　至尊主仅仅听祂老师桑迪帕尼·牟尼吟诵一遍韦达经，就精通了整部经典不同的分支学科。祂把老师死去的儿子从阎罗王的管辖地带回给老师，作为对老师的酬谢。

要旨　仅仅听老师讲一遍就能掌握所有种类的韦达知识，这一点除了至尊主谁也做不到。不仅如此，也没有谁能在人已死，灵魂已经去了阎罗王(Yamarāja)那里后，再让其复活的。但为了报答老师传授知识之恩，主奎师那就曾闯入地狱星球(Yamaloka)，找到老师的儿子并重新把他带回到老师身边。至尊主原本就精通所有的韦达经，但为了让世人了解“人人都必须从被授权的老师那里学习韦达经，并通过做服务和回赠答谢礼的方式取悦老师”这一原则，祂身体力行为大众树立榜样。至尊主提出想要为老师桑迪帕尼·牟尼(Sāndīpani Muni)做些服务，牟尼知道至尊主的能力，便请至尊主做一件无人能办到的事——让他死去的宝贝儿子复活并带回他身边。至尊主满足了他的要求。因此说，至尊主并不是忘恩负义之人，无论谁为祂做过什么服务，祂都会给予相应的回报。总是致力于为至尊主做超然爱心服务的奉献者，在练习做奉爱服务的前进途中，永远都不会感到失望。

第 3 节　समाहुता भीष्मककन्यया ये
श्रियः सवर्णेन बुभूषयैषाम् ।
गान्धर्ववृत्त्या मिषतां स्वभागं
जह्रे पदं मूर्ध्नि दधत्सुपर्णः ॥ ३ ॥

samāhutā bhīṣmaka-kanyayā ye
śriyaḥ savarṇena bubhūṣayaiṣām
gāndharva-vṛttyā miṣatāṁ sva-bhāgaṁ
jahre padaṁ mūrdhni dadhat suparṇaḥ

samāhutāḥ—邀请 / bhīṣmaka—彼士玛卡王的 / kanyayā—由女儿 / ye—所有那些 / śriyaḥ—幸运 / sa-varṇena—按同样的先后顺序 / bubhūṣayā—期望如此 / eṣām—他们中的 / gāndharva—娶 / vṛttyā—按这样的习俗 / miṣatām—这样带走 / sva-bhāgam—自己的那一份 / jahre—

拿走 / padam—足 / mūrdhni—在头上 / dadhat—放 / suparṇaḥ—嘎茹达

译文 被彼士玛卡王的女儿茹珂蜜妮的美丽和财富所吸引，世上许多重要的王子和君王为娶她而聚在一起。但主奎师那战胜其他抱有希望的候选人，像嘎茹达带走甘露一样，把她如自己的财产般带走了。

要旨 彼士玛卡(Bhīṣmaka)王的女儿——茹珂蜜妮(Rukmiṇī)公主，无论是肤色和身价都可以与黄金相媲美，所以确实就像“幸运”本身一样足具魅力。正如幸运女神拉珂施蜜(Lakṣmī)属于至尊主，茹珂蜜妮实际上也非主奎师那莫属。彼士玛卡王想把女儿嫁给奎师那，但茹珂蜜妮的哥哥却要把妹妹嫁给锡舒帕勒(Śiśupāla)。茹珂蜜妮为此请奎师那来救她脱离锡舒帕勒的魔掌。于是，当锡舒帕勒领着他的大队人马来迎娶茹珂蜜妮时，奎师那突然到来，仿佛嘎茹达从一群恶魔手中叼走甘露一样，踩过众王子的头顶抢走了茹珂蜜妮。后面第十篇将详细描述这其中的细节。

第 4 节

ककुद्मिनोऽविद्धनसो दमित्वा
स्वयंवरे नाग्नजितीमुवाह ।
तद्भग्नमानानपि गृध्यतोऽज्ञा-
ञ्जघ्नेऽक्षतः शस्त्रभृतः स्वशस्त्रैः ॥ ४ ॥

kakudmino 'viddha-naso damitvā
svayaṁvare nāgnajitīm uvāha
tad-bhagnamānān api gṛdhyato 'jñāñ
jaghne 'kṣataḥ śastra-bhṛtaḥ sva-śastraiḥ

kakudminaḥ—鼻子未穿刺的公牛 / aviddha-nasaḥ—鼻头穿刺 / damitvā—降服 / svayaṁvare—在选夫大会上 / nāgnajitīm—纳格娜吉缇公

主 / uvāha — 娶 / tat-bhagnamānān — 由此令众人灰心丧气 / api — 尽管 / gṛdhyataḥ — 想 / ajñān — 蠢人 / jaghne — 杀死、杀伤 / akṣataḥ — 未受伤 / śastra-bhṛtaḥ — 配备所有的武器 / sva-śastraiḥ — 用自己的武器

译文 靠征服鼻子未被穿洞的七头公牛，至尊主在公主纳格娜吉缇的公开选夫大会的竞争中赢得了她。尽管至尊主是胜者，但祂的竞争对手仍要求娶公主，于是彼此动起武来。装备了精良武器的至尊主杀死、杀伤所有的竞争对手，但自己毫发无损。

第 5 节 प्रियं प्रभुर्ग्राम्य इव प्रियाया
विधित्सुरार्च्छद् द्युतरुं यदर्थे ।
वज्र्याद्रवत्तं सगणो रुषान्धः
क्रीडामृगो नूनमयं वधूनाम् ॥ ५ ॥

priyaṁ prabhur grāmya iva priyāyā
vidhitsur ārcchad dyutaruṁ yad-arthe
vajry ādravat taṁ sa-gaṇo ruṣāndhaḥ
krīḍā-mṛgo nūnam ayaṁ vadhūnām

priyam — 爱妻的 / prabhuḥ — 至尊主 / grāmyaḥ — 普通生物 / iva — 以……方式 / priyāyāḥ — 只为了取悦 / vidhitsuḥ — 希望 / ārcchat — 带来 / dyutarum — 帕瑞佳塔花树 / yat — 为此 / arthe — 在……事上 / vajrī — 天帝因铎 / ādravat tam — 上前与祂作战 / sa-gaṇaḥ — 用全力 / ruṣā — 愤怒地 / andhaḥ — 瞎眼的 / krīḍā-mṛgaḥ — 怕妻子的 / nūnam — 当然 / ayam — 这 / vadhūnām — 妻子们的

译文 至尊主向普通丈夫会做的那样，只是为了让亲爱的妻子高兴，就从天堂带回了帕瑞佳塔树。但(惧怕妻子的)天帝因铎却在妻子们的怂恿下拼命追赶至尊主，与祂作战。

要旨 一次，至尊主去天堂星球给全体半神人的母亲阿迪缇(Aditi)送一只耳环，妻子萨缇亚芭玛(Satyabhāmā)也跟着去了。天堂有一种名叫“帕瑞佳塔(pārijāta)”的很特别的花树；这种花树只长在天堂星球上，萨缇亚芭玛见了就想要。像一般的丈夫那样，只是为了讨好妻子，至尊主便把树连根拔起带走了。这使掌管雷电的因铎(Vajrī，瓦芝瑞)火冒三丈；因铎的妻子们也怂恿丈夫追赶至尊主，因铎怕他妻子，本身又很愚蠢，于是竟然听她们的话，胆大包天地去攻击主奎师那。他在这件事上表现得十分愚蠢，竟然忘了万事万物都是属于主奎师那的。

就至尊主从天堂星球拿走那棵树而言，祂并没有犯错。但是就像所有听从妻子摆布的人无不愚蠢透顶一样，因铎因为怕妻子而受莎祺(Śacī)等他那些娇美妻子的摆布，也变得愚不可及。因铎以为主奎师那怕妻子，只是为迎合妻子萨缇亚芭玛的心就拿走天堂财产，所以理当受到惩罚。他忘了至尊主是万物的拥有者，是不可能怕妻子的。至尊主完全独立，只要念头一动，就能立刻拥有成千上万个像萨缇亚芭玛那样的妻子。因此，祂不是因为萨缇亚芭玛漂亮就迷恋她，而是因为对她所做的奉爱服务感到满意，于是想以此来回报祂奉献者一片纯粹的奉爱深情。

第 6 节

सुतं मृधे खं वपुषा ग्रसन्तं
दृष्ट्वा सुनाभोन्मथितं धरित्र्या ।
आमन्त्रितस्तत्तनयाय शेषं
दत्त्वा तदन्तःपुरमाविवेश ॥ ६ ॥

sutaṁ mṛdhe khaṁ vapuṣā grasantaṁ
dṛṣṭvā sunābhonmathitaṁ dharitryā
āmantritas tat-tanayāya śeṣaṁ
dattvā tad-antaḥ-puram āviveśa

sutam－儿子 / mṛdhe－在战斗中 / kham－天空 / vapuṣā－用他的身体 / grasantam－正当吞噬……时 / dṛṣṭvā－见到 / sunābha－用苏达尔珊飞轮 / unmathitam－杀死 / dharitryā－由大地 / āmantritaḥ－被祈求 / tat-tanayāya－给纳茹阿卡苏茹阿的儿子 / śeṣam－那被拿走之物 / dattvā－把它归还 / tat－他的 / antaḥ-puram－房子里 / āviveśa－进入

译文　地球妲瑞特瑞的儿子纳茹阿卡魔企图抓住整个天空，为此在战斗中被至尊主杀死。他母亲随后向至尊主祈祷。这使至尊主把王国还给纳茹阿卡魔的儿子，并因而进入恶魔的住宅。

要旨　另一些往世书(purāṇas)中说道：纳茹阿卡苏茹阿(Narakāsura)是由至尊主本人与大地母亲妲瑞特瑞(Dharitrī)所生，但因为与恶魔巴纳(Bāṇa)的不良联谊而成了一个恶魔。经典把不信神的人都称为恶魔。事实上，就算一个人的父母很优秀，他也有可能因为日后不良的交往而变成恶魔。人是否善良并不完全取决于他的出生；他除非能与善良的人交往，在良好的环境中接受训练，否则不可能具备善良的秉性。

第 7 节

तत्राहृतास्ता नरदेवकन्याः
　कुजेन दृष्ट्वा हरिमार्तबन्धुम् ।
उत्थाय सद्यो जगृहुः प्रहर्ष-
　व्रीडानुरागप्रहितावलोकैः ॥ ७ ॥

tatrāhṛtās tā nara-deva-kanyāḥ
　kujena dṛṣṭvā harim ārta-bandhum
utthāya sadyo jagṛhuḥ praharṣa-
　vrīḍānurāga-prahitāvalokaiḥ

tatra－在纳茹阿卡苏茹阿家中 / āhṛtāḥ－绑架 / tāḥ－所有那些 /

nara-deva-kanyāḥ—众多国王的女儿 / kujena—被恶魔 / dṛṣṭvā—因见到 / harim—至尊主 / ārta-bandhum—痛苦之人的朋友 / utthāya—立刻起身 / sadyaḥ—当时当地 / jagṛhuḥ—接受 / praharṣa—欣喜地 / vrīḍa—害羞 / anurāga—依恋 / prahita-avalokaiḥ—带着渴求的目光

译文 在恶魔的住宅中，被纳茹阿卡魔绑架来的全体公主一旦看到至尊主——苦恼者的朋友，都重新活跃起来。她们用渴望、欣喜并羞涩的眼神看着祂，把自己献给祂当妻子。

要旨 纳茹阿卡苏茹阿把许多国王的女儿抢去关在他自己的宫殿中。至尊主后来将他杀死并进入了他的王宫；当时，所有的公主无不欣喜万分，提出想嫁给至尊主，因为祂是痛苦之人唯一的朋友。她们因为被恶魔抢走，一度脱离了父亲的保护。为此，没有人会愿意娶她们；所以除非至尊主接受她们做妻子，否则她们这辈子都嫁不出去。韦达社会的传统惯例是：女子早年在父亲的保护下生活，然后由父亲交给她丈夫，受丈夫的保护。这些公主因为一度脱离了父亲的保护，所以除了至尊主本人，没人想要娶她们。

第 8 节 आसां मुहूर्त एकस्मिन्नानागारेषु योषिताम् ।
सविधं जगृहे पाणीननुरूपः स्वमायया ॥ ८ ॥

āsāṁ muhūrta ekasmin
nānāgāreṣu yoṣitām
sa-vidhaṁ jagṛhe pāṇīn
anurūpaḥ sva-māyayā

āsām—所有那些 / muhūrte—一次 / ekasmin—同时 / nānā-āgāreṣu—在各个不同的住所 / yoṣitām—妇女的 / sa-vidham—通过完美的仪式 /

jagṛhe一接受 / pāṇīn一手 / anurūpaḥ一刚好匹配 / sva-māyayā一以祂的内在能量

译文　所有那些公主都各自住在不同的房子里，至尊主同时扩展出与公主们数量一样多的自己。祂凭祂的内在能量在完美的仪式上迎娶了她们。

要旨　《布茹阿玛·萨密塔》第5章的第33节诗对至尊主无数的完整扩展这样描述说：

advaitam acyutam anādim ananta-rūpam
ādyaṁ purāṇa-puruṣaṁ nava-yauvanaṁ ca
vedeṣu durlabham adurlabham ātma-bhaktau
govindam ādi-puruṣaṁ tam ahaṁ bhajāmi

“我崇拜存在中的第一位人格首神哥文达。祂绝对，没有开始存在的时间，永不坠落。祂虽然扩展出无数的形象，但仍是那同一个原本、最古老而又永远风华正茂的少年。”至尊主能通过祂的内在能量扩展出各种不同的个人形象(svayaṁ-prakāśa)，进而再扩展为具有完整力量的形象(prābhava)和具有部分力量的形象(vaibhava)这两种形象；所有这些形象彼此间并没有区别。在此，至尊主扩展出许许多多祂自己，与每一个住所中的公主结合；祂扩展出的所有这些形象彼此略有不同，以便与每一位公主相匹配。祂们都被称为是至尊主从事娱乐活动的具有部分力量的形象(vaibhava-vilāsa)，是在祂的内在能量尤嘎·玛亚(yoga-māyā)的影响下产生的。

第 9 节　तास्वपत्यान्यजनयदात्मतुल्यानि सर्वतः ।
एकैकस्यां दश दश प्रकृतेर्विबुभूषया ॥ ९ ॥

tāsv apatyāny ajanayad
ātma-tulyāni sarvataḥ

ekaikasyāṁ daśa daśa
prakṛter vibubhūṣayā

tāsu—给她们 / apatyāni—后代 / ajanayat—生育 / ātma-tulyāni—都像祂本人一样 / sarvataḥ—在各个方面 / eka-ekasyām—在她们当中的每一位 / daśa—十 / daśa—十 / prakṛteḥ—为了扩展自己 / vibubhūṣayā—有这样的愿望

译文 只是为了依照祂超然的相貌扩展自己，至尊主便使每一位妻子生了十个具有与祂本人一样品质的儿子。

第 10 节 कालमागधशाल्वादीननीकै रुन्धतः पुरम् ।
अजीघनत्स्वयं दिव्यं स्वपुंसां तेज आदिशत् ॥१०॥

kāla-māgadha-śālvādīn
anīkai rundhataḥ puram
ajīghanat svayaṁ divyaṁ
sva-puṁsāṁ teja ādiśat

kāla—卡利亚文 / māgadha—玛格达省的君王(佳尔桑达) / śālva—沙勒瓦王 / ādīn—及其他人 / anīkaiḥ—被士兵们 / rundhataḥ—被包围 / puram—玛图茹阿城 / ajīghanat—杀死 / svayam—亲自 / divyam—超然的 / sva-puṁsām—他自己人的 / tejaḥ—英勇 / ādiśat—显示

译文 玛格达的君王与卡拉亚文，伙同沙勒瓦袭击玛图茹阿城，当他们的士兵把城堡团团围住时，至尊主为了向世人展示祂自己人的力量而克制自己没亲自去杀他们。

要旨 康萨死后，卡利亚文(Kālayavana)、佳尔桑达(Jarāsandha)和沙勒瓦(Sālva)三人曾领兵围困玛图茹阿城，当时至尊主的表现是离城出逃，为此落了个“冉稠尔(Ranchor)——逃兵”的名声。实际上，至尊主是想让祂的手下，也就是祂的奉献者穆楚琨达(Mucukunda)和彼玛(Bhīma)等，代祂杀敌。穆楚琨达代至尊主杀了卡利亚文，彼玛代至尊主杀了玛格达省的君王。至尊主想以此方式让世人看到祂的奉献者如何英勇非凡，似乎祂本人还杀不了他们，得靠祂的奉献者去杀他们才行。至尊主和祂的奉献者的关系充满喜乐。事实上，至尊主是应布茹阿玛(Brahmā)的请求降临世上，消灭世上所有邪恶的人。但为了让祂的奉献者与祂分享这份光荣，祂有时就让他们加入战斗，赢得功劳。库茹柴陀(Kurukṣetra)战争是至尊主本人一手策划的，但为了把功劳给予祂的奉献者阿尔诸纳(nimitta-mātraṁ bhava savyasācin)，祂自己就扮演战车驭手的角色，而让阿尔诸纳(Arjuna)攻打敌人，由此成为库茹柴陀战争的英雄。祂想要完成的事并为此而制定的种种超然计划，都会交给祂亲信的奉献者去具体完成。至尊主以这种方式把祂的仁慈赐予祂纯粹的奉献者。

第 11 节 शम्बरं द्विविदं बाणं मुरं बल्वलमेव च ।
अन्यांश्च दन्तवक्रादीनवधीत्कांश्च घातयत् ॥११॥

śambaraṁ dvividaṁ bāṇaṁ
muraṁ balvalam eva ca
anyāṁś ca dantavakrādīn
avadhīt kāṁś ca ghātayat

śambaram－商巴尔 / dvividam－兑维达 / bāṇam－巴纳 / muram－穆茹阿 / balvalam－巴尔瓦拉 / eva ca－还有 / anyān－其他人 / ca－还有 / dantavakra-ādīn－丹塔瓦夸等人 / avadhīt－杀死 / kān ca－还有很多其他的人 / ghātayat－使被杀死

译文 商巴尔、兑维达、巴纳、穆茹阿、巴尔瓦拉等君王，以及丹塔瓦夸等许多其他恶魔，有的被祂亲手杀死，有的被祂安排的其他人(圣巴拉戴瓦等)杀死。

第 12 节 अथ ते भ्रातृपुत्राणां पक्षयोः पतितान्नृपान् ।
चचाल भूः कुरुक्षेत्रं येषामापततां बलैः ॥१२॥

atha te bhrātṛ-putrāṇāṁ
pakṣayoḥ patitān nṛpān
cacāla bhūḥ kurukṣetraṁ
yeṣām āpatatāṁ balaiḥ

atha—此后 / te—你的 / bhrātṛ-putrāṇām—侄儿的 / pakṣayoḥ—双方的 / patitān—杀死 / nṛpān—国王 / cacāla—震颤 / bhūḥ—大地 / kurukṣetram—库茹柴陀战场 / yeṣām—……的 / āpatatām—穿梭于 / balaiḥ—靠力量

译文 维杜茹阿啊！随后，至尊主致使所有的君王，无论是敌方的还是站在你那勇于作战的侄子一方的，都战死在库茹柴陀战争中。所有那些君王都如此优秀和强大，以致当他们纵横沙场时，地球竟看似在颤抖。

第 13 节 स कर्णदुःशासनसौबलानां
कुमन्त्रपाकेन हतश्रियायुषम् ।
सुयोधनं सानुचरं शयानं
भग्नोरुमूर्व्यां न ननन्द पश्यन् ॥१३॥

sa karṇa-duḥśāsana-saubalānāṁ
kumantra-pākena hata-śriyāyuṣam
suyodhanaṁ sānucaraṁ śayānaṁ
bhagnorum ūrvyāṁ na nananda paśyan

saḥ一祂(至尊主)/karṇa一卡尔纳/duḥśāsana一杜沙森/saubalānām一骚巴拉/kumantra-pākena一因为奸诈的谗言/hata-śriya一倒运/āyuṣam一寿命/suyodhanam一杜尤丹/sa-anucaram一和追随者/śayānam一躺/bhagna一折断/ūrum一大腿/ūrvyām一非常强大/na一不/nananda一感到高兴/paśyan一见到那情景

译文 杜尤丹因为听取卡尔纳、杜沙森和骚巴拉所进的胡乱谗言而失去了他的好运和寿命。当他与他的追随者们躺在战场上时，他虽然曾强大有力，但却被折断了大腿骨。至尊主不喜欢看到这场景。

要旨 尽管至尊主站在阿尔诸纳一方，尽管当彼玛与杜尤丹(Duryodhana)彼此拼杀时，是祂授意彼玛如何打断杜尤丹的大腿，但祂对兑塔瓦施陀(Dhṛtarāṣṭra)的长子杜尤丹遭遇这样的下场，并不感到高兴。对于为非作歹的人，至尊主虽然迫不得已必须给予惩罚，但本身并不乐意那么做，因为每个生物本都是祂不可缺少的一部分。对待信神的人，祂比玫瑰花还柔和；对待作恶的人，祂比雷电还严厉。恶徒因为不良的交往联谊，就会在听信谗言后进一步被误导着去作恶；这些谗言使他违抗至尊主的命令，他为此必将受到惩罚。人要想获得快乐和幸福，最可靠的方法是按照至尊主制定的原则生活，遵守祂为处在遗忘状态的众生的利益着想，而在韦达(Veda)经和众多往世书(Purāṇa)中制定的法律。

第 14 节 कियान् भुवोऽयं क्षपितोरुभारो
यद्द्रोणभीष्मार्जुनभीममूलैः ।
अष्टादशाक्षौहिणिको मदंशै-
रास्ते बलं दुर्विषहं यदूनाम् ॥१४॥

kiyān bhuvo 'yaṁ kṣapitoru-bhāro
yad droṇa-bhīṣmārjuna-bhīma-mūlaiḥ
aṣṭādaśākṣauhiṇiko mad-aṁśair
āste balaṁ durviṣahaṁ yadūnām

kiyān－这是什么 / bhuvaḥ－地球的 / ayam－这 / kṣapita－减轻 / uru－很大的 / bhāraḥ－负担 / yat－……的 / droṇa－朵纳 / bhīṣma－彼士玛 / arjuna－阿尔诸纳 / bhīma－彼玛 / mūlaiḥ－借助 / aṣṭādaśa－十八 / akṣauhiṇikaḥ－军阵 / mat-aṁśaiḥ－和我的后代 / āste－仍在 / balam－强大的力量 / durviṣaham－难以承受的 / yadūnām－雅杜王朝的

译文 (库茹柴陀战争结束后，至尊主说：)地球的巨大负担得以减轻，在朵纳、彼士玛、阿尔诸纳和彼玛的帮助下，十八个阿克扫黑尼军团※现在被消灭了。但这是什么？由我本人所生育的雅杜王朝还继续保有其强大的力量，而这也许是更加无法承受的负担。

要旨 有这样一种错误的理论说：战争和其他毁灭性的灾变发生，是人口剧增，超出地球的负荷所致。说地球超负荷，是绝对不可能的事。地球表面有最重的山脉和海洋，其中居住着数目远多于人类的各种生物体，他们的存在并没有使地球超负荷。假如对全球的生物体作一次数量普查，那么人类的数量肯定还不到全球生物体总数的百分之五。如果说人类的出生率在增加，那么其他生物体的出生率也会相应增加。鸟兽、水生物等低等动物的出生率远比人类高得多。按照至尊主的旨意，地球上所有的生物体都能得到充足的食物供给，就算真有生物体数量增长失衡的情况发生，祂也会相应的提供更多的食物。

因此，不存在人口数量增加导致地球超负荷的问题，地球之所

※ 阿克扫黑尼(akṣauhiṇī)——一个包含有二万一千八百七十辆战车、二万一千八百七十头大象、十万九千三百五十个步兵和六万五千六百一十个骑兵的军事方阵。

以出现超负荷的现象，是因为人类不按至尊主的意愿行事(dharma-glāni)。至尊主降临地球是为了制止恶徒的泛滥，而并不像世俗的经济学家所说，是为了制止人口的增长。主奎师那在地球上显现时，正值违抗至尊主意愿的邪恶之人人数剧增。整个物质创造的目的是要达成至尊主的意愿，而祂的意愿是：希望没有资格进入神之王国的受制约的灵魂，能有机会在此得到改造，最终得以进入神的王国。整个宇宙展示的种种安排，都是为受制约的灵魂提供一个机会，让他们经由此地回到神的王国。至尊主的大自然为此作了充分的安排，以维持生物体的生存。

所以，哪怕地球上人口剧增，但如果人们全都具有神意识，不为非作歹，那么对地球母亲来说，她会很高兴身上有这样的“负担”。负担分两种：乐意接受的负担和被迫承受的负担。被迫承受的负担常压得人喘不过气来，而乐意接受的负担却给人带来快乐。圣维施瓦纳塔·查夸瓦尔提(Śrīla Viśvanātha Cakravartī)对乐意接受的负担有一番很实际的论述，他说：丈夫加在年轻妻子身上的担子，母亲膝上孩子的重量，商人腰包里钱币沉甸甸的分量，这些分量各不相同的负担实际上是一种快乐，少了这些负担，人就会感到“缺少这些”的负担，而这种负担比起乐意接受的负担要沉重得多。当主奎师那谈到地球所承受的雅杜王朝这个负担时，祂谈的并非被迫承受的负担。主奎师那家族的人数多达上百万，无疑使地球人口剧增，但因为他们全都是至尊主通过祂超然的完整扩展扩展出的，所以对地球来说实际上是一种快乐。至尊主在讲到他们是地球上的一大负担时，脑子里已作出决定，要让他们在近期内从地球上消失。主奎师那家族的成员全都是不同半神人的化身，他们将与至尊主一起从地球上消失。当祂说雅杜王朝是地球上一个无比沉重的负担时，祂指的是他们离开地球后给地球带来的那种离别的重负，圣舒卡戴瓦·哥斯瓦米(Jīva Gosvāmī)证实这一推断是正确的。

第 15 节 मिथो यदैषां भविता विवादो
मध्वामदाताम्रविलोचनानाम् ।
नैषां वधोपाय इयानतोऽन्यो
मय्युद्यतेऽन्तर्दधते स्वयं स्म ॥१५॥

mitho yadaiṣāṁ bhavitā vivādo
madhv-āmadātāmra-vilocanānām
naiṣāṁ vadhopāya iyān ato 'nyo
mayy udyate 'ntardadhate svayaṁ sma

mithaḥ－互相 / yadā－当 / eṣām－他们的 / bhavitā－将发生 / vivādaḥ－争吵 / madhu-āmada－喝醉 / ātāmra-vilocanānām－红铜般通红的双眼的 / na－不 / eṣām－他们的 / vadha-upāyaḥ－消失的途径 / iyān－像这样 / ataḥ－除此之外 / anyaḥ－另外的一种 / mayi－在我的 / udyate－隐迹 / antaḥ-dadhate－将消失 / svayam－他们自己 / sma－肯定地

译文 只有当他们因为喝了(玛杜)酒而在酒精的作用下睁着红铜般的眼睛彼此争吵、打斗时，他们才有可能从地球上消失；否则是不可能的。在我隐迹后，这件事情就会发生。

要旨 至尊主及其同伴的显现和隐迹，全是按至尊主的旨意进行的，并不受制于物质自然法则。至尊主的家族成员不可能被任何人杀死，也绝不可能受制于自然法律，接受“自然的死亡”。因此，如果他们要隐迹，就只能通过制造这样一场“酒醉引起口角，继而自相残杀”的演出来达到这个目的。他们之间的“打斗”也是由至尊主一手策划，否则他们彼此之间根本没有争斗的理由。正如奎师那使阿尔诸纳被亲情迷惑，引出宣讲《博伽梵歌》(Bhagavad-gītā)这一幕；同样，雅杜王朝演出“醉酒”这场戏也完全是至尊主的旨意使然。至尊主的奉献者和同伴都是百分之百皈依至尊主的灵魂，所以都是至尊主手中超然的工具，至尊主可以随心所意的使用他们。纯粹奉献者的心愿就是让至尊主高兴，所以他们在至尊主的娱乐活动中也得到了与至尊主同样的享受。至尊主的奉献者从不独立行事，而是将自己的个体性用于为实现至尊主的愿望服务。至尊主和奉献者彼此合作，使至尊主的娱乐活动上演得有声有色，非常完美。

第 16 节　एवं सञ्चिन्त्य भगवान् स्वराज्ये स्थाप्य धर्मजम् ।
नन्दयामास सुहृदः साधूनां वर्त्म दर्शयन् ॥१६॥

evaṁ sañcintya bhagavān
sva-rājye sthāpya dharmajam
nandayām āsa suhṛdaḥ
sādhūnāṁ vartma darśayan

evam－因此 / sañcintya－祂暗自思量 / bhagavān－至尊人格首神 / sva-rājye－在他自己的王国里 / sthāpya－使登上王位 / dharmajam－尤帝士提尔王 / nandayām āsa－使高兴 / suhṛdaḥ－朋友们 / sādhūnām－圣人的 / vartma－道路 / darśayan－通过指明

译文　圣主奎师那这样暗自思量后，便把尤帝士提尔王立为全世界的帝王，以树立虔诚执政者的典范。

第 17 节　उत्तरायां धृतः पूरोर्वंशः साध्वभिमन्युना ।
स वै द्रौण्यस्त्रसम्प्लुष्टः पुनर्भगवता धृतः ॥१७॥

uttarāyāṁ dhṛtaḥ pūror
vaṁśaḥ sādhv-abhimanyunā
sa vai drauṇy-astra-sampluṣṭaḥ
punar bhagavatā dhṛtaḥ

uttarāyām－向乌塔茹阿 / dhṛtaḥ－孕育 / pūroḥ－菩茹的 / vaṁśaḥ－后代 / sādhu-abhimanyunā－由英雄阿比曼纽 / saḥ－他 / vai－肯定地 / drauṇi-astra－被朵纳之子朵尼的武器 / sampluṣṭaḥ－被烧毁 / punaḥ－再次 / bhagavatā－被人格首神 / dhṛtaḥ－被保护

译文 由大英雄阿比曼纽种植在他妻子乌塔茹阿子宫中的普茹的胎儿后裔，被朵纳之子发射的武器烧灼着，但后来再次得到至尊主的保护。

要旨 大英雄阿比曼纽(Abhimanyu)使乌塔茹阿(Uttarā)受孕后，他们的胎儿帕瑞克西特(Parīkṣit)还在发育过程中，就被阿施瓦塔玛(Aśvatthāmā)发射的一种武器布茹阿玛斯陀(brahmāstra)所烧毁，至尊主在他母亲子宫中赐予他第二个躯体，保住了他这个菩茹(Pūru)家族的唯一传人。这件事直接证明生物(灵性火花)不同于躯体。男人将精液射入女人子宫，精液中所携带的生物随之被植入子宫；男人的精子和女人的卵子相结合，最初形成一个豌豆般大小的胚胎，胚胎发育，逐渐长成一个完整的躯体。但如果胚胎在发育过程中被杀死，其中的生物就不得不再投生到另一个躯体中或转入另一个女人的子宫。被选作潘达瓦(Pāṇḍava)兄弟的后代或说菩茹王(Mahārāja Pūru)的后人的这个生物，并不是一个普通的生物；按照至尊主的最高意志，尤帝士提尔王(Mahārāja Yudhiṣṭhira)的帝位将注定由他接替。

所以，在阿施瓦塔玛烧灼帕瑞克西特王当时所在的胚胎体时，至尊主靠祂的内在能量，通过祂的完整扩展进入乌塔茹阿的子宫，让陷于危难中的、未来的帕瑞克西特王看到祂。至尊主在乌塔茹阿的子宫中显现，鼓励那孩子，凭着祂无所不能的力量，重新赐给孩子一个新的躯体，保护他。至尊主无所不能，祂既在乌塔茹阿等潘达瓦家族成员的躯体之外，又在他们的体内。

第 18 节　अयाजयद्धर्मसुतमश्वमेधैस्त्रिभिर्विभुः ।
सोऽपि क्ष्मामनुजै रक्षन् रेमे कृष्णमनुव्रतः ॥१८॥

ayājayad dharma-sutam
aśvamedhais tribhir vibhuḥ
so 'pi kṣmām anujai rakṣan
reme kṛṣṇam anuvrataḥ

ayājayat—使举行 / dharma-sutam—由达尔玛之子(尤帝士提尔王) / aśvamedhaiḥ—由马祭 / tribhiḥ—三 / vibhuḥ—至尊主 / saḥ—尤帝士提尔王 / api—也 / kṣmām—地球 / anujaiḥ—由他众位弟弟辅佐 / rakṣan—保护 / reme—享受 / kṛṣṇam—人格首神奎师那 / anuvrataḥ—自始至终的追随者

译文　至尊主劝达尔玛的儿子尤帝士提尔王举行三场马祭，尤帝士提尔王始终按照人格首神奎师那的教导行事，在他弟弟们的协助下保护并享受地球。

要旨　尤帝士提尔王始终按至尊主奎师那的教导行事，因此堪称是地球上理想的君王。根据韦达经(Vedas)《至尊奥义书》(Īśopaniṣad)所述，至尊主是整个宇宙创造和展示的拥有者；而整个宇宙创造给了受制约的灵魂一个得以恢复他们与至尊主的关系，从而回归首神、回归家园的机会。物质世界的一整套系统都是围绕这个计划设置的，违反这个计划的人，都将受到自然法律的惩罚，而自然法律的运作方式是至尊主制定的。作为至尊主的代表，尤帝士提尔王被立为地球的君王。君王应该充当至尊主的代表，体现至尊主的至尊旨意的君主政体，才是完美的君主体制。尤帝士提尔王是基于这一最高原则治理国家的理想君王。在尤帝士提尔王和他称职的后代帕瑞克西特王统治的王国内，君王和臣民愉快地履行各自的物质责任，与物质自然通力合作，受到保护的百姓以自然的方式幸福地生活着。

第 19 节 भगवानपि विश्वात्मा लोकवेदपथानुगः ।
कामान् सिषेवे द्वार्वत्यामसक्तः साङ्ख्यमास्थितः ॥१९॥

bhagavān api viśvātmā
loka-veda-pathānugaḥ
kāmān siṣeve dvārvatyām
asaktaḥ sāṅkhyam āsthitaḥ

bhagavān－人格首神 / api－也 / viśva-ātmā－宇宙的超灵 / loka－传统的 / veda－韦达原则 / patha-anugaḥ－“道”的追随者 / kāmān－生存的基本需要 / siṣeve－享受 / dvārvatyām－在杜瓦尔卡城中 / asaktaḥ－不执著 / sāṅkhyam－数论哲学知识 / āsthitaḥ－处于

译文 与此同时，人格首神在严格遵守韦达社会习俗的情况下于杜瓦尔卡城中享受生活。祂就像数论哲学系统所论述的那样，完全处在超脱和知识的境界中。

要旨 尤帝士提尔王在当整个地球的帝王时，圣主奎师那是当时杜瓦尔卡的君王，被称为杜瓦尔卡迪沙(Dvārakādhīśa)。祂与其他诸侯一样向尤帝士提尔王称臣。尽管圣主奎师那是整个创造至高无上的帝王，但祂在地球上时的一言一行从不偏离韦达训谕，因为这些训喻是人类生活的行动指南。韦达原则基于数论哲学(Sāṅkhya)这一知识体系，而韦达原则所确立的规范化的人类生活，能够真正满足人类生存的基本需要。离开这方面的知识，离开弃绝，以及相关的习俗，所谓的人类文明社会就只不过是个只知道吃喝玩乐的动物社会。至尊主凭自己的意愿行事，不受任何束缚，但却以身作则教导大众应当秉持弃绝的精神，按照知识去生活。数论哲学就知识和弃绝作出十分深入细致的论述，当人处在知识的层面上，变得弃绝时，他的生命就真正达到了完美的境界。真正有知识的人必须清楚：人体生命的使命是要结束痛苦的物质存在；尽管他不得不以规范化的方式来满足躯体的基本需要，但同时又必须摒弃这种动物的生活。满足躯体的需要是动物的生活，实现灵魂的使命才是做人的使命。

第 20 节　स्निग्धस्मितावलोकेन वाचा पीयूषकल्पया ।
चरित्रेणानवद्येन श्रीनिकेतेन चात्मना ॥२०॥

snigdha-smitāvalokena
vācā pīyūṣa-kalpayā
caritreṇānavadyena
śrī-niketena cātmanā

snigdha一温和的 / smita-avalokena一甜甜地笑着投去一瞥 / vācā一用语言 / pīyūṣa-kalpayā一好比甘露 / caritreṇa一凭个性 / anavadyena一完美无瑕 / śrī一幸运 / niketena一居所 / ca一和 / ātmanā一以祂超然的身体

译文　祂超然的身体是幸运女神的住所，祂就以这个身体住在城中，总是温和儒雅，面带甜美的笑容，说着甜蜜的话语，展现了完美无瑕的品质。

要旨　前一节诗里谈到主奎师那处在数论哲学的知识层面上，弃绝一切物质事物；这节诗又说祂是幸运女神的居所。这两种说法完全不矛盾。主奎师那不受低等能量纷繁展示的吸引，但却以极乐的方式永恒地享受着祂的灵性能量——内在能量。知识贫乏的人不了解外在能量和内在能量的区别。《博伽梵歌》将内在能量称为高等能量(parāprakṛti)，《维施努往世书》(Viṣṇu Purāṇa)中也将维施努的内在能量称为高等能量(parāśakti)。至尊主从不离开祂的高等能量，《布茹阿玛·萨密塔》(Brahma-saṁhitā)第5章的第37节诗中，对至尊主的高等能量和她的种种展示进行了描述 (ānanda-cinmaya rasa pratibhāvitābhiḥ)。至尊主永恒地知晓超然极乐中的种种滋味，并永远快乐地在品味着它们。否定低等能量纷繁的展示并不等于否定灵性世界里正面的超然喜乐。因此，至尊主温和的态度，祂的笑容、个性以及与祂有关的一切都是超然的。这一内在能量的展示是真实存在，而物质展示只是前者昙花一现的倒影罢了，任何一个真正有知识的人都必须对物质展示抱持弃绝的态度。

第 21 节 इमं लोकममुं चैव रमयन् सुतरां यदून् ।
रेमे क्षणदया दत्तक्षणस्त्रीक्षणसौहृदः ॥२१॥

imaṁ lokam amuṁ caiva
ramayan sutarāṁ yadūn
reme kṣaṇadayā datta-
kṣaṇa-strī-kṣaṇa-sauhṛdaḥ

imam－这 / lokam－地球 / amum－以及其他世界 / ca－还有 / eva－肯定地 / ramayan－令人愉快的 / sutarām－特别是 / yadūn－雅杜王朝的成员 / reme－享受 / kṣaṇadayā－夜晚 / datta－由……给予 / kṣaṇa－闲暇 / strī－和女人 / kṣaṇa－情侣之爱 / sauhṛdaḥ－友情

译文 至尊主由雅杜王朝成员陪伴着，在这个世界和其他世界(高等星系)享受着祂的娱乐时光。在夜晚的闲暇时刻，祂享受与女士们的爱侣之情。

要旨 至尊主和祂的纯粹奉献者一起在这个世界共度娱乐时光。至尊主虽然是至尊人格首神，毫无执著物质的倾向，但对祂那些在地球上的纯粹奉献者，以及天堂星球上由祂委派替祂管理宇宙内一切物质事务的强大半神人，祂却十分眷顾；对祂自己的家族成员，也就是雅杜王朝的人，以及在夜晚闲暇时间与祂共聚的一万六千个妻子，祂更怀有特殊的感情。至尊主所表现出的这些情意都是祂内在能量的展示，比较而言，外在能量只是这内在能量的一个“影子”。在《斯康达往世书》(Skanda Purāṇa)的帕巴萨之部(Prabhāsa-khaṇḍa)中，主希瓦(Śiva)和高瑞(Gaurī)的一段对话证实了至尊主内在能量的种种展示。他们在对话中既谈到至尊主是“超然的(Haṁsa)”超灵，是众生的维系者，也谈到了至尊主与一万六千位牧牛姑娘相会的娱乐活动。这一万六千位牧牛姑娘是至尊主十六种内在能量的展示，后面第十篇将会对此作详细的解释。经典中说到，主奎师那好比一轮明月，身为祂内在能量的妙龄少女们犹如众星捧月般围绕在祂身边。

第22节　तस्यैवं रममाणस्य संवत्सरगणान् बहून् ।
गृहमेधेषु योगेषु विरागः समजायत ॥२२॥

tasyaivaṁ ramamāṇasya
saṁvatsara-gaṇān bahūn
gṛhamedheṣu yogeṣu
virāgaḥ samajāyata

tasya—祂的 / evam—如此 / ramamāṇasya—享受 / saṁvatsara—年 / gaṇān—许多 / bahūn—许许多多 / gṛhamedheṣu—居士生活 / yogeṣu—性生活 / virāgaḥ—弃绝 / samajāyata—苏醒

译文　就这样，至尊主度过了许许多多年的居士生活，但最后，祂充分展现了对短暂的性生活的弃绝。

要旨　至尊主虽然从不执著于任何物质层面的性生活，但作为全宇宙的导师，为了教导大家应当如何过居士生活，祂当了许许多多年的居士。圣维施瓦纳特·查夸瓦尔提·塔库尔解释说，梵文“samajāyata”一词的意思是“完全展示”。至尊主在地球上从事活动时，从没有执著心；祂在最后完全展示了这一态度，因为祂想通过自己的榜样告诉大家：人不该终其一生沉迷于家庭生活，而应该自然而然培养起弃绝的精神，把它当做人生中理所当然要达到的一个阶段。至尊主弃绝家庭生活并不意味着弃绝祂那些永恒的同伴和超然的牧牛姑娘，而是要摆脱所谓的“对物质自然三种属性的执著”。正如《布茹阿玛·萨密塔》第5章的第29节诗中所说的那样，至尊主永远都舍不得离弃祂超然的伴侣——茹珂蜜妮(Rukmiṇī)等幸运女神为祂所做的服务 (lakṣmī-sahasra-śata-sambhrama-sevyamānam)。”

第 23 节 दैवाधीनेषु कामेषु दैवाधीनः स्वयं पुमान् ।
को विश्रम्भेत योगेन योगेश्वरमनुव्रतः ॥२३॥

daivādhīneṣu kāmeṣu
daivādhīnaḥ svayaṁ pumān
ko viśrambheta yogena
yogeśvaram anuvrataḥ

daiva－超自然的 / adhīneṣu－被控制 / kāmeṣu－在感官享乐中 / daiva-adhīnaḥ－被超自然的力量控制 / svayam－他本人 / pumān－生物 / kaḥ－无论谁 / viśrambheta－能对……有信心 / yogena－通过奉爱服务 / yogeśvaram－至尊主 / anuvrataḥ－服务

译文 每一个生物体都被超自然的力量所控制，所以其感官享乐也受超自然力量的控制。正因为如此，除了凭借为至尊主做奉爱服务而成为奉献者的人，没人能完全相信主奎师那用祂超然的感官所从事的活动。

要旨 《博伽梵歌》中说，无人能理解至尊主超然的降生和活动，这里进一步证实这一事实说：只有通过为至尊主做奉爱服务领悟到知识的奉献者，才能看出至尊主的活动不同予那些受超自然力量控制之人的活动。整个物质宇宙中所有的动物、人和半神人的感官享乐，都是由被称为物质能量(prakṛti)或超然能量(daivī-māyā)的超自然力量控制着。物质世界里所有的生物都在寻求感官享乐，但谁也不可能独立自主地得到感官享乐。自身受超自然力量控制的人，无法相信主奎师那的感官享乐是完全独立、不受限制的。他们无法理解祂的感官是超然的这一事实。《布茹阿玛·萨密塔》中将至尊主的感官描述为是万能的，即祂能随意用一种感官去从事其他各种感官的活动。感官功能有限的普通人，无法相信至尊主能用祂超然的听觉来吃东西，单靠眼睛看就能过性生活。受制约的生物在其受制约的生存状态中甚至连做梦都想象不到能有这样的感官活动。但是，只要练奉爱瑜伽(bhakti-yoga)就能使人明白：至尊主和至尊主的活动总是超然的。至尊主在《博伽梵歌》第18章的第55节诗中说：只有做奉爱服务，才能如实地了解作为至尊人格首神的祂（haktyā mām abhijānāti yāvān yaś cāsmi tattvataḥ）。

第 24 节　पुर्यां कदाचित्क्रीडद्भिर्यदुभोजकुमारकैः ।
कोपिता मुनयः शेपुर्भगवन्मतकोविदाः ॥२४॥

puryāṁ kadācit krīḍadbhir
　yadu-bhoja-kumārakaiḥ
kopitā munayaḥ śepur
　bhagavan-mata-kovidāḥ

puryām一在杜瓦尔卡城里 / kadācit一一次 / krīḍadbhiḥ一被游戏活动 / yadu一雅杜王朝的后代 / bhoja一博佳王朝的后代 / kumārakaiḥ一众王子 / kopitāḥ一发怒 / munayaḥ一伟大的圣人们 / śepuḥ一诅咒 / bhagavat一人格首神 / mata一希望 / kovidāḥ一知晓的

译文　一次，伟大的圣人们被雅杜和博伽王朝的王子们所从事的嬉戏活动所激怒，因而如至尊主所愿诅咒了他们。

要旨 扮演至尊主同伴的雅杜和博佳(Bhoja)王朝的众王子，都不是普通的生物，不可能冒犯任何一位圣人；而身为至尊主的纯粹奉献者的圣人们，也不可能对至尊主本人降生其中的雅杜和博佳王朝的王子们的任何游戏产生不满，以致被愤怒所左右。圣人们对众王子的诅咒是至尊主的另一个安排，演出一场“圣人发怒”的戏。众王子之所以被诅咒，是为了让人们知道：就连至尊主的那些永远不可能被物质自然以任何方式征服的后代，如果激怒了至尊主的伟大奉献者，那愤怒带来的一系列反应也能摧毁他们。因此，人必须极其小心谨慎，万万不可冒犯至尊主奉献者的莲花足。

第 25 节 ततः कतिपयैर्मासैर्वृष्णिभोजान्धकादयः ।
ययुः प्रभासं संहृष्टा रथैर्देवविमोहिताः ॥२५॥

tataḥ katipayair māsair
vṛṣṇi-bhojāndhakādayaḥ
yayuḥ prabhāsaṁ saṁhṛṣṭā
rathair deva-vimohitāḥ

tataḥ—此后 / katipayaiḥ—几个 / māsaiḥ—几个月过去了 / vṛṣṇi—维施尼家族的后代 / bhoja—博佳王朝的后代 / andhaka-ādayaḥ—以及安达卡之子等其他人 / yayuḥ—去 / prabhāsam—帕巴萨圣地 / saṁhṛṣṭāḥ—兴高采烈地 / rathaiḥ—乘坐他们的马车 / deva—被奎师那 / vimohitāḥ—迷惑

译文 几个月后，在奎师那的迷惑下，维施尼、博伽和安达卡王朝的全体后裔——半神人的化身们，都去了帕巴萨；而至尊主的永恒奉献者们则没有离开，继续留在杜瓦尔卡城中。

第 26 节　तत्र स्नात्वा पितॄन्देवानृषींश्चैव तदम्भसा ।
तर्पयित्वाथ विप्रेभ्यो गावो बहुगुणा ददुः ॥२६॥

tatra snātvā pitṝn devān
ṛṣīṁś caiva tad-ambhasā
tarpayitvātha viprebhyo
gāvo bahu-guṇā daduḥ

tatra－那里 / snātvā－沐浴 / pitṝn－祖先 / devān－半神人 / ṛṣīn－伟大的圣人 / ca－还有 / eva－肯定地 / tat－……的 / ambhasā－以水 / tarpayitvā－通过取悦 / atha－于是 / viprebhyaḥ－向布茹阿玛纳 / gāvaḥ－乳牛 / bahu-guṇāḥ－极其有用 / daduḥ－布施

译文　抵达帕巴萨后，大家先是沐浴，并用这处圣地的水向祖先、半神人和伟大的圣人表示他们的敬意，以此令他们满意。他们把乳牛作为皇室的布施给予布茹阿玛纳们。

要旨　至尊主的奉献者大致可分为永恒解脱的灵魂(nitya-siddha)和通过灵修达到完美境界的灵魂(sādhana-siddha)两类。作为“永恒解脱的灵魂”的奉献者，即使有时下到物质层面来执行至尊主的使命，也永远不会坠入物质氛围中。通过灵修达到完美境界的奉献者来自那些受制约的灵魂，其中有纯粹和不纯粹两种奉献者。不纯粹的奉献者时而会热衷于功利性活动，时而喜欢哲学思辨。纯粹的奉献者已经摆脱所有这些污染，不论身在何处、处境如何，都全心投入地为至尊主做服务。纯粹奉献者并不喜欢把为至尊主所做的服务丢在一旁，然后去游访圣地。近代有一位至尊主的伟大奉献者圣纳若塔玛·塔库尔(Narottama dāsa Ṭhākura)在他的歌中唱道：“游访圣地也是内心被迷惑的一种表现，因为在任何地方为至尊主做奉爱服务都能使人达到最高的灵性完美。”

通过为至尊主做超然的爱心服务而感到心满意足的纯粹奉献

者，根本不必去游访各处圣地，但层次较低的奉献者则有义务去朝拜圣地，经常做各种仪式。雅杜王朝的部分王室成员到圣地帕巴萨，履行了人在圣地应当履行的种种义务，将其虔诚活动的成果献给祖先和其他人。

按照经典规定，每一个人都因蒙受神、半神人、伟大的圣人、其他生物体、普通大众及祖先等人的恩惠而亏欠了他们，所以人人都有义务向他们报恩。到帕巴萨圣地的雅杜王朝的成员通过进行大型的皇家布施，分发土地、金子、肥壮的乳牛等，履行了他们在这方面的义务。下一节诗对此会有相关的描述。

第 27 节 हिरण्यं रजतं शय्यां वासांस्यजिनकम्बलान् ।
यानं रथानिभान् कन्या धरां वृत्तिकरीमपि ॥२७॥

hiraṇyaṁ rajataṁ śayyāṁ
vāsāṁsy ajina-kambalān
yānaṁ rathān ibhān kanyā
dharāṁ vṛtti-karīm api

hiraṇyam—金子 / rajatam—金币 / śayyām—寝具 / vāsāṁsi—衣物 / ajina—野兽皮铺的座位 / kambalān—毯子 / yānam—马匹 / rathān—马车 / ibhān—大象 / kanyāḥ—少女 / dharām—土地 / vṛtti-karīm—供养 / api—还有

译文 布茹阿玛纳们得到的布施不仅是壮硕的乳牛，还有黄金、金币、寝具、衣物、野兽皮制成的座位、毛毯、马匹、大象、少女和生存所需的足够的土地。

要旨 所有这些布施都是给予完全献身于人类社会的物质及灵性福利的布茹阿玛纳(brāhmaṇa, 婆罗门)的。布茹阿玛纳不受雇于人，不接收佣金，而是为大众提供无偿的服务；但社会要为他们提供生活所需的一切，对有些无力娶妻的布茹阿玛纳，还会向他们布施新娘。这样，布茹阿玛纳便不存在维持生计的问题了。查锤亚(kṣatriya, 刹帝利)君王和富有的商人会为布茹阿玛纳提供一切生活所需，作为回报，布茹阿玛纳也会全心全意地为提升社会而努力。这就是社会各阶层的分工合作。当接受社会供养的布茹阿玛纳阶层丧失了布茹阿玛纳的品质，变得懒散、浮夸时，他们便堕落为不具资格的布茹阿玛纳(brahma-bandhu)；由此，社会其他成员也将逐渐从各自所在的社会阶层上坠落下来，不再保持进步之人所持有的社会标准。《博伽梵歌》中说：社会等级制度由至尊主制定，而阶层的划分则按照人在社会中所从事的活动的性质，而非家庭出身。当前堕落的社会宣扬家庭出身决定论，而这是不正确的。

第 28 节 अन्नं चोरुरसं तेभ्यो दत्त्वा भगवदर्पणम् ।
गोविप्रार्थासवः शूराः प्रणेमुर्भुवि मूर्धभिः ॥२८॥

annaṁ coru-rasaṁ tebhyo
dattvā bhagavad-arpaṇam
go-viprārthāsavaḥ śūrāḥ
praṇemur bhuvi mūrdhabhiḥ

annam—食物 / ca—还有 / uru-rasam—极其美味的 / tebhyaḥ—给布茹阿玛纳 / dattvā—给予之后 / bhagavat-arpaṇam—首先供奉给人格首神 / go—乳牛 / vipra—布茹阿玛纳 / artha—目的 / asavaḥ—人生的目的 / śūrāḥ—所有英勇的查锤亚 / praṇemuḥ—顶拜 / bhuvi—触地 / mūrdhabhiḥ—用他们的头

译文 这之后，他们又为布茹阿玛纳们献上给人格首神供奉过的美味佳肴，以用头触地的顶礼方式向布茹阿玛纳们表示敬意。他们靠保护乳牛和布茹阿玛纳，以完美的方式生活着。

要旨 雅杜王朝的后裔们在帕巴萨圣地的所作所为，体现了高度的文明水准和绝对完美的人类生活模式。完美的人生在于遵循三大文明准则，即保护乳牛；维持布茹阿玛纳文化；以及最重要的是，成为至尊主纯粹的奉献者。不成为至尊主的奉献者，人生就不可能达到完美。人生的完美境界是使自己被提升到没有生、老、病、死的灵性世界，这是人生最高级、最完美的目标。如果不确立这样的目标，那么以所谓的生活舒适为目标的物质文明无论有多进步，都只能使人生使命付诸东流。

布茹阿玛纳和外士纳瓦(Vaiṣṇava)不接受任何未事先供奉给人格首神的食物。奉献者将给至尊主供奉过的食物，视为是至尊主的仁慈加以接受。毕竟，是神在给人类和动物提供各类食物。作为人，必须要明白这样一个事实，那就是：谷物、蔬菜、牛奶和水等这些维持生命所必需的食物，是由至尊主提供给人类的，而不是哪个科学家和物质主义者在人造的实验室或工厂里能造出来的。属于人类社会智慧阶层的人被称为布茹阿玛纳，而觉悟到绝对真理至高无上的人格特性的人被称为外士纳瓦。两者都只接受经祭祀供奉后剩下的食物。祭祀最终是为了满足祭祀的主人(yajña-puruṣa)——维施努(Viṣṇu)。《博伽梵歌》第3章的第13节诗中说：至尊主的奉献者免于一切罪恶，因为他们吃供奉过的食物；其他为满足个人感官而准备食物的人，吃的实际只是罪恶，只会使人痛苦。雅杜王朝的成员在帕巴萨圣地准备并邀请真正的布茹阿玛纳品尝的食物，全都事先给人格首神维施努供奉过。他们都向布茹阿玛纳顶礼。雅杜王朝的人，或者韦达文化中任何一个有知识的家庭中的成员，都受到相关的训练，从而能通过与社会各阶层通力合作做服务，来达到人生的完美境界。

梵文“极其美味的(uru-rasam)”一词在这里也很有意义。只是谷物、蔬菜和牛奶的各种搭配，就能让人做出千百种美味可口的食物。这些都是善良型的食物，因此可以给人格首神供奉。《博伽梵歌》第9章的第26节诗说，至尊主只接受水果、鲜花、叶子和液体这一类的食物，条件是人必须满怀奉爱之情来供奉。有没有奉爱之情，是评价一项供奉是否名副其实的唯一标准。至尊主保证会吃奉献者给祂供奉的食物。所以，方方面面的事实证明，雅杜王朝的成员都是受过完善训练的文明人，布茹阿玛纳圣人诅咒他们，只不过是至尊主的意愿使然。整个事件在于警告世人：千万不可怠慢布茹阿玛纳和外士纳瓦。

到此为止，结束了巴克提韦丹塔对《圣典博伽瓦谭》第 3 篇第 3 章——“至尊主在温达文之外的娱乐活动”的阐释。

第四章

维杜茹阿去找麦垂亚

第 1 节

उद्धव उवाच
अथ ते तदनुज्ञाता भुक्त्वा पीत्वा च वारुणीम् ।
तया विभ्रंशितज्ञाना दुरुक्तैर्मर्म पस्पृशुः ॥१॥

uddhava uvāca
atha te tad-anujñātā
bhuktvā pītvā ca vāruṇīm
tayā vibhraṁśita-jñānā
duruktair marma paspṛśuḥ

uddhavaḥ uvāca－乌达瓦说 / atha－此后 / te－他们(雅达瓦们) / tat－由布茹阿玛纳 / anujñātāḥ－在……允许下 / bhuktvā－分享过后 / pītvā－喝 / ca－和 / vāruṇīm－酒 / tayā－由于 / vibhraṁśita-jñānāḥ－丧失理智 / duruktaiḥ－用刻薄的语言 / marma－心 / paspṛśuḥ－触碰

译文 那之后，他们全体(维施尼和博佳的后裔们)经布茹阿玛纳们的许可，开始分享剩余的帕萨达并喝饮米酒。喝酒使他们全都变得醉醺醺开始说胡话，完全失去了理智。他们用尖酸刻薄的话语去刺伤彼此的心。

要旨 在典礼上，当布茹阿玛纳(brāhmaṇa, 婆罗门)和外士纳瓦(Vaiṣṇava)饱餐过后，主人便会征得客人的允许，享用剩下的食物。同样，维施尼(Vṛṣṇi)王朝和博佳(Bhoja)王朝的这些后代，也在正式得到布茹阿玛纳的同意后享用了食物。由于查锤亚(kṣatriya, 刹帝利)在某些场合中是可以喝酒的，他们便喝了一种用米酿制的淡酒。喝酒使他们一个个变得异常狂躁，失去了理智，甚至忘了彼此之间的关系；他们恶言相向，互相攻击，刺伤彼此的心。喝酒非常有害，就连像这样一个极有教养的家族的人也因为酒醉而变得忘乎所以。维施尼和博佳的后代按理不可能这样，但至尊主的意愿使然，事情就这样发生了；他们当时恶言相向，相互攻击。

第 2 节 तेषां मैरेयदोषेण विषमीकृतचेतसाम् ।
निम्लोचति रवावासीद्वेणूनामिव मर्दनम् ॥ २ ॥

teṣāṁ maireya-doṣeṇa
viṣamīkṛta-cetasām
nimlocati ravāv āsīd
veṇūnām iva mardanam

teṣām－他们的 / maireya－酒醉的 / doṣeṇa－因错误 / viṣamīkṛta－失控 / cetasām－头脑……的那些人 / nimlocati－落下 / ravau－太阳 / āsīt－发生 / veṇūnām－竹子的 / iva－像 / mardanam－毁灭

译文 正如竹子相互摩擦造成毁灭性的灾难；日落时分，由于酒醉的影响，他们都心神错乱，毁灭发生了。

要旨 森林该要着火时，就会根据至尊者的意愿，因竹子间相互摩擦而引发森林大火。同样，雅杜王朝的子孙也按照至尊主的意愿，因自相残杀而集体毁灭。就像要在森林最深处引燃大火是人力所无法办到的；同样，宇宙之内也没有任何力量可以征服受至尊主保护的雅杜子孙。至尊主想让他们以这种方式被毁灭，因此就像上节诗中的梵文“在……允许下(tad-anujñāta)”一词所暗示的，他们服从祂的命令。

第 3 节 भगवान् स्वात्ममायाया गतिं तामवलोक्य सः ।
सरस्वतीमुपस्पृश्य वृक्षमूलमुपाविशत् ॥ ३ ॥

bhagavān svātma-māyāyā
　gatiṁ tām avalokya saḥ
sarasvatīm upaspṛśya
　vṛkṣa-mūlam upāviśat

bhagavān一人格首神 / sva-ātma-māyāyāḥ一靠祂的内在能量 / gatim一灭亡 / tām一那 / avalokya一预见 / saḥ一祂(奎师那) / sarasvatīm一萨茹阿斯瓦缇河 / upaspṛśya一啜饮河水 / vṛkṣa-mūlam一在树下 / upāviśat一坐下

译文　人格首神——圣主奎师那，用祂的内在能量预见到(祂家族的)这一结局后，便到萨茹阿斯瓦缇河岸边，啜饮河水，接着在一棵树下坐了下来。

要旨　上面提到的雅杜和博佳王朝所发生的变故，都是由至尊主的内在能量推动所致；至尊主降临地球的使命已经完成，祂想让他们返回各自的所在地。他们都是至尊主的儿孙，充满父爱的至尊主给予他们完完全全的保护，他们怎么可能会当着至尊主的面被消灭呢？对此，这节诗中回答说：所发生的一切都是由至尊主本人操纵的(svātma-māyāyāḥ)。在至尊主的家族成员中，有些是祂完整扩展的化身，有些是天堂星球的半神人。所以，祂在离去前用自己的内在能量遣散整个家族。众人在返回各自的所在地前，被派往帕巴萨(Prabhāsa)圣地从事一些虔诚的活动，然后尽情吃喝，最后被送回各自的所在地。这样，在外人看来，强大的雅杜王朝从此在地球上消失了。这一章的第1节诗中的“在……的允许下(anujñāta)”一词很关键，它点出整个事件从始至终都是至尊主一手安排的。至尊主这些不同一般的娱乐活动都不是祂的外在能量(物质自然)展示的结果，而是祂内在能量的展示，是永恒的。因此，人不该妄下定论说：是一场普通的兄弟酒醉后自相残杀的事件，导致了雅杜和博佳王朝的毁灭。圣舒卡戴瓦·哥斯瓦米(Śrī Jīva Gosvāmī)说这一变故就像一场魔术表演。

第 4 节 अहं चोक्तो भगवता प्रपन्नार्तिहरेण ह ।
बदरीं त्वं प्रयाहीति स्वकुलं सञ्जिहीर्षुणा ॥ ४ ॥

ahaṁ cokto bhagavatā
prapannārti-hareṇa ha
badarīṁ tvaṁ prayāhīti
sva-kulaṁ sañjihīrṣuṇā

aham—我 / ca—和 / uktaḥ—被告知 / bhagavatā—被至尊主 / prapanna—皈依的人的 / ārti-hareṇa—被祂——去除悲哀的人 / ha—的确 / badarīm—去巴德瑞 / tvam—你 / prayāhi—应该去 / iti—如此 / sva-kulam—祂自己的家族 / sañjihīrṣuṇā—想毁灭……的祂

译文 至尊主清除向祂皈依之人的苦恼。因此，想要毁灭自己家族的祂，事先通知我去巴达瑞卡刷玛。

要旨 在杜瓦尔卡(Dvārakā)时，至尊主曾告诉乌达瓦(Uddhava)自己不久将隐迹，雅杜王朝也将灭亡，让他避开这些令人伤心欲绝的场面。至尊主建议他前往巴达瑞卡灵修所(Badarikāśrama)，因为在那里他可以与纳茹阿·纳茹阿亚纳(Nara-Nārāyaṇa)的奉献者们联谊，在以奉爱服务为中心的联谊氛围中，他对吟诵(吟唱)和聆听至尊主的讯息、获取知识及走向弃绝的愿望将会变得更为强烈。

第 5 节 तथापि तदभिप्रेतं जानन्नहमरिन्दम ।
पृष्ठतोऽन्वगमं भर्तुः पादविश्लेषणाक्षमः ॥ ५ ॥

tathāpi tad-abhipretaṁ
jānann aham arindama
pṛṣṭhato 'nvagamaṁ bhartuḥ
pāda-viśleṣaṇākṣamaḥ

tathā api—然而、尽管 / tat-abhipretam—祂的愿望 / jānan—知晓 / aham—我 / arim-dama—敌人的征服者啊(维杜茹阿) / pṛṣṭhataḥ—在……之后 / anvagamam—跟随 / bhartuḥ—主人的 / pāda-viśleṣaṇa—离开祂的莲花足 / akṣamaḥ—不能

译文 但是，阿润达玛(维杜茹阿)啊！我虽然知道祂的愿望(毁灭整个王朝)，但还是跟随着祂，因为我无法忍受与主人的莲花足分离片刻。

第 6 节 अद्राक्षमेकमासीनं विचिन्वन्दयितं पतिम् ।
श्रीनिकेतं सरस्वत्यां कृतकेतमकेतनम् ॥ ६ ॥

adrākṣam ekam āsīnaṁ
vicinvan dayitaṁ patim
śrī-niketaṁ sarasvatyāṁ
kṛta-ketam aketanam

adrākṣam—我看见 / ekam—独自 / āsīnam—坐着 / vicinvan—凝神静思 / dayitam—保护人 / patim—主人 / śrī-niketam—幸运女神的庇护者 / sarasvatyām—在萨茹阿斯瓦缇河边 / kṛta-ketam—托庇于 / aketanam—在没有庇护的状态下

译文 这样跟随着祂，我看到我的保护者、主人(圣主奎师那)独自坐着，陷入沉思。祂虽然是幸运女神的庇护者，那时却托庇于萨茹阿斯瓦缇河岸边。

要旨 处在弃绝阶层的人常在树下安身。乌达瓦当时看到至尊主也像个无家可归的人那样坐在树下。祂是一切的拥有者，处处都是祂的居所，所有的地方都在祂的庇护下。祂支撑着整个物质展示和灵性展示，所以祂是万物的庇护所。正因为如此，祂像一个处在弃绝阶层、无家可归的人那样在树下安身，是不足为奇的。

第 7 节 श्यामावदातं विरजं प्रशान्तारुणलोचनम् ।
दोर्भिश्चतुर्भिर्विदितं पीतकौशाम्बरेण च ॥ ७ ॥

śyāmāvadātaṁ virajaṁ
  praśāntāruṇa-locanam
dorbhiś caturbhir viditaṁ
  pīta-kauśāmbareṇa ca

śyāma-avadātam－美丽的黑色 / virajam－有纯粹善良的属性组成的 / praśānta－平静 / aruṇa－红红的 / locanam－眼睛 / dorbhiḥ－由手臂 / caturbhiḥ－四只 / viditam－被认出 / pīta－黄色 / kauśa－丝绸的 / ambareṇa－穿着衣裳 / ca－和

译文 至尊主的身体呈黑色，但却永恒，充满了极乐和知识，美丽至极。祂的目光永远平静、安宁，眼睛的颜色红得仿佛清晨初升的太阳。凭祂的四只手臂和手中持有的不同象征物，以及黄色的丝绸衣衫，我可以立刻认出祂就是至尊人格首神。

第 8 节 वाम ऊरावधिश्रित्य दक्षिणाङ्घ्रिसरोरुहम् ।
अपाश्रितार्भकाश्वत्थमकृशं त्यक्तपिप्पलम् ॥ ८ ॥

vāma ūrāv adhiśritya
  dakṣiṇāṅghri-saroruham
apāśritārbhakāśvattham
  akṛśaṁ tyakta-pippalam

vāme－在左边的 / ūrau－大腿 / adhiśritya－放在 / dakṣiṇa-aṅghri-saroruham－右边的莲花足 / apāśrita－靠……而坐 / arbhaka－年轻的 / aśvattham－榕树 / akṛśam－兴高采烈 / tyakta－已离开 / pippalam－舒适的家庭生活

译文　至尊主把右脚搭在左大腿上，正背靠一棵年轻的榕树坐着休息。祂虽然完全放弃了安逸的居士生活，但从坐姿看，显得心情十分愉快。

要旨　根据圣维施瓦纳特·查夸瓦尔提·塔库尔(Śrīla Viśvanātha Cakravartī Ṭhākura)的解释，至尊主当时坐的姿势——背靠一棵年轻榕树而坐的姿势，是有其深意的。榕树又名阿施瓦塔(Aśvattha)，意思是它的寿命很长。至尊主的双腿和其中所带的能量为土、水、火、空气和空间五大物质元素。榕树所象征的种种物质能量都是祂外在能量的产物，所以被祂置于身后。又因为这个宇宙是众多宇宙中最小的一个，所以这棵年轻的榕树象征着“幼小”、“幼儿”。“放弃了安逸的居士生活(tyakta-pippalam)”这句话，暗示祂在现在这个小宇宙里的娱乐活动就要结束了。但因为至尊主是绝对的、永恒极乐的，所以无论祂是接受某样事物还是放弃它，其本质都一样。至尊主当时准备离开这个宇宙，进入另一个宇宙，这就好比太阳在一个星球上落下的同时在另一个星球上升起，它本身的状态并没有改变。

第 9 节　तस्मिन्महाभागवतो द्वैपायनसुहृत्सखा ।
लोकाननुचरन् सिद्ध आससाद यदृच्छया ॥ ९ ॥

tasmin mahā-bhāgavato
dvaipāyana-suhṛt-sakhā
lokān anucaran siddha
āsasāda yadṛcchayā

tasmin—当时 / mahā-bhāgavataḥ—至尊主的一位伟大的奉献者 / dvaipāyana—奎师那·兑帕亚纳·维亚萨的 / suhṛt—祝愿者 / sakhā—朋友 / lokān—三个世界 / anucaran—旅游 / siddhe—在那个灵修地 / āsasāda—到达 / yadṛcchayā—按照他自己完美的意愿

译文 那时，至尊主伟大的奉献者、大圣人奎师那·兑帕亚纳·维亚萨的好朋友兼祝愿者麦垂亚，在周游了世界许多地方后，按照他自己完美的意愿抵达那里。

要旨 麦垂亚(Maitreya)是维亚萨戴瓦(Vyāsadeva)的父亲玛哈瑞希·帕茹阿沙尔(Maharṣi Parāśara)的门徒，所以维亚萨戴瓦和麦垂亚既是朋友又是彼此的祝愿者。机缘巧合，麦垂亚来到了圣主奎师那(Kṛṣṇa)正休息的地方。遇见至尊主并不是一件普通的事。麦垂亚是伟大的圣人兼渊博的学者和哲学家，但却并不是至尊主的纯粹奉献者，因此当时能遇到至尊主，可能是因为他过去在不知情的情况下为至尊主做过奉爱服务(ajñāta-sukṛti)。纯粹奉献者总是在从事纯粹的奉爱活动，因此与至尊主相遇是很自然的事。但对于那些没有具备"可以见至尊主"的资格的人，他们能见到至尊主是出于机缘巧合，源于他们过去碰巧做过的奉爱服务。

第 10 节

तस्यानुरक्तस्य मुनेर्मुकुन्दः
प्रमोदभावानतकन्धरस्य ।
आशृण्वतो मामनुरागहास-
समीक्षया विश्रमयन्नुवाच ॥१०॥

tasyānuraktasya muner mukundaḥ
pramoda-bhāvānata-kandharasya
āśṛṇvato mām anurāga-hāsa-
samīkṣayā viśramayann uvāca

tasya—他(麦垂亚的) / anuraktasya—尽管依恋 / muneḥ—圣哲的 / mukundaḥ—赐予人解脱的至尊主 / pramoda-bhāva—心情愉快 / ānata—下垂 / kandharasya—肩膀的 / āśṛṇvataḥ—当这样在聆听时 / mām—向我 / anurāga-hāsa—和善地微笑着 / samīkṣayā—特别看着我 / viśra-mayan—让我充分休息 / uvāca—说

译文　麦垂亚·牟尼非常依恋祂(至尊主)，正肩膀放松，心情愉快地聆听至尊主说话。至尊主微笑着用祂独特的瞥视向我示意，让我坐下休息，随后说了如下的话。

要旨　尽管乌达瓦和麦垂亚两人都是伟大的灵魂，但乌达瓦是至尊主纯粹的奉献者，所以至尊主把注意力更多地放在他身上。对至尊主的奉爱中混有一元论思想的人(jñāna-bhakta)，不是纯粹的奉献者。麦垂亚虽然是奉献者，但他的奉爱之情并不纯粹。至尊主与奉献者之间的交流基于他们对祂超然的爱，而不是哲学性的知识或功利性活动。在对至尊主的超然爱心服务中，没有一元论思想和功利性活动生存的空间。温达文(Vṛndāvana)的牧牛姑娘(gopī)既不是大学者，也不是神秘瑜伽师(yogī)，但她们对至尊主怀有发自内心的爱；因此，至尊主成了她们的生命和灵魂，她们也成了至尊主的生命和灵魂。牧牛姑娘和至尊主之间的关系受到主柴坦亚(Caitanya)的高度赞扬，被祂推崇为是至高无上的关系。从这节诗中我们可以看出，至尊主对乌达瓦的态度比对麦垂亚的态度更亲切。

第 11 节　श्रीभगवानुवाच
वेदाहमन्तर्मनसीप्सितं ते
ददामि यत्तद् दुरवापमन्यैः ।
सत्रे पुरा विश्वसृजां वसूनां
मत्सिद्धिकामेन वसो त्वयेष्टः ॥११॥

śrī-bhagavān uvāca
vedāham antar manasīpsitaṁ te
dadāmi yat tad duravāpam anyaiḥ
satre purā viśva-sṛjāṁ vasūnāṁ
mat-siddhi-kāmena vaso tvayeṣṭaḥ

śrī-bhagavān uvāca—人格首神说 / veda—知道 / aham—我 / antaḥ—

里面 / manasi－心 / īpsitam－你的心愿 / te－你的 / dadāmi－我给你 / yat－……的 / tat－那 / duravāpam－很难达到 / anyaiḥ－由其他人 / satre－在祭祀中 / purā－昔日 / viśva-sṛjām－扩展了这个创造的人的 / vasūnām－瓦苏们的 / mat-siddhi-kāmena－希望做我的同伴 / vaso－瓦苏啊 / tvayā－由你 / iṣṭaḥ－人生最终的目标

译文 至尊人格首神说：瓦苏啊！以前当瓦苏们和其他负责掌管宇宙事务的半神人举行祭祀时，我从你心中了解到你的愿望。你特别想要得到我的联谊。这对其他人来说是极难得到的，但我把它赏给了你。

要旨 乌达瓦是至尊主永恒的同伴，他的一个完整扩展是昔日八位瓦苏(Vasu)中的一位。当初，负责管理宇宙各类事务的这八位瓦苏和高等星系的众多半神人，为达成他们的人生目标曾举行过一个祭祀。而乌达瓦的扩展——瓦苏中的一位，当时的心愿是希望能成为至尊主身边的同伴。至尊主以超灵(Paramātmā)或说超意识的形式居于众生的心中，因而知道乌达瓦的心思。超意识存在于每一个生物体心中，为只具有局部意识的生物提供记忆。个体生物因为只具有局部性的意识，所以无法记得自己前世的经历，但超意识却能提示他今生该如何按照前世累积的知识去活动。《博伽梵歌》(Bhagavad-gītā)曾在多处对此证实说：“我根据每个人对我皈依的情况来回报他们(ye yathā māṁ prapadyante tāṁs tathaiva bhajāmy aham 4.11)；我在众生的心中，记忆、知识和遗忘都来自我(sarvasya cāhaṁ hṛdi sanniviṣṭo mattaḥ smṛtir jñānam apohanaṁ ca 15.15)。”生物可以有各自的愿望，至尊主则使他们的这些愿望得以实现。生物内心的所思所想可以不受限制，但要实现其想法却有赖于至尊者的意愿。这便是所谓的“谋事在人，成事在天。”昔日，在半神人和瓦苏们一起举行祭祀时，身为其中一位瓦苏的乌达瓦的愿望是“成为至尊主的同伴”，而这对埋头于哲学思辨或功利性活动的人来说非常困难，因为他们根本不知道有“当神的同伴”这件事。只有至尊神的纯粹奉献者才能依靠至尊主的仁慈认识到：个体灵魂如果能与至尊主本人交往，就达到了生命最高的完美境界。至尊主向乌达瓦许诺说：自己定会成全他的愿望。当至尊主在向乌达瓦说起这件事时，大圣人麦垂亚也似乎开始认识到成为至尊神的同伴的重要性。

第 12 节　स एष साधो चरमो भवाना-
मासादितस्ते मदनुग्रहो यत् ।
यन्मां नृलोकान् रह उत्सृजन्तं
दिष्ट्या ददृश्वान् विशदानुवृत्त्या ॥१२॥

sa eṣa sādho caramo bhavānām
āsāditas te mad-anugraho yat
yan māṁ nṛlokān raha utsṛjantaṁ
diṣṭyā dadṛśvān viśadānuvṛttyā

saḥ—那 / eṣaḥ—那些……的 / sādho—胸怀磊落的人啊 / caramaḥ—最后一位 / bhavānām—在你的所有化身(如瓦苏)中 / āsāditaḥ—现在获得 / te—向你 / mat—我的 / anugrahaḥ—仁慈 / yat—正如 / yat—因为 / mām—我 / nṛ-lokān—受制约的灵魂所在的星球 / rahaḥ—隐居 / utsṛjantam—在离开……时 / diṣṭyā—靠看到 / dadṛśvān—你所见到的 / viśada-anuvṛttyā—凭着矢志不移的奉爱

译文　诚实的人啊！你今生的生活是你在物质世界里最后的一次，也是最崇高的一次，因为在这一生中，你得到了我赐予你的最高的恩惠。你现在可以离开这个受制约生物居住的宇宙，到我超然的住所外琨塔去了。你之所以到这个人迹罕至的地方来看我，是因为你得到了纯粹、坚定的奉爱服务这一巨大的恩惠。

要旨 当人对至尊主的认识程度，完全达到已解脱的完美生物所能达到的对至尊主的认识程度，就可以进入有着无数外琨塔(Vaikuṇṭha)星球的灵性天空。至尊主当时坐在一个人迹罕至的地方，正准备离开这个宇宙，从众生的眼前消失；而就在那时，乌达瓦有幸见到了至尊主，至尊主因此答应他日后可以进入外琨塔。至尊主无时无处不在，祂在一个宇宙中的所谓的显现和隐迹，只不过是那个宇宙里的居民的感觉而已。就像太阳并不存在出现或消失在天空中的问题，所谓的“清晨日出、傍晚日落”只不过是人的一种感觉而已。至尊主既身在外琨塔，同时又无所不在；既在外琨塔内，又在外琨塔之外。

第 13 节

पुरा मया प्रोक्तमजाय नाभ्ये
पद्मे निषण्णाय ममादिसर्गे ।
ज्ञानं परं मन्महिमावभासं
यत्सूरयो भागवतं वदन्ति ॥१३॥

purā mayā proktam ajāya nābhye
padme niṣaṇṇāya mamādi-sarge
jñānaṁ paraṁ man-mahimāvabhāsaṁ
yat sūrayo bhāgavataṁ vadanti

purā—昔日 / mayā—由我 / proktam—被说 / ajāya—向布茹阿玛 / nābhye—从肚脐里 / padme—在莲花上 / niṣaṇṇāya—向坐在……上的人 / mama—我的 / ādi-sarge—创造的一开始 / jñānam—知识 / param—至高的 / mat-mahimā—我超然的荣耀 / avabhāsam—那阐明……的 / yat—……的 / sūrayaḥ—伟大而博学的圣哲 / bhāgavatam—《圣典博伽瓦谭》 / vadanti—确实说到

译文 乌达瓦啊！很久很久以前，在创造一开始的那段莲花时代中，我对坐在从我肚脐长出的莲花上的布茹阿玛讲述了我超然的荣耀，伟大的圣人们将其称为《圣典博伽瓦谭》。

要旨　有关至尊自我的知识，至尊主曾给布茹阿玛(Brahmā)讲解过，这部伟大典籍的第二篇中也有论述，而这里又再次加以重申。至尊主说，祂曾以非常浓缩的方式将《圣典博伽瓦谭》(Śrī-mad-Bhāgavatam)以四节诗的形式讲给布茹阿玛听，其目的是阐明祂所具有的人格特性。这节诗里否定了非人格神主义者对《圣典博伽瓦谭》第二篇中那四节诗的解释。施瑞达尔·斯瓦米(Śrīdhara Svāmī)也说：浓缩了整部《博伽瓦谭》内容的那四节诗，讲的是主奎师那的娱乐活动，非人格神主义者对其中内容的主观推测纯属无稽之谈。

第 14 节

इत्यादृतोक्तः परमस्य पुंसः
　प्रतिक्षणानुग्रहभाजनोऽहम् ।
स्नेहोत्थरोमा स्खलिताक्षरस्तं
　मुञ्चञ्छुचः प्राञ्जलिराबभाषे ॥१४॥

ity ādṛtoktaḥ paramasya puṁsaḥ
　pratikṣaṇānugraha-bhājano 'ham
snehottha-romā skhalitākṣaras taṁ
　muñcañ chucaḥ prāñjalir ābabhāṣe

iti—如此 / ādṛta—受恩宠 / uktaḥ—向……说 / paramasya—至尊者的 / puṁsaḥ—人格首神 / pratikṣaṇa—每时每刻 / anugraha-bhājanaḥ—被恩宠的对象 / aham—我自己 / sneha—感情 / uttha—直竖 / romā—身上的毛发 / skhalita—松弛 / akṣaraḥ—眼睛的 / tam—那 / muñcan—擦 / śucaḥ—眼泪 / prāñjaliḥ—双手合十 / ābabhāṣe—说

译文　乌达瓦说：维杜茹阿啊！当至尊人格首神这样优待我，不断深情地对我说话时，我的话语被泪水淹没，身上毛发直竖。抹去眼泪后，我双手合十这样说道：

第 15 节 को न्वीश ते पादसरोजभाजां
सुदुर्लभोऽर्थेषु चतुर्ष्वपीह ।
तथापि नाहं प्रवृणोमि भूमन्
भवत्पदाम्भोजनिषेवणोत्सुकः ॥१५॥

ko nv īśa te pāda-saroja-bhājāṁ
sudurlabho 'rtheṣu caturṣv apīha
tathāpi nāhaṁ pravṛṇomi bhūman
bhavat-padāmbhoja-niṣevaṇotsukaḥ

kaḥ nu īśa—我的主啊 / te—您的 / pāda-saroja-bhājām—为您的莲花足做超然爱心服务的奉献者的 / su-durlabhaḥ—很难获得 / artheṣu—有关 / caturṣu—在四大目标上 / api—尽管 / iha—在这个世界上 / tathā api—然而 / na—不 / aham—我 / pravṛṇomi—更喜欢 / bhūman—伟大的人啊 / bhavat—您的 / pada-ambhoja—莲花足 / niṣevaṇa-utsukaḥ—渴望侍奉

译文 我的主啊！为您的莲花足做超然爱心服务的奉献者们，在有着宗教信仰、经济发展、感官享乐和解脱这四项内容的领域中，可以毫不费力地获得想要的一切。但是，伟大的人啊！至于我，我只想要为您的莲花足做爱心服务。

要旨 至尊主在外琨塔星球上的同游，长得都与主维施努(Viṣṇu)一样。这是五种解脱中的一种，称为获得具有与至尊主同样形象的解脱(sārūpya-mukti)。为至尊主做超然爱心服务的奉献者，从不愿意接受融入至尊主梵光的解脱(sāyujya-mukti)。不仅仅是解脱，奉献者在宗教、经济发展和感官享乐方面也能变得极为成功，得到天堂星球半神人的享受。但是，像乌达瓦这样的奉献者却拒绝所有这些利益。纯粹的奉献者从不顾及个人的利益得失，只想为至尊主做服务。

第 16 节

कर्माण्यनीहस्य भवोऽभवस्य ते
दुर्गाश्रयोऽथारिभयात्पलायनम् ।
कालात्मनो यत्प्रमदायुताश्रमः
स्वात्मन्रतेः खिद्यति धीर्विदामिह ॥१६॥

karmāṇy anīhasya bhavo 'bhavasya te
durgāśrayo 'thāri-bhayāt palāyanam
kālātmano yat pramadā-yutāśramaḥ
svātman-rateḥ khidyati dhīr vidām iha

karmāṇi－活动 / anīhasya－无欲之人的 / bhavaḥ－出生 / abhavasya－不经历出生之人的 / te－您的 / durga-āśrayaḥ－躲在城堡里 / atha－此后 / ari-bhayāt－因害怕敌人 / palāyanam－逃跑 / kāla-ātmanaḥ－控制永恒时间之人的 / yat－那 / pramadā-āyuta－与妇女相伴 / āśramaḥ－居士生活 / sva-ātman－在您自身中 / rateḥ－享乐之人 / khidyati－被干扰 / dhīḥ－智力 / vidām－有学问的人的 / iha－这个世界里

译文 我的主啊！您虽然没有任何欲望，但却从事功利性活动；虽然不经出生就存在，但却以诞生的方式显现；虽然是无敌时间的控制者，但却因害怕敌人而逃走，躲在一个城堡中；虽然在享受您自己，但却由众多女士围绕着享受居士生活。看到您的这一切，就连有学问的圣人都感到心智紊乱。

要旨 至尊主的纯粹奉献者并不很热衷于靠哲学思辨的方式获得有关至尊主的超然知识，而且最终谁也不可能完全了解至尊主。对他们来说，只要自己对至尊主有一些认识，不管这些认识多么肤浅，都已经足够了；因为唯一能让奉献者感到满足的是聆听和吟唱至尊主超然的娱乐活动，他们从中可以获得一切超然的喜乐。然而，至尊主的有些娱乐活动甚至对这些纯粹奉献者来说也看似极其矛盾，乌达瓦在这节诗中便向至尊主询问了祂娱乐活动中那些看似矛盾的地方。经典中说至尊主不需要亲自做任何事，这的确如此，因为就连物质世界的创造和维系，都不需要至尊主亲力亲为；但接着，我们却听说至尊主为保护祂的纯粹奉献者亲手举起了哥瓦尔丹(Govardhana)山。这两方面似乎是矛盾的。至尊主是至尊梵(Brahman)、绝对真理和有着人的形象的人格首神，但乌达瓦好像在怀疑：至尊主真从事过这么多超然的活动吗？

人格首神与不具人格特征的梵之间没有不同，经典说，不具人格特征的梵既不做物质的事，也不做灵性的事，那至尊主怎么要做那么多事呢？至尊主既然从不经历出生，那又为什么会诞生为瓦苏戴瓦(Vasudeva)和黛瓦克伊(Devakī)的儿子呢？连最令人恐惧的时间(kāla)都害怕祂，但祂却害怕与佳尔桑达(Jarāsandha)作战，吓得躲进一座城堡？一个本身已经完整自足的人怎么会要那么多女人陪伴在祂身旁享乐？祂怎么会娶妻，然后完全就像个有家室的人一样，上有老、下有小，享受天伦之乐？所有这些看似矛盾的事，甚至令学识渊博的大学者们都不禁要困惑地询问："说祂不活动是真的吗？还是祂所做的这一切都只是表演而已？"他们百思不得其解。

答案是：至尊主与世俗的一切毫无关系，祂所有的活动都是超然的。世俗的思辨者对此无法理解，必然会存有疑问，但处在超然层面上的奉献者却觉得这一切并不值得惊奇。绝对真理作为梵(Brahman)，无疑否定一切物质活动；但作为超梵(Parabrahman)却在从事无数超然的活动。明白了梵与超梵之间区别的人，无疑是真正的超然主义者，心中不再有疑惑。至尊主本人也在《博伽梵歌》第10章的第2节诗中说："半神人和伟大的圣人都不知道我的来历和财富，因为我在所有的方面都是他们的源头。"在《圣典博伽瓦谭》第1篇第9章的第16节诗中，彼士玛(Bhīṣmadeva)祖父对至尊主的活动有这样一番正确的解释：

na hy asya karhicid rājan
pumān veda vidhitsitam

yad-vijijñāsayā yuktā
muhyanti kavayo 'pi hi

“君王啊！没人了解至尊主(圣奎师那)的计划，就连寻根究底的大哲学家们都感到困惑。”

第 17 节　मन्त्रेषु मां वा उपहूय यत्त्व-
मकुण्ठिताखण्डसदात्मबोधः ।
पृच्छेः प्रभो मुग्ध इवाप्रमत्त-
स्तन्नो मनो मोहयतीव देव ॥१७॥

mantreṣu māṁ vā upahūya yat tvam
akuṇṭhitākhaṇḍa-sadātma-bodhaḥ
pṛccheḥ prabho mugdha ivāpramattas
tan no mano mohayatīva deva

mantreṣu－协商 / mām－向我 / vai－或 / upahūya－通过召唤 / yat－正如 / tvam－您阁下 / akuṇṭhita－毫不犹豫地 / akhaṇḍa－不被分割 / sadā－永恒地 / ātma－自我 / bodhaḥ－有智慧的 / pṛccheḥ－询问 / prabho－我的主啊 / mugdhaḥ－困惑 / iva－好像真是如此 / apramattaḥ－虽然从不困惑 / tat－那 / naḥ－我们的 / manaḥ－心 / mohayati－使困惑 / iva－像 / deva－我的主啊

译文　我的主啊！您永恒的自我永不被时间的影响所分割，您完善的知识无穷无尽。所以，您自己就足以把一切想周全。尽管如此，您还是召我来共商事宜，仿佛您感到困惑，尽管您从不困惑。您的这一举动使我迷惑。

要旨　乌达瓦虽然嘴上说所有这些“矛盾”的事让人感到极为困惑，但实际上心中对此却一直有着清楚的认识。奎师那与乌达瓦之间的这番对话，其实是说给坐在一旁的麦垂亚听的，以便他能从中受益。当佳尔桑达等人率军前来攻城时，当至尊主统治杜瓦尔卡期间为履行君王的职责而举行盛大的祭祀时，至尊主都会找乌达瓦协商，听取他的意见。至尊主并不受制于永恒的时间，所以对祂来说并不存在过去、现在和未来，世上没有祂不知道的事。祂永恒全知，具有一切智慧。既然这样，祂为什么还要找乌达瓦给祂出谋划策呢？这一点无疑让人感到奇怪。从表面上看，至尊主的所有这些举动都充满了矛盾，但事实上，这就是至尊主惯有的活动方式，其中并不存在什么矛盾。因此，我们最好是按照至尊主本身的活动方式如实地看待、接受祂这些活动，不必试图去作出解释。

第 18 节　ज्ञानं परं स्वात्मरहःप्रकाशं
प्रोवाच कस्मै भगवान् समग्रम् ।
अपि क्षमं नो ग्रहणाय भर्त-
र्वदाञ्जसा यद् वृजिनं तरेम ॥१८॥

jñānaṁ paraṁ svātma-rahaḥ-prakāśaṁ
provāca kasmai bhagavān samagram
api kṣamaṁ no grahaṇāya bhartar
vadāñjasā yad vṛjinaṁ tarema

jñānam－知识 / param－至高的 / sva-ātma－自我 / rahaḥ－奥秘 / prakāśam－启发性的 / provāca－说 / kasmai－向布茹阿玛吉 / bhagavān－人格首神 / samagram－总和 / api－如果这样 / kṣamam－能够 / naḥ－向我 / grahaṇāya－可接受的 / bhartaḥ－我的主啊 / vada－说 / añjasā－详细地 / yat－……的 / vṛjinam－痛苦 / tarema－能解开

译文　我的主，如果您认为我们有资格接受您从前给布茹阿玛解释过的、能启明我们认识您本人的超然知识，就请仁慈地为我们解释它。

要旨　乌达瓦这样的纯粹奉献者根本没有任何物质的烦恼和

痛苦，因为他一直都在为至尊主做超然的爱心服务。奉献者内心的痛苦来自与至尊主的分离。时时想着至尊主的种种活动是奉献者活下去的动力，因此乌达瓦请求至尊主，像从前教布茹阿玛那样，传授他《圣典博伽瓦谭》的知识。

第 19 节　　**इत्यावेदितहार्दाय मह्यं स भगवान् परः ।**
आदिदेशारविन्दाक्ष आत्मनः परमां स्थितिम् ॥१९॥

ity āvedita-hārdāya
mahyaṁ sa bhagavān paraḥ
ādideśāravindākṣa
ātmanaḥ paramāṁ sthitim

iti āvedita—经我这样祈求 / hārdāya—从我内心深处 / mahyam—对我 / saḥ—祂 / bhagavān—人格首神 / paraḥ—至高的 / ādideśa—讲解 / aravinda-akṣaḥ—眼如莲花的人 / ātmanaḥ—祂本人的 / paramām—超然的 / sthitim—地位

译文　我这样向至尊人格首神表达我衷心的愿望后，长着莲花眼的至尊主告诉了我有关祂的超然地位。

要旨　在这节诗中，梵文“超然的地位(paramāṁ sthitim)”一词意义深刻。至尊主即使在给布茹阿玛讲授《圣典博伽瓦谭》的四节诗——第2篇第9章的第33—36节诗时，也没有谈到祂自己超然的地位。这“超然的地位”涉及在杜瓦尔卡和温达文为祂做超然爱心服务的奉献者与祂彼此间的种种交流。尽管大圣人麦垂亚也坐在一旁，但至尊主解释自己特定的超然地位的这段话，是针对乌达瓦讲的，所以乌达瓦说：这是“对我(mahyam)”讲解的。对至尊主的奉爱之情中掺杂有心智思辨和功利性活动成分的人，要理解至尊主的这一超然地位极为困难。至尊主绝不会向那些既受奉爱服务吸引，又受思辨性知识和神秘力量吸引的普通奉献者揭示祂那些机密的爱的交流活动。那些都是至尊主的不可思议的娱乐活动。

第 20 节 स एवमाराधितपादतीर्था-
दधीततत्त्वात्मविबोधमार्गः ।
प्रणम्य पादौ परिवृत्य देव-
मिहागतोऽहं विरहातुरात्मा ॥२०॥

sa evam ārādhita-pāda-tīrthād
adhīta-tattvātma-vibodha-mārgaḥ
praṇamya pādau parivṛtya devam
ihāgato 'haṁ virahāturātmā

saḥ—所以我自己 / evam—如此 / ārādhita—崇拜 / pāda-tīrthāt—从人格首神 / adhīta—学习 / tattva-ātma—有关自我的知识 / vibodha—理解 / mārgaḥ—途径 / praṇamya—在向……致敬后 / pādau—在祂的莲花足下 / parivṛtya—绕拜后 / devam—至尊主 / iha—在这个地方 / āgataḥ—来到 / aham—我 / viraha—分离 / ātura-ātmā—内心哀伤不已

译文 我从我的灵性导师——人格首神那里，学习了认识自我的知识，在绕拜祂后来到这里，因为与祂分离而悲伤不已。

要旨 圣乌达瓦的生活，实际体现了人格首神在创造之初对布茹阿玛讲述的《博伽瓦谭》四节核心诗(第2篇第9章的第33—36节诗)的内涵。假象宗派(Māyāvādī)的哲学思辨者，专门挑选《圣典博伽瓦谭》这四节核心诗，牵强附会地用非人格神主义的一元论观点，对它们妄加评论。对那些以未经授权的方式臆测那四节诗的人，我们这样告诉他们：《圣典博伽瓦谭》是一部纯粹阐述有神论科学的经典，只有掌握《博伽梵歌》达到硕士水平的人才能理解它其中的内容。以未经授权的方式对《博伽瓦谭》进行枯燥思辨的人，歪曲《博伽梵歌》和《圣典博伽瓦谭》所要传达的思想，误导普通大众；他们这么做无疑冒犯了圣主奎师那的莲花足，为自己铺设了一条直通安达·塔弥斯茹阿(Andha-tāmisra)地狱的“死路”。《博伽梵歌》第16章的第20节诗证实：这些忌妒成性的思辨者毫无知识，必将生生世世遭遇不幸。他们所谓地投靠在圣商卡尔阿查尔亚(Śrīpāda Śaṅkarācārya)的门下，但商卡尔阿查尔亚本人却并没有像他们那样过分，以致冒犯了主奎师那的莲花足。根据圣主柴坦亚·玛哈帕布(Caitanya Mahāprabhu)的说法，圣商卡尔阿查尔亚之所以宣扬假象宗理论是另有原因的——当时为了驳斥佛教否定灵魂存在的错误观点有必要借用这种理论，但这只是某个时期用于应急的权宜之计，人们根本不必死抱着它不放。正因为如此，商卡尔阿查尔亚在他对《博伽梵歌》的评注中，承认至尊主奎师那是至尊人格首神；而他因为实际上是主奎师那的伟大的奉献者，所以从不敢对《圣典博伽瓦谭》写下只言片语的评注。他知道，他如果那么做，就会直接冒犯至尊主的莲花足。可是，后来的思辨者们却打着假象宗的旗号，居心不良地对《博伽瓦谭》的四节核心诗妄加评注。

从事枯燥思辨的一元论者不该去碰《圣典博伽瓦谭》，因为编纂这部特殊的韦达经典的圣人禁止他们染指此书；在第1篇第1章的第2节诗中，圣维亚萨戴瓦明确表示：追求宗教信仰、经济发展、感官享乐和解脱的人，不该试图去理解《圣典博伽瓦谭》的内容，因为这部经典不是为他们写的。《圣典博伽瓦谭》赫赫有名的评注家圣施瑞达尔·斯瓦米明令禁止追求解脱的一元论者去碰《圣典博伽瓦谭》，这部经典不是他们可以读的。然而，那些未经授权的人不听劝阻、一意孤行，居心不良地去解释《圣典博伽瓦谭》，结果做了连圣恩商卡尔阿查尔亚都不敢做的事——冒犯了至尊主的莲花足，为自己种下了生生世世受苦的恶因。这里特别应该注意的是，乌达瓦直接从至尊主那里学习了《博伽瓦谭》的四节核心诗。至尊主最初给布茹阿玛讲解了这四节诗；祂这次讲的有关自我的知识更为机密，是上面提到的有关至尊主“超然的地位(paramāṁ sthitim)”的知识。学到这一有关“自我”的奉爱知识后，乌达瓦内心强烈地感受到与至尊主分离的痛苦。除非一个人的奎师那意识苏醒过来，达到乌达瓦的层面——时时刻刻因为对至尊主超然的爱而沉浸在与至尊主分离的情感中(主柴坦亚也展示了这种分离之情)，否则他不可能真正理解《圣典博伽瓦谭》的四节核心诗的内涵。人不该用未经授权的方式曲解四节核心诗的含义，使自己从此滑入冒犯至尊主的危险深渊。

第 21 节 सोऽहं तद्दर्शनाह्लादवियोगार्तियुतः प्रभो ।
गमिष्ये दयितं तस्य बदर्याश्रममण्डलम् ॥२१॥

so 'haṁ tad-darśanāhlāda-
viyogārti-yutaḥ prabho
gamiṣye dayitaṁ tasya
badaryāśrama-maṇḍalam

saḥ aham－我就 / tat－祂的 / darśana－赐见 / āhlāda－快乐 / viyoga－失去 / ārti-yutaḥ－承受痛苦的煎熬 / prabho－我亲爱的先生 / gamiṣye－将去 / dayitam－得到这样的指示 / tasya－祂的 / badaryāśrama－喜马拉雅山的巴达瑞卡灵修地 / maṇḍalam－联谊

译文 亲爱的维杜茹阿，现在我因为缺乏看祂所产生的喜悦而疯狂，为了缓解这种状况，我此刻按照祂给我的指示，前往喜马拉雅山中的巴达瑞卡灵修地寻求联谊。

要旨 与乌达瓦处在同一层次上的奉献者，始终生活在与至尊主既分离又相见的双重状态中。纯粹奉献者没有一刻不在为至尊主做超然的服务，为至尊主服务是纯粹奉献者最首要的任务。乌达瓦无法忍受与至尊主的分离，于是便按照至尊主的指示启程前往巴达瑞卡灵修所；因为至尊主的指示就是至尊主本人，人一旦按祂的指示行事，就实际上与祂在一起了。

第 22 节　यत्र नारायणो देवो नरश्च भगवानृषिः ।
मृदु तीव्रं तपो दीर्घं तेपाते लोकभावनौ ॥२२॥

yatra nārāyaṇo devo
naraś ca bhagavān ṛṣiḥ
mṛdu tīvraṁ tapo dīrghaṁ
tepāte loka-bhāvanau

yatra—那里 / nārāyaṇaḥ—人格首神 / devaḥ—以化身 / naraḥ—人类 / ca—也 / bhagavān—至尊主 / ṛṣiḥ—伟大的圣人 / mṛdu—善待众生的 / tīvram—严格 / tapaḥ—苦行 / dīrgham—很长时间 / tepāte—从事 / loka-bhāvanau—众生的利益

译文　在巴达瑞卡灵修所中，化身为圣人纳茹阿和纳茹阿亚纳的人格首神，为了全体生物的利益，自无法追溯的年代起就一直在从事极为严格的苦修。

要旨　巴达瑞卡灵修所地处喜马拉雅山，是纳茹阿·纳茹阿亚纳(Nara-Nārāyaṇa)两位圣人的住所，是印度真诚的灵修之人极度尊崇的一大朝圣地；直至今日，仍可见成千上万虔诚的灵修之人前往这一圣地敬拜人格首神的化身——纳茹阿·纳茹阿亚纳。从这节诗中我们看到，早在五千年前就有像乌达瓦那样的圣人到这个圣地去，而即使在当时，这地方的历史也已经十分古老。这块不同寻常的圣地地处喜马拉雅山，几乎终年积雪，自然环境十分恶劣，所以一般人要去那里极为困难；人们可以趁夏季的几个月去那里，但同样也要经历千辛万苦。由梵光照耀着的灵性天空中分布着数不胜数的外琨塔星球，它们被称为神的王国(dhāma)；而这个世界上共有四处这样的神之王国，它们分别是：巴达瑞卡灵修所、茹阿梅刷尔(Rameśvara)、佳干纳特·普瑞(Jagannātha Purī)和杜瓦尔卡。以乌达瓦这些奉献者为榜样，今天在印度，真正的灵修之人仍在为寻求完美的灵性觉悟而朝拜这些圣地。

第 23 节

श्रीशुक उवाच
इत्युद्धवादुपाकर्ण्य सुहृदां दुःसहं वधम् ।
ज्ञानेनाशमयत्क्षत्ता शोकमुत्पतितं बुधः ॥२३॥

śrī-śuka uvāca
ity uddhavād upākarṇya
suhṛdāṁ duḥsahaṁ vadham
jñānenāśamayat kṣattā
śokam utpatitaṁ budhaḥ

śrī-śukaḥ uvāca—圣舒卡戴瓦·哥斯瓦米说 / iti—如此 / uddhavāt—从乌达瓦 / upākarṇya—听 / suhṛdām—亲朋好友的 / duḥsaham—无法忍受的 / vadham—毁灭 / jñānena—以超然的知识 / aśamayat—安抚自己 / kṣattā—维杜茹阿 / śokam—悲痛 / utpatitam—升起 / budhaḥ—有学问的人

译文 圣舒卡戴瓦·哥斯瓦米说：博学的维杜茹阿听乌达瓦讲了朋友和亲人毁灭的消息后，凭借自身具有的超然知识抚平丧亲失友的剧痛。

要旨 维杜茹阿(Vidura)得知，库茹柴陀(Kurukṣetra)战争后，他的亲属和朋友全都战死，雅杜王朝灭亡了，而且至尊主也离开了地球。这一消息使维杜茹阿如遇五雷轰顶，内心感到无比悲痛，但他所具有的高深的超然知识，足以帮助他化解悲痛，让内心重新归于平静。正如《博伽梵歌》中所说，我们因为长期纠缠在躯体的关系中，所以很自然会为亲属、朋友的死而感到悲痛；但是，我们必须学会用更高级的超然知识去化解它。自日落开始，乌达瓦和维杜茹阿两人便围绕奎师那的话题侃侃而谈。与乌达瓦这样联谊后，维杜茹阿的知识水平有了进一步的提高。

第 24 节　स तं महाभागवतं व्रजन्तं कौरवर्षभः ।
विश्रम्भादभ्यधत्तेदं मुख्यं कृष्णपरिग्रहे ॥२४॥

sa taṁ mahā-bhāgavataṁ
vrajantaṁ kauravarṣabhaḥ
viśrambhād abhyadhattedaṁ
mukhyaṁ kṛṣṇa-parigrahe

saḥ—维杜茹阿 / tam—向乌达瓦 / mahā-bhāgavatam—至尊主伟大的奉献者 / vrajantam—准备离去时 / kaurava-ṛṣabhaḥ—考茹阿瓦家族中最优秀的人 / viśrambhāt—出于信任 / abhyadhatta—呈上 / idam—这 / mukhyam—对首要的 / kṛṣṇa—主奎师那 / parigrahe—为至尊主做奉爱服务

译文　在至尊主最信任的首要奉献者乌达瓦准备离开之际，维杜茹阿充满感情与信任地向他发出询问。

要旨　维杜茹阿的年纪比乌达瓦大得多。从辈分来看，乌达瓦和奎师那是同辈，而维杜茹阿与奎师那的父亲瓦苏戴瓦是同辈。尽管乌达瓦从年龄上看是小辈，但从为至尊主做奉爱服务的角度看，却处在很高的层次上，因此这节诗里说他是至尊主首要的奉献者。维杜茹阿对此深信不疑，把乌达瓦奉为年长的奉献者与他交谈。这便是两位奉献者之间交往所遵循的礼节。

第 25 节

विदुर उवाच
ज्ञानं परं स्वात्मरहःप्रकाशं
यदाह योगेश्वर ईश्वरस्ते ।
वक्तुं भवान्नोऽर्हति यद्धि विष्णो-
र्भृत्याः स्वभृत्यार्थकृतश्चरन्ति ॥२५॥

vidura uvāca
jñānaṁ paraṁ svātma-rahaḥ-prakāśaṁ
yad āha yogeśvara īśvaras te
vaktuṁ bhavān no 'rhati yad dhi viṣṇor
bhṛtyāḥ sva-bhṛtyārtha-kṛtaś caranti

viduraḥ uvāca—维杜茹阿说 / jñānam—知识 / param—超然的 / sva-ātma—有关自我 / rahaḥ—神秘的 / prakāśam—启发 / yat—……的 / āha—说 / yoga-īśvaraḥ——切神秘主义者的主人 / īśvaraḥ—至尊主 / te—向你 / vaktum—讲述 / bhavān—您 / naḥ—向我 / arhati—值得 / yat—为 / hi—……的原因 / viṣṇoḥ—主维施努的 / bhṛtyāḥ—仆人 / sva-bhṛtya-artha-kṛtaḥ—为了他们的仆人的利益 / caranti—四处周游

译文 维杜茹阿说：乌达瓦啊！既然至尊主维施努的仆人们四处奔走为他人谋福利，因此你仁慈地讲述你经至尊主本人的启发而得到的有关自我的知识，非常恰当。

要旨 至尊主的仆人实际上也是人类社会的仆人；他们对人类社会的世俗利益并无兴趣，而是一心只想用超然的知识教导和启发世人，让他们明白生物与至尊主的关系，在超然的关系下所进行的各种活动，以及最高的人生目标。这些都是真正能为人类谋福利的知识。围绕吃、睡、交配和恐惧等躯体四项基本行为的知识，以及在此基础上衍生出的各类所谓的“先进知识”，都不具有永恒性。生物不是他的物质躯体，而是至尊者永恒的不可缺少的一部分，所以恢复这一有关“自我”的知识，才是人生最首要的事。不了解这一知识的人生是失败的人生。主维施努的仆人有责任向人们传授这一知识；为此，他们四处旅行，足迹遍及地球及宇宙内其他各个星球。至尊主亲自授予乌达瓦的知识值得在全社会范围内弘扬和传播，而像维杜茹阿这样一些深谙奉爱服务之道的人更是应该得到这样的知识。

真正的超然知识从至尊主传给乌达瓦，再从乌达瓦传给维杜茹阿……以此类推，经师徒传承这条链一直往下传。处在世俗层面上的那些热衷于争论、辩驳的所谓的大学者，靠不完美的心智思辨方式得不到这一至高无上的超然知识。维杜茹阿渴望从乌达瓦那里了解有关至尊主的“超然地位(paramāṁ sthitim)”的机密知识，这一知识中谈到了至尊主超然的娱乐活动；了解这些后，人可以获得对至尊主的认识。维杜茹阿虽然年龄比乌达瓦大，但却很想在超然关系的层面上做他的仆人。这一超然的师徒传承关系在主柴坦亚的教导中有所论及；主柴坦亚建议，我们可以从任何人那里学习超然的知识，无论他是布茹阿玛纳还是庶铎(śūdra，首陀罗)，是居士还是托钵僧(sannyāsī)；只要他确实精通有关奎师那的科学，就可以向他求教。通晓有关奎师那科学的人，是名副其实的灵性导师。

第 26 节

उद्धव उवाच
ननु ते तत्त्वसंराध्य ऋषिः कौषारवोऽन्तिके ।
साक्षाद्भगवतादिष्टो मर्त्यलोकं जिहासता ॥२६॥

uddhava uvāca
nanu te tattva-saṁrādhya
ṛṣiḥ kauṣāravo 'ntike
sākṣād bhagavatādiṣṭo
martya-lokaṁ jihāsatā

uddhavaḥ uvāca—乌达瓦说 / nanu—然而 / te—你自己的 / tattva-saṁrādhyaḥ—是值得追求超然知识的人崇拜的对象 / ṛṣiḥ—渊博的学者 / kauṣāravaḥ—向库沙茹之子(麦垂亚) / antike—在附近 / sākṣāt—直接 / bhagavatā—由人格首神 / ādiṣṭaḥ—教导 / martya-lokam—有死亡的世界 / jihāsatā—在离开时

译文 圣乌达瓦说：你可以去向伟大而博学的圣人麦垂亚讨教，他就在附近，是值得追求超然知识的人崇拜的对象。人格首神在即将离开这个有死亡的世界之际，亲自指导了他。

要旨 一个人即使很精通超然的科学，也还是要小心不要鲁莽越过地位和身份比他高的人(maryādā-vyatikrama)，以致造成冒犯。根据经典的训喻，人应该非常小心，不可鲁莽跨过长者，否则他的荣华富贵、寿命、虔诚心，以及在世上所能享有的一切好运，都统统毁于一旦。要想精通超然的科学，人必须了解灵性科学中的原则。乌达瓦十分清楚灵性科学中的各项原则，所以建议维杜茹阿去向圣人麦垂亚请教，学习超然的知识。维杜茹阿想拜乌达瓦为灵性导师，但乌达瓦推辞了，因为维杜茹阿跟乌达瓦的父亲一般年纪，乌达瓦不能收他作自己的门徒；尤其当麦垂亚就在附近时，乌达瓦更不能那么做。有这样一条原则：一个人再博学多才，也不可以在身份地位比自己高的人面前班门弄斧，教导他人。正因为如此，乌达瓦让比自己年长的维杜茹阿去向另一位长者麦垂亚求教，因为在至尊主即将离开这个终有一死的世界时，麦垂亚也在场聆听了至尊主的教导，所以同样通晓超然的知识。乌达瓦和麦垂亚曾一起在至尊主面前聆听了祂的教导，所以两人都有资格当维杜茹阿或其他任何人的灵性导师，但因为麦垂亚是长者，所以首先该由他当灵性导师；尤其对比乌达瓦年长许多的维杜茹阿来说，麦垂亚当灵性导师更是情理之中的事。人不该抱着追名逐利的世俗思想急不可耐地想当灵性导师，而应该纯粹为了服务至尊主去当灵性导师。至尊主绝不容忍 “跨越长者(maryādā-vyatikrama)” 这一冒犯的行为。人不可以为了满足名利等私欲而占有原该属于年长灵性导师的那份荣誉。人一旦做出这类违反礼节的举动去冒充灵性导师，就会严重地损害他的灵性进步。

第 27 节

श्रीशुक उवाच
इति सह विदुरेण विश्वमूर्ते-
गुणकथया सुधया प्लावितोरुतापः ।
क्षणमिव पुलिने यमस्वसुस्तां
समुषित औपगविर्निशां ततोऽगात् ॥२७॥

śrī-śuka uvāca
iti saha vidureṇa viśva-mūrter
guṇa-kathayā sudhayā plāvitorutāpaḥ
kṣaṇam iva puline yamasvasus tāṁ
samuṣita aupagavir niśāṁ tato 'gāt

śrī-śukaḥ uvāca—圣舒卡戴瓦·哥斯瓦米说 / iti—如此 / saha—与 / vidureṇa—维杜茹阿 / viśva-mūrteḥ—宇宙的人格形象 / guṇa-kathayā—谈论超然的品质和特征 / sudhayā—甘露般的 / plāvita-uru-tāpaḥ—痛苦不堪 / kṣaṇam——一刻 / iva—像 / puline—在……河边 / yamasvasuḥ tām—雅沐娜河 / samuṣitaḥ—度过 / aupagaviḥ—奥帕嘎瓦之子(乌达瓦) / niśām—夜晚 / tataḥ—此后 / agāt—离去

译文　舒卡戴瓦·哥斯瓦米说：君王啊！在雅沐娜河边与维杜茹阿这样谈论至尊主超然的名字、形象、品质……时，乌达瓦心中痛苦万分。那一夜对他来说就像是一瞬间，天一亮他就离开了。

要旨 这里用梵文"宇宙的人格形象(viśva-mūrti)"一词来指奎师那。乌达瓦和维杜茹阿因为主奎师那的离去而悲痛万分，当他们这样不断地谈论至尊主超然的名字、声望、品质和特征时，就越来越能够到处看到祂的形象。他们看到的至尊主的超然形象并不是幻想出来的，而是实实在在的绝对真理本人。说人感知到至尊主的"宇宙的人格形象"，并不意味着祂失去了人的特征，不再具有永恒而超然的形象，而是指人到处都能看到祂的形象。

第 28 节

राजोवाच
निधनमुपगतेषु वृष्णिभोजे-
ष्वधिरथयूथपयूथपेषु मुख्यः ।
स तु कथमवशिष्ट उद्धवो यद्
धरिरपि तत्यज आकृतिं त्र्यधीशः ॥२८॥

rājovāca
nidhanam upagateṣu vṛṣṇi-bhojeṣv
adhiratha-yūthapa-yūthapeṣu mukhyaḥ
sa tu katham avaśiṣṭa uddhavo yad
dharir api tatyaja ākṛtiṁ tryadhīśaḥ

rājā uvāca—君王问 / nidhanam—灭亡 / upagateṣu—已到来 / vṛṣṇi—维施尼王朝的 / bhojeṣu—博佳王朝 / adhiratha—伟大的将领 / yūtha-pa—统帅 / yūtha-peṣu—他们中 / mukhyaḥ—杰出的 / saḥ—他 / tu—只 / katham—如何 / avaśiṣṭaḥ—留下 / uddhavaḥ—乌达瓦 / yat—而 / hariḥ—人格首神 / api—也 / tatyaje—结束 / ākṛtim—所有的娱乐活动 / tri-adhīśaḥ—三个世界的至尊主

译文 君王询问道：当至尊主——三个世界的主人圣奎师那，结束祂的娱乐活动时，当维施尼和博佳王朝的成员——最优秀的战将在地球上消失后，为什么只有乌达瓦留了下来？

要旨 根据圣舒卡戴瓦·哥斯瓦米(Śrī Jīva Gosvāmī)的解释，梵文“尼达纳么(nidhanam)”一词本指至尊主超然的住所，其中“尼(ni)”指最高的，“达纳么(dhanam)”指财富；至尊主的住所展示了最高等的超然财富，因此而得名。这是单就语法来说的，但“尼达纳么”一词用在这里实际是暗指：维施尼和博伴这两个王朝的人，都是至尊主的贴身同伴；他们在至尊主的娱乐活动结束后，全体返回至尊主超然的住所，回复各自原本的状态。

根据圣维施瓦纳特·查夸瓦尔提·塔库尔的解释，梵文“阿奎提么(akṛtim)”一词的意思是“所有的娱乐活动”，其中“阿(a)”指“全部、完整”，“奎提么(kṛtim)”指“超然的娱乐活动”。至尊主超然的躯体就是祂本身，所以祂不存在改变和离开躯体的问题。为了按照物质世界的法规行事，至尊主也表演经历“出生”和“离开躯体”的过程，但至尊主的纯粹奉献者非常清楚其中的真相。因此，有心认真研习《圣典博伽瓦谭》的人，必须仔细阅读吉瓦·哥斯瓦米、维施瓦纳特·查夸瓦尔提等前辈灵性导师(ācārya)写的笔记和评注。这些灵性导师的评注，在不是至尊主的奉献者的人眼中像是文字游戏，在属于师徒传承的学生看来却是极为合理的真知灼见。

梵文“乌帕嘎忒舒(upagateṣu)”一词也意义深刻。维施尼和博佳王朝的成员都直接升上至尊主的住所。至尊主纯粹的奉献者同伴对物质世界里的任何星球都毫无兴趣，哪怕上面再富有也不例外，所以可以直接升上至尊主的住所。但其他奉献者却并非如此，他们在即将升上至尊主的住所前，出于一时好奇，对位于地球之上的那些物质条件富裕的物质星球很感兴趣，想在进入完美世界的路途上也顺便见识一下那些星球。但维施尼和博佳王朝的成员对物质星球一概没有兴趣，所以被直接送回至尊主的住所。此外，圣维施瓦纳特·查夸瓦尔提·塔库尔指出，根据梵文词典(Amara-kośa)的解释，阿克瑞提(ākṛti)也指“暗示”。主奎师那以暗示的方式命令乌达瓦在祂走后去巴达瑞卡灵修所，乌达瓦身为至尊主的纯粹奉献者，执行至尊主的命令的决心甚至要比回归首神、回到至尊主的住所还要坚定。这就是他在至尊主离开地球后独自留下的原因。

第 29 节

श्रीशुक उवाच
ब्रह्मशापापदेशेन कालेनामोघवाञ्छितः ।
संहृत्य स्वकुलं स्फीतं त्यक्ष्यन्देहमचिन्तयत् ॥२९॥

śrī-śuka uvāca
brahma-śāpāpadeśena
kālenāmogha-vāñchitaḥ
saṁhṛtya sva-kulaṁ sphītaṁ
tyakṣyan deham acintayat

śrī-śukaḥ uvāca—圣舒卡戴瓦·哥斯瓦米说 / brahma-śāpa—布茹阿玛纳的诅咒 / apadeśena—以这场戏作为借口 / kālena—被永恒的时间 / amogha—不败的 / vāñchitaḥ—抱持这一愿望的人 / saṁhṛtya—使散去 / sva-kulam—自己的家 / sphītam—不计其数的 / tyakṣyan—在放弃……后 / deham—宇宙形象 / acintayat—暗自思量

译文 舒卡戴瓦·哥斯瓦米回答道：我亲爱的君王，布茹阿玛纳的诅咒其实只不过是一个借口，真相是至尊主的至尊意愿主导着一切。祂送走了祂为数众多的家庭成员后想要离开地球。祂暗自思量道：

要旨 这节诗的梵文“在放弃……后(tyakṣyan)”一词意义重大，它涉及圣主奎师那离开躯体的问题。由于至尊主是集存在、知识和极乐于一身的永恒实体，祂的躯体就是祂本身，所以祂怎么可能离开自己的躯体，然后从世上消失呢？假象宗人士(非奉献者)内部对至尊主的这一神秘隐迹有很大的争议，圣舒卡戴瓦·哥斯瓦米在他的《奎师那·桑达尔巴》(Kṛṣṇa-sandarbha)一书中对这一问题作了详尽的论述，知识贫乏的人读后自然便可去除心中的疑惑。

《布茹阿玛·萨密塔》(Brahma-saṁhitā)中说至尊主有许许多多的形象。这部古老的经典中谈到：至尊主有不计其数的形象，当祂显现在众生面前时(就像主奎师那曾在世上显现那样)，祂所有的形象与祂融为一体，与祂一同前来。除了这些永不坠落的形象外，祂还有曾在库茹柴陀战场上向阿尔诸纳(Arjuna)展示过的宇宙形象。这节诗里还用到梵文“不计其数(sphītam)”一词，以指祂离开了宏大的宇宙形象(virāṭ-rūpa)，而不是祂原本的永恒形象，因为祂那永恒、充满知识和极乐(sac-cid-ānanda)特性的形象根本不会发生改变(《布茹阿玛·萨密塔》5.1)。至尊主的奉献者能立即明白这个简单的道理；但从没有为至尊主做过奉爱服务的非奉献者，则要么无法理解这简单的事实，要么故意挑起一场争论，以此否定至尊主超然的躯体是永恒的这一事实。这原因是，不完美的生物具有欺骗的倾向。

我们在具体的现实世界中也能看到，直至今日，仍有奉献者在各个神庙中崇拜至尊主超然的形象；所有的奉献者都能确实体验到，供奉在庙里的神像就是至尊主本人。至尊主在《博伽梵歌》第7章的第25节诗中谈到祂的内在能量不可思议的活动方式时说：我永不向愚蠢、无知的人展示自己。对他们，我用我内在的能量遮住自己(nāhaṁ prakāśaḥ sarvasya yoga-māyā-samāvṛtaḥ)。至尊主保留向他人展示自己的权利。《莲花往世书》中说到：物质的感官无法感知到至尊主的名字和形象(ataḥ śrī-kṛṣṇa-nāmādi na bhaved grāhyam indriyaiḥ,《奉爱服务的纯粹甘露之洋》1.2.234)。所以，至尊主为了物质世界里的人能够看到祂，祂展示了自己的宇宙形象。这是在物质层面展示的另一种形象，我们可以用主语和修饰主语的形容词之间的关系，来说明至尊主和祂的宇宙形象的关系。从语法上说，把形容词从主语前面去掉后，原先被修饰的主语并不发生改变。同样，至尊主离开祂的宇宙形象后，祂永恒的形象并不改变，而祂本人与祂无数永恒的形象中的任何一个都不存在实质性的区别。在《圣典博伽瓦谭》第5篇中我们将看到：甚至今天，不同星球上的人如何崇拜至尊主的各个不同的形象，以及地球人又是怎么在每一间神庙内崇拜至尊主的。

圣舒卡戴瓦·哥斯瓦米和圣维施瓦纳特·查夸瓦尔提·塔库尔在他们对《圣典博伽瓦谭》的评注中，引证韦达经中的权威观点，对至尊主隐迹一事作了极为详尽的阐释。考虑到本书在篇幅上的限制，我们在此不予复述。如上所言，《博伽梵歌》已经对整个问题作了解释，即：至尊主保留向他人展示自己的权利。对于缺少奉爱之心的非奉献者，至尊主不让他们见到祂，使他们越来越远离祂。布茹阿玛曾向祺柔达卡沙依·维施努(Kṣīrodakaśāyī Viṣṇu)祈求至尊主降临，至尊主就应他的邀请前来，而所有的维施努都与祂融为一体，与祂一同前来，祂们在完成使命后又照常各自散去。

第 30 节 अस्माल्लोकादुपरते मयि ज्ञानं मदाश्रयम् ।
अर्हत्युद्धव एवाद्धा सम्प्रत्यात्मवतां वरः ॥३०॥

asmāl lokād uparate
mayi jñānaṁ mad-āśrayam
arhaty uddhava evāddhā
sampraty ātmavatāṁ varaḥ

asmāt－从这(宇宙) / lokāt－地球 / uparate－隐迹了 / mayi－我本人的 / jñānam－知识 / mat-āśrayam－有关我本人 / arhati－值得 / uddhavaḥ－乌达瓦 / eva－肯定地 / addhā－直接 / samprati－现在 / ātmavatām－奉献者中 / varaḥ－最优秀的

译文 现在我该离开这个世俗世界中众生的视阈了；我看唯一能直接托付保管有关我的知识的人，就是我最重要的奉献者乌达瓦。

要旨　这节诗中的梵文“有关我本人的知识(jñānaṁ mad-āśrayam)”一句意义深刻。超然的知识共分为三个部分：有关不具人格特征的梵(Brahman)的知识，有关无所不在的超灵的知识，以及有关人格首神的知识。在这三部分知识中，有关人格首神的超然知识具有特殊的重要性，被称为“有关人格首神的特殊知识(bhagavat-tattva-vijñāna)”。要了解这一特殊的知识，除了靠做纯粹的奉爱服务外别无他法。《博伽梵歌》第18章的第55节诗证实这一点说：“只有做奉爱服务的人才能真正了解至尊主的超然地位(bhaktyā mām abhijānāti yāvān yaś cāsmi tattvataḥ)。”乌达瓦被认为是当时最优秀的奉献者，因此凭着至尊主的恩典，得以在至尊主面前聆听祂的教诲。这样，在至尊主离开这个世界后，世人仍能从乌达瓦那里学到这些知识。这是至尊主让乌达瓦去巴达瑞卡灵修所其中的一个原因，在那里有可以代表至尊主本人的纳茹阿·纳茹阿亚纳(Nara-Nārāyaṇa)神像。一个在灵性上非常进步的人能直接得到庙里神像的指点，因此至尊主的奉献者们总是托庇于公认的至尊主的神庙，以便能靠至尊主的恩典得到超然的知识，在灵修的路途上取得实实在在的进步。

第 31 节　नोद्धवोऽण्वपि मन्न्यूनो यद्गुणैर्नार्दितः प्रभुः ।
अतो मद्वयुनं लोकं ग्राहयन्निह तिष्ठतु ॥३१॥

noddhavo ’ṇv api man-nyūno
yad guṇair nārditaḥ prabhuḥ
ato mad-vayunaṁ lokaṁ
grāhayann iha tiṣṭhatu

na－不 / uddhavaḥ－乌达瓦 / aṇu－一点 / api－也 / mat－比我本人 / nyūnaḥ－逊色 / yat－因为 / guṇaiḥ－被物质自然属性 / na－也不 / arditaḥ－受影响 / prabhuḥ－主人 / ataḥ－因此 / mat-vayunam－有关我

(人格首神)的知识 / lokam－世界 / grāhayan－只是为了传播 / iha－在这个世界 / tiṣṭhatu－留下

译文 乌达瓦从不受物质自然属性的影响，所以哪方面都不比我差。因此，为了传播有关人格首神的具体知识，他也许该留在这个世界里。

要旨 要成为至尊主的代表必须具备一种特殊的资格，那就是：能够不受物质自然属性的影响。在物质世界里，品质最优秀的人要属布茹阿玛纳(brāhmaṇa, 婆罗门)，但布茹阿玛纳受制于善良属性，所以还不足以成为至尊主的代表。他还必须超越善良属性的层面，上升到纯粹善良属性的层面，完全不受任何物质自然属性的影响。这一超然的境界被称为纯粹的善良(śuddha-sattva)或瓦苏戴瓦(vasudeva)，而进入这一境界的人能够觉悟到有关神的知识。至尊主不受物质自然属性的影响，所以至尊主的纯粹奉献者也不受物质自然属性的影响。这是要达到与至尊主合一的首要资格。已经具备这一超然品质的人，虽然从表面上看似乎还处在物质的环境中，但实际上却是“解脱的灵魂(jīvan-mukta)”。这是靠一直不断地为至尊主做超然的爱心服务取得的成果。《奉爱服务的纯粹甘露之洋》(Bhakti-rasāmṛta-sindhu)第1篇第2章的第187节诗说：

īhā yasya harer dāsye
karmaṇā manasā girā
nikhilāsv apy avasthāsu
jīvan-muktaḥ sa ucyate

“能够做到将自己的语言、思想和行为完全用于为至尊主做超然的爱心服务的人，即使表面上看还处在物质的生存状态中，实际上无疑已经解脱了。”乌达瓦就处在这样一种超然的层面上。正因为如此，至尊主选他做自己的代表，在自己离开这个世界后，由真正的代表去代表自己执行使命。至尊主的这样一位奉献者永远不会被物质的力量、才智甚至是弃绝所左右，他能经受住物质自然施加给他的任何影响和考验，始终立于不败之地，因而被称为哥斯瓦米(gosvāmī)。只有这样的哥斯瓦米才能真正参透至尊主与祂的奉献者之间超然的爱心关系。

第 32 节　　**एवं त्रिलोकगुरुणा सन्दिष्टः शब्दयोनिना ।**
बदर्याश्रममासाद्य हरिमीजे समाधिना ॥३२॥

evaṁ tri-loka-guruṇā
sandiṣṭaḥ śabda-yoninā
badaryāśramam āsādya
harim īje samādhinā

evam—就这样 / tri-loka—三个世界 / guruṇā—由灵性导师 / sandiṣṭaḥ—得到完美的教导 / śabda-yoninā—由一切韦达知识的源头的人 / badaryāśramam—在圣地巴达瑞灵修所 / āsādya—到达 / harim—向至尊主 / īje—满意 / samādhinā—靠进入萨玛迪状态

译文　舒卡戴瓦·哥斯瓦米告诉君王说：就这样，乌达瓦得到一切韦达知识的源头、三个世界的灵性导师——至尊人格首神的指示后，抵达了圣地巴达瑞卡灵修所，在那里全神贯注地冥想至尊主，以此方式取悦祂。

要旨　圣主奎师那实际上是三个世界的灵性导师，一切韦达知识的源头。然而，人即使研读韦达经，也很难认识和把握绝对真理的人格特性。所以，要认识作为至尊绝对真理的人格首神就必须靠至尊主本人指点迷津，传授超然的知识。《博伽梵歌》就是这方面的代表作。人除非得到至尊主本人的赐福，否则无从认识祂。主奎师那在祂逗留物质世界期间，曾经把这一特殊的仁慈赐给了阿尔诸纳和乌达瓦。

毫无疑问，《博伽梵歌》是至尊主在库茹柴陀战场上为鼓励阿尔诸纳奋起作战而讲述的。但是，有些知识《博伽梵歌》中并未提到，而为了补充那部分未被提到的超然知识，至尊主又对乌达瓦进行了教导。至尊主希望乌达瓦能实现祂的愿望——传扬祂甚至在《博伽梵歌》中都未谈到的那部分知识。极为推崇韦达经的人从这节诗中也能了解到，至尊主是一切韦达知识的源头。研读韦达经后仍无法认识至尊人格首神的人，可以去拜像乌达瓦那样的至尊主的奉献者为师，以便进一步掌握有关至尊人格首神的知识。《布茹阿玛·萨密塔》中说：要靠研读韦达经去认识至尊人格首神极为困难，但如果能得到像乌达瓦那样的奉献者的指导，就很容易认识祂了。至尊主为了向巴达瑞卡灵修所那些伟大的圣人们表示祂的仁慈，便授权乌达瓦代表祂去宣讲超然的知识。人除非得到这样的授权，否则不但理解不了奉爱服务这门知识，也不可能去教导他人。

至尊主在地球上逗留期间从事了许多奇妙的活动，祂穿越太空到天堂星球上去取帕瑞佳塔(pārijāta)树；又使老师桑迪帕尼·牟尼(Sāndīpani Muni)的儿子起死回生，从阴曹地府回到地球。至尊主必定向乌达瓦讲述了其他星球上生物的生存状况；正如我们如今很想了解外星球的情况，所有的圣人也抱有同样的愿望。至尊主指派乌达瓦前往巴达瑞卡灵修所，给那里的纳茹阿·纳茹阿亚纳(Nara-Nārāyaṇa)神像和圣人们传递知识。这一知识必然比韦达经中所讲述的知识更为机密。

毫无疑问，至尊主是一切知识的源头。由乌达瓦给纳茹阿·纳茹阿亚纳神像及其他圣人传递的知识虽然是韦达知识的一部分，但却更加机密，只有聆听像乌达瓦这样纯粹的奉献者的传授才能理解。由于这一机密的知识只有至尊主和乌达瓦两人知道，所以从传授这一知识的角度说，乌达瓦与至尊主是一样的。任何一个人，如果能通过做奉爱服务成为至尊主的亲信，那么他也能像乌达瓦一样与至尊主处在同一个层面上，做至尊主信赖的信使。《博伽梵歌》中证实：至尊主只向乌达瓦和阿尔诸纳这样纯粹的奉献者传授此类机密知识，人只有通过他们才能了解其中的奥秘，没有其他方法。没有至尊主的这些亲信奉献者的帮助，人不可能读懂《博伽梵歌》和《圣典博伽瓦谭》。圣维施瓦纳特·查夸瓦尔提·塔库尔说，这一机密的讯息必然涉及至尊主的隐迹，以及祂的王朝在祂显现世上百年后灭亡的秘密。人人都想了解有关雅杜王朝灭亡之谜，至尊主肯定向乌达瓦揭开了这个谜，再让他把谜底转告给巴达瑞卡灵修所的纳茹阿·纳茹阿亚纳和其他纯粹的奉献者。

第 33 节　विदुरोऽप्युद्धवाच्छ्रुत्वा कृष्णस्य परमात्मनः ।
क्रीडयोपात्तदेहस्य कर्माणि श्लाघितानि च ॥३३॥

viduro 'py uddhavāc chrutvā
kṛṣṇasya paramātmanaḥ
krīḍayopātta-dehasya
karmāṇi ślāghitāni ca

viduraḥ—维杜茹阿 / api—还 / uddhavāt—从乌达瓦那里 / śrutvā—听到 / kṛṣṇasya—主奎师那的 / parama-ātmanaḥ—超灵的 / krīḍayā—为了在有死亡的世界的娱乐活动 / upātta—非同寻常地接受 / dehasya—躯体的 / karmāṇi—超然的活动 / ślāghitāni—最为荣耀的 / ca—也

译文　维杜茹阿也从乌达瓦那里聆听了主奎师那——超灵，在有死亡的世界里的显现和隐迹，伟大的圣人们一直寻找机会谈论和聆听这些内容。

要旨　超灵——主奎师那的显现和隐迹一事，甚至对伟大的圣人们来说都是个谜。这节诗中的“超灵(paramātmanaḥ)”一词非常重要。普通生物一般被称为灵魂(ātmā)，而主奎师那绝非普通的生物，而是超灵(paramātmā)。人们一直不断地在研究有关至尊主像普通人一样在尘世显现又隐迹的问题，在此过程中，研究者们无疑会对这一问题产生越来越浓厚的兴趣，因为他们必然要探究，至尊主在结束尘世的娱乐活动后所返回的超然住所究竟是怎样的一个地方。可是，就连伟大的圣人也不知道物质天空之外还有一片灵性的天空，圣奎师那及其同伴永恒地生活在那里；而与此同时，祂又逐一进入物质世界里的每一个宇宙，在其中从事各种各样的娱乐活动。《布茹阿玛·萨密塔》中对此证实说："至尊主凭祂不可思议的能量，既居住在祂永恒的住所哥珞卡，同时又作为超灵以各种各样的形式出现在物质天空和灵性天空的各个角落。"因此说，祂的显现和隐迹不断地同时进行着，谁也无法确定地说出，哪个是开始、哪个是结束。祂永恒的娱乐活动没有开始也没有终结，我们必须透过纯粹奉献者这唯一的"入口"去了解这方面的知识，而不是将宝贵的时间白白地浪费在所谓的"调查研究"上。

第 34 节 देहन्यासं च तस्यैवं धीराणां धैर्यवर्धनम् ।
अन्येषां दुष्करतरं पशूनां विक्लवात्मनाम् ॥३४॥

deha-nyāsaṁ ca tasyaivaṁ
dhīrāṇāṁ dhairya-vardhanam
anyeṣāṁ duṣkarataraṁ
paśūnāṁ viklavātmanām

deha-nyāsam－进入躯体 / ca－也 / tasya－祂的 / evam－也 / dhīrāṇām－伟大的圣人的 / dhairya－锲而不舍 / vardhanam－增加 / anyeṣām－对其他人 / duṣkara-taram－很难确切地弄清 / paśūnām－畜生的 / viklava－打扰 / ātmanām－有这种心态的

译文 至尊主的光荣活动，以及祂为在有死亡的世界里从事非凡的娱乐活动而接受各种超然形象的事，对不是祂奉献者的人来说极难理解，对畜生般的人来说只不过是造成内心的干扰。

要旨　《博伽梵歌》中说，至尊主超然的形象和娱乐活动令非奉献者百思不得其解。至尊主从不向思辨者(jñānī)和瑜伽师揭示祂自己。另外有些人因为对至尊主怀有强烈的忌妒心，所以被划在畜生之列；对他们来说，有关至尊主显现和隐迹的事只能让他们感到心烦意乱。《博伽梵歌》第7章的第15节诗说：只关心物质享乐的邪恶之徒像负重的牲口一样只知没命地干活，他们因为对至尊主怀有恶意(āsurika-bhāva)，连对至尊主的最起码的认识都不可能有。

有关至尊主为在尘世从事娱乐活动而展示的超然的扩展，以及祂这些超然扩展的显现和隐迹，属于非常深奥的论题。我们在此奉劝不是至尊主的奉献者的人，不要擅自讨论至尊主的显现和隐迹，以免更严重地冒犯至尊主的莲花足。正如《博伽梵歌》第16章的第20节诗所说，他们越是怀着邪恶的心态谈论至尊主超然的显现和隐迹，就越往地狱中最黑暗的地带下滑。《圣典博伽瓦谭》的这节诗证实：任何反对为至尊主做超然爱心服务的人，都与畜生没有分别。

第 35 节　आत्मानं च कुरुश्रेष्ठ कृष्णेन मनसेक्षितम् ।
ध्यायन् गते भागवते रुरोद प्रेमविह्वलः ॥३५॥

ātmānaṁ ca kuru-śreṣṭha
kṛṣṇena manasekṣitam
dhyāyan gate bhāgavate
ruroda prema-vihvalaḥ

ātmānam—他自己／ca—也／kuru-śreṣṭha—库茹王朝最优秀的人啊／kṛṣṇena—被奎师那／manasā—在心里／īkṣitam—记着／dhyāyan—这样想着……／gate—已离去／bhāgavate—奉献者的／ruroda—放声痛哭／prema-vihvalaḥ—沉浸爱的极乐之中

译文 维杜茹阿了解到主奎师那(在离开这个世界时)曾经想起他，顿时被爱的如痴如醉的情感所淹没，不禁放声大哭。

要旨 维杜茹阿在得知至尊人格首神——主奎师那在临走时仍记挂着他时，不禁陷入了爱的心醉神迷状态中。他想：自己是那样微不足道，但至尊主却出于祂没有缘故的仁慈记着自己。维杜茹阿感到这是至尊主对他莫大的仁慈，不由得放声大哭。这种哭泣是人做奉爱服务所达到的最高境界；能出于对至尊主的爱而哭泣的人，其奉爱服务无疑获得了成功。

第 36 节 कालिन्द्याः कतिभिः सिद्ध अहोभिर्भरतर्षभ ।
प्रापद्यत स्वःसरितं यत्र मित्रासुतो मुनिः ॥३६॥

kālindyāḥ katibhiḥ siddha
ahobhir bharatarṣabha
prāpadyata svaḥ-saritaṁ
yatra mitrā-suto muniḥ

kālindyāḥ－在雅沐娜河畔 / katibhiḥ－一些 / siddhe－如此度过 / ahobhiḥ－几天 / bharata-ṛṣabha－巴茹阿特王朝最优秀的人 / prāpadyata－来到 / svaḥ-saritam－天河——恒河 / yatra－那里 / mitrā-sutaḥ－弥陀之子 / muniḥ－圣人

译文 觉悟了自我的灵魂维杜茹阿，在雅沐娜河畔度过数天后，到了伟大的圣人麦垂亚所在的恒河岸边。

到此为止，结束了巴克提韦丹塔对《圣典博伽瓦谭》第3篇第4章——“维杜茹阿去找麦垂亚”所作的阐释。

第五章

维杜茹阿与麦垂亚交谈

第 1 节

श्रीशुक उवाच
द्वारि द्युनद्या ऋषभः कुरूणां
मैत्रेयमासीनमगाधबोधम् ।
क्षत्तोपसृत्याच्युतभावसिद्धः
पप्रच्छ सौशील्यगुणाभितृप्तः ॥१॥

śrī-śuka uvāca
dvāri dyu-nadyā ṛṣabhaḥ kurūṇāṁ
maitreyam āsīnam agādha-bodham
kṣattopasṛtyācyuta-bhāva-siddhaḥ
papraccha sauśīlya-guṇābhitṛptaḥ

śrī-śukaḥ uvāca—舒卡戴瓦·哥斯瓦米说 / dvāri—在……的源头 / dyu-nadyāḥ—天河——恒河 / ṛṣabhaḥ—库茹王朝最优秀的人 / kurūṇām—库茹王朝的 / maitreyam—向麦垂亚 / āsīnam—坐着 / agādha-bodham—学识渊博 / kṣattā—维杜茹阿 / upasṛtya—接近了 / acyuta—永不堕落的至尊主 / bhāva—品格 / siddhaḥ—完美的 / papraccha—询问 / sauśīlya—温和 / guṇa-abhitṛptaḥ—因具有超然的品质而处于自足的境界

译文 舒卡戴瓦·哥斯瓦米说：库茹王朝中最优秀的人——精通为至尊主做奉爱服务的维杜茹阿，就这样到了圣河恒河的源头(哈尔德瓦尔)，这个世界中学识深不可测的大圣人麦垂亚，正坐在那里。十分儒雅和善且满足于处在超然存在中的维杜茹阿，向他询问。

要旨 维杜茹阿(Vidura)因为对永不堕落的至尊主怀有纯粹

的奉爱之情，所以已经达到了完美的境界。至尊主和生物在质上完全相同，但在量上，至尊主比任何一个生物都要大得多。祂永不堕落，但生物却容易堕落受错觉能量的迷惑。维杜茹阿因为已经处在全心全意为至尊主做奉爱服务(acyuta-bhāva)的状态中，所以去除了受制约的生物所具有的容易堕落的倾向。这种状态被称为“靠做奉爱服务达到的完美境界(acyuta-bhāva-siddha) ”。全心全意为至尊主做奉爱服务的人都是解脱的灵魂，具备一切令人景仰的高尚品质。在哈尔德瓦尔(Hardwar)，博学的圣人麦垂亚(Maitreya)正坐在恒河边一个僻静的地方，至尊主完美的奉献者、拥有一切美好的超然品质的维杜茹阿到他面前，向他求教。

第 2 节

विदुर उवाच
सुखाय कर्माणि करोति लोको
न तैः सुखं वान्यदुपारमं वा ।
विन्देत भूयस्तत एव दुःखं
यदत्र युक्तं भगवान् वदेन्नः ॥२॥

vidura uvāca
sukhāya karmāṇi karoti loko
na taiḥ sukhaṁ vānyad-upāramaṁ vā
vindeta bhūyas tata eva duḥkhaṁ
yad atra yuktaṁ bhagavān vaden naḥ

viduraḥ uvāca－维杜茹阿说 / sukhāya－为获得快乐 / karmāṇi－功利性活动 / karoti－人人都在这样做 / lokaḥ－在这个世界上 / na－永不 / taiḥ－靠那些活动 / sukham－任何快乐 / vā－或 / anyat－不同地 / upāramam－满足 / vā－也 / vindeta－得到 / bhūyaḥ－相反 / tataḥ－靠这些活动 / eva－肯定地 / duḥkham－痛苦 / yat－……的 / atra－在这种情况下 / yuktam－正确的方向 / bhagavān－伟大的人啊 / vadet－请仁慈地启明 / naḥ－我们

译文　维杜茹阿说：伟大的圣人啊！这世界里的每一个人都为了获得快乐而从事功利性活动，但他们既不感到满足，也没有感到痛苦因而减轻了；恰恰相反，这样的活动只能使情况更糟糕。因此，请指导我们，人应该如何为真正的快乐而生活。

要旨　维杜茹阿向麦垂亚问了一些他本来并不想问的普通问题。乌达瓦(Uddhava)请维杜茹阿去找麦垂亚·牟尼，原是为了让他向麦垂亚询问至尊主的名字、声望、品质、形象、娱乐活动及随从等一系列有关至尊主的真理，所以维杜茹阿找麦垂亚应该只是问这些内容。但由于本身的谦卑，维杜茹阿没有一开始就问有关至尊主的事，而是先问了一个对世俗常人来说关系重大的问题。世俗常人无法马上了解至尊主，而是先必须了解自己在错觉能量的影响下究竟处在什么样的状态中。生活在错觉影响下的人，总以为只有从事功利性活动才能使自己快乐，但实际上却是作茧自缚——让因果报应的重重罗网把自己缠得越来越紧，不知道该如何解决生命的难题。有首歌就反映了这一事实，歌中唱道："为享受生活中的一切快乐，我造了这所房子来满足我的雄心壮志。可谁知房子突然起火，使我全部的计划付之一炬。"这就是物质自然的法律。每个人都制定各种计划，要在物质世界中求取快乐，但物质自然的法律无情，用一把火便烧掉了人们所有的如意算盘。功利性活动者制定的各种计划并不能给他们带来快乐；他们总是在找寻快乐，但最终还是不快乐。

第 3 节　जनस्य कृष्णाद्विमुखस्य दैवा-
दधर्मशीलस्य सुदुःखितस्य ।
अनुग्रहायेह चरन्ति नूनं
भूतानि भव्यानि जनार्दनस्य ॥ ३ ॥

janasya kṛṣṇād vimukhasya daivād
adharma-śīlasya suduḥkhitasya
anugrahāyeha caranti nūnaṁ
bhūtāni bhavyāni janārdanasya

janasya－普通人的 / kṛṣṇāt－从至尊主奎师那 / vimukhasya－那些把脸扭过去不理会至尊主的人的 / daivāt－在外在能量的影响下 / adharma-śīlasya－违背宗教原则的人 / su-duḥkhitasya－总是处在烦恼中的人的 / anugrahāya－因为同情他们 / iha－在这个世界上 / caranti－周游 / nūnam－肯定地 / bhūtāni－人 / bhavyāni－大慈大悲的灵魂 / janārdanasya－至尊人格首神的

译文 阁下啊！博爱的伟大灵魂们代表至尊人格首神周游全球，向不愿意顺从至尊主的堕落灵魂展示怜悯之心。

要旨 按照至尊主的意愿行事是生物的自然状态，但他们过去从事过的罪恶活动，使他们对服从至尊主感到反感，从而坠入物质生存，尝尽各种痛苦。生物原本唯一的活动就是为至尊主奎师那(Kṛṣṇa)做奉爱服务，所以凡不属于怀着爱心侍奉至尊主的一系列活动，在某种程度上都或多或少地属于违反至尊主意愿、反叛至尊主的活动；功利性活动、哲学思辨和追求神秘力量一类的活动就具有这种性质，而从事这类反叛性活动的生物都或轻或重地受到至尊主制定的物质自然法律的制裁。至尊主纯粹而伟大的奉献者们都很同情这些堕落的灵魂，想把他们带回家园、带回到首神身边，于是肩负这样的使命走遍世界各地。至尊主的这些纯粹的奉献者为拯救堕落的灵魂而给他们带去有关首神的讯息；所以，被至尊主的外在能量蒙蔽的世俗常人，应该主动去寻找这些奉献者的联谊。

第 4 节 तत्साधुवर्यादिश वर्त्म शं नः
संराधितो भगवान् येन पुंसाम् ।

हृदि स्थितो यच्छति भक्तिपूते
ज्ञानं सतत्त्वाधिगमं पुराणम् ॥ ४ ॥

tat sādhu-varyādiśa vartma śaṁ naḥ
samrādhito bhagavān yena puṁsām
hṛdi sthito yacchati bhakti-pūte
jñānaṁ sa-tattvādhigamaṁ purāṇam

tat—因此 / sādhu-varya—最伟大的圣人啊 / ādiśa—请教导 / vartma—道路 / śam—吉祥的 / naḥ—对我们 / saṁrādhitaḥ—被完美地服务 / bhagavān—人格首神 / yena—通过 / puṁsām—生物的 / hṛdi sthitaḥ—居于心中 / yacchati—赐予 / bhakti-pūte—向纯粹的奉献者 / jñānam—知识 / sa—那 / tattva—真理 / adhigamam—使人学习的 / purāṇam—权威的、古老的

译文 所以，伟大的圣人啊！请教导我如何为至尊主做超然的爱心服务，以使处在每一个生物体心中的祂，能够高兴地把有关绝对真理的古老韦达原则方面的知识，从内在传授给那些通过做奉爱服务得到净化的人。

要旨 《圣典博伽瓦谭》(Śrīmad-Bhāgavatam)第1篇中曾经谈到：人们按照其理解能力的高低，可分别认识到绝对真理的三个方面，但绝对真理的这三个方面实际是一体。至尊主的纯粹奉献者没有丝毫功利性活动和哲学思辨的倾向，是层次最高的超然主义者。只有奉爱服务才能帮助人彻底洗去心中的功利性活动(karma)、思辨知识(jñāna)和神秘瑜伽(yoga)等一类的物质污垢。只有当生物得到净化，变得纯洁时，在生物体心中一直陪伴个体灵魂的至尊主才会引导他们找到最终的归宿——回归家园、回到首神身边。《博伽梵歌》(Bhagavad-gītā)第10章的第10节诗证实这一点说：对一直以爱心侍奉我的人，我赐予他们理解力(teṣāṁ satata-yuktānāṁ bhajatām)。至尊主只有在对奉献者所做的奉爱服务感到满意后，才会像对待阿尔

诸纳(Arjuna)和乌达瓦那样，授予他们知识。

思辨者(jñānī)、瑜伽师(yogi)和功利性活动者(karmī)，不可能期望至尊主会以同样的方式直接帮助他们。这是因为：他们不为至尊主做超然爱心服务，取悦至尊主，而且对“为至尊主服务”这一灵修方法也不抱信心。奉爱(bhakti)灵修法——按照规定的规范守则做奉爱服务(vaidhī-bhakti)的灵修原则进行练习，是启示经典阐明并由伟大的灵性导师(ācārya)确认了的灵修方法。这一灵修方法可以使初习者上升到出于发自内心的爱做奉爱服务(rāga-bhakti)的层面；到达这一层面时，至尊主就会以内在超意识的形式作为内心的灵性导师(caitya-guru)指导奉献者。除了奉献者外，其他的超然主义者根本分不清超灵和个体灵魂，他们误以为超意识和个体意识是完全一样的。这些非奉献者的错误认识使他们无法从内在得到任何指导，所以根本无法得到至尊主直接的帮助。这样的一元论者经过无数生世的轮回，终于认识到“至尊主是值得众生崇拜的人，奉献者与至尊主既是一体又有区别”的事实后，才会投靠、服从主华苏戴瓦(Vāsudeva)，开始为至尊主做纯粹的奉爱服务。被误导的一元论者所采用的认识绝对真理的方法，实践起来非常困难；而奉献者因为做奉爱服务令至尊主非常满意，至尊主便直接传授奉献者认识绝对真理的方法。在这节诗中，维杜茹阿首先代表广大的初习奉献者向麦垂亚询问，如何做奉爱服务，以取悦居于他们心中的至尊主。

第 5 节 करोति कर्माणि कृतावतारो
यान्यात्मतन्त्रो भगवांस्त्र्यधीशः ।
यथा ससर्जाग्र इदं निरीहः
संस्थाप्य वृत्तिं जगतो विधत्ते ॥ ५॥

karoti karmāṇi kṛtāvatāro
yāny ātma-tantro bhagavāṁs tryadhīśaḥ

yathā sasarjāgra idaṁ nirīhaḥ
saṁsthāpya vṛttiṁ jagato vidhatte

karoti—做它们 / karmāṇi—超然的活动 / kṛta—靠接受 / avatāraḥ—化身 / yāni—所有那些 / ātma-tantraḥ—自我独立的 / bhagavān—人格首神 / tri-adhīśaḥ—三个世界的主人 / yathā—正如 / sasarja—创造 / agre—首先 / idam—这个宇宙展示 / nirīhaḥ—虽然没有欲望 / saṁsthāpya—靠确立 / vṛttim—维系方式 / jagataḥ—宇宙的 / vidhatte—像祂管理的那样

译文　伟大的圣人啊！至尊人格首神独立自主，是三个世界中没有欲望的至尊主、一切能量的控制者！请讲述祂是如何接受众多的化身，创造了宇宙展示，并用完善的规则维系了它。

要旨　主奎师那是存在中的第一位人格首神，卡冉诺达卡沙依·维施努(Kāraṇārṇavaśāyī Viṣṇu)、嘎尔博达卡沙依·维施努(Garbhodakaśāyī Viṣṇu)和祺柔达卡沙依·维施努(Kṣīrodakaśāyī Viṣṇu)这三位负责创造的主宰化身(puruṣa-avatāra)都由祂扩展而来。整个物质创造就是由这三位主宰化身通过其外在能量相继完成的，因此说物质自然由至尊主控制。认为物质自然是独立的这种想法，与抓住山羊脖子下长着的奶头样肉瘤要挤奶一样荒唐。至尊主独立自主，没有任何欲望；祂创造物质世界并不是为了祂个人的享受，并不像我们一样是为了满足自己的物质欲望而建立家庭。实际上，至尊主创造物质世界的真正目的是：给那些自无法追忆的年代起不愿意为至尊主做超然服务的受制约的灵魂，提供非真实的享乐。物质宇宙本身被创造得十分完美，生物可以在其中好好生活而不存在物资匮乏问题。物质主义者们大多知识浅薄，一看到地球上人口有所增加，就变得极为恐慌。但其实，无论何时，一旦有生物来到地球，至尊主就会立刻为他安排好维持生存所需要的一切。地球上其他种类的生物体数量远多于人类，但我们从未看到他们被饿死或为生计而发愁。“为吃饭问题而操心”这种现象，只有人类社会才有，但物质主义者们不说自己管理不善才是真正的原因，却找借口说是人口过多。如果说这世上真有什么欠缺的话，那就是欠缺神意识，否则靠神的恩典，什么都不缺。

第 6 节

यथा पुनः स्वे ख इदं निवेश्य
शेते गुहायां स निवृत्तवृत्तिः ।
योगेश्वराधीश्वर एक एत-
दनुप्रविष्टो बहुधा यथासीत् ॥ ६ ॥

yathā punaḥ sve kha idaṁ niveśya
śete guhāyāṁ sa nivṛtta-vṛttiḥ
yogeśvarādhīśvara eka etad
anupraviṣṭo bahudhā yathāsīt

yathā－正如 / punaḥ－再次 / sve－在祂的 / khe－空间形象(宇宙形象) / idam－这个 / niveśya－进入 / śete－躺下 / guhāyām－在宇宙里 / saḥ－祂(人格首神) / nivṛtta－不费力 / vṛttiḥ－生计 / yoga-īśvara－一切神秘力量的主人 / adhīśvaraḥ－一切的拥有者 / ekaḥ－独一无二的 / etat－这 / anupraviṣṭaḥ－此后进入 / bahudhā－以无数 / yathā－正如 / āsīt－存在

译文 祂躺在以天空的形式伸展着的祂自己的胸膛上，以此把整个创造置于那个空间；祂扩展出众多的生物，他们以不同的生命形式展示自己。祂不必为维系祂的创造而努力，因为祂是一切神秘力量的主人、万物的拥有者。正因为如此，祂不同于个体生物。

要旨 《圣典博伽瓦谭》有许多地方都谈到物质世界的创造、维系和毁灭的问题，但因为其中涉及不同的周期(kalpa)，所以不同的权威针对不同的学生所提出的不同问题，所给予的回答也不尽相同。在创造的原则以及至尊主对这些原则的控制方面，大家的观点都一致，但在具体细节上，因为涉及不同的周期，所以会有些出入。宏大的“空间”是至尊主的物质形体，称为宇宙形体(virāṭ-rūpa)，整个物质创造全都在这个空间，也即至尊主的心里。因此，从第一个物质展示——“空间”元素开始，到粗糙可见的元素展示，直至最后出现的“土”元素，一切都被称为梵(brahman)。“天地间除了至尊主以外不再有任何事物，祂是唯一的存在(sarvaṁ khalvidaṁ brahma)。”生物属于高等能量，物质是低等能量，这两种能量相互结合产生了物质世界，而它就处在至尊主的心里。

第 7 节

क्रीडन् विधत्ते द्विजगोसुराणां
　क्षेमाय कर्माण्यवतारभेदैः ।
मनो न तृप्यत्यपि शृण्वतां नः
　सुश्लोकमौलेश्चरितामृतानि ॥ ७ ॥

krīḍan vidhatte dvija-go-surāṇāṁ
　kṣemāya karmāṇy avatāra-bhedaiḥ
mano na tṛpyaty api śṛṇvatāṁ naḥ
　suśloka-mauleś caritāmṛtāni

krīḍan－展示娱乐活动 / vidhatte－祂做 / dvija－再生者 / go－乳牛 / surāṇām－半神人的 / kṣemāya－利益 / karmāṇi－超然的活动 / avatāra－化身 / bhedaiḥ－不同地 / manaḥ－心 / na－从未 / tṛpyati－使……感到满足 / api－尽管 / śṛṇvatām－再三聆听 / naḥ－我们的 / su-śloka－吉祥的 / mauleḥ－至尊主的 / carita－特征 / amṛtāni－不死的

译文　为了再生者、乳牛和半神人们的利益，祂化身前来，请您也讲述至尊主这些不同的化身所具有的吉祥特征。尽管我们一直不断地聆听祂超然的活动，但我们的心从没有感到彻底的满足。

要旨 在这个宇宙中，至尊主曾以鱼化身(Matsya)、龟化身(Kūrma)、雄猪化身(Varāha)和半人半狮化身(Nṛsiṁha)等各种化身显现，展示了祂丰富多彩的超然活动，以便再生者、乳牛和半神人能从中受益。至尊主对于再生者——文明人，总给予直接的关怀。只有经历过第二次出生的人才算是文明人。雌雄交配致使生物在尘世降生，人类的父母双方结合后生出一个人，但要成为一个文明人，还必须去找一位灵性导师，从他那里经历第二次出生；此后，灵性导师便成了他真正的父亲。给予我们现在这个物质躯体的父母只是这一生的父母，下一世我们又会有另外的生身父母；但真正的灵性导师，作为至尊主的代表，却是我们永恒的父亲，因为他有责任引导门徒实现最高的人生目标——获得灵性的救赎。因此，只有经历第二次出生的人才算是文明人，否则与低等动物没有两样。

对于人类而言，乳牛是最重要的一种动物，因为牛奶能使人类身体得到健康而完善的发育。躯体可以靠吃任何东西来维持，但就增进精微的脑组织，以便人能理解深奥的超然知识而言，牛奶就是必不可少的食物了。文明人应当以水果、蔬菜、谷物、糖和牛奶这类食物为生。公牛帮助人耕种谷物，因此从这种意义上说，公牛是人类的父亲，而母牛因为给人类提供牛奶而成为我们的母亲。为此，文明人应该尽一切力量保护公牛和母牛。

居住在高等星球上的半神人，是一些比人类更高级的生物体；他们有着比人类更好的生活环境，过着神仙般的生活，但同时又都是至尊主的奉献者。至尊主以鱼、乌龟、雄猪和半人半狮等化身前来，是为了保护文明人、乳牛及半神人这三者，因为他们与不断追求自我觉悟的规范化生活密不可分。整个物质创造体系是为了给受制约的灵魂提供觉悟自我的机会，能很好地利用这一切的生物体被称为半神人或文明人，而帮助维持这样一种高尚的生活则是乳牛所起的作用。

乳牛、半神人，以及经过第二次出生的文明人，可以从至尊主的娱乐活动中得到保护，这些娱乐活动是超然的。作为已经开化的生物体，人们大多喜欢听一些奇文趣事，市面上有那么多的书报杂志就是为了迎合人的这方面的兴趣。但是这些读物只要读过一遍就变得索然乏味了，人们不会想要再去读它们。事实上，一份报纸不到一小时就能翻完，翻完后就被丢进垃圾桶，其他的世俗读物也不过如此。但是，像《博伽梵歌》和《圣典博伽瓦谭》这类超然的读物却永远不会过时，这就是它们的魅力所在。在过去的五千年中，文明人一直研读它们，从不存在过时问题。在学者和奉献者眼里，这些典籍永远崭新如初；像维杜茹阿那样的奉献者即使天天吟诵《博伽梵歌》和《圣典博伽瓦谭》，都不会感到厌倦。维杜茹阿在遇到麦垂亚之前，已经听过许许多多次有关至尊主的娱乐活动，但却还想再听；这些故事永远不会让他感到厌倦。这就是至尊主光荣无比的娱乐活动所具有的超然性。

第 8 节

यैस्तत्त्वभेदैरधिलोकनाथो
लोकानलोकान् सह लोकपालान् ।
अचीकॢपद्यत्र हि सर्वसत्त्व-
निकायभेदोऽधिकृतः प्रतीतः ॥ ८ ॥

yais tattva-bhedair adhiloka-nātho
lokān alokān saha lokapālān
acīkḷpad yatra hi sarva-sattva-
nikāya-bhedo 'dhikṛtaḥ pratītaḥ

yaiḥ—由谁 / tattva—真理 / bhedaiḥ—通过分化 / adhiloka-nāthaḥ—王中之王 / lokān—星球 / alokān—低等星球 / saha—和 / loka-pālān—各国君王 / acīkḷpat—安排 / yatra—在那里 / hi—肯定地 / sarva—所有的 / sattva—生存 / nikāya—生物 / bhedaḥ—区别 / adhikṛtaḥ—占据 / pratītaḥ—这样呈现

译文 全体君王中至高无上的君王创造了不同的星球和住所，让受不同属性影响、从事不同活动的生物居住其中，并且造了管理他们的各种君王和统治者。

要旨 主奎师那是王中之王，祂为各种各样的生物创造了不同的星球。即使在这个星球上，不同的区域内也生活着不同的人种。因为前世所为而天生具有不同属性的人，分别生活在沙漠、冰岛和山谷等不同的地区。有些人生活在阿拉伯沙漠，有些人生活在喜马拉雅山谷，这两个地区的人各不相同，而生活在冰岛上的人和他们相比又有不同。同样道理，宇宙中有不同的星球，地球以下直至帕塔拉(Pātāla)星球的每一个星球上都分布着各种各样的生物体，没有一个星球是空的，现代所谓的科学家在这方面的推测并不正确。我们从《博伽梵歌》中读到，至尊主说数不胜数的生物遍布各处(sarva-gata)。所以毫无疑问，其他星球上也有像我们一样的居民，有的具备比我们更高的智力、更多的财富。智力更高的生物体有着比地球人更为优裕的生活环境。还有些阳光甚至照不到的星球上无疑也有生物，这些生物前世的所作所为导致他们生活在那里。所有这些生活环境都是至尊主设计的，维杜茹阿请麦垂亚给他介绍有关这这一切，以便他增长见识。

第 9 节 येन प्रजानामुत आत्मकर्म-
रूपाभिधानां च भिदां व्यधत्त ।
नारायणो विश्वसृगात्मयोनि-
रेतच्च नो वर्णय विप्रवर्य ॥ ९ ॥

yena prajānām uta ātma-karma-
rūpābhidhānām ca bhidām vyadhatta
nārāyaṇo viśvasṛg ātma-yonir
etac ca no varṇaya vipra-varya

yena－通过这 / prajānām－那些经历出生的生物的 / uta－也像 / ātma-karma－注定的活动 / rūpa－形象和特征 / abhidhānām－努力 / ca－也 / bhidām－区别 / vyadhatta－分散 / nārāyaṇaḥ－人格首神 / viśvasṛk－宇宙的创造者 / ātma-yoniḥ－自足的 / etat－所有这些 / ca－也 / naḥ－向我们 / varṇaya－讲述 / vipra-varya－最杰出的布茹阿玛纳啊

译文　布茹阿玛纳中的领袖啊！还请讲述，宇宙的创造者、自给自足的至尊主纳茹阿亚纳，是如何创造不同的生物体所具有的不同本性、活动、形象、特征和名字的。

要旨　物质世界里每一个生物都不同程度地受物质自然三种属性的影响，因而带有某种“天性”。他在特定的自然属性影响下从事特定的活动，又根据他所从事的那些活动具有一定的相貌和身体特征，而根据他的身体特征，他又获得某种称呼。例如，上等人白(śukla)，下等人黑。人之所以有黑、白之分，是因为他所从事的规定职责有所谓的黑、白之分。从事虔诚活动可以使人投生到条件良好、门第高贵的家庭里，使人有钱、有学问、有漂亮的外貌；从事罪恶活动使人投生在贫寒之家，让人缺衣少食、智力低下、缺乏教育、相貌丑陋。维杜茹阿请麦垂亚谈谈至尊人格首神纳茹阿亚纳(Nārāyaṇa)创造的所有这些生物体彼此间的差异。

第 10 节　परावरेषां भगवन् व्रतानि
　　श्रुतानि मे व्यासमुखादभीक्ष्णम् ।
अतृप्नुम क्षुल्लसुखावहानां
　　तेषामृते कृष्णकथामृतौघात् ॥१०॥

parāvareṣāṁ bhagavan vratāni
　śrutāni me vyāsa-mukhād abhīkṣṇam
atṛpnuma kṣulla-sukhāvahānāṁ
　teṣām ṛte kṛṣṇa-kathāmṛtaughāt

para－高级的 / avareṣām－那些低级的 / bhagavan－我的主啊，伟大的人啊 / vratāni－职责 / śrutāni－听到 / me－被我 / vyāsa－维亚萨 / mukhāt－从……的嘴里 / abhīkṣṇam－反复地 / atṛpnuma－我感到满足 / kṣulla－少量 / sukha-āvahānām－那带来快乐的 / teṣām－出于那 / ṛte－没有 / kṛṣṇa-kathā－有关人格首神主奎师那的谈论 / amṛta-oghāt－从甘露中

译文 阁下啊！我多次从维亚萨戴瓦的嘴里听说有关人类社会的这些高低身份，对所有这些较次要的对象和他们的快乐已经相当厌烦。他们没有用有关奎师那的话题的甘露满足我。

要旨 由于人们总是对有关社会和历史方面的话题抱有浓厚的兴趣，圣维亚萨戴瓦(Vyāsadeva)便编纂了为数众多的往世书(Purāṇa)及《玛哈巴茹阿特》(Mahābhārata,《摩诃婆罗多》)。这些典籍是为普通大众编纂的，目的并不仅仅是讲述历史，而是要唤醒他们的神意识；他们目前所处的受制约的物质生存状态，使他们遗忘了这一意识。例如：《玛哈巴茹阿特》记载了库茹柴陀(Kurukṣetra)战争的始末，普通人读它是因为它涉及人类社会的各个领域，社会、政治、经济等方方面面的内容无所不包。但事实上，《玛哈巴茹阿特》最关键的部分是《博伽梵歌》，它在讲述库茹柴陀战争史的同时，把《博伽梵歌》的知识自然而然地传递给了读者。

维杜茹阿向麦垂亚吐露自己的心声道：尘世中有关社会、政治等方面的知识和话题已经让他感到腻烦，实在令他提不起兴趣；他渴望聆听有关圣主奎师那的超然话题。往世书和《玛哈巴茹阿特》等典籍中直接谈奎师那的部分并不是很多，让他感到很不满足，他想再多听些有关奎师那的事迹。有关奎师那的话题(kṛṣṇa-kathā)是超

然的，令人百听不厌。《博伽梵歌》之所以重要，就在于它是有关奎师那的话题，是主奎师那本人讲的话。普通大众也许只着迷于听库茹柴陀战争的故事，但像维杜茹阿这样一位做奉爱服务已经达到很高境界的奉献者，却只对与奎师那有关的话题感兴趣。维杜茹阿想要聆听麦垂亚的讲述，于是向麦垂亚提出请求说，他要听与奎师那有关的一切。恰似火苗贪婪地吞噬柴火，无论你往里面投多少，它都能吞噬掉；至尊主的纯粹奉献者对有关奎师那的话题百听不厌。历史事件或其他对有关社会、政治事件的报道，一旦能与奎师那连在一起，就具有了超然的意义。这是将世俗事物转化为灵性事物的途径。如果所有的物质活动都能围绕讲述有关奎师那的话题进行，整个世界就变成了外琨塔(Vaikuṇṭha)。

世上现有两部重要的有关奎师那话题的典籍——《博伽梵歌》和《圣典博伽瓦谭》。之所以说它们是有关奎师那话题的典籍，是因为《博伽梵歌》由奎师那讲述，《圣典博伽瓦谭》讲述有关奎师那的活动。主柴坦亚(Caitanya)让祂的门徒到世界各地去向所有的人宣讲有关奎师那的话题，因为有关奎师那的话题中所蕴涵的超然性能净化所有的人，使他们去除物质的污染。

第 11 节

कस्तृप्नुयात्तीर्थपदोऽभिधानात्
सत्रेषु वः सूरिभिरीड्यमानात् ।
यः कर्णनाडीं पुरुषस्य यातो
भवप्रदां गेहरतिं छिनत्ति ॥११॥

kas tṛpnuyāt tīrtha-pado 'bhidhānāt
satreṣu vaḥ sūribhir īḍyamānāt
yaḥ karṇa-nāḍīṁ puruṣasya yāto
bhava-pradāṁ geha-ratiṁ chinatti

kaḥ—谁是那样的人 / tṛpnuyāt—能满足于 / tīrtha-padaḥ—所有的圣地都是祂莲花足的那个人 / abhidhānāt—从……的谈论中 / satreṣu—在

人类社会 / vaḥ－一个……的人 / sūribhiḥ－被伟大的奉献者 / īḍyamānāt－受到如此崇拜的人 / yaḥ－谁 / karṇa-nāḍīm－在耳洞 / puruṣasya－人的 / yātaḥ－进入 / bhava-pradām－那带来生死的 / geha-ratim－亲情 / chinatti－斩断

译文 至尊主的莲花足是一切圣地的本质，至尊主本人受到伟大的圣人和奉献者的崇拜。在人类社会中，有谁能在没有充分谈论至尊主的情况下而感到满足？这样的话题光是进入人的耳洞，就能斩断家庭情感对人的束缚。

要旨 有关奎师那的话题(Kṛṣṇa-kathā)是如此有力量，它一旦进入聆听者的耳朵，就能立即使聆听之人摆脱物质亲情的束缚。物质亲情是外在能量的一种虚幻展示，从事一切世俗活动的动力都源于它。人只要还从事物质活动，把注意力集中在这些活动上，就必然会在愚昧的物质存在中不断地轮回生死。世人大多受愚昧属性的影响，一些受激情属性的影响，在这两种属性的迷惑下把物质化的生命概念根深蒂固地植入心中，并在它的驱使下四处活动。生物一旦受物质属性的污染，便无法透过它们认识到自己原本的身份；愚昧和激情这两种物质属性使人死心塌地将物质躯体这一虚假的“自我”与真正的自我相认同，在这些被错觉迷惑的愚蠢之人中最“杰出”的，也不过是那些受激情属性迷惑而热衷于慈善事业的人。《博伽梵歌》作为直接的有关奎师那的话题，教导世人“躯体会腐朽，遍布躯体的意识和知觉永恒不灭”这一最基本的道理。有意识的生命——不灭的“自我”，永恒存在；任何时候，甚至在躯体消亡后也不灭亡。任何人，如果他误把这个终有一死的躯体当做是“自我”，在错误的躯体化的生命概念指导下，以社会、政治、慈善、利他主义、爱国主义及国际主义等为名，为躯体而四处奔忙，那他无疑是个傻瓜，必然分不清什么是“真实”，什么是“错觉”。他们中的一些人甚至超越了愚昧和激情属性，受善良属性的影响，但物质的善良属性总不免会沾染上一些愚昧和激情属性。物质的善良属性能使人认识到躯体与自我不同，继而开始关心自我而不是躯体。但由于物质的善良属性受到了污染，所以受它影响的人认识不到真正的自我其实是个人。他们以非人格神的概念区分躯体和自我，因而陷入物质的善良属性。他们除非受有关奎师那的话题的吸引，否则永远不可能摆脱物质存在的束缚。有关奎师那的话题是世上全体大众唯一的灵丹妙药，它能使人进入认识自我的纯粹意识状态，从物质束缚中获得解脱。主柴坦亚倡导的在全世界范围内宣讲有关奎师那话题的活动，是最重要、最伟大的使命；明智之人，不分男女老少，都应该携手加入主柴坦亚发起的这场伟大的运动。

第 12 节　मुनिर्विवक्षुर्भगवद्गुणानां
सखापि ते भारतमाह कृष्णः ।
यस्मिन्नृणां ग्राम्यसुखानुवादै-
र्मतिर्गृहीता नु हरेः कथायाम् ॥१२॥

munir vivakṣur bhagavad-guṇānāṁ
sakhāpi te bhāratam āha kṛṣṇaḥ
yasmin nṛṇāṁ grāmya-sukhānuvādair
matir gṛhītā nu hareḥ kathāyām

muniḥ一圣人 / vivakṣuḥ一描述 / bhagavat一人格首神的 / guṇānām一超然的品质 / sakhā一朋友 / api一也 / te一你的 / bhāratam一《玛哈巴茹阿特》 / āha一已描述 / kṛṣṇaḥ一奎师那・兑帕亚纳・维亚萨 / yasmin一在其中 / nṛṇām一人的 / grāmya一世俗的 / sukha-anuvādaiḥ一从世俗话题中得到的快乐 / matiḥ一注意力 / gṛhītā nu一只为了引向 / hareḥ一至尊主的 / kathāyām一(《博伽梵歌》的)讲述

译文 您的朋友——伟大的圣人奎师那·兑帕亚纳·维亚萨，在他的巨著《玛哈巴茹阿特》中，已经描述了至尊主的超然品质。但整体计划是，利用大众喜好聆听世俗话题的强烈倾向，把他们的注意力拉向有关奎师那的话题(《博伽梵歌》)。

要旨 伟大的圣哲奎师那·兑帕亚纳·维亚萨(Kṛṣṇa-dvaipāyana Vyāsa)编撰了所有的韦达经，其中《韦丹塔·苏陀》(Vedānta-sūtra,《吠檀陀经》)、《圣典博伽瓦谭》和《玛哈巴茹阿特》闻名世界。《博伽瓦谭》第1篇第4章的第25节诗中提到：圣维亚萨戴瓦为那些爱听世俗话题而不爱听生命哲学的智力欠佳之人，编纂了《玛哈巴茹阿特》；为那些或许已经尝到尘世所谓的快乐其实是“苦”，从而对世俗话题失去兴趣的人，编纂了《韦丹塔·苏陀》。《韦丹塔·苏陀》开宗明义第一句话就是：询问绝对真理的时刻到了(athāto brahma jijñāsā)。换言之，只有当人不再到感官享乐的集市上去探听世俗之事时，他才会开始探询梵，探询超然存在。爱看书报杂志、沉迷于物质话题的人大多是妇女、从事体力劳动的人，以及布茹阿玛纳(brāhmaṇa, 婆罗门)、查锤亚(kṣatriya, 刹帝利)和外夏(vaiśya, 吠舍)这三个高等阶层人士那些堕落了的子孙(strī-śūdra-dvija-bandhu)。这类缺乏智慧的人虽然也许会装模作样地用未经授权的方式阅读《韦丹塔·苏陀》，但实际上根本无法理解其中的内涵。《韦丹塔·苏陀》的作者亲自在《圣典博伽瓦谭》中阐明了《韦丹塔·苏陀》的主旨，所以想在撇开《圣典博伽瓦谭》的情况下理解《韦丹塔·苏陀》的人，必定会误入歧途。他们因为把躯体错当成自我，所以只对世俗层面的慈善活动感兴趣。这样的人应该仔细阅读圣维亚萨戴瓦专门为他们编纂的《玛哈巴茹阿特》。这位伟大的作者针对这类沉迷于世俗话题的智力欠佳之人编纂了《玛哈巴茹阿特》，以便寓教于乐，使他们在读起来感到津津有味，享受一些世俗快乐的同时，也能够了解《博伽梵歌》的内容；而人在阅读《圣典博伽瓦谭》和《韦丹塔·苏陀》之前，首先应该阅读《博伽梵歌》。圣维亚萨戴瓦没有兴趣去记录一些尘世的历史，他之所以编纂《玛哈巴茹阿特》，就是为了让智力欠佳的人有机会通过阅读《博伽梵歌》得到超然的觉悟。维杜茹阿在这节诗里提到《玛哈巴茹阿特》，说明他在离家出走、周游圣地的途中，已经从他的生身父亲维亚萨戴瓦那里听过《玛哈巴茹阿特》了。

第 13 节 सा श्रद्दधानस्य विवर्धमाना
विरक्तिमन्यत्र करोति पुंसः ।
हरेः पदानुस्मृतिनिर्वृतस्य
समस्तदुःखाप्ययमाशु धत्ते ॥१३॥

sā śraddadhānasya vivardhamānā
viraktim anyatra karoti puṁsaḥ
hareḥ padānusmṛti-nirvṛtasya
samasta-duḥkhāpyayam āśu dhatte

sā—与奎师那有关的话题(kṛṣṇa-kathā) / śraddadhānasya—渴望聆听的人的 / vivardhamānā—逐渐增长 / viraktim—漠视 / anyatra—(对这类话题)以外的事 / karoti—做 / puṁsaḥ—这样活动的人 / hareḥ—至尊主的 / pada-anusmṛti—永远记着至尊主的莲花足 / nirvṛtasya—获得这一超然喜乐的人 / samasta-duḥkha—所有的痛苦 / apyayam—消除 / āśu—立即 / dhatte—做

译文 对渴望一直聆听有关奎师那话题的人，这类话题就会逐渐使他失去对其他事物的兴趣。获得超然极乐的奉献者，靠这样不断铭记主奎师那的莲花足，立刻征服了他所有的痛苦。

要旨 我们无疑了解，从绝对的层面说，有关奎师那的话题与奎师那完全一样。至尊主是绝对真理，因此对祂的名字、形象、品质和特征等所有这一切的描述，都是有关奎师那的话题，都与祂本人没有区别。《博伽梵歌》由至尊主亲自讲述，所以与至尊主没有两样。真诚的奉献者阅读它时，就是在面见至尊主，但喜欢争论的世俗之人，却感受不到这样的效果。人在阅读《博伽梵歌》时，如果按照至尊主本人在《博伽梵歌》中所教导的方式去读，就可以感受到至尊主所有的能量。相反，如果胡乱解释《博伽梵歌》，就会损害自己及他人对其中超然性的接收。这种出于某种动机而不惜牵强附会、胡乱解释《博伽梵歌》的人，无疑不是"渴望以经由授权的方式聆听有关奎师那话题"的人(śraddadhāna-puṁsaḥ)，所以尽管他在普通人眼里可能是很了不起的"大学者"，但他自己却得不到任何读《博伽梵歌》的好处。事实上，虔信的奉献者(śraddadhāna)能够从《博伽梵歌》中得到所有的益处，因为全能的至尊主赐予他超然的喜乐，而这喜乐能帮助他去除执著心，消除由执著心引起的一切物质痛苦。正因为如此，只有那些真正有这方面体验的奉献者，才能明白维杜茹阿这句话的含义。至尊主的纯粹奉献者聆听有关奎师那的话题，总是铭记至尊主的莲花足，过着快乐的生活。对他们来说，并不存在"物质的存在"；而相对于他们所体验到的超然极乐，世人所争相鼓吹的"梵乐"根本不值得一提。

第 14 节 ताञ्छोच्यशोच्यानविदोऽनुशोचे
हरेः कथायां विमुखानघेन ।
क्षिणोति देवोऽनिमिषस्तु येषा-
मायुर्वृथावादगतिस्मृतीनाम् ॥१४॥

tāñ chocya-śocyān avido 'nuśoce
　hareḥ kathāyāṁ vimukhān aghena
kṣiṇoti devo 'nimiṣas tu yeṣām
　āyur vṛthā-vāda-gati-smṛtīnām

tān—所有那些 / śocya—可怜的 / śocyān—可怜人的 / avidaḥ—无知 / anuśoce—我可怜 / hareḥ—至尊主的 / kathāyām—对……方面的话题 / vimukhān—抱有反感 / aghena—因为罪恶活动 / kṣiṇoti—衰败 / devaḥ—至尊主 / animiṣaḥ—永恒的时间 / tu—但 / yeṣām—谁的 / āyuḥ—寿命 / vṛthā—无用地 / vāda—哲学思辨 / gati—终极目标 / smṛtīnām—那些做各种仪式的人

译文　圣人啊！因为从事罪恶活动而不愿意聆听超然话题的人，不了解《玛哈巴茹阿特》(《博伽梵歌》)的用意，所以受到可怜之人的同情。我也同情他们，因为我看到在他们忙于哲学思辨、空谈生命的最终目标及从事各种不同类型的仪式时，永恒的时间是如何耗损了他们的生命。

要旨　在三种物质自然属性的影响下，世人与至尊人格首神的关系也分为三类。被愚昧和激情属性所控制的人，要么很反感“存在着神”这一事实，要么理所当然地把神当做是为他们提供一切的供应商。在他们之上是第二类人，这些人受善良属性的影响，认为至尊梵(Brahman)不具人格特性。他们认为，把聆听有关奎师那的话题放在首位的奉爱(bhakti)传承的活动只不过是手段，而不是最终的目的。在这些人之上的是纯粹奉献者；他们超越物质的善良属性，处在超然的境界中。纯粹的奉献者深信人格首神本人与祂的名字、形象、声望、特质等，在绝对的层面上没有区别。对他们来说，聆听与奎师那有关的话题就等于面对面地见到了祂。在这些为至尊主做纯粹奉爱服务的人看来，人生的最高目标及人生真正的使命，就是为至尊主做奉爱服务(puruṣārtha)。非人格神主义者，因为忙于思辨，不相信有人格首神存在，所以不聆听与奎师那有关的话题。在至尊主的一流奉献者看来，这些人极为可怜。可怜的非人格神主义者可怜那些被愚昧和激情属性所控制的人，但至尊主的纯粹奉献者认为他们两者都很可怜；因为他们人体生命最宝贵的时光都白白地浪费在错误的追求上，不是忙于进行感官享乐，就是靠心智思辨去臆测生命的目标，提出五花八门的理论。

第 15 节 तदस्य कौषारव शर्मदातु-
हरेः कथामेव कथासु सारम् ।
उद्धृत्य पुष्पेभ्य इवार्तबन्धो
शिवाय नः कीर्तय तीर्थकीर्तेः ॥१५॥

tad asya kauṣārava śarma-dātur
hareḥ kathām eva kathāsu sāram
uddhṛtya puṣpebhya ivārta-bandho
śivāya naḥ kīrtaya tīrtha-kīrteḥ

tat－因此 / asya－祂的 / kauṣārava－麦垂亚啊 / śarma-dātuḥ－那赐予幸运的人的 / hareḥ－至尊主的 / kathām－话题 / eva－只 / kathāsu－所有的话题中 / sāram－精髓 / uddhṛtya－通过引述 / puṣpebhyaḥ－从鲜花中 / iva－像 / ārta-bandho－苦恼者的朋友啊 / śivāya－为了……的利益 / naḥ－我们的 / kīrtaya－请 / tīrtha－朝圣 / kīrteḥ－光荣的

译文 啊，麦垂亚，苦恼者的朋友！只有至尊主的荣耀才可以造福全世界的人。因此请如蜜蜂从鲜花采集花蜜般讲述有关至尊主话题中的精华内容。

要旨 受不同的自然属性影响的人，所谈论的话题也各不相同，而其中最有意义的话题当属与至尊主有关的话题。但不幸的是，被物质蒙蔽、受制约的灵魂们，一般都不爱听有关至尊主的话题，因为他们要么不相信神的存在，要么只相信至尊主不具人格特征。这两类人对神都无话可说。无神论者和非人格神主义者对所有话题中最重要的话题置之不理，只谈一些相对性的内容，这些内容不是与感官享乐有关，就是心智思辨杜撰出的东西。在维杜茹阿这样的纯粹奉献者看来，俗人和心智思辨者所谈的话题没有任何意义。所以，他请求麦垂亚只谈“精华内容”——有关奎师那的话题，不谈别的。

第 16 节

स विश्वजन्मस्थितिसंयमार्थे
कृतावतारः प्रगृहीतशक्तिः ।
चकार कर्माण्यतिपूरुषाणि
यानीश्वरः कीर्तय तानि मह्यम् ॥१६॥

sa viśva-janma-sthiti-saṁyamārthe
kṛtāvatāraḥ pragṛhīta-śaktiḥ
cakāra karmāṇy atipūruṣāṇi
yānīśvaraḥ kīrtaya tāni mahyam

saḥ－人格首神 / viśva－宇宙 / janma－创造 / sthiti－维系 / saṁyama-arthe－为了完美地控制 / kṛta－接受 / avatāraḥ－化身 / pragṛhīta－拥有 / śaktiḥ－能量 / cakāra－从事 / karmāṇi－超然的活动 / ati-pūruṣāṇi－超人 / yāni－所有那些 / īśvaraḥ－至尊主的 / kīrtaya－请吟唱 / tāni－所有那些 / mahyam－向我

译文　为了宇宙的全部展示和维系，人格首神接受了充满一切能量的各种化身，请吟唱这位至尊控制者从事的所有那些神奇的超然活动。

要旨　维杜茹阿无疑特别渴望聆听有关主奎师那的事，然而主奎师那已经离开这个肉眼可见的现象世界，让他一时感到茫然不知所措。为此，他想听麦垂亚描述至尊主为创造和维系物质宇宙而扩展出的集祂的全部能量于一身的主宰化身(puruṣa)。主宰化身的活动其实就是主奎师那活动的扩展。维杜茹阿之所以示意麦垂亚谈这方面的内容，是因为麦垂亚一时不知该吟诵、吟唱主奎师那的哪一方面的活动。

第 17 节

श्रीशुक उवाच
स एवं भगवान् पृष्टः क्षत्त्रा कौषारवो मुनिः ।
पुंसां निःश्रेयसार्थेन तमाह बहुमानयन् ॥१७॥

śrī-śuka uvāca
sa evaṁ bhagavān pṛṣṭaḥ
kṣattrā kauṣāravo muniḥ
puṁsāṁ niḥśreyasārthena
tam āha bahu-mānayan

śrī-śukaḥ uvāca—圣舒卡戴瓦·哥斯瓦米说 / saḥ—他 / evam—如此 / bhagavān—伟大的圣人 / pṛṣṭaḥ—被请求 / kṣattrā—被维杜茹阿 / kauṣāravaḥ—麦垂亚 / muniḥ—伟大的圣人 / puṁsām—为了所有的人 / niḥśreyasa—为了……的最高利益 / arthena—为那 / tam—向他 / āha—讲述 / bahu—极大地 / mānayan—表示尊敬

译文 舒卡戴瓦·哥斯瓦米说：伟大的圣人麦垂亚·牟尼给予维杜茹阿高度的赞誉之后，便应维杜茹阿的请求，为全体人类的最高利益而开始讲述。

要旨 伟大的圣人麦垂亚·牟尼有极为卓越的学识和体验，与凡夫俗子不可同日而语，所以在这节诗中被称为巴嘎万(bhagavān)。正因为如此，他对什么是世上最有意义的慈善活动的看法，可以被视为是权威性的看法。为至尊主做奉爱服务，是能造福全人类的慈善活动；应维杜茹阿的请求，圣人麦垂亚恰到好处地讲述了这一主题。

第 18 节 मैत्रेय उवाच
साधु पृष्टं त्वया साधो लोकान् साध्वनुगृह्णता ।
कीर्तिं वितन्वता लोके आत्मनोऽधोक्षजात्मनः ॥१८॥

maitreya uvāca
sādhu pṛṣṭaṁ tvayā sādho
lokān sādhv anugṛhṇatā
kīrtiṁ vitanvatā loke
ātmano 'dhokṣajātmanaḥ

maitreyaḥ uvāca—圣麦垂亚说 / sādhu—至善 / pṛṣṭam—我被问及 / tvayā—被你 / sādho—善良的人啊 / lokān—所有人 / sādhu anugṛhṇatā—展示善良型的仁慈 / kīrtim—荣耀 / vitanvatā—弘扬 / loke—在世上 / ātmanaḥ—自我的 / adhokṣaja—超然性 / ātmanaḥ—心

译文 圣麦垂亚说：维杜茹阿啊！所有的荣誉归于您。您向我询问有关绝对的利益，由于您的心始终全神贯注地在想着超然者，您便以此方式向世人和我展示您的仁慈。

要旨 麦垂亚·牟尼在超然的科学领域中造诣高深，所以能够看出维杜茹阿已经完全处在超然的境界中了。梵文“超然性(Adhokṣaja)”一词的意思是：超越感官的知觉范畴。至尊主超越我们感官所能感知的范畴，但祂会向真诚的奉献者揭示祂自己。维杜茹阿始终处于冥想至尊主的状态中，麦垂亚从这一点能看出维杜茹阿究竟处在哪一个超然的层面上。他对维杜茹阿提出这些有价值的问题表示赞赏，很恭敬地感谢了他。

第 19 节 नैतच्चित्रं त्वयि क्षत्तर्बादरायणवीर्यजे ।
गृहीतोऽनन्यभावेन यत्त्वया हरिरीश्वरः ॥१९॥

naitac citraṁ tvayi kṣattar
bādarāyaṇa-vīryaje

grhīto 'nanya-bhāvena
yat tvayā harir īśvaraḥ

na—绝不 / etat—这些询问 / citram—非常好 / tvayi—在你 / kṣattaḥ—维杜茹阿啊 / bādarāyaṇa—维亚萨戴瓦的 / vīrya-je—诞生自……的精子 / gṛhītaḥ—接受 / ananya-bhāvena—思想不偏离 / yat—因为 / tvayā—被你 / hariḥ—人格首神 / īśvaraḥ—至尊主

译文 维杜茹阿啊！您这样专心致志地想着至尊主，一点都不令人惊讶，因为您产自维亚萨戴瓦的精液。

要旨 就维杜茹阿的出身问题，这里评价了品质卓越的父母和高贵的出身对一个人的影响。父亲将精子注入母亲的子宫，是孕育人类胎儿的第一步。每一个生物根据其所从事过的活动，被置于某个特定的父亲的精子中；维杜茹阿不是普通的生物，所以能诞生自维亚萨戴瓦的精子。人类的繁衍(生儿育女)是一门大学问，因此根据韦达传统，人在有性生活前举行名叫子宫净化仪式(Garbhādhāna-saṁskāra)的祭祀仪式极为重要，它能帮助人得到优秀的后代。我们所面临的问题不是要阻止人口增长，而是要得到具有维杜茹阿、维亚萨和麦垂亚等圣人那种素质的优良人口。人在受孕前如果能做好周密的安排，在此基础上生儿育女，就没有必要控制生育，阻止人口的增长。所谓的计划生育不仅是罪恶的，而且毫无意义。

第20节 माण्डव्यशापाद्भगवान् प्रजासंयमनो यमः ।
भ्रातुः क्षेत्रे भुजिष्यायां जातः सत्यवतीसुतात् ॥२०॥

māṇḍavya-śāpād bhagavān
prajā-saṁyamano yamaḥ
bhrātuḥ kṣetre bhujiṣyāyāṁ
jātaḥ satyavatī-sutāt

māṇḍavya－伟大的圣人曼达维亚·牟尼 / śāpāt－通过他的诅咒 / bhagavān－强有力者 / prajā－出生的生物 / saṁyamanaḥ－死亡的主宰 / yamaḥ－人称阎罗王 / bhrātuḥ－兄弟的 / kṣetre－在妻子的子宫中 / bhujiṣyāyām－被养的 / jātaḥ－出生 / satyavatī－萨缇亚娃缇(维祺陀维雅和维亚萨戴瓦的母亲) / sutāt－由儿子(维亚萨戴瓦)

译文　我知道，由于曼达维亚·牟尼的诅咒，您今世成为维杜茹阿，这之前您是生物体死后控制他们的伟大君王阎罗王。您是萨缇亚瓦缇之子维亚萨戴瓦与他兄弟的遗孀生的儿子。

要旨　曼达维亚·牟尼(Māṇḍavya Muni, 又称曼杜卡·牟尼)是一位伟大的圣人(参阅《博伽瓦谭》1.13.1)，维杜茹阿前生是阎罗王(Yamarāja)，生物体死后其中的灵魂都要到他那里接受发落。物质世界里的生物都需要经历出生、维持现状和死亡这三个受制约的状态。被委任掌管生物体死后处置其中灵魂一职的阎罗王，在处理曼达维亚·牟尼的案件时，因为牟尼儿时的一次过失而判他要受长矛穿身的惩罚。曼达维亚认为阎罗王处罚不当，于是愤怒地诅咒他来世投生为一名庶铎(śūdra, 从事体力劳动、智力低下的人)。就这样，阎罗王经由维祺陀维雅(Vicitravīrya)的哥哥维亚萨戴瓦的精子，进入曾给维祺陀维雅当妾的宫女的子宫。维亚萨戴瓦是帕茹阿沙尔圣人与萨缇亚娃缇的儿子，当维亚萨戴瓦听从母亲萨缇亚娃缇的命令使他兄弟维祺陀维雅的宫女怀孕时，阎罗王的灵魂便投胎为他们的儿子维杜茹阿。麦垂亚因为恰巧是维亚萨戴瓦的朋友，所以知道维杜茹阿这段隐秘的身世。维杜茹阿由宫女所生，从这一点说，他的出生是卑贱的；但尽管如此，他得到最高等的福报，成为至尊主伟大的奉献者。能够出生在这样一个伟大的家族中，有利于人提升到过奉爱生活的层面上；维杜茹阿因为前世是伟大的人物，所以今生获赐这个良机。

第 21 节　भवान् भगवतो नित्यं सम्मतः सानुगस्य ह ।
यस्य ज्ञानोपदेशाय मादिशद्भगवान् व्रजन् ॥२१॥

bhavān bhagavato nityaṁ
sammataḥ sānugasya ha
yasya jñānopadeśāya
mādiśad bhagavān vrajan

bhavān－阁下您 / bhagavataḥ－人格首神的 / nityam－永恒的 / sammataḥ－被认可的 / sa-anugasya－助手之一 / ha－曾经 / yasya－……的 / jñāna－知识 / upadeśāya－为教导 / mā－向我 / ādiśat－如此指示 / bhagavān－人格首神 / vrajan－当返回祂的住所时

译文　您是至尊人格首神永恒的同伴之一；至尊主为了祂的同伴，在启程回祂的居所时给我留下指示。

要旨　生物体死后由掌管审判权的阎罗王处置，决定他们下一世的去处。从这点看，阎罗王无疑是至尊主最信赖的代表之一。担当这一要职的人都是至尊主伟大的奉献者，他们跟灵性世界中陪伴在至尊主身旁的人享有同等的地位。维杜茹阿就是这样一位人物，所以至尊主在即将返回外琨塔时，曾命令麦垂亚·牟尼转达自己对维杜茹阿的指示。灵性世界里那些永远陪伴在至尊主身边的人一般都不到物质世界来，但偶尔也会按至尊主的指示下来，其目的不是在尘世间担任某个管理职位，而是为了陪伴至尊主本人或在人类社会中弘扬神的讯息。这些代表是被至尊主赋予了超然力量的至尊主的化身(śaktyāveśa-avatāras)。

第 22 节　अथ ते भगवल्लीला योगमायोरुबृंहिताः ।
विश्वस्थित्युद्भवान्तार्था वर्णयाम्यनुपूर्वशः ॥२२॥

atha te bhagaval-līlā
yoga-māyorubṛṁhitāḥ

viśva-sthity-udbhavāntārthā
varṇayāmy anupūrvaśaḥ

atha－因此 / te－向你 / bhagavat－有关人格首神的 / līlāḥ－娱乐活动 / yoga-māyā－至尊主的能量 / uru－宏伟地 / bṛṁhitāḥ－由……扩展 / viśva－宇宙的 / sthiti－维系 / udbhava－创造 / anta－毁灭 / arthāḥ－目的 / varṇayāmi－我将讲述 / anupūrvaśaḥ－系统地

译文　所以，我将给您讲述人格首神为宇宙世界再三的创造、维系和毁灭而扩展祂超然能量的娱乐活动。

要旨　全能的至尊主可以凭祂的各种能量随心所欲地行事。在祂的各种能量中，祂的内在能量尤嘎·玛亚(yogamāyā)负责创造了物质世界。

第 23 节　भगवानेक आसेदमग्र आत्मात्मनां विभुः ।
आत्मेच्छानुगतावात्मा नानामत्युपलक्षणः ॥२३॥

bhagavān eka āsedam
agra ātmātmanāṁ vibhuḥ
ātmecchānugatāv ātmā
nānā-maty-upalakṣaṇaḥ

bhagavān－人格首神 / ekaḥ－独一无二的 / āsa－在那里 / idam－这个创造 / agre－在创造之前 / ātmā－以祂原本的形象 / ātmanām－生物的 / vibhuḥ－主宰 / ātmā－(至尊)自我 / icchā－愿望 / anugatau－融入 / ātmā－(至尊)自我 / nānā-mati－不同的看法 / upalakṣaṇaḥ－征象

译文　人格首神、全体生物的主人，作为独一无二的个体存在于创造之前。仅仅是由于祂的意愿，创造才成为可能，然后一切再次进入祂体内。这位至尊自我有着各种各样的名字。

要旨 大圣人麦垂亚·牟尼从这节诗开始讲述《圣典博伽瓦谭》最原初的四节诗的含义。假象宗(māyāvāda)的追随者们看不懂《圣典博伽瓦谭》，却硬要凭主观推测去曲解这四节诗的含义。我们必须接受麦垂亚·牟尼在这里所给予的正确解释，因为他和乌达瓦两人都曾经坐在至尊主面前聆听祂讲解这几节诗。在这四节诗中，第一节的第一句是“我——人格首神肯定存在(aham evāsam evā- gre)”，非人格神主义者对第一个梵文词“我(aham)”的错误解释，令人读了不知所云。这里，“我”应该被解释为是至尊人格首神，而不是个体生物。在创造之前，只有人格首神，没有主宰化身，所以自然也没有生物，更没有进行物质展示所需要的物质能量。三位主宰化身和至尊主的各种不同的能量，全都在至尊主体内。

在此，人格首神被称为众生的主宰。祂就好比太阳，众生则好比太阳发出的光芒中的每一粒光子。就有关至尊主存在于创造之前的这个事实，韦达赞歌(śruti)中证实说：“在创造之前，只有华苏戴瓦，没有布茹阿玛，也没有商卡尔(vāsudevo vā idaṁ agra āsīt na brahmā na ca śaṅkaraḥ, eko vai nārāyaṇa āsīn na brahmā neśānāḥ)。”存在中的一切事物都来自人格首神，因此祂是永恒、唯一的存在。祂之所以具有这样的地位，是因为祂无所不能、绝对完美。在祂之外的一切，包括祂的各个完整扩展——维施努范畴(viṣṇu-tattva)的至尊主，都是祂不可缺少的一部分。物质世界创造之前，既没有卡冉纳尔纳瓦沙依·维施努(Kāraṇārṇavaśāyī Viṣṇu)、嘎尔博达卡沙依·维施努(Garbhodakaśāyī Viṣṇu)和祺柔达卡沙依·维施努(Kṣīrodakaśāyī Viṣṇu)，也没有布茹阿玛(Brahmā)和商卡尔(Śaṅkara)。维施努的完整扩展和以布茹阿玛为首的生物体，都是祂不可缺少的一部分，都是不同的个体。灵性实体与至尊主同时存在，而物质实体则在祂体内处于休眠的状态。物质实体的展示和瓦解完全取决于至尊主的意志。外琨塔星球上的多样化存在与至尊主没有区别；这与由各类士兵所组成的军队跟国王没有两样是同一个道理。《博伽梵歌》第9章的第7节诗中说，按照至尊主的意愿，每隔一段时间就进行一次物质创造，而在上一次毁灭和下一次创造之间，生物与物质能量被收进祂体内，处于休眠状态。

第 24 节　स वा एष तदा द्रष्टा नापश्यद् दृश्यमेकराट् ।
मेनेऽसन्तमिवात्मानं सुप्तशक्तिरसुप्तदृक् ॥२४॥

sa vā eṣa tadā draṣṭā
　nāpaśyad dṛśyam ekarāṭ
mene 'santam ivātmānaṁ
　supta-śaktir asupta-dṛk

saḥ一人格首神 / vā一或 / eṣaḥ一所有这些 / tadā一当时 / draṣṭā一观看者 / na一没有 / apaśyat一看见 / dṛśyam一宇宙创造 / eka-rāṭ一无可争议的拥有者 / mene一如此想 / asantam一非存在 / iva一正如 / ātmānam一完整扩展 / supta一未展示 / śaktiḥ一物质能量 / asupta一展示 / dṛk一内在能量

译文　至尊主——无可争议的万物拥有者，曾是唯一的观看者。那时，宇宙展示还没出现，在没有祂的完整扩展及分开的所属部分的情况下，祂感到不完美。物质能量还在沉睡，而内在能量展示了。

要旨　至尊主是至高无上的观看者，物质能量就是在祂扫视后被激活，开始宇宙展示的。当时只有祂是观看者，而祂目光所到之处还没有外在能量。祂感到好像缺了什么，犹如当丈夫的少了妻子在身边感到有些孤独一样。这当然是富有诗意的比喻。至尊主想创造，使物质宇宙进入展示状态，再次给那些处在休眠和遗忘状态的受制约的灵魂改过自新、回归首神、回归家园的机会：这是宇宙展示的主要目的。至尊主是如此仁慈，在还没有宇宙展示之前，祂感到缺少什么，于是创造便开始了。虽然创造所需要的内在能量处于展示状态，但另一种能量还在沉睡，至尊主想唤醒她，就好比丈夫想叫妻子起来一起享受一样。这是至尊主对沉睡中的能量的仁慈，祂想叫醒她，让她跟自己其他几位妻子一起享受美好时光。整个宇宙展示就是为了唤醒沉睡中的受制约灵魂，使他们的灵性意识复苏，进入真实的生命状态，从而变得与外琨塔星球上那些永恒解脱的灵魂一样完美。至尊主本人有着永恒、全知、充满极乐的形象 (sac-cid-ānanda-vigraha)(《布茹阿玛·萨密塔》5.1)，所以希望构成祂各种能量的每一分子，都能加入与祂进行快乐的爱的(rasa)交流的行列，因为参加至尊主永恒的茹阿萨舞(rāsa-līlā)的娱乐活动，是最高的生命存在方式，充满了完美的灵性喜乐和永恒的知识。

第 25 节 सा वा एतस्य सन्द्रष्टुः शक्तिः सदसदात्मिका ।
माया नाम महाभाग ययेदं निर्ममे विभुः ॥२५॥

sā vā etasya sandraṣṭuḥ
śaktiḥ sad-asad-ātmikā
māyā nāma mahā-bhāga
yayedaṁ nirmame vibhuḥ

sā—那外在能量 / vā—或是 / etasya—至尊主的 / sandraṣṭuḥ—完美的观看者的 / śaktiḥ—能量 / sat-asat-ātmikā—既是原因又是结果 / māyā nāma—称为玛亚 / mahā-bhāga—最幸运的人啊 / yayā—……的 / idam—这个物质世界 / nirmame—建造 / vibhuḥ—全能者

译文 至尊主是观看者，被观看的外在能量在宇宙展示中作为原因和结果进行运作。极为幸运的维杜茹阿啊！外在能量被称为玛亚或错觉，仅仅透过她，整个物质展示便成为可能。

要旨　被称为玛亚(māyā)的物质能量，既是宇宙内的物质原因，又是有效动因；但在这背后，至尊主是使一切活动得以进行的"意识"。正如每个躯体中的意识都是躯体一切能量的源头；同样，至尊主的至尊意识也是物质自然一切能量的源头。《博伽梵歌》第9章的第10节诗对此证实说：

mayādhyakṣeṇa prakṛtiḥ
sūyate sa-carācaram
hetunānena kaunteya
jagad viparivartate

物质自然的一切能量，都在至高无上的指挥者至尊主的指挥下活动。物质自然的活动之所以能有条不紊地进行着，万事万物之所以能有规律地发展，无不与这一至高的原因有关。

第 26 节

कालवृत्त्या तु मायायां गुणमय्यामधोक्षजः ।
पुरुषेणात्मभूतेन वीर्यमाधत्त वीर्यवान् ॥२६॥

kāla-vṛttyā tu māyāyāṁ
guṇa-mayyām adhokṣajaḥ
puruṣeṇātma-bhūtena
vīryam ādhatta vīryavān

kāla－永恒的时间 / vṛttyā－在……影响下 / tu－但是 / māyāyām－于外在能量中 / guṇa-mayyām－于自然属性中 / adhokṣajaḥ－超然性 / puruṣeṇa－由主宰化身 / ātma-bhūtena－是至尊主的完整扩展 / vīryam－众生之种 / ādhatta－使受孕 / vīryavān－至尊生物

译文　至尊生物以祂超然的主宰化身的形象——至尊主的完整扩展，使由三种属性构成的物质自然受孕；随后，在永恒时间的影响下，生物体出现了。

要旨　生物体繁衍后代时，都是先由父亲将精子注入母亲体内，使其受孕；父亲精液中所携带的生物进入母体后，得到与母亲同样的形体。同样道理，物质自然这位母亲虽有物质原料，但在至尊主本人未将生物注入她体内使她受孕前，她无法繁殖出生物体。这就是生物体繁殖的奥妙之所在。使物质自然受孕的任务由第一位主宰化身卡冉纳尔纳瓦沙依·维施努担任，而祂只是用眼睛瞥了一下物质自然，就完成了这项任务。

我们不能以我们所知道的受孕的概念来看人格首神处理这件事的方法；全能的至尊主能用眼睛使物质自然受孕，正因为如此，祂被称为“全能者”。祂超然躯体的各个部分可以交替使用。《布茹阿玛·萨密塔》(Brahma-saṁhitā)第5章的第32节诗中说：这位超然人物的身体的每个部分都具有所有感官的功能(aṅgāni yasya sakalen-driya-vṛttimanti)。而且，《博伽梵歌》第14章的第3节诗也证实说：“整个物质实体是出生的根源，称为布茹阿曼(梵)。是我使布茹阿曼受孕(mama yonir mahad-brahma tasmin garbhaṁ dadhāmy aham)。”被创造的物质世界中的生物，直接来自至尊主，而绝不是物质自然的产物。就这一点而言，物质科学再怎么进步也造不出活的生物。这是物质创造的奥妙之所在。生物不属于物质能量的范畴，所以除非与至尊主一样过灵性的生活，否则根本无法快乐。这些误入歧途的生物遗忘了他们原本所过的灵性生活，一心要在物质世界中找寻快乐，结果白白浪费了宝贵的时间。韦达文化的目的，就是要告诉人们有关生命的这一基本道理。至尊主为了让受制约的灵魂获得所谓的快乐，赐给他一个物质躯体，但如果他不明白道理，不利用机会恢复灵性意识，至尊主就会让他重新回到创造前不展示的状态。这节诗中把至尊主称为“最强有力的至尊生物(vīryavān)”，是因为祂将不计其数的受制约的灵魂，都注入了物质自然的体内。这些灵魂自不可追溯的年代起，就一直处在受制约的状态中。

第 27 节 ततोऽभवन्महत्तत्त्वमव्यक्तात्कालचोदितात् ।
विज्ञानात्मात्मदेहस्थं विश्वं व्यञ्जंस्तमोनुदः ॥२७॥

tato 'bhavan mahat-tattvam
avyaktāt kāla-coditāt
vijñānātmātma-deha-sthaṁ
viśvaṁ vyañjaṁs tamo-nudaḥ

tataḥ—之后 / abhavat—出现 / mahat—至尊的 / tattvam—总合 / avyaktāt—从不展示的 / kāla-coditāt—在时间的作用下 / vijñāna-ātmā—纯粹善良 / ātma-deha-stham—处于躯体中 / viśvam—众多完整的宇宙 / vyañjan—展示 / tamaḥ-nudaḥ—至尊的光芒

译文 那以后，由于永恒时间互动的影响，物质能量总体展示了。至善的至尊主，把众多宇宙展示的种子排出祂体外。

要旨 在适当的时候，已经受孕的物质能量首先展示为包含全部物质元素在内的物质能量总体。万事万物都需要经过一段时间才能达到成熟，因此这节诗里用了梵文“在时间的作用下(kāla-coditāt)”一句。物质能量总体(mahat-tattva)是意识的总合，因为其中有一部分体现为众生各自具有的智力。物质能量总体虽然与至尊者的至尊意识直接相通，但还是具有物质的外貌。物质能量总体这一纯粹意识的影子，是孕育整个创造的土壤，是纯粹善良属性掺杂了一些物质激情属性的产物，由此，活动产生了。

第 28 节 सोऽप्यंशगुणकालात्मा भगवद्दृष्टिगोचरः ।
आत्मानं व्यकरोदात्मा विश्वस्यास्य सिसृक्षया ॥२८॥

so 'py aṁśa-guṇa-kālātmā
bhagavad-dṛṣṭi-gocaraḥ
ātmānaṁ vyakarod ātmā
viśvasyāsya sisṛkṣayā

saḥ—物质能量总体 / api—也 / aṁśa—菩茹沙的完整扩展 / guṇa—主要是愚昧属性 / kāla—时间 / ātmā—完整的意识 / bhagavat—人格首

神 / dṛṣṭi-gocaraḥ－视野范围 / ātmānam－许多不同的形体 / vyakarot－分化的 / ātmā－源头 / viśvasya－未来的生物 / asya－……的 / sisṛkṣayā－产生假我

译文 接着，物质能量总体把自己分成多种不同的形体，作为未来生物体的源头。分解后的物质能量总体，大部分处在愚昧属性中，假我就产自它。它是人格首神的完整扩展，完全清楚创造性的原则，以及结出果实的时间。

要旨 物质能量总体(mahat-tattva)，是介于纯粹的灵性存在与物质存在之间的一个媒介。生物体的假我就由这个物质与灵性的交汇点产生而来。每一个生物都是人格首神不可缺少的一部分，但尽管如此，受制约的灵魂却在假我的驱使下，自诩为是物质自然的享受者。这假我是把灵魂绑在物质存在中的绳索。至尊主再三给予被蒙蔽、受制约的灵魂去除这一假我的机会，这就是为什么每隔一段时间祂进行一次物质创造的原因。祂给受制约的灵魂提供一切条件，让他们纠正在假我的驱使下从事活动的习性，但却并不干预他们作为祂不可缺少的一部分所具有的微小独立性。

第 29 节 महत्तत्त्वाद्विकुर्वाणादहंतत्त्वं व्यजायत ।
कार्यकारणकर्त्रात्मा भूतेन्द्रियमनोमयः ।
वैकारिकस्तैजसश्च तामसश्चेत्यहं त्रिधा ॥२९॥

mahat-tattvād vikurvāṇād
aham-tattvaṁ vyajāyata
kārya-kāraṇa-kartrātmā
bhūtendriya-mano-mayaḥ
vaikārikas taijasaś ca
tāmasaś cety ahaṁ tridhā

mahat—至尊 / tattvāt—从原因实质 / vikurvāṇāt—被转化 / aham—假我 / tattvam—物质真理 / vyajāyata—展示 / kārya—结果 / kāraṇa—原因 / kartṛ—活动者 / ātmā—灵魂或根源 / bhūta—物质元素 / indriya—感官 / manaḥ-mayaḥ—徘徊在心智层面上 / vaikārikaḥ—善良属性 / taijasaḥ—激情属性 / ca—和 / tāmasaḥ—愚昧属性 / ca—和 / iti—如此 / aham—假我 / tridhā—三种

译文　物质能量总体——巨大的原因实质，转变为假我。这个假我展示为原因、结果和行为者这三者。所有这类活动都停留在心智的层面上，都以物质元素、粗糙的感官和心智思辨为基础。假我在善良、激情和愚昧这三种不同的属性影响下以不同的形式展示。

要旨　处于原本的灵性生存状态中的纯洁生物，能够清醒地意识到他原本的地位是“至尊主永恒的仆人”。具有这一纯净意识的灵魂都是解脱的灵魂，因此永恒、快乐且充满知识地生活在灵性天空的各个外琨塔星球上。物质宇宙并不是为他们创造的；永恒解脱的灵魂(nitya-mukta)，与物质创造毫无关系。物质宇宙是为那些不想服从至尊主、有叛逆心的灵魂创造的，他们想当主宰的妄念被称为假我。假我受物质自然三种属性的影响后虽然表现形式不同，但都属于妄想的范畴。受善良属性影响的人认为人人都是神，因此嘲笑做超然爱心服务的纯粹奉献者。受激情属性影响而妄自尊大的人企图以各种方式主宰物质自然，其中一些人出于这种骄傲心而从事他们自认为是慈善的事业，摆出一副扶危济困的救星模样。这些人抱持世俗社会惯有的慈善概念，但所作所为实际上是以假我为基础。这种假我不断膨胀，到最后就是想与至尊主合一。最后一类以自我为中心的受制约的灵魂，受愚昧属性的影响，错把躯体当自我，以至于一切活动都以躯体为中心。至尊主一方面给所有这些人提供机会，让他们能够尽情地玩“以假我为中心”的把戏，另一方面又极为仁慈地通过《博伽梵歌》和《圣典博伽瓦谭》等经典给他们提供帮助，让他们能够明白有关奎师那的科学，使自己的生命达到完美。因此，整个物质宇宙是为那些受各种物质自然属性蒙蔽，以假我为中心徘徊在心智层面上的生物创造的。

第 30 节 अहंतत्त्वाद्विकुर्वाणान्मनो वैकारिकादभूत् ।
वैकारिकाश्च ये देवा अर्थाभिव्यञ्जनं यतः ॥३०॥

ahaṁ-tattvād vikurvāṇān
mano vaikārikād abhūt
vaikārikāś ca ye devā
arthābhivyañjanaṁ yataḥ

aham-tattvāt—从假我这一元素 / vikurvāṇāt—通过转化 / manaḥ—心 / vaikārikāt—与善良属性相互作用 / abhūt—产生 / vaikārikāḥ—与善良属性相互作用 / ca—也 / ye—所有这些 / devāḥ—半神人 / artha—现象 / abhivyañjanam—物质知识 / yataḥ—来源

译文 假我与善良属性相互作用转变为心智。同样，负责控制现象世界的半神人们，也是假我与善良属性相互影响的产物。

要旨 假我分别与不同的物质自然属性相互作用，继而产出现象世界中所有的物质。

第 31 节 तैजसानीन्द्रियाण्येव ज्ञानकर्ममयानि च ॥३१॥

taijasānīndriyāṇy eva
jñāna-karma-mayāni ca

taijasāni－激情属性 / indriyāṇi－感官 / eva－肯定地 / jñāna－知识、哲学思辨 / karma－功利性活动 / mayāni－主要地 / ca－也

译文　感官无疑是假我受激情属性影响的产物；因此，对哲学知识的思辨和功利性活动，都是激情属性的主要产物。

要旨　假我最主要的作用是使人不信神。生物永远从属于至尊人格首神，是祂不可缺少的一部分。当生物忘了自己这一原本的身份而想在没有至尊主的情况下独享快乐时，他大体上会走两条路：首先，他会为个人的利益或感官享乐而从事功利性活动，在这一领域“奋斗”很长一段时间而以失败告终后，他就会转向哲学思辨，认为自己与神处在同一个层面上。与至尊主合一的错误想法是错觉能量套在生物脖子上的最后一道枷锁，最终使生物在假我的蒙蔽下落入遗忘的无底深渊。

要想摆脱假我的束缚，最好的方法是停止以哲学思辨的方式推测绝对真理。人应当清楚：不完美的、与假我认同的人，绝对无法靠哲学思辨认识到绝对真理。要认识绝对真理——至尊人格首神，人必须以恭敬、顺从的态度，怀着奉爱之心，从真正的权威——真正能代表《圣典博伽瓦谭》所提到的十二位伟大的权威人士那里聆听有关祂的讯息。只有这样，人才能战胜至尊主的错觉能量；除此之外，人不可能战胜她。《博伽梵歌》第7章的第14节诗确认了这一点。

第 32 节　तामसो भूतसूक्ष्मादिर्यतः खं लिङ्गमात्मनः ॥३२॥

tāmaso bhūta-sūkṣmādir
yataḥ khaṁ liṅgam ātmanaḥ

tāmasaḥ－从愚昧属性 / bhūta-sūkṣma-ādiḥ－精微的感官对象 / yataḥ－来自……的 / kham－天空 / liṅgam－象征性的代表 / ātmanaḥ－至尊灵魂的

译文 天空是声音的产物，声音是以自我为中心的愚昧属性的转化。天空是至尊灵魂的象征。

要旨 韦达赞歌中有这样一句话说：天空象征性地代表了超灵(etasmād ātmanaḥ ākāśaḥ sambhūtaḥ)。对受激情型或愚昧型假我蒙蔽的人来说，人格首神超出他们的想象，因此天空就象征性地代表了至尊灵魂。

第 33 节 कालमायांशयोगेन भगवद्वीक्षितं नभः ।
नभसोऽनुसृतं स्पर्शं विकुर्वन्निर्ममेऽनिलम् ॥३३॥

kāla-māyāṁśa-yogena
bhagavad-vīkṣitaṁ nabhaḥ
nabhaso 'nusṛtaṁ sparśaṁ
vikurvan nirmame 'nilam

kāla—时间 / māyā—外在能量 / aṁśa-yogena—部分地混入 / bhagavat—人格首神 / vīkṣitam—瞥视 / nabhaḥ—天空 / nabhasaḥ—从天空 / anusṛtam—这样接触 / sparśam—触觉 / vikurvat—被转化 / nirmame—被创造 / anilam—空气

译文 之后，人格首神扫视了与永恒的时间和外在能量部分混合在一起的天空，触觉从而发展出来。从触觉，天空中的空气产生了。

要旨 在创造过程中，所有的物质按照由精微到粗糙的顺序依次产生。整个宇宙就是以这种方式逐渐展示的。在永恒的时间、外在能量及人格首神的瞥视这三者的共同作用下，由天空产生触觉，触觉又在空中产生空气。以此类推，空气以下更粗糙的各种物质也按精微到粗糙的顺序依次产生。整个顺序是：由声音产生天空，由触觉产生空气，由形状产生火，由味觉产生水，由嗅觉产生土。

第 34 节 अनिलोऽपि विकुर्वाणो नभसोरुबलान्वितः ।
ससर्ज रूपतन्मात्रं ज्योतिर्लोकस्य लोचनम् ॥३४॥

anilo 'pi vikurvāṇo
nabhasoru-balānvitaḥ
sasarja rūpa-tanmātraṁ
jyotir lokasya locanam

anilaḥ－空气 / api－也 / vikurvāṇaḥ－被转化 / nabhasā－天空 / urubala-anvitaḥ－极其强大的 / sasarja－创造 / rūpa－形状 / tat-mātram－感官知觉 / jyotiḥ－电 / lokasya－世界的 / locanam－为看东西的光

译文 极为强大的空气产生后，与天空相互作用，生产出对形象的知觉，对形象的知觉转化为电——借以看见世界的光。

第 35 节 अनिलेनान्वितं ज्योतिर्विकुर्वत्परवीक्षितम् ।
आधत्ताम्भो रसमयं कालमायांशयोगतः ॥३५॥

anilenānvitaṁ jyotir
vikurvat paravīkṣitam
ādhattāmbho rasa-mayaṁ
kāla-māyāṁśa-yogataḥ

anilena－被空气 / anvitam－与……相互作用 / jyotiḥ－电 / vikurvat－被转化 / paravīkṣitam－在至尊者的瞥视下 / ādhatta－创造 / ambhaḥ rasa-mayam－含有滋味的水 / kāla－永恒的时间 / māyā-aṁśa－和外在能量 / yogataḥ－靠……的混合

译文 承载了电的空气被至尊者扫视的那一刻，由于与永恒的时间和外在能量混合，产生出水和味觉。

第 36 节 ज्योतिषाम्भोऽनुसंसृष्टं विकुर्वद् ब्रह्मवीक्षितम् ।
महीं गन्धगुणामाधात्कालमायांशयोगतः ॥३६॥

jyotiṣāmbho 'nusaṁsṛṣṭaṁ
vikurvad brahma-vīkṣitam
mahīṁ gandha-guṇām ādhāt
kāla-māyāṁśa-yogataḥ

jyotiṣā—电 / ambhaḥ—水 / anusaṁsṛṣṭam—由此创造 / vikurvat—因转化 / brahma—至尊者 / vīkṣitam—这样瞥视 / mahīm—土 / gandha—嗅觉 / guṇām—特性 / ādhāt—被创造 / kāla—永恒的时间 / māyā—外在能量 / aṁśa—部分地 / yogataḥ—靠……的混合

译文 随后，至尊人格首神扫视了产自电的水，水于是与永恒的时间及外在能量混合，从而转变为其主要性质是嗅的土。

要旨 上面几节诗中讲述了各种物质元素产生的过程；显然，在整个过程中都需要至尊主的瞥视，再加上其他因素后便发生了转化反应。每一次转化的最后一导“工序”是接受至尊主的瞥视，祂在此就好比一位画家，把各种颜料调和在一起，最后得到一种特定的颜色。一种元素与另一种元素混合时，所具有的品质也相应增多。天空只有一种品质，那就是“声音”。但当至尊主的瞥视、永恒的时间和外在能量这三者作用于天空时，空气便产生了。空气含两种品质，即：声音和触觉。同样，有了空气，天空与空气便在时间和至尊主的外在能量的接触下产生了电。电、空气、天空、时间、外在能量，再加上至尊主的瞥视，便产生了水。天空形成时只有一种品质——声音。空气有两种品质——声音和触觉。电有三种品质，分别是：声音、触觉和形状。水有四种品质，它们是：声音、触觉、形状和味觉。土是最后一个产生的物质元素，有五种品质，分别是：声音、触觉、形状、味觉和嗅觉。

正如不经具有生命的画家之手，各种颜料不可能自动调和在一起；这些物质元素虽然是由多种物质共同反应而成，但这一过程不是自动发生的。事实上，是至尊主的瞥视激活了反应，促使反应自动进行下去。在一切物质转化反应中，有生命的意识是其中决定性的要素。《博伽梵歌》第9章的第10节诗谈到这一事实说：

mayādhyakṣeṇa prakṛtiḥ
sūyate sa-carācaram
hetunānena kaunteya
jagad viparivartate

“琨缇的儿子啊！物质自然是我的一种能量，在我的指挥下活动，产生动与不动的一切。在物质自然的控制下，这个展示被再三地创造和毁灭。”

结论是：在世俗之人的眼里，物质元素的活动似乎很神奇，但它们这些活动实际上都是在至尊主的监督下进行的。有些人虽然有响亮的物质科学家名号，但如果只看到物质元素的变化，却看不到背后有至尊主在操纵一切，就肯定不是明智的人。

第 37 节

भूतानां नभआदीनां यद्यद्भव्यावरावरम् ।
तेषां परानुसंसर्गाद्यथा सङ्ख्यं गुणान् विदुः ॥३७॥

bhūtānāṁ nabha-ādīnāṁ
yad yad bhavyāvarāvaram
teṣāṁ parānusaṁsargād
yathā saṅkhyaṁ guṇān viduḥ

bhūtānām－在所有的物质元素中／nabhaḥ－天空／ādīnām－从……算起／yat－如／yat－又如／bhavya－温和的人啊／avara－低等的／varam－高等的／teṣām－它们全部／para－至尊者／anusaṁsargāt－最终的接触／yathā－一样多／saṅkhyam－数量／guṇān－特性／viduḥ－你应该知道

译文 和善的人啊！从天空开始下至土，所有这些物质元素所呈现的高等或低等品质，都是经至尊人格首神决定性的扫视的接触才展现的。

第 38 节 एते देवाः कला विष्णोः कालमायांशलिङ्गिनः ।
नानात्वात्स्वक्रियानीशाः प्रोचुः प्राञ्जलयो विभुम् ॥३८॥

ete devāḥ kalā viṣṇoḥ
kāla-māyāṁśa-liṅginaḥ
nānātvāt sva-kriyānīśāḥ
procuḥ prāñjalayo vibhum

ete－所有这些物质元素的 / devāḥ－掌管……的半神人 / kalāḥ－不可缺少的一部分 / viṣṇoḥ－至尊人格首神的 / kāla－时间 / māyā－外在能量 / aṁśa－不可缺少的一部分 / liṅginaḥ－具有这样的形体 / nānātvāt－由于各种 / sva-kriyā－各自的责任 / anīśāḥ－不能履行 / procuḥ－说出 / prāñjalayaḥ－优美动听的 / vibhum－向至尊主

译文 控制上述所有物质元素的神明，都是主维施努授权了的扩展。永恒的时间在外在能量的控制下赋予他们以形体，他们都是主维施努不可缺少的一部分。他们受托负责宇宙中的各项运行事务，但却没有能力履行他们的职责，于是向至尊主献上极其优美的祈祷文。

要旨 有关宇宙的高等星系上住着掌管宇宙事务的半神人的说法，是事实，而并非像知识浅薄的人所认为的那样，是凭空构想的。每一个半神人都是至尊主维施努的部分扩展，是至尊主不可缺少的一部分；他们体现了时间、外在能量和至尊主的部分意识。人类及飞禽走兽等躯体各不相同的生物体，虽然也都是至尊主不可缺少的一部分，但却不是掌管宇宙事务的神明，而是要受那些神明的掌管。正如现代国家的政府中必须要有不同的部门管理各种国家事务，对各种宇宙事务的管理也是必不可少的。被管理的众生不应该对管理他们的半神人不敬，因为半神人都是至尊主伟大的奉献者，受至尊主的委派负责管理宇宙中的各项事务。比如：阎罗王(Yamarāja)负责惩罚有罪的灵魂，尽管这份吃力不讨好的差事不免招人怨恨，但他是至尊主授权管理这些事务的奉献者；其他半神人也如此。至尊主的奉献者虽然可以完全不受这些由至尊主委任、当祂助手的半神人们的控制，但因为知道他们身负至尊主赋予的重任，所以对他们怀有极大的敬意。但同时，至尊主的奉献者从不愚蠢地把他们错当成至尊主。半神人实际上是听维施努指挥的仆人，只有智力低下的人才认为半神人和维施努地位相同。

认为半神人与至尊主平等的人，被称为无神论者(pāṣaṇḍī)。进行哲学思辨(jñāna)的非人格神主义者，练神秘瑜伽(yoga)的冥想者，以及从事功利性活动(karma)的功利性活动者，会去崇拜半神人。但至尊主的奉献者只崇拜至尊主维施努，他们与功利性活动者、神秘主义者，甚至是寻求解脱的人等各种物质主义者不同；他们追求的不是物质上的收益，而是要获得对至尊主纯粹的奉爱之情。获得对神的爱是人生的首要目标，但除了有这种理想的奉献者会崇拜至尊主外，其他人都不会为了获得对神的爱而去崇拜至尊主。不想与至尊主建立爱的关系的人，或多或少都因为自己从事的活动而招致不幸。

至尊主像滔滔不绝的恒河水，平等对待一切众生。按理，众生都可以被恒河水所净化，但恒河岸边生长着的树却千差万别。芒果树和宁巴(nimba)树同样由恒河水所浇灌，但长出来的果实却不一样；芒果如甘露般甜，宁巴果却苦似黄连。宁巴果苦涩不堪的原因，与它过去的所作所为分不开，而芒果那么甜也是由它自身的业报(karma)决定的。在《博伽梵歌》第16章的第19节诗中，至尊主说：

tān ahaṁ dviṣataḥ krūrān
saṁsāreṣu narādhamān
kṣipāmy ajasram aśubhān
āsurīṣv eva yoniṣu

“我把忌妒、爱捣鬼、最下贱的人永远抛进物质存在的海洋，抛进各种各样邪恶的物种中。”受制约、不受欢迎的灵魂，总是在神的王国内胡作非为，扰乱其中的宁静生活，像阎罗王那样的半神人就会来管教他们。所有这些半神人都是为至尊主服务、受到至尊主信赖的奉献者，所以我们不应该批评、责怪他们。

第 39 节

देवा ऊचुः
नमाम ते देव पदारविन्दं
प्रपन्नतापोपशमातपत्रम् ।
यन्मूलकेता यतयोऽञ्जसोरु-
संसारदुःखं बहिरुत्क्षिपन्ति ॥३९॥

devā ūcuḥ
namāma te deva padāravindaṁ
prapanna-tāpopaśamātapatram
yan-mūla-ketā yatayo 'ñjasoru-
saṁsāra-duḥkhaṁ bahir utkṣipanti

devāḥ ūcuḥ—半神人说 / namāma—我们恭恭敬敬地顶拜 / te—您 / deva—至尊主啊 / pada-aravindam—莲花足 / prapanna—皈依 / tāpa—苦恼 / upaśama—消除 / ātapatram—伞 / yat-mūla-ketāḥ—莲花足的庇护 / yatayaḥ—伟大的圣人们 / añjasā—完全地 / uru—伟大的 / saṁsāra-duḥkham—物质生存的痛苦 / bahiḥ—出 / utkṣipanti—用力抛开

译文 半神人们说：至尊主啊！您的莲花足对皈依您的灵魂来说恰似一把伞，保护他们免遭物质存在中的一切苦难的伤害。在那保护下，全体圣人抛开了所有的物质痛苦。

为此，我们恭恭敬敬地向您的莲花足顶礼。

要旨　世上无数的圣人们都在为摆脱生死轮回及其他各种物质生存的痛苦而努力。然而在他们中，只有托庇于至尊主莲花足的人才能轻易摆脱所有这些痛苦，致力于其他超然活动的人则无法做到；对他们来说，这是极为困难的。他们以为在不托庇于至尊主莲花足的情况下可以靠自己的努力获得解脱，但这是痴心妄想。他们无论从事过多么严格的苦行，到头来都会从不真实的解脱状态掉下来，重新堕入物质存在。这是半神人们的看法。半神人们不仅精通韦达(Vedic)知识，而且能知道人的过去、现在和未来。半神人是至尊主的亲信，由至尊主授权管理宇宙内的各项事务，所以他们的意见很重要，值得听取。

第 40 节　धातर्यदस्मिन् भव ईश जीवा-
स्तापत्रयेणाभिहता न शर्म ।
आत्मन्लभन्ते भगवंस्तवाङ्घ्रि-
च्छायां सविद्यामत आश्रयेम ॥४०॥

dhātar yad asmin bhava īśa jīvās
tāpa-trayeṇābhihatā na śarma
ātman labhante bhagavaṁs tavāṅghri-
cchāyāṁ sa-vidyām ata āśrayema

dhātaḥ一父亲啊 / yat一因为 / asmin一在这个 / bhave一物质世界 / īśa一至尊主啊 / jīvāḥ一众生 / tāpa一痛苦 / trayeṇa一被三种 / abhihatāḥ一总是陷于困境 / na一永不 / śarma一有快乐 / ātman一自身 / labhante一获得 / bhagavan一人格首神啊 / tava一您的 / aṅghri-chāyām一您莲花足的庇荫 / sa-vidyām一充满知识 / ataḥ一获得 / āśrayema一庇护

译文　啊，圣父，至尊主，人格首神！物质世界中的生物被淹没在三种苦中，所以永远不可能有快乐。为此，他们托庇于充满了知识的您莲花足的影子，我们因而也托庇于它们。

要旨　奉爱服务既不是感情用事，也不是世俗层面的活动，而是一条通向真理的路，走上这条路的生物可以摆脱物质世界的三种苦，并获得超然的快乐。物质世界的三种苦是：由躯体和心引起的痛苦(ādhyātmika)，由其他生物带来的痛苦(ādhibhautika)，由半神人引发的自然灾变所导致的痛苦(ādhidaivika)。受物质生存制约的芸芸众生，不管是人、是鸟兽，还是半神人，都必须经受这三种苦。他们所谓的快乐，只不过是苦苦挣扎着要摆脱受制约的生存给他们带来的各种痛苦。他们要想获救，就只有一条路可走，那便是：托庇于至尊人格首神的莲花足。

有人也许会说：人除非掌握正确的知识，否则不可能逃离物质苦海。这句话是没有错；但因为至尊主的莲花足里藏有一切超然的知识，人一旦接受祂的莲花足，就能获得知识，自然也就具备了逃离物质苦海的条件。《圣典博伽瓦谭》第1篇第2章的第7节诗谈到这个问题说：

vāsudeve bhagavati
　bhakti-yogaḥ prayojitaḥ
janayaty āśu vairāgyaṁ
　jñānaṁ ca yad ahaitukam

“通过为人格首神奎师那做奉爱服务，人立刻不明原因地获得知识，不再依恋这个世界。”

为人格首神华苏戴瓦做奉爱服务的人不缺少知识，至尊主会亲自驱散奉献者心中的愚昧。对此，祂在《博伽梵歌》第10章的第10节诗中说：

teṣāṁ satata-yuktānāṁ
　bhajatāṁ prīti-pūrvakam

dadāmi buddhi-yogaṁ taṁ
yena mām upayānti te

“对一直以爱心侍奉我的人，我赐予他们理解力，使他们来到我这里。”

经验性的哲学思辨并不能使人摆脱物质存在的三种苦；只知道探究知识，却不懂得为至尊主做奉爱服务，是在浪费宝贵的时间。

第 41 节 मार्गन्ति यत्ते मुखपद्मनीडै-
श्छन्दःसुपर्णैर्ऋषयो विविक्ते ।
यस्याघमर्षोदसरिद्वरायाः
पदं पदं तीर्थपदः प्रपन्नाः ॥४१॥

mārganti yat te mukha-padma-nīḍaiś
chandaḥ-suparṇair ṛṣayo vivikte
yasyāgha-marṣoda-sarid-varāyāḥ
padaṁ padaṁ tīrtha-padaḥ prapannāḥ

mārganti—寻求 / yat—如 / te—您的 / mukha-padma—莲花般的脸庞 / nīḍaiḥ—由那些托庇于这朵莲花的人 / chandaḥ—韦达赞歌 / suparṇaiḥ—靠翅膀 / ṛṣayaḥ—圣人们 / vivikte—思维清晰的 / yasya—……的 / agha-marṣa-uda—使人洗清一切恶报的那个 / sarit—河流 / varāyāḥ—最佳的 / padam padam—在每一步 / tīrtha-padaḥ—莲花足是圣地的人 / prapannāḥ—托庇

译文 至尊主的莲花足本身就是所有圣地的庇护所。思维清晰的大圣人们由韦达经的翅膀承载着，一直在寻找您莲花般脸庞的巢穴。他们中的一些人通过托庇于能使人摆脱一切恶报的最佳河流(恒河)，随时托庇于您的莲花足。

要旨 帕茹阿玛汉萨(paramahaṁsa)可以被比作是在莲花瓣上作巢的高贵天鹅。我们常用莲花来形容至尊主超然躯体的各个部位，是因为物质世界里再没有比莲花更美的事物了。这世上最美的事物是韦达经(Vedas)或《博伽梵歌》，因为其中的知识都是人格首神本人给予的。帕茹阿玛汉萨在至尊主的莲花脸上作巢，总是寻求韦达智慧的翅膀尖端所能触及到的至尊主莲花足的庇护。至尊主是万物的源头，受韦达知识启发的智者在寻求至尊主的保护时，恰似离巢的鸟儿在寻找回家的路，盼着回家后能好好休息一下。整个韦达知识的目的都在于使人认识至尊主，正如至尊主在《博伽梵歌》第15章的第15节诗中所声明：研习韦达经的目的是要知道我(vedaiś ca sarvair aham eva vedyaḥ)。有智慧的人好比天鹅；他们不喜欢在心智层面上对各种哲学理论进行空洞、无益的思辨，而总是想方设法地要托庇于至尊主。

至尊主是那么仁慈，让恒河流遍整个宇宙。尘世中人的一举一动都会有恶报缠身，但在恒河这条圣河中沐浴便能清洗恶报。世上有许多圣河，人一旦进入那些河水中沐浴便能唤醒神意识，恒河就是其中的第一大圣河。印度有五大圣河，恒河位居首位。恒河与《博伽梵歌》是赐予人超然快乐的两大瑰宝，有智慧的人应该托庇于它们，从而回归家园，回到首神身边。就连圣商卡尔阿查尔亚(Śrīpāda Śaṅkarācārya)都说：学一些《博伽梵歌》，饮一小口恒河水，人就可以不受阎罗王的惩罚。

第 42 节 यच्छ्रद्धया श्रुतवत्या च भक्त्या
सम्मृज्यमाने हृदयेऽवधाय ।
ज्ञानेन वैराग्यबलेन धीरा
व्रजेम तत्तेऽङ्घ्रिसरोजपीठम् ॥४२॥

yac chraddhayā śrutavatyā ca bhaktyā
sammṛjyamāne hṛdaye 'vadhāya
jñānena vairāgya-balena dhīrā
vrajema tat te 'ṅghri-saroja-pīṭham

yat—……的 / śraddhayā—热切地 / śrutavatyā—仅仅通过聆听 / ca—也 / bhaktyā—怀着奉爱 / sammṛjyamāne—被净化 / hṛdaye—内心 / avadhāya—冥想 / jñānena—靠知识 / vairāgya—超脱 / balena—靠……的力量 / dhīrāḥ—平静的人 / vrajema—必须去 / tat—那 / te—您的 / aṅghri—足 / saroja-pīṭham—莲花般的庇护所

译文　仅仅靠怀着奉爱之情渴望地聆听有关您的莲花足并在心中铭记它们，人立刻心中豁亮，充满了知识；依靠超脱的力量，人变得平静。因此，我们必须托庇于您莲花足的圣所。

要旨　怀着渴求的心情充满奉爱之情地冥想至尊主的莲花足，所产生的巨大而神奇的力量，是其他灵修方式所不能比拟的。物质主义者心中充满杂念，几乎不可能主动去寻找绝对真理，持之以恒地灵修。但就连这样的物质主义者，只要有一丁点兴趣聆听至尊主超然的名字、声望和特质等，就能达到其他所有旨在使人获取知识、去除执著心的修习方法所无法达到的功效。受制约的灵魂因为执著于躯体层面的“我”而处在愚昧中。培养有关自我的知识能使人对物质事物不再执著，而没有这种超脱的精神，所学的知识便毫无意义。性生活是人最执著、最放不下的一种物质享乐，执著于这种享乐的人被认为是没有知识。真正有知识的人必然变得超脱：这才是觉悟了自我的人的表现。人如果为至尊主的莲花足服务，自我觉悟的两大征象——知识和超脱，就会很快在他身上显露出来。这节诗中的梵文“平静的人(dhīra)”一词很有意义，面对外界的干扰能把持住自己不受打扰的人，被称为“平静的人”。圣雅沐纳查尔亚(Yāmunācārya)曾经说过：“自从我的心沉浸在为主奎师那做奉爱服务中，我甚至无法再去想性生活。因为一旦想到它，我就会立刻感到很恶心。”至尊主的奉献者通过怀着渴求的心情冥想至尊主的莲花足，就能靠这个简单的方法成为灵性造诣很高的平静之人。

要想做奉爱服务就必须得到一位真正的灵性导师的启迪，按照他的指示聆听有关至尊主的讯息。与真正的灵性导师建立师徒关系的方式是，不断聆听灵性导师讲述有关至尊主的讯息。在这一过程中，奉献者能切实体验到自己的知识在增长，执著心在逐渐消除。聆听真正的灵性导师讲解至尊主的讯息，是圣主柴坦亚·玛哈帕布(Caitanya Mahāprabhu)极力推荐的一个程序；它能使人得到用其他方法所无法得到的最高成就。

第 43 节 विश्वस्य जन्मस्थितिसंयमार्थे
कृतावतारस्य पदाम्बुजं ते ।
व्रजेम सर्वे शरणं यदीश
स्मृतं प्रयच्छत्यभयं स्वपुंसाम् ॥४३॥

viśvasya janma-sthiti-saṁyamārthe
kṛtāvatārasya padāmbujaṁ te
vrajema sarve śaraṇaṁ yad īśa
smṛtaṁ prayacchaty abhayaṁ sva-puṁsām

viśvasya—物质宇宙的 / janma—创造 / sthiti—维系 / saṁyama-arthe—也为了毁灭 / kṛta—接受 / avatārasya—化身的 / pada-ambujam—莲花足 / te—您的 / vrajema—让我们托庇于 / sarve—我们所有人 / śaraṇam—庇护所 / yat—……的 / īśa—至尊主啊 / smṛtam—记忆 / prayacchati—赐予 / abhayam—勇气 / sva-puṁsām—奉献者的

译文 至尊主啊！为宇宙展示的创造、维系和毁灭，您化身前来。您的莲花足总是赐予您的奉献者们以记忆和勇气，所以我们都寻求它们的保护。

要旨 宇宙中有三位化身分别掌管物质展示的创造、维系和毁灭，他们是：布茹阿玛(Brahmā)、维施努(Viṣṇu)和玛黑施瓦尔(Maheśvara, 希瓦)。他们三位分别负责掌管引起现象世界展示的三种物质自然属性。维施努负责掌管善良属性；布茹阿玛负责掌管激情属性；玛黑施瓦尔——希瓦，负责掌管愚昧属性。受不同自然属性的影响，奉献者的种类也不同；受善良属性影响的人崇拜主维施努，受激情属性影响的人崇拜主布茹阿玛，受愚昧属性影响的人崇拜主希瓦。这三位化身都是至尊主奎师那的化身，因为主奎师那是存在中的第一位至尊人格首神。在这节诗中，半神人们直接说自己托庇于至尊主的莲花足，而不是祂其他的化身。但事实上，至尊主在物质世界里的维施努化身受到半神人的崇拜。我们从众多经典中看到，半神人在管理宇宙的过程中一旦遇到困难，就会去找躺在牛奶之洋中的主维施努，陈述他们的苦衷。主布茹阿玛和主希瓦虽然也是至尊主的化身，但他们也都崇拜主维施努，所以被算作半神人，而不是至尊人格首神。崇拜主维施努的人被称为半神人，反之则被称为恶魔(asura)。维施努总是站在半神人一边，但布茹阿玛和希瓦偶尔会站到恶魔一边。这并不意味着布茹阿玛和希瓦与恶魔有共同的利害关系，要与恶魔同流合污，他们有时这么做，只是为了将恶魔置于自己的控制下。

第 44 节　यत्सानुबन्धेऽसति देहगेहे
ममाहमित्यूढदुराग्रहाणाम् ।
पुंसां सुदूरं वसतोऽपि पुर्यां
भजेम तत्ते भगवन् पदाब्जम् ॥४४॥

yat sānubandhe 'sati deha-gehe
mamāham ity ūḍha-durāgrahāṇām
puṁsāṁ sudūraṁ vasato 'pi puryāṁ
bhajema tat te bhagavan padābjam

yat—因为 / sa-anubandhe—由于受……的束缚 / asati—如此存在 / deha—粗糙的物质躯体 / gehe—在家庭中 / mama—我的 / aham—我 / iti—如此 / ūḍha—强烈地 / durāgrahāṇām—不该有的渴望 / puṁsām—人们的 / su-dūram—远离 / vasataḥ—居于 / api—尽管 / puryām—在躯体中 / bhajema—让我们崇拜 / tat—因此 / te—您的 / bhagavan—至尊主啊 / pada-abjam—莲花足

译文 至尊主啊！尽管您的莲花足处在每一个人的体内，但谁为了短暂的躯体和家属而受制于要不得的渴望，谁被“我的”和“我”这种想法所束缚，谁就无法看到您的莲花足。但我们要托庇于您的莲花足。

要旨 整套韦达系统的人生哲学，都在于教导人摆脱粗糙和精微躯体的物质牢笼，这个牢笼使人不断地重复痛苦不幸的生活。人如果不去除他想要主宰物质自然的错误观念，就始终都会套着这具物质躯体。人之所以想主宰物质自然，是因为抱持着以“我”和“我的”为中心的生命观，认为“我是主人，我眼前的一切都必须任由我用。我拥有这么多，将来还会有更多更多……谁能比我富有？谁比我的学问大？我是主宰，我是神，除了我还能有谁？”所有这些想法，都是“我是一切(ahaṁ mama)”的哲学概念的延伸。抱有这种生命观的人永远不可能从物质束缚中获得解脱；相反，如果人决定只听与奎师那有关的话题(kṛṣṇa-kathā)，那么即使他是个被惩罚要在物质世界里生生世世受苦的灵魂，他也能光凭聆听与奎师那有关的话题而获得解脱。在这个喀历(Kali)年代里，聆听与奎师那有关的话题能帮助人最有效地去除对家庭不必要的执著，找到永远自由的生命。在喀历年代里，罪恶活动的报应充满世界的各个角落，世人也越来越多地沾染上这个年代的不良品质，世风日下，但大家只要聆听和吟诵(吟唱)与奎师那有关的话题，就一定能回到首神身边。因此，大家应该想尽一切办法接受训练，只听与奎师那有关的话题，以驱除所有的烦恼和痛苦。

第 45 节

तान् वै ह्यसद्वृत्तिभिरक्षिभिर्ये
परहृतान्तर्मनसः परेश ।
अथो न पश्यन्त्युरुगाय नूनं
ये ते पदन्यासविलासलक्ष्याः ॥४५॥

tān vai hy asad-vṛttibhir akṣibhir ye
parāhṛtāntar-manasaḥ pareśa
atho na paśyanty urugāya nūnaṁ
ye te padanyāsa-vilāsa-lakṣyāḥ

tān—至尊主的莲花足 / vai—无疑 / hi—对于 / asat—物质主义的 / vṛttibhiḥ—被受外在能量影响的人 / akṣibhiḥ—被感官 / ye—那些 / parāhṛta—错失千里 / antaḥ-manasaḥ—内心的 / pareśa—至尊者啊 / atho—因此 / na—绝不 / paśyanti—能看到 / urugāya—伟大的人啊 / nūnam—但 / ye—……的那些 / te—您的 / padanyāsa—活动 / vilāsa—超然享受 / lakṣyāḥ—看到的人

译文 伟大的至尊主啊！因为从事物质主义活动而内在视觉深受影响的冒犯之人，无法看到您的莲花足，但您纯粹的奉献者因为唯一的目标是超然地享受您的活动，所以能够看见它们。

要旨 《博伽梵歌》第18章的第61节诗说：至尊主居于众生的心中。既然这样，人至少可以看到处在他心中的至尊主。然而，当人因为从事物质主义活动而内在视觉受到蒙蔽时，他便无法觉察到至尊主的存在。纯粹的灵魂存在的标志是意识，因为意识照遍整个躯体，所以即使是普通常人也能毫不费力地觉察到意识的存在。《博伽梵歌》中推荐的瑜伽是：通过集中自己的注意力，在内心看到至尊主的莲花足。许多所谓的瑜伽师不理会至尊主，而只关心意识，把这视为是最高层面的自我觉悟。《博伽梵歌》只需短短几分钟就能教人觉悟到意识，而那些所谓的瑜伽师却年复一年地停滞在这一点上。这是他们冒犯至尊主的莲花足所造成的后果。对至尊主最大的冒犯莫过于否定至尊主独立于个体灵魂而存在，莫过于认为至尊主完全等同于个体灵魂。

非人格神主义者因为不能对“投影理论”作出正确解释，所以错把个体意识当至尊意识。事实上，任何诚实的普通人都能毫不费力地理解这个有关至尊者的“投影理论”。天空在水面上投下倒影时，我们在水中能同时看到天空和群星，但要知道，我们不能因此而把二者混为一谈。群星只是天空的一部分，不能与整个天空画等号。天空是一个大整体，而群星只是它其中的一些小的组成部分，所以天空与群星之间是不可能画等号的。否认至尊意识和个体意识有区别的超然主义者，与否定至尊主存在的物质主义者一样，都是在冒犯至尊主。

这样的冒犯者既无法在他们的心中真正看到至尊主的莲花足，也甚至无法看到至尊主的奉献者。至尊主的奉献者是那么仁慈，甚至走遍世界的每一个角落去教育人们，让人们培养神意识。奉献者的出现，使不曾冒犯过至尊主的普通人立刻受到影响，但冒犯者们却错失接待至尊主奉献者的机会。就有关这一点，有 段关于猎人与神仙圣人纳茹阿达的历史非常有趣。从前，森林中有一个猎人，他虽然罪大恶极，但却不是故意要作出冒犯的人。一次，纳茹阿达(Nārada)的出现对他产生了很大的影响，他同意离开家走奉爱之途。然而，纳拉库瓦尔(Nalakūvara)和玛尼贵瓦(Maṇigrīva)这两个冒犯者，尽管在天堂中生活，但却必须先经受惩罚——在来世变成树木。后来，凭借奉献者的恩典，他们得到至尊主的拯救。冒犯者必须等待接受奉献者的仁慈；只有如此，他们才有资格在心中看到至尊主的莲花足。但是，由于他们的冒犯，以及极端的物质主义倾向，他们甚至无法见到至尊主的奉献者。他们忙于从事外在的活动，却磨灭了他们内在的视觉。然而，至尊主的奉献者并不在意愚蠢的人以各种粗糙或精微的形式所作出的冒犯，继续毫不犹豫地把奉爱的祝福给予他们。这就是奉献者的本性。

第 46 节　पानेन ते देव कथासुधायाः
प्रवृद्धभक्त्या विशदाशया ये ।
वैराग्यसारं प्रतिलभ्य बोधं
यथाञ्जसान्वीयुरकुण्ठधिष्ण्यम् ॥४६॥

pānena te deva kathā-sudhāyāḥ
pravṛddha-bhaktyā viśadāśayā ye
vairāgya-sāraṁ pratilabhya bodhaṁ
yathāñjasānvīyur akuṇṭha-dhiṣṇyam

pānena—通过饮取 / te—您的 / deva—至尊主啊 / kathā—话题 / sudhāyāḥ—甘露的 / pravṛddha—获得高度的启明 / bhaktyā—通过奉爱服务 / viśada-āśayāḥ—抱着极其严肃的态度 / ye—……的人 / vairāgya-sāram—弃绝的完整含义 / pratilabhya—获得 / bodham—智慧 / yathā—正如 / añjasā—很快地 / anvīyuḥ—达到 / akuṇṭha-dhiṣṇyam—灵性天空中的外琨塔星球

译文　至尊主啊！因为态度真诚而达到带着知识做奉爱服务阶段的人，完全了解弃绝的含义并获得全部的知识，仅仅靠喝饮有关您话题的甘露，就能到达灵性天空的外琨塔星球。

要旨　坚持非人格神主义概念的心智思辨者，不同于至尊主的纯粹奉献者。非人格神主义者所走的觉悟绝对真理的路途上，每一步都坎坷不平、苦不堪言，但获得的觉悟却少得可怜；然而，奉献者甚至从他们开始灵修的那一刻起，就步入了一片充满无尽欢乐的新天地。奉献者所要做的只是聆听与奉爱服务有关的话题，而这就像日常事务一样，做起来一点都不复杂；他们行事同样也很简单。但是，心智思辨者却需要在文字堆里大作文章，只讲一半的事实，另一半则用来粉饰自己那套非人格神主义的理论。非人格神主义者大费周折地探求完美的知识，最终却只落得融入至尊主不具人格特征的梵光(brahmajyoti)的结果，而这种结局就连那些与至尊主为敌，最终被至尊主亲手杀死的人都能得到。与他们不同，至尊主的奉献者在知识和弃绝方面的造诣可以达到最高的境界，并升入灵性世界的外琨塔星球。非人格神主义者到达的只是灵性天空，那里并没有任何实实在在的超然快乐；但奉献者到达的是灵性星球，在上面过真正的灵性生活。奉献者态度真诚，只从事奉爱服务这一最高层次的超然活动，将其他一切成就视为是粪土予以抛弃。

第 47 节 तथापरे चात्मसमाधियोग-
बलेन जित्वा प्रकृतिं बलिष्ठाम् ।
त्वामेव धीराः पुरुषं विशन्ति
तेषां श्रमः स्यान्न तु सेवया ते ॥४७॥

tathāpare cātma-samādhi-yoga-
balena jitvā prakṛtiṁ baliṣṭhām
tvām eva dhīrāḥ puruṣaṁ viśanti
teṣāṁ śramaḥ syān na tu sevayā te

tathā—至于 / apare—其他人 / ca—也 / ātma-samādhi—超然的自我觉悟 / yoga—途径 / balena—借助……的力量 / jitvā—战胜 / prakṛtim—获得的品性或自然属性 / baliṣṭhām—非常有力量 / tvām—您 / eva—只 / dhīrāḥ—获得平静的 / puruṣam—人 / viśanti—进入 / teṣām—对于他们 /

śramaḥ一千辛万苦 / syāt一必须经历 / na一永不 / tu一但 / sevayā一通过服务 / te一您的

译文　依靠超然的觉悟自我的方法获得平静，并凭借强大的力量和知识征服了物质自然属性的其他人，虽然也进入您，但却要经历大量的痛苦；相反，奉献者只是做奉爱服务，因而感受不到这样的痛苦。

要旨　我们如果把至尊主的奉献者为爱而付出的努力和得到的相应回报，与非人格神主义者(思辨者)、神秘主义者(瑜伽师)所付出的努力和得到的回报相比较，就会发现前者始终优于后者。这节诗里的“其他人(apare)”一词很有讲究，所谓“其他人”是指那些一心只想融入不具人格特征的梵光的思辨者和瑜伽师们。尽管这些非奉献者最终的去处和奉献者的去处相比根本不值一提，但他们为此所付出的努力却是奉献者所付出努力的成百上千倍。人们也许会说，奉献者做奉爱服务不也做得很辛苦吗？但要知道，他们这么做所得到的越来越多的超然快乐，足以补偿他们所付出的辛劳。奉献者通过不停地为至尊主做服务所得到的越来越多的超然快乐，是他们以前未做奉爱服务时不曾得到的。男女双方一旦结婚组成家庭，就需要处理更多的事情，承担更多的责任，但与婚前的情况相比，还是省去了很多单身时的烦恼。

非人格神主义者的“与神合一”和奉献者的“合一”完全不同。非人格神主义者的目标是彻底去除他们的个体性，通过融入梵光“与神合一(sāyujya-mukti)”；相反，奉献者仍然保持他们的个体性，以便与另一位个体——至尊主，进行爱的交流。这一爱的交流在超然的外琨塔星球上进行，所以做奉爱服务自然能达到非人格神主义者追求的解脱(mukti)。奉献者能在自然而然得到解脱的同时仍保持他们的个体性，继续享受超然的快乐。正如前一节诗中所说，奉献者最终到达的是外琨塔星球——没有任何烦恼的地方(akuṇṭha-dhiṣṇya)。人们不该把奉献者的去处和非人格神主义者的去处混为一谈，两者的目的地截然不同；奉献者所获得的超然快乐与非人格神主义者所体验到的单调的灵性感受(cin-mātra)也不可同日而语。

第 48 节

तत्ते वयं लोकसिसृक्षयाद्य
त्वयानुसृष्टास्त्रिभिरात्मभिः स्म ।
सर्वे वियुक्ताः स्वविहारतन्त्रं
न शक्नुमस्तत्प्रतिहर्तवे ते ॥४८॥

tat te vayaṁ loka-sisṛkṣayādya
tvayānusṛṣṭās tribhir ātmabhiḥ sma
sarve viyuktāḥ sva-vihāra-tantraṁ
na śaknumas tat pratihartave te

tat—因此 / te—您的 / vayam—我们大家 / loka—世界 / sisṛkṣayā—为了创造 / ādya—存在中的第一人啊 / tvayā—由您 / anusṛṣṭāḥ——个接一个地被创造 / tribhiḥ—由三种自然属性 / ātmabhiḥ—由于自己的 / sma—在过去 / sarve—所有的 / viyuktāḥ—被分离 / sva-vihāra-tantram—为自己的快乐从事活动所形成的网 / na—不 / śaknumaḥ—能够做 / tat—那 / pratihartave—给予 / te—向您

译文 所以，存在中的第一人啊！我们只属于您。我们虽然是您的创造物，但却在物质自然属性的影响下一个接一个地出生，各行其是。正因为如此，在创造后，我们无法为了您超然的娱乐而协调一致地做事。

要旨 宇宙展示在至尊主外在能量的三种属性作用下运行。不同的生物体也受到同样的影响，所以不能齐心协力为取悦至尊主而活动。由于众生都各行其事，所以物质世界根本不可能有和谐。

因此，最好的解决方法是，大家都为至尊主而活动。这会给整个世界带来最终的和谐。

第49节　यावद्बलिं तेऽज हराम काले
　　यथा वयं चान्नमदाम यत्र ।
यथोभयेषां त इमे हि लोका
　　बलिं हरन्तोऽन्नमदन्त्यनूहाः ॥४९॥

yāvad baliṁ te 'ja harāma kāle
　yathā vayaṁ cānnam adāma yatra
yathobhayeṣāṁ ta ime hi lokā
　baliṁ haranto 'nnam adanty anūhāḥ

yāvat—以应该的方式 / balim—供品 / te—您的 / aja—不经出生就存在的人啊 / harāma—将供奉 / kāle—在合适的时间 / yathā—正如 / vayam—我们 / ca—也 / annam—谷物 / adāma—将共享 / yatra—于是 / yathā—就像 / ubhayeṣām—既为您也为我们 / te—所有 / ime—这些 / hi—肯定地 / lokāḥ—生物 / balim—供品 / harantaḥ—供奉时 / annam—谷物 / adanti—吃 / anūhāḥ—没有忧虑

译文　不经出生就存在者啊！请为我们指明各种我们能向您供奉好吃的谷物和好用的用品的方法及途径，以使在这个世界中的我们和其他生物体可以无忧无虑地养我们自己，可以容易地为您和我们自己积累生活的必需品。

要旨　与动植物相比，人类的意识已经相当发达，但高等星球上的半神人，意识层次又比人类更高。地球大致位于宇宙的中部，人类是介于半神人和恶魔之间的一种生命形式。处在地球之上的各个星球是专门给那些智力水平更高、被称为半神人的生物体准备的。之所以称他们为半神人，是因为尽管他们的生活在文化、享乐方式、生活的奢侈程度、体态容貌、受教育程度和寿命等各方面远远超过人类，但他们总是能完全意识到神的存在。这些半神人完全清楚这样一个事实，那就是：众生都是至尊主永恒的仆人，而这是众生原本的地位。正因为如此，他们时刻乐意为至尊主服务。他们还知道，事实正如韦达赞歌中所说：只是至尊主本人就能维系众生，为他们提供一切生活所需(eko bahūnāṁ yo vidadhāti kāmān, tā enam abruvann āyatanaṁ naḥ prajānīhi yasmin pratiṣṭhitā annam adāme)。《博伽梵歌》中也把至尊主称为是众生的维系者(bhūta-bhṛt)。

现代社会把食物匮乏归咎于人口增长，但半神人和至尊主的奉献者不同意这种看法。奉献者和半神人完全明白：至尊主能维系无限多的生物体，但问题在于生物体要知道该如何吃。人如果没有神意识，如动物一般去吃，就必然会像森林里的动物一样陷于饥饿、贫困、资源匮乏的境地。至尊主也为森林里的动物提供适合它们的食物，但它们没有神意识。神同样也仁慈地为人类提供谷物、蔬菜、水果和牛奶，但人类却有责任承认神的仁慈；应该感到至尊主为自己提供食物，自己亏欠了至尊主，所以作为感激必须先把食物以祭祀的方式供奉给祂，然后享用至尊主吃过的食物。

《博伽梵歌》第3章的第13节诗证实说：人若将食物先经祭祀供奉给神，然后再吃，吃的是能够维持躯体和灵魂健康的真正的食物；但烹煮食物如果只是为自己享用，而不是供奉给神，那么吃下去的就是一盘盘罪恶。以罪恶的方式摄取食物，人不但永远不会有快乐，也不可避免地会缺衣少食。出现饥荒的原因，并非像缺乏智慧的经济学家所想的那样，是人口过多。人类社会如果能对至尊主为维系众生的生存所给予的各种“馈赠”表示感激，就不会有缺衣少食、资源匮乏的问题。但人如果认识不到来自至尊主的这些“馈赠”的价值，就必然会遇到资源短缺的问题。没有神意识的人也许会因为前世做了些善事而暂时过上富足的生活，但如果他忘了自己和至尊主的关系，那么在强大的物质自然法律的安排下，他最终就会遇到没饭吃的那一天。他除非开始过具有神意识的奉爱生活，否则天网恢恢，终究难逃强大的物质自然枷锁。

第 50 节　त्वं नः सुराणामसि सान्वयानां
कूटस्थ आद्यः पुरुषः पुराणः ।
त्वं देव शक्त्यां गुणकर्मयोनौ
रेतस्त्वजायां कविमादधेऽजः ॥५०॥

tvaṁ naḥ surāṇām asi sānvayānām
kūṭa-stha ādyaḥ puruṣaḥ purāṇaḥ
tvaṁ deva śaktyāṁ guṇa-karma-yonau
retas tv ajāyāṁ kavim ādadhe 'jaḥ

tvam－您阁下 / naḥ－我们的 / surāṇām－半神人的 / asi－您是 / sa-anvayānām－各类不同等级的 / kūṭa-sthaḥ－不发生改变的人 / ādyaḥ－没有任何比自己高的人 / puruṣaḥ－原初的第一人 / purāṇaḥ－最老的，在祂之前再无第二人 / tvam－您 / deva－至尊主啊 / śaktyām－向能量 / guṇa-karma-yonau－向物质自然属性和活动的原因 / retaḥ－导致出生的种子 / tu－的确 / ajāyām－为了受孕 / kavim－众生 / ādadhe－启动 / ajaḥ－不经出生就存在的人

译文　您虽然是全体半神人及不同等级生物体的最初创造者，虽然最老，但却没有变化。至尊主啊！没有什么是您的来源，也没有谁高于您。您把含有全体生物的精液注入外在能量，但您自己却不经出生就存在。

要旨　至尊主是存在中的第一人，是以布茹阿玛为首的其他所有生物体的父亲；除祂之外，所有不同等级、不同种类的生物体，都来自祂。但至尊的父亲本身并没有父亲。物质宇宙中第一个

生物体布茹阿玛和他下面各种不同级别的生物体都有父亲，但至尊主没有父亲。祂降临物质世界时，会出于祂没有缘故的仁慈接受祂的一位伟大的奉献者当祂的父亲，以便行为符合物质世界的法律。但由于祂是至尊主，祂可以自由选择让谁当祂的父亲。例如：至尊主的半人半狮尼尔星哈戴瓦(Nṛsiṁhadeva)化身是从柱子里出来的；而一块石头因为被至尊主的圣茹阿玛(Śrī Rāma)化身的莲花足所触碰，就从里面走出了阿哈莉雅(Ahalyā)。至尊主虽然还以超灵的身份陪伴着每一个生物体，但本身却从不发生任何改变。物质世界里众生的躯体都会发生改变，但至尊主即使在物质世界也始终保持不变。这是祂所享有的特权。

《博伽梵歌》第14章的第3节诗证实说：至尊主使外在能量，也就是物质能量受孕，生出上至第一位半神人布茹阿玛，下至微小的小蚂蚁这些不同等级的生物体。所有这些生物体都是布茹阿玛和外在能量的展示，但至尊主是他们最初的父亲。至尊主与众生的关系无疑是父子而不是平辈。出于爱的缘故，父亲有时会让儿子显得比自己重要，但父子间的尊卑关系却是不变的。任何生物体，不论他有多了不起，即使是像布茹阿玛和因铎(Indra)那样的半神人，也始终是至尊父亲手下的一个仆人。从物质创造实体(mahat-tattva)产生出物质自然三种属性；物质自然作为母亲，按照生物前世的所作所为为他们提供各种躯体，使他们在物质世界里出生。躯体是物质自然给予的礼物，但灵魂原本是至尊主不可缺少的一部分。

第 51 节 ततो वयं मत्प्रमुखा यदर्थे
बभूविमात्मन् करवाम किं ते ।
त्वं नः स्वचक्षुः परिदेहि शक्त्या
देव क्रियार्थे यदनुग्रहाणाम् ॥५१॥

tato vayaṁ mat-pramukhā yad-arthe
babhūvimātman karavāma kiṁ te
tvaṁ naḥ sva-cakṣuḥ paridehi śaktyā
deva kriyārthe yad-anugrahāṇām

tataḥ—因此 / vayam—我们所有人 / mat-pramukhāḥ—来自整体宇宙能量——玛哈·塔特瓦 / yat-arthe—为了……的原因 / babhūvima—创造 / ātman—至尊自我啊 / karavāma—将做 / kim—什么 / te—您的服务 / tvam—您本人 / naḥ—对我们 / sva-cakṣuḥ—个人的计划 / paridehi—特别赐予我们 / śaktyā—活动的能力 / deva—至尊主啊 / kriyā-arthe—为了行动 / yat—……的 / anugrahāṇām—得到特别恩典的人的

译文　至尊自我啊！我们在创造的一开始从整体宇宙能量中被创造出来，请给予我们您仁慈的指导，教导我们如何做事。请把您完美的知识和力量赐予我们，使我们能够在随后的各个部分的创造中为您服务。

要旨　至尊主创造了这个物质世界，并使物质能量受孕怀上将在物质世界里活动的众生。所有这些行动的背后有一个神性计划，那就是：给渴望感官享乐的受制约的灵魂，提供一个满足他们欲望的机会；同时帮助众生认识到，他们被创造出来是为了满足至尊主超然的感官享乐，并不是他们个人的感官享乐，而这是生物原本的状态。天地间除了至尊主以外没有他人，祂为了享受超然的快乐而不断扩展自己。世上所有不同范畴的扩展，无论是人格首神范畴(viṣṇu-tattva)的扩展、众生范畴(jīva-tattva)的扩展，还是各种能量范畴(śakti-tattva)的扩展，都来自同一位至尊主。众生是维施努的扩展，是祂分离出的一部分，虽然他们各自的能力有高有低，但全都是为满足至尊主超然的感官享乐而存在。可是，有些个体生物却想模仿人格首神去主宰物质自然。如果有人问，纯粹的个体生物是何时、为何有这种妄想的？那么回答就是：个体生物拥有微小的独立性，在他们当中，有些生物因为误用这一独立性而被卷入物质宇宙的生存状态，因此被称为是永恒受制约的灵魂(nitya-baddha)。

传播韦达知识，是给予受制约的生物一个改过自新的机会；有些生物善用这一超然的知识，便逐渐恢复了曾经失去的为至尊主做超然爱心服务的意识。半神人属于培养了为至尊主服务的意识，但同时仍想主宰物质能量的受制约的灵魂。他们因为这一混杂的意识而被放在掌管物质创造的位置上。半神人被指派管理其他受制约的灵魂；正如政府的监狱中经常让一些年长的犯人负责狱中的管理工作，半神人是一些改造较好的受制约的灵魂，因此代表至尊主管理物质创造。这些半神人是至尊主在物质世界里的奉献者，当他们完全去除了主宰物质能量的物质欲望后，就会成为除了侍奉至尊主再没有其他欲望的纯粹奉献者。因此，想在物质世界谋一个职位的生物，应该学习这节诗中的半神人的态度，知道从至尊主那里寻求力量和智慧，希望在这个职位上为至尊主服务。人除非在心智方面受到至尊主的启发，除非被至尊主赋予力量，否则不可能成就任何事。至尊主在《博伽梵歌》第15章的第15节诗中说：一切记忆、知识和遗忘都由居于每个生物体心中的至尊主掌控(mattaḥ smṛtir jñānam apohanaṁ ca)。明智之人寻求至尊主的帮助，至尊主帮助这些真诚地为祂做各种服务的奉献者。

至尊主指派半神人按照每一个生物前世不同的所作所为创造不同的物种。他们在这节诗中祈求至尊主仁慈地赐予他们智慧和力量，以便他们能完成这个任务。同样道理，任何一个受制约的灵魂都能在有经验的灵性导师的指导下为至尊主做服务，从而逐渐摆脱物质存在的束缚。灵性导师是至尊主在世上的代表；接受灵性导师的教导并按教导去做的人，被认为是以智慧瑜伽(buddhi-yoga)的精神在活动。这正如《博伽梵歌》第2章的第41节诗所说：

vyavasāyātmikā buddhir
ekeha kuru-nandana

bahu-śākhā hy anantāś ca
buddhayo' vyavasāyinām

“库茹族的宠儿啊！在这条路上的人目标专一，坚定地向目的地迈进，而犹豫不决之人则智力枝蔓、不得要领。”

到此为止，结束了巴克提韦丹塔对《圣典博伽瓦谭》第3篇第5章——“维杜茹阿与麦垂亚交谈”所作的阐释。

第六章
宇宙形象的创造

第1节 ऋषिरुवाच

इति तासां स्वशक्तीनां सतीनामसमेत्य सः ।
प्रसुप्तलोकतन्त्राणां निशाम्य गतिमीश्वरः ॥१॥

ṛṣir uvāca
iti tāsāṁ sva-śaktīnāṁ
satīnām asametya saḥ
prasupta-loka-tantrāṇāṁ
niśāmya gatim īśvaraḥ

ṛṣiḥ uvāca—麦垂亚圣人说 / iti—就这样 / tāsām—他们的 / sva-śaktīnām—自己的能量 / satīnām—处于这种状态 / asametya—未结合 / saḥ—祂(至尊主) / prasupta—暂停 / loka-tantrāṇām—在宇宙创造中 / niśāmya—听到 / gatim—进展 / īśvaraḥ—至尊主

译文 麦垂亚圣人说：就这样，至尊主得知，由于物质创造实体(物质能量总体)等祂的力量没有结合起来，宇宙的渐进式创造工作暂停下来。

要旨 至尊主的创造中不存在“缺乏”的问题；祂拥有创造所需要的一切能量，但这些能量当时正处在不活动的休眠状态。众多的能量只有在秉承至尊主的旨意后才会相互结合。当至尊主出面指挥部署时，处于暂时停顿状态的创造才能重新运作起来。

第2节 कालसञ्ज्ञां तदा देवीं बिभ्रच्छक्तिमुरुक्रमः ।
त्रयोविंशति तत्त्वानां गणं युगपदाविशत् ॥२॥

kāla-sañjñāṁ tadā devīṁ
bibhrac-chaktim urukramaḥ
trayoviṁśati tattvānāṁ
gaṇaṁ yugapad āviśat

kāla-sañjñām—称为卡莉 / tadā—当时 / devīm—女神 / bibhrat—毁灭性的 / śaktim—能量 / urukramaḥ—最强有力的人 / trayaḥ-viṁśati—二十三 / tattvānām—元素的 / gaṇam—它们全体 / yugapat—同时 / āviśat—进入

译文 最强有力的至尊主于是与祂的外在能量卡莉女神一起，同时进入二十三种元素。卡莉女神独自将所有不同的元素混合起来。

要旨 物质元素共有二十三种，分别是：总体物质能量、假我、声音、触觉、形状、滋味、嗅觉、土、水、火、气、空间、眼睛、耳朵、鼻子、舌头、皮肤、手、腿、肛门、生殖器、说话的能力和心。所有这些在时间的作用下结合在一起，到一定的时候又再瓦解。因此，时间是至尊主的能量，在至尊主的指挥下以她本身特定的方式活动。这一能量被称为卡莉(Kālī)，展示为长相阴森可怕、充满威胁和破坏性的女神；受物质愚昧属性影响的人通常都会去崇拜她。韦达(Vedic)赞歌中有节诗描写这一物质展示过程说：物质自然是一种能量，她把二十三种物质元素结合起来，但她并非整个创造最初的源头；是至尊主进入物质元素，并让祂那被称为卡莉的能量发挥作用(mūla-prakṛtir avikṛtir mahadādyāḥ prakṛti-vikṛtayaḥ sapta ṣoḍaśakas tu vikāro na prakṛtir na vikṛtiḥ puruṣaḥ)。所有其他韦达文献也都公认这个创造理论。《布茹阿玛·萨密塔》(Brahma-saṁhitā)第5章的第35节诗说：

eko' py asau racayituṁ jagad-aṇḍa-koṭiṁ
yac-chaktir asti jagad-aṇḍa-cayā yad-antaḥ
aṇḍāntara-stha-paramāṇu-cayāntara-sthaṁ
govindam ādi-puruṣaṁ tam ahaṁ bhajāmi

“我崇拜主哥文达，祂是存在中的第一位人格首神。祂以祂的完整扩展(玛哈·维施努的形象)进入物质自然，再(以嘎尔博达卡沙依·维施努的形象)进入每一个宇宙，随后又(以祺柔达卡沙依·维施努的形象)进入包括原子在内的所有物质元素。在宇宙创造过程中，至尊主展示出无数这样的形象，进入每一个宇宙和原子中。”

就有关这一点，《博伽梵歌》(Bhagavad-gītā)第10章的第42节诗也证实说：

athavā bahunaitena
kiṁ jñātena tavārjuna
viṣṭabhyāham idaṁ kṛtsnam
ekāṁśena sthito jagat

“阿尔诸纳啊，我那些数不胜数的能量以各种各样的方式活动，你无需了解这些；我以我部分的完整扩展——超灵，进入所有的宇宙、所有的物质元素，使创造得以进行下去。”因此，是主奎师那(Kṛṣṇa)使物质能量以极为奇妙的方式活动，所以祂才是一切原因的最初原因。

第 3 节　सोऽनुप्रविष्टो भगवांश्चेष्टारूपेण तं गणम् ।
भिन्नं संयोजयामास सुप्तं कर्म प्रबोधयन् ॥ ३ ॥

so 'nupraviṣṭo bhagavāṁś
ceṣṭārūpeṇa taṁ gaṇam
bhinnaṁ saṁyojayām āsa
suptaṁ karma prabodhayan

saḥ－那 / anupraviṣṭaḥ－然后进入 / bhagavān－人格首神 / ceṣṭā-rūpeṇa－由代替祂活动的人——卡莉 / tam－他们 / gaṇam－包括半神人在内的众生 / bhinnam－各自分开地 / saṁyojayām āsa－从事活动 / suptam－睡眠 / karma－活动 / prabodhayan－使……具有生气

译文 这样，当人格首神凭祂的能量进入众多种元素时，所有的生物都具有了生气，开始从事不同的活动，恰似人从睡梦中醒来后开始忙于他的工作。

要旨 物质世界里的灵魂在创造被毁灭后都处在无意识的状态中，与至尊主的物质能量一起进入至尊主体内。这些个体生物都是永恒受制约的灵魂，但每次物质创造都给他们提供一次求得解脱、成为自由灵魂的机会。他们都有机会好好利用韦达智慧，了解自己与至尊主究竟是什么样的关系？如何获得解脱？这解脱最终会带给他们什么好处？人通过以正确的方式研习韦达经，从而认识到自己的地位后，便开始为至尊主做超然的爱心服务，逐渐被升上灵性天空。在物质世界里，每一个灵魂都受其前世尚未实现的欲望驱使，从事各种各样的活动。某个特定的躯体一旦完结，住在其中的灵魂就会忘记一切；但以旁观者(超灵)的身份居于每个生物体心中的至尊主，出于无边的仁慈，会提醒他过去曾有过哪些欲望，这样当另一生开始时，他又可以为实现那些欲望而活动了。这一“看不见的指引”被称为命运，头脑清醒的人明白，他那些没有实现的欲望将继续把他绑在由物质自然三种属性构成的物质存在中。

在物质创造被局部或完全毁灭后，众生将进入无意识的休眠状态，缺乏智慧的哲学家错误地认为，生命在那时就完结了。当生物所用的物质躯体毁灭后，其中的生物只是几个月处在无意识的状态中；但当整个物质创造毁灭后，其中的生物将处在无意识的状态中长达亿万年之久。等开始又一轮的创造时，他又会被至尊主唤醒去从事活动。生物是永恒的。意识清醒，并积极地从事活动，是他原本自然的生命存在状态。生物醒着时是不可能停止活动的，因此就在各种欲望的驱使下从事活动。如果他能接受训练，使自己的愿望变成为至尊主做超然服务的愿望，那他的生命就完美了；他将被提升到灵性天空，享受永远处于清醒状态的生命。

第 4 节　प्रबुद्धकर्मा दैवेन त्रयोविंशतिको गणः ।
प्रेरितोऽजनयत्स्वाभिर्मात्राभिरधिपूरुषम् ॥ ४ ॥

prabuddha-karmā daivena
trayoviṁśatiko gaṇaḥ
prerito 'janayat svābhir
mātrābhir adhipūruṣam

prabuddha－唤醒 / karmā－活动 / daivena－按至尊者的意愿 / trayaḥ-viṁśatikaḥ－由二十三种基本元素 / gaṇaḥ－结合 / preritaḥ－由……引起 / ajanayat－展示 / svābhiḥ－由祂本人的 / mātrābhiḥ－完整扩展 / adhipūruṣam－宏大的宇宙形象(viśvarūpa)

译文　当主要的二十三种元素在至尊者的意愿驱使下开始运作，至尊主的巨大宇宙形象进入存在。

要旨　至尊主巨大的宇宙形象(virāṭ-rūpa或viśva-rūpa)虽然深得非人格神主义者的青睐，但却并非至尊主永恒的形象。这是至尊主在物质创造的各种元素齐备后，按照祂的至尊意愿展示出来的。主奎师那向阿尔诸纳(Arjuna)展示祂宏大的宇宙形象，只是为了让非人格神主义者们相信：祂是存在中的第一位人格首神；是奎师那展示出宇宙形象，而不是宇宙形象展示出奎师那。因此，宇宙形象并非至尊主在灵性天空所展示的一个永恒的形象，而是至尊主所给予的一种物质性展示。神庙中受到人们崇拜的神像(arcā-vigraha)，同样也是至尊主给初习者展示的一种形象。尽管至尊主的这些形象——宇宙形象或神像形象，都是透过物质能量展示的，但与至尊主奎师那的永恒形象并没有区别。

第 5 节　परेण विशता स्वस्मिन्मात्रया विश्वसृग्गणः ।
चुक्षोभान्योन्यमासाद्य यस्मिन्लोकाश्चराचराः ॥ ५ ॥

parenạ viśatā svasmin
mātrayā viśva-sṛg-gaṇaḥ
cukṣobhānyonyam āsādya
yasmin lokāś carācarāḥ

pareṇa—由至尊主 / viśatā—这样进入 / svasmin—由祂本人 / mātrayā—以一个完整扩展 / viśva-sṛk—宇宙创造的元素 / gaṇaḥ—所有 / cukṣobha—转化 / anyonyam—互相 / āsādya—得到后 / yasmin—在其中 / lokāḥ—星球 / cara-acarāḥ—动与不动的

译文 当至尊主以祂的完整扩展进入宇宙创造的众多元素时，它们转变为巨大的宇宙形象。这个形象中有所有的星系，以及可移动与不可移动的万物。

要旨 宇宙创造所用的元素都是物质的，除非至尊主以祂的完整扩展进入其中，否则它们本身并没有能力扩增。这说明除非有灵性去接触物质，物质本身不可能增大或缩小。物质来自灵性，只有接触到灵性才可能增大。缺乏智慧的人错误地推测说，宏大的宇宙形象是宇宙自行生成的，但整个宇宙展示并非如此。只要灵性存在于物质中时，物质才能按其需要扩增；一旦少了灵性，物质便不能扩增。例如：只要当物质躯体中有灵性意识存在时，躯体才会生长，达到所需的大小，但一个其中没有灵性意识的死尸并不会生长。《博伽梵歌》第2章指出：重要的是灵性意识而不是物质躯体。整个宇宙之躯的生长方式与我们在自己这具小躯体里所感觉到的生长方式一样。但是，人不该就此愚蠢地以为宏大的宇宙展示是极其渺小的个体灵魂引发的，宇宙形象之所以被称为维茹阿特·茹帕(virāṭ-rūpa)，是因为有至尊主的完整扩展居于其中。

第6节 हिरण्मयः स पुरुषः सहस्रपरिवत्सरान् ।
आण्डकोश उवासाप्सु सर्वसत्त्वोपबृंहितः ॥ ६ ॥

hiraṇmayaḥ sa puruṣaḥ
sahasra-parivatsarān
āṇḍa-kośa uvāsāpsu
sarva-sattvopabṛṁhitaḥ

hiraṇmayaḥ—也展示为宇宙形象的嘎尔博达卡沙依·维施努 / saḥ—祂 / puruṣaḥ—首神的化身 / sahasra——千个 / parivatsarān—天堂年 / āṇḍa-kośe—在宇宙球体中 / uvāsa—留在 / apsu—在水上 / sarva-sattva—与祂一起躺着的众生 / upabṛṁhitaḥ—这样伸展着

译文 被称为黑冉玛亚的巨大宇宙形象，在宇宙之水上度过一千个天堂年，所有的生物都与祂一起躺在那里。

要旨 当至尊主以嘎尔博达卡沙依·维施努(Garbhodakaśāyī Viṣṇu)进入每一个宇宙后，泱泱大水填满了半个宇宙，我们当前所见的众多星系和外太空等展示只占了半个宇宙的空间。从维施努进入宇宙，到宇宙中的一切开始展示出来，其中相隔了一千个天堂年。当初被植入物质创造实体(mahat-tattva)腹中的众生被分配进每一个宇宙，每个宇宙里都有一个嘎尔博达卡沙依·维施努，他们于是与至尊主一起躺着直到布茹阿玛(Brahmā)诞生。布茹阿玛是宇宙中的第一个生物体，所有其他半神人和生物体随后都从他那里诞生出来。玛努(Manu)是人类的始祖，所以人类在梵文中又叫玛努夏(mānuṣya)。躯体外貌特征各不相同的人类遍布各个星系。

第 7 节 स वै विश्वसृजां गर्भो देवकर्मात्मशक्तिमान् ।
विबभाजात्मनात्मानमेकधा दशधा त्रिधा ॥ ७ ॥

sa vai viśva-sṛjāṁ garbho
deva-karmātma-śaktimān
vibabhājātmanātmānam
ekadhā daśadhā tridhā

saḥ－那 / vai－肯定地 / viśva-sṛjām－宏大的宇宙形象的 / garbhaḥ－全部物质能量 / deva－生物 / karma－生命的活动 / ātma－自我 / śaktimān－充满能量 / vibabhāja－分为 / ātmanā－由祂本人 / ātmānam－祂本人 / ekadhā－成为一个 / daśadhā－成为十个 / tridhā－成为三个

译文 以巨大的宇宙形象存在的物质创造实体的总体能量，自己把自己分为生物的意识、活动力和对自我的认同，它们再进一步分为一、十和三。

要旨 意识是生物——灵魂的存在表征。灵魂的存在体现为意识，意识被称为知识能量(jñāna-śakti)。宏大的宇宙形象(virāṭ-rūpa)的意识是全部意识的总合，这个意识也同时反映在每个生物体的身上。意识所付诸的活动由十种生命之气承载，这些气梵文分别称为帕纳(prāṇa)、阿帕纳(apāna)、乌达纳(udāna)、维亚纳(vyāna)和萨玛纳(samāna)，另外按照功能不同又被称为纳嘎(nāga)、库尔玛(kūrma)、奎卡茹阿(kṛkara)、戴瓦达塔(devadatta)和达南佳亚(dhanañjaya)。在物质世界中，个体灵魂的意识被物质气氛所污染，所以各种活动都是由那个把躯体当自我的假我展示出来。《博伽梵歌》第2章的第41节诗描述这种种活动说：但犹豫不决之人则智力枝蔓，不得要领(bahu-śākhā hy anantāś ca buddhayo 'vyavasāyinām)。受制约的灵魂因为意识不纯净而受到迷惑，所以被迫从事各种活动。当他的意识变得纯净时，他只有一种活动。当个体灵魂的意识与至尊意识完全契合在一起时，这两种意识便合而为一了。

一元论者认为只有一种意识，奉献者(sātvata)的观点则是：只有当两种意识彼此相吻合时，才可以说有一种意识。至尊主在《博伽梵歌》第18章的第66节诗中奉劝个体灵魂应该把自己的意识契合于至尊意识，即：抛弃一切种类的宗教，只向至尊主皈依(sarva-dharmān parityajya mām ekaṁ śaraṇaṁ vraja)。至尊主奉劝个体灵魂阿尔诸纳：应该将自己的个体意识契合于至尊意识，从而使自己的意识保持纯净。企图让意识停止活动的做法并不明智，而是应该让个体意识通过契合于至尊意识得到净化。意识纯净程度的不同，决定生物体对自我的认同分三种，即：认为自己是躯体和心(ādhyātmika)，认为自己是物质自然的产物(ādhibhautika)、认为自己是至尊主的仆人(ādhidaivika)。在这三者中，"认为自己是至尊主的仆人"这种对自我的认同，是"想要满足至尊主愿望"的纯净意识的萌芽。

第 8 节　एष ह्यशेषसत्त्वानामात्मांशः परमात्मनः ।
आद्योऽवतारो यत्रासौ भूतग्रामो विभाव्यते ॥ ८ ॥

eṣa hy aśeṣa-sattvānām
ātmāṁśaḥ paramātmanaḥ
ādyo 'vatāro yatrāsau
bhūta-grāmo vibhāvyate

eṣaḥ－这 / hi－肯定地 / aśeṣa－无限的 / sattvānām－众生 / ātmā－至尊自我 / aṁśaḥ－部分 / parama-ātmanaḥ－超灵的 / ādyaḥ－第一个 / avatāraḥ－化身 / yatra－在其上面 / asau－所有那些 / bhūta-grāmaḥ－宇宙万物的总合 / vibhāvyate－展示

译文　至尊主巨大的宇宙形象是第一个化身和超灵的完整扩展。祂是数不胜数的生物的至尊自我，纷纷展示出的宇宙万物的总和处在祂体内。

要旨　至尊主有两种扩展：一种是自身的完整扩展，一种是处在分离状态的微小扩展。自身的完整扩展是属于维施努范畴的至尊主(viṣṇu-tattva)，处在分离状态的扩展是众生。众生都十分渺小，所以有时又被称为是至尊主的边缘能量。但神秘瑜伽师(yogī)却认为众生和超灵(Paramātmā)完全一样。然而这并不是一个很大的分歧，因为被创造出的万物毕竟都处在至尊主宏大的宇宙形象内。

第9节 साध्यात्मः साधिदैवश्च साधिभूत इति त्रिधा ।
विराट् प्राणो दशविध एकधा हृदयेन च ॥९॥

sādhyātmaḥ sādhidaivaś ca
sādhibhūta iti tridhā
virāṭ prāṇo daśa-vidha
ekadhā hṛdayena ca

sa-ādhyātmaḥ－躯体、心和全部感官 / sa-ādhidaivaḥ－控制各种感官的各位半神人 / ca－和 / sa-ādhibhūtaḥ－现存的目标 / iti－这样 / tridhā－三个 / virāṭ－宏大的 / prāṇaḥ－动力 / daśa-vidhaḥ－十种 / ekadhā－只一个 / hṛdayena－生命力 / ca－也

译文 之所以说巨大的宇宙形象表现为三、十和一，是因为祂是身体、心和感官；祂是透过十种生命之气推动一切的那个动力；祂是产生生命能量的那一颗心脏。

要旨 《博伽梵歌》第7章的第4—5节诗中说：土、水、火、空气、空间、心、智力和假我这八种元素，都是至尊主的低等能量的产物；那些正在利用低等能量的生物本属于高等能量，也就是至尊主的内在能量。由八种元素组成的低等能量以粗糙或精微的方式进行活动，高等能量则好比活动的“动力输出源”。有关这一点，我们从人体就可以体验到，土等粗糙的元素构成了外在粗糙的肉身，好比外套，而精微的心智和假我则好比躯体的内衣。

躯体活动的动力来自心脏，而且所有的躯体活动都需要感官参与，需要体内的十种气的支持。这十种气分为五种比较粗糙的气和五种更加精微的气。五种比较粗糙的气分别是：通过呼吸的方式经由鼻孔进出的“主气”——帕纳(prāṇa)；从肛门排出的体内之气——阿

帕纳(apāna)；消化胃中的食物，偶尔发出打嗝声的气——萨玛纳(samāna)；在喉部气管内进出，一旦被堵住便造成窒息的气——乌达纳(udāna)；以及在全身循环流动的总的气流——维亚纳(vyāna)。另外五种更精微的气分别是：协助嘴和眼睛等张开的气——纳嘎(nāga)；增进食欲的气——奎卡茹阿(kṛkara)；促进收缩的气——库尔玛(kūrma)；导致张嘴打哈欠，帮助机体放松的气——戴瓦达塔(devadatta)；以及维持生命的气——达南佳亚(dhanañjaya)。所有这些气都产自心脏的正中央，而居于此处的“动力输出源”就是至尊主的高等能量——个体灵魂。至尊主陪伴他住在心脏部位，指导他从事活动。就有关这一点，《博伽梵歌》第15章的第15节诗说明道：

sarvasya cāhaṁ hṛdi sanniviṣṭo
mattaḥ smṛtir jñānam apohanaṁ ca
vedaiś ca sarvair aham eva vedyo
vedānta-kṛd veda-vid eva cāham

“我在众生的心中。记忆、知识和遗忘都来自我。研习韦达经的目的是要知道我。事实上，我是韦丹塔的撰稿人、韦达经的知悉者。”

居于心脏部位的至尊主是“总动力输出源”，在那里提醒受制约的灵魂要记住什么或遗忘什么。灵魂之所以处于受制约的状态，是因为他忘了至尊主与他之间的主人和仆人关系。对那些想继续忘记至尊主的人，至尊主会帮助他们生生世世忘了祂；但对那些通过接触祂的奉献者想起祂的人，至尊主则会帮助他们更多地回忆起祂。这样，受制约的灵魂就能在最终回归家园，回到首神身边了。

《博伽梵歌》第10章的第10节诗解释得到至尊主的超然帮助的方法说：

teṣāṁ satata-yuktānāṁ
bhajatāṁ prīti-pūrvakam
dadāmi buddhi-yogaṁ taṁ
yena mām upayānti te

“对一直以爱心侍奉我的人，我赐予他们理解力，使他们来到我这里。”

奉爱服务——智慧瑜伽(buddhi-yoga)，是运用智慧超越心念，最终觉悟自我；事实上，只有这种方法才能使生物跳出物质宇宙，摆脱物质束缚和受制约的生存状态。生物处在受制约的生存状态中，恰似一个人被困在一架庞大、深不可测的机械装置中。心智思辨者经过无数世的反复思辨才能达到智慧瑜伽的层面，然而明智的人却知道超越心念，要从智慧层面起步，因而在自我觉悟的路途上快速前进。《博伽梵歌》第2章的第40节诗中证实说：练智慧瑜伽绝不会使人在灵性上堕落和倒退，这是一条万无一失的觉悟自我的路。

就有关《水塔刷塔尔奥义书》(Śvetāśvatara Upaniṣad)中阐明的“个体灵魂与超灵这两只鸟同在一棵树上”的道理，心智思辨者无法理解。经典中的这个例子说：个体灵魂这只鸟在忙着啄食树上的果实，另一只鸟则在一旁观看着同伴的所作所为。作为旁观者的鸟对树上的果实没兴趣，而只是帮助啄食果实的鸟从事它的各种功利性活动。不能认清灵魂与超灵，以及生物与神的区别的人，无疑还会继续身陷在“宇宙机器”中，不知何时才有出去的那一天。

第 10 节 स्मरन् विश्वसृजामीशो विज्ञापितमधोक्षजः ।
विराजमतपत्स्वेन तेजसैषां विवृत्तये ॥१०॥

smaran viśva-sṛjām īśo
vijñāpitam adhokṣajaḥ
virājam atapat svena
tejasaiṣāṁ vivṛttaye

smaran—记起 / viśva-sṛjām—被受托担任宇宙建设重任的半神人的 / īśaḥ—至尊主 / vijñāpitam—当祂听到……祈祷时 / adhokṣajaḥ—超然性 / virājam—巨大的宇宙形象 / atapat—这样考虑 / svena—由祂自己的 / tejasā—能量 / eṣām—为他们 / vivṛttaye—使理解

译文　至尊主是受托建造宇宙展示的全体半神人的超灵。听到(半神人的)祈祷时，祂在心中思量，并为他们的理解而展示了巨大的形象。

要旨　非人格神主义者深受至尊者宏大的宇宙形象的吸引，但却否认这宏大的展示背后有力量在控制它，认为那只是想象而已。然而，智者却能透过观察奇妙的结果，认识到引起结果的原因。正如母亲子宫中能长出另一个躯体并不是那躯体独立发育的结果，而是因为躯体中有生命——灵魂。没有灵魂，物质躯体不可能自行发育成长。任何物质，一旦看到它有生长的迹象，就必须清楚：这其中存在着灵性的灵魂。与胎儿的发育过程一样，宏大的宇宙是逐步发展起来的。因此，说“灵性(超然性)进入宇宙中”完全符合逻辑。物质主义者无法在心脏里找到灵魂和超灵，且因为缺乏知识而无法认识到超灵是宇宙展示的根源。所以，用韦达经(Vedas)中的话说，至尊主“超出言语的描述和头脑的想象(avāṅ-mānasa-gocaraḥ)”。

忙于心智思辨的人因为知识贫乏而一味地想用文字和思想的框框去套至尊者，但至尊主不让自己那么容易被人理解，思辨者们不可能找到合适的语言，也不可能具备相应的思考能力去“度量”至尊主的无限性。至尊主被称为阿窦克沙佳(adhokṣaja)，意思是凭我们愚钝而有限的感官所无法知觉到的人。靠心智思辨，人无法真正认识到至尊主超然的名字和形象。世俗的博士根本无法凭他们有限的感官去推测至尊者。狂妄自大的博士用这种方法去认识至尊主，就好比井底之蛙的那套哲学：井底里曾有只青蛙；当它听说有个巨大的太平洋时便开始拼命膨胀自己的身体，想用自己的身体比出太平洋的长度和宽度，结果撑破了肚皮，一命呜呼。我们还可以送给那些博士一个“犁头队”的绰号，这个绰号本是指种田的农民。耕地的农民想要弄明白宇宙展示和这一神奇杰作的由来，无异于井底之蛙想比较出太平洋的浩瀚。

至尊主只会向那些顺从并为祂做超然的爱心服务的人揭示自己。掌管宇宙事务各种要素的半神人祈求至尊主能给予他们指导，至尊主于是便像祂在阿尔诸纳的请求下所作的一样，给半神人们展示了祂的宇宙形象。

第 11 节 अथ तस्याभितप्तस्य कतिधायतनानि ह ।
निरभिद्यन्त देवानां तानि मे गदतः शृणु ॥११॥

atha tasyābhitaptasya
katidhāyatanāni ha
nirabhidyanta devānāṁ
tāni me gadataḥ śṛṇu

atha—因此 / tasya—祂的 / abhitaptasya—按照祂的思考 / katidhā—多少 / āyatanāni—化身 / ha—有 / nirabhidyanta—以分离的部分 / devānām—半神人的 / tāni—所有那些 / me gadataḥ—由我讲述 / śṛṇu—请听

译文 麦垂亚说：请听我现在解释，在巨大的宇宙形象展示后，至尊主是如何从祂自身分出多种半神人的形象的。

要旨 半神人是从至尊主身上分出的、不可缺少的一部分，所有其他的生物体也都如此。半神人与普通生物体唯一的区别是：当生物体从事了大量的为至尊主做奉爱服务的虔诚活动，同时想主宰自然的欲望也已经减少时，他就被提升到半神人的职位上，承担至尊主所委派的管理宇宙事务的工作。

第 12 节 तस्याग्निरास्यं निर्भिन्नं लोकपालोऽविशत्पदम् ।
वाचा स्वांशेन वक्तव्यं ययासौ प्रतिपद्यते ॥१२॥

tasyāgnir āsyaṁ nirbhinnaṁ
loka-pālo 'viśat padam
vācā svāṁśena vaktavyaṁ
yayāsau pratipadyate

tasya—祂的 / agniḥ—火 / āsyam—嘴 / nirbhinnam—分别展示 / loka-pālaḥ—物质事物的管理者 / aviśat—进入 / padam—各自的位置 / vācā—用语言 / sva-aṁśena—用自己的部分 / vaktavyam—言语 / yayā—用它 / asau—他们 / pratipadyate—表达

译文 火(Agni)——热，从祂的嘴巴分离出来，掌管所有物质事物的半神人都通过祂的嘴，进入各自的位置。生物体从此能够靠说话的能力表达自己。

要目 至尊主宏大的宇宙形象中的嘴，是说话能力的源头。火元素的主管是控制神明(ādhidaiva)；讲话属于躯体功能(ādhyātma)；谈话的内容是物质的产物(ādhibhūta)。

第 13 节 निर्भिन्नं तालु वरुणो लोकपालोऽविशद्धरेः ।
जिह्वयांशेन च रसं ययासौ प्रतिपद्यते ॥१३॥

nirbhinnaṁ tālu varuṇo
loka-pālo 'viśad dhareḥ
jihvayāṁśena ca rasaṁ
yayāsau pratipadyate

nirbhinnam—分别展示 / tālu—上颚 / varuṇaḥ—控制水的半神人 / loka-pālaḥ—星球的管理者 / aviśat—进入 / hareḥ—至尊主的 / jihvayā aṁśena—用舌头这一部分 / ca—也 / rasam—各种滋味 / yayā—用它 / asau—生物 / pratipadyate—表达

译文 当宇宙形象的上颚展示时，主管星系中的水的瓦茹纳进入那里；这样，生物体就有了用舌头品尝一切的能力。

第 14 节 निर्भिन्ने अश्विनौ नासे विष्णोराविशतां पदम् ।
घ्राणेनांशेन गन्धस्य प्रतिपत्तिर्यतो भवेत् ॥१४॥

nirbhinne aśvinau nāse
viṣṇor āviśatāṁ padam
ghrāṇenāṁśena gandhasya
pratipattir yato bhavet

nirbhinne—分别展示 / aśvinau—阿施维尼孪生兄弟 / nāse—两个鼻孔的 / viṣṇoḥ—至尊主的 / āviśatām—进入 / padam—位置 / ghrāṇena aṁśena—带着闻的功能 / gandhasya—芳香 / pratipattiḥ—感受 / yataḥ—从而 / bhavet—变得

译文 当至尊主的两个鼻孔分别展示时，两位阿施维尼·库玛尔进入它们，去到自己正确的位置，而这使生物体能够闻到万物的气味。

第 15 节 निर्भिन्ने अक्षिणी त्वष्टा लोकपालोऽविशद्विभोः ।
चक्षुषांशेन रूपाणां प्रतिपत्तिर्यतो भवेत् ॥१५॥

nirbhinne akṣiṇī tvaṣṭā
loka-pālo 'viśad vibhoḥ
cakṣuṣāṁśena rūpāṇāṁ
pratipattir yato bhavet

nirbhinne—分别展示 / akṣiṇī—双目 / tvaṣṭā—太阳 / loka-pālaḥ—光明的主宰 / aviśat—进入 / vibhoḥ—伟大者的 / cakṣuṣā aṁśena—与视觉功能 / rūpāṇām—形象的 / pratipattiḥ—感受 / yataḥ—从而 / bhavet—变得

译文 那以后，至尊主巨大形象的两只眼睛分别展示了。太阳——光的主管，带着视力进入它们，从而使生物体能够看到形象。

第 16 节 निर्भिन्नान्यस्य चर्माणि लोकपालोऽनिलोऽविशत् ।
प्राणेनांशेन संस्पर्शं येनासौ प्रतिपद्यते ॥१६॥

nirbhinnāny asya carmāṇi
loka-pālo 'nilo 'viśat
prāṇenāṁśena saṁsparśaṁ
yenāsau pratipadyate

nirbhinnāni－分别展示 / asya－巨大形象的 / carmāṇi－皮肤 / loka-pālaḥ－主宰 / anilaḥ－空气 / aviśat－进入 / prāṇena aṁśena－呼吸功能这一部分 / saṁsparśam－触觉 / yena－从而 / asau－生物 / pratipadyate－能感受

译文 当皮肤从巨大的形象展示出时，掌管风的神明阿尼拉与触觉进入其中，使生物体可以借由触碰认识事物。

第 17 节 कर्णावस्य विनिर्भिन्नौ धिष्ण्यं स्वं विविशुर्दिशः ।
श्रोत्रेणांशेन शब्दस्य सिद्धिं येन प्रपद्यते ॥१७॥

karṇāv asya vinirbhinnau
dhiṣṇyaṁ svaṁ viviśur diśaḥ
śrotreṇāṁśena śabdasya
siddhiṁ yena prapadyate

karṇau－双耳 / asya－宇宙形象的 / vinirbhinnau－分别展示 / dhiṣṇyam－控制……的神明 / svam－自己的 / viviśuḥ－进入 / diśaḥ－方向的 / śrotreṇa aṁśena－带着听的功能 / śabdasya－声音的 / siddhim－完美 / yena－从而 / prapadyate－被感受

译文 当宇宙形象的耳朵展示时，全体控制方向的神明与聆听的功能一起进入它们，从而使生物体听到并可以利用声音。

要旨 耳朵是生物体身上最重要的部分。来自远方的、人所不知的信息，可以通过声音这一最重要的媒介传给人。最完美的声音和知识一旦传入人的耳中，人的生命便因此而达到完美。韦达知识体系中所有的知识，都是靠聆听得到的，因此声音是最重要的知识来源。

第 18 节 त्वचमस्य विनिर्भिन्नां विविशुर्धिष्ण्यमोषधीः ।
अंशेन रोमभिः कण्डूं यैरसौ प्रतिपद्यते ॥१८॥

tvacam asya vinirbhinnāṁ
viviśur dhiṣṇyam oṣadhīḥ
aṁśena romabhiḥ kaṇḍūṁ
yair asau pratipadyate

tvacam—皮肤 / asya—巨大形象的 / vinirbhinnām—分别展示 / viviśuḥ—进入 / dhiṣṇyam—控制……的神明 / oṣadhīḥ—感觉 / aṁśena—与不同的部分 / romabhiḥ—靠躯体上的毛发 / kaṇḍūm—痒的 / yaiḥ—从而 / asau—生物体 / pratipadyate—感受到

译文 当有了皮肤这一离析出的展示时，控制各种感觉的不同神明进入它，从而使生物体感受到痒的感觉，以及触摸的快乐。

要旨 皮肤的感觉分两种：触觉和痒的感觉，两者都由身上的皮肤和毛发所控制。圣维施瓦纳特·查夸瓦尔提(Viśvanātha Cakravartī)说：控制体内流动之气的神明掌管触觉，而欧萨迪亚(Oṣadhya)是控制躯体毛发的神明。皮肤感受触碰的感觉，毛发则感受痒的感觉。

第 19 节 मेढ्रं तस्य विनिर्भिन्नं स्वधिष्ण्यं क उपाविशत् ।
रेतसांशेन येनासावानन्दं प्रतिपद्यते ॥१९॥

medhraṁ tasya vinirbhinnaṁ
sva-dhiṣṇyaṁ ka upāviśat
retasāṁśena yenāsāv
ānandaṁ pratipadyate

meḍhram一生殖器 / tasya一巨大形象的 / vinirbhinnam一分别展示 / sva-dhiṣṇyam一自己的位置 / kaḥ一第一个生物体布茹阿玛 / upāviśat一进入 / retasā aṁśena一带着精液 / yena一从而 / asau一生物体 / ānandam一性的快乐 / pratipadyate一感受到

译文　当巨大宇宙形象的生殖器展示时，最初的生物体帕佳帕提与他的精液进入它们，使生物体从此能享受性的快乐。

第 20 节　गुदं पुंसो विनिर्भिन्नं मित्रो लोकेश आविशत् ।
पायुनांशेन येनासौ विसर्गं प्रतिपद्यते ॥२०॥

gudaṁ puṁso vinirbhinnaṁ
mitro lokeśa āviśat
pāyunāṁśena yenāsau
visargaṁ pratipadyate

gudam一肛门 / puṁsaḥ一巨大形象的 / vinirbhinnam一分别展示出 / mitraḥ一太阳神 / loka-īśaḥ一名叫弥陀的掌管者 / āviśat一进入 / pāyunā aṁśena一带着排泄的功能 / yena一从而 / asau一生物 / visargam一排泄 / pratipadyate一进行

译文　排泄通道展示后，其掌管者弥陀与排泄感官进入其中。这样，生物体便能够排便、排尿了。

第 21 节　हस्तावस्य विनिर्भिन्नाविन्द्रः स्वर्पतिराविशत् ।
वार्तयांशेन पुरुषो यया वृत्तिं प्रपद्यते ॥२१॥

hastāv asya vinirbhinnāv
  indraḥ svar-patir āviśat
vārtayāṁśena puruṣo
  yayā vṛttiṁ prapadyate

hastau—双手 / asya—巨大形象的 / vinirbhinnau—分别展示 / indraḥ—天帝 / svaḥ-patiḥ—天堂星球的统治者 / āviśat—进入它 / vārtayā aṁśena—带着经商的原则 / puruṣaḥ—生物 / yayā—从而 / vṛttim—维持生计的贸易 / prapadyate—做交易

译文 那以后，当巨大宇宙形象的手臂分别展示后，天堂星球的统治者因铎进入它们，从而使生物体能够为自己的生活而做交易。

第 22 节 पादावस्य विनिर्भिन्नौ लोकेशो विष्णुराविशत् ।
गत्या स्वांशेन पुरुषो यया प्राप्यं प्रपद्यते ॥२२॥

pādāv asya vinirbhinnau
  lokeśo viṣṇur āviśat
gatyā svāṁśena puruṣo
  yayā prāpyaṁ prapadyate

pādau—腿 / asya—巨大形象的 / vinirbhinnau—分别展示 / loka-īśaḥ viṣṇuḥ—半神人维施努(不是人格首神维施努) / āviśat—进入 / gatyā—带着运动的能力 / sva-aṁśena—带着他自己的部分 / puruṣaḥ—生物 / yayā—从而 / prāpyam—目的地 / prapadyate—到达

译文 之后，巨大宇宙形象的腿分别展示出来，名叫维施努(不是人格首神)的半神人带着移动功能进入其中，从而帮助生物体迈向他的终点。

第 23 节 बुद्धिं चास्य विनिर्भिन्नां वागीशो धिष्ण्यमाविशत् ।
बोधेनांशेन बोद्धव्यम्प्रतिपत्तिर्यतो भवेत् ॥२३॥

buddhiṁ cāsya vinirbhinnāṁ
vāg-īśo dhiṣṇyam āviśat
bodhenāṁśena boddhavyam
pratipattir yato bhavet

buddhim－智力 / ca－也 / asya－巨大形象的 / vinirbhinnām－分别展示 / vāk-īśaḥ－韦达经的主人布茹阿玛 / dhiṣṇyam－掌管……的力量 / āviśat－进入 / bodhena aṁśena－带着他的智力 / boddhavyam－可被理解的事物 / pratipattiḥ－理解 / yataḥ－从而 / bhavet－这样变得

译文　当巨大宇宙形象的智力展示时，韦达经的掌管者布茹阿玛带着理解力进入它，从而使生物体具有理解事物的能力。

第 24 节　हृदयं चास्य निर्भिन्नं चन्द्रमा धिष्ण्यमाविशत् ।
मनसांशेन येनासौ विक्रियां प्रतिपद्यते ॥२४॥

hṛdayaṁ cāsya nirbhinnaṁ
candramā dhiṣṇyam āviśat
manasāṁśena yenāsau
vikriyāṁ pratipadyate

hṛdayam－心 / ca－也 / asya－巨大形象的 / nirbhinnam－分别展示 / candramā－月神 / dhiṣṇyam－带着掌管……的力量 / āviśat－进入 / manasā aṁśena－带着心念活动 / yena－从而 / asau－生物 / vikriyām－决心 / pratipadyate－进行

译文　那之后，巨大宇宙形象的心脏展示出来，月亮神带着心念活动进入它，从而使生物体有能力进行心智思辨。

第 25 节　आत्मानं चास्य निर्भिन्नमभिमानोऽविशत्पदम् ।
कर्मणांशेन येनासौ कर्तव्यं प्रतिपद्यते ॥२५॥

ātmānaṁ cāsya nirbhinnam
abhimāno 'viśat padam
karmaṇāṁśena yenāsau
kartavyaṁ pratipadyate

ātmānam—假我 / ca—也 / asya—巨大形象的 / nirbhinnam—分别展示 / abhimānaḥ—错误的认同 / aviśat—进入 / padam—在位置上 / karmaṇā—活动 / aṁśena—带着一部分 / yena—从而 / asau—生物 / kartavyam—义务 / pratipadyate—进行

译文 接着，巨大宇宙形象的物质主义假我展示了，假我的控制者茹铎与他掌管的活动一起进入其中，使生物体履行他的义务。

要旨 灵魂与物质身份认同所产生的“假我”，由主希瓦(Śiva)的化身——半神人茹铎(Rudra)控制。茹铎是至尊主的化身，负责掌管物质自然中的愚昧属性。假我围绕躯体，以及心念的目标去活动。绝大多数人都受假我的摆布，处在主希瓦的控制下。当人被更精微的愚昧属性所控制时，他就会错误地以为自己是至尊神。受制约的灵魂具有的对自我的错误概念，是控制整个物质世界的错觉能量套在他身上的最后一道枷锁。

第 26 节 सत्त्वं चास्य विनिर्भिन्नं महान्धिष्ण्यमुपाविशत् ।
चित्तेनांशेन येनासौ विज्ञानं प्रतिपद्यते ॥२६॥

sattvaṁ cāsya vinirbhinnaṁ
mahān dhiṣṇyam upāviśat
cittenāṁśena yenāsau
vijñānaṁ pratipadyate

sattvam—意识 / ca—也 / asya—巨大形象的 / vinirbhinnam—分别展示 / mahān—总体能量(玛哈·塔特瓦) / dhiṣṇyam—带着掌

管……的力量 / upāviśat－进入 / cittena aṁśena－带着祂的一部分意识 / yena－从而 / asau－生物 / vijñānam－专门的知识 / pratipadyate－培养

译文　随后，当祂的意识展现时，总体能量(mahat-tattva)与祂有意识的部分进入其中，从而使生物体能够思考特定的知识。

第 27 节　शीर्ष्णोऽस्य द्यौर्धरा पद्भ्यां खं नाभेरुदपद्यत ।
गुणानां वृत्तयो येषु प्रतीयन्ते सुरादयः ॥२७॥

śīrṣṇo 'sya dyaur dharā padbhyāṁ
khaṁ nābher udapadyata
guṇānāṁ vṛttayo yeṣu
pratīyante surādayaḥ

śīrṣṇaḥ－头 / asya－巨大形象的 / dyauḥ－天堂星系 / dharā－地球星系 / padbhyām－在祂的腿上 / kham－天空 / nābheḥ－由肚腹 / udapadyata－展示出来 / guṇānām－三种自然属性的 / vṛttayaḥ－反应 / yeṣu－从中 / pratīyante－展示 / sura-ādayaḥ－半神人和其他生物体

译文　接着，从巨大形象的头部，天堂星球展示了；从祂的腿部，地球星球产生了；从祂的腹部，天空产生了。在其中，半神人和其他生物体也根据物质自然属性的控制展示了。

第 28 节　आत्यन्तिकेन सत्त्वेन दिवं देवाः प्रपेदिरे ।
धरां रजःस्वभावेन पणयो ये च ताननु ॥२८॥

ātyantikena sattvena
divaṁ devāḥ prapedire
dharāṁ rajaḥ-svabhāvena
paṇayo ye ca tān anu

ātyantikena－高度的 / sattvena－被善良属性 / divam－在高等星球上 / devāḥ－半神人 / prapedire－处于 / dharām－在地球上 / rajaḥ－激情属性 / svabhāvena－由于本性 / paṇayaḥ－人类 / ye－所有那些 / ca－也 / tān－他们的 / anu－比(他们)低等的生物体

译文 受善良属性这一最高物质属性控制的半神人住在天堂星球，而人类因为受激情属性的控制，便与比他们低等的生物体一起住在地球上。

要旨 《博伽梵歌》第14章的第14—15节诗说：在善良属性的影响下高度进步的人，被提升到高等的天堂星系；完全受制于激情属性的人，住在地球及类似的中等星球上；受制于愚昧属性的人，死后坠入低等星系或动物的王国。半神人因为在善良属性的影响下高度进步，所以住在天堂星系中。动物低于人类，其中牛、马、狗等动物虽然和人类居住在一起，但却习惯于在人类的保护下生活。

这节诗中的梵文“高度的(ātyantikena)”一词非常重要。培养物质自然的善良属性，能使人住进天堂星球。但过度培养激情属性和愚昧属性，人就会大肆屠杀本该受人类保护的动物。习惯不必要地杀害动物的人，已经过度培养了激情属性和愚昧属性，根本没希望升上善良属性的层面；他们注定坠入低等的生命形式中。宇宙中所有的星系，都是按照住在上面的生物体层次的高低划分的。

第 29 节 तार्तीयेन स्वभावेन भगवन्नाभिमाश्रिताः ।
उभयोरन्तरं व्योम ये रुद्रपार्षदां गणाः ॥२९॥

tārtīyena svabhāvena
bhagavan-nābhim āśritāḥ
ubhayor antaraṁ vyoma
ye rudra-pārṣadāṁ gaṇāḥ

tārtīyena－因为第三种物质自然属性——愚昧属性过强／svabhāvena－因为这种本性／bhagavat-nābhim－人格首神巨大形象的肚脐／āśritāḥ－……的／ubhayoḥ－在两者间／antaram－之间／vyoma－天空／ye－他们所有人／rudra-pārṣadām－茹铎的同伴／gaṇāḥ－族群

译文　与茹铎一起的生物体在愚昧属性这一物质自然的第三种属性控制下成长。他们处在地球星球和天堂星球之间的空中。

要旨　根据圣维施瓦纳特·查夸瓦尔提(Viśvanātha Cakravartī)和圣舒卡戴瓦·哥斯瓦米(Jīva Gosvāmī)的说法，天空中的这个中部位置被称为布瓦珞卡(Bhuvarloka)。《博伽梵歌》中说：受激情属性影响的生物处在中部区域，投生在人类社会中；受善良属性影响的生物升入半神人所在的区域；受愚昧属性影响的生物被投入动物或鬼魂的族群中。《博伽梵歌》中的这一说明，与这节诗中的说法一致。芸芸众生因为各自受不同物质属性的影响，而分别居住在宇宙里的各个星球上。

第 30 节　मुखतोऽवर्तत ब्रह्म पुरुषस्य कुरूद्वह ।
यस्तून्मुखत्वाद्वर्णानां मुख्योऽभूद् ब्राह्मणो गुरुः ॥३०॥

mukhato 'vartata brahma
puruṣasya kurūdvaha
yas tūnmukhatvād varṇānāṁ
mukhyo 'bhūd brāhmaṇo guruḥ

mukhataḥ－从嘴里／avartata－生出／brahma－韦达智慧／puruṣasya－巨大宇宙形象的／kuru-udvaha－库茹王朝最杰出的人啊／yaḥ－……的他们／tu－由于／unmukhatvāt－倾向于／varṇānām－社会阶层的／mukhyaḥ－首领／abhūt－这样成为／brāhmaṇaḥ－称为布茹阿玛纳／guruḥ－公认的教师或灵性导师

译文 库茹王朝的领袖啊！韦达智慧从巨大的宇宙形象(virāṭ)的口中展示出来。倾向于研读韦达知识的人被称为布茹阿玛纳，他们自然是社会中其他阶层人士的教师和灵性导师。

要旨 《博伽梵歌》第4章的第13节诗证实，人类社会的四个阶层分别与宇宙形象的各个部位相对应。宇宙形象中有嘴、手臂、腰、腿之分，处于宇宙形象嘴部位置的人称为布茹阿玛纳(brāhmaṇa, 婆罗门)，处于手臂位置的人称为查锤亚(kṣatriya, 刹帝利)，处于腰部位置的人称为外夏(vaiśya, 吠舍)，而处在腿部位置的人称为庶铎(śūdra, 首陀罗)。每个人都能在至尊者的宇宙形象(viśva-rūpa)上找到他自己的位置，因此在四个阶层中，没有哪一个阶层因为处在宇宙形象的某个部位而被认为是低贱的。就拿我们自己的身体来说，每一个部分对我们来说都很重要，我们不会用分别心对待自己的手和腿；当然，相对来说嘴显得最为重要。身体少了其他几个部位，人照样能活，但少了嘴，人就得死。因此，至尊主身上这个最重要的部位被称为是倾向于研究韦达智慧的布茹阿玛纳所在的部位。不喜欢韦达智慧而热衷于世俗事务的人，即使出生在布茹阿玛纳家庭或有个布茹阿玛纳的父亲，也不能被称为布茹阿玛纳。父亲是布茹阿玛纳，并不意味着儿子就具备布茹阿玛纳的资格。布茹阿玛纳最首要的品质是热爱韦达智慧。韦达经是从至尊主的嘴里发出的，因此热爱韦达经的人无疑处在至尊主的嘴部，是布茹阿玛纳。这种热爱韦达经的倾向并不局限于某个阶层或团体，来自任何阶层及地区的人都可能有热爱韦达智慧的倾向。凭这一点，他就是真正的布茹阿玛纳。

真正的布茹阿玛纳很自然便是教师或灵性导师，因为只有精通韦达知识的人才能成为灵性导师。让人认识至尊主——人格首神，是韦达知识最终的目的(Vedānta)，是韦达知识的顶峰。只了解不具人格特征的梵，但对至尊人格首神一无所知的人，虽然可以是布茹阿玛纳，但却不能当灵性导师。《莲花往世书》(Padma Purāṇa)中说：

ṣaṭ-karma-nipuṇo vipro
mantra-tantra-viśāradaḥ
avaiṣṇavo gurur na syād
vaiṣṇavaḥ śva-paco guruḥ

非人格神主义者可以成为很有资格的布茹阿玛纳，但只有当他升上外士纳瓦的层面，成为人格首神的奉献者，他才能当灵性导师。近代伟大的韦达知识权威柴坦亚(Caitanya)说：

kibā vipra, kibā nyāsī, śūdra kene naya
yei kṛṣṇa-tattva-vettā, sei' guru' haya

"人可以是布茹阿玛纳、庶铎或托钵僧，但只有精通了有关奎师那的科学后，他才能当灵性导师。"(《永恒的柴坦亚经》中篇8.128)所以，能否当灵性导师并不在于他是不是个有资格的布茹阿玛纳，而取决于他是否精通有关奎师那的科学。

通晓韦达知识的人可以是布茹阿玛纳，但只有当他成为一名纯粹的外士纳瓦，掌握奎师那科学中所有深奥的道理后，他才能成为灵性导师。

第 31 节　बाहुभ्योऽवर्तत क्षत्रं क्षत्रियस्तदनुव्रतः ।
यो जातस्त्रायते वर्णान् पौरुषः कण्टकक्षतात् ॥३१॥

bāhubhyo 'vartata kṣatraṁ
kṣatriyas tad anuvrataḥ
yo jātas trāyate varṇān
pauruṣaḥ kaṇṭaka-kṣatāt

bāhubhyaḥ—从手臂 / avartata—产生 / kṣatram—保护的能力 / kṣatriyaḥ—与保护的能力有关的 / tat—那 / anuvrataḥ—追随者 / yaḥ—……的人 / jātaḥ—这样成为 / trāyate—拯救 / varṇān—其他社会阶层 / pauruṣaḥ—人格首神的代表 / kaṇṭaka—盗贼和荒淫放荡的人等扰乱社会安定的不良分子 / kṣatāt—从……的胡作非为

译文　那以后，保护的力量从巨大的宇宙形象的手臂产生出来，与这种力量有关的查锤亚也进入存在。他们通过遵守查锤亚的原则保护社会，使其免遭盗贼和无赖的打扰。

要旨　正如是否具有倾向于超然的韦达知识这一特殊的资格，是识别一个人是否是布茹阿玛纳的标准；同样，是否有维护社会安定，使人民免受盗贼和恶徒侵扰的能力，是识别一个人是否是查锤亚的标准。梵文“追随者(anuvrataḥ)”一词在这节诗中很重要。人不是说生在查锤亚家庭就能当查锤亚的，他必须遵循查锤亚所奉行的原则——保护社会免遭盗贼和恶徒侵扰，才称得上是查锤亚。社会等级制度的制定，不是依据人的出身而是依据人的品性。出身只是一个次要因素，不是社会等级制度主要考虑的内容。《博伽梵歌》第18章的第41—44节诗，专门描述了布茹阿玛纳、查锤亚、外夏和庶铎这四类人各自有的品性，当一个人完全具有某个阶层的人该具备的品性时，他才能被划入那个阶层。

所有的韦达经典都称主维施努(Viṣṇu)为享受者(puruṣa)，但偶尔也会把个体生物称做享受者，可他们从本质上说应该是享受者的能量(puruṣa-śakti)，或者称为至尊享受者的高等能量(parāśakti或parāprakṛti)。生物虽然其实并没有当享受者的资格，但因为受享受者(至尊主)的外在能量的蒙蔽，便错误地以为自己是享受者。至尊主有给予保护的能力。在布茹阿玛、维施努和玛黑施瓦尔(希瓦)这三大神明中，布茹阿玛有创造的能力，维施努有保护的能力，希瓦有毁灭的能力。“人格首神的代表(pauruṣa)”一词在这节诗中很重要，因为查锤亚应该代表至尊主这位享受者保护所有在陆地或水中出生的生物体(prajā)。所以，人类和动物都应该受到保护。在现代社会中，生物体常受到盗贼和恶徒的欺凌，得不到应有的保护。现代民主国家已经不再有查锤亚，不再像以前那样是布茹阿玛纳和查锤亚管理国家，而是由外夏和庶铎控制整个政府。尤帝士提尔王

(Mahārāja Yudhiṣṭhira)和他的孙子帕瑞克西特王(Mahārāja Parīkṣit)是两位典型的查锤亚君王，因为他们保护人类大众，保护所有的动物。当喀历(Kali)年代的人格化身企图杀死一头乳牛时，帕瑞克西特王当时就想杀死这个无赖；最后，他把这个喀历的化身赶出了自己的王国。这是主维施努的代表所具有的特征。在韦达文明传统中，由于君王代表至尊主保护众生，人民便十分崇敬这些有资格的查锤亚君王，其程度不亚于他们对至尊主的崇敬。然而，如今当选的总统连盗窃现象都制止不了，人们于是只能求保险公司来“保护”自己。现代人类社会缺乏有资格的布茹阿玛纳和查锤亚，而所谓的大众选举权又使外夏和庶铎权势过强，结果使整个社会问题重重。

第 32 节　विशोऽवर्तन्त तस्योर्वोर्लोकवृत्तिकरीर्विभोः ।
वैश्यस्तदुद्भवो वार्तां नृणां यः समवर्तयत् ॥३२॥

viśo 'vartanta tasyorvor
loka-vṛttikarīr vibhoḥ
vaiśyas tad-udbhavo vārtāṁ
nṛṇāṁ yaḥ samavartayat

viśaḥ—生产和销售农产品作为谋生的手段 / avartanta—产生 / tasya—祂的(巨大形象的) / ūrvoḥ—从大腿 / loka-vṛttikarīḥ—生计 / vibhoḥ—至尊主的 / vaiśyaḥ—商人阶层 / tat—他们的 / udbhavaḥ—定位 / vārtām—生计 / nṛṇām—所有人的 / yaḥ—……的人 / samavartayat—做

译文　生产谷物并将其分配给所有的生物体(prajā)——全人类生活的手段，由至尊主巨大形象的大腿部产生出来。负责从事这类活动的商人，被称为外夏。

要旨　这节诗中清楚地说明：从事农业生产，并通过货运、金融等贸易手段促使农产品向外流通(viśa)，才是人类赖以生存的方式。工业是人造的谋生方式；大工业生产尤其祸害无穷，引发了现代社会的所有问题。《博伽梵歌》也说到，外夏从事保护乳牛、农业生成和贸易等活动(viśa)。我们以前谈过：只要有乳牛和土地，人就不用发愁生计问题。

商品交易从农业发展而来，其中包括把货物贩运到各地及发展金融等手段。外夏分许多种，他们分别是：农场主(kṣetrī)、耕田之人(kṛṣaṇa)、做五谷交易的人(tila-vaṇik)、做香料生意的人(gandha-vaṇik)、做金融和黄金交易的人(suvarṇa-vaṇik)等。布茹阿玛纳担任教师和灵性导师，查锤亚保护国民免遭盗贼和恶徒的侵扰，外夏负责农产品的生产和流通，而智力低下的庶铎因为无法独立从事上述任何一项活动，所以靠为上述三个阶层服务维生。

在以前的年代，布茹阿玛纳因为无暇考虑生计问题，所以生活所需完全由查锤亚和外夏提供。查锤亚向外夏和庶铎征税，但布茹阿玛纳则可以免交所得税和土地税。这种社会模式是如此理想，使人类社会根本不会发生社会动乱和政治、经济方面的剧变。由此可见，要有一个安定和谐的社会，社会四阶层(varṇa)的划分是必不可少的。

第 33 节 पद्भ्यां भगवतो जज्ञे शुश्रूषा धर्मसिद्धये ।
तस्यां जातः पुरा शूद्रो यद्वृत्त्या तुष्यते हरिः ॥३३॥

padbhyāṁ bhagavato jajñe
śuśrūṣā dharma-siddhaye
tasyāṁ jātaḥ purā śūdro
yad-vṛttyā tuṣyate hariḥ

padbhyām—从小腿 / bhagavataḥ—人格首神的 / jajñe—展示出来 / śuśrūṣā—服务 / dharma—职责 / siddhaye—为……方面的事 /

tasyām—在那 / jātaḥ—被产生 / purā—原先 / śūdraḥ—仆人 / yat-vṛttyā—使……职业 / tuṣyate—变得满意 / hariḥ—至尊人格首神

译文 接着，为了使人更加完美地履行宗教职责，服务从人格首神的小腿展示出来。处在小腿部位的，是靠做服务令至尊主满意的庶铎。

要旨 服务是生物的天职。为至尊主服务是我们的本分；凭着服务的心态，我们就能达到宗教的完美境界。人不可能单靠心智思辨推测出的理论知识达到这一完美境界。在追求灵性觉悟的人当中，进行心智思辨(jñānī)的人虽然不停地在推敲理论，但最终也只是得出灵魂不同于物质的结论；他们并不清楚灵魂靠觉悟到知识获得解脱后，将从事什么活动。经典上说，那些不为至尊主做超然的爱心服务，而仅仅想靠心智思辨来了解事物本质的人，只不过是在浪费时间而已。

这里说得很明确，服务这项活动来自至尊主的腿部，以便众生能借助它达到宗教的完美境界。但这种超然的服务与物质世界里的服务概念不同。在物质世界里，受制约的灵魂都患有“想冒充主人”的病，没人想当仆人，都想当主人。物质世界里受制约的灵魂的真实情况是：因为都想主宰他人，结果在至尊主的外在能量迷惑下，身不由己地当了这个物质世界的奴隶。与至尊主合一的思想是外在能量(错觉能量)用来捆绑生物的最后一道绳索，被迷惑的灵魂因为有这种想法而错误地以为自己是已经解脱的灵魂，以为“自己与至尊主纳茹阿亚纳(Nārāyaṇa)没有区别”，结果使自己继续被物质能量捆绑着无法脱身。

当庶铎实际上比当不思服务的布茹阿玛纳要强，因为人的态度决定了他是否能取悦至尊主。众生，哪怕是资深的布茹阿玛纳，都必须为至尊主做超然的爱心服务。《博伽梵歌》和《圣典博伽瓦谭》(Śrīmad-Bhāgavatam)中都说明：生物一旦培养起为至尊主做服务的态度，就达到了完美。布茹阿玛纳、查锺亚、外夏和庶铎，只有把各自的社会职责转变成为至尊主的服务，才有可能在各自的领域中达到完美。布茹阿玛纳应该靠掌握完美的韦达知识认识到这一点，而其他阶层人士则应该追随布茹阿玛纳·外士纳瓦——具备布茹阿玛纳的品质并像外士纳瓦(Vaiṣṇava)一样活动的人。这样的社会结构才是完美的。结构紊乱的社会既不能让社会成员满意，也不能让至尊主满意。一个人即使不是完美的布茹阿玛纳、查锺亚、外夏或庶铎，但只要能致力于为至尊主做服务，不在乎自己的社会地位，就可以只靠培养为至尊主服务的心态，最终成为一个完美的人。

第 34 节 एते वर्णाः स्वधर्मेण यजन्ति स्वगुरुं हरिम् ।
श्रद्धयात्मविशुद्ध्यर्थं यज्जाताः सह वृत्तिभिः ॥३४॥

ete varṇāḥ sva-dharmeṇa
yajanti sva-guruṁ harim
śraddhayātma-viśuddhy-arthaṁ
yaj-jātāḥ saha vṛttibhiḥ

ete－所有这些 / varṇāḥ－社会阶层 / sva-dharmeṇa－靠自己的职责 / yajanti－崇拜 / sva-gurum－和灵性导师 / harim－至尊人格首神 / śraddhayā－怀着信仰和奉爱 / ātma－自我 / viśuddhi-artham－为了净化 / yat－从……的他 / jātāḥ－产生 / saha－与 / vṛttibhiḥ－职业

译文 所有这些不同的社会阶层，与它们各自的规定职责和生活条件一起，都产自至尊人格首神。因此，为了觉悟自我，过不受制约的生活，人必须在灵性导师的指导下崇拜至尊主。

要旨 由于整个宇宙内的一切众生都来自至尊主巨大的宇宙

身体的各个部位，所以按道理说，他们应该是至尊身体永恒的仆人。我们躯体的各个部位，嘴、手、小腿、大腿等，都在为整个机体服务，这是它们原本的功能。处在比人类更低级的生命形式中的生物，没有能力认识到自己作为至尊主的仆人的原本地位，但人类有责任通过社会四阶层(varṇa)去了解这一点。我们在前面谈过，布茹阿玛纳是其他社会阶层人士的灵性导师，因此以达到为至尊主做超然服务为最终目标的布茹阿玛纳文化是使灵魂得到净化的基础。

处在受制约生存状态中的灵魂总以为自己能成为宇宙主宰，这种痴心妄想如果越来越严重，最后就会认为自己是至尊者。然而，这些愚蠢的、受制约的灵魂，不知道至尊者根本不可能受制于错觉能量(māyā)。如果至尊者受制于错觉能量，祂怎么可能是至高无上的呢？那错觉能量不就是至尊者了吗？因此，既然个体生物处在受制约的状态中，那他就不可能是至尊者。这节诗告诉我们受制约的灵魂的真实处境，即：所有受制约的灵魂都因为与展现为三种自然属性的物质能量接触而受到污染。因此，他们必须在真正的灵性导师指导下净化自身，这样的灵性导师不仅应该具备布茹阿玛纳的品质，还应该是外士纳瓦。这里提到的唯一一种经授权的净化自身的方法是，在真正的灵性导师的指导下崇拜至尊主。这是接受净化的自然方法，除此之外没有第二种正确的方法。其他的净化方法也许能帮助人进入这个阶段；但无论如何，他都要经过这最后的阶段来达到真正的完美境界。对此，《博伽梵歌》第7章的第19节诗证实说：

bahūnāṁ janmanām ante
　jñānavān māṁ prapadyate
vāsudevaḥ sarvam iti
　sa mahātmā sudurlabhaḥ

“经过许许多多次生死后，一个真正处在知识层面上的人就会皈依我，知道我是一切原因的起因，是一切。这样的灵魂伟大而又罕见。”

第 35 节 एतत्क्षत्तर्भगवतो दैवकर्मात्मरूपिणः ।
कः श्रद्दध्यादुपाकर्तुं योगमायाबलोदयम् ॥३५॥

etat kṣattar bhagavato
daiva-karmātma-rūpiṇaḥ
kaḥ śraddadhyād upākartuṁ
yogamāyā-balodayam

etat—这个 / kṣattaḥ—维杜茹阿啊 / bhagavataḥ—至尊人格首神的 / daiva-karma-ātma-rūpiṇaḥ—超然活动、时间和本性的巨大形象的 / kaḥ—有谁 / śraddadhyāt—能期望 / upākartum—完全估量 / yogamāyā—内在能量 / bala-udayam—凭借……的力量而展示

译文 维杜茹阿啊！有谁能估量由至尊人格首神的内在力量所展示的巨大形象的超然时间、工作和力量呢？

要旨 对于至尊人格首神通过其内在能量尤嘎·玛亚(yogamāyā)所展示的宇宙形象(virāṭ)，青蛙哲学家们可以年复一年地去推测，但实际上没人能真正搞清那宏大的展示究竟有多大。公认的、至尊主的奉献者阿尔诸纳，曾在《博伽梵歌》第11章的第16节诗中这样说：

aneka-bāhūdara-vaktra-netraṁ
paśyāmi tvāṁ sarvato' nanta-rūpam
nāntaṁ na madhyaṁ na punas tavādiṁ
paśyāmi viśveśvara viśva-rūpa

"啊！宇宙之主，宇宙形象！我看到：在您体内有许多手臂、肚子、嘴和眼睛在向四处扩展着，无边无际。我看不到您形象的起点、中间和终点。"

至尊主专门给阿尔诸纳讲述《博伽梵歌》，并在他的要求下展示了宇宙形象。尽管至尊主赐予阿尔诸纳特别的视力观看那个宇宙形象，但阿尔诸纳虽然看到了至尊主无数的手和嘴，却无法看清至

尊主的完整形象。如果连阿尔诸纳都无法弄清至尊主的能量所展示的这个形象究竟有多长、多宽，那还有谁能弄清呢？于是有些人就只能当青蛙哲学家来胡乱推测一番。有个青蛙哲学家想凭自己对所居住的一口不足一平方米的小井的认识，去弄清太平洋有多长多宽，于是试图靠鼓起肚皮来变得跟太平洋一样大，结果撑破肚皮，一命呜呼。那些一门心思进行心智思辨的哲学家就像那个青蛙哲学家，在至尊主外在能量的迷惑下，千方百计地想测出至尊主的“长和宽”。最佳的方法是听从上节诗的建议：做个头脑清醒并顺从至尊主的奉献者，设法从真正的灵性导师那里聆听有关至尊主的讯息，进而为至尊主做超然的爱心服务。

第 36 节 तथापि कीर्तयाम्यङ्ग यथामति यथाश्रुतम् ।
कीर्तिं हरेः स्वां सत्कर्तुं गिरमन्याभिधासतीम् ॥३६॥

tathāpi kīrtayāmy aṅga
yathā-mati yathā-śrutam
kīrtiṁ hareḥ svāṁ sat-kartuṁ
giram anyābhidhāsatīm

tathā—因此 / api—尽管如此 / kīrtayāmi—我会描述 / aṅga—维杜茹阿啊 / yathā—尽可能按照…… / mati—智力 / yathā—尽可能按照…… / śrutam—听到 / kīrtim—荣耀 / hareḥ—至尊主的 / svām—自己 / sat-kartum—只为了净化 / giram—言语 / anyābhidhā—否则 / asatīm—不贞节的

译文 尽管我无能，但无论我能够(从灵性导师那里)听到什么，消化吸收什么，我现在就用歌颂至尊主的纯粹话语加以叙述，否则我说话的能力就将是不贞节的。

要旨 受制约的灵魂要得到净化就必须净化其意识。有意识存在就证明有超然的灵魂存在，意识一旦从物质躯体中消失，躯体便不再活动。因此，当躯体活动时，就可以推断有意识存在其中。经验主义哲学家认为意识可以处于不活动的状态，这只能说他们知识浅薄。人不该阻止其纯净的意识从事相应的活动，从而使自己变得不贞节。意识无法处于不活动的状态，因此纯净的意识一旦被阻止从事相应的活动，有意识的生物就会去从事其他活动。意识不可能处于静止状态，哪怕一刻都不行。当躯体不活动时，意识就会以做梦的方式继续活动。无意识的状态是一种不自然、反常的现象，用麻醉药是通过外力强制生物进入无意识的状态，但这只能维持一段时间，药效过后，生物苏醒过来，意识再度进入十分活跃的状态。

麦垂亚(Maitreya)在这节诗中所说的意思是：他虽然没有能力完美地讲述至尊主无限的荣耀，但会竭尽全力这么做。这样，他的意识就不会去从事不贞节的活动了。对至尊主的赞美不是靠研究得来的，而是以顺从的态度聆听权威灵性导师的结果。人也许不可能把他从灵性导师那里听到的一切都复述出来，但却可以尽全力，知道多少讲多少。重要之处不在于人能否完整地讲述至尊主所有的荣耀，而是必须要努力用自己的身体、心和语言来荣耀至尊主，除此之外的各种活动都是不纯洁、不贞节的。受制约的灵魂只有通过用心和言语为至尊主服务，才能净化自己的生存。外士纳瓦传统中的三棒托钵僧(tridaṇḍi-sannyāsī)领受三根棒，代表他们立誓以自己的身体、心和语言侍奉至尊主；而单棒托钵僧(ekadaṇḍi-sannyāsī)则立誓与至尊主合一。至尊主是绝对的，所以祂本人与祂的荣耀完全一样。外士纳瓦托钵僧所吟唱的至尊主的荣耀，就是实实在在的至尊主本人。正因为如此，至尊主的奉献者在赞美至尊主时，就与至尊主在超然的利益上“合而为一”了；但尽管如此，他同时还始终保持是至尊主的超然仆人的身份。奉献者所处的这种与至尊主既合一又不同的状态，使他永远处于不受污染的状态，他的生命因此而圆满。

第 37 节　एकान्तलाभं वचसो नु पुंसां
सुश्लोकमौलेर्गुणवादमाहुः ।
श्रुतेश्च विद्वद्भिरुपाकृतायां
कथासुधायामुपसम्प्रयोगम् ॥३७॥

ekānta-lābhaṁ vacaso nu puṁsāṁ
suśloka-mauler guṇa-vādam āhuḥ
śruteś ca vidvadbhir upākṛtāyāṁ
kathā-sudhāyām upasamprayogam

eka-anta—举世无双的人 / lābham—收益 / vacasaḥ—通过谈论 / nu puṁsām—跟随至尊人 / suśloka—虔诚的 / mauleḥ—活动 / guṇa-vādam—歌颂……的荣耀 / āhuḥ—据说 / śruteḥ—耳朵的 / ca—也 / vidvadbhiḥ—被博学的人 / upākṛtāyām—如此编写 / kathā-sudhāyām—在这一超然讯息的甘露里 / upasamprayogam—恰到好处的运用、靠近

译文　人类所能获得的最高利益，就是谈论至尊活动者的活动和荣耀。伟大而博学的圣人们构思精巧地写出了这些活动，以致只要靠近他们，耳朵存在的真正目的就达到了。

要旨　非人格神主义者非常害怕聆听至尊主的活动，他们认为：达到超然的布茹阿曼境界(梵境)所具有的快乐才是生命追求的最高目标；相反，任何人的活动，甚至包括人格首神的活动在内，都是世俗的。然而，这节诗中提出了另一种快乐，它与有着超然特质的至尊人的活动有关。梵文“歌颂……的荣耀(guṇa-vādam)”一词很关键，因为奉献者总是谈论至尊主的特质、活动和娱乐时光。像麦垂亚那样的圣人(ṛṣi)绝对不会对物质层面的特性和品质感兴趣，但他却说：谈论至尊主的活动是灵性觉悟最高的完美境界。圣舒卡戴瓦·哥斯瓦米因此断言：谈论有关至尊主超然活动的话题所得到的快乐，远远超过对梵的超然觉悟——体验融入不具人格特征的梵(kaivalya)，所得到的快乐。伟大的圣人们将至尊主的超然活动

记录下来，编纂成书，使人光靠聆听这些事迹就能彻底觉悟自我；在此过程中，舌头和耳朵都得到了恰到好处的运用。《圣典博伽瓦谭》就是这些伟大典籍中的一部，单靠聆听和复述其中的内容，人就能达到生命最高的完美境界。

第 38 节 **आत्मनोऽवसितो वत्स महिमा कविनादिना ।**
संवत्सरसहस्रान्ते धिया योगविपक्कया ॥३८॥

ātmano 'vasito vatsa
mahimā kavinādinā
saṁvatsara-sahasrānte
dhiyā yoga-vipakkayā

ātmanaḥ—至尊灵魂的 / avasitaḥ—被……了解 / vatsa—我亲爱的儿子啊 / mahimā—荣耀 / kavinā—由诗人布茹阿玛 / ādinā—最初的 / saṁvatsara—天堂年 / sahasra-ante—千……之末 / dhiyā—凭借智力 / yoga-vipakkayā—经由成熟的冥想

译文 我的孩子啊！最初的诗人布茹阿玛，在经过一千个天堂年的冥想变得成熟后，只能够了解至尊灵魂的荣耀是不可思议的。

要旨 有一些青蛙哲学家试图通过心智思辨、哲学推测的途径认识至尊灵魂，如果遇到对至尊主有一定认识的奉献者承认说至尊主的荣耀无法估量、不可思议，他们就会横加斥责。这些哲学家就像那只想估量太平洋面积的井底之蛙一样，不愿意听取像宇宙内第一位诗人布茹阿玛那样的奉献者的教导，却喜欢煞费苦心地进行心智思辨，结果一无所获。主布茹阿玛苦苦冥想了一千个天堂年后说，至尊主的荣耀是不可思议的。如果连他都这么说，那么，青蛙哲学家们靠心智思辨又能得到什么结果呢？

《布茹阿玛·萨密塔》中说，心智思辨者们尽可以在思想的王国内用心念的速度，也就是风的速度，纵横驰骋上亿万年，但最终还是想不出个所以然来。可是，奉献者不会浪费时间去毫无意义地“研究”有关至尊主的知识，而是态度顺从地从真正的奉献者那里聆听至尊主的荣耀。他们在这样聆听和吟诵(吟唱)的过程中获得超然的快乐。伟大的灵魂(mahātmā)——奉献者，从事奉爱活动。对此，至尊主十分赞赏，祂说：

mahātmānas tu māṁ pārtha
daivīṁ prakṛtim āśritāḥ
bhajanty ananya-manaso
jñātvā bhūtādim avyayam
satataṁ kīrtayanto māṁ
yatantaś ca dṛḍha-vratāḥ
namasyantaś ca māṁ bhaktyā
nitya-yuktā upāsate

“普瑞塔的儿子啊！不受蒙蔽的伟大灵魂，受神性自然的保护。他们因为知道我是至尊人格首神，是第一位生物，是无穷无尽的，所以完全投入到奉爱服务中。

“这些伟大的灵魂总是歌颂我的荣耀，以巨大的决心去努力。他们顶拜我，一直以爱心崇拜我。”(《博伽梵歌》9.13—14)

至尊主的纯粹奉献者托庇于拉珂施蜜黛薇(Lakṣmīdevī)、悉塔黛薇(Sītādevī)、圣茹阿妲茹阿妮(Rādhārāṇī)或圣茹珂蜜妮黛薇(Rukmiṇī devī)等至尊主的内在能量(parā prakṛti)，因而成为真正伟大的灵魂。伟大的灵魂不喜欢没完没了地进行心智思辨，而愿意脚踏实地，毫不偏离地为至尊主做奉爱服务。聆听和吟诵(吟唱)至尊主的活动是最首要的奉爱服务，伟大的灵魂借由这一方法，了解了足够多有关至尊主的知识。人要想能在一定程度上确实了解至尊主，就只有靠做奉爱服务这一方法，除此之外别无他法。人可以浪费他宝贵的人类生命，没完没了地进行心智思辨，但那不能帮助人进入至尊主的王国。伟大的灵魂以聆听至尊主的光荣事迹为乐事，因此对试图靠心智思辨去认识至尊主的方法没兴趣。至尊主的光荣事迹中包括至尊主如何对待祂的奉献者，又如何对付恶魔等超然的娱乐活动，奉献者聆听至尊主的这两种娱乐活动时感到十分快乐；他们无论今生还是来世都快乐无比。

第 39 节 अतो भगवतो माया मायिनामपि मोहिनी ।
यत्स्वयं चात्मवर्त्मात्मा न वेद किमुतापरे ॥३९॥

ato bhagavato māyā
māyinām api mohinī
yat svayaṁ cātma-vartmātmā
na veda kim utāpare

ataḥ－因此 / bhagavataḥ－神性的 / māyā－能量 / māyinām－魔术师 / api－甚至 / mohinī－令人迷惑的 / yat－……的 / svayam－亲自 / ca－也 / ātma-vartma－自足的 / ātmā－自我 / na－不 / veda－知道 / kim uta－更何况 / apare－其他人

译文 至尊人格首神的神奇力量甚至迷惑了魔术师。自给自足的至尊主甚至都不了解自己的那种潜在力量，其他人无疑更不知道了。

要旨 青蛙式的哲学家，以及那些在科学和数学问题上争论不休的世俗学者，或许不相信至尊人格首神具有不可思议的力量，但在现实中有时却被世人和自然界耍的把戏所迷惑。这些世俗的巫师、魔术师们，面对至尊主展示的奇妙、超然的活动目瞪口呆，于是为安慰自己而把它们说成是神话。可是，对无所不能的至尊者来说，没有什么是神话、是不可能的。最让那些世俗学者感到困惑的是，当他们还在没完没了地想揣测至尊者无限能量的大小时，至尊者忠诚的奉献者们却仅仅通过欣赏至尊者在实际领域中的神奇作为，就挣脱了物质牢笼。至尊主的奉献者从他们在衣食住行过程中接触到的每一件事物上，都能看到至尊主巧夺天工的创造。榕树结果，一颗小小的果实里包裹着上千粒微小的种子，每一粒种子都将长成另一棵大树，这树又将结出成千上万个果实；这些果实既是因又是果。榕树和其种子促使奉献者冥想至尊主的神奇作为，而世俗学者却把时间白白浪费在枯燥的心智思辨上。这种思辨无论今生还是来世，都不可能给他们带来任何好处。他们虽然得意于自己的思辨功夫，但却始终无法欣赏榕树的潜能这一简单的事实。这些思辨者都是些注定要永远留在物质存在中的可怜的灵魂。

第 40 节　यतोऽप्राप्य न्यवर्तन्त वाचश्च मनसा सह ।
अहं चान्य इमे देवास्तस्मै भगवते नमः ॥४०॥

yato 'prāpya nyavartanta
vācaś ca manasā saha
ahaṁ cānya ime devās
tasmai bhagavate namaḥ

yataḥ一从……的他 / aprāpya一无法测度 / nyavartanta一不再试图 / vācaḥ一言语 / ca一也 / manasā一靠心念 / saha一与…… / aham ca一和自我 / anye一其他 / ime一所有这些 / devāḥ一半神人 / tasmai一向祂 / bhagavate一向人格首神 / namaḥ一致以顶拜

译文　言语、心和假我，与分别控制它们的半神人，都无法了解至尊人格首神。因此，我们只要恭恭敬敬地向祂献上我们的敬意，就是明智的。

要旨　想揣测至尊者能量的青蛙先生们，也许会提出这样的疑问：既然就连掌管语言的神明韦达经(Vedas)，掌管心的神明布茹阿玛，掌管假我的神明茹铎(Rudra)，以及以毕哈斯帕提(Bṛhaspati)为首的全体半神人，都无法认识绝对者，那奉献者为何还要对这位不可知的人物这么感兴趣呢？对这个问题的回答是：因为奉献者在讲述至尊主的娱乐活动过程中，享受到了非奉献者和心智思辨者根本不知道的超然狂喜。人必须品尝到超然的快乐，才会自动停止心智思辨，不再浪费时间去编造各种理论，因为他会发现：这些东西既不符合真相又枯燥乏味。奉献者最起码知道绝对真理是至尊人格首神维施努，韦达赞歌中的“学识渊博之人总是渴望得到主维施努的莲花足(oṁ tad viṣṇoḥ paramaṁ padaṁ sadā paśyanti sūrayaḥ)”一句证实了这一点。对此，《博伽梵歌》第15章的第15节诗也证实说：“研习韦达经的目的是要知道我(vedaiś ca sarvair aham eva vedyaḥ)。”培养韦达知识最终必须了解主奎师那，而不是只在那里错误地推测“我(aham)”这个词的意思。《博伽梵歌》第18章的第55节诗中说：“只有做奉爱服务，才能如实地了解作为至尊人格首神的我(bhaktyā mām abhijānāti yāvān yaś cāsmi tattvataḥ)。”因此，做奉爱服务是了解绝对真理唯一的方法。只有做奉爱服务，才能觉悟到人格首神是绝对真理，而梵(Brahman)或超灵(Paramātmā)只是祂某一方面的特征。对此，伟大的圣人麦垂亚在这节诗也作了证实。他满怀奉爱之情，诚心诚意向至尊人格首神(bhagavate)顶礼(namaḥ)。人要想了解在梵和超灵之上的至尊主的原貌，就必须以麦垂亚、维杜茹阿、帕瑞克西特王和舒卡戴瓦·哥斯瓦米(Śukadeva Gosvāmī)等伟大的圣人兼奉献者为榜样，为至尊主做超然的爱心服务。

到此为止，结束了巴克提韦丹塔对《圣典博伽瓦谭》第3篇第6章——“宇宙形象的创造”所作的阐释。

第七章
维杜茹阿的进一步询问

第 1 节

श्रीशुक उवाच
एवं ब्रुवाणं मैत्रेयं द्वैपायनसुतो बुधः ।
प्रीणयन्निव भारत्या विदुरः प्रत्यभाषत ॥ १ ॥

śrī-śuka uvāca
evaṁ bruvāṇaṁ maitreyaṁ
dvaipāyana-suto budhaḥ
prīṇayann iva bhāratyā
viduraḥ pratyabhāṣata

śrī-śukaḥ uvāca－圣舒卡戴瓦·哥斯瓦米说 / evam－于是 / bruvāṇam－讲 / maitreyam－向圣人麦垂亚 / dvaipāyana-sutaḥ－兑帕亚纳之子 / budhaḥ－博学的 / prīṇayan－彬彬有礼地 / iva－像 / bhāratyā－以询问的方式 / viduraḥ－维杜茹阿 / pratyabhāṣata－说出

译文 圣舒卡戴瓦·哥斯瓦米说：君王啊！在伟大的圣人麦垂亚这样说着时，兑帕亚纳·维亚萨博学的儿子维杜茹阿，通过问下面的问题，以令人愉快的方式提出了请求。

第 2 节

विदुर उवाच
ब्रह्मन् कथं भगवतश्चिन्मात्रस्याविकारिणः ।
लीलया चापि युज्येरन्निर्गुणस्य गुणाः क्रियाः ॥ २ ॥

vidura uvāca
brahman kathaṁ bhagavataś
cin-mātrasyāvikāriṇaḥ
līlayā cāpi yujyeran
nirguṇasya guṇāḥ kriyāḥ

viduraḥ uvāca－维杜茹阿说 / brahman－布茹阿玛纳啊 / katham－如何 / bhagavataḥ－人格首神的 / cit-mātrasya－完整的灵性整体的 / avikāriṇaḥ－不变者的 / līlayā－通过祂的娱乐活动 / ca－或 / api－尽管如此 / yujyeran－发生 / nirguṇasya－不受自然属性影响的 / guṇāḥ－自然属性 / kriyāḥ－活动

译文　圣维杜茹阿说：伟大的布茹阿玛纳啊！既然至尊人格首神是完整的灵性整体，是不变的，祂怎么会与物质自然属性及它们的活动有关联？如果这是祂的娱乐活动，那么不变者如何从事这些活动，又如何展示没有物质自然属性的品质呢？

要旨　正如上一章所讲述的，至尊主——超灵，与众生的区别在于：至尊主用祂的各种能量创造了这个宇宙，而众生却被这个创造所迷惑。所以，至尊主是各种能量的主宰，而众生则被这些能量所主宰。借着询问有关超然活动方面的问题，维杜茹阿(Vidura)澄清了人们具有的一个错误概念，那就是：认为至尊主以化身的形式降临地球或带着祂全部的能量展示时，也像普通生物一样受错觉能量玛亚(māyā)的影响。这是那些认为至尊主与普通生物处于同一层面的智力欠佳的哲学家，普遍持有的看法。维杜茹阿想要听麦垂亚(Maitreya)如何反驳这些错误论点。这节诗中说至尊主是“完全灵性的(cin-mātra)”。人格首神拥有无限的能量；祂用这些能量创造了无数神奇的事物，其中有些短暂易逝，有些永恒存在。这个物质世界是祂用外在能量创造的，所以显得短暂易逝，在一定的时间内处于展示的状态，维持一段时间后又归于毁灭，重新作为祂本身的能量保存起来。《博伽梵歌》(Bhagavad-gītā)第8章的第19节诗中“反复地展示和毁灭(bhūtvā bhūtvā pralīyate)”一句，说的就是这个意思。然而，祂用内在能量所创造的灵性世界并不像物质世界那样是短暂的展示，而是永恒的，是充满着超然的知识、财富、能量、力量、美和荣耀的世界。至尊主内在能量的这些展示是永恒的，被称为尼尔古纳(nirguṇa)，意思是：没有丝毫的物质自然属性，哪怕是物质的善良属性也没有。灵性世界甚至超越物质的善良属性，因此它永恒不变。既然拥有这些永恒不变的特质的至尊主，永远不受任何物质的影响，又怎么能说祂与众生一样，形象和活动受错觉能量玛亚的影响呢？

巫师可以靠巫术变换出许多形象。他能变成一头牛；尽管他不是牛，但他所变的这头牛就是他本人。同样，物质能量因为来自至尊主，所以与至尊主没有区别，但同时这一能量的展示又不是至尊主。至尊主所具有的超然知识和能量永远不会发生改变，哪怕展示在物质世界里也不例外。《博伽梵歌》中说：至尊主凭祂的内在能量降临地球，因此绝不可能受物质的污染、发生改变或被物质自然属性所影响。至尊主凭祂的内在能量而成为萨古纳(saguṇa)，但同时又因为不接触物质能量而是尼尔古纳。监狱里的管制措施是给触犯了国王的法律而被定罪的犯人制定的，国王虽然有时会出于善意去视察监狱，但却并不受监狱管制。《维施努往世书》(Viṣṇu Purāṇa)中说，至尊主的六种财富与祂本人没有区别。人格首神所拥有的超然的知识、力量、钱财、神秘能力、美丽和弃绝这六种财富，与祂本人是一样的。当祂本人到物质世界里来展示这些财富时，这些财富与物质自然属性毫无关系。“完全灵性的(cin-mātratva)”一词在此确认：至尊主的活动，哪怕是在物质世界里展出的，也都永远超然。至尊人格首神的活动与祂本人完全一样；否则，像舒卡戴瓦·哥斯瓦米(Śukadeva Gosvāmī)这些解脱的灵魂就不会受吸引了。维杜茹阿问：至尊主的活动怎么可能受物质属性的影响呢？但知识贫乏的人有时就会有这种错误的看法。由于物质躯体不同于灵魂，便显出了反常的物质特性；受制约的灵魂通过物质自然这一媒介从事活动，一切便以扭曲的形式表现出来。然而，至尊主的躯体就是至尊主本人，所以至尊主从事的活动必定在各方面都与至尊主没有区别。因此结论是：认为“至尊主的活动是物质的”这一想法无疑错了。

第 3 节 क्रीडायामुद्यमोऽर्भस्य कामश्चिक्रीडिषान्यतः ।
स्वतस्तृप्तस्य च कथं निवृत्तस्य सदान्यतः ॥३॥

kṛīḍāyām udyamo ’rbhasya
kāmaś cikrīḍiṣānyataḥ
svatas-tṛptasya ca kathaṁ
nivṛttasya sadānyataḥ

krīḍāyām—至于玩耍 / udyamaḥ—热情 / arbhasya—小男孩的 / kāmaḥ—欲望 / cikrīḍiṣā—玩耍的愿望 / anyataḥ—和其他小男孩 / svataḥ-tṛptasya—对于一个自足的人来说 / ca—也 / katham—为了什么 / nivṛttasya—不依恋的人 / sadā—在任何时候 / anyataḥ—否则

译文 男孩在欲望的驱动下，热衷于与其他男孩玩耍或从事各种消遣活动。但至尊主因为自给自足，始终超脱，所以不可能有这样的欲望。

要旨 至尊人格首神是唯一的存在，没有一件事物存在于祂之外或独立于祂而存在。祂用祂的能量向外扩展，恰似火扩展出光和热一样，扩展出属于祂自身范畴的扩展和分离的扩展。既然除了至尊主本人之外，存在中不再有任何事物，那么至尊主在与任何事物交流时，其实都是在与祂自己交流。在《博伽梵歌》第9章的第4节诗中，至尊主说：

mayā tatam idaṁ sarvaṁ
jagad avyakta-mūrtinā
mat-sthāni sarva-bhūtāni
na cāhaṁ teṣv avasthitaḥ

“我以不展示的形象遍布整个宇宙。众生都在我之中，我却不在他们中。”这就是至尊主所具有的“既相连又分开”的财富，祂与万事万物既不可分，但同时又是分开的。

第 4 节 अस्राक्षीद्भगवान् विश्वं गुणमय्यात्ममायया ।
तया संस्थापयत्येतद्भूयः प्रत्यपिधास्यति ॥ ४ ॥

asrākṣīd bhagavān viśvaṁ
guṇa-mayyātma-māyayā
tayā saṁsthāpayaty etad
bhūyaḥ pratyapidhāsyati

asrākṣīt 一使创造 / bhagavān 一人格首神 / viśvam 一宇宙 / guṇa-mayyā 一被赋予三种物质自然属性 / ātma 一自我 / māyayā 一凭借能量 / tayā 一由她 / saṁsthāpayati 一维系 / etat 一所有这些 / bhūyaḥ 一再三 / praty-apidhāsyati 一又反过来毁灭

译文 至尊主凭借祂自己的力量——物质自然三种属性，引发了这个宇宙的创造。经由她，祂维系并再三地毁灭它。

要旨 这个宇宙是至尊主为那些被错觉蒙蔽而想模仿祂，与祂合一的生物创造的。物质自然属性则是为进一步迷惑受制约的灵魂而设。受制约的生物遗忘了他的灵性身份，在错觉能量的蒙蔽下以为自己属于物质创造，是其中的一部分，于是一世复一世纠缠在物质活动中。至尊主自己并不需要这个物质世界，它是给那些因为误用神赐予他们的微小独立性而妄想当主宰的受制约的灵魂享用的。受制约的灵魂因为要当主宰而陷入生死轮回。

第 5 节 देशतः कालतो योऽसाववस्थातः स्वतोऽन्यतः ।
अविलुप्तावबोधात्मा स युज्येताजया कथम् ॥ ५ ॥

deśataḥ kālato yo 'sāv
avasthātaḥ svato 'nyataḥ
aviluptāvabodhātmā
sa yujyetājayā katham

deśataḥ－按照情况而定的 / kālataḥ－受时间的影响 / yaḥ－……的人 / asau－生物 / avasthātaḥ－被处境 / svataḥ－被梦境 / anyataḥ－被其他原因 / avilupta－消灭 / avabodha－意识 / ātmā－纯净的自我 / saḥ－他 / yujyeta－沉溺于 / ajayā－与无知 / katham－为何如此

译文 纯粹的灵魂是纯净的意识，而且无论是环境、时间、情况、梦，还是其他原因，都无法使他变得无意识。那么，他怎么会在愚昧无知的情况下活动呢？

要旨 正如这节诗中所说，生物永远具有意识，任何情况都不可能改变这一点。他在从一个地方迁移到另一个地方时，完全能意识到自己的情况变了。他如同一道电流，存在于过去、现在和未来。正因为如此，人不仅能想起他过去的事，还能根据过去的经历推测自己的未来。人即使处在艰难的环境里，也忘不了自己的身份。既然这样，生物怎么可能忘记自己真正的身份是纯粹的灵魂而去与物质认同呢？除非他受到某种外在因素的影响？答案是：《维施努往世书》(Viṣṇu Purāṇa)和《圣典博伽瓦谭》(Śrīmad-Bhāgavatam)的一开篇都证实说，生物的确受到了愚昧(avidyā)的影响。生物在《博伽梵歌》第7章的第5节诗中被称为是高等自然(parā prakṛti)，在《维施努往世书》中被称为是高等能量(parā śakti)。生物是至尊主不可缺少的一部分，是一种能量，但不是能量的拥有者。能量的拥有者可以展示多种能量，能量在任何情况下都不可能等同于能量的拥有者。一种能量可以抑制另一种能量，但所有的能量都由能量的拥有者控制。个体灵魂(jīva)是至尊主的“能够知悉特定物质躯体的能量(kṣetrajña-śakti)”，有被外在能量(avidyā-karma-saṁjñā)征服并因而被置于艰难的物质生存环境中的倾向。生物除非受外在能量的影响，否则不可能忘记自己真正的身份。而生物因为容易受外在能量的影响，所以永远不可能等同于能量的拥有者——至尊主。

第 6 节　भगवानेक एवैष सर्वक्षेत्रेष्ववस्थितः ।
अमुष्य दुर्भगत्वं वा क्लेशो वा कर्मभिः कुतः ॥६॥

bhagavān eka evaiṣa
sarva-kṣetreṣv avasthitaḥ
amuṣya durbhagatvaṁ vā
kleśo vā karmabhiḥ kutaḥ

bhagavān－至尊人格首神 / ekaḥ－单独 / eva eṣaḥ－所有这些 / sarva－所有 / kṣetreṣu－在生物体内 / avasthitaḥ－处于 / amuṣya－生物的 / durbhagatvam－不幸 / vā－或 / kleśaḥ－痛苦 / vā－或 / karmabhiḥ－通过活动 / kutaḥ－为了什么

译文　至尊主作为超灵处在每一个生物体的心中。既然这样，生物体的活动结果为什么会使他们遭遇不幸和痛苦?

要旨　维杜茹阿向麦垂亚提出的第二个问题是：既然至尊主作为超灵居于众生的心中，众生怎么还会遭受那么多的痛苦与不幸？躯体就如同一棵果树，个体生物和作为超灵的至尊主是住在树上的两只鸟；个体灵魂在忙着吃树上的果实，至尊主——超灵，则在一旁观看着他的活动。国家的臣民也许会因为政府管理不善而生活困难，但当政府领导人站在一个臣民的身边时，怎么可能有人会在那时去欺负这个臣民呢？此外，从另一方面看，我们知道个体生物与至尊主在质上一样，因此当他处于纯粹的生命状态时，他所具有的知识不可能被无知所覆盖，更何况至尊主就在他旁边。既然这样，生物怎么会被错觉能量(māyā)所蒙蔽而陷入愚昧呢？既然至尊主是众生的父亲和保护者，被称为众生的维系者(bhūta-bhṛt)，生物为什么还会遭受那么多的痛苦与不幸呢？这是不该发生的，但事实上，痛苦和不幸却比比皆是。正因为如此，维杜茹阿提出了这个问题。

第 7 节 एतस्मिन्मे मनो विद्वन् खिद्यतेऽज्ञानसङ्कटे ।
तन्नः पराणुद विभो कश्मलं मानसं महत् ॥७॥

etasmin me mano vidvan
khidyate 'jñāna-saṅkaṭe
tan naḥ parāṇuda vibho
kaśmalaṁ mānasaṁ mahat

etasmin—在这方面 / me—我的 / manaḥ—内心 / vidvan—博学的人啊 / khidyate—使困惑 / ajñāna—无知 / saṅkaṭe—痛苦的 / tat—因此 / naḥ—我的 / parāṇuda—澄清 / vibho—伟大的人啊 / kaśmalam—虚幻 / mānasam—与心有关的 / mahat—伟大的

译文 伟大而博学的人啊！这无知的痛苦使我的心极度迷茫，因此我请求您指点迷津。

要旨 维杜茹阿出现的这种思想陷入混乱的情况，会出现在绝大多数人身上，但不是所有的人都有。如果人人都感到困惑，就没有更高的权威来解除人们的困惑了。

第 8 节 श्रीशुक उवाच
स इत्थं चोदितः क्षत्त्रा तत्त्वजिज्ञासुना मुनिः ।
प्रत्याह भगवच्चित्तः स्मयन्निव गतस्मयः ॥८॥

śrī-śuka uvāca
sa itthaṁ coditaḥ kṣattrā

tattva-jijñāsunā muniḥ
pratyāha bhagavac-cittaḥ
smayann iva gata-smayaḥ

śrī-śukaḥ uvāca－圣舒卡戴瓦·哥斯瓦米说 / saḥ－他(麦垂亚·牟尼) / ittham－就此 / coditaḥ－受激励 / kṣattrā－被维杜茹阿 / tattva-jijñāsunā－被一个想了解真理并热切询问的人 / muniḥ－伟大的圣人 / pratyāha－回答 / bhagavat-cittaḥ－神意识 / smayan－惊愕的样子 / iva－好像 / gata-smayaḥ－毫不犹豫

译文　圣舒卡戴瓦·哥斯瓦米说：君王啊！麦垂亚受到好奇的维杜茹阿的激励，开始时显得像是震惊，但因为本身充满了神意识，所以接下来便毫不犹豫地回答他的询问。

要旨　伟大的圣人麦垂亚内心充满了神意识，所以当维杜茹阿就一些充满矛盾的现象提出疑问时，他不可能因而感到惊诧和不解。正因为如此，作为奉献者的他，虽然表面上露出震惊的神色，像是不知该如何回答那些问题，但随即就从容不迫地开始对维杜茹阿提出的问题给予正确的回答。人只要了解了绝对真理，就了解了所有的一切(yasmin vijñāte sarvam evaṁ vijñātaṁ bhavati)。至尊主的任何一位奉献者都对至尊主有一定程度的认识，而为至尊主做奉爱服务使他得以凭借至尊主的恩典了解一切。至尊主的奉献者表面上虽然自称无知，但实际上无论遇到什么错综复杂的事情，他都知道其中的道理。

第 9 节

मैत्रेय उवाच
सेयं भगवतो माया यन्नयेन विरुध्यते ।
ईश्वरस्य विमुक्तस्य कार्पण्यमुत बन्धनम् ॥ ९ ॥

maitreya uvāca
seyaṁ bhagavato māyā
yan nayena virudhyate

īśvarasya vimuktasya
kārpaṇyam uta bandhanam

maitreyaḥ uvāca－麦垂亚说 / sā iyam－这样的说法 / bhagavataḥ－人格首神的 / māyā－错觉 / yat－……的 / nayena－按照逻辑 / virudhyate－变得矛盾 / īśvarasya－至尊人格首神的 / vimuktasya－永远解脱的人的 / kārpaṇyam－不充分 / uta－也像，更不用说 / bandhanam－束缚

译文 圣麦垂亚说：某些受制约的灵魂提出理论说，至尊梵——人格首神，被错觉能量玛亚所征服，但同时又坚持说祂不受限制。这违反所有的逻辑。

要旨 人们有时会觉得那蒙蔽个体灵魂知识的错觉能量似乎不该从百分之百灵性的至尊人格首神那里来。但实际上，这一外在错觉能量就是至尊主不可缺少的一部分。当维亚萨戴瓦(Vyāsadeva)觉悟到至尊人格首神的时候，他看到至尊主和祂那蒙蔽个体生物纯粹知识的外在能量在一起。外在能量为什么要以这种方式运作呢？根据维施瓦纳特·查夸瓦尔提·塔库尔(Viśvanātha Cakravartī Ṭhākura)和圣舒卡戴瓦·哥斯瓦米(Jīva Gosvāmī)等杰出的圣哲贤人的分析，可以作出如下的回答，那就是：物质性的错觉能量虽然与灵性能量截然不同，但也是至尊主众多的能量之一，因此至尊主的众多品质中无疑也包括了物质自然属性(如善良属性)。能量与拥有能量的人格首神是一体的，没有分别。但尽管如此，至尊主永远不会受制于祂的能量；但生物虽然也是至尊主不可缺少的一部分，却会受制于物质能量。《博伽梵歌》第9章的第5节诗说，至尊主拥有“不可思议的神秘力量(yogam aiśvaram)”。对此，青蛙式的哲学家无法正确理解。为了坚持“纳茹阿亚纳(Nārāyaṇa)——至尊主本人，变成贫穷之人(daridra-nārāyaṇa)”这一理论，他们就说物质能量包裹了至尊主。对此，圣舒卡戴瓦·哥斯瓦米和圣维施瓦纳特·查夸瓦尔提·塔库

尔给了一个很好的比喻说明。他们说，太阳是光芒万丈的，云、雪和黑暗都是太阳的所属部分；没有太阳，就无所谓天空被云或黑暗遮蔽，也不会有下雪的现象。生命虽然由太阳维系，但同时也受到由太阳产生的雪和黑暗的侵扰。此外还有一个事实是：太阳本身永远不会被黑暗、云和雪所遮蔽，因为它与它们之间相隔遥远。只有知识贫乏的人才会说太阳被云和黑暗遮住了。同样道理，尽管物质能量是至尊梵(Parabrahman)——人格首神所拥有的一种能量，但人格首神本人永远不受物质能量的影响(parāsya śaktir vividhaiva śrūyate)。

“至尊梵被错觉能量包裹住”的观点没有道理。云、雪和黑暗只能遮住几束阳光；同样，物质自然属性只能对生物这“几束阳光”起作用。物质能量以其影响遮住了物质世界里的生物的纯净意识和永恒快乐。这是受制约的生物的不幸，但背后肯定有其原因。原因是：外在能量(avidyā-karmā-saṁjñā)影响、控制了那些误用其微小独立性的微小生物，遮住了他们纯净的意识和永恒的快乐。根据《维施努往世书》、《博伽梵歌》和其他所有韦达(Vedic)文献的解释，生物来自至尊主的边缘能量(taṭasthā)，因此永远是至尊主的能量，而不是能量的拥有者。生物恰似太阳光；而如前所述，太阳和阳光在质上没有区别，但阳光有时会被云、雪等太阳的其他能量遮住。同样道理，生物虽然与至尊主的其他高等能量在质上相同，但却有受制于低等物质能量的倾向。韦达赞歌中说：生物就像火堆中迸出的火星；火星也是火，但火星的燃烧力与火堆的燃烧力有天壤之别。火星迸出火堆后，进入了一种“非燃烧”的环境，因此始终具有要以火星而不是火堆的身份再次进入大火，与大火合一的潜能。火星作为火堆所属的一部分，可以永远留在火堆中；它们一旦离开它们所迸发出的那堆大火，就沦入一种痛苦不幸的境地。因此，结论明确是：至尊主是原始的大火，永远不会受制于任何事物，但火中微小的火星却受制于错觉能量(māyā)。说至尊主会受制于祂本人的物质能量实在是天大的笑话。《博伽梵歌》中说明：至尊主是物质能量的主宰，物质世界里的生物受物质能量主宰，处于受制约的状态。说“至尊主受制于物质善良属性”的青蛙型哲学家，虽然自以为是解脱的灵魂，但事实上是被物质能量迷惑了。他们靠玩文字游戏支持自己的论点，但他们所用的文字也是至尊主的错觉能量赐予的礼物。然而，青蛙型哲学家还自以为很有知识，浑然不知自己处于多么可怜的境地。

《圣典博伽瓦谭》第6篇第9章的第34节诗说：

duravabodha iva tavāyaṁ vihāra-yogo yad aśaraṇo' śarīra idam anavekṣitāsmat-samavāya ātmanaivāvikriyamāṇena saguṇam aguṇaḥ sṛjasi pāsi harasi

“至尊主啊，您无须任何支持。您虽然没有物质躯体，但并不需要我们协助您。您是宇宙展示的根源，为宇宙展示提供物质原料而本身并不改变，因此是您独自创造、维系和毁灭了这个宇宙展示。然而，您虽然看似在从事物质活动，但实际上超越所有的物质品质。因此，您的这些超然活动极难被理解。”

正因为如此，半神人们向至尊主祈祷说：虽然祂的活动极难被人理解，但真诚地为至尊主做超然爱心服务的人还是能了解一部分。半神人们承认，至尊主虽然远离物质影响和物质创造，但却通过让半神人当中间代理，创造、维系和毁灭整个宇宙展示。

第 10 节 यदर्थेन विनामुष्य पुंस आत्मविपर्ययः ।
प्रतीयत उपद्रष्टुः स्वशिरश्छेदनादिकः ॥१०॥

yad arthena vināmuṣya
puṁsa ātma-viparyayaḥ
pratīyata upadraṣṭuḥ
sva-śiraś chedanādikaḥ

yat—因此 / arthena—目标或意义 / vinā—没有 / amuṣya—这样一个

的 / puṁsaḥ－生物的 / ātma-viparyayaḥ－在自己是谁这个问题上感到心烦意乱 / pratīyate－看上去就像…… / upadraṣṭuḥ－旁观者的 / sva-śiraḥ－自己的头 / chedana-ādikaḥ－砍下

译文　生物体对自我的身份感到苦恼。他没有真正的背景资料，仿佛一个男人梦见自己的头被砍了下来。

要旨　一次，有位老师吓唬一个学生说，要砍下他的头挂在墙上，让他看到自己的头被砍了下来。这学生听了很害怕，从此不敢再做坏事。同样道理，纯粹的灵魂之所以经受物质痛苦，在自己是谁这个问题上出现认知混乱，是至尊主的外在能量作用的结果，目的是为了降服住这些违反至尊主的意愿做坏事的生物。事实上，根本就不存在束缚和痛苦，生物也从未失去他纯粹的知识。当他处在纯净的意识状态时，他只要稍微好好想一想自己的地位，就能明白自己永远都需要仰赖至尊者的仁慈，“与至尊主合一”的想法纯属痴心妄想。物质世界里的生物生生世世都在想主宰物质自然，当物质世界的主人，然而却妄想落空。最后，他实在感到灰心丧气时，就会停止物质活动，从事心智思辨、玩文字游戏，企图与至尊主合一，但最后还是以失败告终。

这些活动都是错觉能量编排的，生物从事这些活动时的感受跟他在梦中看到自己的头被砍下来时的感受一样。自己的头都被砍下来了，怎么还能看得见呢？所以，如果有人说看到自己的头被砍下来，那他必定是处在幻觉中。同样道理，生物明白自己永远从属于至尊主，但却偏要把自己当做神本人，说自己虽然是神，但错觉能量(māyā)的影响使自己失去了知识。说这种话就跟说看到自己的头被砍下来一样荒谬。生物所具有的知识就是这样被蒙蔽的。既然生物所受的苦都是由于自己违反常规、反叛神造成的，那他就应该回复正常的生活状态，成为至尊主的奉献者，放弃想自己当神的错误念头。那种自以为自己是神的所谓解脱，是束缚生物的愚昧(avidyā)给生物设置的最后一个圈套。结论是：生物一旦停止为至尊主做永恒超然的奉爱服务，便产生各种错觉。事实上，生物即使处在受制约的生存状态中，也是至尊主永恒的仆人。他受错觉能量玛亚的奴役这一点，就表明他永远都处在当仆人的地位上。他不愿意侍奉至尊主，于是给玛亚当奴隶，结果照样还是在服务，只不过那种服务状态违反他原本的自然状态。当他想到要摆脱物质束缚，不在物质世界中当奴隶时，他就产生另一种错觉——想要与至尊主合一。事实上，最好的方法是投靠、服从至尊主，永远摆脱错觉能量玛亚的束缚。正如《博伽梵歌》第7章的第14节诗所说：

daivī hy eṣā guṇa-mayī
mama māyā duratyayā
mām eva ye prapadyante
māyām etāṁ taranti te

“我这由物质自然三种属性组成的神圣能量难以克服。但是，皈依我的人却能轻易地跨越它。”

第 11 节 यथा जले चन्द्रमसः कम्पादिस्तत्कृतो गुणः ।
दृश्यतेऽसन्नपि द्रष्टुरात्मनोऽनात्मनो गुणः ॥११॥

yathā jale candramasaḥ
kampādis tat-kṛto guṇaḥ
dṛśyate 'sann api draṣṭur
ātmano 'nātmano guṇaḥ

yathā—就像 / jale—在水中 / candramasaḥ—月亮的 / kampa-ādiḥ—晃动等 / tat-kṛtaḥ—由水引起 / guṇaḥ—品质 / dṛśyate—看似 / asan api—不存在 / draṣṭuḥ—观看者的 / ātmanaḥ—自我的 / anātmanaḥ—自我之外的 / guṇaḥ—品质

译文　正如月亮因为与水的品质接触，使它在水中的倒影让观看者看来显得晃动，与物质接触的自我显出如物质般的特性。

要旨　人格首神——至尊灵魂，就好比天上的月亮，生物则好比月亮在水中的倒影。天上的月亮本身不晃动，不像在水中的倒影那样看上去一直在晃动。事实上，月亮在水中的倒影也应该跟天上的月亮一样不晃动，但月亮的倒影跟晃动的水有关系，所以看上去在晃动，但本身实际上并不晃动。水在动，月亮是不晃动的。同样道理，生物体看似沾染了迷幻、悲伤和痛苦等一类的物质特性，但实际上纯粹的灵魂本身根本没有这类特性。上一节诗中的梵文“看似、不是真的(pratīyate)”一词很重要，正如人梦见自己的头被砍下一样。月亮在水中的倒影实际是月亮放射出的月光，并不是真的月亮。至尊主分离出的所属部分，因为落入物质存在的“水中”而有了“晃动”的特性，但至尊主作为天上那轮真正的月亮根本就没有与物质存在之“水”接触。太阳和月亮发出的光照在物体上，使物体显得光亮、美丽。各种形式的生命就恰似太阳照射在山川树木上所展示的阳光。智力欠佳之人会把日月之光当成是真的太阳或月亮，纯粹的一元论哲学就以这种概念作为理论基础。事实上，日月之光和日月本身不同，尽管彼此之间永远存在着联系。遍布天空的月光看似没有人格特征，但真正的月亮本身却具有人格特征，而住在月亮上的生物也具有人格特征。在月光的照射下，不同的物质实体相比之下看上去就有优劣之分；同样的月光照在泰姬陵上看起来就比照在荒原上要美。普照的月光虽然是一样的，但由于欣赏的角度不同，看起来似乎就有了差别。同样，至尊主的光芒普照四方，但接受的方式不同，也就显得有差别了。因此，人不该把月亮在水中的倒影当做真的月亮，以致用一元论的哲学观念错误地思考问题。月亮在水中的倒影晃动的性质也各不相同。当水面很平静时，它就不晃动。同样道理，一个比较“安稳”的受制约的灵魂“动”得就少一些，但由于与物质的接触，生物多多少少都带有这种“晃动”的特性。

第 12 节　स वै निवृत्तिधर्मेण वासुदेवानुकम्पया ।
भगवद्भक्तियोगेन तिरोधत्ते शनैरिह ॥१२॥

sa vai nivṛtti-dharmeṇa
vāsudevānukampayā
bhagavad-bhakti-yogena
tirodhatte śanair iha

saḥ—那／vai—也／nivṛtti—不执著／dharmeṇa—通过从事／vāsudeva—至尊人格首神／anukampayā—凭借……的恩典／bhagavat—与人格首神有关／bhakti-yogena—靠连接／tirodhatte—减少／śanaiḥ—逐渐地／iha—在此存在中

译文　但那对自我身份的错误概念，可以通过怀着超脱的心态为至尊主做奉爱服务，被人格首神华苏戴瓦的仁慈逐渐清除掉。

要旨　通过为人格首神华苏戴瓦(Vāsudeva)做奉爱服务，凭借祂的恩典，可以彻底去除物质存在中“晃动”的特性，即：与物质认同或因为受心智思辨这一物质活动的影响而自以为是神。我们在第一篇中谈到，为主华苏戴瓦做奉爱服务使人具有纯粹的知识，能尽快摆脱物质化的生命观念，甚至在这一生就能恢复正常的灵性生存状态，不再被物质之风吹得“晃动”不已。只有通过做奉爱服务得到的知识才能把人引向解脱。不做奉爱服务，只是为了解一切而去培养知识的努力，最终是徒劳的，不可能得到做奉爱服务所能获得的完美成就。只有做奉爱服务才能取悦主华苏戴瓦，因此与至尊主的纯粹奉献者联谊能使人认识到至尊主的仁慈。至尊主的纯粹奉献者没有求取功利性活动结果、喜欢进行哲学思辨等各种物质欲望。所以，人要是想得到至尊主的仁慈，就必须寻求纯粹奉献者的联谊。这样的联谊能使人逐渐去除“晃动”的特性。

第 13 节

यदेन्द्रियोपरामोऽथ द्रष्ट्रात्मनि परे हरौ ।
विलीयन्ते तदा क्लेशाः संसुप्तस्येव कृत्स्नशः ॥१३॥

yadendriyoparāmo 'tha
drasṭrātmani pare harau
vilīyante tadā kleśāḥ
saṁsuptasyeva kṛtsnaśaḥ

yadā－当 / indriya－感官 / uparāmaḥ－满足 / atha－就此 / draṣṭṛ-ātmani－向旁观者——超灵 / pare－在超然性中 / harau－向至尊人格首神 / vilīyante－融入 / tadā－在那时 / kleśāḥ－痛苦 / saṁsuptasya－酣睡后的人 / iva－正如 / kṛtsnaśaḥ－完全地

译文　当感官在超灵——观看者——人格首神那里得到满足并融入祂时，所有的痛苦便完全被消除，仿佛酣睡后醒来。

要旨　正如诗中所说，感官是使生物“晃动”的原因；整个物质存在的目的是为了满足生物的感官享乐。感官是物质活动的媒介，它们使“稳定”的灵魂变得“晃动”。为此，有必要收回这些感官，让它们不再从事物质活动。非人格神主义者认为只要使灵魂融入超灵、梵(Brahman)，感官活动就会停止。然而，奉献者并不中断物质感官的活动，而是用他们超然的感官侍奉超然的存在——至尊人格首神。培养知识，或者尽可能地用感官为至尊主服务：这两种方法都是要让感官不再从事物质活动。感官本质上是超然的，然而一旦被物质污染，其活动就不纯洁了。我们必须治疗感官，帮它们去除物质疾病，而不是听非人格神主义者的那一套，阻止它们的活动。《博伽梵歌》第2章的第59节诗中说：人只有在从事更高级的活动时，才会停止一切物质活动。意识本性活跃，不可能使其不活动。你按住一个淘气的孩子不让他动，并不能真正解决问题。让孩子从事一些有益的活动，他自然就不会去做坏事了。同样道理，与至尊人格首神有关的活动是对生物有益的活动，只有让感官从事这样的活动才能使它们停止“做坏事”。用眼睛看至尊主美丽的形象，用舌头品尝给至尊主供奉过的可口的食物(prasāda)，用耳朵聆听至尊主的荣耀，用手清洁至尊主的神庙，用腿走去拜访至尊主的神庙：当所有的感官都在从事各种超然的活动时，超然的感官才能感到满足，永远不再从事物质活动。作为超灵居于每个生物体心中，并作为至尊人格首神居于远在物质创造之外的超然国度里的至尊主，在看着我们从事所有的活动。我们必须彻底灵性化自己的活动；这样，至尊主就会很仁慈地照顾我们，让我们为祂做超然的服务。只有到了那时，我们的感官才能感到彻底的满足，不再被来自物质方面的引诱所干扰。

第 14 节 अशेषसङ्क्लेशशमं विधत्ते
गुणानुवादश्रवणं मुरारेः ।
किं वा पुनस्तच्चरणारविन्द-
परागसेवारतिरात्मलब्धा ॥१४॥

aśeṣa-saṅkleśa-śamaṁ vidhatte
guṇānuvāda-śravaṇaṁ murāreḥ
kiṁ vā punas tac-caraṇāravinda-
parāga-sevā-ratir ātma-labdhā

aśeṣa—无边的 / saṅkleśa—痛苦的处境 / śamam—停止 / vidhatte—能做到 / guṇa-anuvāda—超然的名字、形象、品性、品质、娱乐活动、

随从和随身物品等 / śravaṇam－聆听和吟诵(吟唱) / murāreḥ－人格首神穆茹阿瑞(圣主奎师那)的 / kim vā－更不用说 / punaḥ－再次 / tat－祂的 / caraṇa-aravinda－莲花足 / parāga-sevā－侍奉带着芳香的尘土的 / ratiḥ－吸引 / ātma-labdhā－那些已经获得这方面自我成就的人

译文　仅仅靠吟诵、吟唱和聆听人格首神圣奎师那的超然名字和形象等，人就能终止无限痛苦的处境。因此，更何况那些喜爱侍奉至尊主莲花足上芳香尘土的人呢？

要旨　韦达(Vedic)知识宝典中推荐了两种控制物质感官的方法，一是直接为至尊主做超然的爱心服务；二是走培养知识(jñāna)的路，即通过哲学思辨认识至尊者——梵(Brahman)、超灵(Paramātmā)和至尊人格首神(Bhagavān)。比较这两种最通用的方法，这节诗中认为走奉爱服务之途更好，因为这条路更直接，不必经过靠从事虔诚活动获得功利性结果或经过心智思辨得到知识这些中间过程。做奉爱服务分两个阶段：第一个阶段是按照公认的经典中的教导，运用我们现有的感官练习做奉爱服务；第二个阶段是达到真正依恋为至尊主莲花足上的尘土服务的阶段。第一个阶段称为初习者在纯粹奉献者的指导下所做的奉爱服务(sādhana-bhakti)，第二个阶段称为成熟的奉献者出于对奉爱服务真正的依恋，自觉地为至尊主所做的各种服务(rāga-bhakti)。至此，伟大的圣人麦垂亚对维杜茹阿提的全部问题作出了总结性的回答，即为至尊主做奉爱服务是去除物质存在一切痛苦的最终解决办法。培养知识或练神秘瑜伽体操可以当中间手段用，但除非它们配合奉爱服务(bhakti)一起使用，否则不可能得到期望的结果。在纯粹奉献者的指导下做奉爱服务(sādhana-bhakti)，可以使人逐渐达到出于对奉爱服务真正的依恋，自觉地为至尊主做各种服务的阶段(rāga-bhakti)；在此阶段上继续练习做超然的爱心服务，人甚至可以控制最强大的至尊主。

第 15 节 विदुर उवाच

सञ्छिन्नः संशयो मह्यं तव सूक्तासिना विभो ।
उभयत्रापि भगवन्मनो मे सम्प्रधावति ॥१५॥

vidura uvāca
sañchinnaḥ saṁśayo mahyaṁ
tava sūktāsinā vibho
ubhayatrāpi bhagavan
mano me sampradhāvati

viduraḥ uvāca－维杜茹阿说 / sañchinnaḥ－被剪除 / saṁśayaḥ－疑惑 / mahyam－向我 / tava－你的 / sūkta-asinā－靠富有说服力的话语这一武器 / vibho－我的主啊 / ubhayatra api－有关神和生物的 / bhagavan－强大的人啊 / manaḥ－心 / me－我的 / sampradhāvati－完美地进入

译文 维杜茹阿说：啊！强有力的圣人，阁下！我对至尊人格首神及生物所怀有的一切疑惑，被您令人信服的话语清除了。我的心此刻正全神贯注地沉浸在这些话语中。

要旨 有关奎师那的科学——有关神和生物的科学，深奥难懂，就连维杜茹阿这样的人也不得不求教于麦垂亚这样的圣人。心智思辨者在有关至尊主和生物之间永恒的关系这个问题上，制造了各种疑惑，但神与生物之间主宰与被主宰的关系却是不容置疑的事实。至尊主永远处在主宰的地位上，生物永远处在被主宰的地位上。要真正认识这层关系，人必须唤醒自己那沉睡的纯净意识，重新上升到知识的层面。恢复纯净意识的方法是为至尊主做奉爱服务。当人从麦垂亚那样的圣人那里获得明确无误的认识后，他就能处在真正的知识层面上，纷乱的内心变得平静，一心一意地在觉悟自我的路途上向前迈进。

第 16 节 साध्वेतद्व्याहृतं विद्वन्नात्ममायायनं हरेः ।
आभात्यपार्थं निर्मूलं विश्वमूलं न यद्बहिः ॥१६॥

sādhv etad vyāhṛtaṁ vidvan
nātma-māyāyanaṁ hareḥ
ābhāty apārthaṁ nirmūlaṁ
viśva-mūlaṁ na yad bahiḥ

sādhu－如预料般的好 / etat－所有这些解释 / vyāhṛtam－这样被说出 / vidvan－有学问的人啊 / na－不 / ātma－自我 / māyā－能量 / ayanam－活动 / hareḥ－人格首神 / ābhāti－看似 / apārtham－无意义 / nirmūlam－无根基 / viśva-mūlam－本源是至尊者 / na－不 / yat－……的 / bahiḥ－外在的

译文 博学的圣人啊！您的解释如所预期的那样极为出色。除了至尊主的外在能量，没什么能对受制约的灵魂构成打扰。

要旨 生物想扮演至尊主的角色；这种违法的欲望是整个物质展示的根源，否则至尊主根本没必要进行这样的创造，即使是当做娱乐活动也没必要。受制约的灵魂受至尊主外在能量的迷惑，在物质生活中错觉性地感受到种种不幸。至尊主是外在能量玛亚(māyā)的主宰，这个玛亚则负责主宰处在物质环境中的生物。生物妄想爬到至尊主的位置上主宰一切，致使自己遭到捆绑；而与至尊主合一的妄想，则是玛亚给受制约的灵魂设下的最后一道陷阱。

第 17 节 यश्च मूढतमो लोके यश्च बुद्धेः परं गतः ।
तावुभौ सुखमेधेते क्लिश्यत्यन्तरितो जनः ॥१७॥

yaś ca mūḍhatamo loke
yaś ca buddheḥ paraṁ gataḥ
tāv ubhau sukham edhete
kliśyaty antarito janaḥ

yaḥ－……的人 / ca－也 / mūḍha-tamaḥ－最傻的白痴 / loke－世上 / yaḥ ca－以及……的人 / buddheḥ－智力的 / param－超然的 / gataḥ－去 / tau－他们的 / ubhau－二者 / sukham－快乐 / edhete－享受 / kliśyati－受苦 / antaritaḥ－介于……之间 / janaḥ－人

译文 只有最傻的白痴和超越智力的层面处在超然境界中的人才享受快乐，而其他介于这两者之间的人都遭受物质的苦痛。

要旨 最愚蠢的人对物质痛苦全然不知，对生命的痛苦不闻不问，活得很快乐。这些人几乎就是动物；尽管比他们明白的人觉得他们的生活充满了痛苦，但他们自己却意识不到这些物质苦痛。猪所认为的那种快乐低级不堪，它们住在肮脏的地方，一有机会就胡乱交配，为了活命没日没夜地忙碌；然而猪自己不知道这些。同样，不明白物质生存的痛苦，没命地工作，沉溺于性生活，并以为这些就是快乐的人，是最愚蠢的人。可是，这些人因为不知道什么是痛苦，所以凭想象以为自己是在享受“快乐”的生活。另一类人是已经解脱的灵魂；他们超越智慧的层面处在超然境界中，是真正快乐的，被称为至尊天鹅(paramahaṁsa)。介于两者之间——既非“猪狗”又未达到至尊天鹅层面的人，能感受到生活的痛苦，所以有必要去探询至尊真理。《韦丹塔·苏陀》(Vedānta-sūtra,《吠檀多经》)中说：“探询绝对真理(Brahman)的时刻到了。”愚蠢之人沉溺于感官享乐，不想探询觉悟自我的方法，但介于愚蠢的白痴和至尊天鹅之间的人，却有必要探询绝对真理。

第 18 节 अर्थाभावं विनिश्चित्य प्रतीतस्यापि नात्मनः ।
तां चापि युष्मच्चरणसेवयाहं पराणुदे ॥१८॥

arthābhāvaṁ viniścitya
pratītasyāpi nātmanaḥ

tāṁ cāpi yuṣmac-caraṇa-
sevayāhaṁ parāṇude

artha-abhāvam一没有实质的 / viniścitya一被了解 / pratītasya一看似有价值的 / api一也 / na一永不 / ātmanaḥ一自我的 / tām一那 / ca一也 / api一就这样 / yuṣmat一你的 / caraṇa一足 / sevayā一通过服务 / aham一我本人 / parāṇude一能够放弃

译文 但是，亲爱的先生，我现在能够明白，这个物质展示虽然看似真的，但并非实质性的，为此我很感激您。我确信，靠侍奉您的双足，我才有可能去除错误的观念。

要旨 受制约的灵魂所谓的“受苦”，只是一种表面现象，就好比人梦见自己的头被砍下一样，实际上根本不是事实。这个道理十分正确，但一般人或在灵修之途上刚刚起步的人要真正觉悟到它却很困难。可是，通过为麦垂亚·牟尼这样的超然主义者服务，不断得到他们的联谊，就能使人去除“以为灵魂在受各种物质痛苦”的错误观念。

第 19 节 यत्सेवया भगवतः कूटस्थस्य मधुद्विषः ।
रतिरासो भवेत्तीव्रः पादयोर्व्यसनार्दनः ॥१९॥

yat-sevayā bhagavataḥ
kūṭa-sthasya madhu-dviṣaḥ
rati-rāso bhavet tīvraḥ
pādayor vyasanārdanaḥ

yat一向……的他 / sevayā一通过服务 / bhagavataḥ一人格首神的 / kūṭa-sthasya一不变者的 / madhu-dviṣaḥ一玛杜魔的敌人 / rati-rāsaḥ一在各类关系中的依恋之情 / bhavet一发展 / tīvraḥ一心醉神迷的 / pādayoḥ一足的 / vyasana一痛苦 / ardanaḥ一去除

译文 人格首神是玛杜魔永恒的敌人，为祂服务去除人的物质痛苦；而借由侍奉灵性导师的双足，人能够在为人格首神服务的过程中逐渐进入超然的心醉神迷状态。

要旨 与圣人麦垂亚这样一位真正的灵性导师联谊，可以最大限度地帮助人培养起渴望直接为至尊主服务的超然依恋之情。至尊主是玛杜(Madhu)魔的敌人；换句话说，祂的纯粹奉献者一旦遭遇痛苦和不幸，祂就会予以消除。诗中梵文“在各类关系中的依恋之情(rati-rāsaḥ)”一句表明，奉献者可以与至尊主建立中性的关系、主动的关系、朋友关系、父子母子关系和情侣的关系，并通过这些不同的关系为至尊主服务。当生物处在“以超然的方式为至尊主服务”的解脱境界中时，就会依恋上述关系中的某一种关系；而他一旦为至尊主做超然的爱心服务，他想为物质世界服务的执著心就自然而然消除了，正所谓：“通过体验高品位的快乐来放弃这种享乐，就会有稳固的意识(rasa-varjaṁ raso’ py asya paraṁ dṛṣṭvā nivar- tate)。”（《博伽梵歌》2.59)

第 20 节 दुरापा ह्यल्पतपसः सेवा वैकुण्ठवर्त्मसु ।
यत्रोपगीयते नित्यं देवदेवो जनार्दनः ॥२०॥

durāpā hy alpa-tapasaḥ
  sevā vaikuṇṭha-vartmasu
yatropagīyate nityaṁ
  deva-devo janārdanaḥ

durāpā一极难得到 / hi一肯定地 / alpa-tapasaḥ一缺乏苦行的人的 / sevā一服务 / vaikuṇṭha一神超然的王国 / vartmasu一走在……的路上 / yatra一在其中 / upagīyate一被荣耀 / nityam一总是 / deva一半神人的 / devaḥ一至尊主 / jana-ardanaḥ一众生的控制者

译文　缺乏苦行的人很难获得机会，去为那些在回归人格首神的王国外琨塔的路途上向前迈进的纯粹奉献者服务。至尊主是半神人的主人、众生的控制者，纯粹的奉献者全心全意地赞美祂。

要旨　所有权威一致推荐的获得解脱的方法是：为那些被称为伟大的灵魂(mahātmā)的超然主义者服务。根据《博伽梵歌》的论述，那些走在通往神的王国外琨塔(Vaikuṇṭha)的路途上，总是聆听和吟诵(吟唱)至尊主的荣耀而不是无谓地空谈枯燥哲学的人，被称为伟大的灵魂。自不可追溯的年代起，“与伟大的灵魂联谊”这一方法就一直受到推荐；到了这个虚伪、纷争的年代，圣主柴坦亚·玛哈帕布(Caitanya Mahāprabhu)更是向人们强烈地推荐这个方法。人即使没有积累起从事有益的苦行所得到的结果，但只要能托庇于那些总是在聆听和吟诵(吟唱)至尊主荣耀的伟大灵魂，就必定在回归家园、回归首神的路上向前迈进了。

第 21 节　सृष्ट्वाग्रे महदादीनि सविकाराण्यनुक्रमात् ।
तेभ्यो विराजमुद्धृत्य तमनु प्राविशद्विभुः ॥२१॥

sṛṣṭvāgre mahad-ādīni
sa-vikārāṇy anukramāt
tebhyo virājam uddhṛtya
tam anu prāviśad vibhuḥ

sṛṣṭvā－创造……之后 / agre－开始时 / mahat-ādīni－总体物质能量 / sa-vikārāṇi－和感官 / anukramāt－经过逐渐分化的过程 / tebhyaḥ－出自其中 / virājam－巨大的宇宙形象 / uddhṛtya－展示 / tam－其中 / anu－之后 / prāviśat－进入 / vibhuḥ－至尊者

译文　创造总体物质能量玛哈·塔特瓦后，具有感觉和感觉器官的巨大宇宙形象展示出来，至尊主接着进入其中。

要旨 维杜茹阿对麦垂亚的回答感到十分满意，但还想继续了解至尊主后面的创造活动，于是顺便提一下前面说过的内容，以便引出下面的话题。

第 22 节 यमाहुराद्यं पुरुषं सहस्राङ्घ्र्यूरुबाहुकम् ।
यत्र विश्व इमे लोकाः सविकाशं त आसते ॥२२॥

yam āhur ādyaṁ puruṣaṁ
sahasrāṅghry-ūru-bāhukam
yatra viśva ime lokāḥ
sa-vikāśaṁ ta āsate

yam—……的人 / āhuḥ—被称为 / ādyam—最初的 / puruṣam—负责展示宇宙的化身 / sahasra—数以千计 / aṅghri—腿 / ūru—大腿 / bāhukam—手 / yatra—其上 / viśvaḥ—宇宙 / ime—所有这些 / lokāḥ—星球 / sa-vikāśam—以及各自的发展 / te—他们全部 / āsate—生活

译文 躺在原因之洋上的主宰(puruṣa)化身，被称为物质创造中最初的主宰，在祂的宇宙(virāṭ)形象中有着所有的星球和居住其上的居民。这个宇宙形象有成千上万的腿和手。

要旨 第一位主宰(puruṣa)是卡冉诺达卡沙伊·维施努(Kāraṇodakaśāyī Viṣṇu)；第二位主宰是嘎尔博达卡沙依·维施努(Garbhodakaśāyī Viṣṇu)；第三位主宰是祺柔达卡沙依·维施努(Kṣīrodakaśāyī Viṣṇu)，祂也展现为能承载所有星球及星球上万物的巨大宇宙形象(virāṭ-puruṣa)。

第 23 节 यस्मिन्दशविधः प्राणः सेन्द्रियार्थेन्द्रियस्त्रिवृत् ।
त्वयेरितो यतो वर्णास्तद्विभूतीर्वदस्व नः ॥२३॥

yasmin daśa-vidhaḥ prāṇaḥ
sendriyārthendriyas tri-vṛt

tvayerito yato varṇās
　tad-vibhūtīr vadasva naḥ

yasmin－在其中 / daśa-vidhaḥ－十种 / prāṇaḥ－生命之气 / sa－和 / indriya－感官 / artha－兴趣 / indriyaḥ－感官的 / tri-vṛt－三种生命活力 / tvayā－由你 / īritaḥ－解释 / yataḥ－从其中 / varṇāḥ－四个特定的部分 / tat-vibhūtīḥ－力量 / vadasva－请讲述 / naḥ－向我

译文　伟大的布茹阿玛纳啊！您告诉过我，巨大的宇宙形象和祂的感官、感官对象、十种生命之气，以及三种生命力。现在，如果您愿意，请为我解释，社会四阶层所具有的不同力量。

第 24 节　यत्र पुत्रैश्च पौत्रैश्च नप्तृभिः सह गोत्रजैः ।
प्रजा विचित्राकृतय आसन् याभिरिदं ततम् ॥२४॥

yatra putraiś ca pautraiś ca
　naptṛbhiḥ saha gotrajaiḥ
prajā vicitrākṛtaya
　āsan yābhir idaṁ tatam

yatra－其中 / putraiḥ－和儿子们 / ca－和 / pautraiḥ－和孙子们 / ca－也 / naptṛbhiḥ－和外孙们 / saha－以及 / gotra-jaiḥ－同一家族的 / prajāḥ－世代 / vicitra－不同种类的 / ākṛtayaḥ－这样形成 / āsan－存在 / yābhiḥ－通过……的他 / idam－所有这些星球 / tatam－遍布

译文　导师啊，我认为以儿子、孙子和家庭成员的形式所进行的展示，已经以各种不同的物种的形式遍布宇宙。

第 25 节　प्रजापतीनां स पतिश्चक्लृपे कान् प्रजापतीन् ।
सर्गांश्चैवानुसर्गांश्च मनून्मन्वन्तराधिपान् ॥२५॥

prajāpatīnāṁ sa patiś
　caklṛpe kān prajāpatīn

sargāṁś caivānusargāṁś ca
manūn manvantarādhipān

prajā-patīnām—像布茹阿玛一类的半神人 / saḥ—他 / patiḥ—领袖 / caklṛpe—决定 / kān—不论谁 / prajāpatīn—众生之父 / sargān—世代 / ca—也 / eva—肯定地 / anusargān—后代 / ca—和 / manūn—玛努们 / manvantara-adhipān—及他们的替换

译文 博学的布茹阿玛纳啊！请描述全体半神人的领袖布茹阿玛——生物体的祖先，如何决定确立了各个年代的首脑——不同的玛努。也请描述玛努，以及那些玛努的后裔。

要旨 梵文又称人类为玛努夏·萨茹阿(manuṣya-sara)，说明人类是由生物体的祖先(Prajāpati)布茹阿玛(Brahmā)的儿子及孙子——众位玛努(Manu)繁衍而来的。玛努的后裔遍布各个星球，统治着整个宇宙。

第 26 节 उपर्यधश्च ये लोका भूमेर्मित्रात्मजासते ।
तेषां संस्थां प्रमाणं च भूर्लोकस्य च वर्णय ॥२६॥

upary adhaś ca ye lokā
bhūmer mitrātmajāsate
teṣāṁ saṁsthāṁ pramāṇaṁ ca
bhūr-lokasya ca varṇaya

upari—在头上 / adhaḥ—底下 / ca—也 / ye—……的 / lokāḥ—星球 / bhūmeḥ—地球的 / mitra-ātmaja—弥陀之子(麦垂亚·牟尼) / āsate—存在着 / teṣām—它们的 / saṁsthām—情况 / pramāṇam ca—和它们的大小 / bhūḥ-lokasya—诸多地球星球的 / ca—也 / varṇaya—请讲述

译文 弥陀的儿子啊！请描述众多的星球是如何处在地球之上和之下的，也请谈一谈对它们的测量，以及诸多的地球星球。

要旨　韦达赞歌强调指出：对与至尊主有关的一切，无论是物质的还是灵性的，奉献者都了如指掌(yasmin vijñāte sarvam evaṁ vijñātaṁ bhavati)。奉献者并不像某些智力欠佳的人所想的那样，只是些感情用事的人。他们的着眼点非常实际；他们了解一切事物的真相，知道至尊主如何管理宇宙万物，甚至清楚其中的细节。

第 27 节　तिर्यङ्मानुषदेवानां सरीसृपपतत्त्रिणाम् ।
वद नः सर्गसंव्यूहं गार्भस्वेदद्विजोद्भिदाम् ॥२७॥

tiryaṅ-mānuṣa-devānāṁ
sarīsṛpa-patattriṇām
vada naḥ sarga saṁvyūhaṁ
gārbha-sveda-dvijodbhidām

tiryak－低于人类的生物体 / mānuṣa－人类 / devānām－高于人类的生物体——半神人 / sarīsṛpa－爬虫类 / patattriṇām－鸟类的 / vada－请讲述 / naḥ－给我 / sarga－世代 / saṁvyūham－特定的种类 / gārbha－胚胎的 / sveda－排汗 / dvija－再生者 / udbhidām－植物的，等等

译文　还请描述不同种类的生物体，他们分别是：低于人类的生物体、人类、胎生的生物体、生于汗水的生物体、经过二次出生的生物体(鸟类)，以及植物和蔬菜。请讲述他们的产生和分类。

第 28 节　गुणावतारैर्विश्वस्य सर्गस्थित्यप्ययाश्रयम् ।
सृजतः श्रीनिवासस्य व्याचक्ष्वोदारविक्रमम् ॥२८॥

guṇāvatārair viśvasya
sarga-sthity-apyayāśrayam
sṛjataḥ śrīnivāsasya
vyācakṣvodāra-vikramam

guṇa—物质自然属性 / avatāraiḥ—化身的 / viśvasya—宇宙的 / sarga—创造 / sthiti—维系 / apyaya—毁灭 / āśrayam—和最终的栖息所 / sṛjataḥ—负责创造的人的 / śrīnivāsasya—人格首神的 / vyācakṣva—请讲述 / udāra—慷慨大度的 / vikramam—特殊的活动

译文 请描述布茹阿玛、维施努和玛黑施瓦尔这些掌管物质自然属性的化身，也请描述至尊人格首神的化身，以及祂慷慨大度的活动。

要旨 虽然物质自然三种属性的三位化身布茹阿玛(Brahmā)、维施努(Viṣṇu)和玛黑施瓦尔(Maheśvara, 希瓦)，是分别负责宇宙展示的创造、维系和毁灭的神明，但他们并不是控制这一切的最高权威。至尊人格首神奎师那(Kṛṣṇa)是至尊，是一切原因的起因。祂是万物最终的栖息所(āśraya)。

第 29 节 वर्णाश्रमविभागांश्च रूपशीलस्वभावतः ।
ऋषीणां जन्मकर्माणि वेदस्य च विकर्षणम् ॥२९॥

varṇāśrama-vibhāgāṁś ca
rūpa-śīla-svabhāvataḥ
ṛṣīṇāṁ janma-karmāṇi
vedasya ca vikarṣaṇam

varṇa-āśrama—四社会阶层和四灵性阶段 / vibhāgān—相应的划分 / ca—也 / rūpa—长相 / śīla-svabhāvataḥ—性格 / ṛṣīṇām—圣人的 / janma—出生 / karmāṇi—活动 / vedasya—韦达经的 / ca—和 / vikarṣaṇam—分类

译文 伟大的圣人啊！请按照人的特征、态度、心理平衡的表现和感官控制等，描述人类社会的划分和阶层。还请描述伟大圣人的诞生，韦达经的内容划分。

要旨　布茹阿玛纳(brāhmaṇa，婆罗门)、查锤亚(kṣatriya，刹帝利)、外夏(vaiśya，吠舍)和庶铎(śūdra，首陀罗)这人类社会的四个社会阶层，以及布茹阿玛查瑞(brahmacārī，独身禁欲的学生)、贵哈斯塔(gṛhastha，居士)、瓦纳帕斯塔(vānaprastha，退出家庭生活的人)和萨尼亚希(sannyāsī，托钵僧)这四个灵性阶段的划分，依据的是：人的素质、受教育的程度、所处的文化背景，以及通过控制心和感官而达到的灵性进步的程度。具体每个人究竟处在哪个阶层、哪个阶段，要看他所具有的本性而不是出身。出身是次要的，所以这节诗中并没有提及。大家都知道，维杜茹阿的母亲是劳工阶层的妇女(śūdrāṇī)，而他却被视为是伟大的圣人麦垂亚·牟尼的门徒，所以就他本身的资格而言，他已经超过了布茹阿玛纳。人要想理解韦达赞歌，至少必须具备布茹阿玛纳的资格。《玛哈巴茹阿特》(Mahābhārata,《摩诃婆罗多》)也属于韦达经典的一部分，但却是给妇女、劳工和高等阶层中不合格的子弟(dvija-bandhu)准备的。人类社会中这些智力欠佳的人看《玛哈巴茹阿特》，也能从中得到韦达系统的教导。

第 30 节　यज्ञस्य च वितानानि योगस्य च पथः प्रभो ।
नैष्कर्म्यस्य च साङ्ख्यस्य तन्त्रं वा भगवत्स्मृतम् ॥३०॥

yajñasya ca vitānāni
yogasya ca pathaḥ prabho
naiṣkarmyasya ca sāṅkhyasya
tantraṁ vā bhagavat-smṛtam

yajñasya－祭祀的 / ca－也 / vitānāni－扩展 / yogasya－神秘力量的 / ca－也 / pathaḥ－道路 / prabho－我的主啊 / naiṣkarmyasya－知识的 / ca－和 / sāṅkhyasya－分析性研究的 / tantram－奉爱服务之途 / vā－以及 / bhagavat－与人格首神有关的 / smṛtam－规范守则

译文 请讲述各种祭祀的扩展，神秘力量、分析研究知识和奉爱服务等途径，以及它们各自的规定。

要旨 这节诗里提到“坦陀(tantram)”一词。这个梵文词有时被人误解为是沉溺于感官享乐的物质主义者所搞的巫术的内容，但这节诗里的“坦陀”指的是圣纳茹阿达·牟尼(Nārada Muni)制定的一门有关奉爱服务的科学。它对练习做奉爱服务作了系统性的阐述，人如果能善加利用，就能在练习为至尊主做奉爱服务的路途上不断向前迈进。数论(Sāṅkhya)哲学是获得知识的基础，圣人麦垂亚将会在后面提及并论述。由黛瓦瑚缇(Devahūti)的儿子卡皮拉戴瓦(Kapiladeva)详细阐释的数论哲学，是有关最高真理的、真正的知识源头。不以数论哲学为基础的知识，都是心智思辨的产物，不可能给人带来真正的利益。

第 31 节 पाषण्डपथवैषम्यं प्रतिलोमनिवेशनम् ।
जीवस्य गतयो याश्च यावतीर्गुणकर्मजाः ॥३१॥

pāṣaṇḍa-patha-vaiṣamyaṁ
pratiloma-niveśanam
jīvasya gatayo yāś ca
yāvatīr guṇa-karmajāḥ

pāṣaṇḍa-patha－无信仰的人所走的路 / vaiṣamyam－因自相矛盾而是不完美的 / pratiloma－杂交繁育 / niveśanam－处境 / jīvasya－生物的 / gatayaḥ－移动 / yāḥ－就像 / ca－也 / yāvatīḥ－一样多 / guṇa－物质自然属性 / karma-jāḥ－因为从事不同的活动而产生

译文 请讲述不信神的无神论者的缺陷和自相矛盾的说法，杂交物种的处境，以及生物按照他们各自受到的物质自然属性的影响和从事的工作，在各种类型的物种中的穿梭。

要旨　具有不同物质自然属性的生物体之间的交配，称为杂交。无信仰的无神论者不相信神的存在，因此各自所持的哲学体系相互抵触。无神论哲学家都各执一词，谁也不同意谁的观点。不同种类的生命形式，显示了不同自然属性之间多样化的杂交过程。

第 32 节　धर्मार्थकाममोक्षाणां निमित्तान्यविरोधतः ।
वार्ताया दण्डनीतेश्च श्रुतस्य च विधिं पृथक् ॥३२॥

dharmārtha-kāma-mokṣāṇāṁ
nimittāny avirodhataḥ
vārtāyā daṇḍa-nīteś ca
śrutasya ca vidhiṁ pṛthak

dharma一宗教信仰 / artha一经济发展 / kāma一感官享乐 / mokṣāṇām一解脱 / nimittāni一原因 / avirodhataḥ一无矛盾的 / vārtāyāḥ一有关维生的原则 / daṇḍa-nīteḥ一法律和秩序的 / ca一也 / śrutasya一经典法则的 / ca一也 / vidhim一规定 / pṛthak一不同的

译文　请您也讲述宗教信仰、经济发展、感官享乐和解脱之间不彼此对立的原因，还有启示经典中提到的各种谋生方式，以及法律与秩序的不同程序。

第 33 节　श्राद्धस्य च विधिं ब्रह्मन् पितॄणां सर्गमेव च ।
ग्रहनक्षत्रताराणां कालावयवसंस्थितिम् ॥३३॥

śrāddhasya ca vidhiṁ brahman
pitṝṇāṁ sargam eva ca
graha-nakṣatra-tārāṇāṁ
kālāvayava-saṁsthitim

śrāddhasya一定期性的祭祀的 / ca一也 / vidhim一规定 / brahman一布茹阿玛纳啊 / pitṝṇām一祖先的 / sargam一创造 / eva一像 / ca一也 /

graha－星系 / nakṣatra－星星 / tārāṇām－发光天体 / kāla－时间 / avayava－时间长度 / saṁsthitim－情况

译文 还请解释向祖先致以敬意的规定，对祖先星球的创造，各种行星、恒星和发光天体上的时间表及它们各自的情况。

要旨 在不同的行星、恒星和发光天体上，昼夜以及年月的时间长短不一。月亮和金星等高等星球上的时间长度不同于地球。经典中说，地球上的六个月等于高等星球上的一天。《博伽梵歌》中说，布茹阿玛星球(Brahmaloka)上的一天，等于地球一千个四个年代(yuga)的循环，即四百三十二万年乘以一千；布茹阿玛星球上的年和月也以此类推。

第 34 节 दानस्य तपसो वापि यच्चेष्टापूर्तयोः फलम् ।
प्रवासस्थस्य यो धर्मो यश्च पुंस उतापदि ॥३४॥

dānasya tapaso vāpi
yac ceṣṭā-pūrtayoḥ phalam
pravāsa-sthasya yo dharmo
yaś ca puṁsa utāpadi

dānasya－布施的 / tapasaḥ－苦行的 / vāpi－湖 / yat－……的 / ca－也 / iṣṭā－努力 / pūrtayoḥ－水库的 / phalam－功利性结果 / pravāsa-sthasya－离家的人 / yaḥ－……的 / dharmaḥ－职责 / yaḥ ca－和……的 / puṁsaḥ－人的 / uta－讲述 / āpadi－处在危险中

译文 也请讲述布施、苦行和挖水库等功利性活动的结果。请描述离家出走的人的境况，还有身处尴尬处境的人所具有的责任。

要旨 挖水井、水塘等是造福大众的一项慈善活动，而五十岁退出家庭生活则是清醒之人所从事的一项苦行。

第 35 节　येन वा भगवांस्तुष्येद्धर्मयोनिर्जनार्दनः ।
सम्प्रसीदति वा येषामेतदाख्याहि मेऽनघ ॥३५॥

yena vā bhagavāṁs tuṣyed
dharma-yonir janārdanaḥ
samprasīdati vā yeṣām
etad ākhyāhi me 'nagha

yena—靠……的 / vā—或者 / bhagavān—人格首神 / tuṣyet—满意 / dharma-yoniḥ—一切宗教之父 / janārdanaḥ—众生的控制者 / samprasīdati—心满意足 / vā—或者 / yeṣām—那些的 / etat—所有这些 / ākhyāhi—请讲述 / me—向我 / anagha—无罪的人啊

译文　无罪的人啊！既然人格首神——众生的控制者，是一切宗教之父，以及宗教活动候选人的父亲，请描述怎么做才能使祂心满意足。

要旨　一切宗教活动的目的，最终都是为了使至尊人格首神感到满意。至尊主是一切宗教原则之父。《博伽梵歌》第7章的第16节诗中说：贫穷之人、痛苦之人、有智慧之人和好奇爱问之人这四种虔诚的人，会通过做奉爱服务接近至尊主，但他们的奉爱中掺杂着物质动机。在他们之上的是纯粹奉献者，纯粹奉献者的奉爱中不掺杂丝毫来自功利性活动和哲学思辨的物质污染。一生专做恶事的人在《博伽梵歌》第7章的第15节诗中被斥为是恶魔；他们虽然可能是学者或从事有一定知识水准的职业，但实际上却很无知。这些恶徒的所作所为永远不会让至尊主感到满意。

第 36 节　अनुव्रतानां शिष्याणां पुत्राणां च द्विजोत्तम ।
अनापृष्टमपि ब्रूयुर्गुरवो दीनवत्सलाः ॥३६॥

anuvratānāṁ śiṣyāṇāṁ
putrāṇāṁ ca dvijottama

anāpṛṣṭam api brūyur
guravo dīna-vatsalāḥ

anuvratānām—追随者 / śiṣyāṇām—门徒的 / putrāṇām—儿子的 / ca—也 / dvija-uttama—最优秀的布茹阿玛纳啊 / anāpṛṣṭam—没有被问及的 / api—尽管 / brūyuḥ—请讲述 / guravaḥ—灵性导师们 / dīna-vatsalāḥ—对贫穷的人很仁慈的……

译文 最优秀的布茹阿玛纳啊！身为灵性导师的人对可怜之人极为仁慈。他们总是亲切地对待他们的信徒、学生和儿孙们，不等他们提问，就把所有的知识都讲解出来。

要旨 人可以从真正的灵性导师那里了解多方面的知识。在真正的灵性导师眼里，追随者、门徒和儿子处于同一个层次。他对他们很仁慈，总是给他们讲述超然的知识，甚至在他们没有要求的情况下也给他们讲解。这是真正的灵性导师所固有的品质。维杜茹阿请求麦垂亚·牟尼也能讲述他或许没有问到的问题。

第 37 节 तत्त्वानां भगवंस्तेषां कतिधा प्रतिसङ्क्रमः ।
तत्रेमं क उपासीरन् क उ स्विदनुशेरते ॥३७॥

tattvānāṁ bhagavaṁs teṣāṁ
katidhā pratisaṅkramaḥ
tatremaṁ ka upāsīran
ka u svid anuśerate

tattvānām—自然的元素 / bhagavan—伟大的圣人啊 / teṣām—他们的 / katidhā—多少 / pratisaṅkramaḥ—瓦解 / tatra—因此 / imam—向至尊主 / ke—他们是谁 / upāsīran—被拯救 / ke—他们是谁 / u—……的 / svit—能够 / anuśerate—在至尊主睡眠时侍奉祂

译文 请讲述，有多少次物质自然元素的瓦解；创造瓦解后，有谁活下来并在至尊主睡觉时为祂做服务。

要旨 《布茹阿玛纳·萨密塔》(Brahma-saṁhitā)第5章的第47—48节诗说：随着在神秘瑜伽睡眠(yoga-nidrā)状态中躺着的玛哈·维施努(Mahā-Viṣṇu)的一呼一吸，含有无数宇宙的整个物质展示显现并消失。

yaḥ kāraṇārṇava-jale bhajati sma yoga-
nidrām ananta-jagad-aṇḍa-saroma-kūpaḥ
ādhāra-śaktim avalambya parāṁ sva-mūrtiṁ
govindam ādi-puruṣaṁ tam ahaṁ bhajāmi

yasyaika-niśvasita-kālam athāvalambya
jīvanti loma-vilajā jagad-aṇḍa-nāthāḥ
viṣṇur mahān sa iha yasya kalā-viśeṣo
govindam ādi-puruṣaṁ tam ahaṁ bhajāmi

“我崇拜存在中的第一位至尊人格首神哥文达(主奎师那)。祂凭自己的内在能量永恒地躺在原因之洋内，在睡眠状态中创造了无数的宇宙”。

“我崇拜存在中的第一位人格首神哥文达(主奎师那)。祂的完整扩展称为玛哈·维施努，是祂部分的部分。在玛哈·维施努呼气时，无数宇宙展示出来；在祂吸气时，管理这些宇宙的神明便都遭毁灭。”

在物质展示毁灭后，处在原因之洋之外的至尊主和祂的王国，以及祂的同伴们，并不因此而灭亡。与至尊主生活在一起的生物，远比因为与物质接触而忘记至尊主的生物要多很多。非人格神主义者对《博伽瓦谭》原初的四节诗aham evāsam evāgre等句子中有关“我(aham)”一词的解释，在这节诗中受到驳斥。这节诗中指出：至尊主，以及那些永远与祂生活在一起的生物，在毁灭后依然存在。维杜茹阿既然在这节诗中问起他们，就清楚地表明：与至尊主紧密相连的一切事物都永恒、真实地存在着。对此，《斯康达往世书》卡西篇(Kāśī-khaṇḍa)中有一节诗作了确认，追随圣施瑞达尔·斯瓦米(Śrīdhara Svāmī)的吉瓦·哥斯瓦米和圣维施瓦纳特·查夸瓦尔提都引叙过这节诗：

na cyavante hi yad-bhaktā
mahatyāṁ pralayāpadi
ato' cyuto' khile loke
sa ekaḥ sarva-go' vyayaḥ

“即使整个物质宇宙毁灭后，至尊主的奉献者还依然作为个体而存在。无论在物质世界里还是在灵性世界中，至尊主与祂的同伴们都永恒存在。”

第 38 节 पुरुषस्य च संस्थानं स्वरूपं वा परस्य च।
ज्ञानं च नैगमं यत्तद्गुरुशिष्यप्रयोजनम् ॥३८॥

puruṣasya ca saṁsthānaṁ
svarūpaṁ vā parasya ca
jñānaṁ ca naigamaṁ yat tad
guru-śiṣya-prayojanam

puruṣasya—生物的／ca—也／saṁsthānam—存在／svarūpam—身份／vā—或／parasya—至尊者的／ca—也／jñānam—知识／ca—也／naigamam—有关奥义书／yat—那／tat—同样的／guru—灵性导师／śiṣya—门徒／prayojanam—必要性

译文 有关生物和至尊人格首神的各种真相是什么？他们的身份是什么？韦达经中的知识有什么特殊的价值？灵性导师和他的门徒各自必备的条件是什么？

要旨 生物原本就是至尊主的仆人，至尊主可以从任何生物那里接受任何形式的服务。《博伽梵歌》第5章的第29节诗中说，至尊主是一切祭祀和苦行所得的结果的至尊享受者，是一切展示的拥有者，是众生的朋友。这是祂的真实身份。因此，当生物承认至尊主是至尊的拥有者并秉持这种态度行事时，他就恢复了他真正的身份。生物要想上升到这一知识的层面，必须接受灵性的联谊。真正的灵性导师希望他的门徒懂得为至尊主做超然服务的方法，门徒也明白自己必须从一位已经觉悟了自我的灵魂那里了解神与生物永恒的关系。为了传播超然的知识，人必须借助韦达智慧使自己处在知识的层面上，依靠知识的力量退出物质活动。这就是这节诗全部问题的答案。

第 39 节　निमित्तानि च तस्येह प्रोक्तान्यनघसूरिभिः ।
स्वतो ज्ञानं कुतः पुंसां भक्तिर्वैराग्यमेव वा ॥३९॥

nimittāni ca tasyeha
proktāny anagha-sūribhiḥ
svato jñānaṁ kutaḥ puṁsāṁ
bhaktir vairāgyam eva vā

nimittāni－知识之源 / ca－也 / tasya－这一知识的 / iha－在这个世界 / proktāni－提到 / anagha－完美无瑕的 / sūribhiḥ－靠奉献者 / svataḥ－自足的 / jñānam－知识 / kutaḥ－如何 / puṁsām－生物的 / bhaktiḥ－奉爱服务 / vairāgyam－超脱 / eva－肯定地 / vā－也

译文　至尊主纯洁无瑕的奉献者谈到了这种知识的源头。没有这些奉献者的帮助，人怎么可能有奉爱服务的知识？怎么才能变得超脱啊？

要旨　许多缺乏经验的人鼓吹不依靠灵性导师就可以觉悟自我。他们贬低灵性导师的重要性，说不一定要有灵性导师，同时又借着鼓吹这种理论自行取代灵性导师的位置。但是，《圣典博伽瓦谭》中否定了这种观点。就连杰出的超然学者维亚萨戴瓦都需要一位灵性导师；他在灵性导师纳茹阿达的指导下编纂了这部崇高的经典《圣典博伽瓦谭》。甚至实际上是主奎师那本人的主柴坦亚(Caitanya)，也有拜灵性导师的经历；而且连主奎师那也找桑迪帕尼·牟尼(Sāndīpani Muni)当自己的老师，接受知识的启蒙。世上所有的灵性导师(ācārya)和圣人，都有自己的灵性导师。《博伽梵歌》中的阿尔诸纳(Arjuna)本可以不必郑重其事地拜主奎师那为他的灵性导师，但他还是这么做了。所以毫无疑问，人无论如何都必须接受一位灵性导师。唯一的条件是：他所拜的灵性导师必须是来自正统师徒传系(paramparā)中的真正的灵性导师。

“大学者(sūri)”并不一定是“完美无瑕的(anagha)”，但“完美无瑕的学者(anagha-sūri)”一定是至尊主的纯粹奉献者。那些并非是至尊主的纯粹奉献者，而是想与至尊主平起平坐的人，不是“完美无瑕的学者”。纯粹的奉献者们根据权威经典，撰写了许多知识性典籍；其中圣茹帕·哥斯瓦米(Rūpa Gosvāmī)和他的助手们秉承主柴坦亚·玛哈帕布的旨意，撰写了许多指导后辈奉献者练习做奉爱服务的书籍。确实想成为至尊主的纯粹奉献者的人，都应该善用这些书籍。

第 40 节 एतान्मे पृच्छतः प्रश्नान् हरेः कर्मविवित्सया ।
ब्रूहि मेऽज्ञस्य मित्रत्वादजया नष्टचक्षुषः ॥४०॥

etān me pṛcchataḥ praśnān
hareḥ karma-vivitsayā
brūhi me 'jñasya mitratvād
ajayā naṣṭa-cakṣuṣaḥ

etān—所有这些 / me—我的 / pṛcchataḥ—询问之人的 / praśnān—问题 / hareḥ—至尊主的 / karma—娱乐活动 / vivitsayā—渴望了解 / brūhi—请讲述 / me—向我 / ajñasya—无知之人的 / mitratvāt—出于友善 / ajayā—被外在能量 / naṣṭa-cakṣuṣaḥ—失去视力的人

译文　我亲爱的圣人，为了要了解至尊人格首神哈尔依的娱乐活动，我向您提出了所有这些问题。您是众生的朋友，所以请为那些失去了灵性视力的人回答这些问题。

要旨　维杜茹阿提出各种问题，目的是想了解为至尊主做超然爱心服务的原则。《博伽梵歌》第2章的第41节诗中说：为至尊主做奉爱服务是奉献者唯一的目标；他们不会把注意力转向种种无常的事物。维杜茹阿的目的在于使自己达到全心全意侍奉至尊主的境界。他请求麦垂亚·牟尼仁慈地对待他，并非因为他是麦垂亚的门徒，而是因为麦垂亚善待一切众生，善待所有受物质影响而失去了灵性视力的人。

第41节　सर्वे वेदाश्च यज्ञाश्च तपो दानानि चानघ ।
जीवाभयप्रदानस्य न कुर्वीरन् कलामपि ॥४१॥

sarve vedāś ca yajñāś ca
tapo dānāni cānagha
jīvābhaya-pradānasya
na kurvīran kalām api

sarve－各种各样的 / vedāḥ－韦达经各个部分 / ca－也 / yajñāḥ－祭祀 / ca－也 / tapaḥ－苦行 / dānāni－布施 / ca－也 / anagha－完美无瑕的人啊 / jīva－生物 / abhaya－免于物质痛苦 / pradānasya－给予这种保证的人的 / na－不 / kurvīran－能相等 / kalām－即使是部分地 / api－肯定地

译文　纯洁无瑕的人啊！您对所有这些问题的回答将使人获得免受物质痛苦影响的免疫力。这样的慈悲和博爱比一切韦达布施、祭祀、苦行等都伟大。

要旨　最完美的慈善活动是使普天下的众生都摆脱物质存在的苦恼。为至尊主做奉爱服务就能摆脱烦恼：这是最高的知识。培养韦达(Veda)知识、举行祭祀和慷慨布施的结果全部加在一起，都无法与通过做奉爱服务摆脱物质痛苦的结果相比。麦垂亚的回答是放之四海而皆准的真理，所以不只是对维杜茹阿有帮助，而且还将拯救各个时代的人。麦垂亚因此而永垂青史。

第 42 节

श्रीशुक उवाच
स इत्थमापृष्टपुराणकल्पः
कुरुप्रधानेन मुनिप्रधानः ।
प्रवृद्धहर्षो भगवत्कथायां
सञ्चोदितस्तं प्रहसन्निवाह ॥४२॥

śrī-śuka uvāca
sa ittham āpṛṣṭa-purāṇa-kalpaḥ
kuru-pradhānena muni-pradhānaḥ
pravṛddha-harṣo bhagavat-kathāyāṁ
sañcoditas taṁ prahasann ivāha

śrī-śukaḥ uvāca—圣舒卡戴瓦·哥斯瓦米说 / saḥ—他 / ittham—这样 / āpṛṣṭa—被询问 / purāṇa-kalpaḥ—知道如何讲解韦达经的补充读物(往世书)的人 / kuru-pradhānena—被库茹王朝的领袖 / muni-pradhānaḥ—众圣人之首 / pravṛddha—精神饱满 / harṣaḥ—满意 / bhagavat—人格首神 / kathāyām—有关……的话题 / sañcoditaḥ—受到这样的鼓舞 / tam—向维杜茹阿 / prahasan—微笑地 / iva—像 / āha—回答

译文 圣舒卡戴瓦·哥斯瓦米说：一直热衷于讲述有关人格首神话题的圣人领袖，这样受到维杜茹阿的鼓励后，开始叙述往世书的描述性阐释。讲述至尊主的超然活动，使他非常快乐。

要旨 像麦垂亚·牟尼那样伟大而博学的圣人，对讲述至尊主的超然活动总怀有极高的兴致。当维杜茹阿请他谈这方面的话题时，麦垂亚·牟尼因感受到超然的快乐而脸上浮起了笑容。

到此为止，结束了巴克提韦丹塔对《圣典博伽瓦谭》第3篇第7章——“维杜茹阿的进一步询问”所作的阐释。

第八章

主布茹阿玛的诞生

第 1 节

मैत्रेय उवाच
सत्सेवनीयो बत पूरुवंशो
यल्लोकपालो भगवत्प्रधानः ।
बभूविथेहाजितकीर्तिमालां
पदे पदे नूतनयस्यभीक्ष्णम् ॥१॥

maitreya uvāca
sat-sevanīyo bata pūru-vaṁśo
yal loka-pālo bhagavat-pradhānaḥ
babhūvithehājita-kīrti-mālāṁ
pade pade nūtanayasy abhīkṣṇam

maitreyaḥ uvāca－圣麦垂亚·牟尼说 / sat-sevanīyaḥ－有资格侍奉纯粹奉献者 / bata－啊，肯定地 / pūru-vaṁśaḥ－菩茹王的后裔 / yat－因为 / loka-pālaḥ－国王都是 / bhagavat-pradhānaḥ－深爱人格首神 / babhūvitha－你也出生 / iha－在这个 / ajita－不可征服者——至尊主 / kīrti-mālām－一系列超然的活动 / pade pade－逐步 / nūtanayasi－变得越来越新鲜 / abhīkṣṇam－总是

译文 伟大的圣人麦垂亚·牟尼对维杜茹阿说：普茹王的王朝有资格为纯粹的奉献者服务，因为那家族所有的子孙都深爱人格首神。您也出生在那家族中，而奇妙的是，由于您的尝试，至尊主超然的娱乐活动时刻都在更新。

要旨 伟大的圣人麦垂亚(Maitreya)首先感谢维杜茹阿(Vidura)，并提及他家族的光荣历史，以此赞美维杜茹阿。菩茹(Pūru)王朝中的成员历来都是人格首神的奉献者，所以这个王朝有着光荣的历史。

菩茹王朝的成员不执著不具人格特征的梵(Brahman)或处在局部区域的超灵(Paramātmā)，而是直接依恋着人格首神(Bhagavān)，因此都有资格侍奉至尊主和祂纯粹的奉献者。维杜茹阿是这个家族的后代，所以很自然地也总是在四处传扬至尊主那日新月异的荣耀。麦垂亚为能够认识维杜茹阿这样光荣的人物而欣喜，感到很荣幸能与维杜茹阿谈话，因为这样的联谊能激发他自己潜在的做奉爱服务的愿望。

第 2 节

सोऽहं नृणां क्षुल्लसुखाय दुःखं
महद्गतानां विरमाय तस्य ।
प्रवर्तये भागवतं पुराणं
यदाह साक्षाद्भगवानृषिभ्यः ॥ २ ॥

so 'haṁ nṛṇāṁ kṣulla-sukhāya duḥkhaṁ
mahad gatānāṁ viramāya tasya
pravartaye bhāgavataṁ purāṇaṁ
yad āha sākṣād bhagavān ṛṣibhyaḥ

saḥ－那 / aham－我 / nṛṇām－人类的 / kṣulla－一点点 / sukhāya－为了快乐 / duḥkham－痛苦 / mahat－伟大的 / gatānām－进入 / viramāya－为了减轻 / tasya－他的 / pravartaye－在一开始 / bhāgavatam－《圣典博伽瓦谭》 / purāṇam－韦达经的补充读物 / yat－……的 / āha－说 / sākṣāt－直接地 / bhagavān－人格首神 / ṛṣibhyaḥ－向圣人

译文 让我现在来讲述《博伽梵往世书》，它是人格首神为利益那些因追求微不足道的快乐而深陷极度痛苦中的人，亲自对伟大的圣人讲述的。

要旨 《圣典博伽瓦谭》(Śrīmad-Bhāgavatam)是一部经特别编纂，由古老的师徒传承传递下来，用于解决人类社会一切问题的宝典。正因为如此，圣人麦垂亚才提出要讲述它。只有极为幸运的人才能结交至尊主的纯粹奉献者，从他们那里聆听《圣典博伽瓦谭》。由于受物质能量的诱惑，生物便去追求那微不足道的一点点物质快乐，并为此使自己陷入种种困境。他们从事功利性活动，但却不知道后果如何。生物把躯体错当成自己，愚蠢地执著许多不真实的事物，以为自己会永远与周围那些物质事物打交道。在至尊主的外在能量影响下，这种十足物质主义的错误生命观深深地烙在他们心中，使他们一世复一世不断地受苦。人如果能有幸得到《博伽瓦谭》这部巨著，并接触到理解《博伽瓦谭》真义的奉献者(bhāgavata)，就能从此摆脱物质束缚。圣麦垂亚·牟尼同情世上受苦的人，因此建议从头至尾讲述《圣典博伽瓦谭》。

第 3 节

आसीनमुर्व्यां भगवन्तमाद्यं
　सङ्कर्षणं देवमकुण्ठसत्त्वम् ।
विवित्सवस्तत्त्वमतः परस्य
　कुमारमुख्या मुनयोऽन्वपृच्छन् ॥ ३ ॥

āsīnam urvyāṁ bhagavantam ādyaṁ
　saṅkarṣaṇaṁ devam akuṇṭha-sattvam
vivitsavas tattvam ataḥ parasya
　kumāra-mukhyā munayo 'nvapṛcchan

āsīnam—坐着 / urvyām—在宇宙的底部 / bhagavantam—向至尊主 / ādyam—第一位 / saṅkarṣaṇam—桑卡尔珊 / devam—人格首神 / akuṇṭha-sattvam—完美的知识 / vivitsavaḥ—渴望知道 / tattvam ataḥ—这类真理 / parasya—有关至尊人格首神 / kumāra—神圣的儿童 / mukhyāḥ—以……为首 / munayaḥ—伟大的圣人 / anvapṛcchan—这样询问

译文　一段时间以前，出于好奇，幼儿圣人们的领袖萨纳特·库玛尔，在其他大圣人的陪伴下，如你一般，向坐在宇宙底部的商卡尔珊询问了有关至尊者华苏戴瓦的事实。

要旨 有关至尊主是否直接讲述过《圣典博伽瓦谭》的问题，这节诗中不但给予了肯定的回答，而且还具体谈了至尊主是在何时向何人讲述的。当时，萨纳特·库玛尔(Sanat-kumāra)等伟大的圣人提出过与维杜茹阿的问题类似的问题，至尊主华苏戴瓦(Vāsudeva)的完整扩展——主桑卡尔珊(Saṅkarṣaṇa)，回答了他们的问题。

第 4 节 स्वमेव धिष्ण्यं बहु मानयन्तं
यद्वासुदेवाभिधमामनन्ति ।
प्रत्यग्धृताक्षाम्बुजकोशमीष-
दुन्मीलयन्तं विबुधोदयाय ॥ ४ ॥

svam eva dhiṣṇyaṁ bahu mānayantaṁ
yad vāsudevābhidham āmananti
pratyag-dhṛtākṣāmbuja-kośam īṣad
unmīlayantaṁ vibudhodayāya

svam—祂自己 / eva—这样 / dhiṣṇyam—处于 / bahu—极大地 / mānayantam—受到尊崇 / yat—……的 / vāsudeva—主华苏戴瓦 / abhidham—以名字 / āmananti—对……作出反应 / pratyak-dhṛta-akṣa—因冥想而闭着的双眼 / ambuja-kośam—莲花眼 / īṣat—微微地 / unmīlayantam—睁开 / vibudha—学识渊博的圣人们的 / udayāya—为了使……获得进步

译文 那时，主商卡尔珊正在冥想祂的至尊主——被博学之人敬为主华苏戴瓦的那一位，但为了博学的大圣人的进步，祂微微睁开祂莲花般的双眼开口说话。

第 5 节 स्वर्धुन्युदार्द्रैः स्वजटाकलापै-
रुपस्पृशन्तश्चरणोपधानम् ।

पद्मं यदर्चन्त्यहिराजकन्याः
सप्रेम नानाबलिभिर्वरार्थाः ॥ ५ ॥

svardhuny-udārdraiḥ sva-jaṭā-kalāpair
upaspṛśantaś caraṇopadhānam
padmaṁ yad arcanty ahi-rāja-kanyāḥ
sa-prema nānā-balibhir varārthāḥ

svardhunī-uda—顺着恒河水 / ārdraiḥ—湿的 / sva-jaṭā——缕缕头发 / kalāpaiḥ—在头上 / upaspṛśantaḥ—通过这样触碰 / caraṇa-upadhānam—祂双足的庇护 / padmam—莲花般的庇护 / yat—……的 / arcanti—崇拜 / ahi-rāja—蛇王 / kanyāḥ—女儿 / sa-prema—怀着奉爱 / nānā—各种各样的 / balibhiḥ—物品 / vara-arthāḥ—因为想要丈夫

译文　圣人们顺着恒河水流从最高等的星球下到低等区域，所以头发还都是湿的。他们触碰至尊主的莲花足。当蛇王的女儿们想要有一个好丈夫时，她们就会用各种用品崇拜至尊主的这双莲花足。

要旨　恒河水直接顺着维施努(Viṣṇu)的莲花足流下来，从高等星球一直到低等星球。圣人们凭借神秘瑜伽力量顺着河水从萨提亚珞卡(Satyaloka)一路向下行。面对全长成千上万里的河，有神通的瑜伽师能从一端下水，用一眨眼的工夫从另一端钻出水面。恒河是唯一一条贯穿宇宙的天河，伟大的圣人们借着这条圣河四处旅游，足迹遍布全宇宙。这节诗中提到他们的头发是湿的，以说明那是被直接来自维施努莲花足的水(恒河)打湿的；而无论是谁，只要他头上沾上恒河水，他就算直接触碰到了至尊主的莲花足，因而免于一切恶报。在恒河中沐浴，洗去一切罪恶的人，只要从那以后小心翼翼地把持住自己，不再犯新的罪，就必然得救了；但假如之后又继续从事罪恶活动，那他在恒河中的沐浴就跟大象洗澡没有区别。大象在河里洗干净后，一上岸就又把自己搞得满身是土。

第 6 节

मुहुर्गृणन्तो वचसानुराग-
स्खलत्पदेनास्य कृतानि तज्ज्ञाः ।
किरीटसाहस्रमणिप्रवेक-
प्रद्योतितोद्दामफणासहस्रम् ॥ ६ ॥

muhur gṛṇanto vacasānurāga-
skhalat-padenāsya kṛtāni taj-jñāḥ
kirīṭa-sāhasra-maṇi-praveka-
pradyotitoddāma-phaṇā-sahasram

muhuḥ—再三地 / gṛṇantaḥ—歌颂 / vacasā—用话语 / anurāga—深情地 / skhalat-padena—押韵的 / asya—至尊主的 / kṛtāni—活动 / tat-jñāḥ—知道娱乐活动的人 / kirīṭa—头盔 / sāhasra—成千上万 / maṇi-praveka—宝石闪耀的光芒 / pradyotita—发自 / uddāma—抬起 / phaṇā—蛇头 / sahasram—成千上万

译文 以萨纳特·库玛尔为首的库玛尔四兄弟，都了解至尊主的超然娱乐活动，都充满爱心深情地用精选过的话语，声调抑扬顿挫地赞美至尊主。那时，主商卡尔珊昂起的数千个头上顶着的闪亮宝石，开始放射出光芒。

要旨 至尊主有时被称为乌塔玛诗珞卡(uttamaśloka)，意思是：“奉献者用精心构思的话语加以崇拜的人。”满怀爱心侍奉至尊主的奉献者，自然妙语连连、滔滔不绝。这样的例子比比皆是。作为至尊主伟大的奉献者，哪怕还只是个男童，都能字斟句酌地献上最优美的祈祷，歌颂至尊主的娱乐活动。相反，还没有培养起对至尊主深厚细腻的情感的人，根本不可能向至尊主献上恰当的祈祷。

第 7 节

प्रोक्तं किलैतद्भगवत्तमेन
निवृत्तिधर्माभिरताय तेन ।

सनत्कुमाराय स चाह पृष्टः
साङ्ख्यायनायाङ्ग धृतव्रताय ॥ ७ ॥

proktaṁ kilaitad bhagavattamena
nivṛtti-dharmābhiratāya tena
sanat-kumārāya sa cāha pṛṣṭaḥ
sāṅkhyāyanāyāṅga dhṛta-vratāya

proktam—被说 / kila—肯定地 / etat—这 / bhagavattamena—对主桑卡尔珊 / nivṛtti—弃绝 / dharma-abhiratāya—向发下这一宗教誓言的人 / tena—由祂 / sanat-kumārāya—向萨纳特·库玛尔 / saḥ—他 / ca—又 / āha—说 / pṛṣṭaḥ—被问及时 / sāṅkhyāyanāya—向伟大的圣人桑克雅亚纳 / aṅga—我亲爱的维杜茹阿 / dhṛta-vratāya—向发下这一誓言的人

译文　接着，主商卡尔珊对已经发誓弃绝的大圣人萨纳特·库玛尔讲述了《圣典博伽瓦谭》。当桑克雅亚纳·牟尼询问萨纳特·库玛尔同样的问题时，萨纳特·库玛尔按照他从商卡尔珊那里听到的内容，解释了《圣典博伽瓦谭》。

要旨　这就是经由师徒传承(paramparā)传递知识的方式。闻名天下的圣童库玛尔(Kumāra)——萨纳特·库玛尔(Sanat-kumāra)，虽然已经处在生命的完美境界，但还是从主桑卡尔珊(Saṅkarṣaṇa)那里聆听了《圣典博伽瓦谭》。同样，当桑克雅亚纳圣人(Sāṅkhyāyana Ṛṣi)向他讨教时，他便把自己从主桑卡尔珊那里听到的知识，原原本本地复述给桑克雅亚纳听。换句话说，人只有在聆听真正的权威人士的教导后得到了知识，才能去传播知识。正因为如此，在九项奉爱服务中，聆听和吟诵(吟唱)这两项服务最为重要。不曾认真聆听过韦达知识的人，无法向他人传授韦达知识。

第 8 节　साङ्ख्यायनः पारमहंस्यमुख्यो
विवक्षमाणो भगवद्विभूतीः ।

जगाद सोऽस्मद्गुरवेऽन्विताय
　　पराशरायाथ बृहस्पतेश्च ॥ ८ ॥

sāṅkhyāyanaḥ pāramahaṁsya-mukhyo
　vivakṣamāṇo bhagavad-vibhūtīḥ
jagāda so 'smad-gurave 'nvitāya
　parāśarāyātha bṛhaspateś ca

sāṅkhyāyanaḥ—大圣人桑克雅亚纳 / pāramahaṁsya-mukhyaḥ—超然主义者的领袖 / vivakṣamāṇaḥ—在朗诵时 / bhagavat-vibhūtīḥ—至尊主的荣耀 / jagāda—讲解 / saḥ—他 / asmat—我的 / gurave—向灵性导师 / anvitāya—追随 / parāśarāya—向圣人帕茹阿沙尔 / atha bṛhaspateḥ ca—并向毕尔哈斯帕提

译文 伟大的圣人桑克雅亚纳是超然主义者的领袖，当他按《圣典博伽瓦谭》描述至尊主的荣耀时，我的灵性导师帕茹阿沙尔与毕尔哈斯帕提两人都聆听了他的讲述。

第 9 节 प्रोवाच मह्यं स दयालुरुक्तो
　　मुनिः पुलस्त्येन पुराणमाद्यम् ।
सोऽहं तवैतत्कथयामि वत्स
　　श्रद्धालवे नित्यमनुव्रताय ॥ ९ ॥

provāca mahyaṁ sa dayālur ukto
　muniḥ pulastyena purāṇam ādyam
so 'haṁ tavaitat kathayāmi vatsa
　śraddhālave nityam anuvratāya

provāca—说 / mahyam—向我 / saḥ—他 / dayāluḥ—心地仁慈的 / uktaḥ—前面提到的 / muniḥ—圣人 / pulastyena—经圣人菩拉斯提亚 / purāṇam ādyam—最重要的往世书 / saḥ aham—我也 / tava—向你 / etat—

这 / kathayāmi—将讲述 / vatsa—我亲爱的孩子 / śraddhālave—向忠实的人 / nityam—总是 / anuvratāya—向追随者

译文　正如以前提到的，伟大的圣人帕茹阿沙尔听从伟大的圣人菩拉斯提亚的建议，给我讲述了最首要的往世书(《圣典博伽瓦谭》)。我亲爱的孩子，鉴于你一直是我忠实的追随者，我也将按照我所听到的，给你讲述这部典籍。

要旨　大圣人菩拉斯提亚(Pulastya)是众恶魔的始祖。在很久以前，帕茹阿沙尔(Parāśara)因为父亲被一个恶魔吃了，就决定举行一场祭祀，要把所有的恶魔全部烧死。大圣人瓦希施塔·牟尼(Vasiṣṭha Muni)得知帕茹阿沙尔要大开杀戒的消息后，便到祭祀现场出言制止。瓦希施塔在圣人中拥有很高的地位和声望，帕茹阿沙尔无法不听从，于是只好停止祭祀。恶魔之父菩拉斯提亚很赞赏帕茹阿沙尔所具有的布茹阿玛纳(婆罗门)的气度，祝福他将来会成为讲解韦达经的补充读物往世书(Purāṇa)的大学者。菩拉斯提亚感激帕茹阿沙尔作为一名布茹阿玛纳，本着宽恕他人的原则饶恕了恶魔。帕茹阿沙尔本可以通过祭祀除掉所有的恶魔，但他想："神创造了恶魔这种生来就是要吃人、吃动物的生物体，而我作为布茹阿玛纳应当宽恕他人，又何必为此违反这一原则呢？"作为往世书的杰出讲解者，帕茹阿沙尔首先讲述了《博伽梵往世书》(Śrīmad-Bhāgavata Purāṇa)，因为这是最重要的一部往世书。在这节诗中，麦垂亚·牟尼希望将他从帕茹阿沙尔那里听到的《博伽瓦谭》，原原本本地讲给维杜茹阿听；而维杜茹阿因为忠心耿耿，遵循师长的教导，所以也有资格聆听《博伽瓦谭》。就这样，从不可追溯的年代起，甚至早在维亚萨戴瓦(Vyāsadeva)之前，人们就已经在通过师徒传承的形式讲述《圣典博伽瓦谭》了。所谓的历史学家们估算往世书只有几百年的历史，但事实上，从不可追溯的年代起，往世书就已经存在，远远早于世俗哲学思辨者所估算的年代。

第 10 节 उदाप्लुतं विश्वमिदं तदासीद्
यन्निद्रयामीलितदृङ् न्यमीलयत् ।
अहीन्द्रतल्पेऽधिशयान एकः
कृतक्षणः स्वात्मरतौ निरीहः ॥१०॥

udāplutaṁ viśvam idaṁ tadāsīd
yan nidrayāmīlita-dṛṅ nyamīlayat
ahīndra-talpe 'dhiśayāna ekaḥ
kṛta-kṣaṇaḥ svātma-ratau nirīhaḥ

uda－水 / āplutam－淹没在 / viśvam－三个世界 / idam－这 / tadā－当时 / āsīt－始终这样 / yat－在……的 / nidrayā－沉睡中 / amīlita－闭上 / dṛk－眼睛 / nyamīlayat－半开半闭 / ahi-indra－巨蛇阿南塔 / talpe－在……的床上 / adhiśayānaḥ－躺在 / ekaḥ－独自 / kṛta-kṣaṇaḥ－从事着 / sva-ātma-ratau－享受祂的内在能量 / nirīhaḥ－没有任何外在能量

译文 那时，当三个世界都被淹没在水中时，嘎尔博达卡沙依·维施努独自一人躺在祂的卧床——巨蛇阿南塔上。祂看上去正在祂自己的内在能量中睡着，没有外在能量的活动，但祂的眼睛并没有完全闭上。

要旨 至尊主永恒地从祂的内在能量中享受超然的喜乐，外在能量在宇宙展示遭毁灭后便暂时进入不活动的状态。

第 11 节 सोऽन्तः शरीरेऽर्पितभूतसूक्ष्मः
कालात्मिकां शक्तिमुदीरयाणः ।
उवास तस्मिन् सलिले पदे स्वे
यथानलो दारुणि रुद्धवीर्यः ॥११॥

so 'ntaḥ śarīre 'rpita-bhūta-sūkṣmaḥ
kālātmikāṁ śaktim udīrayāṇaḥ

uvāsa tasmin salile pade sve
yathānalo dāruṇi ruddha-vīryaḥ

saḥ－至尊主 / antaḥ－在……中 / śarīre－在超然的躯体里 / arpita－保留 / bhūta－物质元素 / sūkṣmaḥ－精微的 / kāla-ātmikām－时间的形式 / śaktim－能量 / udīrayāṇaḥ－使动起来 / uvāsa－居于 / tasmin－在那里 / salile－在水里 / pade－在那一处 / sve－祂自己的 / yathā－正如 / analaḥ－火 / dāruṇi－在木柴中 / ruddha-vīryaḥ－蕴藏着的力量

译文 恰似木柴中蕴涵着的火的力量，至尊主停留在毁灭之水中，把全体生物淹没在他们的精微躯体中。祂躺在被称为时间能量的祂自己的活力中。

要旨 上、中、下三个星系全都沉没在毁灭之水中时，三个世界中的生物凭借被称为时间(kāla)的能量，存在于他们各自的精微躯体中。在毁灭的状态下，生物的粗糙躯体并没有展示，但精微的躯体跟物质创造中的水一样都存在着。所以，那时的毁灭与整个物质世界完全毁灭时的情况不一样，那时的物质能量并没有被至尊主完全收起。

第 12 节 चतुर्युगानां च सहस्रमप्सु
स्वपन् स्वयोदीरितया स्वशक्त्या ।
कालाख्ययासादितकर्मतन्त्रो
लोकानपीतान्ददृशे स्वदेहे ॥१२॥

catur-yugānāṁ ca sahasram apsu
svapan svayodīritayā sva-śaktyā
kālākhyayāsādita-karma-tantro
lokān apītān dadṛśe sva-dehe

catuḥ－四 / yugānām－周期的 / ca－和 / sahasram－一千 / apsu－在水中 / svapan－做梦 / svayā－凭祂的内在能量 / udīritayā－为进一步的发

展 / sva-śaktyā—凭祂自己的能量 / kāla-ākhyayā—名为卡拉 / āsādita—这样从事 / karma-tantraḥ—在功利性活动方面 / lokān—所有的生物 / apītān—微蓝色 / dadṛśe—看到 / sva-dehe—在祂自己体内

译文　至尊主在祂的内在能量中躺了一千个四个年代的循环，用祂的外在能量使自己看似睡在水中。当生物被时间能量启动，从祂体内出来继续从事他们的功利性活动时，祂看到祂超然的身体是微蓝色的。

要旨　在《维施努往世书》(Viṣṇu Purāṇa)中，时间能量(kāla-śakti)被称为愚昧(avidyā)。受时间能量影响的特点是：生物不得不在物质世界中为求取功利性结果而从事活动。《博伽梵歌》(Bhagavad-gītā)中把功利性活动者称为蠢人(mūḍha)。这些愚蠢的生物体在永远受束缚的情况下为某些短暂的利益而拼命工作。这种人如果能给自己的子女留一大笔遗产，就以为自己这一生很聪明；他为了得到这一短暂的利益，不惜从事各种罪恶活动，但却不知道这些活动带给他的，是一副永远挣脱不开的物质枷锁。被污染的心态和物质罪恶加在一起，使得全部生物的聚集体呈现蓝色。生物为求取功利性结果而从事活动的动力，来自至尊主的外在能量——时间能量。

第 13 节

तस्यार्थसूक्ष्माभिनिविष्टदृष्टे-
रन्तर्गतोऽर्थो रजसा तनीयान् ।
गुणेन कालानुगतेन विद्धः
सूष्यंस्तदाभिद्यत नाभिदेशात् ॥१३॥

tasyārtha-sūkṣmābhiniviṣṭa-dṛṣṭer
antar-gato 'rtho rajasā tanīyān
guṇena kālānugatena viddhaḥ
sūṣyaṁs tadābhidyata nābhi-deśāt

tasya—祂的 / artha—题目 / sūkṣma—精微的 / abhiniviṣṭa-dṛṣṭeḥ—全神贯注的人的 / antaḥ-gataḥ—内在的 / arthaḥ—目标 / rajasā—由物质自然的激情属性 / tanīyān—非常精微 / guṇena—由各种属性 / kāla-anugatena—到一定的时间 / viddhaḥ—刺激 / sūṣyan—产生 / tadā—随后 / abhidyata—穿透 / nābhi-deśāt—从腹部

译文　至尊主所全神贯注的创造的精微内容，受到物质激情属性的刺激，使创造的精微形象从祂的腹部穿出。

第 14 节　स पद्मकोशः सहसोदतिष्ठत्
कालेन कर्मप्रतिबोधनेन ।
स्वरोचिषा तत्सलिलं विशालं
विद्योतयन्नर्क इवात्मयोनिः ॥१४॥

sa padma-kośaḥ sahasodatiṣṭhat
kālena karma-pratibodhanena
sva-rociṣā tat salilaṁ viśālaṁ
vidyotayann arka ivātma-yoniḥ

saḥ—那 / padma-kośaḥ—莲花的花苞 / sahasā—突然 / udatiṣṭhat—出现 / kālena—由时间 / karma—功利性活动 / pratibodhanena—唤醒 / sva-rociṣā—靠它自身的光芒 / tat—那 / salilam—毁灭之水 / viśālam—浩渺无际的 / vidyotayan—照亮 / arkaḥ—太阳 / iva—像 / ātma-yoniḥ—从维施努身上生出

译文　生物的功利性活动的总和，以莲花发芽的形式从至尊主维施努的腹部穿出后，凭祂的至尊意愿像太阳一样照亮了一切，驱散了毁灭之水的汪洋。

第 15 节　तल्लोकपद्मं स उ एव विष्णुः
प्रावीविशत्सर्वगुणावभासम् ।

तस्मिन् स्वयं वेदमयो विधाता
स्वयम्भुवं यं स्म वदन्ति सोऽभूत् ॥१५॥

tal loka-padmaṁ sa u eva viṣṇuḥ
prāvīviśat sarva-guṇāvabhāsam
tasmin svayaṁ vedamayo vidhātā
svayambhuvaṁ yaṁ sma vadanti so 'bhūt

tat—那 / loka—宇宙的 / padmam—莲花 / saḥ—祂 / u—肯定地 / eva—确实 / viṣṇuḥ—至尊主 / prāvīviśat—进入 / sarva—所有 / guṇa-avabhāsam——切自然属性的源头 / tasmin—在其中 / svayam—亲自 / veda-mayaḥ—韦达智慧的人格化身 / vidhātā—宇宙的主宰 / svayam-bhuvam—自生的 / yam—他 / sma—过往 / vadanti—确实说 / saḥ—他 / abhūt—产生

译文 主维施努以超灵的形式亲自进入那朵宇宙的莲花中，当这朵莲花这样受精怀上所有的物质自然属性时，我们称之为自生的韦达智慧的人格化身便诞生了。

要旨 这朵莲花是至尊主在物质世界的宇宙(virāṭ)形体。物质世界毁灭时，它合拢并被人格首神维施努收入腹中；创造时，它又展示出来。这一展示是进入每个宇宙的嘎尔博达卡沙依·维施努(Garbhodakaśāyī Viṣṇu)引起的。这一形体是受物质自然制约的众生所从事的全部功利性活动的总和。众生中的第一位生物体布茹阿玛(Brahmā)——宇宙主宰，就诞生在这朵莲花上。这个最先诞生的生物体与其他生物体不同；他没有物质的父亲，因此被说成是“自生的(svayambhū)”。宇宙毁灭时，他与纳茹阿亚纳(Nārāyaṇa)一同睡下，等下一次创造到来时，他就以这种方式再次诞生。经过以上的论述，我们可以了解到三个概念，那就是：粗糙的宇宙形象、精微的黑冉亚嘎尔巴(Hiraṇyagarbha)，以及物质创造的动力——布茹阿玛。

第 16 节　तस्यां स चाम्भोरुहकर्णिकाया-
मवस्थितो लोकमपश्यमानः ।
परिक्रमन् व्योम्नि विवृत्तनेत्र-
श्चत्वारि लेभेऽनुदिशं मुखानि ॥१६॥

tasyāṁ sa cāmbho-ruha-karṇikāyām
avasthito lokam apaśyamānaḥ
parikraman vyomni vivṛtta-netraś
catvāri lebhe 'nudiśaṁ mukhāni

tasyām－在那里 / saḥ－布茹阿玛 / ca－和 / ambhaḥ－水 / ruha-karṇikāyām－莲花的中心 / avasthitaḥ－处在 / lokam－世界 / apaśyamānaḥ－看不见 / parikraman－绕行 / vyomni－在空中 / vivṛtta-netraḥ－当眼睛转动时 / catvāri－四个 / lebhe－获得 / anudiśam－根据方向 / mukhāni－头

译文　诞生于莲花的布茹阿玛虽然身处莲花心上，却看不见世界。祂为此在空中绕行，正当他用眼睛四下观望时，他长出了面朝四个方向的头。

第 17 节　तस्माद्युगान्तश्वसनावघूर्ण-
जलोर्मिचक्रात्सलिलाद्विरूढम् ।
उपाश्रितः कञ्जमु लोकतत्त्वं
नात्मानमद्धाविदद‍ादिदेवः ॥१७॥

tasmād yugānta-śvasanāvaghūrṇa-
jalormi-cakrāt salilād virūḍham
upāśritaḥ kañjam u loka-tattvaṁ
nātmānam addhāvidad ādi-devaḥ

tasmāt－从那里 / yuga-anta－在一个周期之末 / śvasana－毁灭之气 / avaghūrṇa－由于运动 / jala－水 / ūrmi-cakrāt－出自旋涡 / salilāt－

从水里 / virūḍham一处在它们上面 / upāśritaḥ一有……的庇护 / kañjam一莲花 / u一惊讶的样子 / loka-tattvam一创造的奥秘 / na一不 / ātmānam一他自己 / addhā一完美地 / avidat一能理解 / ādi-devaḥ一第一位半神人

译文 身处莲花中心的布茹阿玛无法完全明白创造、莲花或他自己。周期结束时，毁灭之气开始将水和莲花推动成巨大的旋涡。

要旨 主布茹阿玛不明白自己为何被创造出来？这朵莲花和这个世界又是怎么一回事？他思考了整整一个年代(这段时间换算成人类的太阳年，简直就是天文数字)，但还是想不出结果。从这一点我们可以知道，没人能光靠心智思辨了解宇宙展示——创造的奥秘。人的能力极为有限，没有至尊主的帮助，根本不可能理解在宇宙创造、维系和毁灭背后至尊主神秘的旨意。

第 18 节

क एष योऽसावहमब्जपृष्ठ
एतत्कुतो वाब्जमनन्यदप्सु ।
अस्ति ह्यधस्तादिह किञ्चनैत-
दधिष्ठितं यत्र सता नु भाव्यम् ॥१८॥

ka eṣa yo 'sāv aham abja-pṛṣṭha
etat kuto vābjam ananyad apsu
asti hy adhastād iha kiñcanaitad
adhiṣṭhitaṁ yatra satā nu bhāvyam

kaḥ一谁 / eṣaḥ一这个 / yaḥ asau aham一我是 / abja-pṛṣṭhe一在莲花上 / etat一这 / kutaḥ一从那里 / vā一或者 / abjam一莲花 / ananyat一否则 / apsu一在水中 / asti一有 / hi一肯定地 / adhastāt一从下方 / iha一在这 / kiñcana一什么东西 / etat一这个 / adhiṣṭhitam一处在 / yatra一在那里 / satā一自动地 / nu一或者不 / bhāvyam一必定

译文 主布茹阿玛在无知的情况下冥思苦想到：在这朵莲花顶上的我究竟是谁？这朵莲花是从哪里长出的？下面必定有些什么，这朵莲花生长的出处一定在水中。

要旨 布茹阿玛最初苦思冥想的有关宇宙创造的种种问题，心智思辨者们至今仍在思索。努力探寻个体存在及整个宇宙创造的原因，并试图寻找这一切背后的终极原因的人，堪称最有智慧的人。他如果能不畏艰辛、百折不挠地朝这个方向努力，就必能获得成功。

第 19 节 स इत्थमुद्वीक्ष्य तदब्जनाल-
नाडीभिरन्तर्जलमाविवेश ।
नार्वाग्गतस्तत्खरनालनाल-
नाभिं विचिन्वंस्तदविन्दताजः ॥१९॥

sa ittham udvīkṣya tad-abja-nāla-
nāḍībhir antar-jalam āviveśa
nārvāg-gatas tat-khara-nāla-nāla-
nābhiṁ vicinvaṁs tad avindatājaḥ

saḥ—他(布茹阿玛) / ittham—这样 / udvīkṣya—苦思冥想 / tat—那 / abja—莲花 / nāla—茎 / nāḍībhiḥ—沿着管道 / antaḥ-jalam—在水中 / āviveśa—进入 / na—不 / arvāk-gataḥ—尽管进入……里面 / tat-khara-nāla—莲花茎 / nāla—管道 / nābhim—肚脐的 / vicinvan—对此苦苦思索 / tat—那 / avindata—理解 / ajaḥ—自生者

译文 主布茹阿玛这样思量着，便顺着莲花茎向下进入了水中。但他虽然进入茎部，靠近了维施努的肚脐，却无法找到根部。

要旨 尽管我们靠个人的努力可以越来越接近至尊主，但没有至尊主的仁慈，我们不可能最终到达祂那里。只有做奉爱服务才能认识至尊主，《博伽梵歌》第18章的第55节诗中证实说："只有做奉爱服务，才能如实地了解作为至尊人格首神的我(bhaktyā mām abhijānāti yāvān yaś cāsmi tattvataḥ)。"

第 20 节 तमस्यपारे विदुरात्मसर्गं
विचिन्वतोऽभूत्सुमहांस्त्रिणेमिः ।
यो देहभाजां भयमीरयाणः
परिक्षिणोत्यायुरजस्य हेतिः ॥२०॥

tamasy apāre vidurātma-sargaṁ
vicinvato 'bhūt sumahāṁs tri-ṇemiḥ
yo deha-bhājāṁ bhayam īrayāṇaḥ
parikṣiṇoty āyur ajasya hetiḥ

tamasi apāre－因为以愚昧的方式在探寻 / vidura－维杜茹阿啊 / ātma-sargam－他被创造的原因 / vicinvataḥ－正苦思冥想之际 / abhūt－它变得 / su-mahān－巨大的 / tri-nemiḥ－三维时间 / yaḥ－……的 / deha-bhājām－困在躯体中的生物的 / bhayam－恐惧 / īrayāṇaḥ－产生 / parikṣiṇoti－使一百年的时间减少 / āyuḥ－寿命 / ajasya－自生者的 / hetiḥ－永恒的时间之轮

译文 维杜茹阿啊！就在布茹阿玛以那种方式探索他的存在时，他最后的期限到了。那期限是维施努手中永恒的旋转轮，使生物体心中产生如对死亡的恐惧那类恐惧。

第 21 节 ततो निवृत्तोऽप्रतिलब्धकामः
स्वधिष्ण्यमासाद्य पुनः स देवः ।
शनैर्जितश्वासनिवृत्तचित्तो
न्यषीददारूढसमाधियोगः ॥२१॥

tato nivṛtto 'pratilabdha-kāmaḥ
sva-dhiṣṇyam āsādya punaḥ sa devaḥ
śanair jita-śvāsa-nivṛtta-citto
nyaṣīdad ārūḍha-samādhi-yogaḥ

tataḥ－之后 / nivṛttaḥ－放弃努力 / apratilabdha-kāmaḥ－没有达到希望的目标 / sva-dhiṣṇyam－自己的座位 / āsādya－到 / punaḥ－再次 / saḥ－他 / devaḥ－半神人 / śanaiḥ－立即 / jita-śvāsa－控制呼吸 / nivṛtta－放弃 / cittaḥ－智力 / nyaṣīdat－坐下 / ārūḍha－怀着信心 / samādhi-yogaḥ－全神贯注于至尊主

译文　那之后，由于无法达到自己想要达到的目的，他不再继续探索，返身回到莲花顶部。就这样，他控制呼吸，把注意力从所有的物质目标收回，全神贯注于至尊主。

要旨　萨玛迪(samādhi, 三摩地)意味着，人即使不知道至尊主本质究竟是具有人格特征、不具有人格特征，还是存在于局部区域，仍然一心一意、全神贯注地冥想一切存在的至高原因(至尊者)。专注地冥想至尊者无疑是一种形式的奉爱服务。放弃个人在感官层面上所做的努力，集中注意力冥想至高原因是向至尊主皈依的表现，而皈依至尊主的心态无疑是奉爱的表现。生物要想了解自身存在的起始原因，就必须为至尊主做奉爱服务。

第 22 节　कालेन सोऽजः पुरुषायुषाभि-
प्रवृत्तयोगेन विरूढबोधः ।
स्वयं तदन्तर्हृदयेऽवभात-
मपश्यतापश्यत यन्न पूर्वम् ॥२२॥

kālena so 'jaḥ puruṣāyuṣābhi-
pravṛtta-yogena virūḍha-bodhaḥ
svayaṁ tad antar-hṛdaye 'vabhātam
apaśyatāpaśyata yan na pūrvam

kālena－到一定时候 / saḥ－他 / ajaḥ－自生者布茹阿玛 / puruṣa-āyuṣā－在他的寿命期限内 / abhipravṛtta－从事于 / yogena－冥想 / virūḍha－培养 / bodhaḥ－智力 / svayam－自动地 / tat antaḥ-hṛdaye－在心中 / avabhātam－展示 / apaśyata－看见了 / apaśyata－确实看见 / yat－……的 / na－不 / pūrvam－前面

译文 在布茹阿玛的一百年结束时，当他完成冥想时，他培养了所需要的知识，这使他在心中看到了处在他体内的至尊主。他之前虽然竭尽全力，但却无法看到祂。

要旨 要想实际地感知到至尊主，就只有走奉爱服务之途；靠个人的努力，进行思辨推测无法感知到至尊主。布茹阿玛的年龄是以迪韦亚(divya)年为单位计算的，迪韦亚年完全不同于人类所用的太阳年。《博伽梵歌》第8章的第17节诗说：人类的一千个年代之和等于布茹阿玛的一个白天(sahasra-yuga-paryantam ahar yad brahmaṇo viduḥ)。布茹阿玛的一个白天等于四个年代(yuga)之和(合计四百三十二万太阳年)再乘以一千。以迪韦亚年作为计量单位，布茹阿玛冥想了整整一百年才觉悟到一切原因的起因，于是写下了《布茹阿玛·萨密塔》(Brahma-saṁhitā)。他在这部得到主柴坦亚(Caitanya)认可和赞许的典籍中唱道：我崇拜存在中的第一位至尊主哥文达(govindam ādi-puruṣaṁ tam ahaṁ bhajāmi)。生物无论是要认识至尊主还是要为至尊主服务，都必须等待至尊主赐予他仁慈。

第 23 节 मृणालगौरायतशेषभोग-
पर्यङ्क एकं पुरुषं शयानम् ।
फणातपत्रायुतमूर्धरत्न-
द्युभिर्हतध्वान्तयुगान्ततोये ॥२३॥

mṛṇāla-gaurāyata-śeṣa-bhoga-
paryaṅka ekaṁ puruṣaṁ śayānam
phaṇātapatrāyuta-mūrdha-ratna-
dyubhir hata-dhvānta-yugānta-toye

mṛṇāla－莲花 / gaura－通体呈白色 / āyata－巨大的 / śeṣa-bhoga－蛇沙·纳嘎的蛇身 / paryaṅke－在床上 / ekam－独自 / puruṣam－至尊者 / śayānam－躺着 / phaṇa-ātapatra－由蛇头形成的华盖 / āyuta－镶嵌 / mūrdha－头 / ratna－宝石 / dyubhiḥ－靠光芒 / hata-dhvānta－驱散黑暗 / yuga-anta－毁灭 / toye－在水中

译文 布茹阿玛可以看到，水面上有一个如莲花般的白色巨大卧床——蛇沙·纳嘎的身体，人格首神独自躺在上面。周围的一切被蛇沙·纳嘎头上的珠宝装饰所放射的光芒照得通明，灿烂的光芒驱散了那片区域的一切黑暗。

第 24 节 प्रेक्षां क्षिपन्तं हरितोपलाद्रेः
सन्ध्याभ्रनीवेरुरुरुक्ममूर्ध्नः ।
रत्नोदधारौषधिसौमनस्य
वनस्रजो वेणुभुजाङ्घ्रिपाङ्घ्रेः ॥२४॥

prekṣāṁ kṣipantaṁ haritopalādreḥ
sandhyābhra-nīver uru-rukma-mūrdhnaḥ
ratnodadhārauṣadhi-saumanasya
vana-srajo veṇu-bhujāṅghripāṅghreḥ

prekṣām－全景 / kṣipantam－使……黯然失色 / harita－绿色 / upala－珊瑚 / adreḥ－山丘的 / sandhyā-abhra-nīveḥ－傍晚的天空所披霓裳的 / uru－伟大的 / rukma－黄金 / mūrdhnaḥ－顶上 / ratna－珠宝 / udadhāra－瀑布 / auṣadhi－草本植物 / saumanasya－景色的 / vana-srajaḥ－花环 / veṇu－衣裳 / bhuja－手 / aṅghripa－树 / aṅghreḥ－腿

译文 至尊主超然身体上的光泽使珊瑚山的美黯然失色。傍晚的天空把珊瑚山点缀得异常美丽，但至尊主的黄色衣服使它黯然失色。山顶是金色的，但至尊主那镶嵌了宝石的头盔使它黯然失色。山上的瀑布、芳草及鲜花所组成的景象恰似花环，但由宝石、珍珠、图拉西叶和鲜花花环装饰着的至尊主巨大的身躯，以及祂的手和腿，使山上的景色黯然失色。

要旨 自然景色之美，让人叹为观止，但却被看做至尊主超然之躯的一个扭曲了的倒影。正因为如此，被至尊主的美丽所吸引的人，不会再受物质自然美的吸引；当然，他也不会贬低自然界的美。《博伽梵歌》第2章的第59节诗中说：被至尊者(param)所吸引的人，对祂之下的一切都不再感兴趣。

第 25 节

आयामतो विस्तरतः स्वमान-
देहेन लोकत्रयसङ्ग्रहेण ।
विचित्रदिव्याभरणांशुकानां
कृतश्रियापाश्रितवेषदेहम् ॥२५॥

āyāmato vistarataḥ sva-māna-
dehena loka-traya-saṅgraheṇa
vicitra-divyābharaṇāṁśukānāṁ
kṛta-śriyāpāśrita-veṣa-deham

āyāmataḥ—长 / vistarataḥ—宽 / sva-māna—以祂自己的尺度 / dehena—以超然的身体 / loka-traya—三个星系(上、中、下) / saṅgraheṇa—完全占据了 / vicitra—多姿多彩 / divya—超然的 / ābharaṇa-aṁśukānām—饰物的光泽 / kṛta-śriyā apāśrita—衣裳和饰物的美 / veṣa—穿戴 / deham—超然的身体

译文 祂超然的身体不受长和宽的限制，占据了上、中、下三个星系。祂本身发光的身体穿戴着无比美丽的服装和饰物，五彩斑斓，打扮恰到好处。

要旨 至尊人格首神的超然之躯占满整个宇宙展示，因此究竟有多长、多宽，只有祂自己才测量得出。物质自然的美来自祂本人的美，但为了显示和证明祂超然的多样性，祂总是穿戴华丽的衣饰。对超然的多样性的认识，是提高人的灵性认识的重要方面。

第 26 节

पुंसां स्वकामाय विविक्तमार्गै-
रभ्यर्चतां कामदुघाङ्घ्रिपद्मम् ।
प्रदर्शयन्तं कृपया नखेन्दु-
मयूखभिन्नाङ्गुलिचारुपत्रम् ॥२६॥

puṁsāṁ sva-kāmāya vivikta-mārgair
abhyarcatāṁ kāma-dughāṅghri-padmam
pradarśayantaṁ kṛpayā nakhendu-
mayūkha-bhinnāṅguli-cāru-patram

puṁsām－人类的 / sva-kāmāya－按照愿望 / vivikta-mārgaiḥ－通过奉爱服务之途 / abhyarcatām－崇拜 / kāma-dugha-aṅghri-padmam－能赐予一切所欲结果的至尊主的莲花足 / pradarśayantam－显出它们时 / kṛpayā－靠祂没有缘故的仁慈 / nakha－手指甲和脚趾甲 / indu－月亮般的 / mayūkha－光芒 / bhinna－分开的 / aṅguli－手指 / cāru-patram－极其美丽

译文 至尊主抬起祂的莲花足给布茹阿玛看。祂的莲花足是靠不受物质污染的奉爱服务所获得的一切奖赏的源头。这奖赏只给予怀着纯粹的奉爱之情崇拜祂的人。祂月亮般的脚趾甲和手指甲放射出的超然光芒，看上去仿佛鲜花花瓣。

要旨 至尊主能彻底满足每个人的愿望。纯粹奉献者感兴趣的是得到为至尊主做超然服务的机会，这与得到至尊主本人没有区别。因此，得到至尊主是纯粹奉献者唯一的愿望，而做奉爱服务是得到祂的恩典的唯一一条完美的途径。圣茹帕·哥斯瓦米(Śrīla Rūpa Gosvāmī)在他的《奉爱服务的纯粹甘露之洋》(Bhakti-rasāmṛta-sindhu)第1篇第1章的第11节诗中说：纯粹的奉爱服务不掺杂半点哲学思辨和功利性活动的成分(jñāna-karmādy-anāvṛtam)。这样的奉爱服务能赐予纯粹奉献者最高的成就——与至尊人格首神主奎师那(Kṛṣṇa)直接交往。《哥帕勒·塔帕尼奥义书》(Gopāla-tāpanī Upaniṣad)中说：至尊主展示了祂莲花足上成千上万个莲花瓣中的一个。书中说：在苦思冥想亿万年后，主布茹阿玛才悟到至尊主作为圣奎师那的那个超然的牧牛童形象(brāhmaṇo'sāv anavaratam me dhyātaḥ stutaḥ parārdhānte so 'budhyata gopa-veśo me purastāt āvirbabhūva)，于是将自己这段切身的体验记录下来，形成《布茹阿玛·萨密塔》中的著名祈祷文的内容，即："我崇拜存在中的第一位至尊主哥文达(govindam ādi-puruṣam tam aham bhajāmi)。"

第 27 节

मुखेन लोकार्तिहरस्मितेन
परिस्फुरत्कुण्डलमण्डितेन ।
शोणायितेनाधरबिम्बभासा
प्रत्यर्हयन्तं सुनसेन सुभ्र्वा ॥२७॥

mukhena lokārti-hara-smitena
parisphurat-kuṇḍala-maṇḍitena
śoṇāyitenādhara-bimba-bhāsā
pratyarhayantaṁ sunasena subhrvā

mukhena—通过面部表情 / loka-ārti-hara—消除奉献者的烦恼的人 / smitena—用笑容 / parisphurat—耀眼的 / kuṇḍala—耳环 / maṇḍitena—装

饰着 / śoṇāyitena－认可 / adhara－祂的嘴唇的 / bimba－反射 / bhāsā－光芒 / pratyarhayantam－回报 / su-nasena－用祂令人赏心悦目的鼻子 / su-bhrvā－和令人赏心悦目的眉毛

译文 祂用祂美丽的微笑对奉献者所做的服务表示感谢，并去除他们的苦恼。祂嘴唇的光芒照亮了祂用耳环点缀着的脸庞；配上祂鼻子和眉毛的美，祂的脸庞令人赏心悦目。

要旨 奉献者们为至尊主做奉爱服务，总使至尊主感到自己亏欠了他们。尽管许许多多超然主义者在各个领域从事各种灵性的活动，但在众多的灵性活动中，为至尊主做奉爱服务最独特。奉献者为至尊主做服务时并不要求至尊主给予回报，即使至尊主要赐予他们对别人来说求之不得的解脱，他们也照样回绝。这使至尊主感到在某种程度上欠了奉献者的情，祂于是只好用自己永远迷人的笑容作为对奉献者的回报。奉献者见到至尊主微笑的脸庞总是感到心满意足、精神振奋、喜气洋洋，而看到奉献者变得如此喜悦，至尊主本人更感到无上的满足。就这样，奉献者为至尊主服务，至尊主对奉献者的服务表示赞许，双方通过这种交流，一直不断地进行着超然的竞争。

第 28 节

कदम्बकिञ्जल्कपिशङ्गवाससा
स्वलङ्कृतं मेखलया नितम्बे ।
हारेण चानन्तधनेन वत्स
श्रीवत्सवक्षःस्थलवल्लभेन ॥२८॥

kadamba-kiñjalka-piśaṅga-vāsasā
svalaṅkṛtaṁ mekhalayā nitambe
hāreṇa cānanta-dhanena vatsa
śrīvatsa-vakṣaḥ-sthala-vallabhena

kadamba-kiñjalka－卡当芭花的橘黄色花粉 / piśaṅga－……颜色的衣裳 / vāsasā－靠身着 / su-alaṅkṛtam－装饰精美 / mekhalayā－以腰带 / nitambe－腰上 / hāreṇa－以花环 / ca－也 / ananta－极其 / dhanena－珍贵的 / vatsa－我亲爱的维杜茹阿 / śrīvatsa－超然的标志的 / vakṣaḥ-sthala－胸膛上 / vallabhena－十分赏心悦目

译文 啊，我亲爱的维杜茹阿！至尊主的腰部裹着颜色类似卡当芭鲜花上橙黄色粉末的黄色织物，束着装饰漂亮的腰带。祂的胸膛由施瑞瓦特萨标志和无比贵重的项链点缀着。

第 29 节 पराध्यर्केयूरमणिप्रवेक-
पर्यस्तदोर्दण्डसहस्रशाखम् ।
अव्यक्तमूलं भुवनाङ्घ्रिपेन्द्र-
महीन्द्रभोगैरधिवीतवल्शम् ॥२९॥

parārdhya-keyūra-maṇi-praveka-
paryasta-dordaṇḍa-sahasra-śākham
avyakta-mūlaṁ bhuvanāṅghripendram
ahīndra-bhogair adhivīta-valśam

parārdhya－十分珍贵的 / keyūra－饰物 / maṇi-praveka－极其珍贵的珠宝 / paryasta－遍布 / dordaṇḍa－手臂 / sahasra-śākham－成千上万的枝条 / avyakta-mūlam－独自屹立 / bhuvana－宇宙的 / aṅghripa－树 / indram－至尊主 / ahi-indra－阿南塔戴瓦 / bhogaiḥ－以头 / adhivīta－环绕 / valśam－肩膀

译文 正如檀香树由芬芳的鲜花和树枝点缀着，至尊主的身体由珍贵的宝石和珍珠点缀着。祂是独自屹立着的树，宇宙中其他一切的至尊主。正如檀香树上爬满了蛇，至尊主的身体也由阿南塔的众多蛇头遮盖着。

要旨　诗中梵文“独自屹立(avyakta-mūlam)”一词值得一提。一般来说，人们都看不到树根。但就至尊主而言，祂就是祂自身的根，因为除了祂本人，没有其他导致祂存在的原因。韦达经(Vedas)中说至尊主自己支撑自己，没有其他事物支撑祂(svāśrayāśraya)。因此梵文词“阿韦亚克塔(avyakta)”，是指至尊主独自一人。

第 30 节　चराचरौको भगवन्महीध्र-
महीन्द्रबन्धुं सलिलोपगूढम् ।
किरीटसाहस्रहिरण्यशृङ्ग-
माविर्भवत्कौस्तुभरत्नगर्भम् ॥३०॥

carācarauko bhagavan-mahīdhram
ahīndra-bandhuṁ salilopagūḍham
kirīṭa-sāhasra-hiraṇya-śṛṅgam
āvirbhavat kaustubha-ratna-garbham

cara－走兽 / acara－不动的树 / okaḥ－所在地或处境 / bhagavat－人格首神 / mahīdhram－高山 / ahi-indra－圣阿南塔戴瓦 / bandhum－朋友 / salila－水 / upagūḍham－沉入 / kirīṭa－头盔 / sāhasra－上千个 / hiraṇya－黄金 / śṛṅgam－山顶 / āvirbhavat－展示 / kaustubha－考斯图巴宝石 / ratna-garbham－海洋

译文　至尊主像一座雄伟的高山，作为动与不动的生物体的住所巍然屹立着。祂是群蛇的朋友，因为主阿南塔是祂的朋友。正如山上有成千上万的金色山顶，布茹阿玛看到至尊主的上方有阿南塔·纳嘎成千上万带着金色头盔的蛇头；正如山上有时盛产宝石，至尊主超然的身躯上到处装点着珍贵的宝石。正如一座山有时会完全淹没在汪洋大海中，至尊主有时被淹没在毁灭之水中。

第 31 节 निवीतमाम्नायमधुव्रतश्रिया
स्वकीर्तिमय्या वनमालया हरिम् ।
सूर्येन्दुवाय्वग्न्यगमं त्रिधामभिः
परिक्रमत्प्राधनिकैर्दुरासदम् ॥३१॥

nivītam āmnāya-madhu-vrata-śriyā
sva-kīrti-mayyā vana-mālayā harim
sūryendu-vāyv-agny-agamaṁ tri-dhāmabhiḥ
parikramat-prādhanikair durāsadam

nivītam—被这样装饰 / āmnāya—韦达智慧 / madhu-vrata-śriyā—甜美的声音 / sva-kīrti-mayyā—由祂自身的荣耀 / vana-mālayā—花环 / harim—向至尊主 / sūrya—太阳 / indu—月亮 / vāyu—空气 / agni—火 / agamam—无法接近的 / tri-dhāmabhiḥ—由三个星系 / parikramat—环绕 / prādhanikaiḥ—为作战 / durāsadam—难以达到

译文 主布茹阿玛就这样看至尊主恰似一座山，断定祂就是人格首神哈尔依。他看到，至尊主胸膛上的鲜花花环，用甜美的诗歌所阐述的韦达智慧赞美祂，看上去十分美丽。至尊主由随时准备作战的苏达尔珊飞轮保护着，就连太阳、月亮、气和火等都无法靠近祂。

第 32 节 तर्ह्येव तन्नाभिसरःसरोज-
मात्मानमम्भः श्वसनं वियच्च ।
ददर्श देवो जगतो विधाता
नातः परं लोकविसर्गदृष्टिः ॥३२॥

tarhy eva tan-nābhi-saraḥ-sarojam
ātmānam ambhaḥ śvasanaṁ viyac ca
dadarśa devo jagato vidhātā
nātaḥ paraṁ loka-visarga-dṛṣṭiḥ

tarhi—因此 / eva—肯定地 / tat—祂的 / nābhi—肚脐 / saraḥ—湖 / sarojam—莲花 / ātmānam—布茹阿玛 / ambhaḥ—毁灭之水 / śvasanam—干燥的空气 / viyat—天空 / ca—和 / dadarśa—看着 / devaḥ—半神人 / jagataḥ—宇宙的 / vidhātā—决定……命运的人 / na—不 / ataḥ param—超出 / loka-visarga—宇宙展示的创造 / dṛṣṭiḥ—瞥视

译文 决定宇宙命运的布茹阿玛，在这样看到至尊主的同时，扫视了整个创造。主布茹阿玛看到主维施努肚脐中的湖泊、莲花、毁灭之水、干燥的空气和天空。一切都展现在他眼前。

第 33 节 स कर्मबीजं रजसोपरक्तः
प्रजाः सिसृक्षन्नियदेव दृष्ट्वा ।
अस्तौद्विसर्गाभिमुखस्तमीड्य-
मव्यक्तवर्त्मन्यभिवेशितात्मा ॥३३॥

sa karma-bījaṁ rajasoparaktaḥ
prajāḥ sisṛkṣann iyad eva dṛṣṭvā
astaud visargābhimukhas tam īḍyam
avyakta-vartmany abhiveśitātmā

saḥ—他（布茹阿玛）/ karma-bījam—物质活动的种子 / rajasā uparaktaḥ—被激情属性激发 / prajāḥ—生物 / sisṛkṣan—想繁衍后代 / iyat—五种创造的原因 / eva—这样 / dṛṣṭvā—看着 / astaut—祈祷 / visarga—在至尊主创造好的基础上进行的再创造 / abhimukhaḥ—向 / tam—那 / īḍyam—值得崇拜的 / avyakta—超然的 / vartmani—在……之路上 / abhiveśita—集中 / ātmā—心

译文 就这样，被注入激情属性的主布茹阿玛变得想要创造，并在看到由人格首神指出的五种创造原因后，恭恭敬敬地开口向至尊主献上充分体现了创造精神的祈祷文。

要旨 人即使带着物质的激情属性要在世上发明些东西，也必须托庇于至尊主，求至尊主赐予自己能力。这是一切尝试和努力最终取得成功的保证。

到此为止，结束了巴克提韦丹塔对《圣典博伽瓦谭》第3篇第8章——“主布茹阿玛的诞生”所作的阐释。

第九章

布茹阿玛祈求创造力

第 1 节 ब्रह्मोवाच

ज्ञातोऽसि मेऽद्य सुचिरान्ननु देहभाजां
न ज्ञायते भगवतो गतिरित्यवद्यम् ।
नान्यत्त्वदस्ति भगवन्नपि तन्न शुद्धं
मायागुणव्यतिकराद्यदुरुर्विभासि ॥१॥

brahmovāca
jñāto 'si me 'dya sucirān nanu deha-bhājāṁ
na jñāyate bhagavato gatir ity avadyam
nānyat tvad asti bhagavann api tan na śuddhaṁ
māyā-guṇa-vyatikarād yad urur vibhāsi

brahmā uvāca－主布茹阿玛说／jñātaḥ－被了解／asi－您是／me－被我／adya－今天／sucirāt－经过漫长的时间／nanu－但／deha-bhājām－处在物质躯体中的生物的／na－不／jñāyate－被了解／bhagavataḥ－人格首神的／gatiḥ－过程／iti－如此／avadyam－严重的冒犯／na anyat－在……上没有／tvat－您／asti－有／bhagavan－我的主／api－即使有／tat－任何事物／na－绝非／śuddham－绝对的／māyā－物质能量／guṇa-vyatikarāt－由于……属性相互混合／yat－……的／uruḥ－超然的／vibhāsi－您是

译文 主布茹阿玛说：我的主啊！在从事了那么多年苦修后，我今天终于知道了您。哎，有物质躯体的生物太不幸，他们无法了解您本人！我的主，您是唯一可知的对象，因为没有一物超出您而存在。假如有什么超越您，那无疑不是绝对者。您通过展示物质的创造能量而以至尊者的身份存在。

要旨 受物质躯体制约的众生最大的无知，是他们不知道宇宙展示的最高原因。就有关这最高的原因，不同的人发表过不同的理论，但没有一个是正确的。事实上，唯一的最高原因是维施努(Viṣṇu)，在中间做事的是至尊主的错觉能量。至尊主操纵祂那神奇的物质能量，在物质世界里变幻出那么多妙不可言、能使众生分散注意力的事物；受制约的灵魂就这样被物质能量所迷惑，无法了解最高的原因。所以，那些所谓的大科学家、大哲学家并没什么了不起；他们看起来了不起，但只不过是至尊主错觉能量手中的工具而已。受错觉能量影响的芸芸众生否认至尊主的存在，但却把错觉能量制造的荒谬产品奉为是最高的。

至尊人格首神把祂没有缘故的仁慈赐予布茹阿玛(Brahmā)，以及布茹阿玛传承中的纯粹奉献者，以使他们能够凭借祂没有缘故的仁慈，了解最高的原因——人格首神。主布茹阿玛通过苦修才得以见到嘎尔博达卡沙依·维施努(Garbhodakaśāyī Viṣṇu)，经过觉悟才得以了解至尊主的真貌。布茹阿玛目睹至尊主辉煌壮丽的美和财富，感到心满意足，并承认绝对没有任何事物能与祂媲美。人只有靠苦修才能最终欣赏到至尊主的美和财富，而一旦了解这些，就没有什么再能吸引他了。《博伽梵歌》(Bhagavad-gītā)第2章的第59节诗中的“通过体验高品位的快乐才能放弃低级的享乐(paraṁ dṛṣṭvā nivartate)”一句，说的就是这个道理。

布茹阿玛在此斥责不努力了解至尊主的美和财富的愚蠢之人。人当务之急就是要努力了解这方面的知识，否则便是虚度一生。物质层面上美丽而富有的一切，是乌鸦一类的生物体所享受的。乌鸦专爱在垃圾堆里找东西，但天鹅不与乌鸦为伍；它们喜欢在清澈见底的莲花池中嬉戏，池塘周围是景色优美的果园。毫无疑问，乌鸦和天鹅虽然同属飞禽类，但品性上却有着天壤之别。

第 2 节　　रूपं यदेतदवबोधरसोदयेन
　　शश्वन्निवृत्ततमसः सदनुग्रहाय ।
आदौ गृहीतमवतारशतैकबीजं
　　यन्नाभिपद्मभवनादहमाविरासम् ॥ २ ॥

rūpaṁ yad etad avabodha-rasodayena
　śaśvan-nivṛtta-tamasaḥ sad-anugrahaya
ādau gṛhītam avatāra-śataika-bījaṁ
　yan-nābhi-padma-bhavanād aham āvirāsam

rūpam－形象 / yat－……的 / etat－那 / avabodha-rasa－您的内在能量的 / udayena－与展示 / śaśvat－永远 / nivṛtta－免于 / tamasaḥ－物质污染 / sat-anugrahāya－为了奉献者 / ādau－物质创造能力的本源的 / gṛhītam－接受 / avatāra－化身的 / śata-eka-bījam－千百位……的根源 / yat－……的 / nābhi-padma－从肚脐上生出的莲花 / bhavanāt－从家中 / aham－我自己 / āvirāsam－生出

译文　我看到的形象永恒不受物质污染，作为内在力量的展示来向奉献者们表示仁慈。这化身是许多其他化身的源头，您的肚脐是我诞生其上的莲花的发源地。

要旨　布茹阿玛、维施努(Viṣṇu)和玛黑施瓦尔(Maheśvara,希瓦)这三位神明，分别掌管激情、善良和愚昧这三种物质自然属性，他们全都是从布茹阿玛在这节诗中提到的嘎尔博达卡沙依·维施努那里产生的。之后，在宇宙展示存在的不同年代里，祺柔达卡沙依·维施努(Kṣīrodakaśāyī Viṣṇu)将不断扩展出众多的化身，这些化身到来只为了一个原因，那就是带给纯粹奉献者以超然的快乐。这些在不同年代显现的维施努化身，绝不能与受制约的灵魂相提并论。维施努范畴的至尊主(viṣṇu-tattva)与布茹阿玛和希瓦等神明不在同一个层面上，所以也不能与他们相提并论。把祂与他们混为一谈的人，是没有信仰的人(pāṣaṇḍī)。这里提到的“物质污染(tamasaḥ)”

一词是指物质自然。灵性自然与物质自然(tama)是截然不同的两种存在，所以灵性自然又被称为阿瓦博达·茹阿萨(avabodha-rasa)或阿瓦柔达·茹阿萨(avarodha-rasa)。梵文阿瓦柔达(avarodha)的意思是“完全消除”，也就是说，超然的存在状态中绝没有任何物质性的成分。布茹阿玛是第一位生物体，所以他说他是在嘎尔博达卡沙依·维施努腹部长出的莲花上诞生的。

第 3 节 नातः परं परम यद्भवतः स्वरूप-
मानन्दमात्रमविकल्पमविद्धवर्चः ।
पश्यामि विश्वसृजमेकमविश्वमात्मन्
भूतेन्द्रियात्मकमदस्त उपाश्रितोऽस्मि ॥ ३ ॥

nātaḥ paraṁ parama yad bhavataḥ svarūpam
ānanda-mātram avikalpam aviddha-varcaḥ
paśyāmi viśva-sṛjam ekam aviśvam ātman
bhūtendriyātmaka-madas ta upāśrito 'smi

na－不 / ataḥ param－今后 / parama－至尊者啊 / yat－……的 / bhavataḥ－您的 / svarūpam－永恒的形象 / ānanda-mātram－不具人格特征的梵光 / avikalpam－无变化 / aviddha-varcaḥ－能量无衰减 / paśyāmi－我确实看到 / viśva-sṛjam－宇宙展示的创造者 / ekam－独一无二的 / aviśvam－但并非物质性的 / ātman－最高的原因啊 / bhūta－躯体 / indriya－感官 / ātmaka－由于这样认同 / madaḥ－骄傲 / te－向您 / upāśritaḥ－皈依 / asmi－我

译文 我的主啊！我看到，没有其他形象高于您现在这个永恒极乐、充满知识的形象。在灵性天空您不具人格特征的梵光中，不存在临时变化和内在力量退化的问题。我向您皈依，因为尽管我对我的物质躯体和感官感到自豪，但您圣上却是宇宙展示的原因，物质根本接触不到您。

要旨　《博伽梵歌》第18章的第55节诗中说：只有走为至尊主做奉爱服务这一途径，生物才能部分地了解至尊人格首神(bhaktyā mām abhijānāti yāvān yaś cāsmi tattvataḥ)。主布茹阿玛认识到，至尊主奎师那(Kṛṣṇa)具有无数永恒、喜乐而充满知识的形象。他在他的《布茹阿玛·萨密塔》(Brahma-saṁhitā)第5章的第33节诗中，对至尊主哥文达(Govinda)的这些扩展作了如下的描述：

advaitam acyutam anādim ananta-rūpam
ādyaṁ purāṇa-puruṣaṁ nava-yauvanaṁ ca
vedeṣu durlabham adurlabham ātma-bhaktau
govindam ādi-puruṣaṁ tam ahaṁ bhajāmi

“我崇拜存在中的第一位人格首神哥文达。祂绝对，没有开始存在的时间，永不坠落。祂虽然扩展出无数的形象，但仍是一切原因的起因。祂虽然最老，但永远是风华正茂的少年。单纯以做学问的方式钻研韦达知识并不能了解至尊人格首神，要了解祂必须求教于至尊主的奉献者。”

要如实地了解至尊主，只有一种途径，那就是：为至尊主做奉爱服务，或者求教于心中时刻想着至尊主的奉献者。人一旦达到奉爱服务的完美境界，就能明白不具人格特征的梵光(brahmajyoti)只是至尊人格首神主奎师那一个方面的特征，物质创造中的三位主宰化身(puruṣa)是祂的完整扩展。灵性天空的梵光中没有年代的变化，外琨塔(Vaikuṇṭha)世界中也不存在创造活动。尤其值得注意的是：那里没有时间，不受时间的影响。物质能量无法穿透至尊主的超然之躯发出的无边无际的光芒——梵光。而且，至尊主还是物质世界的第一位创造者，祂使布茹阿玛诞生，并赋予他力量，使他成为第二位创造者。

第 4 节　तद्वा इदं भुवनमङ्गल मङ्गलाय
ध्याने स्म नो दर्शितं त उपासकानाम् ।

तस्मै नमो भगवतेऽनुविधेम तुभ्यं
योऽनादृतो नरकभाग्भिरसत्प्रसङ्गैः ॥४॥

tad vā idaṁ bhuvana-maṅgala maṅgalāya
dhyāne sma no darśitaṁ ta upāsakānām
tasmai namo bhagavate 'nuvidhema tubhyaṁ
yo 'nādṛto naraka-bhāgbhir asat-prasaṅgaiḥ

tat—至尊人格首神圣奎师那 / vā—或 / idam—目前的这个形象 / bhuvana-maṅgala—对所有宇宙一样绝对吉祥的您啊 / maṅgalāya—为了至高的繁荣昌盛 / dhyāne—在冥想中 / sma—像它原先那样的 / naḥ—向我们 / darśitam—展示 / te—您的 / upāsakānām—奉献者的 / tasmai—向祂 / namaḥ—我虔敬的顶拜 / bhagavate—向人格首神 / anuvidhema—我做 / tubhyam—向您 / yaḥ—……的 / anādṛtaḥ—被忽视 / naraka-bhāgbhiḥ—由那些注定要下地狱的人 / asat-prasaṅgaiḥ—以物质话题

译文 至尊人格首神圣奎师那现在的这个形象，以及扩展出的其他任何超然形象，对所有的宇宙都一样吉祥。既然您展示了这个您的奉献者冥想的永恒个人形象，我便要恭恭敬敬地向您顶礼。那些因为总思索物质的话题而忽视您个人形象的人，注定要下地狱。

要旨 就至尊绝对真理的人格和非人格特征而言，至尊主完整扩展出的每一个具有人格特征的形象，都能赐福所有的宇宙；而且，祂那同样具有人格特征的超灵(Paramātmā)，也是人们内心冥想和崇拜的对象。然而，不具人格特征的梵并不受到崇拜。一心执著于至尊主的非人格特征的人，不管是冥想还是沉溺于其他方式中，都是在走向地狱。《博伽梵歌》中说，非人格神主义者不是很关心真理，而是更多地纠缠于无谓的辩论中，他们所进行的这种世俗的心智思辨，纯属浪费时间。正因为如此，布茹阿玛在这节诗中批判了与非人格神主义者的联谊。

《布茹阿玛·萨密塔》第5章的第46节诗证实人格首神所有的完整扩展在力量上是相等的：

dīpārcir eva hi daśāntaram abhyupetya
　dīpāyate vivṛta-hetu-samāna-dharmā
yas tādṛg eva hi ca viṣṇutayā vibhāti
　govindam ādi-purusaṁ tam ahaṁ bhajāmi

至尊主扩展自身犹如烈火蔓延，燃起一堆堆的烈火。尽管最初那堆被称为哥文达——圣奎师那的烈火，被视为是至尊者，但祂扩展出的茹阿玛、尼尔星哈和瓦茹阿哈等化身，所具有的力量都与原本的祂一样。所有这些扩展的形象都是超然的。《圣典博伽瓦谭》(Śrīmad-Bhāgavatam)一开篇就清楚地指出：至尊真理永不受物质污染。在至尊主超然的国度里，人们不玩文字游戏，不做无聊的事情。至尊主展示的所有形象都是超然的、永恒一体的。当至尊主向某位奉献者展示祂的某个特定形象时，哪怕那位奉献者可能还怀有物质欲望，但至尊主的展示却是超然的，并非愚蠢的非人格神主义者所认为的那样——是在物质能量的影响下展示的。把至尊主的超然形象视为是物质世界产物的非人格神主义者，无疑会下地狱。

第 5 节

ये तु त्वदीयचरणाम्बुजकोशगन्धं
　जिघ्रन्ति कर्णविवरैः श्रुतिवातनीतम् ।
भक्त्या गृहीतचरणः परया च तेषां
　नापैषि नाथ हृदयाम्बुरुहात्स्वपुंसाम् ॥ ५ ॥

ye tu tvadīya-caraṇāmbuja-kośa-gandhaṁ
　jighranti karṇa-vivaraiḥ śruti-vāta-nītam
bhaktyā gṛhīta-caraṇaḥ parayā ca teṣāṁ
　nāpaiṣi nātha hṛdayāmburuhāt sva-puṁsām

ye－那些……的人 / tu－唯一 / tvadīya－您的 / caraṇa-ambuja－莲花足 / kośa－里面 / gandham－芳香 / jighranti－闻到 / karṇa-vivaraiḥ－

通过耳孔 / śruti-vāta-nītam－由韦达声音气流所携带的 / bhaktyā－靠奉爱服务 / gṛhīta-caraṇaḥ－接受莲花足 / parayā－超然的 / ca－也 / teṣām－对于他们 / na－从不 / apaiṣi－分离 / nātha－我的主啊 / hṛdaya－心 / ambu-ruhāt－与……的莲花 / sva-puṁsām－您本人的奉献者的

译文 我的主啊！通过耳孔闻到由韦达声音气流所携带的您莲花足芳香的人，愿意为您做奉爱服务。对他们来说，您从不离开他们的心莲。

要旨 至尊主的纯粹奉献者眼里只有至尊主的莲花足，至尊主也知道这些奉献者除了祂的莲花足外别无他求，诗中的“唯一(tu)”一词就反映了这个事实。与此同时，至尊主也不愿意离开这些纯粹奉献者莲花般的心。这就是人格首神与祂纯粹的奉献者之间超然的关系。从“至尊主本人不愿意离开这些纯粹奉献者的心”这一点可以看出，比起非人格神主义者来说，纯粹奉献者跟至尊主的关系格外亲近。纯粹奉献者按照正统的韦达权威的指示，为至尊主做奉爱服务，从而与至尊主建立起关系。这些纯粹奉献者并非世俗世界那些感情用事的人，而是真正讲求实际的人；他们的活动得到韦达权威人士的支持，而这些韦达权威人士本身都聆听过韦达经所阐释的事实真相。

“超然的(parayā)”一词十分重要。个体灵魂基于对神的发自内心的爱(parā bhakti)，与神建立起亲密的关系。想与至尊主建立起最亲密关系的人唯一要做的，是聆听至尊主的纯粹奉献者讲述，《博伽梵歌》和《圣典博伽瓦谭》中描述的至尊主的名字、形象及特质等有关至尊主的话题。

第 6 节 तावद्भयं द्रविणदेहसुहृन्निमित्तं
शोकः स्पृहा परिभवो विपुलश्च लोभः ।

तावन्ममेत्यसदवग्रह आर्तिमूलं
यावन्न तेऽङ्घ्रिमभयं प्रवृणीत लोकः ॥ ६ ॥

tāvad bhayaṁ draviṇa-deha-suhṛn-nimittaṁ
śokaḥ spṛhā paribhavo vipulaś ca lobhaḥ
tāvan mamety asad-avagraha ārti-mūlaṁ
yāvan na te 'ṅghrim abhayaṁ pravṛṇīta lokaḥ

tāvat一直到 / bhayam一恐惧 / draviṇa一钱财 / deha一躯体 / suhṛt一亲属 / nimittam一为了 / śokaḥ一悲伤 / spṛhā一欲望 / paribhavaḥ一随身用品 / vipulaḥ一极大的 / ca一和 / lobhaḥ一贪婪 / tāvat一直到那时 / mama一我的 / iti一这样 / asat一短暂的 / avagrahaḥ一从事的活动 / ārti-mūlam一充满焦虑 / yāvat一只要 / na一不 / te一您的 / aṅghrim abhayam一安全可靠的莲花足 / pravṛṇīta一托庇于 / lokaḥ一世人

译文　我的主啊！世人被所有的物质焦虑所缠绕，因此一直担心、害怕。他们总是试图保护他们的财产、躯体和朋友；他们心中充满悲伤和不正当的欲望；他们执著地以“我和我的”等短暂的概念贪婪地行事。他们一天不托庇于您那双确保人安全的莲花足，一天就会心中充满这种焦虑。

要旨　人们也许会问：整天操心家事的人，怎么还有可能时刻想着至尊主，想着祂的名字、声望和特质等？确实，在物质世界里，所有的人都整天忙着计算该如何维持自己的家庭，如何守住自己的钱财，如何跟亲戚朋友和睦相处，等等，为了维持现状而时刻提心吊胆、患得患失。就这个问题，布茹阿玛在这节诗中所说的话，恰好给予了回答。

至尊主的纯粹奉献者从不认为自己所在的家庭属于自己。他把一切都交给至尊主，听从至尊主至高意愿的安排，所以不会为养家和维护家庭利益等问题而担惊受怕。由于有投靠、服从至尊主的心态，他对钱财毫无兴趣。他即使想多赚钱，也是要为至尊主服务，而不是供自己感官享乐用。纯粹奉献者可能也像普通人那样在赚钱，但区别是：奉献者赚钱是为了要为至尊主服务，而普通人赚钱是为了满足自己的感官享乐。正因为如此，纯粹奉献者不会像普通人那样为了积累钱财而焦虑不安。不仅如此，由于奉献者抱着为至尊主服务的心态接受一切，所以积攒钱财的毒牙已被拔除。拔掉了毒牙的蛇即使咬人也构不成伤害。同样，为侍奉至尊主而积累的钱财没有毒牙，不会使人受到毒害。纯粹的奉献者即使像普通人那样生活在物质世界里，也绝不会使自己纠缠在世俗事务中。

第 7 节

दैवेन ते हतधियो भवतः प्रसङ्गात्
सर्वाशुभोपशमनाद्विमुखेन्द्रिया ये ।
कुर्वन्ति कामसुखलेशलवाय दीना
लोभाभिभूतमनसोऽकुशलानि शश्वत् ॥ ७ ॥

daivena te hata-dhiyo bhavataḥ prasaṅgāt
sarvāśubhopaśamanād vimukhendriyā ye
kurvanti kāma-sukha-leśa-lavāya dīnā
lobhābhibhūta-manaso 'kuśalāni śaśvat

daivena－因为命中不幸 / te－他们 / hata-dhiyaḥ－不能记住 / bhavataḥ－有关您的 / prasaṅgāt－从……话题中 / sarva－所有 / aśubha－不吉祥 / upaśamanāt－抑制 / vimukha－反对 / indriyāḥ－感官 / ye－那些 / kurvanti－举行 / kāma－感官享乐 / sukha－快乐 / leśa－短暂的 / lavāya－只为了一瞬间的 / dīnāḥ－可怜虫 / lobha-abhibhūta－为贪念所左右 / manasaḥ－有……心态的人的 / akuśalāni－不吉祥的活动 / śaśvat－总是

译文 我的主啊！吟诵、吟唱及聆听您的超然活动绝对吉祥，不这样做的人无疑是不幸的，而且完全丧失了理智。他们从事不吉祥的活动，享受昙花一现般的感官满足。

要旨　接下来的问题是：既然聆听、吟诵(吟唱)至尊主的荣耀和娱乐活动能使人彻底摆脱物质生存的烦恼，人们为什么不去从事这么吉祥的活动呢？对这个问题的回答是：他们太不幸；一心追求感官享乐而从事犯罪活动，使他们被超自然的力量所束缚。至尊主的纯粹奉献者同情这些可怜的人，于是在使命感的驱动下，尽力想劝他们走上奉爱服务之路。这些可怜人只有依靠纯粹奉献者的仁慈，才能被提升到为至尊主做超然服务的层面。

第 8 节　क्षुत्तृट्त्रिधातुभिरिमा मुहुरर्द्यमानाः
शीतोष्णवातवरषैरितरेतराच्च ।
कामाग्निनाच्युतरुषा च सुदुर्भरेण
सम्पश्यतो मन उरुक्रम सीदते मे ॥ ८ ॥

kṣut-tṛṭ-tridhātubhir imā muhur ardyamānāḥ
śītoṣṇa-vāta-varaṣair itaretarāc ca
kāmāgninācyuta-ruṣā ca sudurbhareṇa
sampaśyato mana urukrama sīdate me

kṣut－饥饿 / tṛṭ－口渴 / tri-dhātubhiḥ－黏液、胆汁和气这三种体内生成物 / imāḥ－他们全部 / muhuḥ－总是 / ardyamānāḥ－受打扰 / śīta－冬天 / uṣṇa－夏天 / vāta－风 / varaṣaiḥ－被雨 / itara-itarāt－和许多其他打扰 / ca－也 / kāma-agninā－被强烈的性冲动 / acyuta-ruṣā－没完没了的愤怒 / ca－也 / sudurbhareṇa－最无法忍受的 / sampaśyataḥ－这样目睹…… / manaḥ－心 / urukrama－杰出的演员啊 / sīdate－变得沮丧 / me－我的

译文　啊，伟大的行动者，我的主！饥饿、口渴、寒冷、分泌物、胆汁一直困扰着这些可怜的众生，寒冬中的咳嗽、夏天里的中暑，以及暴雨等许多其他打扰因素不断地攻击着他们，强烈的性冲动和没完没了的愤怒完全征服了他们。我可怜他们，为他们感到十分难过。

要旨 受制约的灵魂身陷困境，饱受由身心、自然界和其他类似的物质不利因素所造成的三种苦。目睹这一切，布茹阿玛及在他师徒传系中的至尊主纯粹的奉献者们，内心总是很难过。受苦之人不了解摆脱困境的正确方法；他们中的一些人自命为大众的领袖，不幸的人们追随这些所谓的领袖，结果被带入更糟糕的境地，恰似一个瞎子牵着另一个瞎子一起跌入坑内。所以，除非至尊主的奉献者同情他们，可怜他们，把他们引上正途，否则他们的人生完全是失败的。至尊主的一些奉献者自愿肩负起提升沉溺于感官享乐的愚蠢物质主义者的重任。这些奉献者与主布茹阿玛一样是至尊主十分信赖的人。

第 9 节 यावत्पृथक्त्वमिदमात्मन इन्द्रियार्थ-
मायाबलं भगवतो जन ईश पश्येत् ।
तावन्न संसृतिरसौ प्रतिसङ्क्रमेत
व्यर्थापि दुःखनिवहं वहती क्रियार्था ॥ ९ ॥

yāvat pṛthaktvam idam ātmana indriyārtha-
māyā-balaṁ bhagavato jana īśa paśyet
tāvan na saṁsṛtir asau pratisaṅkrameta
vyarthāpi duḥkha-nivahaṁ vahatī kriyārthā

yāvat－只要 / pṛthaktvam－分离主义 / idam－这 / ātmanaḥ－躯体的 / indriya-artha－为感官享乐 / māyā-balam－外在能量的影响 / bhagavataḥ－人格首神的 / janaḥ－一个人 / īśa－我的主啊 / paśyet－看到 / tāvat－只要 / na－不 / saṁsṛtiḥ－物质生存的影响 / asau－那人 / pratisaṅkrameta－能克服 / vyarthā api－尽管没有实际的意义 / duḥkha-nivaham－多重苦 / vahatī－带来 / kriyā-arthā－为了功利性活动

译文 我的主啊！对灵魂来说，物质痛苦并不是真实的存在。但只要受制约的灵魂还受您外在能量的影响，把物质躯体作为感官享乐的工具，他就无法摆脱物质痛苦的纠缠。

要旨 陷入物质生存的众生之所以受苦受难，是因为抱持独立的生命观。事实上，无论是处在受制约的状态还是处在解脱的状态，生物都需要按至尊主制定的法律生活，但在外在能量的影响下，受制约灵魂以为自己是独立的，不受人格首神的控制。把自己的意愿与至尊主的意愿相结合是他们原本自然的状态，不这样做的结果是被铸上物质的枷锁，被它拖着走。《博伽梵歌》第2章的第55节诗中说：人必须放弃各种由心虚构出的念头(prajahāti yadā kāmān sarvān pārtha mano-gatān)。生物必须把自己的意愿与至尊主的意愿相结合，这将使他摆脱物质生存的束缚。

第10节 अह्न्यापृतार्तकरणा निशि निःशयाना
नानामनोरथधिया क्षणभग्ननिद्राः ।
दैवाहतार्थरचना ऋषयोऽपि देव
युष्मत्प्रसङ्गविमुखा इह संसरन्ति ॥१०॥

ahny āpṛtārta-karaṇā niśi niḥśayānā
nānā-manoratha-dhiyā kṣaṇa-bhagna-nidrāḥ
daivāhatārtha-racanā ṛṣayo 'pi deva
yuṣmat-prasaṅga-vimukhā iha saṁsaranti

ahni—在白天 / āpṛta—从事 / ārta—令人痛苦不堪的活动 / karaṇāḥ—感官 / niśi—在夜晚 / niḥśayānāḥ—失眠 / nānā—各种各样的 / manoratha—心智思辨 / dhiyā—靠智力 / kṣaṇa—不断地 / bhagna—被打断 / nidrāḥ—睡眠 / daiva—超人的 / āhata-artha—被挫败 / racanāḥ—计划 / ṛṣayaḥ—伟大的圣人 / api—也 / deva—我的主啊 / yuṣmat—您阁下 / prasaṅga—话题 / vimukhāḥ—反对 / iha—在这个(物质世界) / saṁsaranti—经历轮回

译文 这样的非奉献者用其感官从事大量、艰苦异常的工作，并由于其智力不断进行各种主观推测而中断睡眠，结果在夜晚辗转反侧，承受失眠之苦。超自然的力量挫败他们制定的各种计划。如果有人反对谈论您超然的话题，就必然在这个物质世界里经历轮回，即使伟大的圣人也不例外。

要旨 前一节诗中说，没兴趣为至尊主做奉爱服务的人从事物质活动。白天，他们中的大部分人从事高强度的体力劳动，在大型重工业企业中竭力驭使感官做各种又苦又累的事。在这样的工厂里，工人们忙着大规模地制造大型机械设备，工厂主则忙着为他们的工业产品寻找市场，把它们推销出去。“工厂”是“地狱”的别名。到了晚上，整个白天做牛做马的人就去喝酒、找女人，试图疏解疲惫感官的压力，但入睡后，由心虚构出的各种念头又会一再打断他们的睡眠，使他们连觉都睡不安稳。他们因为失眠，没休息好，早上起来便立刻感到昏昏欲睡。在超自然力量的安排下，就连世上最了不起的大科学家、大思想家们制定的各种计划都终将落空，而等待他们的则是在物质世界里一世复一世的轮回和腐烂。一个大科学家也许为了能迅速摧毁世界而从事原子能方面的研究工作，得到新的发现，并因为对人类的“贡献”(或者应该说是“危害”)受到最高的奖赏；但是，他照样得接受凌驾于人类之上的物质自然法律的安排，承担他活动的报应，不断地重复生死。所有这些不愿意做奉爱服务的人，无一例外地注定要在这个物质世界里反复经历生死。

这节诗中尤其提到，哪怕是圣人，如果他不愿意为至尊主做奉爱服务，也照样要受到惩罚，在这个物质世界里经历轮回。有许多圣人试图自创一套不理会为至尊主做奉爱服务的宗教体系，这样的事情不仅发生在现在这个年代，即使是在以往的年代也有很多；但是，脱离为至尊主做奉爱服务的内容，根本谈不上什么宗教。至尊主是全体生物的领袖，不可能有谁高于祂或平等于祂。就连至尊主的非人格特征，以及在局部区域扩展的、无所不在的超灵，也无法与至尊人格首神相提并论。所以，没有奉爱服务这一原则，根本就不存在能提升众生的宗教或真正的哲学体系。

为获得自我解脱而从事种种苦行的非人格神主义者，也许能进入不具人格特征的梵光(brahmajyoti)，但因为不处在做奉爱服务的层面上，最终还会重新坠入物质世界，重返物质的生存状态。《圣典博伽瓦谭》第10篇第2章的第32节诗对此证实说：

ye 'nye 'ravindākṣa vimukta-māninas
　tvayy asta-bhāvād aviśuddha-buddhayaḥ
āruhya kṛcchreṇa paraṁ padaṁ tataḥ
　patanty adho 'nādṛta-yuṣmad-aṅghrayaḥ

“不为至尊主做奉爱服务却错误地以为自己已经解脱了的人，也许能进入梵光，但由于他们的意识不纯净，未在外琨塔星球(Vaikuṇṭhaloka)上取得庇护，这些所谓的解脱之人将再次坠入物质世界。”

因此，没人能在不理会为至尊主做奉爱服务的情况下自创宗教体系。我们在《圣典博伽瓦谭》第6篇中将读到，宗教原则是至尊主本人制定的；《博伽梵歌》中也说，不含向至尊主皈依这一内容的所谓宗教，统统受到至尊主的斥责。只有能将人引向为至尊主做奉爱服务的方法体系才是真正的宗教和哲学。在《圣典博伽瓦谭》第6篇第3章的第19—21节诗中，负责惩罚不信神的生物的阎罗王(Yamarāja)这样说：

dharmaṁ tu sākṣād bhagavat-praṇītaṁ
　na vai vidur ṛṣayo nāpi devāḥ
na siddha-mukhyā asurā manuṣyāḥ
　kuto nu vidyādhara-cāraṇādayaḥ

svayambhūr nāradaḥ śambhuḥ
　kumāraḥ kapilo manuḥ
prahlādo janako bhīṣmo
　balir vaiyāsakir vayam

dvādaśaite vijānīmo
　dharmaṁ bhāgavataṁ bhaṭāḥ
guhyaṁ viśuddhaṁ durbodhaṁ
　yaṁ jñātvāmṛtam aśnute

“宗教原则是至尊人格首神制定的，任何人，包括圣人和半神人，都不能自编一条这样的原则。就连伟大的圣人和半神人都无权制定宗教原则，更不要说其他所谓的神秘主义者、恶魔、人类和维迪亚达尔(Vidyādhara)，以及住在低等星球上的查冉纳(Cāraṇa)等生物体了。布茹阿玛、纳茹阿达(Nārada)、主希瓦(Śiva)、库玛尔(Kumāra)、卡皮拉(Kapila)、玛努(Manu)、帕拉德王(Prahlāda Mahārāja)、佳纳卡王(Janaka Mahārāja)、彼士玛(Bhīṣma)、巴利(Bali)、舒卡戴瓦·哥斯瓦米(Śukadeva Gosvāmī)和阎罗王这十二位人物，是由至尊主授权，代表至尊主讲解和弘扬宗教原则的权威。”

那么，究竟什么是宗教原则呢？这并非凡夫俗子所能了解。宗教原则不仅仅是把人提升到道德的层面；非暴力(不杀生)等原则对于误入歧途的大众的确必不可少，因为人除非有一定的道德水准，能做到非暴力，否则根本无从理解宗教原则。然而，哪怕是很有道德，做到了非暴力的人，要理解真正的宗教原则也极为困难。真正的宗教原则极为机密，因为人一旦精通它，便立刻获得解脱，马上进入充满极乐和知识的、永恒的生存状态。所以，未遵守“为至尊主做奉爱服务”这一原则的人，不该在无知大众面前摆出一副宗教领袖的架式。对这种荒唐的做法，《至尊奥义书》(Īśopaniṣad)中谴责说：

andhaṁ tamaḥ praviśanti
ye 'sambhūtim upāsate
tato bhūya iva te tamo
ya u sambhūtyāṁ ratāḥ

“崇拜半神人的人，堕入愚昧的无边黑暗中，崇拜绝对真理非人格特征的人结果更糟。”

因为不了解宗教原则而不从事任何宗教活动的人，比不理会奉爱服务这一真正的宗教原则，但却打着宗教的幌子误导他人的人要强。这些所谓的宗教领袖必定受到布茹阿玛和其他伟大权威人士的谴责。

第 11 节

त्वं भक्तियोगपरिभावितहृत्सरोज
आस्से श्रुतेक्षितपथो ननु नाथ पुंसाम् ।
यद्यद्धिया त उरुगाय विभावयन्ति
तत्तद्वपुः प्रणयसे सदनुग्रहाय ॥११॥

tvaṁ bhakti-yoga-paribhāvita-hṛt-saroja
āsse śrutekṣita-patho nanu nātha puṁsām
yad-yad-dhiyā ta urugāya vibhāvayanti
tat-tad-vapuḥ praṇayase sad-anugrahāya

tvam一向您 / bhakti-yoga一奉爱服务 / paribhāvita一百分之百地从事 / hṛt一心的 / saroje一在莲花上 / āsse一您位于 / śruta-īkṣita一通过耳朵看 / pathaḥ一道路 / nanu一现在 / nātha一我的主啊 / puṁsām一奉献者的 / yat-yat一不论什么 / dhiyā一通过冥想 / te一您的 / urugāya一拥有无限荣耀的人啊 / vibhāvayanti一他们尤其冥想 / tat-tat一那同一个 / vapuḥ一超然的形象 / praṇayase一您展示 / sat-anugrahāya一以显示您没有缘故的仁慈

译文 我的主啊！您的奉献者可以靠真正的聆听程序通过耳朵看到您，从而使心得到净化，您于是在那里就座。您对您的奉献者无比仁慈，以奉献者们一直想着的超然者的永恒形象展示自己。

要旨 诗中说至尊主在奉献者面前展示奉献者所喜欢崇拜的祂的某个形象。这说明至尊主顺从奉献者的意愿；奉献者希望至尊主展示怎样的形象，祂就展示那形象。至尊主之所以满足奉献者的这一愿望，是因为奉献者为至尊主做超然的爱心服务，祂便相应地回报他们。对此，《博伽梵歌》第4章的第11节诗中确认说："我根据每个人对我皈依的情况来回报他们(ye yathā māṁ prapadyante tāṁs tathaiva bhajāmy aham)。"但有一点我们必须清楚，至尊主绝不是奉献者的供应商。这节诗中特别提到的“百分之百地为您做奉爱服务(tvaṁ bhakti-yoga-paribhāvita)”一句，向我们显示了成熟的奉爱服务——在对首神怀有纯粹的爱(premā)的阶段所做的奉爱服务，具有的强大效力。人通过由信心逐渐发展到爱这样一个循序渐进的过程，最终获得对首神纯粹的爱。人首先凭着信心开始与真正的奉献者接触交往，并通过这样的接触交往开始做真正的奉爱服务，其中包括：从正确的途径接受启迪，履行启示经典所规定的主要的奉爱服务职责。对此，诗中用“通过耳朵看(śrutekṣita)”一词作了明确的说明。所谓“通过耳朵看”，就是从那些精通韦达知识、摆脱了世俗之情的真正的奉献者那里聆听知识。通过这一真正的聆听途径，初习奉献者清除心中所有的物质污染，进而对韦达经(Vedas)中所描述的至尊主的众多超然形象中的一个形象产生依恋。

奉献者这种对至尊主的某个特定形象的依恋之情，是与生俱来的。所有的生物都是至尊主永恒的仆人，所以原本就一直各自依恋着某种特定的超然服务。主柴坦亚(Caitanya)说生物是至尊人格首神圣奎师那(Kṛṣṇa)永恒的仆人，因此每一个生物都永恒地与至尊主有着以某种服务为基础的特定关系。因为这一特定关系而具有的对至尊主的依恋之情，会随着做规范化的奉爱服务被唤醒；到那时，奉献者将变得依恋至尊主的某个永恒形象，仿佛他一直以来就这样一直依恋着至尊主一样。这种对至尊主的某个特定形象的依恋，称为斯瓦茹帕·希迪(svarūpa-siddhi)。至尊主以祂的纯粹奉献者所希望看到的那个永恒形象，坐在奉献者莲花般的心上，从此便像前一节诗中所说的那样——与奉献者形影不离了。但是，至尊主并不向漫不经心或不真诚的崇拜者展示祂自己，以免他们利用祂。《博伽梵歌》第7章的第25节诗中说：“我永不向愚蠢、无知的人展示自己。对他们，我用我的内在能量遮住自己(nāhaṁ prakāśaḥ sarvasya yoga-māyā-samāvṛtaḥ)。”祂用内在能量尤嘎·玛亚(yoga-māyā)遮住自己，不让非奉献者和一心想满足感官的不认真的奉献者见到祂。至尊主永远都不会向那些崇拜掌管宇宙事务的半神人的冒牌奉献者展示自己。结论是：至尊主不会一味地去满足冒牌奉献者的物质需求，但总是愿意满足已经清除一切物质污染、不受物质制约的纯粹奉献者的愿望。

第 12 节

नातिप्रसीदति तथोपचितोपचारै-
राराधितः सुरगणैर्हृदि बद्धकामैः ।
यत्सर्वभूतदययासदलभ्ययैको
नानाजनेष्ववहितः सुहृदन्तरात्मा ॥१२॥

nātiprasīdati tathopacitopacārair
ārādhitaḥ sura-gaṇair hṛdi baddha-kāmaiḥ
yat sarva-bhūta-dayayāsad-alabhyayaiko
nānā-janeṣv avahitaḥ suhṛd antar-ātmā

na－从不 / ati－非常 / prasīdati－感到满意 / tathā－同样多 / upacita－通过盛大壮观的安排 / upacāraiḥ－使用许多崇拜物品 / ārādhitaḥ－被崇拜 / sura-gaṇaiḥ－由天堂半神人 / hṛdi baddha-kāmaiḥ－心中充满种种物质欲望 / yat－……的 / sarva－所有 / bhūta－生物 / dayayā－向他们展示没有缘故的仁慈 / asat－非奉献者 / alabhyayā－不能获得的 / ekaḥ－独一无二的 / nānā－各种 / janeṣu－在生物之中 / avahitaḥ－被察觉 / suhṛt－心怀美好祝愿的朋友 / antaḥ－在……之内 / ātmā－超灵

译文　我的至尊主，您并不很满意半神人们对您的崇拜；他们虽然使用各种设施，为您举行盛大壮观的崇拜仪式，但心中却充满了物质渴求。您为了展示您没有缘故的仁慈，作为超灵处在每一个生物体的心中。您是永恒的祝福者，但非奉献者却得不到您。

要旨 天堂星球的半神人被至尊主委派管理宇宙事务，所以也是至尊主的奉献者，但他们同时还有追求物质财富和感官享乐的欲望。至尊主对他们十分仁慈，赐予他们各种物质享乐，其程度甚至超过他们所希望的。但另一方面，至尊主对他们并不满意，因为他们并不是纯粹的奉献者。众生都是至尊主的儿女，至尊主不想让他们中的任何一个一直留在充满三种苦的物质世界里，饱尝无休止的生、老、病、死的物质痛苦。天堂星球的半神人，以及这个星球上的许多奉献者，都想继续留在物质世界中当至尊主的奉献者，同时享受物质快乐。他们这样做的结果，有可能致使他们坠入低等的生命形式，至尊主对此感到不满意。

纯粹奉献者不渴望物质享乐，但也不抵触。他们把自己的愿望百分之百地与至尊主的愿望相结合，无论从事什么活动都不考虑个人的利害得失。就这方面而言，阿尔诸纳(Arjuna)是一个典范。他刚开始因为眷恋家族的父老兄弟，出于个人私情不愿作战，但听了《博伽梵歌》后，同意为至尊主的利益而战。纯粹的奉献者不为感官享乐去活动，而是完全按照至尊主的意愿行事，至尊主因此对他们很满意。至尊主作为超灵居于每个生物体的心中，随时随地都在忠告、规劝我们。因此，每个人都应该抓住机会，一心一意地为至尊主做超然的爱心服务。

然而，非奉献者既不同于半神人也不同于纯粹奉献者；他们不愿意与至尊主建立超然的关系，对至尊主持有反叛之心。他们必将因为自己的所作所为而生生世世承受各种报应。

《博伽梵歌》第4章的第11节诗中说：尽管至尊主仁慈地平等对待众生，但每个生物想要取悦至尊主的心却有强弱之分(ye yathā māṁ prapadyante tāṁs tathaiva bhajāmy aham)。半神人被称为萨卡玛(sakāma)奉献者，意思是内心怀有物质欲望的奉献者，纯粹奉献者被称为尼施卡玛(niṣkāma)奉献者，意思是不怀个人私欲的奉献者。

萨卡玛奉献者怀有自私自利的动机，不顾及他人，所以不能完全使至尊主感到满意；纯粹的奉献者肩负起把非奉献者转变为奉献者的使命，因此比半神人更让至尊主感到满意。尽管至尊主作为祝愿者和超灵居于每个生物体的心中，但祂并不十分在意非奉献者。然而，祂也给他们提供机会，让他们接触祂那些在传教的纯粹奉献者，经由这个渠道获得祂的仁慈。有时为了传播有关祂的知识，至尊主也亲自降临，主柴坦亚就为此而来。但在大多数情况下，祂是派祂真正的代表从事传教活动，借机会向非奉献者展示祂没有缘故的仁慈。至尊主对祂的纯粹奉献者十分满意，这一点表现在祂本人虽然不费吹灰之力就能负起传教的使命，但却让祂的纯粹奉献者去承担，以便将功劳归于他们。与萨卡玛奉献者相比，这是至尊主对祂纯粹的尼施卡玛奉献者感到满意的表现。通过这些超然的活动，至尊主使自己既不担当偏袒某一方的罪名，又向奉献者展示了祂内心对他们的喜爱之情。

现在有一个问题出现了：既然至尊主也居于非奉献者的心中，那他们为何不被感化而成为奉献者呢？回答是：冥顽不化的非奉献者就像一块盐碱地或不毛之地，上面长不出任何东西。作为至尊主不可缺少的一部分，每个生物都具有微小的独立性。非奉献者误用他这一微小的独立性，再三冒犯至尊主和担负了传教使命的祂的纯粹奉献者，结果使自己成为一块长不任何东西的不毛之地。

第 13 节　पुंसामतो विविधकर्मभिरध्वराद्यै-
दानेन चोग्रतपसा परिचर्यया च ।
आराधनं भगवतस्तव सत्क्रियार्थो
धर्मोऽर्पितः कर्हिचिद् म्रियते न यत्र ॥१३॥

puṁsām ato vividha-karmabhir adhvarādyair
dānena cogra-tapasā paricaryayā ca

ārādhanaṁ bhagavatas tava sat-kriyārtho
dharmo 'rpitaḥ karhicid mriyate na yatra

puṁsām－人们的 / ataḥ－因此 / vividha-karmabhiḥ－靠种种功利性活动 / adhvara-ādyaiḥ－靠举行韦达仪式 / dānena－靠施舍 / ca－和 / ugra－非常严格的 / tapasā－苦行 / paricaryayā－通过超然的服务 / ca－也 / ārādhanam－崇拜 / bhagavataḥ－人格首神的 / tava－您的 / sat-kriyā-arthaḥ－仅仅为了取悦您 / dharmaḥ－宗教 / arpitaḥ－这样供奉 / karhicit－在任何时候 / mriyate－消亡 / na－绝不 / yatra－有

译文 然而，人们从事举行韦达仪式、布施和进行严格的苦修等虔诚活动，以及做那些为崇拜您和满足您而把功利性活动的结果献给您的超然服务，对他们也很有益。这样的宗教行为从不是徒劳无功的。

要旨 具有爱炫耀本性的人，对包括聆听、吟诵(吟唱)、记忆、崇拜、祈祷等九种灵性活动在内的纯粹奉爱服务，不是一直都感兴趣，相反却更喜欢表面功夫十足的韦达仪式，以及其他场面奢华的社交性宗教表演。但是，按照韦达经的指示，人们应该把他们从事的一切虔诚活动的结果都供奉给至尊主。在《博伽梵歌》第9章的第27节诗中，至尊主要求人们把平日从事的崇拜、祭祀和施舍等活动的最终结果，都供奉给祂本人。把虔诚活动的结果供奉给至尊主的这一行动，是为至尊主做奉爱服务的表现，具有永恒的价值；但如果自己去享受这些结果，享受便是短暂的。为至尊主做任何一件事都无疑为自己积存了一笔永恒的资本，会作为人的内在不可见的虔诚度被积累下来，使人变得越来越虔诚，从而逐渐被提升到为至尊主做纯粹奉爱服务的层面。凭借至尊主的仁慈，这些在不知不觉中积累的虔诚活动，终有一天会结出成熟的纯粹奉爱服务之果。正因为如此，这节诗中推荐不是纯粹奉献者的人，要为至尊主从事各种形式的虔诚活动。

第 14 节 शश्वत्स्वरूपमहसैव निपीतभेद-
मोहाय बोधधिषणाय नमः परस्मै ।
विश्वोद्भवस्थितिलयेषु निमित्तलीला-
रासाय ते नम इदं चकृमेश्वराय ॥१४॥

śaśvat svarūpa-mahasaiva nipīta-bheda-
mohāya bodha-dhiṣaṇāya namaḥ parasmai
viśvodbhava-sthiti-layeṣu nimitta-līlā-
rāsāya te nama idaṁ cakṛmeśvarāya

śaśvat一永恒地 / svarūpa一超然的形象 / mahasā一凭借荣耀 / eva一肯定地 / nipīta一与……有别的 / bheda一有区别 / mohāya一向错觉性观念 / bodha一有关自我的知识 / dhiṣaṇāya一智力 / namaḥ一顶礼 / parasmai一向超然性 / viśva-udbhava一宇宙展示的创造 / sthiti一维系 / layeṣu一和毁灭 / nimitta一为了 / līlā一通过这样的娱乐活动 / rāsāya一为了享受 / te一向您 / namaḥ一顶礼 / idam一这 / cakṛma一我做 / īśvarāya一向至尊主

译文　让我恭恭敬敬地向至尊的超然者顶礼，祂的内在能量使祂永恒地高贵、卓越。祂那不易察觉的非人格特征，是人的智力为觉悟自我而领悟的。我恭恭敬敬地顶拜祂，祂通过从事祂的娱乐活动，享受宇宙展示的创造、维系和毁灭。

要旨　尽管觉悟了自我的人用其智力也能了解至尊主的非人格特征，但至尊主凭祂的内在能量永远不同于众生。因此，至尊主的奉献者恭恭敬敬地向至尊主的非人格特征顶礼。这节诗中的“茹阿萨(rāsa)”一词意义重大。主奎师那在温达文(Vṛndāvana)的牧牛姑娘们(gopīs)的陪伴下跳茹阿萨舞，人格首神嘎尔博达卡沙依·维施努也与外在能量一起享受茹阿萨，并在此过程中创造、维系和毁灭整个物质展示。主布茹阿玛在这节诗中也间接地向与众位牧牛姑娘真正共享茹阿萨舞的圣主奎师那致以虔敬的顶礼；对此，《哥帕勒·塔帕尼奥义书》(Gopāla-tāpanī Upaniṣad)也进行了确认(parārdhānte so 'budhyata gopa-veśo me puruṣaḥ purastād āvirbabhūva)。至尊主运用祂的外在能量创造物质世界；祂的内在能量是与外在能量截然不同的一种能量，人一旦有足够的智慧能认识至尊主的内在能量时，无疑便能真正体会到至尊主与生物的区别了。

第 15 节 यस्यावतारगुणकर्मविडम्बनानि
नामानि येऽसुविगमे विवशा गृणन्ति ।
तेऽनैकजन्मशमलं सहसैव हित्वा
संयान्त्यपावृतामृतं तमजं प्रपद्ये ॥१५॥

yasyāvatāra-guṇa-karma-viḍambanāni
nāmāni ye 'su-vigame vivaśā gṛṇanti
te 'naika-janma-śamalaṁ sahasaiva hitvā
saṁyānty apāvṛtāmṛtaṁ tam ajaṁ prapadye

yasya—……的祂 / avatāra—化身 / guṇa—超然的特质 / karma—活动 / viḍambanāni—神秘莫测 / nāmāni—超然的名字 / ye—那些 / asu-vigame—在这一世临终之际 / vivaśāḥ—不自觉地 / gṛṇanti—呼求 / te—他们 / anaika—许多 / janma—生世 / śamalam—累积的罪恶 / sahasā—立即 / eva—肯定地 / hitvā—抛弃 / saṁyānti—获得 / apāvṛta—开启 / amṛtam—永生 / tam—祂 / ajam—不经出生就存在的人 / prapadye—我托庇于

译文 让我托庇于祂的莲花足；祂的化身、品质和活动，都是对尘世事件不可思议的模仿。毫无疑问，在此生结束时呼唤祂超然名字的人，即使是下意识地这么做，也会立刻洗净生生世世的罪恶，成功地回到祂身边。

要旨 至尊人格首神的化身在物质世界里的活动是对物质活

动的一种模仿。祂就像戏台上的一个演员；演员模仿国王的活动，但本身其实并非国王。同样，当至尊主的化身降临尘世时，祂也只是扮演某个角色，模仿那个角色的活动，自己其实根本不是那个角色。《博伽梵歌》第4章的第14节诗说，至尊主不受祂所从事活动的影响，也不追求活动的结果(na māṁ karmāṇi limpanti na me karma-phale spṛhā)。至尊主无所不能；祂想做什么，就能做成什么。当至尊主以主奎师那的形象显现时，祂扮演雅首达(Yaśodā)和南达(Nanda)的儿子的角色，举起哥瓦尔丹(Govardhana)山。实际上，祂本人并无意要举起一座山；当然，只要祂想，祂能轻轻松松地再举起千万座哥瓦尔丹山，而且也没必要用手举——那只是模仿凡人的样子罢了。在举起哥瓦尔丹山的过程中，祂向人们展示了祂超人的力量。为此，祂被称为圣哥瓦尔丹达瑞(Śrī Govardhanadhārī)——举起哥瓦尔丹山的人。这名字至今为世人所传颂。因此，至尊主化身的所作所为，祂偏爱奉献者的举动，都具有模仿性质，或者说是演出来的，就像一位老练的戏剧演员脸上化的妆一样。但另一方面，祂以这一方式从事的种种活动力量无穷。至尊人格首神的化身的这些活动，具有与至尊主本人一样的威力，记住至尊主的活动将使人获得来自至尊主的全部力量。阿佳米勒(Ajāmila)仅仅是因为喊他的儿子纳茹阿亚纳(Nārāyaṇa)，喊出了至尊主的圣名纳茹阿亚纳，通往生命最高完美境界的大门就向他敞开了。

第 16 节　यो वा अहं च गिरिशश्च विभुः स्वयं च
स्थित्युद्भवप्रलयहेतव आत्ममूलम् ।
भित्त्वा त्रिपाद्ववृध एक उरुप्ररोह-
स्तस्मै नमो भगवते भुवनद्रुमाय ॥१६॥

yo vā ahaṁ ca giriśaś ca vibhuḥ svayaṁ ca
sthity-udbhava-pralaya-hetava ātma-mūlam

bhittvā tri-pād vavṛdha eka uru-prarohas
tasmai namo bhagavate bhuvana-drumāya

yaḥ—……的人 / vai—肯定地 / aham ca—和我 / giriśaḥ ca—和希瓦 / vibhuḥ—全能者 / svayam—本人(维施努) / ca—和 / sthiti—维系 / udbhava—创造 / pralaya—毁灭 / hetavaḥ—原因 / ātma-mūlam—以自身为根 / bhittvā—穿透了 / tri-pāt—三大树干 / vavṛdhe—生长 / ekaḥ—独一无二的 / uru—许多 / prarohaḥ—分枝 / tasmai—向祂 / namaḥ—顶礼 / bhagavate—向人格首神 / bhuvana-drumāya—向星系之树

译文 您圣上是星系之树最初的根。为了创造、维系和毁灭，这棵树以我、希瓦和全能者您这三根树干先刺穿物质自然，随后成长并生出许多树枝。为此，我恭恭敬敬地顶拜您——宇宙展示之树。

要旨 宇宙展示大致分为上、中、下三个世界，在此基础上又可进一步细分为十四个星系，而这一切都是以至尊人格首神的展示作为其至高无上的根源。物质自然看来好像是引起宇宙展示的根源，但实际只是至尊主的能量或代理人。对此，《博伽梵歌》第9章的第10节诗说：宇宙的创造、维系和毁灭看似由物质自然引起，但实际上都是在至尊主的监督下进行的(mayādhyakṣeṇa prakṛtiḥ sūyate sa-carācaram)。至尊主将自己扩展为维施努(Viṣṇu，毗湿奴)、布茹阿玛(Brahmā，梵天)和希瓦(Śiva，湿婆)，分别负责宇宙的维系、创造和毁灭。在主宰物质自然三种属性的三大神明中，维施努是全能的。祂为了维系宇宙而身处物质自然中，但实际并不受制于物质自然法律。布茹阿玛和希瓦两位神明，也拥有几乎与维施努不相上下的、无比强大的力量，但他们却受制于至尊主的物质能量。愚蠢的泛神论者错误地认为，物质自然的各个部门由许多至尊神分别掌管。然而，至尊神独一无二，是一切原因的最高原因。就像政府部门需要许多部长分管各方面的事务一样，宇宙各项事务也同样需要许多半神人去分管。

非人格神主义者因为缺乏知识，不相信宇宙间的一切都是由人管理的这一事实。但这节诗中说得十分清楚，那就是：万事万物都具有人格特性，没有一件事物是不具备人格特性的。就有关这一点，我们在前面“导言”部分已经论述过，这节诗又作了进一步证实。根据《博伽梵歌》第15章的描述，这棵物质展示之树的根朝上，被称为阿施瓦塔(aśvattha)树。我们都确实见过这样的树，那就是岸边之树在水中的倒影；它们就像根朝上倒挂着的树一样。同样，这里谈到的物质展示之树，也只不过是至尊梵(Parabrahman)维施努的倒影罢了。由内在能量展示出的外琨塔星球是真正的树，物质展示之树只不过是那棵真树的倒影而已。非人格神主义者认为梵(布茹阿曼)中绝对不存在多样性。这种看法是错误的，因为如果没有真树，就不可能有《博伽梵歌》中称之为倒影的树了。真树存在于永恒的灵性自然中，富有超然的多样性，丰富多彩、千姿百态，主维施努也是这棵树的根。不管是真树还是假树，根都一样，都是至尊主，但假树只是真树的一个扭曲了的倒影罢了。在这节诗中，主布茹阿玛代表他本人，也代表主希瓦，向作为真树的至尊主顶礼。

第 17 节　लोको विकर्मनिरतः कुशले प्रमत्तः
कर्मण्ययं त्वदुदिते भवदर्चने स्वे ।
यस्तावदस्य बलवानिह जीविताशां
सद्यश्छिनत्त्यनिमिषाय नमोऽस्तु तस्मै ॥१७॥

loko vikarma-nirataḥ kuśale pramattaḥ
karmaṇy ayaṁ tvad-udite bhavad-arcane sve
yas tāvad asya balavān iha jīvitāśāṁ
sadyaś chinatty animiṣāya namo 'stu tasmai

lokaḥ－普通大众 / vikarma－无谓的活动 / nirataḥ－从事 / kuśale－在有益的活动中 / pramattaḥ－置之不理 / karmaṇi－活动 / ayam－这 / tvat－由您 / udite－被清楚地说明 / bhavat－您的 / arcane－崇拜 / sve－他们自己的 / yaḥ－……的 / tāvat－只要 / asya－普通大众的 / balavān－非常强烈 / iha－这 / jīvita-āśām－为生存而挣扎 / sadyaḥ－直接地 / chinatti－被粉碎 / animiṣāya－被永恒的时间 / namaḥ－我的顶拜 / astu－就让 / tasmai－向祂

译文 普通大众都忙着从事愚蠢的活动，却不从事您为了指导他们而亲自告诉他们的、真正有益的活动。他们只要还有从事愚蠢活动的强烈倾向，他们为生存而苦苦挣扎时所制定的一切计划，就会被击碎。因此，我向作为永恒时间行事的祂顶礼。

要旨 普通大众都在从事没有意义的活动，对真正有益的活动却置之不理。真正有益的活动是为至尊主做奉爱服务，梵文术语称为“阿尔查纳(arcanā)规范守则”。至尊主曾亲自传授阿尔查纳规范守则，内容收录于《纳茹阿达·潘查茹阿陀》(Nārada-pañca- rātra)中。明智之人知道生命最高的完美境界是臻达宇宙展示之树的根——主维施努，并严格遵守阿尔查纳规则。《博伽瓦谭》和《博伽梵歌》中也清楚地提到了这些规范守则。愚蠢之人不知道觉悟维施努关系到他们的自身利益。《博伽瓦谭》第7篇第5章的第30—32节诗说：

matir na kṛṣṇe parataḥ svato vā
mitho 'bhipadyeta gṛha-vratānām
adānta-gobhir viśatāṁ tamisraṁ
punaḥ punaś carvita-carvaṇānām

na te viduḥ svārtha-gatiṁ hi viṣṇuṁ
durāśayā ye bahir-artha-māninaḥ
andhā yathāndhair upanīyamānās
te 'pīśa-tantryām uru-dāmni baddhāḥ

naiṣāṁ matis tāvad urukramāṅghriṁ
　spṛśaty anarthāpagamo yad-arthaḥ
mahīyasāṁ pāda-rajo-'bhiṣekaṁ
　niṣkiñcanānāṁ na vṛṇīta yāvat

“对死心塌地想在虚幻的物质快乐中沉沦、腐烂的人来说，无论是老师的教导、觉悟自我的方法，还是严肃的探讨，都不可能使他们受奎师那的吸引。他们被自己野马般失控的感官拖向暗无天日的愚昧之乡，在那里疯狂地咀嚼早已咀嚼过的东西。

“他们因为从事愚蠢的活动而意识不到人生最高的目标是赢得宇宙展示之主维施努，因此为生存所作的艰苦奋斗，都朝着错误的方向进行——追求在外在能量控制下的物质文明。他们由与他们同样愚蠢的人引领着，如一个瞎子被另一个瞎子领着，双双跌入壕沟。

“这些愚蠢的人除非明智地接受毫无物质执著心的伟大灵魂的指导，否则不可能受至尊强有力者的活动的吸引，而这位至尊强有力者实际上可以纠正他们的愚蠢行为。”

在《博伽梵歌》中，至尊主要求人们停止履行其他职责，全心投入为取悦至尊主所做的奉爱服务(arcanā)。但是，世上很少有人愿意为至尊主做奉爱服务，相反都或多或少地对违反至尊主意愿的活动感兴趣，哲学思辨(jñāna)和神秘瑜伽(yoga)也间接地属于违反至尊主意愿的活动。除了与为至尊主做奉爱服务有关的活动外，其他的活动都不吉祥。如果从事哲学思辨和练神秘瑜伽最终是为了赢得维施努，而不是为了达到其他目的，那它们有时也会被列入为至尊主做奉爱服务的范畴。结论是：只有至尊主的奉献者才是真正有资格获得解脱的人，其他人都在为生存而进行毫无意义的挣扎，最终得不到任何实际的益处。

第 18 节　यस्माद्बिभेम्यहमपि द्विपरार्धधिष्ण्य-
　मध्यासितः सकललोकनमस्कृतं यत् ।

तेपे तपो बहुसवोऽवरुरुत्समान-
स्तस्मै नमो भगवतेऽधिमखाय तुभ्यम् ॥१८॥

yasmād bibhemy aham api dviparārdha-dhiṣṇyam
adhyāsitaḥ sakala-loka-namaskṛtaṁ yat
tepe tapo bahu-savo 'varurutsamānas
tasmai namo bhagavate 'dhimakhāya tubhyam

yasmāt－从……的祂 / bibhemi－畏惧 / aham－我 / api－也 / dvi-para-ardha－43亿 × 2 × 30 × 12 × 100太阳年 / dhiṣṇyam－地方 / adhyāsitaḥ－住在 / sakala-loka－所有其他的星球 / namaskṛtam－受到……的敬仰 / yat－……的 / tepe－经历 / tapaḥ－苦行 / bahu-savaḥ－许许多多年 / avarurutsamānaḥ－希望获得您 / tasmai－向祂 / namaḥ－我顶拜 / bhagavate－向至尊人格首神 / adhimakhāya－向祂—— 一切祭祀的享受者 / tubhyam－向您

译文 圣上，我恭恭敬敬地顶拜您，您是不倦的时间、一切祭祀的享受者。尽管我住在一个持续存在两个帕茹阿尔达那么长时间的住所中，尽管我是宇宙中其他星球的掌管者，尽管我为了认识自我而从事了许许多多年的苦修，但我还是要向您致以敬意。

要旨 布茹阿玛是这个宇宙中寿命最长的人，因此是最了不起的人物。他所从事的苦修、他的影响力和声望，使他成为最受尊敬的人物。然而，就连他也要恭恭敬敬地顶拜至尊主。所以，比他地位低下得多的所有其他人，都应该效法他——向至尊主顶礼，这是全体生物义不容辞的责任。

第19节 तिर्यङ्मनुष्यविबुधादिषु जीवयोनि-
ष्वात्मेच्छयात्मकृतसेतुपरीप्सया यः ।

रेमे निरस्तविषयोऽप्यवरुद्धदेह-
स्तस्मै नमो भगवते पुरुषोत्तमाय ॥१९॥

tiryaṅ-manuṣya-vibudhādiṣu jīva-yoniṣv
ātmecchayātma-kṛta-setu-parīpsayā yaḥ
reme nirasta-viṣayo 'py avaruddha-dehas
tasmai namo bhagavate puruṣottamāya

tiryak－低于人类的动物 / manuṣya－人类等 / vibudha-ādiṣu－在半神人中 / jīva-yoniṣu－在不同的物种中 / ātma－自我 / icchayā－凭意愿 / ātma-kṛta－自行创造的 / setu－责任 / parīpsayā－希望保留 / yaḥ－……的 / reme－从事娱乐活动 / nirasta－不受影响 / viṣayaḥ－物质污染 / api－肯定地 / avaruddha－展示 / dehaḥ－超然的身体 / tasmai－向祂 / namaḥ－我的顶礼 / bhagavate－向人格首神 / puruṣottamāya－至尊人物

译文　我的主啊！您凭自己的意愿在低等动物、人类和半神人等各类生物体中显现，从事您超然的娱乐活动。您不受物质污染的影响。您来只是为了执行您自己定的宗教原则。因此，至尊人物啊！我因为您展示了这些不同的形象而向您顶礼。

要旨　至尊主在各类物种中的化身都是超然的。祂以奎师那(Kṛṣṇa)和茹阿玛(Rāma)等化身显现时，虽然以人的形象出现，但实际上并不是人。错把祂当普通人的人，无疑不是很有智慧。《博伽梵歌》第9章的第11节诗说："当我以人的形象降临时，愚蠢的人轻视我(avajānanti māṁ mūḍhā mānuṣīṁ tanum āśritam)。"同样道理，当至尊主以猪、鱼等形象化身显现时，那些形象都是祂为了获得某种快乐，从事某类特殊的娱乐活动而展示的超然形象。至尊主展示这些超然形象的主要目的，是让祂的奉献者高兴。当祂需要援救祂的奉献者或维护祂制定的法律时，祂就会随时以化身的形式出现。祂所有的化身都是在这种情况下显现的。

第 20 节 योऽविद्ययानुपहतोऽपि दशार्धवृत्त्या
निद्रामुवाह जठरीकृतलोकयात्रः ।
अन्तर्जलेऽहिकशिपुस्पर्शानुकूलां
भीमोर्मिमालिनि जनस्य सुखं विवृण्वन् ॥२०॥

yo 'vidyayānupahato 'pi daśārdha-vṛttyā
nidrām uvāha jaṭharī-kṛta-loka-yātraḥ
antar-jale 'hi-kaśipu-sparśānukūlāṁ
bhīmormi-mālini janasya sukhaṁ vivṛṇvan

yaḥ—谁 / avidyayā—受无知影响 / anupahataḥ—不受影响 / api—尽管 / daśa-ardha—五 / vṛttyā—相互作用 / nidrām—睡眠 / uvāha—接受 / jaṭharī—在腹中 / kṛta—这样做 / loka-yātraḥ—维系各类不同的生物体 / antaḥ-jale—在毁灭之水中 / ahi-kaśipu—在蛇床上 / sparśa-anukūlām—因为……的触碰而感到高兴 / bhīma-ūrmi—汹涌的波浪 / mālini——系列 / janasya—聪明人的 / sukham—快乐 / vivṛṇvan—展示

译文 我的主，您享受在翻卷起滔天巨浪的毁灭之水中安眠的乐趣，您享受躺在蛇床上的愉悦，向智者展示您睡觉的快乐。那时，宇宙中所有的星球都在您的肚腹中。

要旨 无法想象超出自己能力范围的事物的人，与无法想象浩瀚的太平洋究竟有多大的井底之蛙一样。这些人一旦听说至尊主躺在宇宙之洋中的卧床上，就认为是神话。人居然能躺在水里睡得很香？这让他们感到惊奇万分。然而，他们只要稍微聪明一些，就能去除自己这种愚蠢的反应。茫茫大海中有许多生物体都在从事吃、睡、防卫和交配等物质躯体层面的活动。既然这些微不足道的“小”生物体都能在水中尽情享受，为什么万能的至尊主就不能睡在清凉的蛇身上享受汹涌的海浪的冲击呢？至尊主的与众不同之处在于：祂的活动是完全超然的；祂能超越时空的限制做任何事情；祂能撇开物质层面的考虑，享受自己超然的快乐。

第 21 节　यन्नाभिपद्मभवनादहमासमीड्य
लोकत्रयोपकरणो यदनुग्रहेण ।
तस्मै नमस्त उदरस्थभवाय योग-
निद्रावसानविकसन्नलिनेक्षणाय ॥२१॥

yan-nābhi-padma-bhavanād aham āsam īḍya
loka-trayopakaraṇo yad-anugraheṇa
tasmai namas ta udara-stha-bhavāya yoga-
nidrāvasāna-vikasan-nalinekṣaṇāya

yat—……的 / nābhi—肚脐 / padma—莲花 / bhavanāt—从……住宅 / aham—我 / āsam—展现出来 / īḍya—值得崇拜的人啊 / loka-traya—三个世界 / upakaraṇaḥ—协助创造…… / yat—……的 / anugraheṇa—借着仁慈 / tasmai—向祂 / namaḥ—我的顶礼 / te—向您 / udara-stha—处于腹中 / bhavāya—宇宙 / yoga-nidrā-avasāna—在超然的睡眠结束后 / vikasat—绽放 / nalina-īkṣaṇāya—向睁开莲花般眼睛的祂

译文　我崇拜的对象啊！凭借您的仁慈，我出生在您莲花般的肚脐住宅，以完成创造宇宙的目的。在您享受睡眠时，宇宙中所有这些星球都处在您超然的肚腹中。现在，您结束了您的睡眠，您的眼睛像清晨盛开的莲花般张开了。

要旨　在这节诗中，布茹阿玛教我们从清晨四点到晚上十点整个一天的规范化奉爱服务(arcanā)的第一步。清早起床后，奉献者应该先向至尊主祈祷，之后要从事做清晨吉祥灯仪(maṅgala-ārati)等活动。愚蠢的非奉献者不了解规范化奉爱服务的重要性，于是便对规范化的奉爱服务提出非议。然而事实是，他们没有灵性的眼睛，看不到至尊主也按自己的意愿睡觉。认为至尊主不具人格特征的概念，影响贻害无穷，极不利于人练习做奉爱服务。这也是与习惯于从物质角度思考问题、顽固不化的非奉献者交往十分困难的原因之所在。

非人格神主义者总是“逆向”思考问题。他们认为：既然物质存在中有形象，灵性存在中就不该有形象了；既然物质存在中有睡眠，灵性存在中就不可能有睡眠；既然在神像崇拜中说神像也会睡觉，那神像崇拜就是玛亚(māyā)。所有这些想法，不论是正向思考还是反向思考，归根到底都属于物质性的。从更高的来源韦达经中得到的知识才是正确的。我们看到，《圣典博伽瓦谭》这几节诗向人们推荐了规范化的奉爱服务。在布茹阿玛开始创造世界之前，他看到至尊主躺在毁灭之洋的蛇床上。至尊主的内在能量中也包含睡眠这部分，布茹阿玛和他传承中的纯粹奉献者都不否认这一点。这节诗中明确地说，海面巨浪滔天，但至尊主却睡得安然自在。由此说明，至尊主凭自己超然的意愿能做祂想做的事，不受环境的左右。假象宗人士(Māyāvādī)因为思维超不出自身的物质体验，所以就说至尊主不可能睡在水里。他们所犯的错误是把至尊主与他们自己相比，而这种比较属于物质的思维方式。建立在“非此、非彼(neti, neti)”基础上的整套假象宗哲学，归根结底属于物质层面的东西。这种思维无法让人如实地了解至尊人格首神。

第 22 节 सोऽयं समस्तजगतां सुहृदेक आत्मा
सत्त्वेन यन्मृडयते भगवान् भगेन ।
तेनैव मे दृशमनुस्पृशताद्यथाहं
स्रक्ष्यामि पूर्ववदिदं प्रणतप्रियोऽसौ ॥२२॥

so 'yaṁ samasta-jagatāṁ suhṛd eka ātmā
sattvena yan mṛḍayate bhagavān bhagena
tenaiva me dṛśam anuspṛśatād yathāhaṁ
srakṣyāmi pūrvavad idaṁ praṇata-priyo 'sau

saḥ 一祂 / ayam 一至尊主 / samasta-jagatām 一所有宇宙的 / suhṛt ekaḥ 一唯一的一位朋友和哲学家 / ātmā 一超灵 / sattvena 一凭借善良属

性 / yat—祂 / mṛḍayate—带来快乐 / bhagavān—人格首神 / bhagena—六大财富 / tena—由祂 / eva—肯定地 / me—向我 / dṛśam—内省之力 / anuspṛśatāt—愿祂给予 / yathā—像 / aham—我 / srakṣyāmi—将能创造 / pūrva-vat—像以前一样 / idam—这个宇宙 / praṇata—皈依 / priyaḥ—亲爱的 / asau—祂(至尊主)

译文　请至尊主对我仁慈。祂是这个世界中全体众生的朋友和灵魂；祂为了众生最大的快乐，用祂六种超然的财富养育他们。愿祂对我仁慈，像从前一样赐予我反省创造的能力，因为我也是至尊主所钟爱的一个皈依的灵魂。

要旨　至尊主菩茹首塔玛(Puruṣottama)——圣奎师那，是物质世界和灵性世界的维系者。祂是众生的生命和朋友，因为祂和生物彼此间永远自然而然地眷恋着对方。祂是众生唯一的朋友和良好的祝愿着，祂独一无二。至尊主凭祂的六种财富维系遍布十方的芸芸众生，因而被称为巴嘎万(bhagavān)——至尊人格首神。主布茹阿玛祈求至尊主赐予他仁慈，以便他能像以前一样创造宇宙中的万事万物；只有凭借至尊主没有缘故的仁慈，他才能分别创造出玛瑞祺(Marīci)等物质人物和纳茹阿达(Nārada)等灵性人物。布茹阿玛向至尊主祈祷，因为祂十分珍爱向祂皈依了的灵魂。皈依了至尊主的灵魂心里只有至尊主，因此备受至尊主的珍爱。

第 23 节　एष प्रपन्नवरदो रमयात्मशक्त्या
यद्यत्करिष्यति गृहीतगुणावतारः ।
तस्मिन् स्वविक्रममिदं सृजतोऽपि चेतो
युञ्जीत कर्मशमलं च यथा विजह्याम् ॥२३॥

eṣa prapanna-varado ramayātma-śaktyā
yad yat kariṣyati gṛhīta-guṇāvatāraḥ

tasmin sva-vikramam idaṁ sṛjato 'pi ceto
yuñjīta karma-śamalaṁ ca yathā vijahyām

eṣaḥ—这 / prapanna—皈依的人 / vara-daḥ—赐福者 / ramayā—总是与幸运女神拉珂施蜜一同享受 / ātma-śaktyā—偕祂的内在能量 / yat yat—无论什么 / kariṣyati—祂从事活动 / gṛhīta—接受 / guṇa-avatāraḥ—善良属性的化身 / tasmin—向祂 / sva-vikramam—全能的 / idam—这宇宙展示 / sṛjataḥ—创造 / api—尽管 / cetaḥ—心 / yuñjīta—从事 / karma—活动 / śamalam—受物质的影响 / ca—和 / yathā—如同 / vijahyām—我能抛弃

译文 至尊主——人格首神，永远是皈依灵魂的恩人。祂的活动总是透过祂的内在力量、幸运女神(Ramā)去执行。我只祈祷在物质世界的创造中为祂服务，祈祷不会受到我工作的物质影响。因为只有这样，我也许才能去除作为创造者的虚荣。

要旨 物质世界的创造、维系和毁灭，分别由掌管物质自然属性的三位化身布茹阿玛、维施努和玛黑施瓦尔(Maheśvara, 希瓦)承担。但在他们中，身处自身内在能量中的至尊主的化身维施努，是一切活动得以进行下去的最高能量源。布茹阿玛在创造过程中只相当于一名助手，所以他希望能够始终认清自己真正的地位，做至尊主的工具，而不是变得骄傲自满，自以为是创造者。这是博得至尊主的喜爱并获得祂的仁慈的方法。愚蠢之人总想把创造的功劳都归于自己，但聪明人知道：没有至尊主的允许，就连一棵小草都休想动一动，因此一切神奇的创造都必须归功于祂。只有具备灵性的意识，人才能摆脱执著于物质所带来的污染，才能得到至尊主赐予的仁慈。

第 24 节 नाभिह्रदादिह सतोऽम्भसि यस्य पुंसो
विज्ञानशक्तिरहमासमनन्तशक्तेः ।

रूपं विचित्रमिदमस्य विवृण्वतो मे
मा रीरिषीष्ट निगमस्य गिरां विसर्गः ॥२४॥

nābhi-hradād iha sato 'mbhasi yasya puṁso
vijñāna-śaktir aham āsam ananta-śakteḥ
rūpaṁ vicitram idam asya vivṛṇvato me
mā rīriṣīṣṭa nigamasya girāṁ visargaḥ

nābhi-hradāt－从肚脐之湖 / iha－在这一周期中 / sataḥ－躺在 / ambhasi－水中 / yasya－……的 / puṁsaḥ－人格首神的 / vijñāna－整个宇宙的 / śaktiḥ－能量 / aham－我 / āsam－出生 / ananta－无限的 / śakteḥ－拥有能量的人的 / rūpam－形象 / vicitram－多种多样的 / idam－这 / asya－祂的 / vivṛṇvataḥ－展示 / me－向我 / mā－不会 / rīriṣīṣṭa－消失 / nigamasya－韦达经的 / girām－声音的 / visargaḥ－振荡

译文　至尊主的能量数不胜数。当祂躺在毁灭之水中时，我作为总体宇宙能量从长自祂肚脐之湖中的莲花上诞生了。我现在忙于以宇宙展示的形式展示祂多种多样的能量。为此我祈祷，在我从事物质活动期间，我不会脱离韦达赞歌的声音振荡。

要旨　在这个物质世界里为至尊主做超然爱心服务的人，都会被卷入许多物质活动，假如自身不够坚强，不能抵制物质的诱惑，生出物质的执著心，就会脱离灵性的能量。在实施物质创造的过程中，布茹阿玛必须创造各种各样的生物体，以使他们的躯体与他们的物质属性相吻合；布茹阿玛希望得到至尊主的保护，因为他在那过程中不得不接触许许多多邪恶的生物体。一名普通的布茹阿玛纳(婆罗门)，会因为接触许多堕落的、受制约的灵魂而丧失他崇高的布茹阿玛纳力量(brahma-tejas)。布茹阿玛身为最杰出的布茹阿玛纳，唯恐自己也得到同样的结果，所以在这节诗中祈求至尊主的保护。这也是给所有走在灵性觉悟之途上的人敲响了警钟：人如果得不到至尊主足够的保护，就会从自己所处的灵性位置上坠落下去。因此，人应该时刻祈求至尊主的保护，以及使自己能够履行职责的祝福。主柴坦亚曾把祂的使命交付给祂的奉献者，并保证说：祂定会保护他们，使他们不受物质能量攻击的影响。韦达经(Vedas)中把灵性生活比作是剃须刀的刀锋，人只要稍不留心就会立刻割伤自己，酿成大祸。但对于一个全心投靠、服从至尊主，在执行任务的过程中时刻寻求至尊主保护的灵魂来说，他不需要担心会坠入物质的“大染缸”。

第 25 节 सोऽसावदभ्रकरुणो भगवान् विवृद्ध-
प्रेमस्मितेन नयनाम्बुरुहं विजृम्भन् ।
उत्थाय विश्वविजयाय च नो विषादं
माध्व्या गिरापनयतात्पुरुषः पुराणः ॥२५॥

so 'sāv adabhra-karuṇo bhagavān vivṛddha-
prema-smitena nayanāmburuhaṁ vijṛmbhan
utthāya viśva-vijayāya ca no viṣādaṁ
mādhvyā girāpanayatāt puruṣaḥ purāṇaḥ

saḥ—祂(至尊主) / asau—那 / adabhra—无限的 / karuṇaḥ—仁慈的 / bhagavān—人格首神 / vivṛddha—极大的 / prema—爱 / smitena—以笑容 / nayana-amburuham—莲花眼 / vijṛmbhan—通过睁开 / utthāya—为了繁荣昌盛 / viśva-vijayāya—为了歌颂和赞美宇宙创造 / ca—也 / naḥ—我们的 / viṣādam—沮丧 / mādhvyā—通过甜美的 / girā—话语 / apanayatāt—愿祂能仁慈地消除 / puruṣaḥ—至尊者 / purāṇaḥ—最年老的

译文 存在中至高无上且最古老的至尊主无限仁慈。我期望祂通过微笑着睁开祂的莲花眼赐予我祂的祝福。祂可以举起整个宇宙创造，并借由亲切地讲述祂的指示消除我们沮丧的心情。

要旨 对于这个物质世界里堕落的众生，至尊主的慈悲心永远有增无减。整个宇宙展示为众生提供了一个改过自新的机会，以便他们能重返为至尊主做奉爱服务的正途；这是每个生物该做的事。至尊主扩展出许许多多人物，其中有些是祂的自身扩展，有些是从祂那里分离出来的扩展。祂的分离扩展是指个体灵魂，而祂的自身扩展是祂本人。自身扩展处于主宰和支配的地位，而分离扩展处于被主宰、被支配的地位，以便他们能与充满知识和喜乐，拥有至尊形象的至尊者进行超然、充满极乐的交流。解脱的灵魂完全没有物质的妄念，所以能够作为被支配者，与支配者进行这样一种极乐的交流。支配者与被支配者之间进行这种超然交流的典型实例是，至尊主和牧牛姑娘(gopī)的茹阿萨娱乐活动(rāsa-līlā)。作为被支配者的牧牛姑娘是至尊主内在能量的扩展，因此至尊主与她们的茹阿萨娱乐活动，永远不该被视为是世俗的男欢女爱；相反，这是至尊主和生物之间最高、最完美的爱的交流形式。至尊主为堕落的灵魂提供机会，以便他们能达到这一生命最高的完美境界。主布茹阿玛受至尊主委托，负责安排部署整个宇宙展示。他为此向至尊主祈祷，求至尊主祝福他，让他能完成使命。

第 26 节 मैत्रेय उवाच

स्वसम्भवं निशाम्यैवं तपोविद्यासमाधिभिः ।
यावन्मनोवचः स्तुत्वा विरराम स खिन्नवत् ॥२६॥

maitreya uvāca
sva-sambhavaṁ niśāmyaivaṁ
tapo-vidyā-samādhibhiḥ
yāvan mano-vacaḥ stutvā
virarāma sa khinnavat

maitreyaḥ uvāca－伟大的圣人麦垂亚说 / sva-sambhavam－生他的源头 / niśāmya－通过看 / evam－就此 / tapaḥ－苦修 / vidyā－知识 /

samādhibhiḥ－并通过全神贯注 / yāvat－尽量 / manaḥ－心 / vacaḥ－话语 / stutvā－祈祷完毕 / virarāma－变得沉默 / saḥ－他(布茹阿玛) / khinna-vat－似有倦意

译文 麦垂亚圣人说：啊！维杜茹阿，布茹阿玛看到他诞生的源头人物——人格首神后，尽心尽力用他会用的言辞向人格首神祈祷，祈求祂的仁慈。这样祈祷后，他沉默下来，像是从事苦修、求知和全神贯注地冥想等活动后感到累了。

要旨 布茹阿玛之所以能觉悟到真理，是因为有至尊主坐在他心中。布茹阿玛在他刚被创造出来时，不知道自己究竟来自何处。但通过苦修、全神贯注地冥想，他看到了那使他诞生的源头，就此在内心觉悟到了真理。外在和内心的灵性导师都是至尊主的代表。人除非能得到这类真正的灵性导师的指导，否则不可自称是灵性导师。当时，主布茹阿玛是宇宙中唯一的一个生物体，因此不可能求取外在灵性导师的指导。因此，听了布茹阿玛的祈祷后深感满意的至尊主，便从他的内心将所有的知识传授给他，使他得以觉悟真理。

第 27－28 节 अथाभिप्रेतमन्वीक्ष्य ब्रह्मणो मधुसूदनः ।
विषण्णचेतसं तेन कल्पव्यतिकराम्भसा ॥२७॥
लोकसंस्थानविज्ञान आत्मनः परिखिद्यतः ।
तमाहागाधया वाचा कश्मलं शमयन्निव ॥२८॥

athābhipretam anvīkṣya
brahmaṇo madhusūdanaḥ
viṣaṇṇa-cetasaṁ tena
kalpa-vyatikarāmbhasā

loka-saṁsthāna-vijñāna
　ātmanaḥ parikhidyataḥ
tam āhāgādhayā vācā
　kaśmalaṁ śamayann iva

atha—于是 / abhipretam—意图 / anvīkṣya—看出 / brahmaṇaḥ—布茹阿玛的 / madhusūdanaḥ—杀死玛杜魔的人 / viṣaṇṇa—心情沮丧 / cetasam—心的 / tena—由他 / kalpa—周期 / vyatikara-ambhasā—毁灭之洋 / loka-saṁsthāna—星系的情况 / vijñāne—有关……的科学 / ātmanaḥ—他自己的 / parikhidyataḥ—十分焦虑 / tam—向他 / āha—说 / agādhayā—深思熟虑地 / vācā—通过话语 / kaśmalam—污染 / śamayan—清除 / iva—像那样的

译文　至尊主看到布茹阿玛十分渴望规划和建筑不同的星系，但在看到毁灭之水时感到沮丧。祂能理解布茹阿玛的意向，于是用深刻、体贴的话语消除布茹阿玛心中升起的一切错误概念。

要旨　毁灭之洋恐怖骇人，就连布茹阿玛看着洋面上一波波的滔天巨浪，都不免感到胆战心惊。他焦急地思考着，如何才能将适合人类、低于人类的生物体和高于人类的生物体居住的各类星系分别安置在太空中。宇宙中各星球位置的高低，直接对应住在其上受不同物质自然属性影响的生物体层次的高低。宇宙中有三种物质自然属性；这三种自然属性相互混合后衍生为九种，九种再相互混合衍生出八十一种，八十一种再相互混合……幻象就这样再三扩展，最终完全超出我们所能想象的范围。主布茹阿玛必须为受制约的灵魂所需要的各类躯体提供不同的居住地和生活环境。这项复杂的工程只有布茹阿玛能够承担，宇宙中其他人根本想象不了工程的艰巨和复杂程度。然而，凭借至尊主的仁慈，布茹阿玛最终十分圆满地完成了这项浩大的工程。这位管理者(vidhātā)的作品令人叹为观止。

第 29 节

श्रीभगवानुवाच
मा वेदगर्भ गास्तन्द्रीं सर्ग उद्यममावह ।
तन्मयापादितं ह्यग्रे यन्मां प्रार्थयते भवान् ॥२९॥

śrī-bhagavān uvāca
mā veda-garbha gās tandrīṁ
sarga udyamam āvaha
tan mayāpāditaṁ hy agre
yan māṁ prārthayate bhavān

śrī-bhagavān uvāca—至尊主——人格首神说 / mā—不要 / veda-garbha—精通韦达知识的你啊 / gāḥ tandrīm—变得沮丧 / sarge—为了创造 / udyamam—事业 / āvaha—你正执行 / tat—那(你所希望的) / mayā—由我 / āpāditam—执行 / hi—肯定地 / agre—先前 / yat—……的 / mām—向我 / prārthayate—祈求 / bhavān—你

译文 至尊人格首神说：啊，布茹阿玛——韦达智慧的深潭！就有关创造的事宜，既不要沮丧，也不用担心。您向我祈求的一切，我以前已经给过了。

要旨 人在接受至尊主或祂真正的代表授权的同时，就已经得到了祝福；至尊主或祂真正的代表在交付任务的同时也给予祝福。当然，经授权承担某项任务的人，应该总是感到自己能力不够，必须时时寻求至尊主的仁慈，才能圆满地履行自己的职责。我们切不可因为自己被委托担任某项管理责任就骄傲自满。被委以重任是我们的幸运，我们如果能时刻牢记自己必须遵照至尊主的意愿行事，就一定能圆满地完成任务。至尊主虽然委派阿尔诸纳在库茹柴陀(Kurukṣetra)战场上作战，但在此之前，早就已经设定好阿尔诸纳将赢得胜利。即便如此，阿尔诸纳在履行职责的过程中仍时刻不忘至尊主才是最高的指挥。因担负重任而变得自以为是，不把成绩归功于至尊主，无疑是妄自尊大，根本不可能做好事情。布茹阿玛和在他师徒传承中的后人，总是很好地为至尊主做各种超然的爱心服务。

第 30 节　भूयस्त्वं तप आतिष्ठ विद्यां चैव मदाश्रयाम् ।
ताभ्यामन्तर्हृदि ब्रह्मन्लोकान्द्रक्ष्यस्यपावृतान् ॥३०॥

bhūyas tvaṁ tapa ātiṣṭha
vidyāṁ caiva mad-āśrayām
tābhyām antar-hṛdi brahman
lokān drakṣyasy apāvṛtān

bhūyaḥ－再次 / tvam－你自己 / tapaḥ－苦行 / ātiṣṭha－处于 / vidyām－在知识的层面上 / ca－也 / eva－肯定地 / mat－我的 / āśrayām－在……的保护下 / tābhyām－凭这些资格 / antaḥ－在内部 / hṛdi－在心中 / brahman－布茹阿玛纳啊 / lokān－所有的世界 / drakṣyasi－你将见到 / apāvṛtān－被全部揭示

译文　布茹阿玛啊！安心地苦修、冥想并遵守知识的原则，以便接受我的恩典。这些活动将使你能够从心中了解一切。

要旨　当我们尽全力完成至尊主交付的重任时，至尊主能赐予我们的仁慈是我们无法想象的。然而，要想得到这些仁慈，我们必须在做奉爱服务的过程中，以坚持不懈、百折不挠的精神，进行艰苦卓绝的努力。至尊主指派布茹阿玛创造各个星系并告诉他：他可以靠冥想轻易地了解各个星系的位置和建造方法；他将从自己的内心获得相应的指导，因此无须为创造而焦虑。正如《博伽梵歌》第10章的第10节诗所证实的：至尊主会在练智慧瑜伽(buddhi-yoga)的人心中直接给予指导。

第 31 节 तत आत्मनि लोके च भक्तियुक्तः समाहितः ।
द्रष्टासि मां ततं ब्रह्मन्मयि लोकांस्त्वमात्मनः ॥३१॥

tata ātmani loke ca
bhakti-yuktaḥ samāhitaḥ
draṣṭāsi māṁ tataṁ brahman
mayi lokāṁs tvam ātmanaḥ

tataḥ—之后 / ātmani—在你自身中 / loke—在宇宙中 / ca—和 / bhakti-yuktaḥ—在做奉爱服务时 / samāhitaḥ—完全沉浸于 / draṣṭā asi—你将看到 / mām—我 / tatam—遍布 / brahman—布茹阿玛啊 / mayi—在我之中 / lokān—所有的宇宙 / tvam—你 / ātmanaḥ—生物

译文 啊，布茹阿玛！当你专注于奉爱服务时，你在从事创造活动期间就会在你心中和宇宙各处看到我，你将看到你本人、宇宙和所有的生物体都在我之中。

要旨 至尊主在这节诗中说，布茹阿玛将在他的白天看到至尊主以圣主奎师那(Śrī Kṛṣṇa)的形象显现；将欣赏到至尊主童年时在温达文(Vṛndāvana)扩展出所有的牛犊和牧牛童的娱乐活动；将了解到奎师那淘气时，让雅首达妈妈(Yaśodāmayī)在祂嘴里看到所有宇宙和星系的趣事；还将了解到，当主奎师那在布茹阿玛的白天显现时，物质创造中同时还存在着其他数不胜数的布茹阿玛。然而，至尊主展示在宇宙各处的所有这些永恒而超然的形象，只有时刻想着至尊主，时刻为至尊主做奉爱服务的纯粹奉献者才能了解。这节诗还向我们暗示了布茹阿玛的卓越资格。

第 32 节 यदा तु सर्वभूतेषु दारुष्वग्निमिव स्थितम् ।
प्रतिचक्षीत मां लोको जह्यात्तर्ह्येव कश्मलम् ॥३२॥

yadā tu sarva-bhūteṣu
dāruṣv agnim iva sthitam
praticakṣīta māṁ loko
jahyāt tarhy eva kaśmalam

yadā—当 / tu—只有 / sarva—所有 / bhūteṣu—在生物中 / dāruṣu—在木头中 / agnim—火 / iva—犹如 / sthitam—处在 / praticakṣīta—你将看到 / mām—我 / lokaḥ—和宇宙 / jahyāt—能摆脱 / tarhi—然后立即 / eva—肯定地 / kaśmalam—虚幻

译文 你将看到我在所有的生物体体内及宇宙各处，恰似火元素含在木柴中。只有在具备那种超然视力的状态下，你才能去除一切种类的错觉。

要旨 布茹阿玛祈祷自己在从事物质活动的过程中不会忘记自己与至尊主永恒的关系。针对他的这一祈祷，至尊主的回答是：他应该认识到至尊主是无所不在、无所不能的。对此，这节诗里用木中之火的例子加以说明。木材种类繁多，但无论哪种木材都能点出火这一点是共通的。同样道理，尽管物质世界里被创造的各种躯体因外貌和特质不同而千差万别，但存在其中的灵性灵魂却都一样。无论是哪里的火都具有温暖的性质；同样，每个生物体内的灵性火花都是至尊灵魂不可缺少的一部分。人只要了解这一超然的知识，就能摆脱物质错觉的污染。既然至尊主的能量遍布各处，纯粹的灵魂——至尊主的奉献者，就能看到万事万物都与至尊主有关联，因此不会执著于外在的包裹——躯壳。这种纯粹的灵性意识能保证他在接触物质的过程中不受任何污染。纯粹的奉献者在所有的情况下都不会忘记至尊主的存在。

第 33 节 यदा रहितमात्मानं भूतेन्द्रियगुणाशयैः ।
स्वरूपेण मयोपेतं पश्यन् स्वाराज्यमृच्छति ॥३३॥

yadā rahitam ātmānaṁ
bhūtendriya-guṇāśayaiḥ
svarūpeṇa mayopetaṁ
paśyan svārājyam ṛcchati

yadā—当 / rahitam—摆脱 / ātmānam—自我 / bhūta—物质元素 / indriya—物质感官 / guṇa-āśayaiḥ—在物质自然属性的影响下 / svarūpeṇa—处于纯粹的存在状态 / mayā—靠我 / upetam—接近 / paśyan—通过看 / svārājyam—灵性的王国 / ṛcchati—享受

译文 当你不再有粗糙和精微的躯体概念时，当你的感官免于物质自然属性的一切影响时，你就会领悟到你与我交往时的纯粹形象。那时，你的意识就纯净了。

要旨 《奉爱服务的纯粹甘露之洋》(Bhakti-rasāmṛta-sindhu)中说：当人心中只有为至尊主做超然爱心服务这一种愿望时，他无论处在哪种物质生存状态中，都已经解脱了。这一服务的心态是生物真实的形象(svarūpa)。同样，在《永恒的柴坦亚经》(Caitanya-caritāmṛta)中，圣主柴坦亚·玛哈帕布(Śrī Caitanya Mahāprabhu)也宣称：生物是至尊主永恒的仆人，这是他真正的灵性身份。假象宗(Māyāvāda)派一听说生物所具有的心态是服务的心态，就吓得不寒而栗；他们不知道在灵性世界里，生物是出于超然的爱在为至尊主服务。超然的爱心服务与物质世界里被迫做的服务截然不同。在物质世界里，有人即使认为自己谁的仆人都不是，也还是要在物质自然属性的摆布下做自己感官的仆人。事实上，物质世界里因为没有真正的主人，所以感官的仆人们所体验到的当仆人的经验极为糟糕。他们对超然的境界没有认识，所以一想到服务就充满恐惧。谈到超然的爱心服务，仆人与至尊主一样自由。灵性的氛围中不存在被逼做服务的事，至尊主完全独立(svarāt)，仆人也完全独立。在那里，人们满怀发自内心的爱做超然的爱心服务。我们从这个世界里母亲为儿子服务，朋友为朋友服务，妻子为丈夫服务的形式中，可以看到那种服务的影子；朋友、父母和妻子做服务都不是出于被迫，而是出于爱。然而，这个物质世界里只有真正的爱心服务的一点影子而已。真正的服务——生物以真正的形象(svarūpa)所做的服务，只存在于灵性世界，存在于生物与至尊主之间的相互交往中。当然，我们完全可以通过在这个世界里做奉爱服务培养做超然爱心服务的心态。

这节诗也同样适用于从事心智思辨的瑜伽师(jñānī)。觉悟了自我的心智思辨瑜伽师，在摆脱了粗糙和精微的躯体，以及被物质自然属性污染的感官后，将被置于至尊之中，从此摆脱物质束缚。奉献者和从事心智思辨的瑜伽师都怀有摆脱物质污染的目标，但达到这一目标后，从事心智思辨的瑜伽师便停留在这一肤浅的认识层面，而奉献者则进一步培养为至尊主做爱心服务的心。靠自然的服务心态，奉献者将逐渐恢复其本人的灵性身份；而且随着服务之心逐渐增强，最终臻达以情侣的身份与至尊主交流(mādhurya-rasa)的做超然爱心服务的层面。

第 34 节 नानाकर्मवितानेन प्रजा बह्वीः सिसृक्षतः ।
नात्मावसीदत्यस्मिंस्ते वर्षीयान्मदनुग्रहः ॥३४॥

nānā-karma-vitānena
prajā bahvīḥ sisṛkṣataḥ
nātmāvasīdaty asmiṁs te
varṣīyān mad-anugrahaḥ

nānā-karma一服务的种类 / vitānena一通过增加 / prajāḥ一生物数量 / bahvīḥ一无数 / sisṛkṣataḥ一希望增加 / na一永不 / ātmā一自我 / avasīdati一将被剥夺 / asmin一在……方面 / te一你的 / varṣīyān一一直增长 / mat一我的 / anugrahaḥ一没有缘故的仁慈

译文 既然你的愿望是无限地增加人口，扩展你的各种服务，你将不会被剥夺这个服务，因为我赐予你的没有缘故的仁慈时刻都在增长。

要旨 至尊主的纯粹奉献者在对他所处的特定时代、环境及所面对的特定对象具有一定认识的基础上，总是千方百计地想要壮大至尊主的奉献者的队伍。他所从事的扩大超然服务面的行动，在物质主义者看来好像是物质活动，但其实是至尊主在不断地增加祂给予那位奉献者的没有缘故的仁慈。奉献者为此而作的种种计划和安排看似与物质活动没有两样，但活动的真正目的却是要满足至尊主超然的感官。正因为如此，他的活动与物质活动处于两种不同的能量氛围中。

第35节 ऋषिमाद्यं न बध्नाति पापीयांस्त्वां रजोगुणः ।
यन्मनो मयि निर्बद्धं प्रजाः संसृजतोऽपि ते ॥३५॥

ṛṣim ādyaṁ na badhnāti
pāpīyāṁs tvāṁ rajo-guṇaḥ
yan mano mayi nirbaddhaṁ
prajāḥ saṁsṛjato 'pi te

ṛṣim—向伟大的圣人 / ādyam—第一位 / na—永不 / badhnāti—侵蚀 / pāpīyān—邪恶的 / tvām—你 / rajaḥ-guṇaḥ—物质自然的激情属性 / yat—因为 / manaḥ—心 / mayi—在我之中 / nirbaddham—紧紧地 / prajāḥ—后代 / saṁsṛjataḥ—繁衍 / api—尽管 / te—你的

译文 你是第一位圣人；由于你始终全神贯注于我，所以即使你将忙于繁衍各种后裔，邪恶的激情属性也永远不会侵蚀你。

要旨 在这部巨著第2篇第9章的第36节诗中，至尊主曾向布茹阿玛作出同样的保证。凭借至尊主的这一恩典，布茹阿玛无论制定什么计划、进行什么部署，都将是绝对正确的。即使我们偶尔看到布茹阿玛感到困惑，就像在第十篇中他因为目睹内在能量的活动而感到困惑，那也是为了促使他在做超然服务的过程中更上一层楼。类似的情况在阿尔诸纳身上也发生过。纯粹奉献者被置于这些困惑中的特殊目的，是要增进他们对至尊主的认识。

第 36 节 ज्ञातोऽहं भवता त्वद्य दुर्विज्ञेयोऽपि देहिनाम् ।
यन्मां त्वं मन्यसेऽयुक्तं भूतेन्द्रियगुणात्मभिः ॥३६॥

jñāto 'haṁ bhavatā tv adya
durvijñeyo 'pi dehinām
yan māṁ tvaṁ manyase 'yuktaṁ
bhūtendriya-guṇātmabhiḥ

jñātaḥ－被认识 / aham－我本人 / bhavatā－被你 / tu－却 / adya－今天 / duḥ－困难 / vijñeyaḥ－被认识 / api－尽管 / dehinām－为受制约的灵魂 / yat－因为 / mām－我 / tvam－你 / manyase－了解 / ayuktam－并非由……构成 / bhūta－物质元素 / indriya－物质感官 / guṇa－物质属性 / ātmabhiḥ－像受制约的灵魂所带的假我

译文 尽管我很难被受制约的灵魂所认知，但你今天了解了我，因为你知道我并非由五种粗糙和三种精微的物质元素所构成。

要旨 要了解至尊绝对真理，就要如实地了解灵性的存在方式，而不一定要否定物质展示。认为既然物质存在中有形象，灵性存在中就没有形象的思维方式，实际上只是以否定的形式思考灵性存在的物质思维方式。对灵性存在真正的认识是：知道灵性形象不同于物质形象。布茹阿玛就是这样认识和欣赏至尊主的永恒形象的，而他的这一灵性认识得到了人格首神的肯定。在《博伽梵歌》

中，至尊主谴责了因为奎师那外形像人便从物质角度看祂的那种倾向。至尊主的灵性形象数不胜数，祂可以以其中的任何一种形象显现。祂所有的灵性形象都并非由物质元素构成；而且，祂的躯体与祂本人没有区别。这是对至尊主的灵性形象的正确认识。

第 37 节 तुभ्यं मद्विचिकित्सायामात्मा मे दर्शितोऽबहिः ।
नालेन सलिले मूलं पुष्करस्य विचिन्वतः ॥३७॥

tubhyaṁ mad-vicikitsāyām
ātmā me darśito 'bahiḥ
nālena salile mūlaṁ
puṣkarasya vicinvataḥ

tubhyam一向你 / mat一我 / vicikitsāyām一当你试图认识 / ātmā一自我 / me一我本身的 / darśitaḥ一展示 / abahiḥ一从内心 / nālena一透过……的茎 / salile一水中的 / mūlam一根 / puṣkarasya一最初的源头——莲花的 / vicinvataḥ一冥思苦想

译文 当你冥思苦想你诞生其上的莲花是否有其生长源头，甚至为此进入莲花茎时，你无法找到丝毫线索。但那时，我在你心中展示了我的形象。

要旨 要了解人格首神，就必须依靠祂的仁慈；靠心智思辨或物质感官都无法真正了解祂。凭借物质感官无法获得对至尊人格首神超然的认识；只有当奉献者以服从的态度为至尊主做奉爱服务时，祂才会向祂的奉献者展示祂自己。只有靠爱首神才能认识祂，这是唯一的方法。我们用物质的眼睛看不到人格首神，但当爱首神的油膏启开我们内心的灵性之眼时，我们就能在心中看到祂。人的灵性眼睛仍被肮脏的物质污垢蒙住时，他根本无法见到至尊主。但毫无疑问，他通过做奉爱服务的方法清除那些污垢后，就能看到至尊主。布茹阿玛想靠自己的努力寻找莲花茎根部的努力，最后以失败告终。然而，当他靠苦修和奉爱之情取悦了至尊主后，至尊主并没再让他做其他额外的努力就在他内心揭示了自己。

第 38 节 यच्चकर्थाङ्ग मत्स्तोत्रं मत्कथाभ्युदयाङ्कितम् ।
यद्वा तपसि ते निष्ठा स एष मदनुग्रहः ॥३८॥

yac cakarthāṅga mat-stotraṁ
mat-kathābhyudayāṅkitam
yad vā tapasi te niṣṭhā
sa eṣa mad-anugrahaḥ

yat—……的 / cakartha—从事 / aṅga—布茹阿玛啊 / mat-stotram—献给我的祈祷 / mat-kathā—讲述我的活动的话语 / abhyudaya-aṅkitam—讲述我超然的荣耀 / yat—或那 / vā—或 / tapasi—苦修 / te—你的 / niṣṭhā—信仰 / saḥ—那 / eṣaḥ—所有这些 / mat—我的 / anugrahaḥ—没有缘故的仁慈

译文　布茹阿玛啊！你所吟诵的赞美我超然活动之光荣的祈祷文，你为了解我而从事的苦修，以及你对我的坚定信心：这一切都应该被视为是我没有缘故的仁慈。

要旨　生物一旦想要为至尊主做超然的爱心服务，至尊主就会作为内在的灵性导师(caitya-guru)从多方面帮助这位奉献者，以使他甚至能成就许多超出物质想象范围的非凡之事。凭借至尊主的仁慈，就连一个世俗之人也能说出处在最高的灵性完美境界的人所说的祈祷文。达到这样的灵性完美并不取决于人所具有的物质方面的条件，而取决于人在为至尊主做超然服务的过程中所付出的真诚努力。人在这方面所付出的自觉自愿的努力，是他达到灵性完美的唯一条件，而赢得物质财富、增进物质知识等并不起作用。

第 39 节 प्रीतोऽहमस्तु भद्रं ते लोकानां विजयेच्छया ।
यदस्तौषीर्गुणमयं निर्गुणं मानुवर्णयन् ॥३९॥

prīto 'ham astu bhadraṁ te
lokānāṁ vijayecchayā
yad astauṣīr guṇamayaṁ
nirguṇaṁ mānuvarṇayan

prītaḥ—感到高兴 / aham—我本人 / astu—愿它如此 / bhadram—所有的祝福 / te—向你 / lokānām—星球的 / vijaya—为荣耀 / icchayā—凭着你的愿望 / yat—……的 / astauṣīḥ—你祈祷 / guṇa-mayam—描述所有超然的特质 / nirguṇam—虽然我不带任何物质的特质 / mā—我 / anuvarṇayan—很好地描述

译文 你就有关我的超然品质所进行的描述，令我十分满意；然而，尘世之人却认为我的超然品质归这个尘世所有。我赐予你所有的祝福，以使你能实现要通过你的活动美化所有星球的愿望。

要旨 布茹阿玛和他师徒传承中的纯粹奉献者们，总是希望全宇宙的每一个生物体都能了解至尊主。对怀有这一愿望的奉献者，至尊主总是给予祝福。非人格神主义者将人格首神纳茹阿亚纳视为物质善良属性的化身，所以有时也会向祂祈祷，祈求祂的仁慈。但由于他们并没有赞美至尊主真正的超然特质，他们所供奉的祈祷文并不能取悦至尊主。至尊主虽然对一切众生都很仁慈，但却始终最钟爱祂纯粹的奉献者。这节诗中的梵文“描述所有超然的特质(guṇamayam)”一词非常重要，说明至尊主拥有超然的特质。

第 40 节 य एतेन पुमान्नित्यं स्तुत्वा स्तोत्रेण मां भजेत् ।
तस्याशु सम्प्रसीदेयं सर्वकामवरेश्वरः ॥४०॥

ya etena pumān nityaṁ
stutvā stotreṇa māṁ bhajet
tasyāśu samprasīdeyaṁ
sarva-kāma-vareśvaraḥ

yaḥ－……的任何人 / etena－以此 / pumān－人 / nityam－总是 / stutvā－祈祷 / stotreṇa－以诗文 / mām－我 / bhajet－可以崇拜 / tasya－他的 / āśu－很快 / samprasīdeyam－我将满足 / sarva－所有的 / kāma－愿望 / vara-īśvaraḥ－给予一切祝福的主人

译文 我是一切祝福的主人，因此像布茹阿玛这样祈祷、崇拜我的人，将很快受到祝福，实现他所有的愿望。

要旨 心中仍有要满足个人感官享乐欲望的人，不可能吟诵、吟唱布茹阿玛所供奉的那些祈祷文；只有想通过服务取悦至尊主的人，才会吟诵、吟唱那些祈祷文。至尊主无疑会逐一满足奉献者心中与为祂做超然爱心服务有关的一切愿望，但却不会理睬非奉献者那些千奇百怪的念头，哪怕那些不认真的奉献者向他献上最优美动听的祈祷文，祂也不予以理睬。

第 41 节 पूर्तेन तपसा यज्ञैर्दानैर्योगसमाधिना ।
राद्धं निःश्रेयसं पुंसां मत्प्रीतिस्तत्त्वविन्मतम् ॥४१॥

pūrtena tapasā yajñair
dānair yoga-samādhinā
rāddhaṁ niḥśreyasaṁ puṁsāṁ
mat-prītis tattvavin-matam

pūrtena－靠传统的善行 / tapasā－通过苦修 / yajñaiḥ－通过祭祀 / dānaiḥ－通过施舍 / yoga－通过神秘瑜伽 / samādhinā－通过全神贯注 / rāddham－成功 / niḥśreyasam－终极益处的 / puṁsām－人类的 / mat－我的 / prītiḥ－满足 / tattva-vit－高层次的超然主义者 / matam－观点

译文 经验丰富的超然主义者的看法是：按照传统行善、苦修、举行祭祀、布施、练神秘瑜伽、全神贯注地冥想等，最终是为了取悦我。

要旨 人类社会中有许多传统的虔诚活动，例如：利他主义、慈善博爱、民族主义、国际主义等范畴的活动，以及施舍、祭祀、苦修，甚至全神贯注地冥想等。然而，只有以满足至尊人格首神作为从事这些活动的目的时，所有这些活动才是十分有益的活动。社会、政治、宗教或慈善方面的任何一项活动，只有以满足至尊主为目的，才能达成最终的圆满。至尊主的奉献者都知道这一成功的秘诀，在库茹柴陀战场上作战的阿尔诸纳就是实践这一原则的典范。作为讲求非暴力的善心之人，阿尔诸纳一开始并不想和他的亲属拼杀，但当他明白是奎师那想打那场战役，并且已经安排在库茹柴陀战场开战时，他便为满足至尊主投入战斗，不再顾及自己个人的快乐和满足。这是所有明智的人都会作的正确抉择。我们唯一应该考虑的是，如何通过自己的活动让至尊主满意；如果我们的活动能取悦至尊主，那么无论活动本身如何，它都是成功的，否则就只是在浪费时间。这是评价所有祭祀、苦行、神秘主义的全神贯注的冥想和其他各种善行的标准。

第 42 节 अहमात्मात्मनां धातः प्रेष्ठः सन् प्रेयसामपि ।
अतो मयि रतिं कुर्याद्देहादिर्यत्कृते प्रियः ॥४२॥

aham ātmātmanāṁ dhātaḥ
preṣṭhaḥ san preyasām api
ato mayi ratiṁ kuryād
dehādir yat-kṛte priyaḥ

aham－我是 / ātmā－超灵 / ātmanām－所有灵魂的 / dhātaḥ－指引者 / preṣṭhaḥ－至爱的 / san－人物 / preyasām－在所有心爱的事物中 /

api—肯定地 / ataḥ—因此 / mayi—向我 / ratim—依恋 / kuryāt—应该做到的 / deha-ādiḥ—躯体和心智 / yat-kṛte—因它们 / priyaḥ—心爱的

译文 我是每一个生物体心中的超灵。我是至高无上的指挥和众生最亲的人。人们错误地依恋粗糙和精微的躯体，但他们应该只依恋我。

要旨 至尊主——人格首神，既是受制约的灵魂最亲的人，也是解脱了的灵魂最亲的人。人不知道至尊主是他唯一最亲的人时，处在受制约的状态中；一旦彻底认识这一点，便处在解脱的状态中。至尊主为什么是众生最亲的人呢？人对这一问题的认识，决定他们对自己与至尊主的关系的认识程度。《博伽梵歌》第15章的第7节诗中明确解释这个原因说：众生是至尊主永恒不可缺少的一部分(mam- aivāṁśo jīva-loke jīva-bhūtaḥ sanātanaḥ)。生物被称为灵魂(ātmā)，至尊主被称为至尊灵魂——超灵(Paramātmā)；生物被称为梵(Brahman)，至尊主被称为至尊梵(Parabrahman)或至尊控制者(Parameśvara)。《布茹阿玛·萨密塔》第5章的第1节诗中说“主奎师那是至尊控制者(Īśvaraḥ paramaḥ kṛṣṇaḥ)。”未认清自我的受制约的灵魂，将物质躯体视为至爱，因而爱自己的躯体和由自己躯体延伸出的一切。然而，人之所以依恋自己的躯体和由自己的躯体延伸出的子女及亲属等，实际上都是因为躯体中有一个真正的生物(灵魂)。真正的生物一旦离开躯体，哪怕那躯体是自己再宝贝的儿子，也不再有吸引力了。因此，爱的真正对象是至尊主永恒不可缺少的一部分——生命的火花，而不是躯体。因为个体生物是整体生物的一部分，所以至尊生物(整体生物)才是一切真爱的对象。遗忘了遵守“爱万物”这一基本原则的人，处在错觉能量(māyā)的影响下，他的爱如萤萤豆火，微弱易灭；受错觉能量影响越深的人，就越背离这条爱的基本原则。人除非培养了对至尊主的全心全意的爱，否则谈不上真正的爱。

这节诗强调人应该把至尊人格首神当做自己唯一爱的对象，其中梵文“应该做到的(kuryāt)”一词意义深刻，目的是强调我们必须不断培养真正的爱。错觉能量可以影响作为至尊灵魂不可缺少的一部分的个体灵魂，但影响不了至尊灵魂。假象宗哲学家认识到个体灵魂容易受错觉能量的影响，于是想与至尊灵魂合一。然而，他们因为对至尊灵魂没有真正的爱，所以仍陷于错觉能量中，无法接近至尊灵魂。吝啬鬼因为本性吝啬，所以即使很有钱也不知道该如何善用那些钱——永远过着贫穷的生活。相反，懂得善用钱财的人，即使一开始钱不多，但很快就能成为富有的人。

眼睛与太阳关系极为密切，因为没有太阳，眼睛就看不到东西。然而，与眼睛相比，身体其他部分因为太阳发出热能，使它们感到温暖，所以很眷恋太阳，能从太阳那里获得更多的益处。眼睛并不眷恋太阳，它们忍受不了太阳光的照射；换句话说，它们并不知道太阳光有什么好处。同样道理，经验主义哲学家虽然有关于梵的理论知识，但由于他们缺乏爱，他们得不到至尊梵的仁慈。世上有太多的非人格主义神哲学家在苦心钻研梵的理论知识，但却培养不出对梵的爱；而且由于所用的方法不对，也绝不可能达到对梵的爱。为此，他们将永远陷在错觉能量中，无法解脱。太阳神的奉献者，哪怕是个瞎子，也能在地球上看到太阳神本人；相反，不是太阳神的奉献者的人，连刺眼的阳光都受不了。同样，人不需要去当哲学思辨者；只有通过做奉爱服务，就可以培养出对首神纯粹的爱，从而在心中见到祂。人在任何情况下都该努力培养对首神的爱，有了这种爱，一切问题都将迎刃而解。

第 43 节 सर्ववेदमयेनेदमात्मनात्मात्मयोनिना ।
प्रजाः सृज यथापूर्वं याश्च मय्यनुशेरते ॥४३॥

sarva-veda-mayenedam
ātmanātmātma-yoninā
prajāḥ sṛja yathā-pūrvaṁ
yāś ca mayy anuśerate

sarva－所有的 / veda-mayena－具有完整的韦达知识 / idam－这 / ātmanā－通过躯体 / ātmā－你 / ātma-yoninā－直接产自至尊主 / prajāḥ－生物 / sṛja－繁衍 / yathā-pūrvam－和以前一样 / yāḥ－……的 / ca－也 / mayi－在我之中 / anuśerate－处于

译文　我是万物产生的最高原因，凭借你完整的韦达知识，以及你从我这里直接得到的躯体，按照我的指示行事，你现在就可以像从前一样繁殖生物体。

第 44 节

मैत्रेय उवाच
तस्मा एवं जगत्स्रष्ट्रे प्रधानपुरुषेश्वरः ।
व्यज्येदं स्वेन रूपेण कञ्जनाभस्तिरोदधे ॥४४॥

maitreya uvāca
tasmā evaṁ jagat-sraṣṭre
pradhāna-puruṣeśvaraḥ
vyajyedaṁ svena rūpeṇa
kañja-nābhas tirodadhe

maitreyaḥ uvāca－圣人麦垂亚说 / tasmai－向他 / evam－就此 / jagat-sraṣṭre－向宇宙的创造者 / pradhāna-puruṣa-īśvaraḥ－存在中的第一位至尊主——人格首神 / vyajya idam－说了这番训示后 / svena－祂本人的 / rūpeṇa－以……形象 / kañja-nābhaḥ－人格首神纳茹阿亚纳 / tirodadhe－消失

译文　麦垂亚圣人说：存在中的第一位至尊主——人格首神，以祂纳茹阿亚纳的形象吩咐宇宙中的创造者布茹阿玛去从事发展活动后，就消失了。

要旨 布茹阿玛在着手创造宇宙前见到了至尊主，这就是《圣典博伽瓦谭》的四节核心诗(《圣典博伽瓦谭》第2篇第9章第33—36节)的内容。布茹阿玛在准备创造宇宙万物前夕见到至尊主，证明至尊主本人的形象在创造前就已经存在了。因此，至尊主永恒的形象并非像某些智力欠佳的人所想的那样，是布茹阿玛创造的。人格首神以祂不含丝毫物质属性的原本形象出现在布茹阿玛面前，之后又消失在他眼前。

到此为止，结束了巴克提韦丹塔对《圣典博伽瓦谭》第3篇第9章——“布茹阿玛祈求创造力”所作的阐释。

第十章

创造的步骤

第 1 节

विदुर उवाच
अन्तर्हिते भगवति ब्रह्मा लोकपितामहः ।
प्रजाः ससर्ज कतिधा दैहिकीर्मानसीर्विभुः ॥१॥

vidura uvāca
antarhite bhagavati
brahmā loka-pitāmahaḥ
prajāḥ sasarja katidhā
daihikīr mānasīr vibhuḥ

viduraḥ uvāca—圣维杜茹阿说 / antarhite—在……消失后 / bhagavati—人格首神的 / brahmā—第一个被创造的生物体 / loka-pitāmahaḥ—所有星球上居民的始祖 / prajāḥ——代又一代的生物体 / sasarja—创造 / katidhāḥ—多少 / daihikīḥ—从他的躯体 / mānasīḥ—从他的心念 / vibhuḥ—伟大的人

译文 圣维杜茹阿说：伟大的圣人啊！请让我知道，星系中居民们的祖先布茹阿玛，在至尊人格首神消失后，是怎么从他自己的身、心创造出生物体的？

第 2 节

ये च मे भगवन् पृष्टास्त्वय्यर्था बहुवित्तम ।
तान् वदस्वानुपूर्व्येण छिन्धि नः सर्वसंशयान् ॥२॥

ye ca me bhagavan pṛṣṭās
tvayy arthā bahuvittama
tān vadasvānupūrvyeṇa
chindhi naḥ sarva-saṁśayān

ye—所有这些 / ca—也 / me—由我 / bhagavan—强有力的人啊 / pṛṣṭāḥ—询问 / tvayi—向你 / arthāḥ—目的 / bahu-vit-tama—学识渊博的人啊 / tān—他们所有 / vadasva—请讲述 / ānupūrvyeṇa—从头至尾 / chindhi—请消除 / naḥ—我的 / sarva—所有的 / saṁśayān—疑惑

译文 学识渊博的人啊！请消除我所有的疑惑，仁慈地回答我从头至尾问的所有的问题。

要旨 维杜茹阿(Vidura)很清楚麦垂亚(Maitreya)是能够清除他内心所有疑惑的人，于是便把一系列重要的问题全部摆在他面前，向他请教。我们在询问特殊的灵性问题时，应该首先确信自己所求教的老师是具备资格的，而不是在问一个外行。当对方凭自己头脑的想象回答我们提出的问题时，这种询问和回答的过程就只是在浪费时间。

第3节

सूत उवाच
एवं सञ्चोदितस्तेन क्षत्त्रा कौषारविर्मुनिः ।
प्रीतः प्रत्याह तान् प्रश्नान् हृदिस्थानथ भार्गव ॥ ३ ॥

sūta uvāca
evaṁ sañcoditas tena
kṣattrā kauṣāravir muniḥ
prītaḥ pratyāha tān praśnān
hṛdi-sthān atha bhārgava

sūtaḥ uvāca—圣苏塔·哥斯瓦米说 / evam—就此 / sañcoditaḥ—因……变得精神振奋 / tena—因他 / kṣattrā—由维杜茹阿 / kauṣāraviḥ—库沙尔之子 / muniḥ—伟大的圣人 / prītaḥ—很满意 / pratyāha—回答 / tān—那些 / praśnān—问题 / hṛdi-sthān—从他心底 / atha—就此 / bhārgava—布瑞古之子啊

译文　苏塔·哥斯瓦米说：布瑞古的儿子啊！伟大的圣人麦垂亚·牟尼，听维杜茹阿这样说后，很受鼓舞。一切都在他心中，于是他开始一个接一个地回答问题。

要旨　这节诗的开头是“苏塔·哥斯瓦米说(sūta uvāca)”，以表明作者在此暂时中断对帕瑞克西特王(Mahārāja Parīkṣit)和舒卡戴瓦·哥斯瓦米(Śukadeva Gosvāmī)之间谈话的描述(苏塔·哥斯瓦米当时也夹在众多的听众中聆听他们的对话)，转回苏塔·哥斯瓦米与以布瑞古的后代绍纳卡(Śaunaka)圣人为首的奈弥沙冉亚(Naimiśāraṇya)森林中的圣人的对话。虽然对话的人物变了，但谈话的内容是一样的。

第4节

मैत्रेय उवाच
विरिञ्चोऽपि तथा चक्रे दिव्यं वर्षशतं तपः ।
आत्मन्यात्मानमावेश्य यथाह भगवानजः ॥ ४ ॥

maitreya uvāca
viriñco 'pi tathā cakre
divyaṁ varṣa-śataṁ tapaḥ
ātmany ātmānam āveśya
yathāha bhagavān ajaḥ

maitreyaḥ uvāca－伟大的圣人麦垂亚说 / viriñcaḥ－布茹阿玛 / api－也 / tathā－以那样的精神 / cakre－做 / divyam－天堂的 / varṣa-śatam－一百年 / tapaḥ－苦修 / ātmani－向至尊主 / ātmānam－他本人 / āveśya－从事 / yathā āha－就像……说的那样 / bhagavān－人格首神 / ajaḥ－不经出生就存在的人

译文　学识渊博的圣人麦垂亚说：维杜茹阿啊！布茹阿玛按照人格首神的建议从事了一百个天堂年的苦修后，开始全心全意地为至尊主做奉爱服务。

要旨 布茹阿玛(Brahmā)全心全意地忙于为人格首神纳茹阿亚纳(Nārāyaṇa)服务。这是人可以不受时间限制一直从事下去的最高级的苦修。为至尊主做服务不存在退休的问题，它是永恒的，永远令人振奋。

第 5 节 तद्विलोक्याब्जसम्भूतो वायुना यदधिष्ठितः ।
पद्ममम्भश्च तत्कालकृतवीर्येण कम्पितम् ॥५॥

tad vilokyābja-sambhūto
vāyunā yad-adhiṣṭhitaḥ
padmam ambhaś ca tat-kāla-
kṛta-vīryeṇa kampitam

tat vilokya—看到 / abja-sambhūtaḥ—诞生在一朵莲花上的他 / vāyunā—被空气 / yat—那 / adhiṣṭhitaḥ—他处在……上面 / padmam—莲花 / ambhaḥ—水 / ca—也 / tat-kāla-kṛta—由永恒时间引起的 / vīryeṇa—以它内在固有的力量 / kampitam—颤抖

译文 之后，布茹阿玛看到，强劲的暴风把他所身处的莲花，以及生长出莲花的水，吹得颤抖不止。

要旨 物质世界是让人忘记为至尊主做超然服务的地方，因此被称为“幻象之地”。由于这个原因，那些在物质世界里为至尊主做奉爱服务的人，有时会发觉自己与这不适于做奉爱服务的环境格格不入，受到很大的干扰。错觉能量与奉献者之间在此展开了一场争战。有时，不够坚强的奉献者会因敌不过错觉能量的强大攻势而倒下。但是，主布茹阿玛凭借至尊主没有缘故的仁慈则足够坚强；尽管物质能量企图使他动摇，想方设法让他感到焦虑，但最终还是战胜不了他。

第 6 节　तपसा ह्येधमानेन विद्यया चात्मसंस्थया ।
विवृद्धविज्ञानबलो न्यपाद्वायुं सहाम्भसा ॥ ६ ॥

tapasā hy edhamānena
vidyayā cātma-saṁsthayā
vivṛddha-vijñāna-balo
nyapād vāyuṁ sahāmbhasā

tapasā－通过苦修 / hi－必定 / edhamānena－增长 / vidyayā－凭借超然的知识 / ca－也 / ātma－自我 / saṁsthayā－处于自我之中 / vivṛddha－成熟 / vijñāna－实际领悟的知识 / balaḥ－力量 / nyapāt－饮下 / vāyum－风 / saha ambhasā－和水

译文　长期的苦修和有关觉悟自我的超然知识，使布茹阿玛在实践知识的过程中变得更加成熟，他于是把风连同水一起一饮而尽。

要旨　主布茹阿玛为生存而奋争的例子，是物质世界的众生与错觉能量(māyā)之间进行旷日持久的争战的真实写照。从布茹阿玛的那个时候起，直到现在，众生一直在与物质自然力量斗争。依靠物质科学的进步以及对超然知识的觉悟，我们可以尽量控制与我们作对的物质能量。如今，先进的物质科学知识和苦行，在控制物质能量的力量这方面扮演了精彩的角色。然而，如果人能投靠、服从至尊人格首神，怀着做超然爱心服务的精神按祂的命令行事，那么物质能量将得到最有效的控制。

第 7 节　तद्विलोक्य वियद्व्यापि पुष्करं यदधिष्ठितम् ।
अनेन लोकान् प्राग्लीनान् कल्पितास्मीत्यचिन्तयत् ॥ ७ ॥

tad vilokya viyad-vyāpi
puṣkaraṁ yad-adhiṣṭhitam

anena lokān prāg-līnān
kalpitāsmīty acintayat

tat vilokya－看到 / viyat-vyāpi－向四面八方扩展 / puṣkaram－莲花 / yat－……的 / adhiṣṭhitam－他所在的 / anena－被这 / lokān－所有的星球 / prāk-līnān－以前融入毁灭中 / kalpitā asmi－我将创造 / iti－就此 / acintayat－他想

译文 那以后，他看到他所身处的莲花伸展至宇宙各处。他仔细思量该如何创造所有的星球，它们以前与那莲花融合在一起。

要旨 产生宇宙内各个星球的种子已经被种在布茹阿玛所在的那朵莲花里。至尊主已经生产出所有的星球，众生也都已经在布茹阿玛体内了。至尊人格首神已经生产了以种子形式存在着的物质世界中的万物及众生，布茹阿玛所要做的就只是把这些种子播撒在整个宇宙中。因此，梵文把真正的创造称为萨尔嘎(sarga)，而之后由布茹阿玛展示出来的过程称为维萨尔嘎(visarga)

第 8 节 पद्मकोशं तदाविश्य भगवत्कर्मचोदितः ।
एकं व्यभाङ्क्षीदुरुधा त्रिधा भाव्यं द्विसप्तधा ॥ ८ ॥

padma-kośaṁ tadāviśya
bhagavat-karma-coditaḥ
ekaṁ vyabhāṅkṣīd urudhā
tridhā bhāvyaṁ dvi-saptadhā

padma-kośam－莲花花心 / tadā－之后 / āviśya－进入 / bhagavat－由至尊人格首神 / karma－在活动过程中 / coditaḥ－受……鼓励 / ekam－一 / vyabhāṅkṣīt－分成 / urudhā－宏大的部分 / tridhā－三部分 / bhāvyam－能够进一步创造 / dvi-saptadhā－十四部分

译文　主布茹阿玛这样为至尊人格首神服务时，进入莲花的莲心部位。正如莲花伸展至宇宙各处，他把莲花分成三个世界，随后进一步分成十四个区域。

第 9 节　एतावाञ्जीवलोकस्य संस्थाभेदः समाहृतः ।
धर्मस्य ह्यनिमित्तस्य विपाकः परमेष्ठ्यसौ ॥ ९ ॥

etāvāñ jīva-lokasya
saṁsthā-bhedaḥ samāhṛtaḥ
dharmasya hy animittasya
vipākaḥ parameṣṭhy asau

etāvān一至此 / jīva-lokasya一众生所居住的星球的 / saṁsthā-bhedaḥ一不同的生存环境 / samāhṛtaḥ一完全做 / dharmasya一宗教的 / hi一无疑 / animittasya一没有缘故的 / vipākaḥ一成熟阶段 / parameṣṭhī一宇宙内最崇高的人物 / asau一那

译文　主布茹阿玛在超然知识的成熟层面上为至尊主做没有私人动机的奉爱服务，所以是宇宙中最崇高的人物。他为了让不同种类的生物体有适合的居住环境而创造了十四个星系。

要旨　至尊主是全体生物所具有的一切品质的源头。物质世界里受制约的灵魂只具备这些品质的一部分，因此有时被称为帕提宾巴(pratibimba)。作为至尊主不可缺少的一部分，这些帕提宾巴生物分别不同程度地继承了祂所具有的各类不同品质，从而显现为不同种类的生物体，并按照布茹阿玛的安排生活在不同的星球上。布茹阿玛创造了上、中、下三大星系，分别被称为斯瓦尔珞卡(Svarloka)、布尔珞卡(Bhūrloka)和帕塔珞卡(Pātālaloka)。在斯瓦尔珞卡之上还有玛哈尔珞卡(Maharloka)、塔珀珞卡(Tapoloka)、萨缇亚珞卡(Satyaloka)和布茹阿玛珞卡(Brahmaloka)，毁灭之水不会冲毁这些星球，因为居住其上的生物体都在为至尊主做没有私人动机的奉爱服务。这些星球上的居民的寿命与宇宙寿命(dvi-parārdha)一样长，到宇宙毁灭之际，他们通常都跳脱生死轮回，摆脱物质世界。

第 10 节

विदुर उवाच
यथात्थ बहुरूपस्य हरेरद्भुतकर्मणः ।
कालाख्यं लक्षणं ब्रह्मन् यथा वर्णय नः प्रभो ॥१०॥

vidura uvāca
yathāttha bahu-rūpasya
harer adbhuta-karmaṇaḥ
kālākhyaṁ lakṣaṇaṁ brahman
yathā varṇaya naḥ prabho

viduraḥ uvāca一维杜茹阿说 / yathā一正如 / āttha一你所说 / bahu-rūpasya一有许多形象 / hareḥ一至尊主的 / adbhuta一神奇的 / karmaṇaḥ一活动者的 / kāla一时间 / ākhyam一名字的 / lakṣaṇam一特征 / brahman一博学的布茹阿玛纳啊 / yathā一如实地 / varṇaya一请讲述 / naḥ一向我们 / prabho一至尊主啊

译文 维杜茹阿问麦垂亚说：啊，阁下、学识渊博的圣人！请讲述永恒的时间。它是神奇的活动者至尊主的另一种表现形式。那永恒时间的特征是什么？请详细地为我们解说。

要旨 整个宇宙是从原子到宏大的宇宙本身等各种物质实体的展示，至尊主以永恒时间(kāla)的形式控制着所有这些实体。各种物质实体都有其特定的存在期限，原子有原子的存在期限，宇宙有宇宙的存在期限，人类的躯体和宇宙的躯体也都有相应的寿命，期限一到便各自归于毁灭。同样，生长、发展，以及活动结果，也都依靠时间因素的作用。维杜茹阿想具体了解不同物质实体的展示过程和它们各自的存在期限。

第 11 节

मैत्रेय उवाच
गुणव्यतिकराकारो निर्विशेषोऽप्रतिष्ठितः ।
पुरुषस्तदुपादानमात्मानं लीलयासृजत् ॥११॥

maitreya uvāca
guṇa-vyatikarākāro
nirviśeṣo 'pratiṣṭhitaḥ
puruṣas tad-upādānam
ātmānaṁ līlayāsṛjat

maitreyaḥ uvāca—麦垂亚说 / guṇa-vyatikara—有关物质自然属性的相互作用 / ākāraḥ—源头 / nirviśeṣaḥ—没有多样化的 / apratiṣṭhitaḥ—无限的 / puruṣaḥ—至尊者的 / tat—……的 / upādānam—工具 / ātmānam—物质创造 / līlayā—以娱乐活动 / asṛjat—创造

译文　麦垂亚说：永恒的时间是物质自然三种属性彼此相互作用的根源。它是无法改变、不受限制的；它作为至尊人格首神的工具，为祂在物质创造中从事娱乐活动而工作。

要旨　不具人格特征的时间因子是至尊主手中的工具，是整个物质世界展示的背景。至尊主把它作为辅助性的因子，提供给物质自然。没人知道时间从哪里开始，到哪里结束。只有时间才能一直记录物质展示的创造、维系和毁灭。这个时间因子是创造的物质起因，因此是人格首神自身的扩展。时间被视为是至尊主的非人格特性。

现代人对时间因子作了各种各样的论述，其中有些与《圣典博伽瓦谭》(Śrīmad-Bhāgavatam)的观点基本相似。例如，希伯来经典中也把时间视为是神的代表，其中说道："神在各个时间段中，以不同的方式在过去的年代里通过先知向父辈们讲话……"在形而上学的理论中，时间不同于所有相对性的事物，它绝对而真实。绝对的时间一直不断地流淌着，不受物质事物快慢的影响。天文学和数学中借助时间来计算速度、变化和某种物质实体存在的期限。但事实上，时间并不介入事物各种相对性的方面，时间提供的条件因素导致一切事物的形成，决定它们各自活动的期限。时间是标定我们感官活动的一个基本单位，我们用时间来计算过去、现在和未来，但时间其实并没有开始和终结。查纳克雅·潘迪特(Cāṇakya Paṇḍita)曾经说：寸金难买寸光阴，因此我们哪怕虚度一秒钟，都应该被看做是这一生最大的损失。时间不受任何意念的影响，而且某一瞬间也并非客观真实的存在，只是一种个别的、相对性的体验。

因此，圣舒卡戴瓦·哥斯瓦米(Jīva Gosvāmī)下结论说：时间因子和至尊主的外在能量的活动——因与果，纠缠在一起。至尊主本人作为时间因子操纵外在能量(物质自然)从事活动，这就是物质自然看似产生许许多多奇妙事物的原因之所在。对此，《博伽梵歌》(Bhagavad-gītā)第9章的第10节诗也证实说：

mayādhyakṣeṇa prakṛtiḥ
sūyate sa-carācaram
hetunānena kaunteya
jagad viparivartate

“琨缇的儿子啊！物质自然是我的一种能量，在我的指挥下活动，产生动与不动的一切。在物质自然的控制下，这个展示被再三地创造和毁灭。”

第 12 节 विश्वं वै ब्रह्मतन्मात्रं संस्थितं विष्णुमायया ।
ईश्वरेण परिच्छिन्नं कालेनाव्यक्तमूर्तिना ॥१२॥

viśvaṁ vai brahma-tan-mātraṁ
saṁsthitaṁ viṣṇu-māyayā
īśvareṇa paricchinnaṁ
kālenāvyakta-mūrtinā

viśvam—物质现象 / vai—肯定地 / brahma—至尊者 / tat-mātram—与……一样 / saṁsthitam—处在 / viṣṇu-māyayā—由维施努的能量 / īśvareṇa—由人格首神 / paricchinnam—分离的 / kālena—由永恒的时间 / avyakta—未展示的 / mūrtinā—以这样的特性

译文 这个宇宙展示作为物质能量，被至尊主不具人格特征、不展示的时间(kāla)工具从至尊主那里分离出来。它在维施努同样的物质能量的影响下作为至尊主的客观展示存在着。

要旨 在这部巨著第1篇第5章的第20节诗中，纳茹阿达(Nārada)对维亚萨戴瓦(Vyāsadeva)说：这个展示的世界就是人格首神本人，但却看似有别于至尊主，离全尊主很远(idaṁ hi viśvaṁ bhagavān ivetaraḥ)。之所以这样，是因为时间(kāla)使它从至尊主那里分离出来。录音磁带上的声音与真实的声音是分离的；同样，整个宇宙展示处于物质能量中，在时间的作用下也看似与至尊主呈分离的存在状态。因此，物质展示是至尊主的真实展示，体现了祂的非人格特性，而这一非人格的特性受到非人格神主义哲学家的极力推崇。

第 13 节 **यथेदानीं तथाग्रे च पश्चादप्येतदीदृशम् ॥१३॥**

yathedānīṁ tathāgre ca
paścād apy etad īdṛśam

yathā—如此 / idānīm—现在 / tathā—以前如此 / agre—开始时 / ca—和 / paścāt—结束时 / api—也 / etat īdṛśam—将来仍然如此

译文 这个现在展示了的宇宙，与过去展示了的一样，而且今后还会以同样的形式继续展示。

要旨 物质世界按照既定的规律周而复始地展示、维系和毁灭，《博伽梵歌》第9章的第8节诗中也说：“宇宙秉承我的意旨而一再自动地展示，秉承我的意旨而最终归于毁灭(bhūta-grāmam imaṁ kṛtsnam avaśaṁ prakṛter vaśāt)。”这个宇宙现在被创造出来，今后将遭毁灭；它在过去也曾经存在；将来仍会在一定的时间被创造出来，维系一段时间，再在一定的时间遭毁灭。因此，时间在永恒地进行着这一周期性的活动，不能把它说成是不真实的。物质展示虽然间断发生，且每次展示都不持久，但却并非假象宗哲学家所认为的那样是虚幻不实的。

第 14 节 सर्गो नवविधस्तस्य प्राकृतो वैकृतस्तु यः ।
कालद्रव्यगुणैरस्य त्रिविधः प्रतिसङ्क्रमः ॥१४॥

sargo nava-vidhas tasya
prākṛto vaikṛtas tu yaḥ
kāla-dravya-guṇair asya
tri-vidhaḥ pratisaṅkramaḥ

sargaḥ—创造 / nava-vidhaḥ—九种的 / tasya—它的 / prākṛtaḥ—物质 / vaikṛtaḥ—由物质自然属性 / tu—但 / yaḥ—……的 / kāla—永恒的时间 / dravya—物质 / guṇaiḥ—属性 / asya—它的 / tri-vidhaḥ—三种 / pratisaṅkramaḥ—毁灭

译文 除了由物质自然属性相互作用所引起的展示外，还有九个步骤的创造。永恒的时间、物质元素和一个人的工作性质可以引起三种形式的毁灭。

要旨 既定的创造和毁灭是秉承至尊者的旨意发生的，除此之外的其他一些创造是布茹阿玛运用其聪明才智使物质元素相互作用而发生的。对此，这里只提供一点初步的信息，后面还将作全面的论述。此外，三种毁灭分别是：(1)整个宇宙在既定时间全部遭毁灭；(2)阿南塔(Ananta)口中喷出大火引起的毁灭；(3)由生物在物质自然属性的影响下活动及活动的报应引发的毁灭。

第 15 节　**आद्यस्तु महतः सर्गो गुणवैषम्यमात्मनः ।**
द्वितीयस्त्वहमो यत्र द्रव्यज्ञानक्रियोदयः ॥१५॥

ādyas tu mahataḥ sargo
guṇa-vaiṣamyam ātmanaḥ
dvitīyas tv ahamo yatra
dravya-jñāna-kriyodayaḥ

ādyaḥ—第一个步骤 / tu—只 / mahataḥ—来自至尊主的整个实体的 / sargaḥ—创造 / guṇa-vaiṣamyam—物质自然属性的相互作用 / ātmanaḥ—至尊者的 / dvitīyaḥ—第二个步骤 / tu—只 / ahamaḥ—假我 / yatra—从中 / dravya—物质元素 / jñāna—物质知识 / kriyā-udayaḥ—活动(工作)的引发

译文　在九个步骤的创造中，第一个步骤是物质元素总体的创造，而其中物质自然属性的相互作用是由至尊主的临在引起的。在第二个步骤的创造中，假我被生产出来，而在假我中，物质原料、物质知识和物质活动产生了。

要旨　由至尊主产出并用于物质创造的最初实体，被称为物质能量总体(mahat-tattva)。物质属性相互作用的结果产生了错误的认同感，即：生物认为自己是由物质元素构成的。这假我导致个体灵魂把自我与物质身心相认同。物质能量总体产生后，第二个步骤的创造开始，从中产生了物质原料、从事活动的能力和知识。梵文“物质知识(jñāna)”一词指获取知识的各类感官，以及掌管这些感官的各个神明；“活动”包括从事活动之躯的各个部分，以及掌管它们的各个神明。所有这些都来自第二个步骤的创造。

第 16 节 भूतसर्गस्तृतीयस्तु तन्मात्रो द्रव्यशक्तिमान् ।
चतुर्थ ऐन्द्रियः सर्गो यस्तु ज्ञानक्रियात्मकः ॥१६॥

bhūta-sargas tṛtīyas tu
tan-mātro dravya-śaktimān
caturtha aindriyaḥ sargo
yas tu jñāna-kriyātmakaḥ

bhūta-sargaḥ一物质的创造 / tṛtīyaḥ一是第三个步骤 / tu一只 / tat-mātraḥ一感官的感知 / dravya一物质元素的 / śaktimān一生成者 / caturthaḥ一第四个步骤 / aindriyaḥ一感官方面的 / sargaḥ一创造 / yaḥ一……的 / tu一只 / jñāna一获取知识 / kriyā一活动 / ātmakaḥ一基本上

译文 感官知觉在第三个步骤的创造中被创造出来，从这些感官知觉中，元素被生产出来。第四个步骤的创造是对知识及工作能力的创造。

第 17 节 वैकारिको देवसर्गः पञ्चमो यन्मयं मनः ।
षष्ठस्तु तमसः सर्गो यस्त्वबुद्धिकृतः प्रभोः ॥१७॥

vaikāriko deva-sargaḥ
pañcamo yan-mayaṁ manaḥ
ṣaṣṭhas tu tamasaḥ sargo
yas tv abuddhi-kṛtaḥ prabhoḥ

vaikārikaḥ一善良属性的作用 / deva一半神人——控制的神明 / sargaḥ一创造 / pañcamaḥ一第五个步骤 / yat一……的 / mayam一总和 / manaḥ一心 / ṣaṣṭhaḥ一第六个步骤 / tu一只 / tamasaḥ一黑暗的 / sargaḥ一创造 / yaḥ一……的 / tu一语助词 / abuddhi-kṛtaḥ一使变得愚蠢 / prabhoḥ一主人的

译文　第五个步骤的创造是在善良属性的互动下对负责控制的神明所进行的创造，而心是善良属性的综合体。第六个步骤的创造是对生物体的无知的创造，在无知的情况下，身体的主人如蠢人般行事。

要旨　天堂星球的半神人都是主维施努(Viṣṇu)的奉献者，所以都被称为戴瓦(deva)。韦达经中说：主维施努的奉献者都是戴瓦——半神人，其他的生物体都是恶魔(viṣṇu-bhaktaḥ smṛto daiva āsuras tad-viparyayaḥ)。这是区分半神人和恶魔的标准。半神人受物质的善良属性控制，恶魔受物质的激情或愚昧属性控制。不同的半神人——神明，被指派负责管理物质世界不同领域的活动。例如：我们的眼睛这一感官靠光的作用观看，而掌管太阳光的神明是太阳。同样，心念受月亮的控制……其他各种执行活动和获取知识的感官也都由不同的半神人控制着。半神人协助至尊主管理各种物质事物。

半神人被创造出来后，万物都被愚昧的黑暗所覆盖。物质世界里的每一个生物都有想主宰物质自然资源的心态，因而受到制约。虽然生物不是物质世界的主人，但自以为是物质事物的拥有者的错误心态——愚昧，制约着他们。

至尊主那被称为阿韦迪亚(avidyā)的能量，是使受制约的灵魂陷入迷惑的原因。物质自然就叫阿韦迪亚——愚昧，然而对于为至尊主做纯粹奉爱服务的奉献者来说，这一能量变成了韦迪亚(vidyā)——纯粹的知识。就有关这一点，《博伽梵歌》中给予了证实。至尊主的这一能量由外在错觉能量(mahāmāyā)转变为内在错觉能量(yogamāyā)，在纯粹奉献者面前显出其本来的面目。因此，物质自然可以以创造物质世界的动力、愚昧和知识这三种表现方式出现，在三个层面上发挥作用。前一节诗里说，第四个步骤的创造产生了知识这一力量。受制约的灵魂原本都不是傻子，但物质自然有使生物陷入愚昧(阿韦迪亚)的作用，使受到影响的生物无法从正确的渠道获取并利用知识。在愚昧的影响下，受制约的灵魂忘了自己与至尊主的关系，被执著、憎恨、骄傲、愚昧和虚假的认同感这五种致使生物陷入物质束缚的错觉所俘获。

第 18 节 षडिमे प्राकृताः सर्गा वैकृतानपि मे शृणु ।
रजोभाजो भगवतो लीलेयं हरिमेधसः ॥१८॥

ṣaḍ ime prākṛtāḥ sargā
vaikṛtān api me śṛṇu
rajo-bhājo bhagavato
līleyaṁ hari-medhasaḥ

ṣaṭ－六 / ime－所有这些 / prākṛtāḥ－物质能量的 / sargāḥ－创造 / vaikṛtān－由布茹阿玛所进行的次要性创造 / api－还有 / me－从我这里 / śṛṇu－请听 / rajaḥ-bhājaḥ－激情属性的化身——布茹阿玛的 / bhagavataḥ－拥有无比强大力量之人的 / līlā－娱乐活动 / iyam－这 / hari－至尊人格首神 / medhasaḥ－有这样的头脑之人的

译文 上述所有的创造都是至尊主外在能量的自然创造。现在听我讲述布茹阿玛所进行的创造。布茹阿玛是激情属性的化身；就创造而言，他有着与人格首神一样的头脑。

第 19 节 सप्तमो मुख्यसर्गस्तु षड्विधस्तस्थुषां च यः ।
वनस्पत्योषधिलतात्वक्सारा वीरुधो द्रुमाः ॥१९॥

saptamo mukhya-sargas tu
ṣaḍ-vidhas tasthuṣāṁ ca yaḥ
vanaspaty-oṣadhi-latā-
tvaksārā vīrudho drumāḥ

saptamaḥ－第七个步骤 / mukhya－原则、要素 / sargaḥ－创造 / tu－实际上 / ṣaṭ-vidhaḥ－六种 / tasthuṣām－不动的生物体的 / ca－也 /

yaḥ—那些 / vanaspati—不开花的果树 / oṣadhi—一旦果实成熟便自行死去的草本和木本植物 / latā—爬藤类植物 / tvaksārāḥ—管状植物 / vīrudhaḥ—无须攀附外物生长的爬藤类植物 / drumāḥ—开花并结果的树

译文 第七个步骤的创造是对不可移动的生物体的创造，这样的生物体分六种：不开花的果树，果实成熟后便不再存活的树木或植物，爬藤类植物，管状植物，不须外物支撑的藤蔓，以及开花结果的树木。

第 20 节 **उत्स्रोतसस्तमःप्राया अन्तःस्पर्शा विशेषिणः ॥२०॥**

utsrotasas tamaḥ-prāyā
antaḥ-sparśā viśeṣiṇaḥ

utsrotasaḥ—它们向上生长求生存 / tamaḥ-prāyāḥ—几乎无意识 / antaḥ-sparśāḥ—内有轻微的感觉 / viśeṣiṇaḥ—多种多样的形式展现

译文 所有不可移动的树木和植物都向上成长求生存。它们几乎是处在无意识的状态，但内在却感受着痛苦。它们以多种多样的形式展现着。

第 21 节 **तिरश्चामष्टमः सर्गः सोऽष्टाविंशद्विधो मतः ।**
अविदो भूरितमसो घ्राणज्ञा हृद्यवेदिनः ॥२१॥

tiraścām aṣṭamaḥ sargaḥ
so 'ṣṭāviṁśad-vidho mataḥ
avido bhūri-tamaso
ghrāṇa-jñā hṛdy avedinaḥ

tiraścām—低等动物类 / aṣṭamaḥ—第八个步骤 / sargaḥ—创造 / saḥ—它们是 / aṣṭāviṁśat—二十八 / vidhaḥ—种 / mataḥ—被认为 /

avidaḥ－对明天一无所知 / bhūri－极度 / tamasaḥ－愚昧的 / ghrāṇa-jñāḥ－能靠嗅觉了解想要的事物 / hṛdi avedinaḥ－心中无法记住任何事

译文　第八个步骤的创造是对低等动物的创造。它们种类不一，共有二十八种，全都极度愚蠢和无知。它们靠嗅觉了解它们想要的事物，但心中无法记住任何事。

要旨　韦达经中这样描述低等动物道："低等动物只知饥饿和口渴。它们不具备想象力和从外界学习获取知识的能力，行为方式不遵守任何礼仪规范。它们极度愚昧，只能依靠嗅觉辨认自己的目标，只能靠这种智力来了解什么对自己有利，什么对自己不利。他们唯一知道的，就是吃和睡(athetareṣāṁ paśūnāḥ aśanāpipāse evābhivijñānaṁ na vijñātaṁ vadanti na vijñātaṁ paśyanti na viduḥ śvastanaṁ na lokālokāv iti; yad vā, bhūri-tamaso bahu-ruṣaḥ ghrāṇenaiva jānanti hṛdyaṁ prati svapriyaṁ vastv eva vindanti bhojana-śayanādy-arthaṁ gṛhṇanti)。"因此，就连老虎那样异常凶猛的动物，只要有规律地饲养它，让它吃好睡好，就能驯服它。只有蛇无法用这种方法去驯服。

第 22 节　गौरजो महिषः कृष्णः सूकरो गवयो रुरुः ।
द्विशफाः पशवश्चेमे अविरुष्ट्रश्च सत्तम ॥२२॥

gaur ajo mahiṣaḥ kṛṣṇaḥ
sūkaro gavayo ruruḥ
dvi-śaphāḥ paśavaś ceme
avir uṣṭraś ca sattama

gauḥ－乳牛 / ajaḥ－山羊 / mahiṣaḥ－水牛 / kṛṣṇaḥ－牡鹿的一种 / sūkaraḥ－猪 / gavayaḥ－大额牛 / ruruḥ－鹿 / dvi-śaphāḥ－有两只蹄子 / paśavaḥ－动物 / ca－和 / ime－所有这些 / aviḥ－羔羊 / uṣṭraḥ－骆驼 / ca－和 / sattama－最纯洁的人啊

译文　最纯洁的维杜茹阿啊！在低等动物中，乳牛、山羊、水牛、羚羊、猪、大额牛、鹿、小羊和骆驼，都有分成两叉的蹄子。

第 23 节　खरोऽश्वोऽश्वतरो गौरः शरभश्चमरी तथा ।
एते चैकशफाः क्षत्तः शृणु पञ्चनखान् पशून् ॥२३॥

kharo 'śvo 'śvataro gauraḥ
śarabhaś camarī tathā
ete caika-śaphāḥ kṣattaḥ
śṛṇu pañca-nakhān paśūn

kharaḥ—驴 / aśvaḥ—马 / aśvataraḥ—骡 / gauraḥ—白鹿 / śarabhaḥ—北美或欧洲野牛 / camarī—野生乳牛 / tathā—就此 / ete—所有这些 / ca—和 / eka—只有一个 / śaphāḥ—蹄子 / kṣattaḥ—维杜茹阿啊 / śṛṇu—现在请听 / pañca—五 / nakhān—趾甲 / paśūn—动物

译文　马匹、骡子、驴、白鹿、北美或欧洲野牛，以及野生的乳牛，都有不分叉的蹄子。现在听我给你讲，哪些动物有五个爪子。

第 24 节　श्वा सृगालो वृको व्याघ्रो मार्जारः शशशल्लकौ ।
सिंहः कपिर्गजः कूर्मो गोधा च मकरादयः ॥२४॥

śvā sṛgālo vṛko vyāghro
mārjāraḥ śaśa-śallakau
siṁhaḥ kapir gajaḥ kūrmo
godhā ca makarādayaḥ

śvā—狗 / sṛgālaḥ—豺狼 / vṛkaḥ—狐狸 / vyāghraḥ—老虎 / mārjāraḥ—猫 / śaśa—兔 / śallakau—豪猪 / siṁhaḥ—狮子 / kapiḥ—猴子 / gajaḥ—大象 / kūrmaḥ—乌龟 / godhā—蜥蜴类爬行动物(四脚蛇) / ca—和 / makara-ādayaḥ—鳄鱼等其他动物

译文 狗、豺、老虎、狐狸、猫、兔子、豪猪、狮子、猴子、大象、乌龟、短吻鳄及鬣蜥蜴等，在它们的脚部都有五个爪子。它们被称为五爪动物(pañca-nakha)。

第 25 节 कङ्कगृध्रबकश्येनभासभल्लूकबर्हिणः ।
हंससारसचक्राह्वकाकोलूकादयः खगाः ॥२५॥

kaṅka-gṛdhra-baka-śyena-
bhāsa-bhallūka-barhiṇaḥ
haṁsa-sārasa-cakrāhva-
kākolūkādayaḥ khagāḥ

kaṅka一苍鹭 / gṛdhra一秃鹰 / baka一鹤 / śyena一鹰 / bhāsa一巴萨 / bhallūka一巴鹭卡 / barhiṇaḥ一孔雀 / haṁsa一天鹅 / sārasa一萨茹阿萨 / cakrāhva一查夸瓦卡 / kāka一乌鸦 / ulūka一猫头鹰 / ādayaḥ一及其他 / khagāḥ一飞禽类

译文 苍鹭、秃鹰、鹤、鹰、食肉鸟巴、鹭卡鸟、孔雀、天鹅、查夸瓦卡鸟、乌鸦、猫头鹰、印度或西伯利亚鹤等，都是飞禽。

第 26 节 अर्वाक्स्रोतस्तु नवमः क्षत्तरेकविधो नृणाम् ।
रजोऽधिकाः कर्मपरा दुःखे च सुखमानिनः ॥२६॥

arvāk-srotas tu navamaḥ
kṣattar eka-vidho nṛṇām
rajo 'dhikāḥ karma-parā
duḥkhe ca sukha-māninaḥ

arvāk一向下 / srotaḥ一胃肠道 / tu一却 / navamaḥ一第九个步骤 / kṣattaḥ一维杜茹阿啊 / eka-vidhaḥ一一种 / nṛṇām一人类的 / rajaḥ一激情属性 / adhikāḥ一极为显著 / karma-parāḥ一喜好从事活动 / duḥkhe一处在痛苦和烦恼之中 / ca一却 / sukha一快乐 / māninaḥ一觉得

译文　人类是一个物种，他们把食物存放在肚子里，对他们的创造属于第九个步骤的创造。在人类中，激情属性表现得十分突出。人类总是在痛苦的生活中忙忙碌碌，但却自认为他们在所有的方面都是幸福的。

要旨　与动物相比，人类身上带有更多的激情属性，所以其性生活更加显得无规则。动物有一定的交配时间，但人类却能随时从事这种活动，而没有固定的时间。虽然人类被赋予了更高的意识水平，能凭借它摆脱充满痛苦和烦恼的物质生活，但他们却因为愚昧而认为自己该用这种更高的意识获得更加舒适和优越的物质生活。为此，他们不把智慧用在追求灵性觉悟上，却错误地把它用在吃、睡、防御和交配这些动物层面的活动上。人类在物质生活变得更加舒适和优越的同时，也陷入了更加痛苦和烦恼的境地。然而，由于物质能量使他们处于被蒙蔽的状态，他们即使处在痛苦的境地中，也始终认为自己很快乐。人类就这样痛苦地生活着，甚至无法享受就连动物都能享受到的自然而舒适的生活。

第 27 节　वैकृतास्त्रय एवैते देवसर्गश्च सत्तम ।
वैकारिकस्तु यः प्रोक्तः कौमारस्तूभयात्मकः ॥२७॥

vaikṛtās traya evaite
deva-sargaś ca sattama
vaikārikas tu yaḥ proktaḥ
kaumāras tūbhayātmakaḥ

vaikṛtāḥ—由布茹阿玛完成的创造 / trayaḥ—三种 / eva—肯定地 / ete—所有这些 / deva-sargaḥ—半神人的出现 / ca—也 / sattama—善良的维杜茹阿啊 / vaikārikaḥ—由自然创造半神人 / tu—却 / yaḥ—……的 / proktaḥ—前面提到 / kaumāraḥ—库玛尔四兄弟 / tu—却 / ubhaya-ātmakaḥ—两种方式(外奎塔和帕奎塔)

译文 虔诚的维杜茹阿啊！最后的这三种创造，以及对半神人的创造(第十个步骤的创造)，是布茹阿玛的创造(vaikṛta)；它们不同于前面所描述的物质自然的创造(prākṛta)。库玛尔四兄弟的出现属于这两种创造。

第 28－29 节 देवसर्गश्चाष्टविधो विबुधाः पितरोऽसुराः ।
गन्धर्वाप्सरसः सिद्धा यक्षरक्षांसि चारणाः ॥२८॥
भूतप्रेतपिशाचाश्च विद्याध्राः किन्नरादयः ।
दशैते विदुराख्याताः सर्गास्ते विश्वसृक्कृताः ॥२९॥

deva-sargaś cāṣṭa-vidho
vibudhāḥ pitaro 'surāḥ
gandharvāpsarasaḥ siddhā
yakṣa-rakṣāṁsi cāraṇāḥ
bhūta-preta-piśācāś ca
vidyādhrāḥ kinnarādayaḥ
daśaite vidurākhyātāḥ
sargās te viśva-sṛk-kṛtāḥ

deva-sargaḥ－创造半神人 / ca－也 / aṣṭa-vidhaḥ－八种 / vibudhāḥ－半神人 / pitaraḥ－祖先 / asurāḥ－恶魔 / gandharva－天堂星球上的乐仙 / apsarasaḥ－天使 / siddhāḥ－具有神秘力量的生物体 / yakṣa－夜叉(特级保护者) / rakṣāṁsi－巨人 / cāraṇāḥ－歌仙 / bhūta－神怪 / preta－邪灵 / piśācāḥ－精灵助手 / ca－也 / vidyādhrāḥ－名叫维迪亚达尔的天堂居民 / kinnara－超人 / ādayaḥ－及其他 / daśa ete－所有这十个(创造) / vidura－维杜茹阿啊 / ākhyātāḥ－讲述 / sargāḥ－创造 / te－向你 / viśva-sṛk－宇宙的创造者(布茹阿玛) / kṛtāḥ－由他所完成

译文 对半神人的创造分八类：(一)半神人，(二)祖先，(三)恶魔，(四)乐仙、天堂仙女或天使，(五)夜叉(特级保护者)和食人魔，(六)神秘仙、优伶(查冉纳)和魔法知识仙，

(七)神怪、邪灵和精灵助手，以及(八)超人、天堂歌手等。他们都是由宇宙的创造者布茹阿玛创造的。

要旨　我们在《圣典博伽瓦谭》第2篇中谈道：神秘仙(Siddha)是住在名叫希达星球上的生物体；他们能在不借助任何外物的情况下任意在太空中遨游，单凭一个念头就能从一个星球飞到另一个星球。因此，高等星球在艺术、文化、科学等各方面都远比我们这个星球先进，这是因为居住其上的生物体有比人类更发达的大脑。这里提到的精灵和神怪因为具有人所不具备的特异功能，所以也被算在半神人之列。

第 30 节　अतः परं प्रवक्ष्यामि वंशान्मन्वन्तराणि च ।
एवं रजःप्लुतः स्रष्टा कल्पादिष्वात्मभूर्हरिः ।
सृजत्यमोघसङ्कल्प आत्मैवात्मानमात्मना ॥३०॥

atah paraṁ pravakṣyāmi
　vaṁśān manvantarāṇi ca
evaṁ rajaḥ-plutaḥ sraṣṭā
　kalpādiṣv ātmabhūr hariḥ
sṛjaty amogha-saṅkalpa
　ātmaivātmānam ātmanā

ataḥ—在此 / param—在……之后 / pravakṣyāmi—我将描述 / vaṁśān—后代 / manvantarāṇi—各位玛努的显现 / ca—和 / evam—就此 / rajaḥ-plutaḥ—充满激情属性 / sraṣṭā—创造者 / kalpa-ādiṣu—在各个不同的周期 / ātma-bhūḥ—自我显现 / hariḥ—人格首神 / sṛjati—创造 / amogha—坚定不移的 / saṅkalpaḥ—决心 / ātmā eva—祂本人 / ātmānam—祂本人 / ātmanā—依靠祂自己的能量

译文　现在我要描述玛努的后代们。创造者布茹阿玛作为人格首神的激情属性化身，凭借至尊主能量的力量，在每一个周期都以坚定不移的决心创造宇宙。

要旨 宇宙展示是至尊人格首神多种能量中的一种能量的扩展，正如《博伽瓦谭》开篇第一句所指出的那样，这其中的创造者和被创造的一切都来自那同一位至尊真理(janmādy asya yataḥ)。

到此为止，结束了巴克提韦丹塔对《圣典博伽瓦谭》第3篇第10章——“创造的步骤”所作的阐释。

第十一章

对时间的计算——从原子算起

第 1 节

मैत्रेय उवाच
चरमः सद्विशेषाणामनेकोऽसंयुतः सदा ।
परमाणुः स विज्ञेयो नृणामैक्यभ्रमो यतः ॥१॥

maitreya uvāca
caramaḥ sad-viśeṣāṇām
aneko 'saṁyutaḥ sadā
paramāṇuḥ sa vijñeyo
nṛṇām aikya-bhramo yataḥ

maitreyaḥ uvāca－麦垂亚说 / caramaḥ－终极的 / sat－影响 / viśeṣāṇām－特征 / anekaḥ－无数 / asaṁyutaḥ－不混杂的 / sadā－总是 / parama-aṇuḥ－原子 / saḥ－……的 / vijñeyaḥ－应该被理解为 / nṛṇām－人的 / aikya－一元 / bhramaḥ－被错误地理解 / yataḥ－从那

译文　物质展示中最基本的微粒被称为原子。它不可分割、本身不是成形的物体；它总是以看不见的个体形式存在着，即使在所有成形的物体都毁灭后也不例外。物质躯体只不过是这种原子的组合体而已，但普通人却误解这一点。

要旨　《圣典博伽瓦谭》(Śrīmad-Bhāgavatam)有关原子方面的论述与现代科学原子理论基本一致，喀纳德(Kaṇāda)的论文“原子论(Paramāṇu-vāda)”对此有进一步的论述。现代科学也认为原子是组成宇宙的、最基本不可分割的微粒。《圣典博伽瓦谭》是一部包罗各种知识的百科全书，原子理论是其中的一部分。原子是永恒时间的最精密、微小的存在方式。

第 2 节 सत एव पदार्थस्य स्वरूपावस्थितस्य यत् ।
कैवल्यं परममहानविशेषो निरन्तरः ॥२॥

sata eva padārthasya
svarūpāvasthitasya yat
kaivalyaṁ parama-mahān
aviśeṣo nirantaraḥ

sataḥ—实际的展示的 / eva—无疑 / pada-arthasya—物体的 / svarūpa-avasthitasya—直至宇宙毁灭时形状仍完好无损 / yat—……的 / kaivalyam——元 / parama—至高的 / mahān—无限的 / aviśeṣaḥ—形状 / nirantaraḥ—永恒地

译文 原子是宇宙展示最基本的状态。在它们保持自己的形状，还没有构成不同的物体之前，它们被说成是无限的单一体。宇宙展示中无疑有不同形状的物体，但原子是构成完整展示的基础。

第 3 节 एवं कालोऽप्यनुमितः सौक्ष्म्ये स्थौल्ये च सत्तम ।
संस्थानभुक्त्या भगवानव्यक्तो व्यक्तभुग्विभुः ॥३॥

evaṁ kālo 'py anumitaḥ
saukṣmye sthaulye ca sattama
saṁsthāna-bhuktyā bhagavān
avyakto vyakta-bhug vibhuḥ

evam—因此 / kālaḥ—时间 / api—也 / anumitaḥ—计算 / saukṣmye—精微的 / sthaulye—粗糙的形体 / ca—也 / sattama—最杰出的人啊 / saṁsthāna—原子组合 / bhuktyā—通过……的活动 / bhagavān—至尊人格首神 / avyaktaḥ—不展示的 / vyakta-bhuk—控制一切物质活动 / vibhuḥ—巨大的潜能

译文　人可以通过测量躯体的原子组合的变动计算时间。时间是强大的人格首神哈尔依的力量；人格首神控制所有的物质活动，尽管在物质世界中无法见到祂。

第 4 节　स कालः परमाणुर्वै यो भुङ्क्ते परमाणुताम् ।
सतोऽविशेषभुग्यस्तु स कालः परमो महान् ॥४॥

sa kālaḥ paramāṇur vai
yo bhuṅkte paramāṇutām
sato 'viśeṣa-bhug yas tu
sa kālaḥ paramo mahān

saḥ－那 / kālaḥ－永恒的时间 / parama-aṇuḥ－原子的 / vai－肯定地 / yaḥ－……的 / bhuṅkte－经过 / parama-aṇutām－一个原子所占的空间 / sataḥ－整个集合体的 / aviśeṣa-bhuk－经过非二元性的展示 / yaḥ tu－……的 / saḥ－那 / kālaḥ－时间 / paramaḥ－至尊者 / mahān－伟大者

译文　原子时间是按照它所覆盖的某个原子空间计算的。那个覆盖了不展示的原子集合体的时间，被称为非凡的时间。

要旨　时间和空间是两个相关的术语。时间是按照它所覆盖的某个原子空间计算的。标准的时间按太阳的移动来计算，太阳经过一个原子所需的时间即原子时。覆盖整个非二元性展示的时间，是最长的时间。所有的星球都在作绕行运动，运行过程中所穿过的空间大小可以用空间内所具有的原子数来计算。每个星球都有各自固定的运行轨道，都毫不偏离地在其轨道上运行，太阳也有自己的轨道。整个创造、维系和毁灭的时间称为至尊时间(kāla)，是按照宇宙中所有星系从创造到毁灭期间的运作计算的。

第 5 节 अणुर्द्वौ परमाणू स्यात्त्रसरेणुस्त्रयः स्मृतः ।
जालार्करश्म्यवगतः खमेवानुपतन्नगात् ॥ ५ ॥

aṇur dvau paramāṇū syāt
trasareṇus trayaḥ smṛtaḥ
jālārka-raśmy-avagataḥ
kham evānupatann agāt

aṇuḥ—一对原子 / dvau—两个 / parama-aṇu—原子 / syāt—形成 / trasareṇuḥ—六原子体 / trayaḥ—三个 / smṛtaḥ—被认为 / jāla-arka—通过窗帘上的小孔进入的太阳光的 / raśmi—通过光线 / avagataḥ—可被认知 / kham eva—向着天上 / anupatan agāt—升去

译文 对总体时间的划分按照这样的方式计算，即：两个原子组成一对原子，三对原子组成一个六原子体。这个六原子体可以从窗帘上的小孔射进的阳光中看到。人可以清楚地看到六原子体升向上空。

要旨 原子被描述为是不可见的微粒，当六个这样的原子聚合在一起时，这一聚合体被称为六原子体(trasareṇu)，透过窗帘的小孔射入的太阳光中，就有肉眼所能分辨的这种六原子体。

第 6 节 त्रसरेणुत्रिकं भुङ्क्ते यः कालः स त्रुटिः स्मृतः ।
शतभागस्तु वेधः स्यात्तैस्त्रिभिस्तु लवः स्मृतः ॥ ६ ॥

trasareṇu-trikaṁ bhuṅkte
yaḥ kālaḥ sa truṭiḥ smṛtaḥ
śata-bhāgas tu vedhaḥ syāt
tais tribhis tu lavaḥ smṛtaḥ

trasareṇu-trikam—三个六原子体的集合体 / bhuṅkte—它们集成的时间长度 / yaḥ—……的 / kālaḥ—时间长度 / saḥ—那 / truṭiḥ—叫做楚提 /

smṛtaḥ－叫做 / śata-bhāgaḥ－一百个楚提 / tu－仅 / vedhaḥ－叫做一个维达 / syāt－如此发生 / taiḥ－由它们 / tribhiḥ－三倍 / tu－仅 / lavaḥ－拉瓦 / smṛtaḥ－叫做

译文　三个六原子体集成的时间长度称为一个“楚提”，而一百个“楚提”组成一个“维达”。三个“维达”组成一个“拉瓦”。

要旨　经计算，1687.5分之一秒相当于一个“楚提(truṭi)”，也就是十八个原子聚合体所占的空间大小。原子以这种方式聚合构成各类物体，形成计算物质时间的基础。其中，太阳是计算各类时间的标准参照物。

第 7 节　**निमेषस्त्रिलवो ज्ञेय आम्नातस्ते त्रयः क्षणः ।**
क्षणान् पञ्च विदुः काष्ठां लघु ता दश पञ्च च ॥७॥

nimeṣas tri-lavo jñeya
āmnātas te trayaḥ kṣaṇaḥ
kṣaṇān pañca viduḥ kāṣṭhāṁ
laghu tā daśa pañca ca

nimeṣaḥ－被称为尼枚沙的时间单位 / tri-lavaḥ－三个拉瓦 / jñeyaḥ－被视为 / āmnātaḥ－它被叫做 / te－它们 / trayaḥ－三 / kṣaṇaḥ－被称为克沙纳的时间单位 / kṣaṇān－这种克沙纳 / pañca－五个 / viduḥ－人应该了解 / kāṣṭhām－被称为卡施塔的时间单位 / laghu－被称为拉古的时间单位 / tāḥ－那些 / daśa pañca－十五个 / ca－也

译文　三个“拉瓦”的时间长度，等于一个“尼枚沙”。三个“尼枚沙”组合成一个“克沙纳”，五个“克沙纳”组合成一个“卡施塔”，而十五个“卡施塔”组成一个“拉古”。

要旨　经计算，一个“拉古”等于两分钟。按照这一标准，我们可以将韦达知识体系中的原子时间计量单位，换算成现代的时间单位。

第 8 节　लघूनि वै समाम्नाता दश पञ्च च नाडिका ।
ते द्वे मुहूर्तः प्रहरः षड्यामः सप्त वा नृणाम् ॥ ८ ॥

laghūni vai samāmnātā
daśa pañca ca nāḍikā
te dve muhūrtaḥ praharaḥ
ṣaḍ yāmaḥ sapta vā nṛṇām

laghūni－这种拉古(一个“拉古”等于两分钟) / vai－正好 / samāmnātā－叫做 / daśa pañca－十五个 / ca－也 / nāḍikā－一个纳迪卡 / te－它们的 / dve－二个 / muhūrtaḥ－片刻 / praharaḥ－三小时 / ṣaṭ－六个 / yāmaḥ－白天或夜晚的四分之一 / sapta－七个 / vā－或 / nṛṇām－人类的计算方式

译文　十五个“拉古”组成一个“纳迪卡”，或称为“丹达”。两个“丹达”组成一个“姆呼尔塔”，而六或七个“丹达”组成按人类时间计算是一个白天或一个夜晚的四分之一的时间长度。

第 9 节　द्वादशार्धपलोन्मानं चतुर्भिश्चतुरङ्गुलैः ।
स्वर्णमाषैः कृतच्छिद्रं यावत्प्रस्थजलप्लुतम् ॥ ९ ॥

dvādaśārdha-palonmānaṁ
caturbhiś catur-aṅgulaiḥ
svarṇa-māṣaiḥ kṛta-cchidraṁ
yāvat prastha-jala-plutam

dvādaśa-ardha—六个 / pala—帕拉(重量单位) / unmānam—量壶 / caturbhiḥ—四……重 / catuḥ-aṅgulaiḥ—四指长 / svarṇa—金制的 / māṣaiḥ—重量的 / kṛta-chidram—钻洞 / yāvat—直至 / prastha—被称为帕斯塔的容积单位 / jala-plutam—装满水

译文　要测量一个“纳迪卡”或“丹达”，可以用一个铜制的、十四盎司重(六“帕拉”重)的壶。这个壶中的孔洞是用一个四“玛沙”重，有四指长的金钻头钻出的。当这个壶被放置在水上时，水流进壶中直到溢出之前这段时间称为一个“丹达”。

要旨　这里提到，在计时铜壶上钻孔用的钻头必须重不过四玛沙(māśa)、长不超过四指，这样就限定了孔的直径。把铜壶浸在水中，灌满水所需要的时间称为一个“丹达(daṇḍa)”。就像可以用沙漏计时一样，用铜壶装水是另一种计时方式，装满一壶的时间等于一个“丹达”。就此我们可以看出，韦达文明时代的人们并不缺乏物理学、化学和高等数学方面的知识。他们有多种简单易行的计量方法。

第 10 节　यामाश्चत्वारश्चत्वारो मर्त्यानामहनी उभे ।
पक्षः पञ्चदशाहानि शुक्लः कृष्णश्च मानद ॥१०॥

yāmāś catvāraś catvāro
martyānām ahanī ubhe
pakṣaḥ pañca-daśāhāni
śuklaḥ kṛṣṇaś ca mānada

yāmāḥ—三小时 / catvāraḥ—四个 / catvāraḥ—和四个 / martyānām—人类的 / ahanī—一个白天 / ubhe—一个夜晚 / pakṣaḥ—半月 / pañca-daśa—十五个 / ahāni—天 / śuklaḥ—白 / kṛṣṇaḥ—黑 / ca—也 / mānada—计算

译文 按照计算，在人类的一个白天和一个夜晚中，分别有四个又被称为“亚玛”的“帕哈茹阿”。同样，十五个白天和夜晚，是“半个月”，一个月中有白与黑两个“半个月”。

第 11 节 तयोः समुच्चयो मासः पितॄणां तदहर्निशम् ।
द्वौ तावृतुः षडयनं दक्षिणं चोत्तरं दिवि ॥११॥

tayoḥ samuccayo māsaḥ
pitṝṇāṁ tad ahar-niśam
dvau tāv ṛtuḥ ṣaḍ ayanaṁ
dakṣiṇaṁ cottaraṁ divi

tayoḥ－它们 / samuccayaḥ－组成 / māsaḥ－月 / pitṝṇām－琵塔星球的 / tat－那(月) / ahaḥ-niśam－一昼夜 / dvau－两个 / tau－月 / ṛtuḥ－季节 / ṣaṭ－六个 / ayanam－太阳六个月的运行 / dakṣiṇam－南方 / ca－也 / uttaram－北方 / divi－在天空中

译文 两个“半个月”组成一个月，而那段时间是祖先星球上的一个完整的昼夜。这样的两个月构成一个季节，而六个月是太阳从南方到北方的一次完整的运行。

第 12 节 अयने चाहनी प्राहुर्वत्सरो द्वादश स्मृतः ।
संवत्सरशतं नृणां परमायुर्निरूपितम् ॥१२॥

ayane cāhanī prāhur
vatsaro dvādaśa smṛtaḥ
saṁvatsara-śataṁ nṝṇāṁ
paramāyur nirūpitam

ayane－太阳(六个月)的运行中 / ca－和 / ahanī－半神人的一个白昼 / prāhuḥ－据说 / vatsaraḥ－一历年 / dvādaśa－十二个月 / smṛtaḥ－叫

做 / saṁvatsara-śatam——一百年 / nṛṇām—人类的 / parama-āyuḥ—寿命 / nirūpitam—估计

译文　两次太阳运行的时间是半神人的一个昼夜，而这样的一个昼夜的组合，就是人类完整的一年。人的寿命是一百年。

第 13 节　ग्रहर्क्षताराचक्रस्थः परमाण्वादिना जगत् ।
संवत्सरावसानेन पर्येत्यनिमिषो विभुः ॥१३॥

graharkṣa-tārā-cakra-sthaḥ
paramāṇv-ādinā jagat
saṁvatsarāvasānena
paryety animiṣo vibhuḥ

graha—像月亮一类影响重大的星球 / ṛkṣa—像阿施维尼一类的发光天体 / tārā—星星 / cakra-sthaḥ—在轨道中 / parama-aṇu-ādinā—和原子 / jagat—整个宇宙 / saṁvatsara-avasānena——一年结束时 / paryeti—运行一圈 / animiṣaḥ—永恒的时间 / vibhuḥ—全能者

译文　遍布宇宙各处的有影响的恒星、行星、发光天体和原子，都按照以永恒时间(kāla)为代表的至尊者的指挥，在他们各自的轨道上运行。

要旨　《布茹阿玛·萨密塔》(Brahma-saṁhitā)中谈到，太阳是至尊者的眼睛，沿着特定的时间轨道运行。同样，从太阳到原子——所有的物体，都在永恒的时间轨道(kāla-cakra)上运行，并有各自运行一圈所需要的时间(saṁvatsara，一年)。

第 14 节　संवत्सरः परिवत्सर इडावत्सर एव च ।
अनुवत्सरो वत्सरश्च विदुरैवं प्रभाष्यते ॥१४॥

saṁvatsaraḥ parivatsara
iḍā-vatsara eva ca
anuvatsaro vatsaraś ca
viduraivaṁ prabhāṣyate

saṁvatsaraḥ—太阳的轨道 / parivatsaraḥ—毕尔哈斯帕提的绕行 / iḍā-vatsaraḥ—星星的轨道 / eva—它们这样 / ca—也 / anuvatsaraḥ—月亮的轨道 / vatsaraḥ—一个历年 / ca—也 / vidura—维杜茹阿啊 / evam—因此 / prabhāṣyate—它们被说成是

译文 有五个名字用来描述太阳、月亮、恒星和发光天体在天空中的运行轨道，它们各自有各自的时间(saṁvatsara, 一年)。

要旨 《圣典博伽瓦谭》上述诗节所论及的物理、化学、数学、天文、时间、空间方面的内容，无疑将激起学习相关学科的学生浓厚的兴趣。但我们无法从专业角度去深入解释这方面的知识。总体而言，凌驾于所有各类知识之上的，是至尊人格首神的绝对代表——时间(kāla)。世上没有什么是独立于至尊主而存在的；因此，任何事物，无论以我们有的极为可怜的知识来看显得多么神奇，都只不过是至尊主的魔杖变出的。针对上面提到的各种时间计量单位，我们在此根据现代时间给出一份换算表：

1楚提(truṭi)—8/13,500秒	1拉古(laghu)—2分钟
1维达(vedha)—8/135秒	1丹达(daṇḍa)—30分钟
1拉瓦(lava)—8/45秒	1帕哈尔(prahara)—3小时
1尼枚沙(nimeṣa)—8/15秒	1个白天—12小时
1克沙纳(kṣana)—8/5秒	1个夜晚—12小时
1卡施塔(kāṣṭhā)—8秒	1帕克沙(pakṣa)—15天

两个帕克沙(pakṣa)等于一个月，十二个月等于一个历年，即太阳运行一周的时间。人类的寿命是一百年。永恒的时间就以这种度量方式控制着万物。

对此，《布茹阿玛·萨密塔》第5章的第52节诗证实说：

yac-cakṣur eṣa savitā sakala-grahāṇāṁ
rājā samasta-sura-mūrtir aśeṣa-tejāḥ
yasyājñayā bhramati saṁbhṛta-kāla-cakro
govindam ādi-puruṣaṁ tam ahaṁ bhajāmi

“我崇拜存在中的第一位至尊主——至尊人格首神哥文达(Govinda)，太阳是众星系之王，拥有无穷的光和热，但却被视为是至尊主的眼睛，受至尊主的控制，在固定的永恒时间的轨道上运行。”

第 15 节　यः सृज्यशक्तिमुरुधोच्छ्वसयन् स्वशक्त्या
पुंसोऽभ्रमाय दिवि धावति भूतभेदः ।
कालाख्यया गुणमयं क्रतुभिर्वितन्वं-
स्तस्मै बलिं हरत वत्सरपञ्चकाय ॥१५॥

yaḥ sṛjya-śaktim urudhocchvasayan sva-śaktyā
puṁso 'bhramāya divi dhāvati bhūta-bhedaḥ
kālākhyayā guṇamayaṁ kratubhir vitanvaṁs
tasmai baliṁ harata vatsara-pañcakāya

yaḥ—……的人 / sṛjya—创造的 / śaktim—种子 / urudhā—以各种方式 / ucchvasayan—使……充满生气和活力 / sva-śaktyā—以他本身的能量 / puṁsaḥ—生物的 / abhramāya—为了驱散黑暗 / divi—在白昼 / dhāvati—运行 / bhūta-bhedaḥ—与所有其他物质形体截然不同 / kāla-ākhyayā—名为永恒的时间 / guṇa-mayam—物质成果 / kratubhiḥ—通过供奉 / vitanvan—拓宽 / tasmai—向他 / balim—供品 / harata—人应当供奉 / vatsara-pañcakāya—每五年作一次供奉

译文　维杜茹阿啊！太阳用他无限的光和热使所有的生物体具有活力。为了使众生去除他们因依恋物质而造成的错觉，他缩减他们的寿命，扩展升上天堂王国的路。他为此而在空中快速地运行。所以，每个人都该每五年一次地，用所有崇拜的供品向他表示敬意。

第 16 节

विदुर उवाच
पितृदेवमनुष्याणामायुः परमिदं स्मृतम् ।
परेषां गतिमाचक्ष्व ये स्युः कल्पाद्बहिर्विदः ॥१६॥

vidura uvāca
pitṛ-deva-manuṣyāṇām
āyuḥ param idaṁ smṛtam
pareṣāṁ gatim ācakṣva
ye syuḥ kalpād bahir vidaḥ

viduraḥ uvāca－维杜茹阿说 / pitṛ－琵塔星球 / deva－天堂星球 / manuṣyāṇām－和人类的 / āyuḥ－寿命 / param－最终的 / idam－以他们各自的计算方式 / smṛtam－计算 / pareṣām－高等生物体的 / gatim－寿命 / ācakṣva－请计算 / ye－所有那些 / syuḥ－是 / kalpāt－在年代周期 / bahiḥ－在……之外 / vidaḥ－博学的人

译文 维杜茹阿说：我现在明白了祖先星球和天堂星球上居民的寿命，以及人类的寿命。现在请告诉我那些学识非凡的生物体的寿命，他们不在卡勒帕的范围内。

要旨 在布茹阿玛的一个白天结束时所发生的宇宙局部性的毁灭，不会影响到所有的星球，对圣人萨纳卡(Sanaka)和布瑞古(Bhṛgu)等知识渊博的生物体所在的星球不会造成影响。每一个星球的情况各不相同，都由各自的“永恒时间轮(kāla-cakra)”控制着。地球的时间并不适用于其他高等星球，所以维杜茹阿(Vidura)在这节诗中向麦垂亚(Maitreya)询问其他星球上生物体的寿命。

第 17 节

भगवान् वेद कालस्य गतिं भगवतो ननु ।
विश्वं विचक्षते धीरा योगराद्धेन चक्षुषा ॥१७॥

bhagavān veda kālasya
gatiṁ bhagavato nanu

viśvaṁ vicakṣate dhīrā
yoga-rāddhena cakṣuṣā

bhagavān－具有强大灵性力量的人啊 / veda－你知道 / kālasya－永恒的时间的 / gatim－运动 / bhagavataḥ－至尊人格首神的 / nanu－毫无疑问 / viśvam－整个宇宙 / vicakṣate－看到 / dhīrāḥ－已觉悟了自我的人 / yoga-raddhena－凭借天眼通 / cakṣuṣā－用眼睛

译文 具有强大灵性力量的人啊！永恒时间是至尊人格首神展示控制的形式，您能了解永恒时间的运作。您是觉悟了自我的人，因此能凭借神秘力量看到一切。

要旨 练神秘瑜伽达到最高完美境界的人能看到过去、现在和未来的一切，被称为是三维时间的知悉者(tri-kāla-jña)。同样，启示经典里谈到的一切，至尊主的奉献者都能看得清清楚楚。圣主奎师那的奉献者很容易就能理解有关奎师那的科学，了解物质创造和灵性创造方面的事宜。奉献者不需要练任何一种瑜伽神通(yoga-siddhi)；依靠居于他们心中的至尊主的仁慈，他们就能有这种知悉一切的本领。

第 18 节 मैत्रेय उवाच
कृतं त्रेता द्वापरं च कलिश्चेति चतुर्युगम् ।
दिव्यैर्द्वादशभिर्वर्षैः सावधानं निरूपितम् ॥१८॥

maitreya uvāca
kṛtaṁ tretā dvāparaṁ ca
kaliś ceti catur-yugam
divyair dvādaśabhir varṣaiḥ
sāvadhānaṁ nirūpitam

maitreyaḥ uvāca－麦垂亚说 / kṛtam－萨缇亚年代 / tretā－特瑞塔年代 / dvāparam－杜瓦帕尔年代 / ca－和 / kaliḥ－喀历年代 / ca－和 /

iti—就此 / catuḥ-yugam—四个年代 / divyaiḥ—半神人的 / dvādaśabhiḥ—十二个 / varṣaiḥ—千年 / sa-avadhānam—大约 / nirūpitam—确定为

译文 麦垂亚说：维杜茹阿啊！四个年代分别称为萨提亚、特瑞塔、杜瓦帕尔和喀历年代。这些年代的时间长度加起来，等于半神人的一万二千年。

要旨 半神人的一年等于人类的三百六十年。下面几节诗将清楚地说明：这节诗中提到的四个年代加上两个年代之间的过渡时期(yuga-sandhyā)，等于半神人的一万二千年，因此总计为人类的四百三十二万年。

第 19 节 चत्वारि त्रीणि द्वे चैकं कृतादिषु यथाक्रमम् ।
सङ्ख्यातानि सहस्राणि द्विगुणानि शतानि च ॥१९॥

catvāri trīṇi dve caikaṁ
kṛtādiṣu yathā-kramam
saṅkhyātāni sahasrāṇi
dvi-guṇāni śatāni ca

catvāri—四个 / trīṇi—三个 / dve—二个 / ca—也 / ekam——个 / kṛta-ādiṣu—在萨缇亚年代 / yathā-kramam—和其后各个年代 / saṅkhyātāni—合计 / sahasrāṇi—上千 / dvi-guṇāni—两倍 / śatāni—上百 / ca—也

译文 萨提亚年代的长度等于半神人的四千八百年；特瑞塔年代的长度是他们的三千六百年；杜瓦帕尔年代的长度等于他们的二千四百年；喀历年代的长度是半神人的一千二百年。

要旨 如前所述，半神人的一年等于人类的三百六十年。因此，萨缇亚年代(Satya-yuga)为期一百七十二万八千年(4800×360)，特瑞塔年代(Tretā-yuga)为期一百二十九万六千年(3600×360)，杜瓦帕尔年代(Dvāpara-yuga)为期八十六万四千年(240×360)，最后一个喀利年代(Kali-yuga)为期四十三万二千年(1200×360)。

第 20 节　सन्ध्यासन्ध्यांशयोरन्तर्यः कालः शतसङ्ख्ययोः ।
तमेवाहुर्युगं तज्ज्ञा यत्र धर्मो विधीयते ॥२०॥

sandhyā-sandhyāṁśayor antar
yaḥ kālaḥ śata-saṅkhyayoḥ
tam evāhur yugaṁ taj-jñā
yatra dharmo vidhīyate

sandhyā一在……之前的过渡期 / sandhyā-aṁśayoḥ一在……之后的过渡期 / antaḥ一其中 / yaḥ一……的 / kālaḥ一时间长度 / śata-saṅkhyayoḥ一上百年 / tam eva一那一段时间 / āhuḥ一他们称为 / yugam一年代 / tat-jñāḥ一精通天文学的专家 / yatra一其间 / dharmaḥ一宗教 / vidhīyate一进行

译文　正如前面提及，按天文学专家的说法，每一个年代前面和后面那几百年的过渡性转变期，被称为两个年代的交汇(yuga-sandhyā)。在那些时段中，各种各样的宗教活动都得到执行。

第 21 节　धर्मश्चतुष्पान्मनुजान् कृते समनुवर्तते ।
स एवान्येष्वधर्मेण व्येति पादेन वर्धता ॥२१॥

dharmaś catuṣ-pān manujān
kṛte samanuvartate
sa evānyeṣv adharmeṇa
vyeti pādena vardhatā

dharmaḥ一宗教 / catuḥ-pāt一完整的四个部分 / manujān一人类 /

kṛte—在萨缇亚年代 / samanuvartate—很好地恪守 / saḥ—那 / eva—无疑 / anyeṣu—在其他的 / adharmeṇa—受非宗教的影响 / vyeti—衰落 / pādena—四分之一 / vardhatā—成比例地逐渐增强

译文 啊，维杜茹阿！在萨提亚年代中，人类正确、完整地保持宗教原则，但在其他年代中，宗教按照四分之一的比例逐渐衰颓，而非宗教则相应地增强。

要旨 萨缇亚年代中，宗教原则在全社会范围内占绝对的优势。之后，每从一个年代转入下一个年代，就会相应地失去四分之一比例的宗教原则。换句话说，目前的社会仅保有四分之一比例的宗教原则，其他四分之三是非宗教。正因为如此，生活在这个年代里的人都很不快乐。

第 22 节 त्रिलोक्या युगसाहस्रं बहिराब्रह्मणो दिनम् ।
तावत्येव निशा तात यन्निमीलति विश्वसृक् ॥२२॥

tri-lokyā yuga-sāhasraṁ
bahir ābrahmaṇo dinam
tāvaty eva niśā tāta
yan nimīlati viśva-sṛk

tri-lokyāḥ—在三个世界的 / yuga—四个年代 / sāhasram——千 / bahiḥ—在……之外 / ābrahmaṇaḥ—上达布茹阿玛星球 / dinam—为一个白天 / tāvatī—同样的一段时间 / eva—无疑 / niśā—为夜晚 / tāta—亲爱的人啊 / yat—因为 / nimīlati—进入睡眠 / viśva-sṛk—布茹阿玛

译文 在三个星系(斯瓦尔嘎、玛尔提亚和帕塔拉)之外，四个年代乘以一千构成布茹阿玛星球上的一个白天。布茹阿玛星球上的一个夜晚也是同样长的一段时间；在这段时间里，宇宙的创造者进入睡眠状态。

要旨 布茹阿玛在他的夜晚睡下后，布茹阿玛星球(Brahmaloka)以下的三个星系都没入毁灭之洋中。布茹阿玛将在睡梦中看到嘎尔博达卡沙依·维施努(Garbhodakaśāyī Viṣṇu)，从至尊主那里接受训示，以便重建宇宙空间中被毁灭的区域。

第 23 节 निशावसान आरब्धो लोककल्पोऽनुवर्तते ।
यावद्दिनं भगवतो मनून् भुञ्जंश्चतुर्दश ॥२३॥

niśāvasāna ārabdho
loka-kalpo 'nuvartate
yāvad dinaṁ bhagavato
manūn bhuñjaṁś catur-daśa

niśā—夜晚 / avasāne—结束 / ārabdhaḥ—由……开始 / loka-kalpaḥ—三个世界的进一步创造 / anuvartate—接下来 / yāvat—直到 / dinam—白天 / bhagavataḥ—主(布茹阿玛)的 / manūn—众玛努 / bhuñjan—继续存在到 / catuḥ-daśa—十四个

译文 布茹阿玛的夜晚结束后，三个世界的创造在布茹阿玛的白天内重新开始。这创造持续长达十四位人类始祖玛努的寿命加在一起的时间。

要旨 在每一位玛努(Manu)离世时，也会有一个较短的毁灭。

第 24 节 स्वं स्वं कालं मनुर्भुङ्क्ते साधिकां ह्येकसप्ततिम् ॥२४॥

svaṁ svaṁ kālaṁ manur bhuṅkte
sādhikāṁ hy eka-saptatim

svam—自身的 / svam—相应地 / kālam—寿命 / manuḥ—玛努 / bhuṅkte—享受 / sa-adhikām—比……稍微长一点 / hi—肯定地 / eka-saptatim—七十一个

译文 每一位玛努享受比七十一套四个年代循环的时间稍长一点的寿命。

要旨 《维施努往世书》(Viṣṇu Purāṇa)中记载到：玛努的寿命是七十一套四个年代周期之和。一位玛努的寿命大约是半神人的八十五万二千年，大约是人类的三亿六百七十二万年。

第 25 节 मन्वन्तरेषु मनवस्तद्वंश्या ऋषयः सुराः ।
भवन्ति चैव युगपत्सुरेशाश्चानु ये च तान् ॥२५॥

manvantareṣu manavas
tad-vaṁśyā ṛṣayaḥ surāḥ
bhavanti caiva yugapat
sureśāś cānu ye ca tān

manu-antareṣu－每一位玛努死去后 / manavaḥ－其他玛努 / tat-vaṁśyāḥ－和他们的后代 / ṛṣayaḥ－七位著名的圣人 / surāḥ－至尊主的奉献者 / bhavanti－兴盛 / ca eva－他们所有人也 / yugapat－同时 / sura-īśāḥ－如因铎等半神人 / ca－和 / anu－追随者 / ye－全部 / ca－也 / tān－他们

译文 每一位玛努死亡后，下一位玛努就与他的子孙后代一起上任，负责统治不同的星球；七位著名的圣人，以及因铎等半神人和他们的侍从歌仙等，都与玛努一同出现。

要旨 布茹阿玛的一天中共有十四位玛努出现，他们各有自己的后代。

第 26 节 एष दैनन्दिनः सर्गो ब्राह्मस्त्रैलोक्यवर्तनः ।
तिर्यङ्नृपितृदेवानां सम्भवो यत्र कर्मभिः ॥२६॥

eṣa dainan-dinaḥ sargo
　brāhmas trailokya-vartanaḥ
tiryaṅ-nṛ-pitṛ-devānāṁ
　sambhavo yatra karmabhiḥ

eṣaḥ－所有这些创造 / dainam-dinaḥ－天天的 / sargaḥ－创造 / brāhmaḥ－根据布茹阿玛的一天 / trailokya-vartanaḥ－三个世界的旋转 / tiryak－低于人类的动物 / nṛ－人类 / pitṛ－琵塔星球的 / devānām－半神人的 / sambhavaḥ－出现 / yatra－其中 / karmabhiḥ－功利性活动的循环

译文　在布茹阿玛一个白天的创造中，斯瓦尔嘎、玛尔提亚和帕塔拉三个星系都沿各自的轨道运转着，居住其上的低等动物、人类、半神人和祖先，都根据他们的功利性活动出现和消失。

第 27 节　मन्वन्तरेषु भगवान् बिभ्रत्सत्त्वं स्वमूर्तिभिः ।
मन्वादिभिरिदं विश्वमवत्युदितपौरुषः ॥२७॥

manvantareṣu bhagavān
　bibhrat sattvaṁ sva-mūrtibhiḥ
manv-ādibhir idaṁ viśvam
　avaty udita-pauruṣaḥ

manu-antareṣu－每次在玛努换代时 / bhagavān－人格首神 / bibhrat－展示 / sattvam－祂的内在能量 / sva-mūrtibhiḥ－通过祂不同的化身 / manu-ādibhiḥ－作为玛努 / idam－这 / viśvam－宇宙 / avati－维系 / udita－发现 / pauruṣaḥ－神性能量

译文　在每一个玛努的更换中，至尊人格首神以玛努等不同的化身展现祂的内在力量。祂就这样通过展示的力量维系宇宙。

第 28 节 तमोमात्रामुपादाय प्रतिसंरुद्धविक्रमः ।
कालेनानुगताशेष आस्ते तूष्णीं दिनात्यये ॥२८॥

tamo-mātrām upādāya
pratisaṁruddha-vikramaḥ
kālenānugatāśeṣa
āste tūṣṇīṁ dinātyaye

tamaḥ—愚昧属性，又指夜之黑暗 / mātrām—只是微不足道的一部分 / upādāya—接受 / pratisaṁruddha-vikramaḥ—能量暂时不展示 / kālena—通过永恒的时间 / anugata—融入 / aśeṣaḥ—无数生物 / āste—保持 / tūṣṇīm—万籁俱寂 / dina-atyaye—在一天之末

译文 当布茹阿玛的白天结束时，在愚昧属性的微小部分的作用下，宇宙强大的展示融入夜晚的黑暗。受永恒时间的影响，数不胜数的生物处在融入那瓦解的状态中，一切都静寂下来。

要旨 这节诗描述了布茹阿玛的夜晚，它是时间的影响力与极小部分黑暗的物质自然愚昧属性相接触的结果。毁灭三个世界的工作由愚昧属性的化身茹铎(Rudra)完成，表现为永恒时间之火吞没了三个世界。这三个世界分别称为布胡(Bhūḥ)、布瓦哈(Bhuvaḥ)和斯瓦哈(Svaḥ)，或者称为帕塔拉(Pātāla)、玛提亚(Martya)和斯瓦尔嘎(Svarga)。不计其数的生物沉入毁灭之洋中，犹如至尊主的能量所幻化出的一台戏落下了帷幕，整个宇宙变得万籁俱寂。

第 29 节 तमेवान्वपि धीयन्ते लोका भूरादयस्त्रयः ।
निशायामनुवृत्तायां निर्मुक्तशशिभास्करम् ॥२९॥

tam evānv api dhīyante
lokā bhūr-ādayas trayaḥ

niśāyām anuvṛttāyāṁ
nirmukta-śaśi-bhāskaram

tam一那 / eva一肯定地 / anu一在……之后 / api dhīyante一从视野中消失 / lokāḥ一星球 / bhūḥ-ādayaḥ一布胡、布瓦哈、斯瓦哈三个世界 / trayaḥ一三个 / niśāyām一在夜晚 / anuvṛttāyām一一般的 / nirmukta一暗淡无光 / śaśi一月亮 / bhāskaram一太阳

译文　布茹阿玛的夜晚来临时，所有三个世界都看不见了；恰似在普通的夜晚那样，太阳和月亮不再放射出耀眼的光芒。

要旨　从这节诗里我们了解到，阳光和月光不再射入三个世界所在的区域，但太阳和月亮本身并没有从宇宙中消失，它们处在宇宙中三个世界以外的区域。下面几节诗中会谈到，被毁灭的区域照不到阳光和月光，到处是漫无边际的大水，四周漆黑一片，狂风不停地吹着。

第 30 节　त्रिलोक्यां दह्यमानायां शक्त्या सङ्कर्षणाग्निना ।
यान्त्यूष्मणा महर्लोकाज्जनं भृग्वादयोऽर्दिताः ॥३०॥

tri-lokyāṁ dahyamānāyāṁ
śaktyā saṅkarṣaṇāgninā
yānty ūṣmaṇā maharlokāj
janaṁ bhṛgv-ādayo ’rditāḥ

tri-lokyām一当三个世界 / dahyamānāyām一燃起大火 / śaktyā一借……之力 / saṅkarṣaṇa一从桑卡尔珊口中 / agninā一被火 / yānti一他们离去 / ūṣmaṇā一被烧烤 / mahaḥ-lokāt一从玛哈尔星球 / janam一到佳纳星球 / bhṛgu一圣人布瑞古 / ādayaḥ一及其他人 / arditāḥ一因此而感到很难受

译文 是桑卡尔珊嘴里喷出的火焰造成了毁灭，布瑞古等伟大的圣人和玛哈尔星球上的其他居民，承受不了下面三个世界肆虐的熊熊烈火所造成的灼热之苦，因此移居到佳纳星球。

第 31 节 तावत्त्रिभुवनं सद्यः कल्पान्तैधितसिन्धवः ।
प्लावयन्त्युत्कटाटोपचण्डवातेरितोर्मयः ॥३१॥

tāvat tri-bhuvanaṁ sadyaḥ
kalpāntaidhita-sindhavaḥ
plāvayanty utkaṭāṭopa-
caṇḍa-vāteritormayaḥ

tāvat－那时 / tri-bhuvanam－所有三个世界 / sadyaḥ－之后顿时 / kalpa-anta－在毁灭的一开始 / edhita－溢出 / sindhavaḥ－所有的海洋 / plāvayanti－淹没 / utkaṭa－汹涌的 / āṭopa－激荡 / caṇḍa－飓风 / vāta－由风 / īrita－被吹卷 / ūrmayaḥ－浪涛

译文 在毁灭的一开始，所有的海洋都海水外溢；飓风猛烈地刮着，掀起滔天巨浪，顷刻间便淹没了三个世界。

要旨 经典上说，桑卡尔珊(Saṅkarṣaṇa)口喷烈焰，足足喷了半神人的一百年，相当于人类的三万六千年。接下来的三万六千年是狂风骤起、倾盆大雨、惊涛骇浪、海水漫溢，淹没了三个世界。这前后历时七万二千年的剧变是三个世界遭到部分毁灭的开始。人们已经记不起世界曾遭受过这一系列毁灭性的灾变，而只知道眼下物质文明正在蓬勃发展，自己过得挺快活。这就是称之为玛亚(māyā)的假象。

第 32 节 अन्तः स तस्मिन् सलिल आस्तेऽनन्तासनो हरिः ।
योगनिद्रानिमीलाक्षः स्तूयमानो जनालयैः ॥३२॥

antaḥ sa tasmin salila
āste 'nantāsano hariḥ
yoga-nidrā-nimīlākṣaḥ
stūyamāno janālayaiḥ

antaḥ—在……之中 / saḥ—那 / tasmin—在那 / salile—水 / āste—有 / ananta—阿南塔 / āsanaḥ—在……床榻上 / hariḥ—至尊主 / yoga—神秘的 / nidrā—睡眠 / nimīla-akṣaḥ—眼睛闭着 / stūya-mānaḥ—受到……的荣耀 / jana-ālayaiḥ—受到佳纳星球的居民

译文 至尊主——人格首神，在水中的阿南塔躺椅上躺下，闭上双眼，佳纳星球上的居民们双手合十向至尊主献上他们赞美祂的祷告。

要旨 我们不该把至尊主的睡眠与我们的睡眠相提并论。这节诗里特别提到“神秘的睡眠(yoga-nidrā)”一词，表明至尊主的睡眠也是祂内在能量的一种展示。我们一旦看到梵文瑜伽(yoga)这个词，就应当明白它指的是一种超然的事物或活动。在超然的层面上，所有一切活动都在进行中，布瑞古等伟大的圣人经常以祈祷文的形式赞美它们。

第 33 节

एवंविधैरहोरात्रैः कालगत्योपलक्षितैः ।
अपक्षितमिवास्यापि परमायुर्वयःशतम् ॥३३॥

evaṁ-vidhair aho-rātraiḥ
kāla-gatyopalakṣitaiḥ
apakṣitam ivāsyāpi
paramāyur vayaḥ-śatam

evam—因此 / vidhaiḥ—经……的过程 / ahaḥ—白天 / rātraiḥ—经过黑夜 / kāla-gatyā—时间向前推移 / upalakṣitaiḥ—由这些征兆 / apakṣitam—衰亡 / iva—正如 / asya—他的 / api—尽管 / parama-āyuḥ—寿命 / vayaḥ—年 / śatam——百

译文 这个时间流逝的现象，消耗每一个生物体的寿命，包括主布茹阿玛的寿命。每一个生物体的一生都只有一百年，而根据他们所居住星球上的时间，一百年的长短不同。

要旨 每一个生物体都在自己居住的星球上度过一百年的时间，不同的星球居住着不同的生物体，各个星球上的一百年有长有短、各不相同，其中要属布茹阿玛的一百年最长。但布茹阿玛的寿命虽然很长，到一定时候还是会死去。布茹阿玛也害怕死亡，于是便为了摆脱物质能量的束缚而为至尊主做奉爱服务。动物当然不存在责任心的问题，但即使是发展出责任心的人类，也照样在白白浪费自己宝贵的时间。他们活得很开心，但却不知道为至尊主做奉爱服务；死期越来越近，但却不知道害怕。人类社会就这样处在一种疯狂而不可理喻的状态中。疯子不会有什么责任感，但如果一个正常人在死之前不能培养出一点责任心，每天只知道无忧无虑地享受物质生活，根本不考虑将来，那他就跟疯子没有两样。每一个人，哪怕他的寿命有宇宙中最杰出的生物体布茹阿玛那么长，都要有这份责任心；要为自己的来世作准备。

第 34 节 यदर्धमायुषस्तस्य परार्धमभिधीयते ।
पूर्वः परार्धोऽपक्रान्तो ह्यपरोऽद्य प्रवर्तते ॥३४॥

yad ardham āyuṣas tasya
parārdham abhidhīyate
pūrvaḥ parārdho 'pakrānto
hy aparo 'dya pravartate

yat—……的 / ardham—一半 / āyuṣaḥ—寿命的 / tasya—他的 / parārdham—寿命的一半 / abhidhīyate—叫做 / pūrvaḥ—前者 / para-ardhaḥ—半生 / apakrāntaḥ—已走完 / hi—肯定地 / aparaḥ—后者 / adya—在这个年代周期 / pravartate—将开始

译文　布茹阿玛一生的一百年被分为两半，第一半和第二半。现在这个布茹阿玛的生命的第一半已经过了，第二半正在进行着。

要旨　这部巨著有许多地方都谈到布茹阿玛在世的一百年时间，《博伽梵歌》(Bhagavad-gītā)第8章的第17节诗也谈到这一点。布茹阿玛已经走完他的前半生——五十年，接下来还有后半生的五十年要走。他最终也逃脱不了死亡的结局。

第 35 节　पूर्वस्यादौ परार्धस्य ब्राह्मो नाम महानभूत् ।
कल्पो यत्राभवद् ब्रह्मा शब्दब्रह्मेति यं विदुः ॥३५॥

pūrvasyādau parārdhasya
　brāhmo nāma mahān abhūt
kalpo yatrābhavad brahmā
　śabda-brahmeti yaṁ viduḥ

pūrvasya－前面一半的 / ādau－一开始 / para-ardhasya－高等的一半的 / brāhmaḥ－布茹阿玛周期 / nāma－名为 / mahān－伟大的 / abhūt－展示 / kalpaḥ－周期 / yatra－于是 / abhavat－显现 / brahmā－主布茹阿玛 / śabda-brahma iti－韦达经的声音震荡 / yam－……的 / viduḥ－他们知晓

译文　在布茹阿玛生命的第一半的一开始，有一个年代周期称为布茹阿玛·卡勒帕，布茹阿玛就在那期间出现。韦达经在布茹阿玛出生时同时诞生。

要旨　《莲花往世书》(Padma Purāṇa)的帕巴萨部(Prabhāsa-khaṇḍa)中记载到，布茹阿玛的三十天中有许许多多的卡勒帕(kalpa)，如瓦茹阿哈·卡勒帕(Varāha-kalpa)、琵垂·卡勒帕(Pitṛ-kalpa)。他的三十天构成一个月，从满月开始直至月黑；十二个月构成一年，五十年构成布茹阿玛纳的一个半生(parārdha)。至尊主的白色雄猪化身(Śveta-varāha)是在布茹阿玛一岁生日那天显现的。根据印度教的日历，布茹阿玛的生日在三月份。这一点摘自圣维施瓦纳特·查夸瓦尔提·塔库尔（Viśvanātha Cakravartī Ṭhākura）所作的论述。

第 36 节 तस्यैव चान्ते कल्पोऽभूद्यं पाद्ममभिचक्षते ।
यद्धरेर्नाभिसरस आसील्लोकसरोरुहम् ॥३६॥

tasyaiva cānte kalpo 'bhūd
yaṁ pādmam abhicakṣate
yad dharer nābhi-sarasa
āsīl loka-saroruham

tasya—布茹阿玛周期的 / eva—肯定地 / ca—也 / ante—在……之末 / kalpaḥ—周期 / abhūt—开始存在 / yam—……的 / pādmam—莲花 / abhicakṣate—称为 / yat—……的 / hareḥ—人格首神的 / nābhi—从肚脐 / sarasaḥ—从水库中 / āsīt—有 / loka—宇宙的 / saroruham—莲花

译文 在第一个布茹阿玛年代周期后的第二个年代周期，被称为莲花·卡勒帕，因为在那个年代周期里，宇宙的莲花从人格首神哈尔依的肚脐之水中长出。

要旨 布茹阿玛·卡勒帕(Brāhma-kalpa)之后的周期称为莲花卡勒帕(Pādma-kalpa)，因为在这个周期里，布茹阿玛所在的那朵莲花开始生长。有些往世书(Purāṇa)中把这个莲花·卡勒帕称为琵垂·卡勒帕(Pitṛ-kalpa)。

第 37 节 अयं तु कथितः कल्पो द्वितीयस्यापि भारत ।
वाराह इति विख्यातो यत्रासीच्छूकरो हरिः ॥३७॥

ayaṁ tu kathitaḥ kalpo
dvitīyasyāpi bhārata
vārāha iti vikhyāto
yatrāsīc chūkaro hariḥ

ayam－这 / tu－仅仅 / kathitaḥ－称为 / kalpaḥ－目前的周期 / dvitīyasya－下半生 / api－肯定地 / bhārata－巴茹阿特的后裔啊 / vārāhaḥ－瓦茹阿哈 / iti－就这样 / vikhyātaḥ－闻名 / yatra－……的 / āsīt－显现 / śūkaraḥ－猪的形象 / hariḥ－人格首神

译文 巴茹阿特的后裔啊！在布茹阿玛生命的第二半中的第一个周期年代，也被称为瓦茹阿哈年代，因为人格首神在那个周期年代里以雄猪化身显现。

要旨 布茹阿玛·卡勒帕(Brāhma-kalpa)、莲花卡勒帕(Pādma-kalpa)和瓦茹阿哈·卡勒帕(Vāraha kalpa)这几个年代周期，使外界世俗之人困惑不已，有些学者认为这几个卡勒帕指的是同一个年代周期。圣维施瓦纳特·查夸瓦尔提认为，布茹阿玛前半生一开始的布茹阿玛·卡勒帕似乎就是莲花卡勒帕。然而，我们只需听从经典的教导，就能明白我们目前正处在布茹阿玛下半生的一个年代周期中。

第 38 节 कालोऽयं द्विपरार्धाख्यो निमेष उपचर्यते ।
अव्याकृतस्यानन्तस्य ह्यनादेर्जगदात्मनः ॥३८॥

kālo 'yaṁ dvi-parārdhākhyo
nimeṣa upacaryate
avyākṛtasyānantasya
hy anāder jagad-ātmanaḥ

kālaḥ－永恒的时间 / ayam－这(以布茹阿玛的一生来衡量) / dvi-parārdha-ākhyaḥ－以布茹阿玛前半生加后半生来衡量 / nimeṣaḥ－不足一秒 / upacaryate－这样衡量的 / avyākṛtasya－不变之人的 /

anantasya—无限之人的 / hi—肯定地 / anādeḥ—无始之人的 / jagat-ātmanaḥ—宇宙之魂的

译文 如前所述，布茹阿玛生命的两个部分的长度之和，经计算等于至尊人格首神的一个“尼枚沙”(比一秒钟短)。至尊人格首神是不变、不受限制的，是宇宙一切原因的起因。

要旨 伟大的圣人麦垂亚详细论述了各个层面的时间，从原子的时间一直讲到布茹阿玛一生的时间跨度。现在，他开始谈无限的人格首神的时间，以使人能够有个概念。他把布茹阿玛的一生换算成至尊主的时间，实际还不到一秒，以此提示大家：至尊主的时间是无限的。《布茹阿玛·萨密塔》第5章的第48节诗说：

yasyaika-niśvasita-kālam athāvalambya
jīvanti loma-vilajā jagad-aṇḍa-nāthāḥ
viṣṇur mahān sa iha yasya kalā-viśeṣo
govindam ādi-puruṣaṁ tam ahaṁ bhajāmi

“我崇拜至尊人格首神哥文达，祂是一切原因的起因，玛哈·维施努(Mahā-Viṣṇu)是祂的完整扩展。不计其数的宇宙首脑(布茹阿玛)只在祂每次呼吸的一瞬间存活。”非人格神主义者不相信至尊主有形象，因此绝对很难相信至尊主有睡觉这回事。他们这样想问题是因为知识贫乏，总想从人的角度去解释一切。他们认为至尊者的生存方式应该跟人的活跃的生存方式正好相反：既然人有感官，至尊者就必是没有感官的；既然人有形体，至尊者就必是没有形体的；既然人要睡觉，至尊者必然是不睡觉的。然而，《圣典博伽瓦谭》并不同意非人格神主义者的这些观点，前面的诗中已明确说明：至尊主处在瑜伽睡眠状态中。祂既然睡着，就肯定要呼吸，《布茹阿玛·萨密塔》中证实说：在祂呼吸的过程中，不计其数的布茹阿玛出生并死去。

《圣典博伽瓦谭》和《布茹阿玛·萨密塔》的观点完全一致。

永恒的时间不会随布茹阿玛生命的终结而结束，它仍将继续下去。然而，它无法控制至尊人格首神，相反是受至尊主的控制。灵性世界里毫无疑问也有时间，但其中所进行的种种活动并不受时间的控制。时间是无限的，灵性世界也是无限的，因为那里的一切都是绝对的。

第 39 节　कालोऽयं परमाण्वादिर्द्विपरार्धान्त ईश्वरः ।
नैवेशितुं प्रभुर्भूम्न ईश्वरो धाममानिनाम् ॥३९॥

kālo 'yaṁ paramāṇv-ādir
dvi-parārdhānta īśvaraḥ
naiveśituṁ prabhur bhūmna
īśvaro dhāma-māninām

kālaḥ－永恒的时间 / ayam－这 / parama-aṇu－原子 / ādiḥ－自……开始 / dvi-parārdha－两段极为长的时间 / antaḥ－到结束 / īśvaraḥ－控制者 / na－绝不 / eva－肯定地 / īśitum－为了控制 / prabhuḥ－有能力 / bhūmnaḥ－至尊者的 / īśvaraḥ－控制者 / dhāma-māninām－那些充满躯体意识的人的

译文　永恒的时间无疑是从原子直到寿命极长的布茹阿玛所生活空间的控制者；但尽管如此，它受到至尊者的控制。时间只能控制那些有躯体意识的人，哪怕上至萨提亚星球或宇宙中其他高等星球的居民也不例外。

第 40 节　विकारैः सहितो युक्तैर्विशेषादिभिरावृतः ।
आण्डकोशो बहिरयं पञ्चाशत्कोटिविस्तृतः ॥४०॥

vikāraiḥ sahito yuktair
viśeṣādibhir āvṛtaḥ
āṇḍakośo bahir ayaṁ
pañcāśat-koṭi-vistṛtaḥ

vikāraiḥ－通过元素的转化 / sahitaḥ－和 / yuktaiḥ－以此合并 / viśeṣa－展示 / ādibhiḥ－由它们 / āvṛtaḥ－覆盖 / āṇḍa-kośaḥ－宇宙 / bahiḥ－之外 / ayam－这 / pañcāśat－五十个 / koṭi－一千万 / vistṛtaḥ－广泛地分布

译文 这个物质的现象世界极为广大，直径长达四十亿英里，作为八种物质元素的组合，从内到外进一步分为十六个范畴。

要旨 前面已经谈过，物质世界是十六种事物的组合及八种物质元素的展示。数论(Sāṅkhya)哲学的研究重点，就是分析物质世界是由哪些元素构成的。十六种事物分别是十一种感官和五种感官对象；八种物质元素是土、水、火、气和空间这五种粗糙的元素，以及心、智和假我这三种精微的元素。这一切相互组合，分布在直径长达四十亿英里的全宇宙范围内。这是我们目前所在的宇宙，而这个宇宙之外还有无数其他的宇宙，有些比我们这个宇宙大，但都是由共同的物质元素相互组合构成的。下面将解释构成的具体方式。

第 41 节 दशोत्तराधिकैर्यत्र प्रविष्टः परमाणुवत् ।
लक्ष्यतेऽन्तर्गताश्चान्ये कोटिशो ह्यण्डराशयः ॥४१॥

daśottarādhikair yatra
praviṣṭaḥ paramāṇuvat
lakṣyate 'ntar-gatāś cānye
koṭiśo hy aṇḍa-rāśayaḥ

daśa-uttara-adhikaiḥ－十倍厚 / yatra－其中 / praviṣṭaḥ－进入 / parama-aṇu-vat－如同原子 / lakṣyate－它(宇宙聚集体)看上去 / antaḥ-gatāḥ－聚到一起 / ca－和 / anye－在其他 / koṭiśaḥ－聚合 / hi－为了 / aṇḍa-rāśayaḥ－众多宇宙的庞大组合

译文　包裹宇宙的壳或元素，从内到外，每一层都比前一层厚十倍；所有这样的宇宙聚集在一起，仿佛众多原子组合成的一个巨大的联合体。

要旨　宇宙的覆盖层从内到外分别由土、水、火、气和空间构成，外一层要比内一层厚十倍。从内向外，第一层是土层，它的厚度是宇宙直径的十倍，如果宇宙的直径是四十亿英里，那它的厚度就是四百亿英里。以此类推，水层的厚度比土层厚十倍，火层的厚度比水层厚十倍，气层的厚度比火层厚十倍，空间层的厚度比气层厚十倍……物质覆盖层将宇宙层层包裹，相比之下，宇宙好比其中的一颗原子。我们即使能估算宇宙覆盖层的厚度，但却不知道究竟存在着多少宇宙。

第 42 节　तदाहुरक्षरं ब्रह्म सर्वकारणकारणम् ।
विष्णोर्धाम परं साक्षात्पुरुषस्य महात्मनः ॥४२॥

tad āhur akṣaraṁ brahma
sarva-kāraṇa-kāraṇam
viṣṇor dhāma paraṁ sākṣāt
puruṣasya mahātmanaḥ

tat－那 / āhuḥ－据说 / akṣaram－永不坠落的 / brahma－至尊者 / sarva-kāraṇa－所有原因 / kāraṇam－至高的原因 / viṣṇoḥ dhāma－维施努的灵性住所 / param－至尊的 / sākṣāt－毫无疑问 / puruṣasya－主宰化身的 / mahātmanaḥ－玛哈·维施努的

译文　正因为如此，至尊人格首神圣奎师那被说成是一切原因的最初起因。所以毫无疑问，维施努的灵性居所永恒存在，它也是一切展示的源头玛哈·维施努的居所。

要旨　至尊主玛哈·维施努躺在原因之洋中，处于瑜伽睡眠状态，并通过呼吸创造无数的宇宙。为了物质世界短暂的展示，祂在物质能量总体(mahat-tattva)中临时显现。祂是圣主奎师那的完整扩展，但虽然与主奎师那没有区别，作为化身在物质世界中的显现却是短暂的。人格首神原本的形象称之为斯瓦茹帕(svarūpa)，即祂真正的形象，祂以这一形象永恒地住在外琨塔世界(Viṣṇuloka)。梵文“玛哈特玛纳哈(mahātmanaḥ)”一词在这里指玛哈·维施努，而玛哈·维施努实际是被称为至尊者(parama)的主奎师那的展示。《布茹阿玛·萨密塔》第5章的第1节诗对此证实说：

īśvaraḥ paramaḥ kṛṣṇaḥ
sac-cid-ānanda-vigrahaḥ
anādir ādir govindaḥ
sarva-kāraṇa-kāraṇam

“奎师那是至尊主；祂是至尊人格首神，又叫哥文达。祂的形象永恒、极乐、充满知识。祂是一切原因的最高原因。”

到此为止，结束了巴克提韦丹塔对《圣典博伽瓦谭》第3篇第11章——“对时间的计算——从原子算起”所作的阐释。

第十二章

对库玛尔和其他一切的创造

第 1 节

मैत्रेय उवाच
इति ते वर्णितः क्षत्तः कालाख्यः परमात्मनः ।
महिमा वेदगर्भोऽथ यथास्राक्षीन्निबोध मे ॥ १ ॥

maitreya uvāca
iti te varṇitaḥ kṣattaḥ
kālākhyaḥ paramātmanaḥ
mahimā veda-garbho 'tha
yathāsrākṣīn nibodha me

maitreyaḥ uvāca—圣麦垂亚说 / iti—至此 / te—向你 / varṇitaḥ—讲述 / kṣattaḥ—维杜茹阿 / kāla-ākhyaḥ—以永恒的时间著称 / param-ātmanaḥ—超灵的 / mahimā—荣耀 / veda-garbhaḥ—主布茹阿玛——韦达经的宝库 / atha—从现在起 / yathā—原原本本地 / asrākṣīt—创造 / nibodha—尽力去理解 / me—从我这里

译文 圣麦垂亚说：啊，博学的维杜茹阿！到此为止，我给你解释了至尊人格首神的时间形象的荣耀。现在你可以听我讲述，布茹阿玛——一切韦达知识的储存体，所进行的创造。

第 2 节

ससर्जाग्रेऽन्धतामिस्रमथ तामिस्रमादिकृत् ।
महामोहं च मोहं च तमश्चाज्ञानवृत्तयः ॥ २ ॥

sasarjāgre 'ndha-tāmisram
atha tāmisram ādi-kṛt
mahāmohaṁ ca mohaṁ ca
tamaś cājñāna-vṛttayaḥ

sasarja—创造 / agre—首先 / andha-tāmisram—死亡的感觉 / atha—然后 / tāmisram—因受挫、不如意而愤怒 / ādi-kṛt—所有这些 / mahā-moham—对可用以享受之物的占有感 / ca—和 / moham—错觉 / ca—和 / tamaḥ—对有关自我的知识一无所知 / ca—以及 / ajñāna—愚昧 / vṛttayaḥ—从事

译文 布茹阿玛首先创造了自欺、对死亡的感觉、挫折后的愤怒、非真实的拥有感、躯体概念的迷惑或说对自我真实身份的遗忘等无知的产物。

要旨 布茹阿玛(Brahmā)在真正创造各类生物体之前，首先必须为他们创造一个物质的生存环境。生物除非忘记他真正的身份，否则不可能进入物质的生存环境。因此，创造物质生存环境的首要条件是，让生物遗忘其真正的身份。忘记自己真正的身份的生物，自然会害怕死亡，尽管纯粹灵性的灵魂实际上根本不存在出生和死亡的问题。

生物因为错误地将自己与物质自然认同，所以想把至尊控制者赐予众生的资源占为己有。至尊主赐予生物所有的物质自然资源，以使他们平平安安地生活，并在受制约的生存状态下履行能使人觉悟自我的义务。然而，受制约的灵魂却错误地将自我与物质认同，发展出认为自己是拥有者并想把至尊主的赐予占为己有的错误意识。这两节诗的内容明确地告诉我们：是至尊主创造了布茹阿玛，而布茹阿玛又创造了制约物质世界众生的五种形式的愚昧。人一旦明白受制约的灵魂要受布茹阿玛手中那根魔术棒的摆布，就清楚“生物可以与至尊主平起平坐”的想法实在是荒唐可笑。帕谭佳里(Patañjali)谈到过的五种形式的愚昧，与这节诗中的说法一致。

第 3 节 दृष्ट्वा पापीयसीं सृष्टिं नात्मानं बह्वमन्यत ।
भगवद्ध्यानपूतेन मनसान्यां ततोऽसृजत् ॥ ३ ॥

dṛṣṭvā pāpīyasīṁ sṛṣṭiṁ
nātmānaṁ bahv amanyata
bhagavad-dhyāna-pūtena
manasānyāṁ tato 'sṛjat

dṛṣṭvā—看到 / pāpīyasīm—罪恶的 / sṛṣṭim—创造 / na—不 / ātmānam—向他 / bahu—很高兴 / amanyata—感到 / bhagavat—人格首神 / dhyāna—冥想 / pūtena—借此受到净化 / manasā—带着这样的心态 / anyām—另一个 / tataḥ—之后 / asṛjat—创造

译文 布茹阿玛把这样一种迷惑人的创造视为是罪恶的工作，所以并没从他的活动中感到多少满足。为此，他靠冥想人格首神净化自己，然后开始另一阶段的创造。

要旨 主布茹阿玛虽然并不愿意做"创造多种形式的愚昧"这种吃力不讨好的事，但由于受制约的灵魂想要这样，他不得不这么做。主奎师那(Kṛṣṇa)在《博伽梵歌》(Bhagavad-gītā)第15章的第15节诗中说：祂居于每个生物体的心中，使一些生物记住祂，另一些生物忘记祂。人们也许会问：最仁慈的至尊主为什么要使一些生物记住祂，另一些生物忘记祂呢？事实上，祂并非只对某些人仁慈，而对另一些人怀有敌意。生物是至尊主不可缺少的一部分，少量具有至尊主所具备的所有品质，而独立性是其中的一项。当人因为无知而误用其所具有的独立性，滑向更愚昧的境地时，大慈大悲的至尊主先是想保护他，不让他坠入陷阱；但如果生物执意要下地狱，至尊主就会成全他，使他忘记自己真正的身份。至尊主之所以成全堕落的生物，让他一直堕入物质存在的最底面，是想让生物看清楚，误用自己的独立性究竟能否使自己快乐。

所有在物质世界从事愚蠢活动的受制约的灵魂，都在误用自己的独立性，从而被套在五种形式的愚昧状态中。作为至尊主忠心耿耿的仆人，布茹阿玛出于义务创造了这一切。然而，这一创造过程并不让他感到高兴，因为作为至尊主的奉献者，他很自然不愿意看到有生物从他们自己原本的位置上坠落下来。不想觉悟自我的人可以从至尊主那里获得实现自己欲望所需要的一切条件，布茹阿玛为此而很好地协助至尊主，尽力满足他们。

第 4 节 सनकं च सनन्दं च सनातनमथात्मभूः ।
सनत्कुमारं च मुनीन्निष्क्रियानूर्ध्वरेतसः ॥४॥

sanakaṁ ca sanandaṁ ca
sanātanam athātmabhūḥ
sanat-kumāraṁ ca munīn
niṣkriyān ūrdhva-retasaḥ

sanakam 一萨纳卡 / ca 一和 / sanandam 一萨南达 / ca 一和 / sanātanam 一萨纳坦 / atha 一之后 / ātma-bhūḥ 一自生的布茹阿玛 / sanat- kumāram 一萨纳特 · 库玛尔 / ca 一和 / munīn 一大圣人们 / niṣkriyān 一停止从事一切功利性活动 / ūrdhva-retasaḥ 一精液往上流的人

译文　一开始，布茹阿玛创造了萨纳卡、萨南达、萨纳坦和萨纳特 · 库玛尔这四位伟大的圣人。由于他们的精液都向上流动，他们都是境界极高的人，因此都不愿从事物质活动。

要旨　按至尊主的旨意，有些生物应该处在愚昧状态中，布茹阿玛于是便为他们创造了他们所需要的各种形式的愚昧，但他本人并不喜欢做这件吃力不讨好的事。为此，他建立了获取知识的四个法门，它们分别是：数论哲学(sāṅkhya)——旨在分析物质存在之构成方式的经验哲学体系；瑜伽(yoga)——使纯粹的灵魂摆脱物质束缚，获得解脱的神秘修炼法；弃绝(vairāgya)——为将自己提升到最高的灵性认识层面而放弃所有的物质享乐；苦行(tapas)——为达到灵性的完美境界而自愿从事的各种苦行。布茹阿玛创造了萨纳卡

(Sanaka)、萨南达(Sananda)、萨纳坦(Sanātana)和萨纳特(Sanat)等四位伟大的圣人，把攀登灵性高峰的四个法门传给他们，他们以练习做奉爱服务(bhakti)为宗旨开创了自己的灵修传承(sampradāya)，称为库玛尔传承(Kumāra-sampradāya)，后来又被称为宁巴尔卡传承(Nimbārka-sampradāya)。所有这些伟大的圣人都成了至尊主伟大的奉献者，因为人如果不为人格首神做奉爱服务，他无论从事哪种灵性活动都不会成功。

第 5 节　तान् बभाषे स्वभूः पुत्रान् प्रजाः सृजत पुत्रकाः ।
तन्नैच्छन्मोक्षधर्माणो वासुदेवपरायणाः ॥५॥

tān babhāṣe svabhūḥ putrān
prajāḥ sṛjata putrakāḥ
tan naicchan mokṣa-dharmāṇo
vāsudeva-parāyaṇāḥ

tān－向库玛尔兄弟 / babhāṣe－对……说 / svabhūḥ－布茹阿玛 / putrān－向儿子们 / prajāḥ－后代 / sṛjata－创造 / putrakāḥ－我的儿子啊 / tat－那 / na－不 / aicchan－愿意 / mokṣa-dharmāṇaḥ－立志走解脱之途 / vāsudeva－人格首神 / parāyaṇāḥ－他们对……充满奉爱

译文　布茹阿玛生出他们后对他这些儿子说："亲爱的儿子们，现在繁殖后代吧。"然而，他们依恋的是至尊人格首神华苏戴瓦，他们的目的是解脱。鉴于此，他们表达了他们的不情愿。

要旨　库玛尔(Kumāra)四兄弟不愿步入家庭生活，甚至不惜违背他们伟大的父亲布茹阿玛的指示。下定决心想摆脱物质束缚的人不该再纠缠在虚幻的家庭关系中。人们也许会问：布茹阿玛是库玛尔兄弟的父亲，而且更重要的，他是宇宙的创造者，他们怎么敢不听从他的命令呢？答案是：真诚立志要为人格首神华苏戴瓦(Vāsudeva)做奉爱服务的人(vāsudeva-parāyaṇa)，可以不再理会其他责任或义务。《博伽瓦谭》(Bhāgavatam)第11篇第5章的第41节诗中这样教导说：

devarṣi-bhūtāpta-nṛṇāṁ pitṝṇāṁ
na kiṅkaro nāyam ṛṇī ca rājan
sarvātmanā yaḥ śaraṇaṁ śaraṇyaṁ
gato mukundaṁ parihṛtya kartam

“至尊主赐予我们解脱，是我们唯一值得托庇的人。脱离一切世俗关系，彻底托庇于至尊主莲花足的人，从此不再亏欠任何人，也不再需要侍奉任何人，包括半神人、祖先、圣人、其他生物体、亲戚或人类。”因此，库玛尔兄弟不听从他们伟大父亲的命令，不愿走入家庭生活，并没有做错什么。

第 6 节 सोऽवध्यातः सुतैरेवं प्रत्याख्यातानुशासनैः ।
क्रोधं दुर्विषहं जातं नियन्तुमुपचक्रमे ॥ ६ ॥

so 'vadhyātaḥ sutair evaṁ
pratyākhyātānuśāsanaiḥ
krodhaṁ durviṣahaṁ jātaṁ
niyantum upacakrame

saḥ—他(布茹阿玛) / avadhyātaḥ—这样受到不敬 / sutaiḥ—被儿子 / evam—就此 / pratyākhyāta—不服从 / anuśāsanaiḥ—父亲的命令 / krodham—怒气 / durviṣaham—令人忍无可忍 / jātam—因此生出 / niyantum—压制 / upacakrame—极力

译文 儿子们居然拒绝服从他这个做父亲的命令，布茹阿玛心中升腾起愤怒的火焰。他努力控制那愤怒，不表达出来。

要旨 布茹阿玛掌管物质自然的激情属性，所以在儿子违抗他的命令时，他自然会很生气。尽管库玛尔兄弟在这件事上并没有做错什么，但布茹阿玛身上因为充满了激情属性，所以还是怒火中烧。可他并没有表现出来，因为他知道自己的儿子处在很高的灵性层面上，自己不该对他们发火。

第 7 节　धिया निगृह्यमाणोऽपि भ्रुवोर्मध्यात्प्रजापतेः ।
सद्योऽजायत तन्मन्युः कुमारो नीललोहितः ॥ ७ ॥

dhiyā nigṛhyamāṇo 'pi
bhruvor madhyāt prajāpateḥ
sadyo 'jāyata tan-manyuḥ
kumāro nīla-lohitaḥ

dhiyā—凭借智力 / nigṛhyamāṇaḥ—被压制 / api—尽管 / bhruvoḥ—两道眉毛的 / madhyāt—中间 / prajāpateḥ—布茹阿玛的 / sadyaḥ—突然 / ajāyata—生出 / tat—他的 / manyuḥ—怒气 / kumāraḥ—孩子 / nīla-lohitaḥ—红蓝两色混合

译文　尽管他努力抑制他的愤怒，那愤怒还是从他的眉心处喷出，一个肤色呈蓝红色的小孩立刻诞生了。

要旨　不管是有知识还是出于无知，人一旦生气，脸上的表情大体都一样。最杰出的人物布茹阿玛虽然竭力抑制自己的怒气，但还是没能做到。这怒气变成肤色呈蓝红色的茹铎(Rudra)，从布茹阿玛的两眉间喷出。红色代表激情属性，蓝色代表愚昧属性，而愤怒正是激情属性和愚昧属性的产物。

第 8 节　स वै रुरोद देवानां पूर्वजो भगवान् भवः ।
नामानि कुरु मे धातः स्थानानि च जगद्गुरो ॥ ८ ॥

sa vai ruroda devānāṁ
pūrvajo bhagavān bhavaḥ

nāmāni kuru me dhātaḥ
sthānāni ca jagad-guro

saḥ—他 / vai—肯定地 / ruroda—哭喊 / devānām pūrvajaḥ—半神人中最年长的 / bhagavān—最有力量的 / bhavaḥ—主希瓦 / nāmāni—不同的名字 / kuru—指出 / me—我的 / dhātaḥ—命运的缔造者啊 / sthānāni—地方 / ca—和 / jagat-guro—宇宙的导师啊

译文 小孩一诞生便哭喊道：啊，命运的制造者，宇宙的教师！请说明我的名字和住地。

第 9 节 इति तस्य वचः पाद्मो भगवान् परिपालयन् ।
अभ्यधाद्भद्रया वाचा मा रोदीस्तत्करोमि ते ॥९॥

iti tasya vacaḥ pādmo
bhagavān paripālayan
abhyadhād bhadrayā vācā
mā rodīs tat karomi te

iti—就此 / tasya—他的 / vacaḥ—要求 / pādmaḥ—诞生于莲花的人 / bhagavān—力量非凡的人 / paripālayan—答应……的要求 / abhyadhāt—安慰 / bhadrayā—用温和的 / vācā—话语 / mā—不要 / rodīḥ—喊叫 / tat—那 / karomi—我会做 / te—按你的心愿

译文 生于莲花、有无上权利的布茹阿玛，用温和的话语安抚那男孩，并接受他的请求说：别哭喊；我无疑会按你的愿望做。

第 10 节 यदरोदीः सुरश्रेष्ठ सोद्वेग इव बालकः ।
ततस्त्वामभिधास्यन्ति नाम्ना रुद्र इति प्रजाः ॥१०॥

yad arodīḥ sura-śreṣṭha
sodvega iva bālakaḥ

tatas tvām abhidhāsyanti
nāmnā rudra iti prajāḥ

yat一就像 / arodīḥ一大声哭喊 / sura-śreṣṭha一半神人之首啊 / sa-udvegaḥ一焦急地 / iva一像 / bālakaḥ一一个男孩 / tataḥ一因此 / tvām一你 / abhidhāsyanti一将被称为 / nāmnā一……名字 / rudraḥ一茹铎 / iti一就此 / prajāḥ一人们

译文 接着，布茹阿玛说，半神人的领袖啊！由于你如此焦急地哭喊，所有的人都将用茹铎这个名字称呼你。

第 11 节 हृदिन्द्रियाण्यसुर्व्योम वायुरग्निर्जलं मही ।
सूर्यश्चन्द्रस्तपश्चैव स्थानान्यग्रे कृतानि ते ॥११॥

hṛd indriyāṇy asur vyoma
vāyur agnir jalaṁ mahī
sūryaś candras tapaś caiva
sthānāny agre kṛtāni te

hṛt一心 / indriyāṇi一感官 / asuḥ一生命之气 / vyoma一天空 / vāyuḥ一空气 / agniḥ一火 / jalam一水 / mahī一土 / sūryaḥ一太阳 / candraḥ一月亮 / tapaḥ一苦行 / ca一和 / eva一肯定地 / sthānāni一所有这些地方 / agre一以上 / kṛtāni一已经定下 / te一为你

译文 亲爱的儿子，我已经选了让你居住的地方，它们是：心、感官、生命之气、天空、空气、火、水、土、太阳、月亮和苦行。

要旨 布茹阿玛身上所具有的混合了一些愚昧属性的激情属性导致他发怒，结果从他的两眉间冲出了茹铎。这事件本身有其极为深刻的含义。《博伽梵歌》第3章的第37节诗谈到了茹铎因素，激情属性产生物质欲望(kāma)，物质欲望继而转为愤怒(krodha)。当生物的物质欲望或某种期望没有得到满足时，“愤怒”这一受制约的灵魂最可怕的敌人便会出现。受制约的灵魂身上所带有的这一极度罪恶、怀有强烈恶意的激情属性，具体表现为阿汉卡尔(ahaṅkāra)，意思是：完全以假我为中心，认为自己是一切的一切。这种以假我为中心的倾向完全受物质能量的控制，被《博伽梵歌》斥之为是愚昧。愤怒由心中发出，以假我为中心的倾向是潜藏在内心的茹铎因素的外在展示。这一从心中发出的愤怒通过眼、手、腿等感官进一步表现出来，所以人在发怒时会表现为两眼充血、冒火，且伴有拳头紧握、跺脚等动作。茹铎的这些外在展示说明，那些地方都存在着茹铎因素。人发怒时会变得呼吸急促，这是茹铎因素通过生命之气或呼吸的展现。天空乌云密布、翻卷，狂风大作时，是茹铎因素的展示。同样，海风呼啸，海面上怒涛翻滚时，也是茹铎令人感到胆战心惊的阴森面目。从熊熊燃烧的大火中，我们可以感受到茹铎因素的存在。洪水泛滥，淹没大地时，我们知道这同样是茹铎因素的展现。

地球上有许多生物体一直是茹铎因素的展示，例如：蛇、老虎和狮子。茹铎因素也存在于太阳和月亮中；有时，在骄阳似火的酷暑天，人会中暑；而在月夜，冰冷彻骨的月光也会使人突然间晕倒。有许多圣人因从事苦行而拥有非凡的力量，许多瑜伽师、哲学家和弃绝者有时也会在茹铎式的愤怒和激情的影响下展示其所获得的力量。大瑜伽师杜尔瓦萨(Durvāsā)在与安巴瑞施王(Mahārāja Ambarīṣa)交往的过程中，因为受到茹铎因素的影响而挑起争执；男孩布茹阿玛纳诅咒帕瑞克西特(Parīkṣit)王的行为也是茹铎因素的展示。不为至尊人格首神做奉爱服务的人，一旦表现出愤怒，让茹铎因素从他身上展现出来，就会从原先被升上的较高层面上坠落下来。对此，《圣典博伽瓦谭》第10篇第2章的第32节诗证实说：

Ye 'nye 'ravindākṣa vimukta-māninas
tvayy asta-bhāvād aviśuddha-buddhayaḥ

āruhya kṛcchreṇa paraṁ padaṁ tataḥ
patanty adho 'nādṛta-yuṣmad-aṅghrayaḥ

非人格神主义者之所以落得可悲的堕落下场，是因为他们荒唐、错误地声称要与至尊者合一。

第 12 节　मन्युर्मनुर्महिनसो महाञ्छिव ऋतध्वजः ।
उग्ररेता भवः कालो वामदेवो धृतव्रतः ॥१२॥

manyur manur mahinaso
mahāñ chiva ṛtadhvajaḥ
ugraretā bhavaḥ kālo
vāmadevo dhṛtavrataḥ

manyuḥ, manuḥ, mahinasaḥ, mahān, śivaḥ, ṛtadhvajaḥ, ugraretāḥ, bhavaḥ, kālaḥ, vāmadevaḥ, dhṛtavrataḥ一曼尤、玛努、玛黑纳萨、玛汉、希瓦、瑞塔铎佳、乌卦瑞塔、巴瓦、卡拉、瓦玛戴瓦、兑塔瓦塔(都是茹铎的别名)

译文　主布茹阿玛说：我亲爱的儿子茹铎，你还有十一个其他的名字，它们分别是：曼尤、玛努、玛黑纳萨、玛汉、希瓦、瑞塔铎佳、乌卦瑞塔、巴瓦、卡拉、瓦玛戴瓦和兑塔瓦塔。

第 13 节　धीर्धृतिरसलोमा च नियुत्सर्पिरिलाम्बिका ।
इरावती स्वधा दीक्षा रुद्राण्यो रुद्र ते स्त्रियः ॥१३॥

dhīr dhṛti-rasalomā ca
niyut sarpir ilāmbikā
irāvatī svadhā dīkṣā
rudrāṇyo rudra te striyaḥ

dhīḥ, dhṛti, rasalā, umā, niyut, sarpiḥ, ilā, ambikā, irāvatī, svadhā, dīkṣā rudrāṇyaḥ一十一位茹铎妮 / rudra一茹铎啊 / te一向你 / striyaḥ一妻子

译文 茹铎啊！你有十一位被称为茹铎妮的妻子，她们的名字分别是：迪、兑缇、茹阿萨拉、乌玛、妮尤特、萨尔琵、伊拉、安碧卡、伊茹阿瓦缇、斯娃妲和迪珂莎。

第 14 节 गृहाणैतानि नामानि स्थानानि च सयोषणः ।
एभिः सृज प्रजा बह्वीः प्रजानामसि यत्पतिः ॥१४॥

gṛhāṇaitāni nāmāni
sthānāni ca sa-yoṣaṇaḥ
ebhiḥ sṛja prajā bahvīḥ
prajānām asi yat patiḥ

gṛhāṇa－请接受 / etāni－所有这些 / nāmāni－不同的名字 / sthānāni－和地方 / ca－和 / sa-yoṣaṇaḥ－和妻子 / ebhiḥ－和她们 / sṛja－繁衍 / prajāḥ－后代 / bahvīḥ－大量地 / prajānām－众生的 / asi－你是 / yat－因为 / patiḥ－主人

译文 我亲爱的儿子，你现在可以接受为你指定的名字、住所和不同的妻子。既然你现在是生物体的主人之一，你可以大量地繁衍宇宙居民了。

要旨 作为茹铎的父亲，布茹阿玛为儿子安排了妻子、安身之地和名字。儿子接受父亲给他取的名字，留给他的财产，自然也应该接受父亲为他挑选的妻子。这是人类增加人口的普遍做法。但另一方面，库玛尔兄弟并没有服从他们父亲的意愿，去繁衍后代。这是因为他们处在很高的灵性层面上，所以可以超越这一点，不履行这方面的责任。儿子为了更崇高的目标可以违反父亲的指示；同样，当父亲的也可以为了同样的目的不抚养儿子，不履行繁衍后代、增加人口的责任。

第 15 节 इत्यादिष्टः स्वगुरुणा भगवान्नीललोहितः ।
सत्त्वाकृतिस्वभावेन ससर्जात्मसमाः प्रजाः ॥१५॥

ity ādiṣṭaḥ sva-guruṇā
bhagavān nīla-lohitaḥ
sattvākṛti-svabhāvena
sasarjātma-samāḥ prajāḥ

iti—就此 / ādiṣṭaḥ—被命令 / sva-guruṇā—被他自己的灵性导师 / bhagavān—强大无比的 / nīla-lohitaḥ—肤色呈红蓝色的茹铎 / sattva—力量 / ākṛti—身体形貌 / svabhāvena—且性格暴躁 / sasarja—创造 / ātma-samāḥ—就像从他这个模子里出来的 / prajāḥ—后代

译文　肤色呈红蓝色、强大无比的茹铎，造出许多形貌、力量、性格狂暴与他完全一样的后代。

第 16 节　रुद्राणां रुद्रसृष्टानां समन्ताद्ग्रसतां जगत् ।
निशाम्यासङ्ख्यशो यूथान् प्रजापतिरशङ्कत ॥१६॥

rudrāṇāṁ rudra-sṛṣṭānāṁ
samantād grasatāṁ jagat
niśāmyāsaṅkhyaśo yūthān
prajāpatir aśaṅkata

rudrāṇām—茹铎的儿子 / rudra-sṛṣṭānām—茹铎生的 / samantāt—聚在一起 / grasatām—正要吞没 / jagat—宇宙 / niśāmya—见到他们的举动 / asaṅkhyaśaḥ—不计其数的 / yūthān—聚会 / prajā-patiḥ—众生之父 / aśaṅkata—感到害怕

译文　茹铎生的儿子和孙子数目多得数不胜数；他们聚集在一起时，企图吞下整个宇宙。生物体的父亲布茹阿玛看到这情景，对形势的发展感到害怕。

要旨　愤怒的化身茹铎所繁殖的后代，干扰宇宙间各项事务的正常运行，对整个宇宙有极大的破坏性，就连众生之父布茹阿玛都怕他们。茹铎手下那些所谓的奉献者或追随者也属于这类危险人物；他们有时甚至危及茹铎本人的安全，茹铎的后代有时在得到茹铎的祝福后甚至想要谋害他。茹铎的奉献者本性如此。

第 17 节 अलं प्रजाभिः सृष्टाभिरीदृशीभिः सुरोत्तम ।
मया सह दहन्तीभिर्दिशश्चक्षुर्भिरुल्बणैः ॥१७॥

alaṁ prajābhiḥ sṛṣṭābhir
īdṛśībhiḥ surottama
mayā saha dahantībhir
diśaś cakṣurbhir ulbaṇaiḥ

alam—没有必要地 / prajābhiḥ—由生物 / sṛṣṭābhiḥ—生育 / īdṛśībhiḥ—这一类的 / sura-uttama—半神人中的佼佼者 / mayā—我 / saha—和 / dahantībhiḥ—正在焚烧……的他们 / diśaḥ—四面八方 / cakṣurbhiḥ—以眼睛 / ulbaṇaiḥ—烈焰

译文 布茹阿玛告诉茹铎：最优秀的半神人啊！你没必要生育有这种天性的生物体。他们开始眼睛喷火地破坏周围的一切，甚至来攻击我。

第 18 节 तप आतिष्ठ भद्रं ते सर्वभूतसुखावहम् ।
तपसैव यथा पूर्वं स्रष्टा विश्वमिदं भवान् ॥१८॥

tapa ātiṣṭha bhadraṁ te
sarva-bhūta-sukhāvaham
tapasaiva yathā pūrvaṁ
sraṣṭā viśvam idaṁ bhavān

tapaḥ—苦行 / ātiṣṭha—处于 / bhadram—吉祥的 / te—对你 / sarva—所有的 / bhūta—生物 / sukha-āvaham—带去幸福和喜乐 / tapasā—通过苦行 / eva—只有 / yathā—和……一样的 / pūrvam—以前 / sraṣṭā—将创造 / viśvam—宇宙 / idam—这 / bhavān—你本人

译文　亲爱的儿子，你不如去苦修吧，那将给全体众生带来吉祥的利益，也会使你得到所有的祝福。仅仅通过苦修，你就能按照宇宙从前的样子创造它。

要旨　宇宙展示的创造、维系和毁灭，由布茹阿玛、维施努(Viṣṇu)和玛黑施瓦尔(Maheśvara，希瓦)三人分别负责。布茹阿玛建议茹铎(希瓦)在宇宙还处于创造和维系阶段时，不要出来活动毁灭世界，而应该去苦修，等宇宙到了该毁灭的时候，再请他出来做他该做的服务。

第 19 节　तपसैव परं ज्योतिर्भगवन्तमधोक्षजम् ।
सर्वभूतगुहावासमञ्जसा विन्दते पुमान् ॥१९॥

tapasaiva paraṁ jyotir
bhagavantam adhokṣajam
sarva-bhūta-guhāvāsam
añjasā vindate pumān

tapasā—通过苦修 / eva—只有 / param—至尊者 / jyotiḥ—光芒 / bhagavantam—向人格首神 / adhokṣajam—是感官无法知觉到的祂 / sarva-bhūta-guhā-āvāsam—居于众生的心中 / añjasā—完全地 / vindate—能了解 / pumān——个人

译文　只有靠苦修，人才能甚至接近人格首神。祂在每一个生物体的心中，同时又超出一切感官所能感知的范围。

要旨　布茹阿玛建议茹铎去苦修，以便给他的儿子和追随者们树立榜样，让他们明白：必须靠苦修才能得到至尊人格首神的赐福。布茹阿玛很讨厌茹铎的后代，担心他的子子孙孙会越来越多，最后把自己也给吃了。《博伽梵歌》中说：普通大众总以权威为榜样，追随他们的步伐。基于这一点，他便让茹铎不要再繁殖这些不值得要的后代，而是去苦修，等待至尊主的恩典。正因为如此，我们所看到的茹铎的画像大多是正在端坐冥想，以求得至尊主的赐福。这样一来，也间接地使茹铎的儿子和追随者们在布茹阿玛正有条不紊地进行创造时效法茹铎，不再从事破坏活动。

第 20 节

मैत्रेय उवाच
एवमात्मभुवादिष्टः परिक्रम्य गिरां पतिम् ।
बाढमित्यमुमामन्त्र्य विवेश तपसे वनम् ॥२०॥

maitreya uvāca
evam ātmabhuvādiṣṭaḥ
parikramya girāṁ patim
bāḍham ity amum āmantrya
viveśa tapase vanam

maitreyaḥ uvāca－圣麦垂亚说 / evam－就此 / ātma-bhuvā－由布茹阿玛 / ādiṣṭaḥ－被这样要求 / parikramya－经绕拜 / girām－韦达经的 / patim－向主人 / bāḍham－那是正确的 / iti－就此 / amum－向布茹阿玛 / āmantrya－就这样对……说话 / viveśa－进入 / tapase－为了苦修 / vanam－进入森林

译文　圣麦垂亚说：茹铎得到布茹阿玛的命令后，绕拜他父亲——韦达经的导师；在说了表示赞同的话语后，进入森林从事严格的苦修。

第 21 节

अथाभिध्यायतः सर्गं दश पुत्राः प्रजज्ञिरे ।
भगवच्छक्तियुक्तस्य लोकसन्तानहेतवः ॥२१॥

athābhidhyāyataḥ sargaṁ
daśa putrāḥ prajajñire

bhagavac-chakti-yuktasya
loka-santāna-hetavaḥ

atha—就此 / abhidhyāyataḥ—想着 / sargam—创造 / daśa—十个 / putrāḥ—儿子 / prajajñire—被生下 / bhagavat—有关人格首神的 / śakti—能力 / yuktasya—被……赋予 / loka—世界 / santāna—后代 / hetavaḥ—原因

译文　被至尊人格首神授权的布茹阿玛思考生育生物体的事宜，并为扩大生物体的数量生了十个儿子。

第 22 节　मरीचिरत्र्यङ्गिरसौ पुलस्त्यः पुलहः क्रतुः ।
भृगुर्वसिष्ठो दक्षश्च दशमस्तत्र नारदः ॥२२॥

marīcir atry-aṅgirasau
pulastyaḥ pulahaḥ kratuḥ
bhṛgur vasiṣṭho dakṣaś ca
daśamas tatra nāradaḥ

marīciḥ, atri, aṅgirasau, pulastyaḥ, pulahaḥ, kratuḥ, bhṛguḥ, vasiṣṭhaḥ, dakṣaḥ—布茹阿玛众多儿子的名字 / ca—和 / daśamaḥ—第十个 / tatra—那 / nāradaḥ—纳茹阿达

译文　玛瑞祺、阿特瑞、安给茹阿、菩拉斯提亚、菩拉哈、克茹阿图、布瑞古、瓦希施塔、达克沙，以及第十个儿子纳茹阿达，就这样出生了。

要旨　宇宙展示的创造、维系和毁灭这整个过程的存在，是为了给受制约的灵魂提供一个回归家园、回归首神的机会。布茹阿玛创造茹铎，是为了让他在创造中助自己一臂之力，但茹铎从一开始就要毁灭整个创造，使布茹阿玛不得不制止他从事那些破坏活动。接着，布茹阿玛又创造了另一批“乖”孩子，他们绝大多数都热衷

于从事功利性的活动。但布茹阿玛心里清楚，少了为至尊主做奉爱服务这一内容，受制约的灵魂根本不可能得到任何益处，所以他最后创造了自己最得力的儿子纳茹阿达(Nārada)——值得所有超然主义者托庇的最崇高的灵性导师。不为至尊主做奉爱服务的人无论从事什么领域的活动，最后都将一无所获。相反，奉爱服务是完全独立的活动，永远不需要依靠任何物质事物。只有为至尊主做超然的爱心服务，人才能实现人生真正的目标。正因为如此，圣纳茹阿达·牟尼所做的服务，高于布茹阿玛其他的儿子所从事的活动。

第 23 节 उत्सङ्गान्नारदो जज्ञे दक्षोऽङ्गुष्ठात्स्वयम्भुवः ।
प्राणाद्वसिष्ठः सञ्जातो भृगुस्त्वचि करात्क्रतुः ॥२३॥

utsaṅgān nārado jajñe
  dakṣo 'ṅguṣṭhāt svayambhuvaḥ
prāṇād vasiṣṭhaḥ sañjāto
  bhṛgus tvaci karāt kratuḥ

utsaṅgāt－通过超然的思考 / nāradaḥ－伟大的纳茹阿达·牟尼 / jajñe－诞生 / dakṣaḥ－达克沙 / aṅguṣṭhāt－从拇指 / svayambhuvaḥ－布茹阿玛的 / prāṇāt－从生命之气或呼吸 / vasiṣṭhaḥ－瓦希施塔 / sañjātaḥ－诞生 / bhṛguḥ－圣人布瑞古 / tvaci－从触觉 / karāt－从手 / kratuḥ－圣人克茹阿图

译文 从布茹阿玛身体最杰出的部分——深思熟虑，纳茹阿达诞生出来。瓦希施塔诞生于他的呼吸，达克沙诞生于他的一个拇指，布瑞古诞生于他的触觉，而克茹阿图从他的手诞生出来。

要旨 纳茹阿达之所以从布茹阿玛最佳的冥思中诞生出来，是因为纳茹阿达能按自己的意愿把至尊主给予任何人。人无论掌握多少韦达知识，从事过多少种苦行，都不足以认识至尊人格首神。然而，像纳茹阿达这样一位至尊主的纯粹奉献者，却能按照他的意愿把至尊主给予众生。梵文“纳茹阿达”这个名字本身就包含了“他能把至尊主给予大家”的意思。纳茹阿(Nāra)的意思是“至尊主”，达(da)的意思是“能给与……的人”。说纳茹阿达能把至尊主给他人，并不意味着至尊主是一件商品，能随便把祂送人，而是指纳茹阿达能够把对至尊主的超然爱心服务分发给大家，有能力视每一个个体对至尊主怀有哪一种超然的爱，而因势利导地使其成为至尊主的仆人、朋友、父母或恋人。换句话说，只有纳茹阿达才能将奉爱瑜伽(bhakti-yoga)这件可使人获得至尊主的最神秘法宝给予大众。

第 24 节 पुलहो नाभितो जज्ञे पुलस्त्यः कर्णयोर्ऋषिः ।
अङ्गिरा मुखतोऽक्ष्णोऽत्रिर्मरीचिर्मनसोऽभवत् ॥२४॥

pulaho nābhito jajñe
pulastyaḥ karṇayor ṛṣiḥ
aṅgirā mukhato 'kṣṇo 'trir
marīcir manaso 'bhavat

pulahaḥ — 圣人菩拉哈 / nābhitaḥ — 从肚脐 / jajñe — 诞生 / pulastyaḥ — 圣人菩拉斯提亚 / karṇayoḥ — 从耳朵 / ṛṣiḥ — 伟大的圣人 / aṅgirāḥ — 圣人安给茹阿 / mukhataḥ — 从嘴 / akṣṇaḥ — 从眼睛 / atriḥ — 圣人阿特瑞 / marīciḥ — 圣人玛瑞祺 / manasaḥ — 从心 / abhavat — 显现

译文 菩拉斯提亚产自布茹阿玛的耳朵，安给茹阿产自他的嘴巴，阿特瑞产自他的眼睛，玛瑞祺产自他的心，而菩拉哈从布茹阿玛的肚脐生出。

第 25 节 धर्मः स्तनाद्दक्षिणतो यत्र नारायणः स्वयम् ।
अधर्मः पृष्ठतो यस्मान्मृत्युर्लोकभयङ्करः ॥२५॥

dharmaḥ stanād dakṣiṇato
yatra nārāyaṇaḥ svayam
adharmaḥ pṛṣṭhato yasmān
mṛtyur loka-bhayaṅkaraḥ

dharmaḥ－宗教 / stanāt－从胸口 / dakṣiṇataḥ－在右边 / yatra－在那里 / nārāyaṇaḥ－至尊主 / svayam－亲自 / adharmaḥ－非宗教 / pṛṣṭhataḥ－从背部 / yasmāt－从那里 / mṛtyuḥ－死亡 / loka－对生物来说 / bhayam-karaḥ－可怕的

译文 宗教从布茹阿玛的胸部展示出来，至尊人格首神纳茹阿亚纳就坐在其中。非宗教从他的背部出现，生物体的可怕死亡就发生在那里。

要旨 宗教产自布茹阿玛身体上人格首神本人所在的部位，其意义非常深刻，因为宗教意味着为人格首神做奉爱服务。《博伽梵歌》和《博伽瓦谭》中都证实了这一点。《博伽梵歌》最后的训示，是让人放弃一切以宗教名义从事的活动，直接托庇于人格首神。《圣典博伽瓦谭》中也确认说：最完美的宗教是引导人为至尊主做奉爱服务，而且在整个过程中不怀任何私人动机，不为物质不利因素所阻挠。完美意义上的宗教是为至尊主做奉爱服务，非宗教则恰好相反。心脏是机体的要害部位，而后背是最无关紧要的部位。人在受到敌人攻击时总是严密地保护胸部，背上受点伤不要紧，还可以忍受。各种形式的非宗教都来自布茹阿玛的背部，而对至尊主的奉爱服务——真正的宗教，则来自纳茹阿亚纳(Nārāyaṇa)所处的部位——胸部。不引导人为至尊主做奉爱服务的任何活动，都是非宗教，任何能将人引向为至尊主做奉爱服务的活动才称之为宗教。

第 26 节 हृदि कामो भ्रुवः क्रोधो लोभश्चाधरदच्छदात् ।
आस्याद्वाक्सिन्धवो मेढ्रान्निर्ऋतिः पायोरघाश्रयः ॥२६॥

hṛdi kāmo bhruvaḥ krodho
lobhaś cādhara-dacchadāt
āsyād vāk sindhavo meḍhrān
nirṛtiḥ pāyor aghāśrayaḥ

hṛdi—从心 / kāmaḥ—物质欲望 / bhruvaḥ—从眉间 / krodhaḥ—怒气 / lobhaḥ—贪婪 / ca—和 / adhara-dacchadāt—从双唇间 / āsyāt—从嘴 / vāk—讲话 / sindhavaḥ—海洋 / meḍhrāt—从阴茎 / nirṛtiḥ—低级活动 / pāyoḥ—从肛门 / agha-āśrayaḥ—一切罪恶的储存体

译文　性欲和渴求从布茹阿玛的心中展出，愤怒从他的眉心展出，贪婪从他的双唇展出，说话的能力从他的嘴展出，海洋从他的阴茎展出，下流、可恶的活动从他的肛门——一切罪恶的源头产生出来。

要旨　受制约的灵魂都受他自己虚构出的心念影响。一个人再怎么有学问，都会受其心理活动的影响，因此总摆脱不了物质享乐的欲望，总有要从事低级活动的念头。人除非走上为至尊主做奉爱服务的路，否则很难去除那些欲念。当人的物质享乐欲望这种低级欲望无法得到满足时，他心中就会生出愤怒并从眉间流露出来。正因为如此，一般人都被劝告要通过把注意力集中在眉心来收摄心念。然而，至尊主的奉献者却不必这么做，因为他们早就已经将至尊主置于他们的心中了。“内心无欲”这种理论站不住脚，因为心不可能没有愿望。当经典劝告人要去除欲望时，是指人不该欲求有损于灵性价值观的事物。至尊主的奉献者心里时刻想着至尊主，已经把所有的愿望与他为至尊主的服务结合在一起了，所以不需要刻意追求内心无欲的状态。

梵文称“说话的能力”是知识女神(Sarasvatī)，她从布茹阿玛的嘴里诞生出来。然而，即使是得到知识女神恩宠的人，心中也不免充满物质享乐的欲望，他的眉头会表现出愤怒的迹象。人也许从世俗的角度看知识很渊博，但那并不意味着他完全不从事与物质享乐欲望和愤怒有关的低级活动。只有坚信至尊主，总是全神贯注地冥想至尊主(samādhi)的纯粹奉献者，才可能拥有美好的品质。

第 27 节 छायायाः कर्दमो जज्ञे देवहूत्याः पतिः प्रभुः ।
मनसो देहतश्चेदं जज्ञे विश्वकृतो जगत् ॥२७॥

chāyāyāḥ kardamo jajñe
devahūtyāḥ patiḥ prabhuḥ
manaso dehataś cedaṁ
jajñe viśva-kṛto jagat

chāyāyāḥ—由影子 / kardamaḥ—卡尔达玛·牟尼 / jajñe—诞生 / devahūtyāḥ—黛瓦瑚缇的 / patiḥ—丈夫 / prabhuḥ—主人 / manasaḥ—从心 / dehataḥ—从躯体 / ca—和 / idam—这 / jajñe—发展 / viśva—宇宙 / kṛtaḥ—创造者的 / jagat—宇宙展示

译文 优秀的黛瓦瑚缇的丈夫——圣人卡尔达玛，从布茹阿玛的影子展现出来。就这样，所有的一切，要么从布茹阿玛的躯体，要么从布茹阿玛的心展示了出来。

要旨 物质自然三种属性中虽然总有一种占主导地位，但占主导地位的这种属性绝对不可能完全取代另外两种属性。即使激情属性和愚昧属性占绝对主导地位时，也还有一些善良属性存在。布茹阿玛的儿子，有的从他的躯体上诞生，有的从他的心中诞生，其本性大多属于激情型和愚昧型，但当中也有像卡尔达玛(Kardama)这样本性属善良型的儿子，以及纳茹阿达这样在布茹阿玛正处于超然境界中时诞生的儿子。

第 28 节 वाचं दुहितरं तन्वीं स्वयम्भूर्हरतीं मनः ।
अकामां चकमे क्षत्तः सकाम इति नः श्रुतम् ॥२८॥

vācaṁ duhitaraṁ tanvīṁ
svayambhūr haratīṁ manaḥ
akāmāṁ cakame kṣattaḥ
sa-kāma iti naḥ śrutam

vācam—娃克 / duhitaram—向女儿 / tanvīm—从他的躯体上诞生 / svayambhūḥ—布茹阿玛 / haratīm—吸引 / manaḥ—他的心 / akāmām—不怀色欲 / cakame—想要 / kṣattaḥ—维杜茹阿啊 / sa-kāmaḥ—怀有色欲 / iti—因此 / naḥ—我们 / śrutam—听说

译文　啊，维杜茹阿！我们听说，布茹阿玛有一个名叫娃克的女儿；她从他的身体诞生出来后，引起了他想与之发生性关系的念头，尽管她本人并不想与他有性关系。

要旨　《圣典博伽瓦谭》第9篇第19章的第17节诗说：感官异常凶猛，即使最有理智的饱学之士也免不了被其迷惑(balavān indriya-grāmo vidvāṁsam api karṣati)。正因为如此，经典指示说：人甚至不该与自己的母亲、姐妹和女儿单独相处。梵文“vidvāṁsam api karṣati”的意思是：就连最博学的人都会成为感官冲动的牺牲品。布茹阿玛对自己的女儿产生性冲动是违反常理的事，麦垂亚(Maitreya)在本不想提这件事的情况下最终还是说了的原因在于：这种事情的确会发生，布茹阿玛本人就是一个活生生的例子；如果就连他这样一个宇宙中的第一位生物体，整个宇宙中最有学问的人，都能成为性欲的俘虏，更何谈其他那些身上有许多世俗弱点和缺陷的人呢？据说，布茹阿玛这件有伤风化的丑闻发生在某个卡勒帕(kalpa)，而绝不是发生在他从至尊主那里直接聆听了《圣典博伽瓦谭》四节核心诗的那个卡勒帕；因为至尊主向布茹阿玛传授《博伽瓦谭》的知识后，便祝福他以后无论何时都不会再受迷惑。这说明，布茹阿玛在聆听《圣典博伽瓦谭》之前还有可能成为性欲的俘虏，但直接聆听至尊主讲述《圣典博伽瓦谭》后，就不会再重蹈覆辙了。

我们应该从这件事上很好地吸取教训。人是社会性的动物，男性如果不加限制地与女性随意接触交往，结果就将是堕落。男女，尤其是年轻的男女，在社会上无拘无束、自由交往的风气，无疑是人类灵性进程中的一大障碍。物质束缚来自性的束缚，因此男女之间不加约束地交往，无疑是灵性生活的巨大障碍。麦垂亚举布茹阿玛的例子是要警告我们，警惕这一巨大的危险！

第 29 节 तमधर्मे कृतमतिं विलोक्य पितरं सुताः ।
मरीचिमुख्या मुनयो विश्रम्भात्प्रत्यबोधयन् ॥२९॥

tam adharme kṛta-matiṁ
vilokya pitaraṁ sutāḥ
marīci-mukhyā munayo
viśrambhāt pratyabodhayan

tam一对他 / adharme一有关不道德的行为 / kṛta-matim一鬼迷心窍 / vilokya一看到 / pitaram一对父亲 / sutāḥ一儿子们 / marīci-mukhyāḥ一以玛瑞祺为首 / munayaḥ一圣人 / viśrambhāt一带着应有的尊敬 / pratyabodhayan一说了下面的话

译文 当圣人们发现他们的父亲竟然如此受不道德行为的诱惑时，布茹阿玛的这些儿子便在玛瑞祺的带领下，怀着极大的敬意说了如下一番话。

要旨 玛瑞祺(Marīci)等圣人认为父亲行为不当而出言制止是正确的。他们心里很清楚，父亲犯这种错误的背后必有非同寻常的意义，否则像他这样的伟人不可能犯这种错误；很可能是布茹阿玛想借此警告自己的后人，让他们意识到在涉及女性问题时人类普遍具有的弱点。对走在求取自我觉悟路途上的人来说，这个弱点永远是一块巨大的暗礁。因此，像布茹阿玛这样的伟人即使做错了事，也不该受到轻视和怠慢。以玛瑞祺为首的大圣人们，也不能因为看到布茹阿玛有这样的外在表现而对他表示不敬。

第 30 节 नैतत्पूर्वैः कृतं त्वद्ये न करिष्यन्ति चापरे ।
यस्त्वं दुहितरं गच्छेरनिगृह्याङ्गजं प्रभुः ॥३०॥

naitat pūrvaiḥ kṛtaṁ tvad ye
na kariṣyanti cāpare
yas tvaṁ duhitaraṁ gaccher
anigṛhyāṅgajaṁ prabhuḥ

na－从未 / etat－这样的事情 / pūrvaiḥ－被其他任何一位布茹阿玛或您在前面的任何一个周期 / kṛtam－做 / tvat－由您 / ye－……的 / na－也不会 / kariṣyanti－将做 / ca－也 / apare－其他任何人 / yaḥ－……的 / tvam－您 / duhitaram－对女儿 / gaccheḥ－会做 / anigṛhya－不加以控制 / aṅgajam－性欲 / prabhuḥ－父亲啊

译文 父亲啊！您正试图去做的事，无论是其他布茹阿玛、任何人，还是生活在以前的卡勒帕中的您，永远都不会想要做，今后也不会有人胆敢去想它。您是这个宇宙中的至尊生物体，您怎么会想要与您的女儿发生性关系，而且到了无法控制自己欲念的地步呢？

要旨 布茹阿玛这个职位是宇宙中最高的职位。我们看到，除了我们所在的这个宇宙外，物质世界里还有许多其他宇宙和布茹阿玛。处在布茹阿玛这个位置上的人，一举一动都应该是完美的，因为他是所有生物体学习的榜样。布茹阿玛是最虔诚、灵性觉悟最高的生物体，因此被放在一个地位仅次于人格首神的位置上。

第 31 节 तेजीयसामपि ह्येतन्न सुश्लोक्यं जगद्गुरो ।
यद्वृत्तमनुतिष्ठन् वै लोकः क्षेमाय कल्पते ॥३१॥

tejīyasām api hy etan
na suślokyaṁ jagad-guro
yad-vṛttam anutiṣṭhan vai
lokaḥ kṣemāya kalpate

tejīyasām—最有力量的 / api—也 / hi—肯定地 / etat—这样的举动 / na—不适合 / su-ślokyam—好的行为 / jagat-guro—宇宙的灵性导师啊 / yat—……的 / vṛttam—品格 / anutiṣṭhan—追随 / vai—肯定地 / lokaḥ—世界 / kṣemāya—为造福 / kalpate—变得有资格

译文 尽管您是最强有力的生物体，但这样的行为不适合您，因为大众为取得灵性进步要以您为榜样。

要旨 经典中说，拥有非凡力量的生物体能做他想做的任何事，而且丝毫不会受这些活动的影响。举例说，太阳是整个宇宙中最炙热、威力最大的星球，能蒸发任何地方的水，但却威力不减。太阳能蒸发肮脏、污秽之处的水，但本身却不受污染。同样，布茹阿玛也能在任何环境中做到出污泥而不染，其行为应该是无可指责的。他是众生的灵性导师，所以他的行为和品格应该是完美的，以便大众能效法他崇高的行为，从而获得最高的灵性得益。正因为如此，他不应该追求自己的女儿。

第 32 节 तस्मै नमो भगवते य इदं स्वेन रोचिषा ।
आत्मस्थं व्यञ्जयामास स धर्मं पातुमर्हति ॥३२॥

tasmai namo bhagavate
ya idaṁ svena rociṣā
ātma-sthaṁ vyañjayām āsa
sa dharmaṁ pātum arhati

tasmai—向祂 / namaḥ—顶拜 / bhagavate—向人格首神 / yaḥ—……的 / idam—这 / svena—靠祂本身的 / rociṣā—光芒 / ātma-stham—处在

祂本人之中 / vyañjayām āsa一展示了 / saḥ一祂 / dharmam一宗教 / pātum一保护 / arhati一愿仁慈地这么做

译文 让我们恭恭敬敬地向人格首神敬礼，祂在处于祂自己中时，用祂的光辉展现了这个宇宙。愿祂也保护宗教！

要旨 受制约的灵魂想过性生活的欲望极其强烈，在此我们看到，尽管玛瑞祺等布茹阿玛那些伟大的儿子恳求父亲不要那么做，但他仍然一意孤行。这些伟大的人于是开始向至尊主祈祷，求祂让父亲恢复理智。人只有靠至尊主的仁慈才能受到保护，不受色欲的引诱。始终在为至尊主做超然爱心服务的奉献者会受到至尊主的保护，即使偶尔堕落，也能靠祂没有缘故的仁慈得到祂的宽恕。为此，玛瑞祺等圣人便祈求至尊主的仁慈。他们的祈祷是很灵验的。

第 33 节 स इत्थं गृणतः पुत्रान् पुरो दृष्ट्वा प्रजापतीन् ।
प्रजापतिपतिस्तन्वं तत्याज व्रीडितस्तदा ।
तां दिशो जगृहुर्घोरां नीहारं यद्विदुस्तमः ॥३३॥

sa itthaṁ gṛṇataḥ putrān
 puro dṛṣṭvā prajāpatīn
prajāpati-patis tanvaṁ
 tatyāja vrīḍitas tadā
tāṁ diśo jagṛhur ghorāṁ
 nīhāraṁ yad vidus tamaḥ

saḥ一他(布茹阿玛) / ittham一至此 / gṛṇataḥ一说 / putrān一儿子们 / puraḥ一在……之前 / dṛṣṭvā一见到 / prajā-patīn一繁衍众生的全体生物体祖先 / prajāpati-patiḥ一他们的父亲(布茹阿玛) / tanvam一躯体 / tatyāja一放弃 / vrīḍitaḥ一感到羞愧 / tadā一当时 / tām一那躯体 / diśaḥ一四面八方 / jagṛhuḥ一接受 / ghorām一该受责备的 / nīhāram一雾 / yat一……的 / viduḥ一他们知道这是 / tamaḥ一黑暗

译文 全体生物体祖先的父亲——布茹阿玛，看到他所有作为生物体祖先的儿子都以那种方式对他说话，变得羞愧难当，立刻放弃了他接受的躯体。后来，那躯体在所有的方向，以黑暗中危险的浓雾形式出现。

要旨 从事了罪恶活动的人的最佳赎罪方式是：当场放弃自己的躯体。众生的领袖布茹阿玛就采取了这一做法，以身作则给众生树立榜样。布茹阿玛享有极长的寿命，但由于犯了无法饶恕的罪，哪怕是没有如愿以偿，也还是不得不放弃自己的躯体。

对众生而言，这是一个教训，让大家看到不加限制地沉溺于性生活有多么罪恶。性生活极其骯脏，哪怕只是头脑里出现这样的想法，都是罪恶的，人必须为了赎罪放弃自己的躯体。换句话说，从事罪恶活动会折损人的福、禄、寿，而不加以约束的性生活是最危险的罪恶活动。

愚昧使人过罪恶的生活，而罪恶生活反过来又使人变得更加愚昧。黑暗和雾都是愚昧的象征，至今仍笼罩着整个宇宙，只有太阳能驱除它们。至尊主是永恒的光芒，托庇于祂的人不必害怕被雾或愚昧的黑暗所吞噬。

第 34 节 कदाचिद्ध्यायतः स्रष्टुर्वेदा आसंश्चतुर्मुखात् ।
कथं स्रक्ष्याम्यहं लोकान् समवेतान् यथा पुरा ॥३४॥

kadācid dhyāyataḥ sraṣṭur
vedā āsaṁś catur-mukhāt
kathaṁ srakṣyāmy ahaṁ lokān
samavetān yathā purā

kadācit－从前 / dhyāyataḥ－正在思索 / sraṣṭuḥ－布茹阿玛的 / vedāḥ－韦达文献 / āsan－出现 / catuḥ-mukhāt－从四张嘴里 / katham srakṣyāmi－我应该怎样创造 / aham－我自己 / lokān－所有这些世界 / samavetān－聚合在一起 / yathā－和它们以前一样 / purā－以前

译文　一次，当布茹阿玛正在思索如何像在过去的年代周期中那样创造世界时，包含了所有种类知识的韦达经，从他的四张嘴里展现出来。

要旨　正如火能吞噬一切却不会被污染，凭借至尊主的仁慈，布茹阿玛杰出的品性好比熊熊大火，能烧掉他想跟自己女儿发生性关系的罪恶欲念。韦达经是一切知识的源头，当布茹阿玛在考虑重新创造物质世界时，至尊人格首神仁慈地将韦达经先传给了他。布茹阿玛通过为至尊主做奉爱服务而拥有非凡的力量；而奉献者即使偶尔失足，在崇高的奉爱服务路途上摔倒，至尊主也随时准备原谅他的过失。对此，《圣典博伽瓦谭》第11篇第5章的第42节诗证实说：

sva-pāda-mūlaṁ bhajataḥ priyasya
　tyaktvānya-bhāvasya hariḥ pareśaḥ
vikarma yac cotpatitaṁ kathañ-cid
　dhunoti sarvaṁ hṛdi sannviṣṭaḥ

“人格首神哈尔依(Hari)珍爱全心全意在至尊主莲花足下为祂做超然爱心服务的人，居于奉献者心中的至尊主会原谅祂的奉献者偶尔犯的罪。”没人会想到像布茹阿玛这样的伟人竟会冒出想与自己女儿发生性关系的念头。布茹阿玛的这个例子只是为了告诉大家，物质自然的能量极为强大，能作用于任何人，就连布茹阿玛也不例外。至尊主的仁慈救了布茹阿玛，他只是受到轻微的惩罚。凭借至尊主的仁慈，他并没有失去作为伟大的布茹阿玛所具有的崇高威望。

第 35 节　चातुर्होत्रं कर्मतन्त्रमुपवेदनयैः सह ।
धर्मस्य पादाश्चत्वारस्तथैवाश्रमवृत्तयः ॥३५॥

cātur-hotraṁ karma-tantram
　upaveda-nayaiḥ saha
dharmasya pādāś catvāras
　tathaivāśrama-vṛttayaḥ

cātuḥ－四 / hotram－做祭祀必备的用品 / karma－活动 / tantram－这些活动的扩展 / upaveda－韦达经附卷 / nayaiḥ－通过符合逻辑的结论 / saha－和 / dharmasya－宗教信仰的 / pādāḥ－原则 / catvāraḥ－四 / tathā eva－同样地 / āśrama－社会阶层 / vṛttayaḥ－职业

译文 举行火祭所需要的四种人事物展现了，他们分别是：执行者(吟诵者)、供奉者、火，以及韦达经补充文献中记载的活动。而且，宗教的四项原则(诚实、苦行、仁慈和清洁)，以及四社会阶层的职责都展示出来。

要旨 吃、睡、防卫和交配是物质躯体的四大需求；在此方面，人与动物完全相同。只有当人类社会成员按照各自所在的社会阶层和生命阶段从事宗教活动时，人类才有别于动物。这些宗教活动清清楚楚地记载在韦达文献中，随着四部韦达经(Vedas)从布茹阿玛的嘴里产生，揭示给众人。从那以后，按照人类各生命阶段和社会阶层所该履行的职责被确立起来，这些职责是每个文明人都必须遵守的。依照传统遵守这些原则的人被称为雅利安人(Āryan)——进步的人类。

第 36 节

विदुर उवाच
स वै विश्वसृजामीशो वेदादीन्मुखतोऽसृजत् ।
यद्यद्येनासृजद्देवस्तन्मे ब्रूहि तपोधन ॥३६॥

vidura uvāca
sa vai viśva-sṛjām īśo
vedādīn mukhato 'sṛjat
yad yad yenāsṛjad devas
tan me brūhi tapo-dhana

viduraḥ uvāca－维杜茹阿说 / saḥ－他(布茹阿玛) / vai－肯定地 / viśva－宇宙 / sṛjām－实施创造的人 / īśaḥ－主宰 / veda-ādīn－韦达经

等 / mukhataḥ—从嘴里 / asṛjat—建立 / yat—……的 / yat—……的 / yena—通过它 / asṛjat—创造 / devaḥ—半神人 / tat—那 / me—向我 / brūhi—请解释 / tapaḥ-dhana—将苦行作为你唯一财富的圣人啊

译文　维杜茹阿说：唯一的财富是苦修的伟大圣人啊！请为我解释，布茹阿玛是如何建立，又是在谁的帮助下确立了从他嘴里流淌出的韦达知识的。

第 37 节

मैत्रेय उवाच
ऋग्यजुःसामाथर्वाख्यान् वेदान् पूर्वादिभिर्मुखैः ।
शास्त्रमिज्यां स्तुतिस्तोमं प्रायश्चित्तं व्यधात्क्रमात् ॥३७॥

maitreya uvāca
ṛg-yajuḥ-sāmātharvākhyān
vedān pūrvādibhir mukhaiḥ
śāstram ijyāṁ stuti-stomaṁ
prāyaścittaṁ vyadhāt kramāt

maitreyaḥ uvāca—麦垂亚说 / ṛk-yajuḥ-sāma-atharva—四部韦达经 / ākhyān—名字的 / vedān—韦达文献 / pūrva-ādibhiḥ—从正面开始 / mukhaiḥ—由嘴 / śāstram—以前不曾吟唱的韦达赞歌 / ijyām—祭司的仪式 / stuti-stomam—吟唱者所吟唱的内容 / prāyaścittam—超然的活动 / vyadhāt—设立起来 / kramāt—逐一

译文　麦垂亚说：从布茹阿玛朝向正前面的脸庞开始，《瑞歌·韦达》、《亚诸尔·韦达》、《萨玛·韦达》和《阿塔尔瓦·韦达》逐一展示出来。随后，以前从没有读出的韦达赞歌、祭司的仪式、吟诵的主题及超然的活动，都逐一建立起来。

第 38 节

आयुर्वेदं धनुर्वेदं गान्धर्वं वेदमात्मनः ।
स्थापत्यं चासृजद्वेदं क्रमात्पूर्वादिभिर्मुखैः ॥३८॥

āyur-vedaṁ dhanur-vedaṁ
gāndharvaṁ vedam ātmanaḥ
sthāpatyaṁ cāsṛjad vedaṁ
kramāt pūrvādibhir mukhaiḥ

āyuḥ-vedam一医学 / dhanuḥ-vedam一军事学 / gāndharvam一音乐 / vedam一这些都是韦达知识 / ātmanaḥ一他自己的 / sthāpatyam一建筑的 / ca一和 / asṛjat一创造 / vedam一知识 / kramāt一分别 / pūrva-ādibhiḥ一从正面的脸 / mukhaiḥ一由嘴

译文 他还创造了医学科学、军事技术、音乐艺术和建筑学等韦达知识。它们都从布茹阿玛朝向正前方的脸部逐一发散出来。

要旨 韦达经中的知识极为完美，其中包括我们这个星球和其他星球的人类社会所想要的各个方面的知识。军事知识对于维护社会安定必不可少，音乐同样也有这方面的作用。所有这些不同门类的知识，都记载在韦达经的补充文献(Upapurāṇa)中。灵性知识是韦达经主要论述的部分，但上述其他知识因为能帮助人觉悟灵性知识，所以也是韦达知识体系中不可缺少的分支性知识。

第39节 इतिहासपुराणानि पञ्चमं वेदमीश्वरः ।
सर्वेभ्य एव वक्त्रेभ्यः ससृजे सर्वदर्शनः ॥३९॥

itihāsa-purāṇāni
pañcamaṁ vedam īśvaraḥ
sarvebhya eva vaktrebhyaḥ
sasṛje sarva-darśanaḥ

itihāsa一历史 / purāṇāni一往世书(韦达经的补充文献) / pañcamam一第五 / vedam一韦达文献 / īśvaraḥ一至尊主 / sarvebhyaḥ一全都一起 / eva一肯定地 / vaktrebhyaḥ一从他的嘴 / sasṛje一创造 / sarva一所有的 / darśanaḥ一能看到过去、现在和未来的人

译文　接着，由于他可以看到过去、现在和未来的一切，他从他所有的嘴部创作了第五部韦达经——往世书和史诗。

要旨　每一个国家和世界都有其各自的历史，但往世书(Purāṇa)是整个宇宙的历史，其中不只涉及一个年代周期(kalpa)的事，而是许许多多个年代周期的历史。布茹阿玛了解这些历史，因此所有的往世书都是历史，最初由布茹阿玛编纂，属于韦达经的一部分，称为第五部韦达经。

第 40 节　षोडश्युक्थौ पूर्ववक्त्रात्पुरीष्यग्निष्टुतावथ ।
आप्तोर्यामातिरात्रौ च वाजपेयं सगोसवम् ॥४०॥

ṣoḍaśy-ukthau pūrva-vaktrāt
　purīṣy-agniṣṭutāv atha
āptoryāmātirātrau ca
　vājapeyaṁ sagosavam

ṣoḍaśī-ukthau—对一些祭祀的称呼 / pūrva-vaktrāt—从东面的嘴 / purīṣi-agniṣṭutau—对一些祭祀的称呼 / atha—然后 / āptoryāma-atirātrau—对一种祭祀的称呼 / ca—和 / vājapeyam—对一种祭祀的称呼 / sa-gosavam—对一种祭祀的称呼

译文　所有不同种类的火祭，都从布茹阿玛朝向东方的嘴部展示出来。

第 41 节　विद्या दानं तपः सत्यं धर्मस्येति पदानि च ।
आश्रमांश्च यथासङ्ख्यमसृजत्सह वृत्तिभिः ॥४१॥

vidyā dānaṁ tapaḥ satyaṁ
　dharmasyeti padāni ca
āśramāṁś ca yathā-saṅkhyam
　asṛjat saha vṛttibhiḥ

vidyā－教育 / dānam－施舍 / tapaḥ－苦行 / satyam－真理 / dharmasya－宗教的 / iti－就此 / padāni－四条腿 / ca－也 / āśramān－生命阶段 / ca－和 / yathā－如实地 / saṅkhyam－数量上 / asṛjat－创造 / saha－和 / vṛttibhiḥ－由职业

译文 教育、布施、苦行和诚实被说成是宗教的四个支柱，按职业划分的不同阶层的四阶段生活，可以帮助人学习这一点。布茹阿玛有系统地创作了所有这一切。

要旨 人生的四个阶段分别是：独身禁欲的学生生活阶段——布茹阿玛查亚(brahmacarya)，居士阶段——贵哈斯塔(gṛhastha)，退出家庭生活阶段——瓦纳帕斯塔(vānaprastha)，以及献身传教、弘扬真理的弃绝阶段——萨尼亚斯(sannyāsa)。这四个阶段是宗教的四根支柱。四个职业阶层是：知识阶层——布茹阿玛纳(brāhmaṇa, 婆罗门)，执政阶层——查锤亚(kṣatriya, 刹帝利)，从事农业生产和商业贸易的阶层——外夏(vaiśya, 吠舍)，以及没有特殊能力而从事一般劳动的阶层——庶铎(śūdra, 首陀罗)。这些都是布茹阿玛为使人类得到逐渐提升，获得自我觉悟而系统设计、建立的一整套制度。人在独身禁欲的学生生活阶段接受良好的教育；在居士阶段于乐善好施的前提下进行感官享乐；在退出家庭生活的阶段苦修，求取灵性的进步；在弃绝生活阶段向大众传播绝对真理。全人类社会成员这样齐心协力、相互合作，就可以营造一个有利于全人类提升的良好氛围。这套制度第一阶段的重点是教育，以便使人得到净化，去除身上的动物习性；而最高级的净化方法是，获得有关至尊人格首神——至纯至粹之人的知识。

第 42 节 सावित्रं प्राजापत्यं च ब्राह्मं चाथ बृहत्तथा ।
वार्ता सञ्चयशालीनशिलोञ्छ इति वै गृहे ॥४२॥

sāvitraṁ prājāpatyaṁ ca
brāhmaṁ cātha bṛhat tathā
vārtā sañcaya-śālīna-
śiloñcha iti vai gṛhe

sāvitram－再生者接受圣线的仪式 / prājāpatyam－坚守为期一年的誓言 / ca－和 / brāhmam－接受韦达经 / ca－和 / atha－也 / bṛhat－完全杜戒除生活 / tathā－之后 / vārtā－韦达经所规定的职业 / sañcaya－职业性的义务 / śālīna－不求任何人帮助维持生计 / śila-uñchaḥ－捡被人丢弃的谷物 / iti－就此 / vai－即使 / gṛhe－在居士生活中

译文　接下来，为第二次诞生所举行的圣线仪式，以及接受韦达经至少一年后要遵守的规定、要彻底戒除性生活所该遵守的规定、按照韦达指示所从事的职业、居士生活中的各种职责、靠捡他人丢弃的谷物而独自维持生计的方法，都被启用了。

要旨　人在独身禁欲的学生生活阶段时，灵性导师将给予他全面的教导，使他能彻底了解人类生命的重要性。因此，教育核心是引导学生摆脱家庭生活所产生的束缚。只有无法做到终生独身禁欲的人才允许回家，娶一位适合的妻子；其他人将保持终生贞守，一生都不过性生活。这取决于学生所受的教育，以及学生本身的素质。我本人就有幸遇到这样一位公认的贞守生，他是我的灵性导师欧么·维施努帕达·施瑞·施瑞玛德·巴克提希丹塔·哥斯瓦米·玛哈茹阿佳(Oṁ Viṣṇupāda Śrī Śrīmad Bhaktisiddhānta Gosvāmī Mahārāja)。梵文称这样一位伟大的灵魂是终身禁欲的贞守生(naiṣṭhika-brahmacārī)。

第 43 节　वैखानसा वालखिल्यौदुम्बराः फेनपा वने ।
न्यासे कुटीचकः पूर्वं बह्वोदो हंसनिष्क्रियौ ॥४३॥

vaikhānasā vālakhilyau-
dumbarāḥ phenapā vane
nyāse kuṭīcakaḥ pūrvaṁ
bahvodo haṁsa-niṣkriyau

vaikhānasāḥ—只吃煮得半熟的食物的退休之人 / vālakhilya——旦收到更多谷物便把以前存的那些放弃掉的人 / audumbarāḥ—起床后始终朝一个方向走，一路上不管得到什么就靠其维持生计的人 / phenapāḥ—以树上落下的果实为生的人 / vane—在森林里 / nyāse—处于弃绝阶层 / kuṭīcakaḥ—不带执著心的居士生活 / pūrvam—开始 / bahvodaḥ—放弃所有的物质活动，专心做超然的服务 / haṁsa—完全处在超然知识的层面上 / niṣkriyau—停止一切活动

译文 退出家庭生活分四种(只吃煮得半熟的食物；一旦得到更多谷物便放弃以前存的谷物；起床后始终朝一个方向走，路上无论得到什么就靠它维生；以树上落下的果实为生)。弃绝生活也分四种(不带执著心的居士生活；停止从事所有的物质活动，专心做超然的服务；完全处在超然知识的层面上；停止一切活动)。所有这些都从布茹阿玛那里展示出来。

要旨 某些智力欠佳的人提出：社会四阶层和灵性四阶段制度(varṇāśrama-dharma)，是近代新创立的一种制度。这个说法并不正确。这一制度是布茹阿玛在创造一开始就建立起来的。《博伽梵歌》第4章的第13节诗中也证实说：“人类社会的四个阶层是由我创立的(cātur-varṇyaṁ mayā sṛṣṭam)。”

第 44 节 आन्वीक्षिकी त्रयी वार्ता दण्डनीतिस्तथैव च ।
एवं व्याहृतयश्चासन् प्रणवो ह्यस्य दह्रतः ॥४४॥

ānvīkṣikī trayī vārtā
daṇḍa-nītis tathaiva ca

evaṁ vyāhṛtayaś cāsan
 praṇavo hy asya dahrataḥ

ānvīkṣikī一逻辑 / trayī一宗教、经济和解脱这三大目标 / vārtā一感官享乐 / daṇḍa一法律和秩序 / nītiḥ一道德准则 / tathā一也 / eva ca一分别 / evam一就此 / vyāhṛtayaḥ一著名的赞美诗布胡(bhūḥ)、布瓦哈(bhuvaḥ)和斯瓦哈(svaḥ) / ca一也 / āsan一出现 / praṇavaḥ一欧么卡尔 / hi一肯定地 / asya一他(布茹阿玛)的 / dahrataḥ一从心里

译文 逻辑辩论学、生命的韦达目标、法律与秩序、道德法典，以及著名的赞美诗布胡(bhūḥ)、布瓦哈(bhuvaḥ)和斯瓦哈(svaḥ)，都从布茹阿玛的嘴部展示出来，超然的声音欧么卡尔(praṇava oṁkāra)从他心脏展示出来。

第 45 节 तस्योष्णिगासील्लोमभ्यो गायत्री च त्वचो विभोः ।
त्रिष्टुम्मांसात्स्नुतोऽनुष्टुब्जगत्यस्थ्नः प्रजापतेः ॥४५॥

tasyoṣṇig āsīl lomabhyo
 gāyatrī ca tvaco vibhoḥ
triṣṭum māṁsāt snuto 'nuṣṭub
 jagaty asthnaḥ prajāpateḥ

tasya一他的 / uṣṇik一一种韦达诗歌韵律 / āsīt一产生 / lomabhyaḥ一从汗毛 / gāyatrī一首要的一支韦达赞歌 / ca一也 / tvacaḥ一从皮肤 / vibhoḥ一至尊主的 / triṣṭup一一种诗歌韵律 / māṁsāt一从肉 / snutaḥ一从腱 / anuṣṭup一一种诗歌韵律 / jagatī一一种诗歌韵律 / asthnaḥ一从骨头 / prajāpateḥ一人类的父亲

译文 那之后，从全能的生物体祖先身上的毛发，产出了文学表达艺术——韦达诗歌的一种韵律(乌斯尼克)。从他的皮肤产出了最重要的韦达赞歌嘎亚垂；从这位生物体主人的肉、血管和骨头，分别产出了不同的诗歌韵律。

第 46 节 मज्जायाः पङ्क्तिरुत्पन्ना बृहती प्राणतोऽभवत् ॥४६॥

majjāyāḥ paṅktir utpannā
bṛhatī prāṇato 'bhavat

majjāyāḥ－从骨髓 / paṅktiḥ－一种韵文 / utpannā－出现 / bṛhatī－一种韵文 / prāṇataḥ－从呼吸 / abhavat－产生

译文 从他的骨髓展示出写诗的技巧潘克提，而从这位生物体主人的生命之气产出了另一种形式的诗文布尔哈提的写作技巧。

第 47 节 स्पर्शस्तस्याभवज्जीवः स्वरो देह उदाहृत ।
ऊष्माणमिन्द्रियाण्याहुरन्तःस्था बलमात्मनः ।
स्वराः सप्त विहारेण भवन्ति स्म प्रजापतेः ॥४७॥

sparśas tasyābhavaj jīvaḥ
svaro deha udāhṛta
ūṣmāṇam indriyāṇy āhur
antaḥ-sthā balam ātmanaḥ
svarāḥ sapta vihāreṇa
bhavanti sma prajāpateḥ

sparśaḥ－从"ka"到"ma"的一组字母 / tasya－他的 / abhavat－成为 / jīvaḥ－灵魂 / svaraḥ－元音 / dehaḥ－他的躯体 / udāhṛtaḥ－展示为 / ūṣmāṇam－字母"śa"、"ṣa"、"sa"和"ha" / indriyāṇi－感官 / āhuḥ－称为 / antaḥ-sthāḥ－"ya"、"ra"、"la"和"va"这一组字母 / balam－力量 / ātmanaḥ－他本人的 / svarāḥ－音乐 / sapta－七 / vihāreṇa－通过感官活动 / bhavanti sma－得以展示 / prajāpateḥ－众生之主

译文 布茹阿玛的灵魂展示为触碰子音字母，他的躯体展示为母音，他的感官展示为发丝音的字母，他的力量展示为中间的字母，他的感官活动展示为音乐的七个音符。

要旨　梵文中共有十三个母音字母、三十五个子音字母。母音字母是a, ā, i, ī, u, ū, ṛ, ṝ, ḷ, e, ai, o, au，子音字母有ka, kha, ga, gha等。在子音字母中，前面二十五个字母称为触碰子音字母(sparśas)，另有四个字母是中间字母(antaḥ-sthas)，还有三个发“丝”音(tālavya, mūrdhanya和dantya)字母。七个音符分别为sa, ṛ, gā, ma, dha和ni。所有这些音振原本都是灵性的声音振荡(śabda-brahma)。正因为如此，经典中说，布茹阿玛在玛哈·卡勒帕(Mahā-kalpa)中作为灵性声音的化身被创造出来。韦达经是灵性的声音振荡，因此不需要为了发出这种声音振荡而作物质性的解释。尽管我们用音译法将韦达经的音节字母转换成从物质层面上能看懂的某种文字，但我们应该发出那原本的声音振荡。归根结底，任何事物都不是物质的，因为万事万物的源头就在灵性世界中。正因为如此，物质展示被称为是幻象。对于觉悟了的灵魂来说，一切都是灵性的。

第 48 节　शब्दब्रह्मात्मनस्तस्य व्यक्ताव्यक्तात्मनः परः ।
ब्रह्मावभाति विततो नानाशक्त्युपबृंहितः ॥४८॥

śabda-brahmātmanas tasya
vyaktāvyaktātmanaḥ paraḥ
brahmāvabhāti vitato
nānā-śakty-upabṛṁhitaḥ

śabda-brahma—超然的声音 / ātmanaḥ—至尊主的 / tasya—祂的 / vyakta—展示 / avyakta-ātmanaḥ—未展示的 / paraḥ—超越 / brahmā—绝对者 / avabhāti—完整地展示 / vitataḥ—分布 / nānā—多种 / śakti—能量 / upabṛṁhitaḥ—被赋予

译文　布茹阿玛作为超然声音的源头，是至尊人格首神本人的代表，因此超越展示与不展示的概念。布茹阿玛是绝对真理的完整表现形式，被赋予了多种能量。

要旨 在整个宇宙范围内，布茹阿玛的地位最高，担负着最大的责任。这个职位是给宇宙中最完美的生物准备的。有时，如果选不出合适的生物来担当布茹阿玛的职责，至尊人格首神就要亲自上任。在物质世界里，布茹阿玛是至尊人格首神的全权代表，超然的声音(praṇava)便来自他。正因为如此，他被赋予多种能量，天帝因铎(Indra)、月亮神昌铎(Candra)和水神瓦茹纳(Varuṇa)等所有的半神人，都是这些能量的展示。尽管他曾一度作出想享受自己女儿的举动，但我们不能因此而降低他本身的超然性。布茹阿玛作出那番举动的背后有更高的意愿在操控，所以我们不该把他看做是一个普通生物体而随意指责他。

第 49 节 ततोऽपरामुपादाय स सर्गाय मनो दधे ॥४९॥

tato 'parām upādāya
sa sargāya mano dadhe

tataḥ—之后 / aparām—另一个 / upādāya—接受 / saḥ—他 / sargāya—创造的 / manaḥ—心 / dadhe—注意

译文 接着，布茹阿玛接受了另一个允许过性生活的躯体，以此方式从事他进一步的创造活动。

要旨 布茹阿玛以前那个超然的躯体，不允许他有对性生活的兴趣。为了能够有性生活，他不得不更换一个躯体。之后，他便继续致力于创造活动。前面已谈过，他以前的躯体变成了雾。

第 50 节 ऋषीणां भूरिवीर्याणामपि सर्गमविस्तृतम् ।
ज्ञात्वा तद् धृदये भूयश्चिन्तयामास कौरव ॥५०॥

ṛṣīṇāṁ bhūri-vīryāṇām
api sargam avistṛtam
jñātvā tad dhṛdaye bhūyaś
cintayām āsa kaurava

ṛṣīṇām—伟大的圣人们 / bhūri-vīryāṇām—有着非凡的力量 / api—尽管 / sargam—创造 / avistṛtam—没有发展 / jñātvā—明白 / tat—那 / hṛdaye—他心里 / bhūyaḥ—再次 / cintayām āsa—他开始考虑 / kaurava—库茹族的子孙啊

译文 库茹族的子孙啊！当布茹阿玛看到已有的圣人们虽然具有强大的力量，但宇宙居民的数量却没有充分增加时，他开始严肃思考究竟该如何增加宇宙居民的数量。

第 51 节 अहो अद्भुतमेतन्मे व्यापृतस्यापि नित्यदा ।
न ह्येधन्ते प्रजा नूनं दैवमत्र विघातकम् ॥५१॥

aho adbhutam etan me
vyāpṛtasyāpi nityadā
na hy edhante prajā nūnaṁ
daivam atra vighātakam

aho—唉 / adbhutam—真奇怪 / etat—这 / me—为我 / vyāpṛtasya—繁忙 / api—尽管 / nityadā—总是 / na—不 / hi—肯定地 / edhante—生育 / prajāḥ—生物 / nūnam—然而 / daivam—命中注定的事 / atra—在这里 / vighātakam—违背

译文 布茹阿玛心想：唉，真奇怪，尽管我忙得不亦乐乎，宇宙各地居民的数量还是不够。除了天意，没有其他的原因可以解释这种不幸。

第 52 节 एवं युक्तकृतस्तस्य दैवं चावेक्षतस्तदा ।
कस्य रूपमभूद् द्वेधा यत्कायमभिचक्षते ॥५२॥

evaṁ yukta-kṛtas tasya
daivaṁ cāvekṣatas tadā
kasya rūpam abhūd dvedhā
yat kāyam abhicakṣate

evam—这样 / yukta—思考 / kṛtaḥ—正这么做时 / tasya—他的 / daivam—超自然的力量 / ca—也 / avekṣataḥ—观察 / tadā—那时 / kasya—布茹阿玛的 / rūpam—形体 / abhūt—出现 / dvedhā—两个 / yat—……的 / kāyam—他的躯体 / abhicakṣate—据说是

译文 就在他这样全神贯注地沉思默想、观察超自然的神奇力量时，另外两个形象从他的身体中产生出来。他们作为布茹阿玛的身体至今仍驰名天下。

要旨 从布茹阿玛体内出来的两个人，一个长着胡子，一个有着丰满的乳房。没人知道他们是从哪里变出来的，因此直到今天，人们都把他们看做是布茹阿玛本人的躯体(kāyam)，而不说是他的儿子和女儿。

第 53 节 ताभ्यां रूपविभागाभ्यां मिथुनं समपद्यत ॥५३॥

tābhyāṁ rūpa-vibhāgābhyāṁ
mithunaṁ samapadyata

tābhyām—他们的 / rūpa—形体 / vibhāgābhyām—就此分开的 / mithunam—性关系 / samapadyata—完美地发生

译文 这两个从布茹阿玛身体分离出来的新的身体，以性的关系结合在一起。

第 54 节 यस्तु तत्र पुमान् सोऽभून्मनुः स्वायम्भुवः स्वराट् ।
स्त्री यासीच्छतरूपाख्या महिष्यस्य महात्मनः ॥५४॥

yas tu tatra pumān so 'bhūn
manuḥ svāyambhuvaḥ svarāṭ
strī yāsīc chatarūpākhyā
mahiṣy asya mahātmanaḥ

yaḥ—……的 / tu—仅 / tatra—那里 / pumān—男人 / saḥ—他 / abhūt—成为 / manuḥ—人类的始祖 / svāyambhuvaḥ—名叫斯瓦阳布瓦 / sva-rāṭ—完全独立的 / strī—女人 / yā—……的 / āsīt—有 / śatarūpā—名叫沙塔茹帕 / ākhyā—以……著称 / mahiṣī—皇后 / asya—他的 / mahātmanaḥ—伟大的灵魂

译文　在他们中，有男性形象的以斯瓦阳布瓦·玛努闻名于世，有女性形象的成为伟大灵魂玛努的王后，以沙塔茹帕闻名天下。

第 55 节　तदा मिथुनधर्मेण प्रजा ह्येधाम्बभूविरे ॥५५॥

tadā mithuna-dharmeṇa
prajā hy edhām babhūvire

tadā—当时 / mithuna—性生活 / dharmeṇa—按照规范原则 / prajāḥ—一代又一代 / hi—肯定地 / edhām—增加 / babhūvire—发生

译文　那之后，他们通过发生性关系，一个接一个地生育后代，逐渐增加宇宙居民的数量。

第 56 节　स चापि शतरूपायां पञ्चापत्यान्यजीजनत् ।
प्रियव्रतोत्तानपादौ तिस्रः कन्याश्च भारत ।
आकूतिर्देवहूतिश्च प्रसूतिरिति सत्तम ॥५६॥

sa cāpi śatarūpāyāṁ
pañcāpatyāny ajījanat

priyavratottānapādau
tisraḥ kanyāś ca bhārata
ākūtir devahūtiś ca
prasūtir iti sattama

saḥ—他(玛努) / ca—又 / api—在一定的时间 / śatarūpāyām—和沙塔茹帕 / pañca—五个 / apatyāni—孩子 / ajījanat—生下 / priyavrata—普瑞亚瓦塔 / uttānapādau—乌塔纳帕达 / tisraḥ—三个 / kanyāḥ—女儿 / ca—也 / bhārata—巴茹阿特的子孙 / ākūtiḥ—阿库缇 / devahūtiḥ—黛瓦瑚缇 / ca—和 / prasūtiḥ—帕苏缇 / iti—就此 / sattama—最杰出的人啊

译文 巴茹阿塔的儿子啊！在适当的时候，他(玛努)跟沙塔茹帕生了五个孩子，其中两个是儿子——普瑞亚瓦塔和乌塔纳帕达，三个是女儿，名字分别是：阿库缇、黛瓦瑚缇和帕苏缇。

第 57 节 आकूतिं रुचये प्रादात्कर्दमाय तु मध्यमाम् ।
दक्षायादात्प्रसूतिं च यत आपूरितं जगत् ॥५७॥

ākūtiṁ rucaye prādāt
kardamāya tu madhyamām
dakṣāyādāt prasūtiṁ ca
yata āpūritaṁ jagat

ākūtim—女儿阿库缇 / rucaye—给圣人茹祺 / prādāt—交给 / kardamāya—给圣人卡尔达玛 / tu—仅 / madhyamām—中间的一位(黛瓦瑚缇) / dakṣāya—给达克沙 / dāt—交给 / prasūtim—最小的女儿 / ca—也 / yata—由此 / āpūritam—充满了 / jagat—整个世界

译文 作为父亲，玛努把他的大女儿阿库缇嫁给了圣人茹祺，把二女儿黛瓦瑚缇嫁给了圣人卡尔达玛，把最小的女儿帕苏缇嫁给了达克沙。他们生儿育女，使世界充满了居民。

要旨　这里讲述了宇宙内生物体繁衍扩增的历史。布茹阿玛是宇宙内的第一位生物体，从他那里产生了斯瓦阳布瓦·玛努(Manu Svāyambhuva)和沙塔茹帕(Śatarupā)这对夫妻。他们生下二男三女，如今遍布各个星球的生物体都是他们的后代。正因为如此，布茹阿玛被称为众生的祖父，而他的父亲——人格首神，则被称为众生的曾祖父。《博伽梵歌》第11章的第39节诗证实这一点说：

vāyur yamo 'gnir varuṇaḥ śaśāṅkaḥ
prajāpatis tvaṁ prapitāmahaś ca
namo namas te 'stu sahasra-kṛtvaḥ
punaś ca bhūyo 'pi namo namas te

"您是空气，您是至高无上的主宰！您是火，是水，是月亮！您是第一个生物体布茹阿玛，您是曾祖父。为此，我一次又一次向您致以千百次虔敬的顶礼。"

到此为止，结束了巴克提韦丹塔对《圣典博伽瓦谭》第3篇第12章——"对库玛尔和其他一切的创造"所作的阐释。

第十三章

主瓦茹阿哈的显现

第 1 节

श्रीशुक उवाच
निशम्य वाचं वदतो मुनेः पुण्यतमां नृप ।
भूयः पप्रच्छ कौरव्यो वासुदेवकथादृतः ॥१॥

śrī-śuka uvāca
niśamya vācaṁ vadato
muneḥ puṇyatamāṁ nṛpa
bhūyaḥ papraccha kauravyo
vāsudeva-kathādṛtaḥ

śrī-śukaḥ uvāca—圣舒卡戴瓦·哥斯瓦米说 / niśamya—聆听之后 / vācam—谈话 / vadataḥ—正在讲 / muneḥ—麦垂亚·牟尼的 / puṇya-tamām—品德最高尚的 / nṛpa—国王啊 / bhūyaḥ—接着又 / papraccha—询问 / kauravyaḥ—库茹家族最优秀的人(维杜茹阿) / vāsudeva-kathā—有关人格首神华苏戴瓦的话题 / ādṛtaḥ—十分喜爱……之人

译文 圣舒卡戴瓦·哥斯瓦米说：君王啊，聆听圣人麦垂亚讲述的所有这些最有道德的话题后，维杜茹阿进一步询问他所极爱聆听的有关至尊人格首神的话题。

要旨 诗中梵文“十分喜爱……之人(ādṛtaḥ)”一词极为关键，它反映出维杜茹阿(Vidura)天生喜欢聆听至尊人格首神的超然信息。他虽然一直在听，但总觉得还没听够，还想再多听些，以便自己能更多地得到超然信息的祝福。

第 2 节

विदुर उवाच
स वै स्वायम्भुवः सम्राट् प्रियः पुत्रः स्वयम्भुवः ।
प्रतिलभ्य प्रियां पत्नीं किं चकार ततो मुने ॥२॥

vidura uvāca
sa vai svāyambhuvaḥ samrāṭ
priyaḥ putraḥ svayambhuvaḥ
pratilabhya priyāṁ patnīṁ
kiṁ cakāra tato mune

viduraḥ uvāca—维杜茹阿说 / saḥ—他 / vai—轻易地 / svāyambhu-vaḥ—斯瓦阳布瓦·玛努 / samrāṭ—王中之王 / priyaḥ—心爱的 / putraḥ—儿子 / svayambhuvaḥ—布茹阿玛的 / pratilabhya—在得到……后 / priyām—心爱的 / patnīm—妻子 / kim—什么 / cakāra—做 / tataḥ—之后 / mune—伟大的圣人啊

译文 维杜茹阿说：伟大的圣人啊！布茹阿玛珍爱的儿子斯瓦阳布瓦，在得到他心爱的妻子后做了什么？

第 3 节

चरितं तस्य राजर्षेरादिराजस्य सत्तम ।
ब्रूहि मे श्रद्दधानाय विष्वक्सेनाश्रयो ह्यसौ ॥३॥

caritaṁ tasya rājarṣer
ādi-rājasya sattama
brūhi me śraddadhānāya
viṣvaksenāśrayo hy asau

caritam—品格 / tasya—他的 / rājarṣeḥ—神圣君王的 / ādi-rājasya—第一位君王的 / sattama—最虔诚的人啊 / brūhi—请讲述 / me—向我 / śraddadhānāya—向一个渴望聆听的人 / viṣvaksena—人格首神的 / āśrayaḥ—一个已托庇……的人 / hi—肯定地 / asau—那君王

译文　最善良、正直的人啊！创造中的第一位君王(玛努)，是人格首神哈尔依优秀的奉献者，因此聆听他崇高的品德和活动是值得做的事。请讲述那一切，我极渴望聆听。

要旨　整部《圣典博伽瓦谭》(Śrīmad-Bhāgavatam)讲述的，都是人格首神与祂纯粹奉献者的超然事迹。在绝对的世界里，至尊主与祂纯粹的奉献者本质上完全相同。因此，聆听至尊主或祂纯粹奉献者的品德及活动，其结果完全一样，都能促进奉献者做奉爱服务。

第 4 节　श्रुतस्य पुंसां सुचिरश्रमस्य
नन्वञ्जसा सूरिभिरीडितोऽर्थः ।
तत्तद्गुणानुश्रवणं मुकुन्द-
पादारविन्दं हृदयेषु येषाम् ॥ ४ ॥

śrutasya puṁsāṁ sucira-śramasya
nanv añjasā sūribhir īḍito 'rthaḥ
tat-tad-guṇānuśravaṇaṁ mukunda-
pādāravindaṁ hṛdayeṣu yeṣām

śrutasya－那些聆听的人的 / puṁsām－这样的人 / sucira－长期 / śramasya－勤奋地 / nanu－肯定地 / añjasā－详尽地 / sūribhiḥ－由纯粹奉献者 / īḍitaḥ－由……讲述 / arthaḥ－话题 / tat－那 / tat－那 / guṇa－超然的品质 / anuśravaṇam－冥想 / mukunda－赐予人解脱的人格首神 / pāda-aravindam－莲花足 / hṛdayeṣu－在内心 / yeṣām－他们的

译文　长时间积极努力地聆听灵性导师教导的人，必会聆听纯粹奉献者讲述有关纯粹奉献者的品德和活动。纯粹的奉献者总是在心中想着把解脱赐予奉献者的人格首神的莲花足。

要旨　真诚追求绝对真理的学生，尽全力接受训练——聆听灵性导师讲解韦达经。他们不仅需要聆听至尊主的活动，还需要聆听祂纯粹奉献者的超然品质。纯粹奉献者内心时刻在冥想至尊主的莲花足，哪怕一刻都离不开它们。毫无疑问，至尊主居于每一个生物体的心中，但物质的错觉能量蒙蔽了生物体的心，使他们对此一无所知。然而，奉献者能意识到至尊主的存在，所以始终能在自己的心中看到至尊主的莲花足。至尊主的这些纯粹奉献者和至尊主一样值得赞颂；事实上，至尊主认为他们比祂自己更值得崇拜。崇拜至尊主的奉献者比崇拜至尊主收效大；正因为如此，灵修之人应该从纯粹奉献者那里聆听其他纯粹奉献者的事迹。当然，除非讲述者本人也是纯粹的奉献者，否则他不可能很好地讲述至尊主与祂奉献者的事迹。

第 5 节

श्रीशुक उवाच
इति ब्रुवाणं विदुरं विनीतं
सहस्रशीर्ष्णश्चरणोपधानम् ।
प्रहृष्टरोमा भगवत्कथायां
प्रणीयमानो मुनिरभ्यचष्ट ॥५॥

śrī-śuka uvāca
iti bruvāṇaṁ viduraṁ vinītaṁ
sahasra-śīrṣṇaś caraṇopadhānam
prahṛṣṭa-romā bhagavat-kathāyāṁ
praṇīyamāno munir abhyacaṣṭa

śrī-śukaḥ uvāca一圣舒卡戴瓦·哥斯瓦米说 / iti一就此 / bruvāṇam一说 / viduram一向维杜茹阿 / vinītam一极其温和 / sahasra-śīrṣṇaḥ一人格首神奎师那 / caraṇa一莲花足 / upadhānam一枕头 / prahṛṣṭa-romā一因狂喜而毛发直竖 / bhagavat一关于人格首神的 / kathāyām一话中 / praṇīyamānaḥ一被这种精神所打动 / muniḥ一圣人 / abhyacaṣṭa一尝试讲述

译文　圣舒卡戴瓦·哥斯瓦米说：人格首神圣奎师那曾经高兴地把祂的莲花足放在维杜茹阿的腿上，因为维杜茹阿非常温顺；维杜茹阿说的话令圣人麦垂亚很满意，麦垂亚受维杜茹阿的鼓励，尝试讲述。

要旨　这节诗里的梵文“人格首神奎师那(sahasra-śīrṣṇaḥ)”一句极为关键。只有拥有多种能量、从事各种活动、大脑极为发达的人，才能被称为“人格首神”。因此，除了圣主奎师那(Śrī Kṛṣṇa)，没有第二个人有资格接受这样的称呼。人格首神有时喜欢去维杜茹阿家吃饭，饭后休息时，便把自己的莲花足放在维杜茹阿的大腿上。麦垂亚(Maitreya)一想到维杜茹阿如此幸运，能与奎师那有这样亲密的交流，心中就异常激动，身上毛发直竖。他怀着极度喜悦的心情，开始讲述人格首神的事迹。

第 6 节

मैत्रेय उवाच
यदा स्वभार्यया सार्धं जातः स्वायम्भुवो मनुः ।
प्राञ्जलिः प्रणतश्चेदं वेदगर्भमभाषत ॥ ६ ॥

maitreya uvāca
yadā sva-bhāryayā sārdhaṁ
jātaḥ svāyambhuvo manuḥ
prāñjaliḥ praṇataś cedaṁ
veda-garbham abhāṣata

maitreyaḥ uvāca—麦垂亚说 / yadā—当…… / sva-bhāryayā—和他的妻子 / sārdham—偕同 / jātaḥ—显现 / svāyambhuvaḥ—斯瓦阳布瓦·玛努 / manuḥ—人类之父 / prāñjaliḥ—双手合十 / praṇataḥ—顶拜 / ca—也 / idam—这 / veda-garbham—韦达智慧的储存体 / abhāṣata—说

译文　圣人麦垂亚对维杜茹阿说：人类之父玛努与他的妻子显现后，双手合十、恭恭敬敬地对韦达知识的宝库布茹阿玛说了如下这番话。

第 7 节 त्वमेकः सर्वभूतानां जन्मकृद् वृत्तिदः पिता ।
तथापि नः प्रजानां ते शुश्रूषा केन वा भवेत् ॥ ७ ॥

tvam ekaḥ sarva-bhūtānāṁ
janma-kṛd vṛttidaḥ pitā
tathāpi naḥ prajānāṁ te
śuśrūṣā kena vā bhavet

tvam—您 / ekaḥ—一 / sarva—所有 / bhūtānām—众生 / janma-kṛt—始祖 / vṛtti-daḥ—赖以生存的源泉 / pitā—父亲 / tathā api—仍然 / naḥ—我们自己 / prajānām—出生的众生的 / te—您的 / śuśrūṣā—服务 / kena—如何 / vā—或 / bhavet—有可能

译文 您是所有生物体的父亲，是他们赖以生存的源泉，因为他们都由您所生。请给我们指示，告诉我们怎么才能为您做服务。

要旨 做儿子的不该只把父亲当自己的靠山，满足自己各方面的需求，而必须在长大成人后反过来去侍奉父亲。这是从布茹阿玛时代起一直延续至今的一条规定。父亲有责任将儿子抚养成人，儿子长大后则有义务侍奉父亲。

第 8 节 तद्विधेहि नमस्तुभ्यं कर्मस्वीड्यात्मशक्तिषु ।
यत्कृत्वेह यशो विष्वगमुत्र च भवेद्गतिः ॥ ८ ॥

tad vidhehi namas tubhyaṁ
karmasv īḍyātma-śaktiṣu
yat kṛtveha yaśo viṣvag
amutra ca bhaved gatiḥ

tat—那 / vidhehi—指示 / namaḥ—我顶拜 / tubhyam—向您 / karmasu—有关责任 / īḍya—值得崇拜的人啊 / ātma-śaktiṣu—在我们的能

力范围内 / yat一……的 / kṛtvā一做 / iha一在这一世 / yaśaḥ一名誉 / viṣvak一到处 / amutra一在下一世 / ca一和 / bhavet一应当 / gatiḥ一进步

译文　值得崇拜的人啊！请给予我们您的指示，告诉我们如何按我们的工作能力履行职责，以便能胜任我们的工作，从而在这一生赢得声誉，在下一生取得进步。

要旨　至尊主亲自把韦达知识传授给了布茹阿玛(Brahmā)，因此在布茹阿玛传承中履行由灵性导师交付的职责的人，这一生必将赢得荣耀，下一世则会获得解脱。布茹阿玛师徒传承(Brahma-sampradāya)的传承顺序如下：布茹阿玛，纳茹阿达，维亚萨(Vyāsa)，玛德瓦·牟尼(Madhva Muni)——菩尔纳帕格亚(Pūrṇaprajña)，帕德玛纳巴(Padmanābha)，尼瑞哈瑞(Nṛhari)，玛达瓦(Mādhava)，阿克首比亚(Akṣobhya)，佳亚提尔塔(Jayatīrtha)，格亚纳欣度(Jñānasindhu)，达亚尼迪(Dayānidhi)，维迪亚尼迪(Vidyānidhi)，茹阿振铎(Rājendra)，佳亚达尔玛(Jayadharma)，菩茹首塔玛(Puruṣottama)，布茹阿曼亚提尔塔(Brahmaṇyatīrtha)，维亚萨提尔塔(Vyāsatīrtha)，拉珂施蜜帕缇(Lakṣmīpati)，玛达文朵·普瑞(Mādhavendra Purī)，伊士瓦尔·普瑞(Īśvara Purī)，圣柴坦亚·玛哈帕布(Caitanya Mahāprabhu)，斯瓦茹帕·达摩达尔(Svarūpa Dāmodara)和圣茹帕·哥斯瓦米(Rūpa Gosvāmī)等人，圣茹阿古纳特·达斯·哥斯瓦米(Raghunātha dāsa Gosvāmī)，奎师那·达斯·哥斯瓦米(Kṛṣṇadāsa Gosvāmī)，纳若塔玛·达斯·塔库尔(Narottama dāsa Ṭhākura)，维施瓦纳特·查夸瓦尔提(Viśvanātha Cakravartī)，佳干纳特·达斯·巴巴吉(Jagannātha dāsa Bābājī)，巴克提维诺德·塔库尔(Bhaktivinoda Ṭhākura)，高尔克首尔·达斯·巴巴吉(Gaurakiśora dāsa Bābājī)，圣恩巴克提希丹塔·萨茹阿斯瓦缇(Śrīmad Bhaktisiddhānta Sarasvatī)和A.C.巴克提韦丹塔·斯瓦米(A.C. Bhaktivedanta Swami)。这一由布茹阿玛传下的师徒传承是灵性的，而来自玛努(Manu)的家族传代系列则是世俗的，但两者最终都能殊途同归，达到同一个目标——培养奎师那意识。

第 9 节

ब्रह्मोवाच
प्रीतस्तुभ्यमहं तात स्वस्ति स्ताद्वां क्षितीश्वर ।
यन्निर्व्यलीकेन हृदा शाधि मेत्यात्मनार्पितम् ॥ ९ ॥

brahmovāca
prītas tubhyam ahaṁ tāta
svasti stād vāṁ kṣitīśvara
yan nirvyalīkena hṛdā
śādhi mety ātmanārpitam

brahmā uvāca－布茹阿玛说 / prītaḥ－对……感到很高兴 / tubhyam－对你 / aham－我 / tāta－我亲爱的孩子 / svasti－所有的祝福 / stāt－愿 / vām－赐予你们俩 / kṣiti-īśvara－世界的主宰啊 / yat－因为 / nirvyalīkena－毫无保留地 / hṛdā－从心底 / śādhi－给予教导 / mā－向我 / iti－因此 / ātmanā－通过自我 / arpitam－皈依

译文 主布茹阿玛说：我亲爱的儿子，世界的主人啊！我对你们很满意，想要给你和你的妻子所有的祝福。你毫无保留、全心全意地听从我的指示。

要旨 父子关系是神圣而崇高的关系。做父亲的自然都希望儿子一切都好，随时准备帮助儿子，使他能在人生路途上勇往直前。然而，父亲虽然有这样的一片心，但当儿子的有时却会因为滥用其独立性而误入歧途。每一个生物体，无论大小，都有一定的独立性。如果儿子愿意毫无保留地接受父亲的指导，那么儿子有一分这样的心，父亲就有十分想要帮助儿子的心，因此千方百计地教导儿子。布茹阿玛和玛努之间的交流，体现了完美的父子关系。当父亲的就像父亲，做儿子的就像儿子，父子俩都很称职；这是值得全人类效法和追随的。玛努作为儿子，内心毫无保留地请求父亲布茹阿玛能赐教，而精通韦达知识的布茹阿玛纳作为父亲，非常乐于教导儿子。人们应该效法人类之父所树立的榜样。这将有助于促进父子关系趋向完美。

第 10 节　एतावत्यात्मजैर्वीर कार्या ह्यपचितिर्गुरौ ।
शक्त्याप्रमत्तैर्गृह्येत सादरं गतमत्सरैः ॥१०॥

etāvaty ātmajair vīra
　kāryā hy apacitir gurau
śaktyāpramattair gṛhyeta
　sādaraṁ gata-matsaraiḥ

etāvatī—完全就像这样 / ātmajaiḥ—由后代 / vīra—英雄啊 / kāryā—应该做 / hi—肯定地 / apacitiḥ—崇拜 / gurau—向长者 / śaktyā—竭尽全力 / apramattaiḥ—由神志健全的人 / gṛhyeta—应被接受 / sa-ādaram—充满喜悦地 / gata-matsaraiḥ—由那些不怀忌妒心的人

译文　英雄啊！作为儿子，你孝顺父亲，为世人树立了榜样。人必须这样尊敬长辈。不受忌妒心控制、神志健全的人，以喜悦的心情接受父亲的命令，而且尽全力去执行那命令。

要旨　圣人萨纳卡(Sanaka)、萨纳坦(Sanātana)、萨南丹(Sanandana)和萨纳特(Sanat)库玛尔(kumāra)四兄弟，作为布茹阿玛最开始的四个儿子，因为不听布茹阿玛的话，使他很没面子。他心中的一腔怒气变成茹铎(Rudra)生了出来。布茹阿玛没有忘记这件事，因此斯瓦阳布瓦·玛努(Manu Svāyambhuva)能那么顺从他，使他感到十分欣慰。从物质的角度看，这四位圣人违抗父亲的命令肯定是大逆不道的，但由于他们是为了更崇高的目标才这么做，他们不会得到忤逆不孝的报应。可是，出于物质原因而不从父命的人，就必定会有报应，得到相应的惩罚。玛努毫无忌妒心地遵从父命，是物质世界普通大众应该学习的榜样。

第 11 节 स त्वमस्यामपत्यानि सदृशान्यात्मनो गुणैः ।
उत्पाद्य शास धर्मेण गां यज्ञैः पुरुषं यज ॥११॥

sa tvam asyām apatyāni
sadṛśāny ātmano guṇaiḥ
utpādya śāsa dharmeṇa
gāṁ yajñaiḥ puruṣaṁ yaja

saḥ—因此那听话的儿子 / tvam—因为你是 / asyām—和她 / apatyāni—孩子 / sadṛśāni—具备同样的资格 / ātmanaḥ—你本人的 / guṇaiḥ—和品质 / utpādya—已得到 / śāsa—统治 / dharmeṇa—秉着奉爱服务的原则 / gām—世界 / yajñaiḥ—通过做祭祀 / puruṣam—至尊人格首神 / yaja—崇拜

译文 既然你是十分孝顺的儿子，我要求你跟你的妻子生育像你本人一样合格的孩子。在遵守为至尊人格首神做奉爱服务的原则的基础上统治世界，通过举行祭祀崇拜至尊主。

要旨 这节诗明确说明布茹阿玛创造物质世界所要达成的目的，即：人人都该以做奉爱服务、崇拜至尊人格首神为宗旨，把生儿育女当祭祀去做，生育素质优良的孩子。《维施努往世书》(Viṣṇu Purāṇa)第3篇第8章的第9节诗中说：

varṇāśramācāravatā
puruṣeṇa paraḥ pumān
viṣṇur ārādhyate panthā
nānyat tat-toṣa-kāraṇam

“人可以通过遵守四社会阶层和四灵性阶段制度(varṇāśrama)崇拜至尊人格首神维施努(Viṣṇu)。这是取悦至尊主的唯一方法。”

崇拜维施努是人类生命的最高目标。人们在获准进入婚姻生活，得到进行感官享乐权利的同时，也有满足至尊人格首神维施努的义务，而最基本的义务先是遵守四社会阶层和四灵性阶段制度。这是一套循序渐进地崇拜维施努的系统制度。然而，人如果已经直接在为至尊人格首神做奉爱服务了，就不必遵守四社会阶层和四灵性阶段制度的规定。布茹阿玛的另外几个儿子——库尔玛四兄弟，因为直接在做奉爱服务，所以可以不必遵守四社会阶层和四灵性阶段制度。

第 12 节　परं शुश्रूषणं मह्यं स्यात्प्रजारक्षया नृप ।
भगवांस्ते प्रजाभर्तुर्हृषीकेशोऽनुतुष्यति ॥१२॥

param̐ śuśrūṣaṇam̐ mahyam̐
syāt prajā-rakṣayā nṛpa
bhagavām̐s te prajā-bhartur
hṛṣīkeśo 'nutuṣyati

param—最高的 / śuśrūṣaṇam—奉爱服务 / mahyam—对我 / syāt—应当是 / prajā—物质世界里的众生 / rakṣayā—保护他们不堕落 / nṛpa—君王啊 / bhagavān—人格首神 / te—对你 / prajā-bhartuḥ—对保护众生的人 / hṛṣīkeśaḥ—感官的主人 / anutuṣyati—感到满意

译文　君王啊！如果你能给予物质世界里的生物体以恰当的保护，那将是对我最好的服务。当至尊主看到你很好地保护了受制约的灵魂时，祂这位感官的主人无疑会对你很满意。

要旨　建立一整套治国政策的目的，是要帮助人们回归家园，回到首神身边。布茹阿玛是至尊人格首神的代表，玛努是布茹阿玛的代表，同样，宇宙中所有其他各星球的君王都是玛努的代表。《玛努法典》(Manu-saṁhitā)是整个人类社会的法典，它指导人类的一切活动，使所有的活动都以为至尊主做超然的服务为中心。因此，每一个国家领导人都必须清楚，他治理国家所做的不仅仅是向国民收税，还需要亲自督促国民学习崇拜维施努。每个人都必须学习崇拜维施努，为感官的主人慧希凯施(Hṛṣīkeśa)做奉爱服务。受制约的灵魂所要做的不该是满足自己的物质感官，而是满足至尊人格首神慧希凯施的感官。这就是治国政策的宗旨和核心。领导人如果能认识到布茹阿玛话中透露的奥秘，就将是完美的领袖人物；不了解这一点的人，只不过是冒牌领袖而已。国家领袖可以通过督促、训练国民为至尊主做奉爱服务完成所承担的重任，否则将因为未能完成交给他的重任而受到至尊权威的惩罚。这是唯一的治国方针。

第 13 节 येषां न तुष्टो भगवान् यज्ञलिङ्गो जनार्दनः ।
तेषां श्रमो ह्यपार्थाय यदात्मा नादृतः स्वयम् ॥१३॥

yeṣāṁ na tuṣṭo bhagavān
yajña-liṅgo janārdanaḥ
teṣāṁ śramo hy apārthāya
yad ātmā nādṛtaḥ svayam

yeṣām—对那些 / na—绝不 / tuṣṭaḥ—感到满意 / bhagavān—人格首神 / yajña-liṅgaḥ—祭祀的形象 / janārdanaḥ—主奎师那或维施努范畴的至尊主 / teṣām—他们的 / śramaḥ—活动 / hi—肯定地 / apārthāya—一无所得 / yat—因为 / ātmā—至尊灵魂 / na—不 / ādṛtaḥ—尊敬 / svayam—他自己

译文 至尊人格首神佳纳尔丹(主奎师那)，是接受一切祭祀结果的人。如果没有使祂满意，人为进步所做的努力都是无用的。祂是至尊自我，因此不使祂满意的人无疑忽视了自己的利益。

要旨　布茹阿玛被委任当管理宇宙事务的最高领袖，他又委任玛努等人作为他下属的部长去管理物质展示。但整个物质展示存在的目的，是为了满足至尊人格首神。布茹阿玛知道怎么使至尊主满意；同样，按布茹阿玛的计划行事的人也知道如何使至尊主满意。人们可以通过聆听、吟诵(吟唱)等几项奉爱服务取悦至尊主。做规定的奉爱服务与每个人的切身利益息息相关，不这么做的人其实是自己受损失。人人都想满足自己的感官，但感官之上是心，心之上是智力，智力之上是个体自我，个体自我之上是至尊自我(超灵)，至尊自我之上是至尊人格首神本人(viṣṇu-tattva)。圣奎师那是存在中的第一位至尊主、一切原因的起因。主奎师那又叫佳纳尔丹(Janārdana)，完美服务的全过程就是为满足祂的超然感官而从事活动。

第 14 节

मनुरुवाच
आदेशेऽहं भगवतो वर्तेयामीवसूदन ।
स्थानं त्विहानुजानीहि प्रजानां मम च प्रभो ॥१४॥

manur uvāca
ādeśe 'haṁ bhagavato
varteyāmīva-sūdana
sthānaṁ tv ihānujānīhi
prajānāṁ mama ca prabho

manuḥ uvāca－圣玛努说 / ādeśe－受命 / aham－我 / bhagavataḥ－全能的您的 / varteya－将居住 / amīva-sūdana－消灭一切罪恶的人啊 / sthānam－地方 / tu－仅 / iha－在这个世界 / anujānīhi－请告诉我 / prajānām－我所生的后代的 / mama－我的 / ca－和 / prabho－主啊

译文　圣玛努说：啊！全能的君主、消除一切罪恶的人！我将执行您的命令。现在请让我了解我和我所生下的生物体所居住的地方。

第 15 节 यदोकः सर्वभूतानां मही मग्ना महाम्भसि ।
अस्या उद्धरणे यत्नो देव देव्या विधीयताम् ॥१५॥

yad okaḥ sarva-bhūtānāṁ
mahī magnā mahāmbhasi
asyā uddharaṇe yatno
deva devyā vidhīyatām

yat—因为 / okaḥ—居所 / sarva—对所有的 / bhūtānām—生物 / mahī—地球 / magnā—融入 / mahā-ambhasi—汪洋中 / asyāḥ—这……的 / uddharaṇe—提起 / yatnaḥ—尝试 / deva—半神人的主人啊 / devyāḥ—这地球的 / vidhīyatām—愿你做成这件事

译文 半神人的主人啊，请尝试把淹没在汪洋中的地球提起来，因为它是众生居住的地方。凭您的努力和至尊主的仁慈，定能完成这件事

要旨 这里提到的汪洋，指的是充满半个宇宙的嘎尔博达卡(Garbhodaka)汪洋。

第 16 节 मैत्रेय उवाच
परमेष्ठी त्वपां मध्ये तथा सन्नामवेक्ष्य गाम् ।
कथमेनां समुन्नेष्य इति दध्यौ धिया चिरम् ॥१६॥

maitreya uvāca
parameṣṭhī tv apāṁ madhye
tathā sannām avekṣya gām
katham enāṁ samunneṣya
iti dadhyau dhiyā ciram

maitreyaḥ uvāca—圣麦垂亚·牟尼说 / parameṣṭhī—布茹阿玛 / tu—也 / apām—水 / madhye—在……之中 / tathā—就此 / sannām—处在 / avekṣya—看到 / gām—地球 / katham—如何 / enām—这 / samunneṣye—

我将提起 / iti一就此 / dadhyau一注意 / dhiyā一用智力 / ciram一长时间地

译文　圣麦垂亚说：于是，布茹阿玛看着淹没在水中的地球，长时间地思考如何能把地球提起来。

要旨　吉瓦·哥斯瓦米(Jīva Gosvāmī)指出，这一章中谈到的几件事发生在不同的周期里。我们现在讲的这件事，发生在白色瓦茹阿哈(Śveta-varāha)周期。这一章的后面还将提到查克舒沙(Cākṣuṣa)周期的事。

第 17 节

सृजतो मे क्षितिर्वार्भिः प्लाव्यमाना रसां गता ।
अथात्र किमनुष्ठेयमस्माभिः सर्गयोजितैः ।
यस्याहं हृदयादासं स ईशो विदधातु मे ॥१७॥

sṛjato me kṣitir vārbhiḥ
plāvyamānā rasāṁ gatā
athātra kim anuṣṭheyam
asmābhiḥ sarga-yojitaiḥ
yasyāhaṁ hṛdayād āsaṁ
sa īśo vidadhātu me

sṛjataḥ一在从事创造过程中 / me一我的 / kṣitiḥ一地球 / vārbhiḥ一被水 / plāvyamānā一淹没 / rasām一水的深度 / gatā一下沉 / atha一因此 / atra一在这件事上 / kim一什么 / anuṣṭheyam一才是正确的 / asmābhiḥ一由我们 / sarga一创造 / yojitaiḥ一从事 / yasya一……的 / aham一我 / hṛdayāt一从心中 / āsam一出生 / saḥ一祂 / īśaḥ一至尊主 / vidadhātu一会指导 / me一向我

译文　布茹阿玛心想：我在进行创造时，地球被洪水淹没，下沉到深海中。就有关创造的事宜，我们能做什么？最好让全能的至尊主来指导我们。

要旨 至尊主的奉献者都是至尊主十分信赖的仆人。他们在履行各自的职责时也会遇到困难，感到不知所措，但却绝不会因此而灰心丧气。他们对至尊主有完全的信心，至尊主自然会为奉献者扫清路途上的障碍，让他们能顺利地履行他们的职责。

第 18 节 इत्यभिध्यायतो नासाविवरात्सहसानघ ।
वराहतोको निरगादङ्गुष्ठपरिमाणकः ॥१८॥

ity abhidhyāyato nāsā-
vivarāt sahasānagha
varāha-toko niragād
aṅguṣṭha-parimāṇakaḥ

iti一就此 / abhidhyāyataḥ一正在思考之际 / nāsā-vivarāt一从鼻孔中 / sahasā一突然 / anagha一无罪的人啊 / varāha-tokaḥ一一个极小的雄猪形象 / niragāt一钻出 / aṅguṣṭha一半截拇指 / parimāṇakaḥ一大小

译文 无罪的维杜茹阿啊！就在布茹阿玛沉思时，一只小小的雄猪突然从他的鼻孔出来了。这个动物的身体并不比大拇指的上半截大。

第 19 节 तस्याभिपश्यतः खस्थः क्षणेन किल भारत ।
गजमात्रः प्रववृधे तदद्भुतमभून्महत् ॥१९॥

tasyābhipaśyataḥ kha-sthaḥ
kṣaṇena kila bhārata
gaja-mātraḥ pravavṛdhe
tad adbhutam abhūn mahat

tasya一他的 / abhipaśyataḥ一当这样观察……时 / kha-sthaḥ一在天空中 / kṣaṇena一突然 / kila一的确 / bhārata一巴茹阿特的后裔啊 /

gaja-mātraḥ－正如一头大象 / pravavṛdhe－彻底变大 / tat－那 / adbhutam－非同寻常的 / abhūt－变成 / mahat－巨大的形体

译文　巴茹阿特的后裔啊！就在布茹阿玛观察祂时，那雄猪展现为像一头巨象那么大的神奇形象停留在空中。

第 20 节　मरीचिप्रमुखैर्विप्रैः कुमारैर्मनुना सह ।
दृष्ट्वा तत्सौकरं रूपं तर्कयामास चित्रधा ॥२०॥

marīci-pramukhair vipraiḥ
kumārair manunā saha
dṛṣṭvā tat saukaram rūpaṁ
tarkayām āsa citradhā

marīci－伟大的圣人玛瑞祺 / pramukhaiḥ－以……为首 / vipraiḥ－所有的布茹阿玛纳 / kumāraiḥ－以及库玛尔四兄弟 / manunā－和玛努 / saha－和 / dṛṣṭvā－看着 / tat－那 / saukaram－雄猪形象 / rūpam－形体 / tarkayām āsa－他们彼此展开讨论 / citradhā－各种各样的

译文　看着停留在空中的这个神奇的雄猪形象，布茹阿玛感到十分惊奇，开始与玛瑞祺、库玛尔兄弟、玛努等优秀的布茹阿玛纳谈论各种可能性。

第 21 节　किमेतत्सूकरव्याजं सत्त्वं दिव्यमवस्थितम् ।
अहो बताश्चर्यमिदं नासाया मे विनिःसृतम् ॥२१॥

kim etat sūkara-vyājaṁ
sattvaṁ divyam avasthitam
aho batāścaryam idaṁ
nāsāyā me viniḥsṛtam

kim－什么 / etat－这 / sūkara－雄猪 / vyājam－装扮 / sattvam－生

物 / divyam一非同寻常的 / avasthitam一处于 / aho bata一哦，这真是 / āścaryam 一 太神奇 / idam 一 这 / nāsāyāḥ 一 从鼻孔 / me 一 我的 / viniḥsṛtam一钻出来

译文 这是一个假装成雄猪的非凡生物吧？他很神奇地从我的鼻孔出来。

第 22 节 दृष्टोऽङ्गुष्ठशिरोमात्रः क्षणाद्गण्डशिलासमः ।
अपि स्विद्भगवानेष यज्ञो मे खेदयन्मनः ॥२२॥

dṛṣṭo 'ṅguṣṭha-śiro-mātraḥ
kṣaṇād gaṇḍa-śilā-samaḥ
api svid bhagavān eṣa
yajño me khedayan manaḥ

dṛṣṭaḥ一刚刚看到 / aṅguṣṭha一拇指 / śiraḥ一尖 / mātraḥ一只有 / kṣaṇāt 一 立即 / gaṇḍa-śilā 一 巨石 / samaḥ 一 像 / api svit 一 是否 / bhagavān 一 人格首神 / eṣaḥ 一 这 / yajñaḥ 一 维施努 / me 一 我的 / khedayan一困惑 / manaḥ一心中

译文 这只雄猪一开始看起来不比拇指尖大，但一瞬间就变得像一块石头那么大。我的心被搅乱了。祂是至尊人格首神维施努吗？

要旨 布茹阿玛是这个宇宙最高权威，但却从未见过这样的生物体，因此猜想这头神奇的雄猪可能是维施努的化身。首神的化身总是非同寻常，连布茹阿玛见了都感到困惑不已。

第 23 节 इति मीमांसतस्तस्य ब्रह्मणः सह सूनुभिः ।
भगवान् यज्ञपुरुषो जगर्जागेन्द्रसन्निभः ॥२३॥

iti mīmāṁsatas tasya
brahmaṇaḥ saha sūnubhiḥ
bhagavān yajña-puruṣo
jagarjāgendra-sannibhaḥ

iti 一 就 此 / mīmāṁsataḥ 一 正 在 讨 论 之 际 / tasya 一 他 的 / brahmaṇaḥ 一 布 茹 阿 玛 的 / saha 一 和 / sūnubhiḥ 一 他 的 儿 子 们 / bhagavān 一 人格首神 / yajña 一 主维施努 / puruṣaḥ 一 至尊者 / jagarja 一 回荡着 / aga-indra 一 大山 / sannibhaḥ 一 像

译文　就在布茹阿玛与他的儿子们讨论之际，至尊人格首神维施努如一座巨山般大声吼叫起来。

要旨　看来高山也会发出吼声，因为他们也是有生命的生物体。生物体吼声的大小与其物质躯体的大小一致。正当布茹阿玛猜想这头雄猪可能是至尊主的化身时，至尊主发出一声悦耳动听的巨吼，以此告诉布茹阿玛，他的猜想是正确的。

第 24 节

ब्रह्माणं हर्षयामास हरिस्तांश्च द्विजोत्तमान् ।
स्वगर्जितेन ककुभः प्रतिस्वनयता विभुः ॥२४॥

brahmāṇaṁ harṣayām āsa
haris tāṁś ca dvijottamān
sva-garjitena kakubhaḥ
pratisvanayatā vibhuḥ

brahmāṇam 一 向布茹阿玛 / harṣayām āsa 一 精神振奋 / hariḥ 一 人格首神 / tān 一 他们所有人 / ca 一 也 / dvija-uttamān 一 高层次的布茹阿玛纳 / sva-garjitena 一 以 祂 非 同 寻 常 的 吼 声 / kakubhaḥ 一 四 面 八 方 / pratisvanayatā 一 回响 / vibhuḥ 一 全能者

译文　全能的至尊人格首神用祂非凡的声音再次吼叫；

这吼声使四面八方产生回响，令布茹阿玛及其他高度进步的布茹阿玛纳兴奋不已。

要旨 布茹阿玛和其他了解至尊人格首神的、觉悟了的布茹阿玛纳(brāhmaṇa, 婆罗门)，无论见到至尊主的哪一个化身都会感到精神振奋。维施努这一神奇的、像山脉一样巨大无比的雄猪化身，发出惊天动地的怒吼。这吼声响彻四面八方，令人不寒而栗。祂是无所不能的，祂要用这吼声吓住所有胆敢向祂挑战的恶魔。但布茹阿玛等人听到这吼声却丝毫不感到害怕。

第 25 节 निशम्य ते घर्घरितं स्वखेद-
क्षयिष्णु मायामयसूकरस्य ।
जनस्तपःसत्यनिवासिनस्ते
त्रिभिः पवित्रैर्मुनयोऽगृणन् स्म ॥२५॥

niśamya te ghargharitaṁ sva-kheda-
kṣayiṣṇu māyāmaya-sūkarasya
janas-tapaḥ-satya-nivāsinas te
tribhiḥ pavitrair munayo 'gṛṇan sma

niśamya—听到……之后 / te—那些 / ghargharitam—巨吼 / sva-kheda—个人的悲伤 / kṣayiṣṇu—摧毁 / māyā-maya—绝对仁慈的 / sūkarasya—化为雄猪的至尊主 / janaḥ—佳纳星球 / tapaḥ—塔珀星球 / satya—萨缇亚星球 / nivāsinaḥ—居民 / te—他们所有人 / tribhiḥ—从三部韦达经 / pavitraiḥ—以绝对吉祥的赞歌 / munayaḥ—伟大的思想家和圣人 / agṛṇan sma—吟唱

译文 化身为雄猪的至尊主巨大的吼叫声，是绝对仁慈的至尊主发出的绝对吉祥的声音，居住在佳纳星球、塔珀星球和萨提亚星球上的伟大圣人及思想家们听到这声音时，吟唱起三部韦达经中吉祥的赞美诗。

要旨　这节诗中的梵文“绝对仁慈的(māyāmaya)”一词意味深长，其中玛亚(māyā)一词有“仁慈”、“特别的知识”和“错觉和幻象”等几个意思。化身为雄猪的至尊主是一切；祂既是仁慈，是所有的知识，也是错觉和幻象。听到至尊主的雄猪化身的吼声，住在佳纳星球(Janaloka)、塔珀星球(Tapoloka)和萨提亚星球(Satyaloka)上的伟大圣人们，都吟唱韦达赞歌来回应至尊主。这些星球上的居民全都是最虔诚、最有智慧的生物体，他们一听到雄猪发出非同寻常的吼声就知道：除了至尊主，没有第二个生物体能发出这样的声音。他们于是开始吟唱韦达赞歌，向至尊主祈祷，作为对至尊主的回应。那时，地球正沉没在汪洋大海中；高等星球上的居民听到至尊主的声音后感到欢欣鼓舞，知道至尊主来拯救地球了。因此，布茹阿玛及布瑞古(Bhṛgu)等布茹阿玛的圣人儿子，以及知识渊博的布茹阿玛纳，齐声吟唱韦达赞歌，用超然的声音振荡赞美、歌颂至尊主。在所有这些赞歌中，《毕尔汉·纳茹阿迪亚往世书》(Bṛhan-nāradīya Purāṇa)中的哈瑞·奎师那曼陀(Hare-Kṛṣṇa mantra)是最重要的一首赞歌：哈瑞·奎师那　哈瑞·奎师那　奎师那·奎师那　哈瑞·哈瑞/哈瑞·茹阿玛　哈瑞·茹阿玛　茹阿玛·茹阿玛　哈瑞·哈瑞(Hare Kṛṣṇa, Hare Kṛṣṇa, Kṛṣṇa Kṛṣṇa, Hare Hare/Hare Rāma, Hare Rāma, Rāma Rāma, Hare Hare)。

第 26 节　तेषां सतां वेदवितानमूर्ति-
ब्रह्मावधार्यात्मगुणानुवादम् ।
विनद्य भूयो विबुधोदयाय
गजेन्द्रलीलो जलमाविवेश ॥२६॥

teṣāṁ satāṁ veda-vitāna-mūrtir
brahmāvadhāryātma-guṇānuvādam
vinadya bhūyo vibudhodayāya
gajendra-līlo jalam āviveśa

teṣām－他们的 / satām－伟大的奉献者的 / veda－所有的知识 / vitāna-mūrtiḥ－扩展的形象 / brahma－韦达声音 / avadhārya－非常清楚 / ātma－祂本人的 / guṇa-anuvādam－超然的赞美 / vinadya－巨吼 / bhūyaḥ－再次 / vibudha－拥有渊博的超然知识之人 / udayāya－为……的获益或被提升 / gajendra-līlaḥ－像大象一样嬉戏 / jalam－水 / āviveśa－潜入

译文 似大象玩耍般，祂在又一次吼叫后进入水中，作为对伟大的奉献者吟唱韦达赞美诗的回答。至尊主是韦达赞美诗歌颂的对象，所以祂明白奉献者们是在赞美祂。

要旨 至尊主的任何一种形象都是超然的、充满知识且最仁慈的。至尊主是韦达知识的人格化身，因此能清除一切物质污染。所有的韦达经(Veda)都崇拜至尊主的超然形象。韦达经《至尊奥义书》(Īśopaniṣad)中有首赞歌表达的是奉献者请求至尊主收回祂全身耀眼的光芒，因为它遮住了祂的真貌。至尊主的形象不是物质的，人们一般都需要靠韦达经来了解和认识至尊主的形象。经典中说，韦达经是至尊主呼出的气，第一位学习韦达经的人——布茹阿玛，将这气吸入自己体内。至尊主的雄猪化身在布茹阿玛从鼻孔向外呼气时显现，因此是韦达经的人格化身。高等星球的圣人赞美至尊主的化身时所吟唱的，就是韦达赞歌。我们应该清楚的是：无论何时，人们在赞美至尊主时必然会吟诵、吟唱韦达赞歌。正因为如此，至尊主听到祂纯粹的奉献者在吟诵、吟唱这些韦达赞歌时感到非常高兴，作为对他们的鼓励，祂又一次发出一声巨吼，然后潜入水中拯救沉在水下的地球。

第 27 节 उत्क्षिप्तवालः खचरः कठोरः
सटा विधुन्वन् खररोमशत्वक् ।

खुराहताभ्रः सितदंष्ट्र ईक्षा-
ज्योतिर्बभासे भगवान्महीध्रः ॥२७॥

utkṣipta-vālaḥ kha-caraḥ kaṭhoraḥ
saṭā vidhunvan khara-romaśa-tvak
khurāhatābhraḥ sita-daṁṣṭra īkṣā-
jyotir babhāse bhagavān mahīdhraḥ

utkṣipta-vālaḥ—甩尾 / kha-caraḥ—在空中 / kaṭhoraḥ—坚硬的 / saṭāḥ—肩上的鬃毛 / vidhunvan—颤抖 / khara—尖的 / romaśa-tvak—覆盖着厚厚的鬃毛的皮 / khura-āhata—用蹄子踢 / abhraḥ—云朵 / sita-daṁṣṭraḥ—白色的獠牙 / īkṣā—目光 / jyotiḥ—炯炯 / babhāse—发出耀眼的光芒 / bhagavān—人格首神 / mahī-dhraḥ—世界的支撑者

译文　在进入水中拯救地球前，化身为雄猪的至尊主飞在空中猛甩尾巴，祂抖动着坚硬的鬃毛。祂独有的扫视放射着光芒；祂用祂的蹄子和闪亮的白色獠牙驱散了空中的云朵。

要旨　奉献者向至尊主敬献祈祷时总谈到至尊主所从事的超然活动。这节诗就描写了至尊主的雄猪化身的超然外貌。要知道，在三个高等星球上的居民向至尊主祈祷时，至尊主的身体一直在扩大，最后占据了整个天空，上抵最高的布茹阿玛星球(Brahmaloka)，也就是萨提亚星球。《布茹阿玛·萨密塔》(Brahma-saṁhitā)中说，日月是祂的眼睛，因此当祂屹立在空中用双目扫视四方时，祂目光炯炯，犹如日月。这节诗中称至尊主是玛黑铎(mahīdhraḥ)，意思是“雄伟的山脉”和“地球的支撑者”。换句话说，至尊主有着像喜马拉雅山一样无比庞大和坚实的身躯，否则祂怎么可能用自己白色的獠牙挑起整个地球呢？至尊主伟大的奉献者、诗人佳亚戴瓦(Jayadeva)，在赞颂至尊主的各个化身的祈祷文中这样唱道：

vasati daśana-śikhare dharaṇī tava lagnā
śaśini kalaṅka-kaleva nimagnā
keśava dhṛta-śūkara rūpa jaya jagadīśa hare

“所有的荣耀归于以雄猪形象显现的至尊主凯萨瓦(Keśava, 奎师那)！祂那托着地球的两根獠牙，恰似明月上的两道伤痕。”

第 28 节

घ्राणेन पृथ्व्याः पदवीं विजिघ्रन्
क्रोडापदेशः स्वयमध्वराङ्गः ।
करालदंष्ट्रोऽप्यकरालदृग्भ्या-
मुद्वीक्ष्य विप्रान् गृणतोऽविशत्कम् ॥२८॥

ghrāṇena pṛthvyāḥ padavīṁ vijighran
krodāpadeśaḥ svayam adhvarāṅgaḥ
karāla-daṁṣṭro 'py akarāla-dṛgbhyām
udvīkṣya viprān gṛṇato 'viśat kam

ghrāṇena－用鼻子嗅 / pṛthvyāḥ－地球的 / padavīm－处境 / vijighran－搜寻地球 / kroḍa-apadeśaḥ－以雄猪的形体 / svayam－本人 / adhvara－超然的 / aṅgaḥ－身躯 / karāla－可怕 / daṁṣṭraḥ－獠牙 / api－尽管 / akarāla－不可怕 / dṛgbhyām－用祂的目光 / udvīkṣya－扫视 / viprān－全体布茹阿玛纳奉献者 / gṛṇataḥ－正在吟唱祷文 / aviśat－进入 / kam－水

译文 祂虽然是至尊主维施努本人，因而是超然的，但因为化身为雄猪的形象，所以用嗅的方式寻找地球。祂的獠牙很可怕。祂扫视正在吟唱赞美诗的奉献者布茹阿玛纳后，进入水中。

要旨 我们应该永远记住：尽管猪的躯体是物质的，但至尊主所展示的这个雄猪形象却不受物质的污染。地球上的猪不可能变出这样一个身躯从萨提亚星球开始占满整个天空的巨大形象。至尊主的形体在任何情况下都是超然的，因此以雄猪的形象显现只是祂的娱乐活动而已。祂的身体本身就是韦达经，是超然的。祂当时既然化身为雄猪的形象，便像猪一样用鼻子四处嗅着寻找地球。至尊主无论扮演哪种生物体，都能扮得惟妙惟肖。对非奉献者来说，这头顶天立地的巨猪极为可怕；但至尊主的纯粹奉献者不但不感到害怕，相反在至尊主愉快地扫视他们时，众人都感受到超然的喜悦。

第 29 节　स वज्रकूटाङ्गनिपातवेग-
विशीर्णकुक्षिः स्तनयन्नुदन्वान् ।
उत्सृष्टदीर्घोर्मिभुजैरिवार्त-
श्चुक्रोश यज्ञेश्वर पाहि मेति ॥२९॥

sa vajra-kūṭāṅga-nipāta-vega-
viśīrṇa-kukṣiḥ stanayann udanvān
utsṛṣṭa-dīrghormi-bhujair ivārtaś
cukrośa yajñeśvara pāhi meti

saḥ—那 / vajra-kūṭa-aṅga—山一般巨大的身躯 / nipāta-vega—入水时造成的冲力 / viśīrṇa—劈开 / kukṣiḥ—中间的部分 / stanayan—像……一样高声呐喊 / udanvān—汪洋 / utsṛṣṭa—造成 / dīrgha—万丈高 / ūrmi—波浪 / bhujaiḥ—用手臂 / iva ārtaḥ—仿佛一名痛不欲生的人 / cukrośa—高声祈祷 / yajña-īśvara—一切祭祀之主啊 / pāhi—请保护 / mā—向我 / iti—就此

译文　化身为雄猪的至尊主如一座巨山般潜入水中，从中间把海洋分开。这使海水涌起两个巨浪，看似海洋的两只手臂；海洋发出高声呐喊，恰似在向至尊主祈求说：“一切祭祀之主啊！请不要把我一分为二！请保护我！”

要旨　当超然雄猪那山一样的身躯跃入汪洋时，就连汪洋也不由得心绪不宁，显得惊恐万状，犹如命在旦夕一般。

第 30 节　खुरैः क्षुरप्रैर्दरयंस्तदाप
उत्पारपारं त्रिपरू रसायाम् ।

ददर्श गां तत्र सुषुप्सुरग्रे
यां जीवधानीं स्वयमभ्यधत्त ॥३०॥

khuraiḥ kṣurapraiṛ darayaṁs tad āpa
utpāra-pāraṁ tri-parū rasāyām
dadarśa gāṁ tatra suṣupsur agre
yāṁ jīva-dhānīṁ svayam abhyadhatta

khuraiḥ—用蹄子 / kṣurapraiḥ—好比利刃一般 / darayan—刺穿 / tat—那 / āpaḥ—水 / utpāra-pāram—探到无底的汪洋的底 / tri-paruḥ—一切祭祀之主 / rasāyām—在水下 / dadarśa—找到 / gām—地球 / tatra—那里 / suṣupsuḥ—躺在 / agre—一开始 / yām—……的 / jīva-dhānīm—众生的居住地 / svayam—亲自 / abhyadhatta—提起

译文 化身为雄猪的至尊主用祂利箭般的蹄子刺穿海水，尽管海洋辽阔无垠，但却找到了它的界限。祂看到地球——众生居住的地方，正像创造开始时一样横卧在那里，于是亲自托起它。

要旨 人们有时把梵文"在水下(rasāyām)"一词说成是"最低等的星系(Rasātala)"，但维施瓦纳特·查夸瓦尔提·塔库尔(Viśvanātha Cakravartī Ṭhākura)认为这不符合事实。地球处在塔拉(Tala)、阿塔拉(Atala)、塔拉塔拉(Talātala)、维塔拉(Vitala)、茹阿萨塔拉(Rasātala)和帕塔拉(Pātāla)等七个星系之上，因此不可能处在最低等的星系——茹阿萨塔拉星系的位置上。《维施努·达尔玛》(Viṣṇu-dharma)中说：

pātāla-mūleśvara-bhoga-saṁhatau
vinyasya pādau pṛthivīṁ ca bibhrataḥ
yasyopamāno na babhūva so 'cyuto
mamāstu māṅgalya-vivṛddhaye hariḥ

因此，至尊主在嘎尔博达卡汪洋的底部找到了地球。布茹阿玛的白天结束，宇宙进入部分毁灭阶段时，众多的星球便都躺在那里。

第 31 节　स्वदंष्ट्रयोद्धृत्य महीं निमग्नां
स उत्थितः संरुरुचे रसायाः ।
तत्रापि दैत्यं गदयापतन्तं
सुनाभसन्दीपिततीव्रमन्युः ॥३१॥

sva-daṁṣṭrayoddhṛtya mahīṁ nimagnāṁ
sa utthitaḥ saṁruruce rasāyāḥ
tatrāpi daityaṁ gadayāpatantaṁ
sunābha-sandīpita-tīvra-manyuḥ

sva-daṁṣṭrayā—用祂的獠牙 / uddhṛtya—托起 / mahīm—地球 / nimagnām—沉入 / saḥ—祂 / utthitaḥ—举出 / saṁruruce—看上去光彩照人 / rasāyāḥ—从水里 / tatra—那里 / api—也 / daityam—向恶魔 / gadayā—持大头棒 / āpatantam—冲向祂 / sunābha—奎师那的飞轮 / sandīpita—燃烧 / tīvra—冲天的 / manyuḥ—怒火

译文　化身为雄猪的至尊主不费吹灰之力便用獠牙把地球托起，举出了水面。祂那样子看上去光彩照人。随后，祂升腾起似苏达尔珊飞轮般强烈的愤怒情绪，立刻杀死了企图与祂决战的恶魔(黑冉亚克沙)。

要旨　圣舒卡戴瓦·哥斯瓦米指出：据韦达文献记载，至尊主曾在查克舒沙和斯瓦阳布瓦这两个毁灭期先后两次以雄猪瓦茹阿哈(Varāha)的化身显现。这里谈的是至尊主在斯瓦阳布瓦时期的雄猪化身，当时除了佳纳、玛哈尔和萨提亚这三个高等星球外，其他星球都沉没在毁灭之洋中。这三个星球上的居民当时都亲眼目睹了至尊主的这一雄猪化身。圣维施瓦纳特·查夸瓦尔提认为，圣人麦垂亚(Maitreya)把至尊主在两个毁灭期的两次雄猪化身的事，结合在一起讲给维杜茹阿听。

第 32 节　जघान रुन्धानमसह्यविक्रमं
स लीलयेभं मृगराडिवाम्भसि ।

तद्रक्तपङ्काङ्कितगण्डतुण्डो
यथा गजेन्द्रो जगतीं विभिन्दन् ॥३२॥

jaghāna rundhānam asahya-vikramaṁ
sa līlayebhaṁ mṛgarāḍ ivāmbhasi
tad-rakta-paṅkāṅkita-gaṇḍa-tuṇḍo
yathā gajendro jagatīṁ vibhindan

jaghāna—杀死 / rundhānam—跟自己作对的敌人 / asahya—无法抵御的 / vikramam—威力 / saḥ—祂 / līlayā—轻而易举 / ibham—大象 / mṛga-rāṭ—狮子 / iva—像 / ambhasi—在水里 / tat-rakta—他的血 / paṅka-aṅkita—沾满鲜血 / gaṇḍa—两腮 / tuṇḍaḥ—舌头 / yathā—犹如 / gajendraḥ—大象 / jagatīm—泥土 / vibhindan—刨

译文 化身为雄猪的至尊主在水中杀死恶魔时，仿佛雄狮杀死一头大象。至尊主的脸颊和舌头沾满了恶魔的血，恰似大象在挖紫红色的土时把皮肤染成了淡红色。

第 33 节 तमालनीलं सितदन्तकोट्या
क्ष्मामुत्क्षिपन्तं गजलीलयाङ्ग ।
प्रज्ञाय बद्धाञ्जलयोऽनुवाकै-
र्विरिञ्चिमुख्या उपतस्थुरीशम् ॥३३॥

tamāla-nīlaṁ sita-danta-koṭyā
kṣmām utkṣipantaṁ gaja-līlayāṅga
prajñāya baddhāñjalayo 'nuvākair
viriñci-mukhyā upatasthur īśam

tamāla—名叫塔玛勒的蓝色大树 / nīlam—蓝色的 / sita—白色 / danta—獠牙 / koṭyā—用弯曲的 / kṣmām—地球 / utkṣipantam—正悬在 / gaja-līlayā—像大象一样嬉戏 / aṅga—维杜茹阿 / prajñāya—在明白这一切后 / baddha—合十 / añjalayaḥ—双手 / anuvākaiḥ—用韦

达赞歌 / viriñci－布茹阿玛 / mukhyāḥ－以……为首 / upatasthuḥ－敬献祷文 / īśam－向至尊主

译文　接着，至尊主像一头大象似的玩耍，用祂那对弯曲的白色獠牙顶着地球，使它悬在空中。他呈现出像塔玛勒树一样略带蓝色的肤色。这使得以布茹阿玛为首的圣人们能够明白，祂就是至尊人格首神，他们恭恭敬敬地向这位至尊主顶礼。

第 34 节

ऋषय ऊचुः
जितं जितं तेऽजित यज्ञभावन
त्रयीं तनुं स्वां परिधुन्वते नमः ।
यद्रोमगर्तेषु निलिल्युरद्धय-
स्तस्मै नमः कारणसूकराय ते ॥३४॥

ṛṣaya ūcuḥ
jitaṁ jitaṁ te 'jita yajña-bhāvana
trayīṁ tanuṁ svāṁ paridhunvate namaḥ
yad-roma-garteṣu nililyur addhayas
tasmai namaḥ kāraṇa-sūkarāya te

ṛṣayaḥ ūcuḥ－荣耀的圣人们说 / jitam－所有的荣耀 / jitam－所有的胜利 / te－归于您 / ajita－不可战胜的人啊 / yajña-bhāvana－通过祭祀才能了解的人 / trayīm－韦达经的人格化身 / tanum－这样的形体 / svām－自身的 / paridhunvate－抖动 / namaḥ－所有顶拜 / yat－……的 / roma－毛 / garteṣu－孔中 / nililyuḥ－在……之中 / addhayaḥ－众海洋 / tasmai－向祂 / namaḥ－顶拜 / kāraṇa-sūkarāya－向那为了某个目的而显现的雄猪 / te－向您

译文　全体圣人怀着极大的敬意说：一切祭祀的享受者、不可战胜的人啊！所有的荣耀和胜利归于您！您以您韦达经人格化身的形象行事；海洋存在于您身体毛发所长出的毛孔中。为了特定的原因(举起地球)，您现在化身为一头雄猪。

要旨 至尊主想以什么形象显现就能以什么形象显现；无论在什么情况下，祂都是一切原因最初的原因。祂永远是至尊人格首神，祂的形象永远超然；祂躺在原因之洋中的玛哈·维施努(Mahā-Viṣṇu)形象便是如此，无数的宇宙从祂身上的毛孔中不断涌出，因此祂超然的躯体是韦达经的人格化身。祂是一切祭祀的享受者，是不可战胜的至尊人格首神。祂为了打捞地球而以雄猪的形象显现，我们绝不能因此而认为显现为这个形象的祂不是至尊主。圣人们(布茹阿玛及其他高等星球的居民)，对此有清醒的认识。

第 35 节

रूपं तवैतन्ननु दुष्कृतात्मनां
दुर्दर्शनं देव यदध्वरात्मकम् ।
छन्दांसि यस्य त्वचि बर्हिरोम-
स्वाज्यं दृशि त्वङ्घ्रिषु चातुर्होत्रम् ॥३५॥

rūpaṁ tavaitan nanu duṣkṛtātmanāṁ
durdarśanaṁ deva yad adhvarātmakam
chandāṁsi yasya tvaci barhi-romasv
ājyaṁ dṛśi tv aṅghriṣu cātur-hotram

rūpam—形象 / tava—您的 / etat—这 / nanu—但 / duṣkṛta-ātmanām—恶徒的灵魂 / durdarśanam—无法看到 / deva—至尊主啊 / yat—那 / adhvara-ātmakam—通过举行祭祀加以崇拜的 / chandāṁsi—嘎雅垂等其他各种赞歌 / yasya—……的 / tvaci—皮肤的触觉中 / barhiḥ—一种名叫库沙的圣草 / romasu—毛 / ājyam—净化了的奶油 / dṛśi—眼睛里 / tu—也 / aṅghriṣu—四肢中 / cātuḥ-hotram—四种功利性活动

译文 至尊主啊！尽管您的形象通过祭祀的举行受到崇拜，但无赖之人却无法看到它。所有的韦达赞歌、嘎亚垂等，都存在于您皮肤的触碰中。存在于您身体毛发中的，是库沙草；存在于您眼里的，是净化了的奶油；而存在于您四条腿中的，是四种功利性活动。

要旨　《博伽梵歌》把那些所谓严格追随韦达经的邪恶之人称为韦达·瓦迪(veda-vādī)。这些人不相信至尊主的化身，更不要说至尊主那值得崇拜的雄猪化身了。他们把崇拜至尊主的各种形象或化身，说成是人为地把动物或神灵等拟人化。《圣典博伽瓦谭》谴责他们是邪恶之徒，《博伽梵歌》第7章的第15节诗中，说他们不仅是邪恶之徒，还是粗俗的愚氓，是最低贱的人。诗中说他们因为有不信神的恶魔本性，所以他们的知识被错觉窃取了。这些受到谴责的人无法看到至尊主巨大的雄猪化身。这些所谓严格遵守韦达经，但却对至尊主的永恒形象不屑一顾的人，可以从《圣典博伽瓦谭》中了解到：至尊主的这些化身，都是韦达经的人格化身。这节诗中讲到，至尊主雄猪化身的皮肤、眼睛和毛孔，是韦达经中各个部分的内容。正因为如此，祂是韦达赞歌，尤其是嘎雅垂·曼陀(Gāyatrī mantra)的人格化身。

第 36 节　स्रक्तुण्ड आसीत्स्रुव ईश नासयो-
रिडोदरे चमसाः कर्णरन्ध्रे ।
प्राशित्रमास्ये ग्रसने ग्रहास्तु ते
यच्चर्वणं ते भगवन्नग्निहोत्रम् ॥३६॥

srak tuṇḍa āsīt sruva īśa nāsayor
idodare camasāḥ karṇa-randhre
prāśitram āsye grasane grahās tu te
yac carvaṇaṁ te bhagavann agni-hotram

srak—祭盘 / tuṇḍe—舌头上 / āsīt—有 / sruvaḥ—另一个祭盘 / īśa—至尊主啊 / nāsayoḥ—鼻孔的 / iḍā—食盘 / udare—肚腹中 / camasāḥ—另一个祭盘 / karṇa randhre—耳朵里 / prāśitram—布茹阿玛祭盘 / āsye—嘴

里 / grasane—喉咙里 / grahāḥ—索玛祭盘 / tu—只 / te—您的 / yat—……的 / carvaṇam—咀嚼 / te—您的 / bhagavan—我的主啊 / agni-hotram—是您在借祭祀之火进食

译文 至尊主啊！您的舌头是献祭用的托盘，您的鼻孔是献祭用的另一个托盘。在您肚腹中的，是祭祀的食用盘，而献祭用的另一个托盘是您的耳洞。在您嘴里的，是祭祀用的布茹阿玛盘；您的喉咙是名叫索玛的祭祀之盘。您所咀嚼的一切，被称为火祭。

要旨 所谓严格遵守韦达经的人说，韦达经和举行韦达经规定的祭祀就是一切的一切。他们最近内订一条规定，督促其成员一丝不苟地完成每天的祭祀活动。但是，他们实际上并没有严格按照韦达经订的祭祀规则去做，而只是生一小堆火，自己随便拿点东西供奉一下就算完事。按照规定，举行祭祀需要准备很多种祭盘(srak、sruvā、barhis、cātur-hotra、iḍā、camasa、prāśitra、graha 和 agni-hotra)。除非能严格按照这些规定去做，否则不可能达到祭祀预期的效果。在目前这个喀历(Kali)年代，人们根本没有条件严格按照规定举行祭祀。为此，经典明确限定：在这个年代，人们唯一该做的祭祀，就是聚众歌唱神的圣名的祭祀(saṅkīrtana-yajña)。至尊主的化身都是祭祀之主(Yajñeśvara)；人除非敬畏至尊主的化身，否则所做的祭祀不可能有圆满的结果。换句话说，托庇于至尊主，为至尊主服务，实际上就等于做了所有的祭祀。这就是要点。祭祀中的各种祭盘对应于至尊主化身的各个不同部位。《圣典博伽瓦谭》第11篇明确指出，人们应该举行聚众歌唱神的圣名的祭祀，取悦至尊主的化身圣柴坦亚·玛哈帕布(Caitanya Mahāprabhu)。要达到祭祀的结果，就应该严格遵从这一指示。

第 37 节

दीक्षानुजन्मोपसदः शिरोधरं
त्वं प्रायणीयोदयनीयदंष्ट्रः ।

जिह्वा प्रवर्ग्यस्तव शीर्षकं क्रतोः
सत्यावसथ्यं चितयोऽसवो हि ते ॥३७॥

dīkṣānujanmopasadaḥ śirodharaṁ
tvaṁ prāyaṇīyodayanīya-daṁṣṭraḥ
jihvā pravargyas tava śīrṣakaṁ kratoḥ
satyāvasathyaṁ citayo 'savo hi te

dīkṣā一启迪 / anujanma一灵性的显现，即再三以化身的方式显现 / upasadaḥ一三种欲望(关系、活动和最终的目标) / śiraḥ-dharam一颈 / tvam一您 / prāyaṇīya一启迪结果之后 / udayanīya一达成欲望的最后一道仪式 / daṁṣṭraḥ一獠牙 / jihvā一舌头 / pravargyaḥ一前面的活动 / tava一您的 / śīrṣakam一头 / kratoḥ一祭祀的 / satya一未用于祭祀的火 / āvasathyam一用于崇拜的火 / citayaḥ一所有欲望集合体 / asavaḥ一生命之气 / hi一肯定地 / te一您的

译文　至尊主啊！此外，您再三的显现是想要获得一切种类启蒙的愿望。您的脖子是三种愿望的所在地，您的獠牙是启蒙及一切愿望的结果。您的舌头是启蒙前的活动，您的头是没有祭祀的火，以及崇拜之火，而您的生命力是一切愿望的集合体。

第 38 节　सोमस्तु रेतः सवनान्यवस्थितिः
संस्थाविभेदास्तव देव धातवः ।
सत्राणि सर्वाणि शरीरसन्धि-
स्त्वं सर्वयज्ञक्रतुरिष्टिबन्धनः ॥३८॥

somas tu retaḥ savanāny avasthitiḥ
saṁsthā-vibhedās tava deva dhātavaḥ
satrāṇi sarvāṇi śarīra-sandhis
tvaṁ sarva-yajña-kratur iṣṭi-bandhanaḥ

somaḥ tu retaḥ—您的精液是索玛祭祀 / savanāni—清晨的仪式 / avasthitiḥ—躯体成长的各个阶段 / saṁsthā-vibhedāḥ—七种祭祀 / tava—您的 / deva—至尊主啊 / dhātavaḥ—皮肤、肌肉等躯体的组成部分 / satrāṇi—为期十二天的种种祭祀 / sarvāṇi—它们全部 / śarīra—躯体的 / sandhiḥ—关节 / tvam—您 / sarva—所有 / yajña—阿索玛祭祀 / kratuḥ—索玛祭祀 / iṣṭi—终极的欲望 / bandhanaḥ—依恋

译文 至尊主啊！您的精液是被称为索玛·雅格亚的祭祀。您身体的增大是清晨举行的仪式。您的皮肤和触觉是名叫阿格尼施头玛祭祀的七种成分。您身体的关节是在十二天内举行的其他各种祭祀的象征。因此，您是被称为索玛和阿索玛的一切祭祀崇拜的对象，您只受祭祀的束缚。

要旨 韦达仪式的追随者一般都举行七种常规的祭祀(agniṣṭoma、atyagniṣṭoma、uktha、ṣoḍaśī、vājapeya、atirātra和āptoryāma)。经典中说，定期举行这些祭祀的人，始终与至尊主在一起。然而，如果能通过做奉爱服务与至尊主相连，就等于举行了所有的祭祀。

第 39 节 नमो नमस्तेऽखिलमन्त्रदेवता-
द्रव्याय सर्वक्रतवे क्रियात्मने ।
वैराग्यभक्त्यात्मजयानुभावित-
ज्ञानाय विद्यागुरवे नमो नमः ॥३९॥

namo namas te ’khila-mantra-devatā-
dravyāya sarva-kratave kriyātmane
vairāgya-bhaktyātmajayānubhāvita-
jñānāya vidyā-gurave namo namaḥ

namaḥ namaḥ—向您顶礼 / te—向值得众生崇拜的您 / akhila—包罗万象 / mantra—赞歌 / devatā—至尊主 / dravyāya—向举行祭祀的所有

物品 / sarva-kratave－向所有种类祭祀 / kriyā-ātmane－向您——集所有祭祀于一身的至尊形象 / vairāgya－弃绝 / bhaktyā－通过奉爱服务 / ātma-jaya-anubhāvita－可通过控制心感知的 / jñānāya－这样的知识 / vidyā-gurave－授以一切知识的至尊灵性导师 / namaḥ namaḥ－我再次恭恭敬敬地顶拜

译文 至尊主啊！您是至尊人格首神，值得用全世界的祈祷文、韦达赞歌和祭祀用品去崇拜。我们向您敬礼。不受可见与不可见的物质污染的纯净之心，能认识您。我们把您当做教导奉爱服务知识的至尊灵性导师，恭恭敬敬地向您顶礼。

要旨 清除一切物质污染、没有丝毫物质欲望：是为至尊主做奉爱服务(bhakti)的奉献者应该具备的条件，梵文称之为“摈除物质欲望(vairāgya)”。按照规范守则为至尊主做奉爱服务的人，自然能去除物质欲望；他的心达到纯净状态时，他便能觉悟到人格首神。居于众生心中的人格首神会指导奉献者做纯粹的奉爱服务，以便他能够最终与至尊主交往。对此，《博伽梵歌》第10章的第10节诗证实说：

teṣāṁ satata-yuktānāṁ
bhajatāṁ prīti-pūrvakam
dadāmi buddhi-yogaṁ taṁ
yena mām upayānti te

“对一直以爱心侍奉我的人，我赐予他们理解力，使他们来到我这里。”

人必须征服心，而他可以靠举行韦达仪式和各种祭祀达到这一目的。然而，所有这些仪式和祭祀最终所要达到的目的是为至尊主做奉爱服务。没有奉爱服务，人无法了解至尊人格首神。存在中的第一位人格首神及祂无数的维施努扩展，是所有韦达祭祀和仪式唯一崇拜的对象。

第 40 节 दंष्ट्राग्रकोट्या भगवंस्त्वया धृता
विराजते भूधर भूः सभूधरा ।
यथा वनान्निःसरतो दता धृता
मतङ्गजेन्द्रस्य सपत्रपद्मिनी ॥४०॥

daṁṣṭrāgra-koṭyā bhagavaṁs tvayā dhṛtā
virājate bhūdhara bhūḥ sa-bhūdharā
yathā vanān niḥsarato datā dhṛtā
mataṅ-gajendrasya sa-patra-padminī

daṁṣṭra-agra－獠牙尖 / koṭyā－用……的边缘 / bhagavan－人格首神啊 / tvayā－由您 / dhṛtā－托着 / virājate－显得如此美丽 / bhū-dhara－托起地球的人啊 / bhūḥ－地球 / sa-bhūdharā－以及山脉 / yathā－好似 / vanāt－从水中 / niḥsarataḥ－出来 / datā－用獠牙 / dhṛtā－采 / matam-gajendrasya－被激怒的大象 / sa-patra－带着莲叶 / padminī－莲花

译文 举起地球者啊！您用獠牙举起的、耸立着山脉的地球，似刚从水中出来的愤怒大象举着的一朵带着绿叶的莲花般美丽。

要旨 地球十分幸运，因为被至尊主托举起来而受到赞美；它是那么美，犹如象鼻顶端的一朵莲花。衬着莲叶的莲花显得十分美；同样，地球上覆盖着崇山峻岭，它就这样停留在至尊主雄猪化身的獠牙上。

第 41 节 त्रयीमयं रूपमिदं च सौकरं
भूमण्डलेनाथ दता धृतेन ते ।
चकास्ति शृङ्गोढघनेन भूयसा
कुलाचलेन्द्रस्य यथैव विभ्रमः ॥४१॥

trayīmayaṁ rūpam idaṁ ca saukaraṁ
bhū-maṇḍalenātha datā dhṛtena te
cakāsti śṛṅgoḍha-ghanena bhūyasā
kulācalendrasya yathaiva vibhramaḥ

trayī-mayam—韦达经的人格化身 / rūpam—形象 / idam—这 / ca—也 / saukaram—雄猪 / bhū-maṇḍalena—由地球 / atha—而今 / datā—以獠牙 / dhṛtena—被……托着 / te—您的 / cakāsti—光芒四射 / śṛṅga-ūḍha—托在山巅上 / ghanena—由云彩 / bhūyasā—变得更光荣 / kula-acala-indrasya—雄伟的山脉的 / yathā—好似 / eva—肯定地 / vibhramaḥ—点缀、装饰

译文　至尊主啊！正如巍峨群山的山峰在浮云缭绕时美丽非凡，您超然的身体因为您用獠牙托起地球而显得异常俊美。

要旨　诗中梵文“点缀、装饰(vibhramaḥ)”一词值得一提，它既有“虚幻”的意思，也有“美丽”的意思。云朵停留在山巅时，看上去既仿佛被高山托着，同时又显得很美。同样，至尊主没有必要用自己的獠牙托着地球，但地球被祂托起，就显得更美了。至尊主因为地球上有祂的纯粹奉献者而显得更加俊美。尽管至尊主是韦达赞歌的超然人格化身，但当祂托起地球时，祂的形象显得英姿勃勃、气概不凡。

第 42 节　संस्थापयैनां जगतां सतस्थुषां
लोकाय पत्नीमसि मातरं पिता ।
विधेम चास्यै नमसा सह त्वया
यस्यां स्वतेजोऽग्निमिवारणावधाः ॥४२॥

saṁsthāpayaināṁ jagatāṁ sa-tasthuṣāṁ
lokāya patnīm asi mātaraṁ pitā
vidhema cāsyai namasā saha tvayā
yasyāṁ sva-tejo 'gnim ivāraṇāv adhāḥ

saṁsthāpaya enām一托起这地球 / jagatām一动与 / sa-tasthuṣām一不动的 / lokāya一为了给他们提供居所 / patnīm一妻子 / asi一您是 / mātaram一母亲 / pitā一父亲 / vidhema一我们致以 / ca一也 / asyai一向母亲 / namasā一顶礼膜拜 / saha一和 / tvayā一和您 / yasyām一在它之中 / sva-tejaḥ一以您本人的能量 / agnim一火 / iva一好比 / araṇau一在阿茹阿尼木中 / adhāḥ一注入

译文 至尊主啊！从为动与不动的众生提供居所的角度看，这地球是您的妻子，而您是至尊父亲。我们恭恭敬敬地顶拜您，以及地球母亲；如同经验丰富的献祭者把火置于阿茹阿尼木柴中，您把您的力量注入她体内。

要旨 这里谈到，使星球浮在空中的所谓万有引力，实际上是至尊主的能量。正如富有经验的布茹阿玛纳祭司借韦达赞歌的力量将火注入阿茹阿尼(araṇi)木柴中，至尊主将这一能量注入每一个星球。经过这样一番安排，所有动与不动的生物体就能在世上安家落户了。物质世界的居民是受制约的灵魂，他们被置于大地母亲腹中的情形，就好比精子被父亲注入母腹中一样。《博伽梵歌》第14章的第4节诗中谈到了至尊主是父亲、大地是母亲的概念。受制约的灵魂崇拜他们的诞生之地，但却不知道谁是自己的父亲。母亲不能独自繁衍后代；同样道理，没有至尊父亲——至尊人格首神的接触，大自然母亲不可能生出众生。《圣典博伽瓦谭》教导我们要顶拜母亲及父亲——至尊主，因为正是这位父亲将维系动与不动的生物体生存所需要的一切能量，注入了母亲腹中。

第 43 节 कः श्रद्दधीतान्यतमस्तव प्रभो
रसां गताया भुव उद्विबर्हणम् ।
न विस्मयोऽसौ त्वयि विश्वविस्मये
यो माययेदं ससृजेऽतिविस्मयम् ॥४३॥

kaḥ śraddadhītānyatamas tava prabho
rasāṁ gatāyā bhuva udvibarhaṇam
na vismayo 'sau tvayi viśva-vismaye
yo māyayedaṁ sasṛje 'tivismayam

kaḥ－还有谁 / śraddadhīta－能做 / anyatamaḥ－除了您本人 / tava－您的 / prabho－主啊 / rasām－在水下 / gatāyāḥ－躺着 / bhuvaḥ－地球的 / udvibarhaṇam－救赎 / na－永不 / vismayaḥ－神奇 / asau－这样的举动 / tvayi－对您 / viśva－宇宙的 / vismaye－充满神奇的事物 / yaḥ－……的 / māyayā－凭借能量 / idam－这 / sasṛje－创造 / ativismayam－比一切神奇的事物更神奇

译文　除了您——至尊人格首神，有谁能从水中拯救地球？然而，这对您来说并不算什么太不寻常的事，因为您在宇宙的创造中表现得最精彩。您用您的能量创造了这个神奇的宇宙展示。

要旨　科学家一旦有什么新发明，无知的老百姓就不假思索地接受下来，认为是一项惊人的发明，实在太神奇了！但聪明人看到这样的发明并不觉得很了不起，他会认为这一切都该归功于那位造出科学家神奇大脑的人。普通人看到物质自然界的神奇现象会惊叹不已，把这一切归结为是宇宙展示。但有知识、有奎师那意识的人却十分清楚，宇宙展示的背后是奎师那的大脑在发挥作用。对此，《博伽梵歌》第9章的第10节诗中说："物质自然是我的一种能量，在我的指挥下活动，产生动与不动的一切(mayādhyakṣeṇa prakṛtiḥ sūyate sa-carācaram)。"奎师那既然能操纵神奇的宇宙展示，也就能变成一头顶天立地的雄猪，从海里打捞地球。那对祂来说只是举手之劳。正因为如此，奉献者看到那神奇的雄猪并不感到惊奇，他们知道至尊主凭祂的能量能做出比这神奇千万倍的事。然而就连知识最渊博的科学家，即使是绞尽脑汁也无法对至尊主的能量有丝毫了解。

第 44 节 विधुन्वता वेदमयं निजं वपु-
जनस्तपःसत्यनिवासिनो वयम् ।
सटाशिखोद्धूतशिवाम्बुबिन्दुभि-
र्विमृज्यमाना भृशमीश पाविताः ॥४४॥

vidhunvatā vedamayaṁ nijaṁ vapur
janas-tapaḥ-satya-nivāsino vayam
saṭā-śikhoddhūta-śivāmbu-bindubhir
vimṛjyamānā bhṛśam īśa pāvitāḥ

vidhunvatā－抖动 / veda-mayam－韦达经的人格化身 / nijam－本人的 / vapuḥ－身体 / janaḥ－佳纳珞卡星系 / tapaḥ－塔帕斯珞卡星系 / satya－萨缇亚珞卡星系 / nivāsinaḥ－居民 / vayam－我们 / saṭā－肩上的鬃毛 / śikha-uddhūta－附在毛尖上的 / śiva－吉祥的 / ambu－水 / bindubhiḥ－被小滴的 / vimṛjyamānāḥ－我们因此而被溅上 / bhṛśam－极大地 / īśa－至尊主啊 / pāvitāḥ－净化

译文 至尊主啊！尽管我们无疑是佳纳珞卡、塔帕斯珞卡和萨提亚珞卡这些最虔诚的星球上的居民，但还是被您在抖动身体时肩部鬃毛所挥洒的水滴所净化。

要旨 猪的身体一般都是不洁净的，但我们不能就此认为至尊主的雄猪化身也不洁净。至尊主的这一形象是韦达经的人格化身，是超然的。住在佳纳、塔帕斯(Tapas)和萨提亚星球上的居民，是物质世界里最虔诚的生物体，但他们所居住的那些星球因为处在物质世界中，所以仍不免带有许多物质污染。为此，当至尊主肩头鬃毛上的水挥洒在这些高等星球居民身上时，他们感到自己被净化了。恒河水沿至尊主的脚趾流下，所以是纯净的；接触过至尊主雄猪化身肩上的鬃毛和至尊主脚趾的水一样，都是绝对及超然的。

第 45 节　स वै बत भ्रष्टमतिस्तवैषते
यः कर्मणां पारमपारकर्मणः ।
यद्योगमायागुणयोगमोहितं
विश्वं समस्तं भगवन् विधेहि शम् ॥४५॥

sa vai bata bhraṣṭa-matis tavaiṣate
yaḥ karmaṇāṁ param apāra-karmaṇaḥ
yad-yogamāyā-guṇa-yoga-mohitaṁ
viśvaṁ samastaṁ bhagavan vidhehi śam

saḥ—他 / vai—肯定地 / bata—唉 / bhraṣṭa-matiḥ—愚蠢至极 / tava—您的 / eṣate—意愿 / yaḥ—……的 / karmaṇām—活动的 / pāram—极限 / apāra-karmaṇaḥ—一个有无限活动的人的 / yat—由……的 / yoga—神秘的力量 / māyā—能量 / guṇa—物质自然属性 / yoga—神秘力量 / mohitam—迷惑 / viśvam—宇宙 / samastam—整个 / bhagavan—至尊人格首神啊 / vidhehi—请愉快地赐予 / śam—好运

译文　至尊主啊！您奇妙的活动不受限制。想要了解您活动极限的人必定十分愚蠢。这个世界里所有的生物体，都受强大的神秘力量的制约。请把您没有缘故的仁慈赐予这些受制约的灵魂。

要旨　心智思辨者想要找到无限者的极限，这种想法荒谬绝伦。他们全都被至尊主的外在能量所迷惑，因此最好还是明白至尊主是不可思议的，然后投靠、服从祂，以期得到祂没有缘故的仁慈。这节祈祷文是佳纳、塔帕斯和萨提亚星球的居民敬献给至尊主的，他们的智慧和能力远在人类之上。

祈祷文中用了“整个宇宙(viśvaṁ samastam)”一词，它泛指物质世界和灵性世界。圣人们祈祷说：“整个世界都被您的各种能量所迷惑。在灵性世界里沉醉于为您做爱心服务的人忘了自己是谁，您是谁；而在物质世界里沉溺于物质感官享乐的人也忘了您是谁。没有人能了解您，因为您是无限的。所以我们最好放弃要靠无用的心智思辨去了解您的想法，而是请您祝福我们，让我们能通过为您做没有缘故的奉爱服务来崇拜您。”

第 46 节

मैत्रेय उवाच
इत्युपस्थीयमानोऽसौ मुनिभिर्ब्रह्मवादिभिः ।
सलिले स्वखुराक्रान्त उपाधत्तावितावनिम् ॥४६॥

maitreya uvāca
ity upasthīyamāno 'sau
munibhir brahma-vādibhiḥ
salile sva-khurākrānta
upādhattāvitāvanim

maitreyaḥ uvāca－圣人麦垂亚说 / iti－就此 / upasthīyamānaḥ－受到……的赞美 / asau－至尊主的雄猪化身 / munibhiḥ－被伟大的圣人 / brahma-vādibhiḥ－被超然主义者 / salile－在水面上 / sva-khura-ākrānte－用祂的蹄子触碰 / upādhatta－放 / avitā－维系者 / avanim－地球

译文 圣人麦垂亚说：受到全体伟大的圣人及超然主义者这样崇拜后，至尊主用祂的蹄子触碰地球并把它置于水面上。

要旨 至尊主凭自己不可思议的能量将地球放在水面上。至尊主是万能的，能按照自己的愿望使巨大的星球浮在水面上或悬在空中。人类的小脑瓜无法想象至尊主的这些能量究竟是如何运作的。对于各种现象的由来，人们可以做一些含糊不清的解释。但事实上，就有关至尊主的活动，人类用自己的小脑瓜根本想不出所以然来。正因为如此，至尊主的活动被称为是不可思议的。然而，青蛙式的哲学家不理会这些，还在试图凭自己的想象妄加解释。

第 47 节 स इत्थं भगवानुर्वीं विष्वक्सेनः प्रजापतिः ।
रसाया लीलयोन्नीतामप्सु न्यस्य ययौ हरिः ॥४७॥

sa itthaṁ bhagavān urvīṁ
viṣvaksenaḥ prajāpatiḥ
rasāyā līlayonnītām
apsu nyasya yayau hariḥ

saḥ—祂 / ittham—以这种方式 / bhagavān—人格首神 / urvīm—地球 / viṣvaksenaḥ—维施努的另一个名字 / prajā-patiḥ—众生之主 / rasāyāḥ—从水里 / līlayā—轻而易举地 / unnītām—举起 / apsu—在水面上 / nyasya—放 / yayau—回到祂自己的住所 / hariḥ—人格首神

译文 众生的维系者——人格首神主维施努，以这种方式从水中举起地球，再让它浮在水面上后，返回祂自己的居所。

要旨 人格首神主维施努凭自己的意愿化身出无数的形象，降临各个物质星球，以便实现特定的目的；之后，祂重返自己的住所。祂降临物质世界的形象，梵文称为阿瓦塔尔(avatāra)，意思是“降凡之人”。无论是至尊主本人还是祂的一些特殊的奉献者，在来到这个地球上时，都不同于我们这些普通生物。

第 48 节 य एवमेतां हरिमेधसो हरेः
कथां सुभद्रां कथनीयमायिनः ।
शृण्वीत भक्त्या श्रवयेत वोशतीं
जनार्दनोऽस्याशु हृदि प्रसीदति ॥४८॥

ya evam etāṁ hari-medhaso hareḥ
kathāṁ subhadrāṁ kathanīya-māyinaḥ
śṛṇvīta bhaktyā śravayeta vośatīṁ
janārdano 'syāśu hṛdi prasīdati

yaḥ—……的 / evam—就此 / etām—这 / hari-medhasaḥ—粉碎奉献者的物质生活的人 / hareḥ—人格首神的 / kathām—讲述 / su-bhadrām—吉祥的 / kathanīya—值得讲述 / māyinaḥ—以内在能量活动的大慈大悲之人的 / śṛṇvīta—聆听 / bhaktyā—怀着奉爱 / śravayeta—并让其他人一起来聆听 / vā—或 / uśatīm—令人愉快的 / janārdanaḥ—至尊主 / asya—他的 / āśu—很快 / hṛdi—在内心 / prasīdati—感到非常高兴

译文 化身为雄猪的至尊主的这一吉祥活动值得颂扬，人如果以做奉爱服务的态度聆听和讲述这一活动，就会使处在每一个生物体心中的至尊主非常满意。

要旨 至尊主以各种化身显现，从事各种神奇的活动，留下一段段与祂本人一样超然的佳话，为世人代代传诵。我们每个人都喜欢听精彩动人的故事，但因为这些故事大都带有低等的物质属性，所以很不吉祥，不值得听。每个生物都是具有高等本性的灵性灵魂，物质事物对他绝无吉祥可言。因此，明智之人不但要自己聆听至尊主的事迹，还要让他人也来聆听，因为聆听至尊主的事迹可以去除物质生存中的苦难。至尊主出于没有缘故的仁慈来到这个地球，留下一段段充满仁慈的佳话，以便奉献者能从中获得超然的益处。

第 49 节 तस्मिन् प्रसन्ने सकलाशिषां प्रभौ
किं दुर्लभं ताभिरलं लवात्मभिः ।
अनन्यदृष्ट्या भजतां गुहाशयः
स्वयं विधत्ते स्वगतिं परः पराम् ॥४९॥

tasmin prasanne sakalāśiṣāṁ prabhau
kiṁ durlabhaṁ tābhir alaṁ lavātmabhiḥ
ananya-dṛṣṭyā bhajatāṁ guhāśayaḥ
svayaṁ vidhatte sva-gatiṁ paraḥ parām

tasmin—向祂 / prasanne—感到高兴 / sakala-āśiṣām—所有的祝福 / prabhau—向至尊主 / kim—什么 / durlabham—难以得到 / tābhiḥ—有了它们 / alam—远离 / lava-ātmabhiḥ—微不足道的得益 / ananya-dṛṣṭyā—只有奉爱服务 / bhajatām—对于那些做奉爱服务的人 / guhā-āśayaḥ—居于心中 / svayam—亲自 / vidhatte—做 / sva-gatim—在祂自己的住所 / paraḥ—至尊者 / param—超然的

译文 当至尊人格首神对某人满意时，就没有什么是那人得不到的了。超然的成就使人了解，其他的一切都微不足道。做超然爱心服务的人，被处在每个人心中的至尊主亲自提升到最高的完美阶段。

要旨 《博伽梵歌》第10章的第10节诗说：至尊主赐予祂的纯粹奉献者以智慧，以便他们达到最高的完美境界。同样，这节诗里也说：至尊人格首神把一切必须要有的知识赐予始终为至尊主做爱心服务的纯粹奉献者，帮助那奉献者到祂那里去。对这样的奉献者来说，除了为至尊主做服务外，再没有什么是值得要的。人如果忠心耿耿地做服务，就不存在失败和受挫的问题，因为至尊主亲自负责帮助奉献者在灵修路途上取得进步。至尊主居于众生的心中，祂知道奉献者心中还有什么愿望，因此会作出相应的安排，让这一切最终得以实现。换句话说，急于满足自己的物质欲望的所谓奉献者，无法达到最高的完美境界，因为至尊主了解他的心。所以，人唯一要做的是使自己的目标变得纯净——一心要取悦至尊主。这样，至尊主就会用各种方法帮助他达到那目标。

第 50 节

को नाम लोके पुरुषार्थसारवित्
पुराकथानां भगवत्कथासुधाम् ।
आपीय कर्णाञ्जलिभिर्भवापहा-
महो विरज्येत विना नरेतरम् ॥५०॥

ko nāma loke puruṣārtha-sāravit
　purā-kathānāṁ bhagavat-kathā-sudhām
āpīya karṇāñjalibhir bhavāpahām
　aho virajyeta vinā naretaram

kaḥ—谁 / nāma—确实 / loke—在世上 / puruṣa-artha—生命的目标 / sāra-vit—知道……精粹的人 / purā-kathānām—所有过往的历史 / bhagavat—有关人格首神 / kathā-sudhām—讲述人格首神过程中流淌出的甘露 / āpīya—通过喝饮 / karṇa-añjalibhiḥ—通过聆听接受 / bhava-apahām—那能去除一切物质苦难的 / aho—唉 / virajyeta—会拒绝 / vinā—除非 / nara-itaram—不是人

译文 除非不是人，否则谁能够生存在这个世界中，但却对生命的最高目标不感兴趣？人格首神的活动本身就能使人摆脱一切物质痛苦，有谁能拒绝聆听祂那些活动的甘露呢？

要旨 人格首神从事各种各样的娱乐活动，那些故事恰似一条不断流淌的甘泉，只要是人，就会渴望去喝这泉水中的甘露。为至尊主做奉爱服务是每一个人都要追求的最高的人生目标，这一奉爱服务以聆听人格首神超然的活动为开始。只有动物或所作所为如同动物的人，才会对聆听至尊主超然的信息不感兴趣。世上的故事书、历史书数不胜数，但除了内容是有关人格首神的书籍外，其他书籍都不可能帮助人减轻和消除物质生活的苦难。因此，真正想摆脱物质生存的人必须聆听和吟唱人格首神的超然活动。否则，他无异于动物。

到此为止，结束了巴克提韦丹塔对《圣典博伽瓦谭》第3篇第13章——“主瓦茹阿哈的显现”所作的阐释。

第十四章

迪缇傍晚时分受孕

第 1 节 श्रीशुक उवाच

निशम्य कौषारविणोपवर्णितां
हरेः कथां कारणसूकरात्मनः ।
पुनः स पप्रच्छ तमुद्यताञ्जलि-
र्न चातितृप्तो विदुरो धृतव्रतः ॥१॥

śrī-śuka uvāca
niśamya kauṣāraviṇopavarṇitāṁ
hareḥ kathāṁ kāraṇa-sūkarātmanaḥ
punaḥ sa papraccha tam udyatāñjalir
na cātitṛpto viduro dhṛta-vrataḥ

śrī-śukaḥ uvāca—圣舒卡戴瓦·哥斯瓦米说 / niśamya—聆听……之后 / kauṣāraviṇā—由圣人麦垂亚 / upavarṇitām—讲述 / hareḥ—人格首神的 / kathām—故事 / kāraṇa—为了举起地球 / sūkara-ātmanaḥ—雄猪化身的 / punaḥ—再次 / saḥ—他 / papraccha—请求 / tam—向他(麦垂亚) / udyata-añjaliḥ—双手合十 / na—绝不 / ca—还 / ati-tṛptaḥ—非常满足 / viduraḥ—维杜茹阿 / dhṛta-vrataḥ—立下誓言

译文 舒卡戴瓦·哥斯瓦米说：聆听伟大的圣人麦垂亚讲述至尊主化身为雄猪瓦茹阿哈的事迹后，曾发过誓的维杜茹阿还是感到不满足，于是双手合十，请求他进一步讲述至尊主的超然活动。

第 2 节 विदुर उवाच

तेनैव तु मुनिश्रेष्ठ हरिणा यज्ञमूर्तिना ।
आदिदैत्यो हिरण्याक्षो हत इत्यनुशुश्रुम ॥२॥

vidura uvāca
tenaiva tu muni-śreṣṭha
hariṇā yajña-mūrtinā
ādi-daityo hiraṇyākṣo
hata ity anuśuśruma

viduraḥ uvāca－圣维杜茹阿说 / tena－被祂 / eva－肯定地 / tu－但 / muni-śreṣṭha－圣人的领袖啊 / hariṇā－被人格首神 / yajña-mūrtinā－祭祀的形象 / ādi－第一位 / daityaḥ－恶魔 / hiraṇyākṣaḥ－名叫黑冉亚克沙 / hataḥ－杀死 / iti－就此 / anuśuśruma－从师徒传承中听说

译文 圣维杜茹阿说：大圣人中的领袖啊！我从师徒传承中听说，最初的恶魔黑冉亚克沙，是被祭祀的形象——人格首神(化身为雄猪的至尊主)杀死的。

要旨 我们前面谈过，至尊主曾先后两次以雄猪的化身显现，一次是在斯瓦阳布瓦(Svāyambhuva)周期，一次是在查克舒沙(Cākṣuṣa)周期。至尊主虽然这两次都显现为雄猪，但在斯瓦阳布瓦周期，雄猪肤色呈白色，从宇宙的汪洋中捞起了地球；在查克舒沙周期，雄猪肤色呈红色，杀死了第一个恶魔——黑冉亚克沙(Hiraṇyākṣa)。维杜茹阿(Vidura)听了前半部分后，想接着听后半部分。这里所讲的两个雄猪化身，都是同一位至尊人格首神。

第 3 节 तस्य चोद्धरतः क्षौणीं स्वदंष्ट्राग्रेण लीलया ।
दैत्यराजस्य च ब्रह्मन् कस्माद्धेतोरभून्मृधः ॥ ३ ॥

tasya coddharataḥ kṣauṇīṁ
sva-daṁṣṭrāgreṇa līlayā
daitya-rājasya ca brahman
kasmād dhetor abhūn mṛdhaḥ

tasya－祂的 / ca－也 / uddharataḥ－在举起……时 / kṣauṇīm－地

球 / sva-daṁṣṭra-agreṇa—用祂獠牙的边缘 / līlayā—在祂的娱乐活动中 / daitya-rājasya—恶魔之王的 / ca—和 / brahman—布茹阿玛纳啊 / kasmāt—出于……的 / hetoḥ—原因 / abhūt—发生 / mṛdhaḥ—作战

译文　布茹阿玛纳啊！在至尊主从事祂举起地球的娱乐活动时，是什么原因致使恶魔君王与化身为雄猪的至尊主作战呢？

第 4 节　श्रद्दधानाय भक्ताय ब्रूहि तज्जन्मविस्तरम् ।
ऋषे न तृप्यति मनः परं कौतूहलं हि मे ॥४॥

śraddadhānāya bhaktāya
brūhi taj-janma-vistaram
ṛṣe na tṛpyati manaḥ
paraṁ kautūhalaṁ hi me

śraddadhānāya—向忠诚的人 / bhaktāya—向奉献者 / brūhi—请讲述 / tat—祂的 / janma—显现 / vistaram—详尽地 / ṛṣe—伟大的圣人啊 / na—不 / tṛpyati—感到满意 / manaḥ—内心 / param—非常 / kautūhalam—好奇的 / hi—肯定地 / me—我的

译文　我好奇心大增，所以听了对至尊主显现的描述并没感到心满意足。因此请给忠诚的奉献者多讲述些吧。

要旨　聆听至尊人格首神显现和隐迹等超然娱乐活动所该具备的资格是，真正的忠诚和好奇。维杜茹阿正符合上述条件，因此是接受超然讯息的适合人选。

第 5 节　मैत्रेय उवाच
साधु वीर त्वया पृष्टमवतारकथां हरेः ।
यत्त्वं पृच्छसि मर्त्यानां मृत्युपाशविशातनीम् ॥५॥

maitreya uvāca
sādhu vīra tvayā pṛṣṭam
avatāra-kathāṁ hareḥ
yat tvaṁ pṛcchasi martyānāṁ
mṛtyu-pāśa-viśātanīm

maitreyaḥ uvāca—麦垂亚说 / sādhu—奉献者 / vīra—战士啊 / tvayā—由你 / pṛṣṭam—询问 / avatāra-kathām—有关至尊主化身的话题 / hareḥ—人格首神的 / yat—……的 / tvam—您 / pṛcchasi—问我 / martyānām—那些注定走向死亡的人 / mṛtyu-pāśa—生死轮回 / viśātanīm—赐予解脱的源头

译文 伟大的圣人麦垂亚说：勇士啊！你提出的询问正是奉献者会问的问题，因为它与人格首神的化身有关。对所有那些注定会死的生物体来说，人格首神是唯一能把他们从生死锁链中解放出来的人。

要旨 伟大的圣人麦垂亚(Maitreya)之所以称维杜茹阿是勇士，不仅因为维杜茹阿是库茹家族的人，还因为他热切地渴望聆听至尊主以雄猪瓦茹阿哈(Varāha)和半人半狮尼尔星哈(Nṛsiṁha)的形象显现时斩除妖魔的英雄事迹。作为奉献者，维杜茹阿所问的问题都与至尊主有关，因此极为恰当。奉献者对世俗之事丝毫不感兴趣，不喜欢听世俗层面上的各种战争和厮杀。谈论有至尊主介入的战争话题，关注的重点并不是笼罩着死亡阴影的战争，而是粉碎错觉能量玛亚(māyā)布下的生死轮回圈的战争。换句话说，人如果爱听至尊主所介入的战争，就能摆脱生死轮回。愚蠢之人对奎师那(Kṛṣṇa)介入库茹柴陀(Kurukṣetra)战争一事总是心存怀疑；他们不知道，这场战争因为有祂介入，所有参战的将士都获得了解脱。彼士玛戴瓦(Bhīṣmadeva)说：当时在库茹柴陀战场上的人，死后都回到了他们原本的灵性家园。因此，聆听有至尊主介入的战争话题，与做其他奉爱服务一样，可以使人从中受益。

第 6 节　यथोत्तानपदः पुत्रो मुनिना गीतयार्भकः ।
मृत्योः कृत्वैव मूर्ध्न्यङ्घ्रिमारुरोह हरेः पदम् ॥ ६ ॥

yayottānapadaḥ putro
muninā gītayārbhakaḥ
mṛtyoḥ kṛtvaiva mūrdhny aṅghrim
āruroha hareḥ padam

yayā—通过 / uttānapadaḥ—乌塔纳帕达王的 / putraḥ—儿子 / muninā—由圣人们 / gītayā—被吟唱 / arbhakaḥ—孩子 / mṛtyoḥ—死亡的 / kṛtvā—放在 / eva—肯定地 / mūrdhni—头上 / aṅghrim—脚 / āruroha—升上 / hareḥ—人格首神的 / padam—住所

译文　因为从圣人(纳茹阿达)那里聆听这些话题，乌塔纳帕达王的儿子(杜茹瓦)得到了有关人格首神的知识。他用脚踩着死亡的头，升上至尊主的住所。

要旨　乌塔纳帕达(Uttānapāda)王的儿子杜茹瓦王(Mahārāja Dhruva)离开躯体后，由苏南达(Sunanda)等人接他去了灵性世界。他离开尘世时年纪还很轻；他那时接替了父亲的王位，家里还有儿女。但由于他注定要离开这个世界，死亡便在一旁等着他。然而，他因为曾经幸运地遇到伟大的圣人纳茹阿达(Nārada)，听他讲述了至尊主的娱乐活动，所以根本没把死亡放在心上。他以现有的躯体搭上灵性飞机，直抵维施努(Viṣṇu)的星球。

第 7 节　अथात्रापीतिहासोऽयं श्रुतो मे वर्णितः पुरा ।
ब्रह्मणा देवदेवेन देवानामनुपृच्छताम् ॥ ७ ॥

athātrāpītihāso 'yaṁ
śruto me varṇitaḥ purā
brahmaṇā deva-devena
devānām anupṛcchatām

atha－现在 / atra－有关这个问题 / api－也 / itihāsaḥ－历史上 / ayam－这个 / śrutaḥ－聆听 / me－由我 / varṇitaḥ－讲述 / purā－很多年前 / brahmaṇā－由布茹阿玛 / deva-devena－半神人之首 / devānām－由半神人 / anupṛcchatām－询问

译文 化身为雄猪的至尊主与恶魔黑冉亚克沙决战的这段历史，是我在很久以前有一年，当其他半神人询问最伟大的半神人布茹阿玛时听他讲述的。

第 8 节 दितिर्दाक्षायणी क्षत्तर्मारीचं कश्यपं पतिम् ।
अपत्यकामा चकमे सन्ध्यायां हृच्छयार्दिता ॥ ८ ॥

ditir dākṣāyaṇī kṣattar
mārīcaṁ kaśyapaṁ patim
apatya-kāmā cakame
sandhyāyāṁ hṛc-chayārditā

ditiḥ－迪缇 / dākṣāyaṇī－达克沙的女儿 / kṣattaḥ－维杜茹阿啊 / mārīcam－玛瑞祺之子 / kaśyapam－喀夏帕 / patim－她的丈夫 / apatya-kāmā－想要一个孩子 / cakame－渴望 / sandhyāyām－傍晚 / hṛt-śaya－被性欲 / arditā－痛苦难熬

译文 达克沙的女儿迪缇受性欲折磨去乞求她丈夫喀夏帕——玛瑞祺的儿子，求他与她交媾，以便生个孩子。

第 9 节 इष्ट्वाग्निजिह्वं पयसा पुरुषं यजुषां पतिम् ।
निम्लोचत्यर्क आसीनमग्न्यगारे समाहितम् ॥ ९ ॥

iṣṭvāgni-jihvaṁ payasā
puruṣaṁ yajuṣāṁ patim
nimlocaty arka āsīnam
agny-agāre samāhitam

iṣṭvā一在崇拜……之后 / agni一火 / jihvam一舌头 / payasā一以祭品 / puruṣam一向至尊者 / yajuṣām一所有祭祀的 / patim一主人 / nimlocati一正落下 / arke一太阳 / āsīnam一坐在 / agni-agāre一在祭堂中 / samāhitam一处在全神贯注的状态中

译文　那正是太阳落山之际，圣人向舌头是祭祀之火的至尊人格首神维施努献祭后，正全神贯注地打坐。

要旨　火被视为是人格首神维施努的舌头，人们供奉到火中的谷物和纯黄油(butter)等祭品都由祂享用。主维施努是祭祀之主，而这是一切祭祀的原则。换句话说，满足了主维施努，全体半神人和其他生物体也就满足了。

第 10 节

दितिरुवाच
एष मां त्वत्कृते विद्वन् काम आत्तशरासनः ।
दुनोति दीनां विक्रम्य रम्भामिव मतङ्गजः ॥१०॥

ditir uvāca
eṣa māṁ tvat-kṛte vidvan
kāma ātta-śarāsanaḥ
dunoti dīnāṁ vikramya
rambhām iva mataṅgajaḥ

ditiḥ uvāca一姣美动人的迪缇说 / eṣaḥ一所有这些 / mām一向我 / tvat-kṛte一为你 / vidvan一博学的人啊 / kāmaḥ一邱比特 / ātta- śarāsanaḥ一用箭 / dunoti一痛苦 / dīnām一可怜的我 / vikramya一攻击 / rambhām一香蕉树 / iva一像 / matam-gajaḥ一疯象

译文　在那里，美丽的迪缇表达她的欲望说：博学的人啊！丘比特向我射出他的箭，像疯象折磨香蕉树般，使我痛苦不堪。

要旨 美丽的迪缇(Diti)看丈夫正全神贯注地冥想，便没有试图用身体去引诱他，而是直截了当地大声对他说：他激起了她的性欲；恰似香蕉树遭到一头疯象的抽打一样，她只觉得浑身上下痛苦不堪。尽管在丈夫全神贯注地冥想时去打扰他很不应该，但迪缇当时实在控制不住自己的性欲了。这性欲如同一头疯象般狂暴；在那一刻，做丈夫最大的责任，就是尽全力保护她，满足她的欲望。

第 11 节 तद्भवान्दह्यमानायां सपत्नीनां समृद्धिभिः ।
प्रजावतीनां भद्रं ते मय्यायुङ्क्तामनुग्रहम् ॥११॥

tad bhavān dahyamānāyāṁ
sa-patnīnāṁ samṛddhibhiḥ
prajāvatīnāṁ bhadraṁ te
mayy āyuṅktām anugraham

tat－因此 / bhavān－夫君您 / dahyamānāyām－非常难受 / sa-patnīnām－其他妻子的 / samṛddhibhiḥ－福报 / prajā-vatīnām－那些有孩子的 / bhadram－万事如意 / te－愿您 / mayi－对我 / āyuṅktām－请对我，在各方面 / anugraham－好

译文 因此，你该体贴我，向我展示你全部的仁慈。我想要有儿子，看到你其他妻子的富有，我非常痛苦。做这件事，你会变得快乐。

要旨 《博伽梵歌》(Bhagavad-gītā)中说：为生育后代而过性生活是正当的，但仅仅为满足个人的感官享乐而产生性冲动则是罪恶的。迪缇在这节诗中央求丈夫与她发生性关系并不完全是出于性欲，而是想要个儿子。她认为自己现在没有儿子，与喀夏帕(Kaśyapa)其他妻子相比不免显得可怜，所以喀夏帕应该满足他明媒正娶的妻子的要求。

第 12 节　भर्तर्याप्तोरुमानानां लोकानाविशते यशः ।
पतिर्भवद्विधो यासां प्रजया ननु जायते ॥१२॥

bhartary āptorumānānāṁ
lokān āviśate yaśaḥ
patir bhavad-vidho yāsāṁ
prajayā nanu jāyate

bhartari－被丈夫 / āpta-urumānānām－被疼爱的……的 / lokān－在世上 / āviśate－传扬 / yaśaḥ－名声 / patiḥ－丈夫 / bhavat-vidhaḥ－像夫君您 / yāsām－那些……的人 / prajayā－通过后代 / nanu－肯定地 / jāyate－增加

译文　女人靠丈夫的恩赐享受世间的荣誉，而像你这样的丈夫靠有孩子而闻名天下，因为你的职责就是增加生物体。

要旨　瑞沙巴戴瓦(Ṛṣabhadeva)曾这样说：人除非确信自己能使儿女脱离生死苦海，否则就不该为人父母。物质世界是个充满生、老、病、死诸多痛苦的地方，灵魂只有得到人体生命后，才有机会逃出去。因此，人一旦得到这样的机会，就该让他好好利用。像喀夏帕这样的人有责任生育优秀的后代，最终让他们都获得解脱。

第 13 节　पुरा पिता नो भगवान्दक्षो दुहितृवत्सलः ।
कं वृणीत वरं वत्सा इत्यपृच्छत नः पृथक् ॥१३॥

purā pitā no bhagavān
dakṣo duhitṛ-vatsalaḥ
kaṁ vṛṇīta varaṁ vatsā
ity apṛcchata naḥ pṛthak

purā－很久很久以前 / pitā－父亲 / naḥ－我们的 / bhagavān－最富有的 / dakṣaḥ－达克沙 / duhitṛ-vatsalaḥ－疼爱自己的女儿 / kam－对

谁 / vṛṇīta－你想要 / varam－你丈夫 / vatsāḥ－我的孩子啊 / iti－就此 / apṛcchata－询问 / naḥ－我们 / pṛthak－分别

译文 很久以前，我们的父亲——最富有且非常爱女儿的达克沙，曾经分别问我们，我们会选谁当我们的丈夫。

要旨 从这节诗中我们看到，做父亲的可以允许女儿在婚前自行挑选丈夫，但不允许她在婚前任意结交男子。父亲逐一询问女儿们的意见，让她们挑一个人品出众的男子做丈夫。然而这只是参考，在女儿的婚姻大事上最后作决定的还是父亲。

第 14 节 स विदित्वात्मजानां नो भावं सन्तानभावनः ।
त्रयोदशाददात्तासां यास्ते शीलमनुव्रताः ॥१४॥

sa viditvātmajānāṁ no
bhāvaṁ santāna-bhāvanaḥ
trayodaśādadāt tāsāṁ
yās te śīlam anuvratāḥ

saḥ－达克沙 / viditvā－了解 / ātma-jānām－女儿们的 / naḥ－我们的 / bhāvam－想法 / santāna－孩子 / bhāvanaḥ－祝愿者 / trayodaśa－十三个 / adadāt－交给 / tāsām－她们全体 / yāḥ－……的 / te－您的 / śīlam－举止 / anuvratāḥ－都忠贞

译文 我们的祝福者——达克沙父亲，知道我们的意愿后，把他的十三个女儿嫁给了你。那以后，我们都对你忠心耿耿。

要旨 一般来说，女儿们都羞于向父亲说出自己内心的想法，但父亲可以从老祖母等其他人那里间接地了解，因为孩子跟祖母在一起时常常是无拘无束的。达克沙(Dakṣa)王了解到女儿的心意后，便把十三个女儿一起交给了喀夏帕。然而，除了迪缇外，其他姐妹都当了母亲，而迪缇对丈夫也很忠贞，她为什么就该一直处在没有孩子的状态中呢？

第 15 节　अथ मे कुरु कल्याणं कामं कमललोचन ।
आर्तोपसर्पणं भूमन्नमोघं हि महीयसि ॥१५॥

atha me kuru kalyāṇaṁ
kāmaṁ kamala-locana
ārtopasarpaṇaṁ bhūmann
amoghaṁ hi mahīyasi

atha—因此 / me—对我 / kuru—请 / kalyāṇam—赐福 / kāmam—愿望 / kamala-locana—长着莲花眼的人啊 / ārta—苦恼的人的 / upasarpaṇam—来到……跟前 / bhūman—伟大的人啊 / amogham—不该徒劳的 / hi—肯定地 / mahīyasi—向伟大的人

译文　眼如莲花的人啊！请通过满足我的欲望来祝福我。当某人痛苦地去找伟大的人物时，他的恳求永远不该是徒劳的。

要旨　迪缇知道，丈夫很可能会因为时间不合适而拒绝她，于是申辩道：遇到紧急情况或某人陷于困境时，可以不考虑时间和环境等因素而立刻采取行动。

第 16 节　इति तां वीर मारीचः कृपणां बहुभाषिणीम् ।
प्रत्याहानुनयन् वाचा प्रवृद्धानङ्गकश्मलाम् ॥१६॥

iti tāṁ vīra mārīcaḥ
kṛpaṇāṁ bahu-bhāṣiṇīm
pratyāhānunayan vācā
pravṛddhānaṅga-kaśmalām

iti－就此 / tām－对她 / vīra－英雄啊 / mārīcaḥ－玛瑞祺之子(喀夏帕) / kṛpaṇām－对可怜的人 / bahu-bhāṣiṇīm－话多 / pratyāha－回答 / anunayan－安慰 / vācā－用言语 / pravṛddha－深受打扰 / anaṅga－色欲 / kaśmalām－受玷污

译文 英雄(维杜茹阿)啊！迪缇受到性欲污染的折磨，这样可怜地喋喋不休着，玛瑞祺的儿子用得体的话语安抚她。

要旨 应该明白：男人或女人受到色欲的打扰，有性欲的冲动，是受到了罪恶的污染。喀夏帕当时在从事灵性活动，但却无力拒绝他那欲火中烧的妻子。假如他在灵性上能像维杜茹阿那么坚强，他就会通过说些比较严厉的话来拒绝妻子。这节诗中之所以把维杜茹阿称为英雄，是因为至尊主的奉献者具有高度的自制力，在此方面无人能及。从这节诗中可以看出，喀夏帕本身也有想与妻子享受性生活的念头；既然他本人在这方面不是那么坚强，他在劝阻妻子时可以做的，自然也就是说些好听的安慰话罢了。

第 17 节 एष तेऽहं विधास्यामि प्रियं भीरु यदिच्छसि ।
तस्याः कामं न कः कुर्यात्सिद्धिस्त्रैवर्गिकी यतः ॥१७॥

eṣa te 'haṁ vidhāsyāmi
priyaṁ bhīru yad icchasi
tasyāḥ kāmaṁ na kaḥ kuryāt
siddhis traivargikī yataḥ

eṣaḥ－这 / te－你的要求 / aham－我 / vidhāsyāmi－将满足 / priyam－亲爱的 / bhīru－受折磨的人啊 / yat－什么 / icchasi－你所希望的 / tasyāḥ－她的 / kāmam－欲望 / na－不 / kaḥ－谁 / kuryāt－将做 / siddhiḥ－通往解脱的完美境界 / traivargikī－三 / yataḥ－从谁

译文　受折磨的人儿啊！我将立刻满足你的欲望，因为除了你，还能有谁能使我获得导向解脱的三种完美境界呢？

要旨　宗教、经济发展和感官享乐这三方面达到完美可以将人引向解脱。对受制约的灵魂来说，妻子是赐予解脱的根源，因为她侍奉丈夫，帮助丈夫最终达到解脱。受制约的物质生活建立在感官享乐的基础上，有幸得到一个贤妻的人，能在各方面得到妻子的支持和帮助。处在受制约的生存状态中的人，如果生活中充满焦虑，就会在物质泥潭中越陷越深。忠贞的妻子应该尽力配合丈夫，帮助他达成他所有的物质欲望，以使他能安心灵修，达到人生的完美境界。而丈夫如果在灵性路途上取得了进步，当妻子的必然也能分享到一切，夫妻两人在灵性方面同时受益，一起朝着灵性的完美境界迈进。正因为如此，男孩子和女孩子在婚前应该接受相应的训练，懂得如何履行各自的灵性职责，以便婚后能彼此合作，共同受益。男孩子要接受当独身禁欲的学生(brahmacārī)的训练；女孩子要接受保持贞节的训练。男方当过独身禁欲的学生，接受过灵性训练，而女方忠贞：这样的夫妻就很般配，能共同肩负起人生的使命。

第 18 节　सर्वाश्रमानुपादाय स्वाश्रमेण कलत्रवान् ।
व्यसनार्णवमत्येति जलयानैर्यथार्णवम् ॥१८॥

sarvāśramān upādāya
svāśrameṇa kalatravān
vyasanārṇavam atyeti
jala-yānair yathārṇavam

sarva—所有 / āśramān—人生阶段 / upādāya—完成 / sva—自己的 / āśrameṇa—通过人生阶段 / kalatra-vān—和妻子一起生活的人 / vyasana-arṇavam—充满危险的物质存在之洋 / atyeti—穿越 / jala-yānaiḥ—靠渡船 / yathā—如 / arṇavam—海洋

译文 正如凭借远航船只可以横渡海洋，人可以靠与妻子生活度过物质海洋的危险处境。

要旨 独身禁欲的学生生活阶段、有妻室的居士阶段、退出家庭生活的阶段，以及完全弃绝的阶段，构成了人生的四个阶段。这四个阶段的人为摆脱物质生存、获得解脱而彼此合作，在家居士是其他阶段的人士在灵修路途上取得进步的后援。韦达文明中的社会四阶层和灵性四阶段制度(varṇāśrama，种姓制度)正常运行的重点，是相互合作。有妻室的人肩负很重的责任；他们要供养独身禁欲的学生(brahmacārīs)、退出家庭生活的人(vānaprasthas)和托钵僧(sannyāsī)。除了居士(gṛhastha)，其他三个阶段的人都致力于求取灵性进步，因此很少有时间从事维持生计的活动。为此，他们到居士那里请求布施，以便基本生活有保障后专心灵修。居士在协助其他三个阶段的人灵修的过程中，自己的灵性也得到提升。总而言之，社会各成员携手在灵性路途上向前迈进，可以更容易跨越无知的海洋。

第 19 节 यामाहुरात्मनो ह्यर्धं श्रेयस्कामस्य मानिनि ।
यस्यां स्वधुरमध्यस्य पुमांश्चरति विज्वरः ॥१९॥

yām āhur ātmano hy ardhaṁ
śreyas-kāmasya mānini
yasyāṁ sva-dhuram adhyasya
pumāṁś carati vijvaraḥ

yām—……的妻子 / āhuḥ—被称为 / ātmanaḥ—身体的 / hi—就此 / ardham—一半 / śreyaḥ—得益 / kāmasya—所有欲望的 / mānini—可敬的人啊 / yasyām—给谁 / sva-dhuram—所有的责任 / adhyasya—托付 / pumān—男人 / carati—走动 / vijvaraḥ—安心地

译文 可敬的人儿啊！妻子对人是那么有帮助，以致她因为分享她丈夫所有的吉祥活动而被称为是男人更好的一半。男人可以把所有的责任都托付给妻子，然后安心地云游四方。

要旨　在韦达教导中，妻子被视为是丈夫更好的一半，因为她会为丈夫分担一半责任。居士过家庭生活的过程中不可避免地会犯下各种罪，因此需要通过举行五种祭祀(pañca-yajña)消除恶报。人如果与猫狗一样不知道自己的责任是灵修，就会把妻子当做满足感官享乐的工具，妻子的长相是否好看也就成了他主要关心的问题；妻子一旦不能满足他的感官享乐需求，他会想方设法与妻子离婚。然而，如果夫妇两人的目标是通过相互合作寻求灵性进步，那他们就不会很在乎彼此的容貌，更无所谓爱情破裂的问题了。物质世界根本没有真爱可言，婚姻实际上是夫妇两人按照权威经典的教导相互合作履行责任，寻求灵性进步的过程。就这一点来说，婚姻至关重要，因为它能帮助人摆脱不利于灵性进步的猫狗般的生活。

第 20 节　यामाश्रित्येन्द्रियारातीन्दुर्जयानितराश्रमैः ।
वयं जयेम हेलाभिर्दस्यून्दुर्गपतिर्यथा ॥२०॥

yām āśrityendriyārātīn
durjayān itarāśramaiḥ
vayaṁ jayema helābhir
dasyūn durga-patir yathā

yām－谁 / āśritya－托庇于 / indriya－感官 / arātīn－敌人 / durjayān－难以制服 / itara－居士以外的 / āśramaiḥ－由人生阶段 / vayam－我们 / jayema－能制服 / helābhiḥ－轻而易举 / dasyūn－入侵的盗贼 / durga-patiḥ－守城的将军 / yathā－像

译文　正如堡垒的指挥官可以轻松战胜侵犯堡垒的盗

贼；靠托庇于妻子的保护，人可以战胜人类社会中处在其他生活阶段的人所无法战胜的感官。

要旨 在独身禁欲的学生生活阶段、居士阶段、退出家庭生活阶段和托钵僧阶段这四个人生阶段中，居士阶段相对来说是安全的。感官好似进犯躯体这座城池的强盗，妻子好比守城的将军；无论何时，一旦感官进犯丈夫的躯体，妻子就会前来救援。每个人都有性欲，但男人如果有个非常专一的妻子，妻子就会保护他不受感官敌人的攻击，使他不至于去伤害其他未婚女子，扰乱社会秩序。如果一个男子既没有经过独身禁欲的学生生活、退出家庭生活或出家当和尚的训练，又没有一个贤妻，他就会沦为头号浪荡子、社会的害群之马。过独身禁欲的学生生活的人，只有能得到教导有方的灵性导师系统而严格的训练，能遵从灵性导师的训示，才是安全的，否则必会坠入色欲的陷阱。坠入色欲陷阱的例子有很多，其中甚至不乏像维施瓦弥陀(Viśvāmitra)那样了不起的瑜伽师。然而，居士因为身边有忠贞的妻子，就没有这样的危险。性生活是物质束缚的根源，因此除了居士，其他三个阶段的人绝对禁止过性生活。居士可以过性生活，但有责任生养和教育一流的独身禁欲的学生、退出家庭生活之人和托钵僧。

第 21 节 न वयं प्रभवस्तां त्वामनुकर्तुं गृहेश्वरि ।
अप्यायुषा वा कार्त्स्न्येन ये चान्ये गुणगृध्नवः ॥२१॥

na vayaṁ prabhavas tāṁ tvām
anukartuṁ gṛheśvari
apy āyuṣā vā kārtsnyena
ye cānye guṇa-gṛdhnavaḥ

na－绝不 / vayam－我们 / prabhavaḥ－能够 / tām－那 / tvām－向你 / anukartum－做到一样 / gṛha-īśvari－家中的皇后 / api－尽管 /

āyuṣā－终其一生 / vā－或(下一生) / kārtsnyena－全部 / ye－……的 / ca－也 / anye－其他人 / guṇa-gṛdhnavaḥ－能够欣赏美德的人

译文　家中的王后啊！我们既无法像你一样行事，也无法报答你所做的一切，哪怕是用毕生的努力或甚至死后也无法报答。要报答你是不可能的，就连那些能欣赏他人品格的人也做不到。

要旨　做丈夫的这样夸奖妻子，如果不是出于惧内的心理，就是在开玩笑。喀夏帕话里的意思是：有妻子在身边的居士，一方面可以进行不亚于天堂的感官享乐，一方面又无须害怕会堕入地狱。进入生命的弃绝阶段，不再有妻室的人，若被色欲驱使与未婚或已婚女子发生关系，其结果将是下地狱。换句话说，如果人离家别妻当托钵僧，但心中又开始想要享受性生活的快乐，他就会下地狱。这样看来，居士生活相对来说还是很安全的。正因为如此，做丈夫的欠妻子的情，而且今生和来世都报答不完。即使他们一生千方百计要报答妻子，也报答不完这份情。况且，并非人人都能欣赏妻子的美德。然而就算意识到了，也报答不完这份情。喀夏帕在此这样极力夸赞他妻子，显然带有开玩笑的意味。

第 22 节　अथापि काममेतं ते प्रजात्यै करवाण्यलम् ।
यथा मां नातिरोचन्ति मुहूर्तं प्रतिपालय ॥२२॥

athāpi kāmam etaṁ te
prajātyai karavāṇy alam
yathā māṁ nātirocanti
muhūrtaṁ pratipālaya

atha api－即便(不可能) / kāmam－这色欲 / etam－原本的 / te－你的 / prajātyai－为了孩子 / karavāṇi－让我来 / alam－马上 / yathā－正

如 / mām－对我 / na－不会 / atirocanti－指责 / muhūrtam－片刻 / pratipālaya－等待

译文 即使无法回报你，我还是会立刻满足你的性欲，以达到生孩子的目的。但你必须等待片刻，这样其他人就不会指责我了。

要旨 丈夫也许报答不完自己从妻子那里得到的种种好处，但说到满足妻子的性欲，与她生儿育女，那么任何一个男人，只要他有生育能力，都不会觉得这是一件难事。在正常情况下，这件事对当丈夫的人来说简直是太容易了。喀夏帕当时虽然有些迫不及待，但还是请妻子稍等片刻，因为如果立刻去做是要受人指责的。下面是他给妻子所作的解释。

第 23 节 एषा घोरतमा वेला घोराणां घोरदर्शना ।
चरन्ति यस्यां भूतानि भूतेशानुचराणि ह ॥२३॥

eṣā ghoratamā velā
ghorāṇāṁ ghora-darśanā
caranti yasyāṁ bhūtāni
bhūteśānucarāṇi ha

eṣā－此时 / ghora-tamā－可怕的 / velā－时段 / ghorāṇām－可怕的生物体的 / ghora-darśanā－凶神恶煞的 / caranti－漫游 / yasyām－其中 / bhūtāni－鬼魂 / bhūta-īśa－鬼王 / anucarāṇi－忠诚的同伴 / ha－的确

译文 现在这个时刻最不吉祥，因为长相恐怖的鬼魂，以及鬼魂主人忠诚的同伴们随处可见。

要旨 喀夏帕在前一节诗中让妻子迪缇稍等片刻，在这节诗中开始向她解释其中的利害关系，即：当时正是鬼魂、邪恶的精灵和他们的主人——茹铎(Rudra, 希瓦)出动的时候；不管不顾地行事会受到他们的惩罚。

第 24 节　एतस्यां साध्वि सन्ध्यायां भगवान् भूतभावनः ।
परीतो भूतपर्षद्भिर्वृषेणाटति भूतराट् ॥२४॥

etasyāṁ sādhvi sandhyāyāṁ
bhagavān bhūta-bhāvanaḥ
parīto bhūta-parṣadbhir
vṛṣeṇāṭati bhūtarāṭ

etasyām－在这段时间里 / sādhvi－贞洁的人啊 / sandhyāyām－昼与夜交接时(黄昏) / bhagavān－人格首神 / bhūta-bhāvanaḥ－鬼魂的祝愿者 / parītaḥ－被……簇拥着 / bhūta-parṣadbhiḥ－鬼友 / vṛṣeṇa－骑在公牛背上 / aṭati－漫游 / bhūta-rāṭ－鬼王

译文　主希瓦——鬼魂之王，此时正骑在他的公牛坐骑的背上漫游，那些为了自己的福利跟随他的鬼魂们陪伴在他左右。

要旨　主希瓦(Śiva)又名茹铎，是鬼魂之王。鬼魂们都崇拜主希瓦，在他的带领下逐步走觉悟自我的路。假象宗哲学家(Māyāvādī)几乎都是主希瓦的崇拜者，圣商卡尔阿查尔亚(Śaṅkarācārya)被视为是向假象宗哲学家传播无神论观点的主希瓦的化身。鬼魂都是些因为犯了自杀一类罪孽深重的罪而失去肉身的生物体。人类社会中鬼魂般的人物在走投无路时会选择物质或灵性的自杀。在物质层面上自杀的结果是失去肉身，灵性自杀的结果则是失去自身的个体性。假象宗哲学家想放弃个体身份融入不具人格特征的灵性梵光(brahmajyoti)中。主希瓦对鬼魂非常仁慈；尽管他们是有罪的生物体，但他还是尽力让他们得到肉身。他一旦看到有人纵情无度，不顾时间和环境地随意发生性关系，就会把鬼魂投进那么做的女人子宫中。喀夏帕提醒迪缇要注意这一点，再耐心等待片刻。

第 25 节 श्मशानचक्रानिलधूलिधूम्र-
विकीर्णविद्योतजटाकलापः ।
भस्मावगुण्ठामलरुक्मदेहो
देवस्त्रिभिः पश्यति देवरस्ते ॥२५॥

śmaśāna-cakrānila-dhūli-dhūmra-
vikīrṇa-vidyota-jaṭā-kalāpaḥ
bhasmāvaguṇṭhāmala-rukma-deho
devas tribhiḥ paśyati devaras te

śmaśāna—火葬场 / cakra-anila—龙卷风 / dhūli—尘土 / dhūmra—烟雾弥漫的 / vikīrṇa-vidyota—俊美的身体就这样浑身上下蒙着 / jaṭā-kalāpaḥ—缠结成一绺一绺的头发 / bhasma—灰 / avaguṇṭha—蒙着 / amala—纯粹的 / rukma—红色的 / dehaḥ—躯体 / devaḥ—半神人 / tribhiḥ—三只眼 / paśyati—看 / devaraḥ—丈夫的弟弟 / te—你的

译文 主希瓦的身体呈微红色；他虽然纯洁无瑕，但却浑身沾满了灰烬。他头发上沾着火葬场燃烧尸体升腾起的、被旋风吹到头上的灰烬。他是你丈夫的弟弟，长着三只眼睛。

要旨 主希瓦不是普通的凡灵，但也不是属于维施努范畴的至尊主，不是至尊人格首神。他的能力远胜于以布茹阿玛(Brahmā)为首的普通灵魂，但还是不及维施努。由于他的能力与主维施努相差不多，他能知道过去、现在和未来。他一只眼睛像太阳，一只眼睛像月亮，长在印堂处的一只眼睛则像火。他印堂的那只眼睛可以喷火，能消灭连同布茹阿玛在内的一切有大能的生物体。然而，尽管他是物质世界的主人，但他却不住富丽堂皇的宫殿，身上不携带任何物质财物。焚化死尸的火葬场是他最常住的地方，那里扬起的漫天骨灰覆盖了他的身体，成为他遮蔽身体的衣服。他不受物质世界的污染。由于迪缇最小的妹妹嫁给了主希瓦，喀夏帕便称他为弟弟。连襟相当于兄弟，从这层关系上说，主希瓦是喀夏帕的弟弟。喀夏帕警告他妻子：如果他们在这时发生性关系，就正好会让主希瓦看到，所以这个时间不合适。迪缇也许会争辩说，他们可以到无人的隐蔽处享受性生活，但喀夏帕提醒她：主希瓦有日眼、月眼和火眼三只眼睛；如同没人能逃过维施努的眼睛一样，也没人能逃过希瓦的眼睛。警察有时看到一个人犯法，并不当场去抓他、惩罚他，而是等待合适的机会再将他绳之以法。迪缇如果试图在被禁止的时间过性生活，就会被主希瓦看在眼里；而他会给迪缇相应的惩罚，让她生一个有鬼魂特征的孩子或不信神的非人格神主义者。喀夏帕能预见到这些，因此警告妻子迪缇不要那么做。

第 26 节　न यस्य लोके स्वजनः परो वा
　　नात्याद‍ृतो नोत कश्चिद्विगर्ह्यः ।
वयं व्रतैर्यच्चरणापविद्धा-
　　माशास्महेऽजां बत भुक्तभोगाम् ॥२६॥

na yasya loke sva-janaḥ paro vā
　nātyādṛto nota kaścid vigarhyaḥ
vayaṁ vratair yac-caraṇāpaviddhām
　āśāsmahe 'jāṁ bata bhukta-bhogām

na－不 / yasya－谁的 / loke－世上 / sva-janaḥ－亲戚 / paraḥ－没有关系 / vā－不 / na－也不 / ati－极其 / ādṛtaḥ－友善的 / na－不 / uta－或 / kaścit－任何人 / vigarhyaḥ－邪恶的 / vayam－我们 / vrataiḥ－发誓 / yat－谁的 / caraṇa－足 / apaviddhām－抛弃 / āśāsmahe－恭敬地崇拜 / ajām－玛哈·帕萨达么 / bata－肯定地 / bhukta-bhogām－吃剩的食物

译文　主希瓦不把任何人当做他的亲人，尽管没有一个人不是与他有关联的；他不把任何人看得很可爱或很可憎。

我们都尊敬地崇拜他吃剩的食物，并发誓接受他丢弃的一切。

要旨 喀夏帕警告妻子千万不要因为主希瓦是自己丈夫的连襟，就可以去冒犯他。喀夏帕告诉她，主希瓦实际上根本不与任何人拉扯关系，也不与任何人为敌。他是管理宇宙事务的三大主宰之一，平等对待众生。他是至尊人格首神伟大的奉献者，他的伟大和卓越无与伦比。经典中说，在人格首神所有的奉献者中，主希瓦是最杰出的。因此，其他奉献者都吃他吃剩的食物，把它视为是玛哈·帕萨达(mahā-prasāda)——更高级的灵性食物。主奎师那吃剩的食物被称为帕萨达(prasāda)，主希瓦等伟大的奉献者吃主奎师那吃剩的食物，再剩下的就称为玛哈·帕萨达。主希瓦是如此超凡，根本不把每个人都渴望的物质荣华富贵放在眼里。尽管物质自然强有力的人格化身帕尔瓦缇(Pārvatī)是他妻子，完全受他控制，但他甚至没让她给自己盖一所房子。他宁愿居无定所，而他伟大的妻子也愿意与他一起以这种谦卑的方式生活。普通大众都崇拜希瓦的妻子——杜尔嘎(Durgā)女神，以求取物质的荣华富贵，但主希瓦在让妻子侍奉自己时，心中根本不存丝毫物质欲望。他教导他那非凡的妻子说：在所有的崇拜中，对维施努的崇拜是最高的；而比那更高的崇拜，是崇拜至尊主伟大的奉献者及与祂有关的一切。

第 27 节 यस्यानवद्याचरितं मनीषिणो
गृणन्त्यविद्यापटलं बिभित्सवः ।
निरस्तसाम्यातिशयोऽपि यत्स्वयं
पिशाचचर्यामचरद्गतिः सताम् ॥२७॥

yasyānavadyācaritaṁ manīṣiṇo
grṇanty avidyā-paṭalaṁ bibhitsavaḥ
nirasta-sāmyātiśayo 'pi yat svayaṁ
piśāca-caryām acarad gatiḥ satām

yasya—谁的 / anavadya—完美无瑕的 / ācaritam—品格 / manīṣiṇaḥ—伟大的圣人们 / gṛṇanti—追随 / avidyā—无知 / paṭalam——团 / bibhitsavaḥ—为了粉碎 / nirasta—取消 / sāmya—平等 / atiśayaḥ—伟大 / api—虽然 / yat—如 / svayam—亲自 / piśāca—恶魔 / caryām—活动 / acarat—从事 / gatiḥ—目的地 / satām—至尊主的奉献者的

译文 尽管在这个物质世界里没人与主希瓦平等或比他伟大，尽管伟大的灵魂们为去除无知而追求他无瑕的品格，但他却保持魔王的形象，以这种形象给至尊主的全体奉献者以救助。

要旨 主希瓦放浪行骸且粗鲁的特点并不令人憎恶，因为他是在通过这一方式教导至尊主真正的奉献者们该如何摈弃物质享乐。他被称为最伟大的半神人(Mahādeva)，物质世界里没人与他平等或比他伟大。他与主维施努相差无几。他虽然与玛亚(Māyā)——杜尔嘎女神形影不离，但却超越物质自然三种属性控制下的因果报应；他虽然是那些受愚昧属性控制的众恶魔的首领，但却不受他们的影响。

第 28 节 हसन्ति यस्याचरितं हि दुर्भगाः
स्वात्मन्रतस्याविदुषः समीहितम् ।
यैर्वस्त्रमाल्याभरणानुलेपनैः
श्वभोजनं स्वात्मतयोपलालितम् ॥२८॥

hasanti yasyācaritaṁ hi durbhagāḥ
svātman-ratasyāviduṣaḥ samīhitam
yair vastra-mālyābharaṇānulepanaiḥ
śva-bhojanaṁ svātmatayopalālitam

hasanti—嘲笑 / yasya—……的 / ācaritam—活动 / hi—肯定地 / durbhagāḥ—不幸之人 / sva-ātman—在自我之中 / ratasya—处于……之中

的人 / aviduṣaḥ－不知道 / samīhitam－他的意图 / yaiḥ－通过…… / vastra－衣装 / mālya－花环 / ābharaṇa－饰物 / anu－如此奢华 / lepanaiḥ－和油膏 / śva-bhojanam－可喂狗的 / sva-ātmatayā－好似自我 / upalālitam－抚弄

译文 不幸的愚蠢之人不知道他致力于与真正自我有关的事，于是嘲笑他。这种愚蠢的人忙着用服装、首饰、花环和油膏，保养他们那最后会被狗吃掉的躯体。

要旨 主希瓦从不穿戴华丽的衣饰，从不涂脂抹粉、挂花环。但那些把躯体当自我的人，却热衷于打扮那死后会被狗吃掉的躯体，竭尽所能地把它装饰得雍容华贵。这种人并不了解主希瓦，但却去找他乞求荣华富贵。主希瓦有两类追随者，一类是十足的物质主义者，只注重躯体，一味追求安逸、舒适的生活；另一类则是想与他合一，其中绝大多数是非人格神主义者，口中经常念念有词道："我是希瓦，我是希瓦(śivo'ham)"，"解脱后我将与希瓦合一"。换句话说，主希瓦的奉献者大多是功利性主义者(karmī)和心智思辨者(jñānī)，实际上并不了解他的心愿。有时，主希瓦那些所谓的奉献者学他的样子吸食毒品。主希瓦有一次曾吞下一汪洋毒液，他的喉咙因此而变成蓝色。试图模仿希瓦的人去吸毒，结果是把自己毁了。主希瓦真正的心愿是侍奉"灵魂的灵魂"——主奎师那。按照他的意愿，美丽的衣服、花环、饰物、化妆品……所有这些奢华的东西，都应该让主奎师那一人享用，因为只有祂才是真正的享受者。他不愿意穿戴华丽的衣饰，因为他觉得这些都归奎师那所有。然而，愚蠢之人不了解主希瓦的心愿，所以不是嘲笑他，就是模仿他。但实际上，这种模仿对他们毫无益处。

第 29 节 ब्रह्मादयो यत्कृतसेतुपाला
यत्कारणं विश्वमिदं च माया ।

आज्ञाकरी यस्य पिशाचचर्या
अहो विभूम्नश्चरितं विडम्बनम् ॥२९॥

brahmādayo yat-kṛta-setu-pālā
yat-kāraṇaṁ viśvam idaṁ ca māyā
ājñā-karī yasya piśāca-caryā
aho vibhūmnaś caritaṁ viḍambanam

brahma-ādayaḥ—像布茹阿玛那样的半神人 / yat—……的 / kṛta—活动 / setu—宗教仪式 / pālāḥ—观看的人 / yat—……的 / kāraṇam—……源头 / viśvam—宇宙 / idam—这 / ca—也 / māyā—物质能量 / ājñā-karī—执行命令的人 / yasya—……的 / piśāca—恶魔般的 / caryā—活动 / aho—我的主啊 / vibhūmnaḥ—伟大的人的 / caritam—品格 / viḍambanam—只是模仿而已

译文 像布茹阿玛那样的半神人都遵守他奉行的宗教惯例和仪式。物质能量是创造物质世界的原因，而他是物质能量的控制者。他伟大、非凡，所以他魔鬼般的特征只不过是一种伪装而已。

要旨 主希瓦是物质能量的主宰杜尔嘎的丈夫。由于杜尔嘎是物质能量的人格化身，主希瓦作为她的丈夫便是物质能量的控制者。他也是愚昧属性的化身，是代表至尊主的三大神明之一。主希瓦作为至尊人格首神的代表和首神本人没有区别。他非常伟大；他抛弃了一切物质享乐，是教导世人不执著物质事物的完美典范。因此，我们应该以他为榜样，不执著物质事物，而不是模仿他喝尽一汪洋的非凡之举去吸毒。

第 30 节

मैत्रेय उवाच
सैवं संविदिते भर्त्रा मन्मथोन्मथितेन्द्रिया ।
जग्राह वासो ब्रह्मर्षेर्वृषलीव गतत्रपा ॥३०॥

maitreya uvāca
saivaṁ saṁvidite bhartrā
manmathonmathitendriyā
jagrāha vāso brahmarṣer
vṛṣalīva gata-trapā

maitreyaḥ uvāca—麦垂亚说 / sā—她 / evam—就此 / saṁvidite—尽管被告知 / bhartrā—丈夫 / manmatha—被丘比特 / unmathita—被逼 / indriyā—感官 / jagrāha—扯住 / vāsaḥ—衣服 / brahma-ṛṣeḥ—伟大的布茹阿玛纳圣人的 / vṛṣalī—娼妓 / iva—犹如 / gata-trapā—恬不知耻的

译文 麦垂亚说：就这样，迪缇虽然得到丈夫的教导，但丘比特催逼她求取性的满足。她抓住伟大的布茹阿玛纳圣人的衣服，完全像个不知廉耻的公娼。

要旨 有夫之妇和娼妓的区别在于：前者不能随心所欲地过性生活，必须按照经典的规范守则过有节制的性生活；但后者却完全受强烈的性欲驱使，纵情于性生活。伟大的圣人喀夏帕虽然在灵性上有很高的造诣和领悟，但最终还是成了当时完全变得像娼妓一样的妻子的俘虏。物质能量的力量就是如此强大。

第 31 节 स विदित्वाथ भार्यायास्तं निर्बन्धं विकर्मणि ।
नत्वा दिष्टाय रहसि तयाथोपविवेश हि ॥३१॥

sa viditvātha bhāryāyās
taṁ nirbandhaṁ vikarmaṇi
natvā diṣṭāya rahasi
tayāthopaviveśa hi

saḥ—他 / viditvā—明白 / atha—就此 / bhāryāyāḥ—妻子的 / tam—那 / nirbandham—顽固不化 / vikarmaṇi—违禁的事 / natvā—顶拜 / diṣṭāya—向值得崇拜的命运 / rahasi—在僻静处 / tayā—和她 / atha—就此 / upaviveśa—躺下 / hi—的确

译文 喀夏帕明白妻子的意图，不得不去做那被禁止的事，于是在向值得崇拜的命运致敬后，与她在一个隐蔽的地方躺了下来。

要旨 从喀夏帕与妻子的谈话中我们可以看出，喀夏帕是主希瓦的崇拜者。然而，他虽然知道自己做这种违禁的事会令主希瓦不悦，但还是拗不过妻子，于是在顶拜命运后，迫于无奈做了不该做的事。他知道在那个不合适的时间过性生活，生出的孩子肯定不会令人满意，但因为太顺从妻子，在那种情况下竟无力保护自己。与他相反，当一个妓女在深更半夜去引诱哈瑞达斯·塔库尔(Ṭhākura Haridāsa)时，他完美的奎师那意识使他抵制住诱惑，并没有就犯。这就是有奎师那意识的人与其他人的区别。喀夏帕·牟尼非常博学，有很高的灵性领悟；但尽管他很清楚有关规范化的生活，知道该做什么、不该做什么，最终却还是成了色欲的俘虏。然而，哈瑞达斯·塔库尔虽然并没有出生在布茹阿玛纳(brāhmaṇa, 婆罗门)家庭，他本人也不是个布茹阿玛纳，但却因为具有奎师那意识而战胜了色欲。哈瑞达斯·塔库尔每日吟诵至尊主的圣名三十万次。

第 32 节 अथोपस्पृश्य सलिलं प्राणानायम्य वाग्यतः ।
ध्यायञ्जजाप विरजं ब्रह्म ज्योतिः सनातनम् ॥३२॥

athopaspṛśya salilaṁ
prāṇān āyamya vāg-yataḥ
dhyāyañ jajāpa virajaṁ
brahma jyotiḥ sanātanam

atha—之后 / upaspṛśya—沾水或在水中沐浴 / salilam—水 / prāṇān āyamya—通过全神贯注地 / vāk-yataḥ—控制言语 / dhyāyan—冥想 / jajāpa—默念 / virajam—纯粹的 / brahma—嘎雅垂赞歌 / jyotiḥ—光芒 / sanātanam—永恒的

译文　那之后，布茹阿玛纳在水中沐浴，通过全神贯注地冥想永恒的光辉及默念神圣的嘎雅垂赞歌控制自己的说话能力。

要旨　就像人在大便后要沐浴一样，过性生活后，尤其是在违禁的时间过性生活后，也必须用水清洗身体。喀夏帕·牟尼以口中默念嘎雅垂·曼陀(Gāyatrī mantra)的方式冥想不具人格特征的梵光。梵文把用声音低到只有本人才能听到的程度吟诵曼陀的方法称为佳帕(japa)，把高声吟唱曼陀称为克伊尔坦(kīrtana)。哈瑞·奎师那哈瑞·奎师那　奎师那·奎师那　哈瑞·哈瑞/哈瑞·茹阿玛　哈瑞·茹阿玛　茹阿玛·茹阿玛　哈瑞·哈瑞(Hare Kṛṣṇa, Hare Kṛṣṇa, Kṛṣṇa Kṛṣṇa, Hare Hare/Hare Rāma, Hare Rāma, Rāma Rāma, Hare Hare)：这首韦达赞歌既可以吟诵，也可以吟唱，因此被称为伟大的赞歌(mahā-mantra)。

看来喀夏帕·牟尼是非人格神主义者。我们将他与上节诗要旨中谈到的哈瑞达斯·塔库尔比较一下便可以明白：在驾驭自己的感官方面，人格神主义者比非人格神主义者更胜一筹。对此，《博伽梵歌》的解释是：当人处于更高的境界时，便会摈弃低级的事物(paraṁ dṛṣṭvā nivartate)。沐浴和吟诵嘎雅垂都能使人得到净化，但“伟大的赞歌”的净化力无与伦比；人可以随时随地高声吟唱或低声吟诵，从而使自己得到保护，远离物质生存中的一切罪恶。

第 33 节　दितिस्तु व्रीडिता तेन कर्मावद्येन भारत ।
उपसङ्गम्य विप्रर्षिमधोमुख्यभ्यभाषत ॥३३॥

ditis tu vrīḍitā tena
karmāvadyena bhārata
upasaṅgamya viprarṣim
adho-mukhy abhyabhāṣata

ditiḥ—喀夏帕的妻子迪缇 / tu—却 / vrīḍitā—羞愧 / tena—因为那 / karma—活动 / avadyena—错误的 / bhārata—巴茹阿特家族的后裔啊 / upasaṅgamya—来到……身边 / vipra-ṛṣim—布茹阿玛纳圣人 / adhaḥ-mukhī—低着头 / abhyabhāṣata—恭敬地说

译文　巴茹阿特家族的子孙啊！迪缇在事发后走近她丈夫，因为做了不妥的事而低垂着头。她说了如下一番话。

要旨　人因为做了可耻的事而感到惭愧时，自然会低下头。迪缇在与丈夫过了罪恶的性生活后恢复了理智。这种性生活是罪恶的，与卖淫嫖娼没有区别。换句话说，人即使是与自己的妻子过性生活，如果不遵守相应的规范守则，就跟嫖娼没有区别。

第 34 节

दितिरुवाच
न मे गर्भमिमं ब्रह्मन् भूतानामृषभोऽवधीत् ।
रुद्रः पतिर्हि भूतानां यस्याकरवमंहसम् ॥३४॥

ditir uvāca
na me garbham imaṁ brahman
bhūtānām ṛṣabho 'vadhīt
rudraḥ patir hi bhūtānāṁ
yasyākaravam aṁhasam

ditiḥ uvāca—美丽的迪缇 / na—不 / me—我的 / garbham—身孕 / imam—这 / brahman—布茹阿玛纳啊 / bhūtānām—众生的 / ṛṣabhaḥ—众生中最崇高的人 / avadhīt—让他杀了 / rudraḥ—主希瓦 / patiḥ—主人 / hi—肯定地 / bhūtānām—众生的 / yasya—……的 / akaravam—我做了 / aṁhasam—冒犯

译文　美丽的迪缇说：亲爱的布茹阿玛纳，请务必保证我的胎儿不会因为我对众生的主人主希瓦的巨大冒犯而被他杀死。

要旨 迪缇意识到自己冒犯了主希瓦，很希望得到他的宽恕。众所周知，希瓦有两个名字，分别是茹铎和阿舒头沙(Āśuto- ṣa) ——很容易被取悦的人。他很容易被激怒，但怒气来也快去也快。迪缇知道主希瓦很容易被激怒，说不定会就此毁了她以不正当的手段获得的身孕；但因为他又被称为阿舒头沙，而自己的布茹阿玛纳丈夫是主希瓦伟大的奉献者，所以她便央求丈夫帮自己向主希瓦求情。这也就是说，主希瓦可能因为她迫使丈夫做了违禁的事而对她很生气，但也仍可能会答应她丈夫的祈求。因此，她便通过自己的丈夫向主希瓦作了如下的祈祷。

第 35 节 नमो रुद्राय महते देवायोग्राय मीढुषे ।
शिवाय न्यस्तदण्डाय धृतदण्डाय मन्यवे ॥३५॥

namo rudrāya mahate
devāyogrāya mīḍhuṣe
śivāya nyasta-daṇḍāya
dhṛta-daṇḍāya manyave

namaḥ—向……顶拜 / rudrāya—向发怒的主希瓦 / mahate—向伟大的人 / devāya—向半神人 / ugrāya—向凶猛的人 / mīḍhuṣe—向满足一切物质欲望的人 / śivāya—向绝对吉祥的人 / nyasta-daṇḍāya—向宽容的人 / dhṛta-daṇḍāya—向立即实施惩罚的人 / manyave—向发怒之人

译文 主希瓦既是异常凶猛的伟大半神人，同时又是一切物质愿望的满足者，让我向这位愤怒的主希瓦致敬。他是绝对吉祥、宽容的，但他的愤怒令他能立刻施以惩罚。

要旨 迪缇很聪明地祈求主希瓦的仁慈。她这样祈祷道：“主希瓦能让我哭泣，也能让我止住哭泣，因为他是阿舒头沙。他如此不凡，一旦动怒，能不由分说就灭了我腹中的胎儿，但要是对我仁慈，也会成全我的心愿，不杀死我的胎儿。虽然我触怒了他，使他想要马上惩罚我，但由于他是绝对吉祥的人，他也可以很容易就饶恕我，不惩罚我。他看上去像普通人，但实际上却是所有人的主人。”

第 36 节　स नः प्रसीदतां भामो भगवानुर्वनुग्रहः ।
व्याधस्याप्यनुकम्प्यानां स्त्रीणां देवः सतीपतिः ॥३६॥

sa naḥ prasīdatāṁ bhāmo
bhagavān urv-anugrahaḥ
vyādhasyāpy anukampyānāṁ
strīṇāṁ devaḥ satī-patiḥ

saḥ—他 / naḥ—对我们 / prasīdatām—满意 / bhāmaḥ—妹夫 / bhagavān—具足一切财富的人 / uru—非常伟大 / anugrahaḥ—仁慈的 / vyādhasya—猎人的 / api—也 / anukampyānām—仁慈的对象的 / strīṇām—女人的 / devaḥ—值得崇拜的主 / satī-patiḥ—萨缇(贞洁的人)的丈夫

译文　愿他对我们满意，既然他是我妹妹萨缇的丈夫——我的妹夫。他也是所有妇女所崇拜的主。他是一切财富的人格化身，能够向就连野蛮的猎人都会给予原谅的妇女表示仁慈。

要旨　主希瓦是迪缇的妹妹萨缇(Satī)的夫君，迪缇想博得妹妹的欢心，以便她能在丈夫面前替自己说好话，饶恕自己。此外，主希瓦受到全天下女士的崇拜，自然会对女性格外仁慈。而且，就连出没在森林中的野蛮猎人都会善待妇女，更不要说主希瓦了。主希瓦本身与妇女有接触，很清楚她们身上有哪些与生俱来的弱点，因此也许不会将此事看得十分严重；他会知道迪缇因为有女人的弱点，作出这样的冒犯也是在所难免的。按照传统，未出嫁的女子都要崇拜主希瓦，迪缇同样记得自己童年时崇拜主希瓦那段经历，因此祈求他的仁慈。

第 37 节

मैत्रेय उवाच
स्वसर्गस्याशिषं लोक्यामाशासानां प्रवेपतीम् ।
निवृत्तसन्ध्यानियमो भार्यामाह प्रजापतिः ॥३७॥

maitreya uvāca
sva-sargasyāśiṣaṁ lokyām
āśāsānāṁ pravepatīm
nivṛtta-sandhyā-niyamo
bhāryām āha prajāpatiḥ

maitreyaḥ uvāca—大圣人麦垂亚说 / sva-sargasya—她的亲骨肉的 / āśiṣam—幸福 / lokyām—在世上的 / āśāsānām—希望 / pravepatīm—身体颤抖 / nivṛtta—避免 / sandhyā-niyamaḥ—傍晚时该遵循的规范守则 / bhāryām—向妻子 / āha—说 / prajāpatiḥ—繁衍子孙的先祖

译文 麦垂亚说：迪缇因为害怕冒犯了她丈夫而浑身颤抖，她虽然明白她阻止了丈夫履行日常职责——供奉傍晚的祈祷，但还是想要维护她孩子在这个世界里的幸福。伟大的圣人喀夏帕于是对他妻子开口说话。

第 38 节

कश्यप उवाच
अप्रायत्यादात्मनस्ते दोषान्मौहूर्तिकादुत ।
मन्निदेशातिचारेण देवानां चातिहेलनात् ॥३८॥

kaśyapa uvāca
aprāyatyād ātmanas te
doṣān mauhūrtikād uta
man-nideśāticāreṇa
devānāṁ cātihelanāt

kaśyapaḥ uvāca—博学的布茹阿玛纳喀夏帕说 / aprāyatyāt—因为肮脏的 / ātmanaḥ—内心的 / te—你的 / doṣāt—因为污秽的 / mauhūrtikāt—时辰的 / uta—又 / mat—我的 / nideśa—指令 / aticāreṇa—无视 / devānām—半神人的 / ca—和 / atihelanāt—无动于衷

译文　博学的喀夏帕说：由于你的心受到了污染，由于特定时间的玷污，由于你不听我的指导，也由于你对半神人们的无动于衷，一切都不吉祥了。

要旨　人类社会要获得素质优良的人口，就需要夫妇中做丈夫的必须能够掌握并遵循宗教原则，做妻子的必须忠实于丈夫。《博伽梵歌》第7章的第11节诗中说：按照宗教原则过性生活是奎师那意识的一种体现。在过性生活前，夫妇两人应该考虑各方面的因素，例如：时间，各自的心态，对半神人是否恭顺，妻子是否顺从丈夫等。按照韦达传统，有一个特定的时间是过性生活(garbhādhāna)最佳的时间。然而，迪缇不顾经典的教导，一意孤行，因此虽然极想生个吉祥的孩子，但却被告知：她的儿子其实根本不配出生在布茹阿玛纳的家庭。这清楚地表明：布茹阿玛纳的儿子不一定都是布茹阿玛纳。茹阿瓦纳(Rāvaṇa)和黑冉亚卡希普(Hiraṇyakaśipu)俩人都出生在布茹阿玛纳家庭里，但由于他们的父亲在生他们时未遵守相应的规范守则，所以他们不被接受为是布茹阿玛纳。他们这样的后代被称为恶魔(Rākṣasa)。在以前的年代中，因为人不遵守规范守则而生出恶魔的事例极为罕见，最多也就有一两个恶魔。然而，喀历(Kali)年代的人在性生活方面根本不遵守规范原则，他们怎么能期望生出优秀的后代呢？不值得要的后代不可能给整个社会带来快乐。然而，奎师那意识运动能教导他们通过吟诵、吟唱神的圣名，将自身提升到真正的人的层面。这是主柴坦亚对人类社会所作的特殊贡献。

第 39 节 भविष्यतस्तवाभद्रावभद्रे जाठराधमौ ।
लोकान् सपालांस्त्रींश्चण्डि मुहुराक्रन्दयिष्यतः ॥३९॥

bhaviṣyatas tavābhadrāv
abhadre jāṭharādhamau
lokān sa-pālāṁs trīṁś caṇḍi
muhur ākrandayiṣyataḥ

bhaviṣyataḥ—将出生 / tava—你的 / abhadrau—两个狂妄的儿子 / abhadre—不幸的人啊 / jāṭhara-adhamau—生于罪恶的子宫 / lokān—所有的星球 / sa-pālān—以及它们的统治者 / trīn—三个 / caṇḍi—傲慢之人 / muhuḥ—不断地 / ākran-dayiṣyataḥ—将引来哀伤

译文 傲慢的人啊！你那被诅咒了的子宫会生出两个藐视一切的儿子。不幸的女人，他们将使三个世界陷于无休止的悲痛中！

要旨 罪恶母亲的子宫孕育了生性狂妄的儿子。《博伽梵歌》第1章的第40节诗中说：人类社会一旦故意无视和践踏宗教原则，妇女就会堕落，其结果是生出不值得要的后代。这一点尤其会在男孩子身上体现出来。品格不好的母亲不可能生出好儿子。喀夏帕是有学问的人，能预见到从迪缇罪恶的子宫中会生出什么样的儿子。当母亲的如果充满色欲，不顾经典的训示肆无忌惮地行事，她的子宫就是罪恶的。这种女性的数目一旦在社会上占主流，我们便无法指望人类社会能有良好的下一代。

第 40 节 प्राणिनां हन्यमानानां दीनानामकृतागसाम् ।
स्त्रीणां निगृह्यमाणानां कोपितेषु महात्मसु ॥४०॥

prāṇināṁ hanyamānānāṁ
dīnānām akṛtāgasām
strīṇāṁ nigṛhyamāṇānāṁ
kopiteṣu mahātmasu

prāṇinām—当生物体 / hanyamānānām—被杀 / dīnānām—可怜生物的 / akṛta-āgasām—毫无过错的生物体的 / strīṇām—女人的 / nigṛhyamāṇānām—受到折磨 / kopiteṣu—被激怒 / mahātmasu—当伟大的灵魂

译文　他们将屠杀可怜、无辜的生物体，折磨妇女，激怒伟大的灵魂。

要旨　滥杀无辜的生物体，凌辱摧残妇女，激怒满怀奎师那意识的伟大灵魂，等等现象，都是恶魔活动的表现。在恶魔当道的社会里，人们为满足口腹之欲宰杀无辜的动物，为纵情声色而凌辱摧残妇女。有女人和肉的地方必定少不了酒，少不了放荡的生活。当这种种恶行在社会上愈演愈烈时，神将仁慈地前来或派祂真正的代表前来改变整个社会状况。

第41节　तदा विश्वेश्वरः क्रुद्धो भगवाँल्लोकभावनः ।
हनिष्यत्यवतीर्यासौ यथाद्रीन् शतपर्वधृक् ॥४१॥

tadā viśveśvaraḥ kruddho
bhagavāl̐ loka-bhāvanaḥ
haniṣyaty avatīryāsau
yathādrīn śataparva-dhṛk

tadā—那时 / viśva-īśvaraḥ—宇宙之主 / kruddhaḥ—怀着极大的愤怒 / bhagavān—至尊人格首神 / loka-bhāvanaḥ—为普通大众的利益着想 / haniṣyati—将杀死 / avatīrya—祂本人降临 / asau—祂 / yathā—犹如 / adrīn—大山 / śata-parva-dhṛk—掌管雷电的人——因铎

译文　那时，作为众生的祝愿者的宇宙之主——至尊人格首神，就会降临，像因铎用他的霹雳击毁群山一样地杀死他们。

要旨 《博伽梵歌》第4章的第8节诗中说：至尊主以化身的形式降临，铲除恶魔，解救奉献者。由于迪缇的儿子冒犯至尊主的奉献者，宇宙和万物的主宰将会来除掉他们。至尊主有许许多多代表，如：天帝因铎(Indra)、月亮神昌铎(Candra)、水神瓦茹纳(Varuṇa)，以及掌管物质自然的杜尔嘎女神——卡莉(Kālī)女神，等等。他们能协助至尊主惩罚在世间作乱的穷凶极恶之徒。这节诗中用霹雳击碎群山作比喻非常恰当；高山被视为是宇宙中最坚不可摧的事物，但在至尊主的安排下，它却能被轻而易举地击碎。至尊人格首神无须为消灭坚硬的躯体而降临世间，祂来只是为了祂的奉献者。物质自然使众生承受烦恼和痛苦，但恶徒们滥杀无辜的动物和人、折磨妇女的行径更伤害了每一个人，致使奉献者痛苦。至尊主降临世间唯一的目的是抚慰那些全身心爱着祂的奉献者，替他们解除痛苦。然而，尽管表面上看，至尊主偏爱奉献者，但祂杀死恶徒的举动同样也是在赐予恶徒仁慈。至尊主是绝对的，因此无论是杀恶徒还是抚慰奉献者，实质都是一样的。

第 42 节 दितिरुवाच

वधं भगवता साक्षात्सुनाभोदारबाहुना ।
आशासे पुत्रयोर्मह्यं मा क्रुद्धाद् ब्राह्मणाद् प्रभो ॥४२॥

ditir uvāca
vadhaṁ bhagavatā sākṣāt
sunābhodāra-bāhunā
āśāse putrayor mahyaṁ
mā kruddhād brāhmaṇād prabho

ditiḥ uvāca—迪缇说 / vadham—杀死 / bhagavatā—被至尊人格首神 / sākṣāt—直接 / sunābha—用祂的苏达尔珊飞轮 / udāra—宽宏大量地 / bāhunā—用臂膀 / āśāse—我希望 / putrayoḥ—儿子们的 /

mahyam－我的 / mā－千万不要 / kruddhāt－被怒火 / brāhmaṇāt－布茹阿玛纳的 / prabho－我的夫君啊

译文　迪缇说：我的儿子们将被人格首神手持祂的苏达尔珊武器大度地杀死，这真是太好了。夫君啊！愿他们永远不要被布茹阿玛纳奉献者的愤怒所杀。

要旨　迪缇听丈夫说她儿子的行径将激怒伟大的灵魂时心急如焚，以为布茹阿玛纳会因愤怒而杀了她儿子。当布茹阿玛纳对某人动怒时至尊主并不会显现，因为他们的怒气便足以消灭那个人。但是，当祂的奉献者并不动怒，而只是感得很难过时，祂必会显现。至尊主的奉献者绝不会因为受恶徒骚扰而祈求至尊主显现；他们从不为这些事去打扰祂，乞求祂的保护，相反是至尊主急于要保护奉献者。迪缇十分清楚，她儿子被至尊主所杀是至尊主的仁慈。正因为如此，她说至尊主的飞轮和手臂真是太仁慈了。如果有谁能被至尊主的飞轮所杀，并因此有幸一睹至尊主的臂膀，那他无疑就解脱了。这样的仁慈就连伟大的圣人都无法得到。

第 43 节　न ब्रह्मदण्डदग्धस्य न भूतभयदस्य च ।
नारकाश्चानुगृह्णन्ति यां यां योनिमसौ गतः ॥४३॥

na brahma-daṇḍa-dagdhasya
　na bhūta-bhayadasya ca
nārakāś cānugṛhṇanti
　yāṁ yāṁ yonim asau gataḥ

na－绝不 / brahma-daṇḍa－受布茹阿玛纳惩罚 / dagdhasya－受到这类惩罚的人的 / na－也不 / bhūta-bhaya-dasya－总是令其他生物体害怕的人的 / ca－也 / nārakāḥ－那些被诅咒下地狱的生物 / ca－也 / anugṛhṇanti－对……好 / yām　yām－无论哪一种 / yonim－生物物种 / asau－冒犯者 / gataḥ－进入

译文 遭到布茹阿玛纳谴责的人，或者总是令其他生物体害怕的人，既不会受到已经在地狱中的生物体的优待，也不会受到他所投生的物种中的生物体优待。

要旨 狗就是这样一种被诅咒的生物体，它们甚至不体恤自己的同类。

第 44—45 节 कश्यप उवाच

कृतशोकानुतापेन सद्यः प्रत्यवमर्शनात् ।
भगवत्युरुमानाच्च भवे मय्यपि चादरात् ॥४४॥
पुत्रस्यैव च पुत्राणां भवितैकः सतां मतः ।
गास्यन्ति यद्यशः शुद्धं भगवद्यशसा समम् ॥४५॥

kaśyapa uvāca
kṛta-śokānutāpena
sadyaḥ pratyavamarśanāt
bhagavaty uru-mānāc ca
bhave mayy api cādarāt
putrasyaiva ca putrāṇāṁ
bhavitaikaḥ satāṁ mataḥ
gāsyanti yad-yaśaḥ śuddhaṁ
bhagavad-yaśasā samam

kaśyapaḥ uvāca—博学的喀夏帕说 / kṛta-śoka—悲叹 / anutāpena—经忏悔 / sadyaḥ—立即 / pratyavamarśanāt—经思考 / bhagavati—对至尊人格首神 / uru—极大的 / mānāt—敬爱 / ca—和 / bhave—对主希瓦 / mayi api—也对我 / ca—和 / ādarāt—怀有敬意 / putrasya—儿子的 / eva—肯定地 / ca—和 / putrāṇām—儿子们的 / bhavitā—将诞生 / ekaḥ—之一 / satām—奉献者的 / mataḥ—被认可的 / gāsyanti—将传诵 / yat—……的 / yaśaḥ—赞誉 / śuddham—超然的 / bhagavat—人格首神的 / yaśasā—赞誉 / samam—同等的

译文　博学的喀夏帕说：由于你的悲哀、忏悔和正确的思考，也由于你对至尊人格首神的坚定信心，以及对主希瓦和我的敬爱，你儿子(黑冉亚卡希普)的一个儿子(帕拉德)，将是公认的至尊主的奉献者；他的名声将被广为传播，与人格首神齐名。

第 46 节　योगैर्हेमेव दुर्वर्णं भावयिष्यन्ति साधवः ।
निर्वैरादिभिरात्मानं यच्छीलमनुवर्तितुम् ॥४६॥

yogair hemeva durvarṇaṁ
bhāvayiṣyanti sādhavaḥ
nirvairādibhir ātmānaṁ
yac-chīlam anuvartitum

yogaiḥ—通过纠正的方式 / hema—黄金 / iva—如同 / durvarṇam—低级的 / bhāvayiṣyanti—将净化 / sādhavaḥ—圣人们 / nirvaira-ādibhiḥ—通过练习消除敌视等 / ātmānam—自我 / yat—……的 / śīlam—品格 / anuvartitum—追随……榜样

译文　以他为榜样，圣洁之人将训练自己去除仇恨，以努力培养他所具有的品格，恰似净化程序去除金子中的杂质。

要旨　瑜伽(Yoga)是一种能净化自己的存在及本性的灵修程序，它主要基础于自我控制。不控制自我就谈不上去除敌视他人的心理。在受制约的生存状态下，众生彼此间相互忌妒。然而，解脱的生物不敌视其他生物。帕拉德王(Prahlāda Mahārāja)虽然受尽父亲的百般折磨，但却在父亲死后祈求至尊人格首神赐予父亲以解脱。他本可以为自己祈求一些祝福，但却没有这么做，而是替自己那不信神的父亲祈求，祈求至尊主能赐予他解脱。对那些受父亲唆使折磨他的人，他也从不去诅咒他们。

第 47 节 यत्प्रसादादिदं विश्वं प्रसीदति यदात्मकम् ।
स स्वदृग्भगवान् यस्य तोष्यतेऽनन्यया दृशा ॥४७॥

yat-prasādād idaṁ viśvaṁ
prasīdati yad-ātmakam
sa sva-dṛg bhagavān yasya
toṣyate 'nanyayā dṛśā

yat—……的 / prasādāt—的仁慈 / idam—这 / viśvam—宇宙 / prasīdati—变得快乐 / yat—……的 / ātmakam—因为祂是无所不能的 / saḥ—祂 / sva-dṛk—对自己的奉献者尤其关心的 / bhagavān—至尊人格首神 / yasya—……的 / toṣyate—感到高兴 / ananyayā—毫不偏离 / dṛśā—靠智慧

译文 众生都将喜欢帕拉德，因为人格首神——宇宙的至尊控制者，对除了祂什么都不想要的奉献者总是很满意。

要旨 作为超灵的至尊人格首神无所不在，能按自己的意愿支配任何生物。这节诗中预言迪缇未来的孙子是一位伟大的奉献者，眼里心中只有至尊人格首神，因此而受到四方人士的普遍爱戴，甚至包括他父亲的仇敌。至尊主的纯粹奉献者随处都能看到他所崇拜的至尊主；而为了回应奉献者，以超灵的身份居于众生心中的至尊主便从内心授意众生善待祂的奉献者，结果使纯粹奉献者受到众生普遍欢迎，就连猛兽见了至尊主的纯粹奉献者都表示友好。这样的例子在历史上有很多。

第 48 节 स वै महाभागवतो महात्मा
महानुभावो महतां महिष्ठः ।
प्रवृद्धभक्त्या ह्यनुभाविताशये
निवेश्य वैकुण्ठमिमं विहास्यति ॥४८॥

sa vai mahā-bhāgavato mahātmā
mahānubhāvo mahatāṁ mahiṣṭhaḥ
pravṛddha-bhaktyā hy anubhāvitāśaye
niveśya vaikuṇṭham imaṁ vihāsyati

saḥ—他 / vai—肯定地 / mahā-bhāgavataḥ—最高级的奉献者 / mahā-ātmā—宽广的智慧 / mahā-anubhāvaḥ—更深远的影响力 / mahatām—伟大的灵魂的 / mahiṣṭhaḥ—最伟大的 / pravṛddha—成熟的 / bhaktyā—通过奉爱服务 / hi—肯定地 / anubhāvita—处于阿努巴瓦狂喜境界 / āśaye—在心中 / niveśya—进入 / vaikuṇṭham—灵性世界 / imam—这(物质世界) / vihāsyati—将离开

译文 至尊主那位最高级的奉献者智慧宽广，影响力很大，将是伟大灵魂中最卓越的人。由于他所做的稳重、周到的奉爱服务，他无疑将处在超然的心醉神迷状态中，并在离开这个物质世界后进入灵性天空。

要旨 做奉爱服务会经历三个阶段，梵文术语分别称之为斯塔依巴瓦(sthāyi-bhāva)、阿努巴瓦(anubhāva)和玛哈巴瓦(mahābhāva)。生物对首神始终怀有的完美的爱称为斯塔依巴瓦；生物在与首神具有某种超然关系时所表现的某些特定行为和征兆，称为阿努巴瓦(anubhāva)；而玛哈巴瓦则是至尊主本人的喜乐能量展示的。从这节诗中我们了解到，迪缇的孙子帕拉德王将一直不断地冥想至尊主，讲述祂的活动。由于他始终处在这样的冥想状态中，他离开物质躯体后，将可以轻而易举地进入灵性世界。吟诵、吟唱和聆听至尊主的圣名，是帮助人进入这种冥想状态的更简便易行的方法。经典特别推荐在喀历年代中要运用这一方法。

第 49 节 अलम्पटः शीलधरो गुणाकरो
हृष्टः परर्द्धया व्यथितो दुःखितेषु ।

अभूतशत्रुर्जगतः शोकहर्ता
नैदाघिकं तापमिवोडुराजः ॥४९॥

alampaṭaḥ śīla-dharo guṇākaro
hṛṣṭaḥ pararddhyā vyathito duḥkhiteṣu
abhūta-śatrur jagataḥ śoka-hartā
naidāghikaṁ tāpam ivoḍurājaḥ

alampaṭaḥ—品德高尚 / śīla-dharaḥ—有资格的 / guṇa-ākaraḥ——切美德的集合体 / hṛṣṭaḥ—欢乐地 / para-ṛddhyā—因他人欢乐 / vyathitaḥ—悲伤 / duḥkhiteṣu—因他人悲伤 / abhūta-śatruḥ—没有敌人的 / jagataḥ—整个宇宙的 / śoka-hartā—消除悲伤的人 / naidāghikam—因夏日的骄阳 / tāpam—苦恼 / iva—好似 / uḍu-rājaḥ—月亮

译文 他将集一切美好品质于一身，将忧天下之忧，乐天下之乐，而且不会有敌人。他将毁灭所有宇宙中的一切悲伤，恰似夏日的太阳落山后升起的、令人感到凉爽的月亮。

要旨 作为奉献者的楷模，帕拉德王具备人类所能具备的一切优良品质。他虽然当过这个世界的帝王，但从不过放荡不羁的生活。他还在幼年时就已经具备了一切美好品质。这节诗中并未具体描述他各方面的品质，只概括说他被赋予了一切美好品质。这是纯粹奉献者的标志。纯粹奉献者首先必是个正人君子，而绝非放荡不羁之徒(lampaṭa)；其次，他看到身处苦海中的人类，总是渴望能帮助他们减轻痛苦。众生最大的不幸是遗忘了奎师那，所以纯粹奉献者总是渴望能唤醒每一个生物的奎师那意识。这是解除一切痛苦的灵丹妙药。

第 50 节 अन्तर्बहिश्चामलमब्जनेत्रं
स्वपूरुषेच्छानुगृहीतरूपम् ।

पौत्रस्तव श्रीललनाललामं
द्रष्टा स्फुरत्कुण्डलमण्डिताननम् ॥५०॥

antar bahiś cāmalam abja-netraṁ
sva-pūruṣecchānugṛhīta-rūpam
pautras tava śrī-lalanā-lalāmaṁ
draṣṭā sphurat-kuṇḍala-maṇḍitānanam

antaḥ—内 / bahiḥ—外 / ca—也 / amalam—完美无瑕的 / abja-netram—莲花眼 / sva-pūruṣa—自己的奉献者 / icchā-anugṛhīta-rūpam—根据其愿望呈现某种形象 / pautraḥ—孙子 / tava—你的 / śrī-lalanā—美丽的幸运女神 / lalāmam—装饰着 / draṣṭā—将看到 / sphurat-kuṇḍala—闪闪发亮的耳环 / maṇḍita—装饰 / ānanam—脸

译文　你孙子将能从内在和外在看到妻子是美丽的幸运女神的至尊人格首神。至尊主可以呈现祂奉献者想要看的形象，祂的脸庞总是由耳环装点得美丽非凡。

要旨　这里预言到，迪缇的孙子帕拉德王不仅能通过冥想的方式在内心看到人格首神，而且还能用他的眼睛直接看到至尊主。只有具有高度的奎师那意识的人，才能亲眼看到至尊主，一般人凭物质的眼睛无法看到祂。至尊人格首神有许许多多永恒的形象，如：奎师那、巴拉戴瓦(Baladeva)、桑卡尔珊(Saṅkarṣaṇa)、阿尼如达(Aniruddha)、帕杜么纳(Pradyumna)、华苏戴瓦(Vāsudeva)、纳茹阿亚纳(Nārāyaṇa)、茹阿玛(Rāma)、尼尔星哈(Nṛsiṁha)、瓦茹阿哈(Varāha)和瓦玛纳(Vāmana)等。至尊主的奉献者知道所有这些维施努形象，而纯粹奉献者会依恋上其中的一个形象。至尊主会很高兴以奉献者想要看的形象出现在奉献者面前。奉献者不会胡乱揣测至尊主的形象；也绝不会认为至尊主不具人格特征，并且会以非奉献者所希望的形象出现。非奉献者对至尊主的形象毫无概念，上述至尊主的形象都完全超出他们的想象。但奉献者无论何时见到至尊主，至尊主都是全身上下佩戴着各种饰物，光彩夺目、美不胜收，身旁有祂永恒的伴侣——永远姣美动人的幸运女神。

第 51 节

मैत्रेय उवाच
श्रुत्वा भागवतं पौत्रममोदत दितिर्भृशम् ।
पुत्रयोश्च वधं कृष्णाद्विदित्वासीन्महामनाः ॥५१॥

maitreya uvāca
śrutvā bhāgavataṁ pautram
amodata ditir bhṛśam
putrayoś ca vadhaṁ kṛṣṇād
viditvāsīn mahā-manāḥ

maitreyaḥ uvāca—圣人麦垂亚说 / śrutvā—听到 / bhāgavatam—将是至尊主伟大的奉献者 / pautram—孙子 / amodata—感到高兴 / ditiḥ—迪缇 / bhṛśam—极度 / putrayoḥ—两个儿子的 / ca—也 / vadham—杀死 / kṛṣṇāt—被奎师那 / viditvā—知道此事 / āsīt—变得 / mahā-manāḥ—心中感到喜不自禁

译文 圣人麦垂亚说：迪缇听到她孙子会是一个伟大的奉献者，她的儿子们会被奎师那杀死的预言后，心中无比喜悦。

要旨 迪缇得知，由于自己在不合适的时间受孕，她的儿子将是两个恶魔，将与至尊主作对。她为此感到十分难过。但她在进而听说她孙子将是伟大的奉献者，两个儿子也将被至尊主杀死时，又顿时感到无比欣慰。迪缇身为生物体杰出的祖先(Prajāpati)达克沙的女儿、伟大的圣人喀夏帕的妻子，知道一个生物体若能被人格首神亲手所杀，将是他莫大的福分。原因在于：至尊主是绝对的，所以祂的暴力行为和非暴力行为其实没有区别，两者都处在绝对的层面上，与世俗世界的暴力和非暴力截然不同。被至尊主处死的恶魔，能够得到修行者经过无数世的苦修所能得到的结果——解脱。这节诗中用“极度(bhṛśam)”一词形容迪缇喜出望外的心情。

到此为止，结束了巴克提韦丹塔对《圣典博伽瓦谭》第3篇第14章——“迪缇傍晚时分受孕”所作的阐释。

第十五章

对神的王国的描述

第 1 节

मैत्रेय उवाच
प्राजापत्यं तु तत्तेजः परतेजोहनं दितिः ।
दधार वर्षाणि शतं शङ्कमाना सुरार्दनात् ॥ १ ॥

maitreya uvāca
prājāpatyaṁ tu tat tejaḥ
para-tejo-hanaṁ ditiḥ
dadhāra varṣāṇi śataṁ
śaṅkamanā surārdanāt

maitreyaḥ uvāca—圣人麦垂亚说 / prājāpatyam—伟大的生物体祖先 / tu—却 / tat tejaḥ—他强有力的精子 / para-tejaḥ—其他人的非凡能力 / hanam—制造混乱 / ditiḥ—喀夏帕(之妻)迪缇 / dadhāra—怀着 / varṣāṇi—年 / śatam——百 / śaṅkamānā—怀疑的 / sura-ardanāt—骚扰半神人

译文　圣麦垂亚说：亲爱的维杜茹阿，圣人喀夏帕的妻子迪缇明白，她子宫中的儿子们将会给半神人制造混乱，于是把喀夏帕·牟尼强有力的精子——专给他人制造麻烦的孩子，一直留在子宫中长达一百年之久。

要旨　伟大的圣人麦垂亚(Maitreya)在给维杜茹阿(Vidura)讲述主布茹阿玛(Brahmā)等半神人的活动。迪缇(Diti)在从丈夫那里得知自己腹中未出世的儿子今后将骚扰半神人后，感到十分难过。世间有两类人，一类是奉献者，一类是非奉献者；非奉献者被称为恶魔，奉献者被称为半神人。头脑清醒的人都不愿意看到非奉献者骚扰奉献者。正因为如此，迪缇不想让腹中的胎儿降生，于是把他们保留在子宫中整整一百年，心想至少在这一百年里不让他们出来骚扰半神人。

第 2 节 लोके तेनाहतालोके लोकपाला हतौजसः ।
न्यवेदयन् विश्वसृजे ध्वान्तव्यतिकरं दिशाम् ॥ २ ॥

loke tenāhatāloke
loka-pālā hataujasaḥ
nyavedayan viśva-sṛje
dhvānta-vyatikaraṁ diśām

loke一这宇宙中 / tena一由迪缇怀孕所产生的力量 / āhata一无 / āloke一光 / loka-pālāḥ一各个星球上的半神人 / hata-ojasaḥ一其非凡能力减小 / nyavedayan一问 / viśva-sṛje一布茹阿玛 / dhvānta-vyatikaram一黑暗扩展 / diśām一四面八方

译文 迪缇怀孕所产生的力量，使太阳和月亮照在宇宙中各星球上的光芒剧减，住在各星球上的半神人们都被那力量打扰得心神不宁，于是去问宇宙的创造者布茹阿玛："这向四面八方扩展的黑暗是什么？"

要旨 从《圣典博伽瓦谭》(Śrīmad-Bhāgavatam)这节诗中我们了解到，太阳是宇宙内所有星球的光源。现代科学提出的每个宇宙都有许多太阳的理论，显然不符合这节诗的观点。每一个宇宙中只有一个太阳，为宇宙中所有的星球提供光线。《博伽梵歌》(Bhagavad-gītā)中也提到，月亮是众多星星中的一颗。夜晚，我们看到有许多星星在夜空中闪烁，知道那是因为它们反射了太阳的光芒。正如月光是月亮反射太阳光形成的，其他星球也能反射太阳光，但宇宙中有许多星球是我们用肉眼无法看到的。迪缇腹中的儿子是如此邪恶，竟然使整个宇宙变得漆黑一片。

第 3 节

देवा ऊचुः
तम एतद्विभो वेत्थ संविग्ना यद्वयं भृशम् ।
न ह्यव्यक्तं भगवतः कालेनास्पृष्टवर्त्मनः ॥ ३ ॥

devā ūcuḥ
tama etad vibho vettha
saṁvignā yad vayaṁ bhṛśam
na hy avyaktaṁ bhagavataḥ
kālenāspṛṣṭa-vartmanaḥ

devāḥ ūcuḥ—半神人说 / tamaḥ—黑暗 / etat—这 / vibho—伟大的人啊 / vettha—您知道 / saṁvignāḥ—非常焦虑 / yat—因为 / vayam—我们 / bhṛśam—非常 / na—不 / hi—因为 / avyaktam—不展示的 / bhagavataḥ—您(至尊人格首神)的 / kālena—被时间 / aspṛṣṭa—不受影响 / vartmanaḥ—它的运行范围

译文 幸运的半神人们说：伟大的人物啊！看这黑暗，您很清楚它是怎么回事，它使我们感到焦虑不安。由于时间的影响触及不到您，您能看清一切。

要旨 在这节诗中，半神人们把布茹阿玛称为人格首神(Vibhu)。他是至尊人格首神在物质世界里控制激情属性的化身；从他代表至尊人格首神的角度看，他与首神没有区别，因此不受时间的影响。以过去、现在和未来的形式表现的时间，无法影响布茹阿玛和高级半神人。有时，达到这一完美境界的半神人和伟大的圣人被称为知晓过去、现在和未来的人(tri-kāla-jña)。

第 4 节

देवदेव जगद्धातर्लोकनाथशिखामणे ।
परेषामपरेषां त्वं भूतानामसि भाववित् ॥ ४ ॥

deva-deva jagad-dhātar
lokanātha-śikhāmaṇe

pareṣām apareṣāṁ tvaṁ
bhūtānām asi bhāva-vit

deva-deva一半神人的神啊 / jagat-dhātaḥ一宇宙的维系者啊 / lokanātha-śikhāmaṇe一其他星球上全体半神人头上的珠宝啊 / pareṣām一灵性世界的 / apareṣām一物质世界的 / tvam一您 / bhūtānām一一切众生的 / asi一是 / bhāva-vit一知道其想法

译文 啊！半神人的神，宇宙的支撑者，其他星球上全体半神人头上的珠宝！您了解灵性世界和物质世界里一切生物的意向。

要旨 由于布茹阿玛所处的地位与人格首神几乎不相上下，他在这节诗中被称为半神人的神；由于他是继至尊主之后的第二位创造者，他被称为宇宙的维系者；又由于他是全体半神人的领袖，他被称为半神人头上的珠宝。他对灵性世界和物质世界里发生的一切了如指掌。他能洞察每个人的内心，知道每个人的想法。正因为如此，半神人们请他来解释：迪缇腹中的胎儿为什么会给全宇宙造成如此巨大的恐慌？

第 5 节 नमो विज्ञानवीर्याय माययेदमुपेयुषे ।
गृहीतगुणभेदाय नमस्तेऽव्यक्तयोनये ॥५॥

namo vijñāna-vīryāya
māyayedam upeyuṣe
gṛhīta-guṇa-bhedāya
namas te 'vyakta-yonaye

namaḥ一虔敬的顶拜 / vijñāna-vīryāya一力量和科学知识的最初源头啊 / māyayā一由外在能量 / idam一布茹阿玛这一躯体 / upeyuṣe一获得了 / gṛhīta一接受 / guṇa-bhedāya一分离出的激情属性 / namaḥ te一顶拜您 / avyakta一不展示的 / yonaye一源头

译文　力量及科学知识的最初源头啊！一切敬意归于您！您从至尊人格首神那里接受了祂分离出的激情属性。在祂外在能量的帮助下，您诞生于不展示的源头处。一切敬意归于您！

要旨　韦达经是一切知识的源头，包罗了所有领域的科学知识。这知识最先由至尊人格首神以心传的方式传给布茹阿玛，所以说布茹阿玛是一切科学知识的源头。布茹阿玛直接诞生于嘎尔博达卡沙依·维施努(Garbhodakaśāyī Viṣṇu)超然的身体，而这个物质宇宙中的其他生物体从未见过嘎尔博达卡沙依·维施努；对他们来说，祂的这个形象始终是“不展示”的。为此，这节诗中说布茹阿玛诞生于“不展示”。布茹阿玛是至尊主分离出的物质激情属性(外在能量的一种)的化身。

第 6 节　ये त्वानन्येन भावेन भावयन्त्यात्मभावनम् ।
आत्मनि प्रोतभुवनं परं सदसदात्मकम् ॥ ६ ॥

ye tvānanyena bhāvena
bhāvayanty ātma-bhāvanam
ātmani prota-bhuvanaṁ
paraṁ sad-asad-ātmakam

ye—……的人 / tvā—您 / ananyena—毫不偏离地 / bhāvena—怀着奉爱之情 / bhāvayanti—冥想 / ātma-bhāvanam—产生一切生物体 / ātmani—在您之中 / prota—连接 / bhuvanam—所有的星球 / param—至尊的 / sat—结果 / asat—原因 / ātmakam—产生者

译文　主啊！所有这些星球都存在于您体内，所有的生物体都产自您。因此您是这个宇宙的原因，全神贯注冥想您的任何人，都能获得做奉爱服务的机会。

第 7 节 तेषां सुपक्वयोगानां जितश्वासेन्द्रियात्मनाम् ।
लब्धयुष्मत्प्रसादानां न कुतश्चित्पराभवः ॥ ७ ॥

teṣāṁ supakva-yogānāṁ
jita-śvāsendriyātmanām
labdha-yuṣmat-prasādānāṁ
na kutaścit parābhavaḥ

teṣām—他们的 / supakva-yogānām—作为成熟而有经验的神秘主义者的他们 / jita—控制 / śvāsa—呼吸 / indriya—感官 / ātmanām—心 / labdha—获得 / yuṣmat—您的 / prasādānām—仁慈 / na—不 / kutaścit—任何地方 / parābhavaḥ—打败

译文 靠控制呼吸的程序控制住心和感官，从而成为成熟、有经验的神秘主义者的人，在这个物质世界里不会被打败。这是因为凭借这种瑜伽的完美境界，他们得到了您的仁慈。

要旨 这里说明练瑜伽的目的是控制心和感官。练瑜伽达到完美境界的神秘主义者，可以靠控制呼吸完全控制感官和心。因此，练瑜伽的最终目的不是控制呼吸，而是控制心和感官。能够做到这一点的瑜伽师，被认为是成熟而经验丰富的瑜伽师。诗中说：控制了感官和心的瑜伽师得到至尊主实实在在的赐福，变得无所畏惧。换句话说，人除非能控制住心和感官，否则无法得到至尊主的仁慈和祝福。当人全心全意地为至尊主奎师那做奉爱服务时，他就确实能做到这一点。一直用心和感官致力于为至尊主做超然服务的人，自然无暇从事物质活动。在全宇宙范围内，至尊主的奉献者无论到哪里都可以所向披靡。《圣典博伽瓦谭》第6篇第17章的第28节诗中说：至尊人格首神的奉献者(nārāyaṇa-parāḥ sarve)，不怕上天堂，也不怕下地狱。

第 8 节 यस्य वाचा प्रजाः सर्वा गावस्तन्त्येव यन्त्रिताः ।
हरन्ति बलिमायत्तास्तस्मै मुख्याय ते नमः ॥ ८ ॥

yasya vācā prajāḥ sarvā
 gāvas tantyeva yantritāḥ
haranti balim āyattās
 tasmai mukhyāya te namaḥ

yasya—……的他 / vācā—被韦达教导 / prajāḥ—生物 / sarvāḥ—所有 / gāvaḥ—公牛 / tantyā—被绳子 / iva—如同 / yantritāḥ—被牵引 / haranti—供奉、取走 / balim—供品 / āyattāḥ—在……控制下 / tasmai—向他 / mukhyāya—向领袖 / te—向您 / namaḥ—虔敬的顶拜

译文 这个宇宙中所有的生物，都受韦达知识的引导，如同公牛受拴在它鼻子上的绳子的引领。没人可以违反韦达文献中定下的规则。对提供了韦达经的主要人物，我们致以我们的敬意！

要旨 韦达经是至尊人格首神定下的法典；正如我们不能违反国家法律，人也不能违反韦达经的指示。真正为自己切身利益着想的生物，必须按韦达经的教导行事。对那些到这个物质世界来寻求物质感官享乐的受制约的灵魂来说，韦达教导旨在对他们的行为加以限制和规范。感官享乐就像盐，太多太少都不行，但为了让食物变得可口，又必须加上一点点。已经在这个物质世界的受制约的灵魂，应该按照韦达经的教导运用自己的感官，否则就会陷入更加痛苦的生存状态。韦达经中的规范守则全部由至尊主制定，并非哪个人或半神人所能制定。

第 9 节 स त्वं विधत्स्व शं भूमंस्तमसा लुप्तकर्मणाम् ।
अदभ्रदयया दृष्ट्या आपन्नानर्हसीक्षितुम् ॥ ९ ॥

sa tvaṁ vidhatsva śaṁ bhūmaṁs
 tamasā lupta-karmaṇām
adabhra-dayayā dṛṣṭyā
 āpannān arhasīkṣitum

saḥ－他 / tvam－您 / vidhatsva－从事 / śam－好运 / bhūman－伟大的主啊 / tamasā－因为黑暗 / lupta－暂停 / karmaṇām－规定职责的 / adabhra－宽宏大度，毫无保留地 / dayayā－仁慈 / dṛṣṭyā－受您瞥视 / āpannān－我们——投靠您的人 / arhasi－能够 / īkṣitum－看

译文 半神人们向布茹阿玛祈祷说：我们坠入痛苦的境地，请仁慈地照看我们；由于这黑暗，我们停下我们所有的工作。

要旨 由于整个宇宙漆黑一片，所有星球上的日常活动全部中断。地球的北极和南极有时没有昼夜之分；同样，当太阳照不到某些星球时，那些星球也就没有了昼夜之分，完全处在黑夜中。

第 10 节 एष देव दितेर्गर्भ ओजः काश्यपमर्पितम् ।
दिशस्तिमिरयन् सर्वा वर्धतेऽग्निरिवैधसि ॥१०॥

eṣa deva diter garbha
ojaḥ kāśyapam arpitam
diśas timirayan sarvā
vardhate 'gnir ivaidhasi

eṣaḥ－这 / deva－主啊 / diteḥ－迪缇的 / garbhaḥ－子宫 / ojaḥ－精子 / kāśyapam－喀夏帕的 / arpitam－存于 / diśaḥ－方向 / timirayan－导致完全黑暗 / sarvāḥ－所有 / vardhate－超负荷 / agniḥ－火 / iva－如同 / edhasi－燃料

译文 如在火上添加燃料，火势会变得更大，喀夏帕的精子在迪缇子宫中制造的胎儿，使整个宇宙一片黑暗。

要旨 这节诗中说，喀夏帕(Kaśyapa)的精子在迪缇腹中孕育出的胎儿，是导致宇宙上下一片漆黑的原因。

第 11 节

मैत्रेय उवाच
स प्रहस्य महाबाहो भगवान् शब्दगोचरः ।
प्रत्याचष्टात्मभूर्देवान् प्रीणन् रुचिरया गिरा ॥११॥

maitreya uvāca
sa prahasya mahā-bāho
bhagavān śabda-gocaraḥ
pratyācaṣṭātma-bhūr devān
prīṇan ruciraya girā

maitreyaḥ uvāca一麦垂亚说 / saḥ一他 / prahasya一微笑 / mahā- bāho一臂力强大的人(维杜茹阿)啊 / bhagavān一拥有一切财富的人 / śabda-gocaraḥ一可以靠超然的声音振荡了解他 / pratyācaṣṭa一回答 / ātma-bhūḥ一主布茹阿玛 / devān一半神人 / prīṇan一使高兴 / rucirayā一用悦耳的 / girā一话语

译文　圣人麦垂亚说：靠超然的声音振荡所能了解的主布茹阿玛，对半神人们祈祷时的话语感到满意，于是想要安慰半神人。

要旨　主布茹阿玛知道迪缇犯的过错，因此对整件事只是付之一笑，并用在场全体半神人能听懂的话语回答他们的询问。

第 12 节

ब्रह्मोवाच
मानसा मे सुता युष्मत्पूर्वजाः सनकादयः ।
चेरुर्विहायसा लोकाँल्लोकेषु विगतस्पृहाः ॥१२॥

brahmovāca
mānasā me sutā yuṣmat-
pūrvajāḥ sanakādayaḥ
cerur vihāyasā lokāl
lokeṣu vigata-spṛhāḥ

brahmā uvāca—主布茹阿玛说 / mānasāḥ—从心念生出的 / me—我的 / sutāḥ—儿子们 / yuṣmat—比你们 / pūrva-jāḥ—提早诞生 / sanaka-ādayaḥ—以萨纳卡为首 / ceruḥ—漫游 / vihāyasā—在外太空漫游或在天空飞来飞去 / lokān—前往物质世界和灵性世界 / lokeṣu—在众人中 / vigata-spṛhāḥ—没有任何欲望

译文 主布茹阿玛说：从我心念生出的四个儿子，萨纳卡、萨纳坦、萨南丹和萨纳特·库玛尔，都是你们的长辈；他们有时会随心所欲地在物质天空和灵性天空中漫游。

要旨 我们说的“欲望”，是指追求物质感官享乐的欲望。萨纳卡(Sanaka)、萨纳坦(Sanātana)、萨南丹(Sanandana)和萨纳特·库玛尔(Sanat-kumāra)那样的圣人心中毫无物质欲望，但有时会随心所欲地在宇宙中漫游，教导众人奉爱服务的知识。

第 13 节 त एकदा भगवतो वैकुण्ठस्यामलात्मनः ।
ययुर्वैकुण्ठनिलयं सर्वलोकनमस्कृतम् ॥१३॥

ta ekadā bhagavato
vaikuṇṭhasyāmalātmanaḥ
yayur vaikuṇṭha-nilayaṁ
sarva-loka-namaskṛtam

te—他们 / ekadā—有一次 / bhagavataḥ—至尊人格首神的 / vaikuṇṭhasya—主维施努的 / amala-ātmanaḥ—不受物质污染 / yayuḥ—进入 / vaikuṇṭha-nilayam—名为外琨塔的世界 / sarva-loka—被所有物质星球上的居民 / namaskṛtam—崇拜

译文 他们丝毫不受物质的污染，所以在游遍所有的物质宇宙后，又进入了灵性天空。灵性天空中有被称为外琨塔的灵性星球；那些星球是至尊人格首神和祂纯粹奉献者的住所，受到所有居住在物质星球上的居民们的崇拜。

要旨 物质星球不是长生不死的地方，所以总让人感到惶恐不安；从最高等的星球到最低等的帕塔拉(Pātāla)星球，情况无不如此。然而，生物实际是长生不死、永恒的。他们向往他们永恒的家园、永恒的乐土，但因为来到这个物质世界，在一个临时的地方暂时栖身，所以总不免要担惊受怕。灵性天空中的星球被称为无忧星球外琨塔(Vaikuṇṭha)，因为那些星球上的居民都无忧无虑。那里不存在生、老、病、死的问题，所以那里的居民什么都不用担心。相反，物质星球上的居民却必须面对生、老、病、死的现实，所以总是惶恐不安。

第 14 节 वसन्ति यत्र पुरुषाः सर्वे वैकुण्ठमूर्तयः ।
येऽनिमित्तनिमित्तेन धर्मेणाराधयन् हरिम् ॥१४॥

vasanti yatra puruṣāḥ
sarve vaikuṇṭha-mūrtayaḥ
ye 'nimitta-nimittena
dharmeṇārādhayan harim

vasanti－他们生活 / yatra－……的地方 / puruṣāḥ－人们 / sarve－所有的 / vaikuṇṭha-mūrtayaḥ－有着与至尊主维施努类似的四臂形体 / ye－外琨塔星球上的人 / animitta－毫无感官享乐的欲望 / nimittena－由于…… / dharmeṇa－通过奉爱服务 / ārādhayan－不断地崇拜 / harim－向至尊人格首神

译文 在外琨塔星球上，所有的居民都有类似至尊人格首神的外形。他们都忙着为至尊主做奉爱服务，没有感官享乐的欲望。

要旨 这节诗描写了外琨塔星球的居民和他们的长相。他们的长相全都与至尊人格首神纳茹阿亚纳(Nārāyaṇa)相似。奎师那(Kṛṣṇa)的完整扩展——四臂纳茹阿亚纳，是外琨塔星球上的主宰神，而外琨塔星球上的居民也都长着四只手臂。他们完全不同于我们在物质世界看到的人的形象，在物质世界里我们绝对找不到长着四只手臂的人。外琨塔星球上的居民唯一从事的活动是不带任何动机地为至尊主做服务。尽管为至尊主做任何一项服务都能换取某种结果，但奉献者在做服务时从不期望满足个人的欲望。他们在为至尊主做超然爱心服务的过程中，已经感到心满意足了。

第 15 节 यत्र चाद्यः पुमानास्ते भगवान् शब्दगोचरः ।
सत्त्वं विष्टभ्य विरजं स्वानां नो मृडयन् वृषः ॥१५॥

yatra cādyaḥ pumān āste
bhagavān śabda-gocaraḥ
sattvaṁ viṣṭabhya virajaṁ
svānāṁ no mṛḍayan vṛṣaḥ

yatra—在外琨塔星球 / ca—和 / ādyaḥ—第一个 / pumān—人 / āste—在那里 / bhagavān—至尊人格首神 / śabda-gocaraḥ—通过韦达文献了解 / sattvam—善良属性 / viṣṭabhya—接受 / virajam—不受污染的 / svānām—祂自己的同伴的 / naḥ—我们 / mṛḍayan—不断增加的快乐 / vṛṣaḥ—宗教原则的人格化身

译文 主宰外琨塔星球的是至尊人格首神。祂是存在中的第一人，靠韦达文献能了解祂。祂充满了不受污染的善良属性，不存在丝毫的激情属性或愚昧属性。祂帮助奉献者在宗教生活中取得进步。

要旨 在物质世界里的人无法去灵性天空中的至尊人格首神的王国看个究竟，因此聆听韦达经(Vedas)的讲解就成了认识它的唯一途径。正如在这个物质世界里，有个离我们的居住地相隔千里远的地方，那些买不起汽车、火车和飞机票的人去不了那里，于是只能透过真实可信的介绍性书籍去了解那个地方。灵性天空中的外琨塔星球是远在这个物质天空之外的一个世界，那些想去太空旅行的现代科学家们，就连去一个最近的星球——月球都成问题，更不要说去宇宙中最高的星球了；因此，飞离这个物质天空，到灵性天空去亲眼看一看灵性星球外琨塔，对他们来说简直就是不可能的事情。所以，人只能靠聆听韦达经和往世书(Purāṇas)中对处在灵性天空中的神之王国所作的真实可信的讲解去认识它。

物质世界里有善良、激情和愚昧三种物质自然属性，但灵性世界里没有丝毫的激情和愚昧属性，只有纯粹的善良属性。在物质世界里，即使某人具有完全善良型的本性，他也不免沾染一些愚昧和激情属性。然而在外琨塔星球——灵性天空中，只有纯粹的善良属性。至尊主与祂的纯粹奉献者们住在外琨塔星球上，都具有同样的超然属性——纯粹的善良属性(śuddha-sattva)。外琨塔是至尊主的奉献者(外士纳瓦)深爱的快乐家园；在他们向神的王国不断迈进时，至尊主会亲自帮助他们。

第 16 节

यत्र नैःश्रेयसं नाम वनं कामदुघैर्द्रुमैः ।
सर्वर्तुश्रीभिर्विभ्राजत्कैवल्यमिव मूर्तिमत् ॥१६॥

yatra naiḥśreyasaṁ nāma
vanaṁ kāma-dughair drumaiḥ
sarvartu-śrībhir vibhrājat
kaivalyam iva mūrtimat

yatra—外琨塔星球上 / naiḥśreyasam—吉祥的 / nāma—名叫 / vanam—森林 / kāma-dughaiḥ—满足欲望 / drumaiḥ—有树 / sarva—所有的 / ṛtu—季节 / śrībhiḥ—有花有果 / vibhrājat—光彩夺目的 / kaivalyam—灵性的 / iva—如同 / mūrtimat—有人格特性的

译文 在外琨塔星球上，有许多非常吉祥的森林。那些森林里的树木全是如愿树，在所有的季节都长满了鲜花和果实。外琨塔星球上的一切都是灵性的，具有人格特征。

要旨 在外琨塔星球上，大地、树木、果实、鲜花和乳牛……所有的一切，都是完全灵性和有人格特性的。那里的树是如愿树。生长在这个物质星球上的树木是否开花结果，全都由物质能量控制。然而，外琨塔星球上的水土、植物、动物和人都是灵性的，都有人格特征，彼此没有区别。这节诗中用“有人格特性的(mūrtimat)”一词指出，万物都有灵性的形象，以此驳斥了非人格神主义者所设想的“无形无象”的存在状态。外琨塔星球的万事万物虽然都是灵性的，但各自都有一定的形象。植物有植物的形象，人有人的形象，尽管长相不一，但因为都是灵性的，所以其实都一样。

第 17 节 वैमानिकाः सललनाश्चरितानि शश्वद्
गायन्ति यत्र शमलक्षपणानि भर्तुः ।
अन्तर्जलेऽनुविकसन्मधुमाधवीनां
गन्धेन खण्डितधियोऽप्यनिलं क्षिपन्तः ॥१७॥

vaimānikāḥ sa-lalanāś caritāni śaśvad
gāyanti yatra śamala-kṣapaṇāni bhartuḥ
antar-jale 'nuvikasan-madhu-mādhavīnāṁ
gandhena khaṇḍita-dhiyo 'py anilaṁ kṣipantaḥ

vaimānikāḥ—乘着飞机 / sa-lalanāḥ—和妻子们 / caritāni—活动 / śaśvat—永恒地 / gāyanti—歌唱 / yatra—在外琨塔星球上 / śamala—一切不祥的品质 / kṣapaṇāni—不含丝毫 / bhartuḥ—至尊主的 / antaḥ-jale—水中的 / anuvikasat—盛开的 / madhu—芳香四溢、盛满花蜜 / mādhavīnām—玛妲薇花的 / gandhena—被香气 / khaṇḍita—打扰 / dhiyaḥ—心 / api—尽管 / anilam—微风 / kṣipantaḥ—嘲笑

译文　外琨塔星球上的居民偕妻子一同乘飞机飞行，一直不断地歌唱至尊主的品质和活动，这些品质和活动永远不含丝毫不祥的性质。在歌唱至尊主的荣耀时，他们甚至对眼前盛开着的香气四溢、满含花蜜的玛妲薇鲜花不屑一顾。

要旨　从这节诗里我们看到，外琨塔星球上一派富丽繁华的景象，各种财富应有尽有。人们偕妻子一同驾飞机在天上四处漫游。尽管风中携带着沁人心脾的花香，但外琨塔居民因为一心只想荣耀至尊主，所以反倒不喜欢这甜润的风在他们吟唱至尊主的荣耀时来打扰他们。换句话说，他们是纯粹的奉献者。他们认为歌颂至尊主比自己的感官享乐更重要。感官享乐在外琨塔星球上没有立足之地。闻　闻花香感觉自然很不错，但那只是感官享乐而已。侍奉至尊主是外琨塔居民生活中的头等大事，个人的感官享乐被抛到九霄云外。人怀着超然的爱为至尊主做服务时，能从中感受到无上的超然快乐，感官享乐相比之下显得根本不值一提。

第 18 节　पारावतान्यभृतसारसचक्रवाक-
दात्यूहहंसशुकतित्तिरिबर्हिणां यः ।
कोलाहलो विरमतेऽचिरमात्रमुच्चै-
भृङ्गाधिपे हरिकथामिव गायमाने ॥१८॥

pārāvatānyabhṛta-sārasa-cakravāka-
dātyūha-haṁsa-śuka-tittiri-barhiṇāṁ yaḥ
kolāhalo viramate 'cira-mātram uccair
bhṛṅgādhipe hari-kathām iva gāyamāne

pārāvata—鸽子 / anyabhṛta—杜鹃 / sārasa—鹤 / cakravāka—查夸瓦卡鸟 / dātyūha—鹬鸟 / haṁsa—天鹅 / śuka—鹦鹉 / tittiri—松鸡 / barhiṇām—孔雀的 / yaḥ—……的 / kolāhalaḥ—喧嚣 / viramate—停止 / acira-mātram—暂时 / uccaiḥ—高声 / bhṛṅga-adhipe—大黄蜂之王 / hari-kathām—至尊主的荣耀 / iva—如 / gāyamāne—在歌唱

译文 当蜂王发出高调的嗡嗡声，歌唱至尊主的荣耀时，鸽子、杜鹃、仙鹤、查夸瓦卡鸟、天鹅、鹦鹉、松鸡和孔雀都不再鸣叫，暂时安静下来。这些超然的飞禽停止自己的歌唱，就是为了聆听至尊主的荣耀。

要旨 这节诗揭示了外琨塔星球绝对的灵性本质。那里的飞鸟与人没有区别。处在灵性天空中的一切都是灵性的，是多种多样、多姿多彩的。谈到灵性的多样性，便意味着一切都充满活力，没有一样事物是单调而死气沉沉的。哪怕是大地、花木、鸟兽，也都带有奎师那意识。外琨塔星球的独特之处在于，那里不存在物质的感官享乐。在物质世界里，就连一头驴都爱听自己哼哼。然而，在灵性世界中，孔雀、杜鹃和查夸瓦卡鸟(cakravāka)等飞禽却爱听嗡嗡叫的蜜蜂歌唱至尊主的荣耀。在外琨塔世界里，所有的生物都在做以聆听和吟唱为首的各种奉爱服务。

第 19 节 मन्दारकुन्दकुरबोत्पलचम्पकार्ण-
पुन्नागनागबकुलाम्बुजपारिजाताः ।
गन्धेऽर्चिते तुलसिकाभरणेन तस्या
यस्मिंस्तपः सुमनसो बहु मानयन्ति ॥१९॥

mandāra-kunda-kurabotpala-campakārṇa-
punnāga-nāga-bakulāmbuja-pārijātāḥ
gandhe 'rcite tulasikābharaṇena tasyā
yasmiṁs tapaḥ sumanaso bahu mānayanti

mandāra—曼妲尔 / kunda—琨达 / kuraba—库茹阿巴 / utpala—乌特帕拉 / campaka—昌帕卡 / arṇa—阿尔娜 / punnāga—菩娜嘎 / nāga—娜嘎凯莎尔 / bakula—芭库拉 / ambuja—百合 / pārijātāḥ—帕瑞佳塔 / gandhe—芳香 / arcite—被崇拜 / tulasī—图拉西 / ābharaṇena—以花环 / tasyāḥ—她的 / yasmin—在外琨塔 / tapaḥ—

苦行 / su-manasaḥ—善良的心态，外琨塔心态 / bahu—非常 / mānayanti—荣耀

译文　尽管曼妲尔、琨达、库茹阿巴、乌特帕拉、昌帕卡、阿尔娜、菩娜嘎、娜嘎凯莎尔、芭库拉、百合和帕瑞佳塔等开花的植物都香气袭人，但她们还是意识到图拉西从事的苦行，因为至尊主特别喜爱图拉西，始终佩戴图拉西叶做成的花环。

要旨　这里十分明确地点明了图拉西(tulasī)叶的重要性。图拉西树和图拉西叶在奉爱服务中占有重要的地位。经典建议奉献者应该每天给图拉西树浇水，采摘图拉西叶去崇拜至尊主。一次，有个不信神的斯瓦米(svāmī)叫嚣道："给图拉西树浇水有什么用？还不如给茄子浇水呢。给茄子浇水你能收获茄子，给图拉西树浇水有什么用？"这些愚蠢之人因为对奉爱服务一窍不通，所以总是误导大众，影响很坏。

灵性世界中一个最显著的现象是：那里的奉献者彼此之间从不互相忌妒，甚至连花也是如此，都能意识到图拉西杰出的品质。在库玛尔四兄弟去的外琨塔世界，甚至连飞禽、花卉都具有要为至尊主服务的意识。

第 20 节　यत्सङ्कुलं हरिपदानतिमात्रदृष्टै-
वैंदूर्यमारकतहेममयैर्विमानैः ।
येषां बृहत्कटितटाः स्मितशोभिमुख्यः
कृष्णात्मनां न रज आदधुरुत्स्मयाद्यैः ॥२०॥

yat saṅkulaṁ hari-padānati-mātra-dṛṣṭair
vaidūrya-mārakata-hema-mayair vimānaiḥ
yeṣāṁ bṛhat-kaṭi-taṭāḥ smita-śobhi-mukhyaḥ
kṛṣṇātmanāṁ na raja ādadhur utsmayādyaiḥ

yat—外琨塔世界 / saṅkulam—充满 / hari-pada—在至尊人格首神哈尔依的莲花足下 / ānati—通过顶拜 / mātra—仅仅 / dṛṣṭaiḥ—获得 / vaidūrya—青金石 / mārakata—绿宝石 / hema—黄金 / mayaiḥ—由……所造 / vimānaiḥ—飞机 / yeṣām—那些乘客的 / bṛhat—丰满的 / kaṭi-taṭāḥ—臀部 / smita—微笑 / śobhi—娇媚的 / mukhyaḥ—脸庞 / kṛṣṇa—奎师那 / ātmanām—他们全神贯注地想着 / na—不 / rajaḥ—色欲 / ādadhuḥ—激起 / utsmaya- ādyaiḥ—因亲密的交流、嬉笑和打趣

译文 外琨塔的居民乘坐他们用青金石、绿宝石和金子制成的飞机旅行，这些飞机只有投靠在至尊主哈尔依莲花足下的人才能看到。尽管他们由妻子环绕，而妻子们长着丰满的臀部和美丽的笑脸，但由于他们始终全神贯注地想着奎师那，妻子们的欢笑和妩媚根本无法激起他们的性欲。

要旨 在物质世界里，物质主义者需要靠自己的劳动来积攒财富；人首先不得不辛勤地劳动，然后才能得到并享受物质财富。然而，在外琨塔这个布满了绿宝石等珠宝的超然世界里，至尊主的奉献者却是无忧无虑地尽情享受。他们佩戴的镶有珠宝的黄金首饰，不是他们自己辛苦劳动换取的，而是至尊主赐予的。换句话说，至尊主在外琨塔或甚至这个物质世界里的奉献者，根本不可能穷困潦倒、一贫如洗，尽管人们有时认为当奉献者就意味着贫穷。外琨塔星球上的奉献者，不需要工作就能得到充足的财富，供他们尽情享受。这节诗中还说到，外琨塔居民的妻子们都长得极其美丽，远胜过我们这个物质世界里哪怕是高等星球上的女子。这里特别提到，妇女丰满的臀部非常迷人，能挑起男人们的性欲，但外琨塔的绝妙之处在于：尽管那里的女士个个长得花容月貌、臀部丰满，尽管她们浑身戴满了绿宝石等珠宝，但男人们却完全不为之所动。他们因为完全沉浸在对奎师那的想念中，竟能对那些女士的美貌视若无睹。这说明，那里的男士和女士虽然生活在一起，但彼此并没有性

关系。外琨塔世界的居民享有更高的快乐，因此根本不需要性享乐。

第 21 节　श्री रूपिणी क्वणयती चरणारविन्दं
लीलाम्बुजेन हरिसद्मनि मुक्तदोषा ।
संलक्ष्यते स्फटिककुड्य उपेतहेम्नि
सम्मार्जतीव यदनुग्रहणेऽन्ययत्नः ॥२१॥

śrī rūpiṇī kvaṇayatī caraṇāravindaṁ
līlāmbujena hari-sadmani mukta-doṣā
saṁlakṣyate sphaṭika-kuḍya upeta-hemni
sammārjatīva yad-anugrahaṇe 'nya-yatnaḥ

śrī—幸运女神拉珂施蜜 / rūpiṇī—美丽形象 / kvaṇayatī—叮当作响 / caraṇa-aravindam—莲花足 / līlā-ambujena—把玩莲花 / hari-sadmani—至尊之人的住宅 / mukta-doṣā—毫无过错的 / saṁlakṣyate—变得可见 / sphaṭika—水晶 / kuḍye—墙 / upeta—镶着 / hemni—黄金 / sammārjatī iva—一副清洁工的模样 / yat-anugrahaṇe—为了得到她的恩惠 / anya—其他人的 / yatnaḥ—小心翼翼地

译文　外琨塔星球的女士们都向幸运女神一样美。这些手中把玩着莲花、走路脚镯叮当作响的超然美丽的女士，有时会被看到正在清扫镶着金边的大理石水晶墙壁，作准备迎接至尊人格首神的恩宠。

要旨　《布茹阿玛·萨密塔》(Brahma-saṁhitā)第5章的第29节诗中说：在至尊主的家园里，千千万万的幸运女神一直在侍奉至尊主哥文达(lakṣmī-sahasra-śata-sambhrama-sevyamānam)。外琨塔星球上这些成千上万的幸运女神，实际上并非至尊人格首神的妻子，而是至尊主奉献者的妻子；她们也在侍奉至尊人格首神。这节诗里谈到外琨塔的房子是用大理石水晶建造的；《布茹阿玛·萨密塔》中也说，外琨塔星球的地面由点金石铺就。这样说来，外琨塔的路面、墙面绝对是一尘不染的，根本不用清扫，但女士们为了取悦至尊主还是经常拂拭大理石水晶墙面。这是为什么？因为她们想以这种方式赢得至尊主的恩宠。

诗中还谈到，外琨塔星球的幸运女神从不犯错。幸运女神的另一个名字叫昌查拉(Cañcalā)，意思是“性情变幻无常的人”；她在一个地方一般不会停留长久。正因为如此，我们经常看到腰缠万贯的富翁转眼间变成一贫如洗的穷人。另外，茹阿瓦纳(Rāvaṇa)的例子也很说明问题。茹阿瓦纳把幸运女神拉珂施蜜——悉塔(Sītā)抢到自己的王国，结果非但没有得到幸运女神的恩惠，得到自己想要的快乐，反倒落得个国破家亡的下场。所以，茹阿瓦纳家中的幸运女神是性情变幻无常的昌查拉。茹阿瓦纳之流只想要幸运女神拉珂施蜜，不想要她的丈夫纳茹阿亚纳，结果他们的生活因为幸运女神变化无常的性情而变得起伏不定、祸福无常。物质主义者在幸运女神身上找毛病，然而幸运女神却在外琨塔始终如一地侍奉着至尊主。对拉珂施蜜来说，虽然自己是幸运女神，但没有至尊主的恩宠，她不可能快乐。就连幸运女神想要快乐都必须仰赖至尊主的仁慈；然而，物质世界里的众生，甚至布茹阿玛那样最杰出的生物体，却为了快乐去求幸运女神。

第 22 节 वापीषु विद्रुमतटास्वमलामृताप्सु
प्रेष्यान्विता निजवने तुलसीभिरीशम् ।
अभ्यर्चती स्वलकमुन्नसमीक्ष्य वक्त्र-
मुच्छेषितं भगवतेत्यमताङ्ग यच्छ्रीः ॥२२॥

vāpīṣu vidruma-taṭāsv amalāmṛtāpsu
preṣyānvitā nija-vane tulasībhir īśam
abhyarcatī svalakam unnasam īkṣya vaktram
uccheṣitaṁ bhagavatety amatāṅga yac-chrīḥ

vāpīṣu—在池溏中 / vidruma—由珊瑚制成的 / taṭāsu—河岸 / amala—清澈见底的 / amṛta—甘露般的 / apsu—水 / preṣyā-anvitā—由侍女们围绕着 / nija-vane—在她自己的花园中 / tulasībhiḥ—用图拉西 / īśam—至尊主 / abhyarcatī—崇拜 / su-alakam—脸上画着提拉克 / unnasam—高挺的鼻子 / īkṣya—看见 / vaktram—脸庞 / uccheṣitam—被亲吻 / bhagavatā—被至尊主 / iti—就此 / amata—想 / aṅga—半神人啊 / yat-śrīḥ—她的花容

译文 幸运女神在她们的私人花园中，把图拉西叶供奉在超然水塘的珊瑚岸边，以此方式崇拜至尊主。在她们这样崇拜至尊主时，她们可以看到她们鼻子高挺的美丽脸庞映在水中的倒影，她们的脸庞在至尊主亲吻过后显得更加美丽。

要旨 女子经丈夫亲吻后通常会显得更加妩媚动人，而这在外琨塔星球上也不例外。我们都能想象幸运女神有多么美丽，然而她们却还是等待至尊主去亲吻她们，以变得更加秀丽动人。当幸运女神在她们的花园中用图拉西叶崇拜至尊主时，园中那潭清澈见底的超然池水映出她们美丽的脸庞。

第 23 节 यन्न व्रजन्त्यघभिदो रचनानुवादा-
च्छृण्वन्ति येऽन्यविषयाः कुकथा मतिघ्नीः ।
यास्तु श्रुता हतभगैर्नृभिरात्तसारा-
स्तांस्तान् क्षिपन्त्यशरणेषु तमःसु हन्त ॥२३॥

yan na vrajanty agha-bhido racanānuvādāc
chṛṇvanti ye 'nya-viṣayāḥ kukathā mati-ghnīḥ
yās tu śrutā hata-bhagair nṛbhir ātta-sārās
tāṁs tān kṣipanty aśaraṇeṣu tamaḥsu hanta

yat—外琨塔 / na—永不 / vrajanti—接近 / agha-bhidaḥ—消灭一切罪

恶的人的 / racanā－创造的 / anuvādāt－比讲述 / śṛṇvanti－聆听 / ye－……的人 / anya－其他 / viṣayāḥ－话题 / ku-kathāḥ－有害的话语 / mati-ghnīḥ－扼杀智慧 / yāḥ－……的 / tu－却 / śrutāḥ－听 / hata- bhagaiḥ－不幸的 / nṛbhiḥ－被人 / ātta－带走 / sārāḥ－生命的价值 / tān tān－这些人 / kṣipanti－被丢入 / aśaraṇeṣu－没有任何庇护所 / tamaḥsu－物质世界最黑暗的地带 / hanta－唉

译文 令人遗憾的是，不幸的人们不谈论对外琨塔星球的描述，却喋喋不休地说些既不值得听，又会迷惑人的智性的话题。置外琨塔话题于不顾，却喜欢谈论物质世界的人，被抛进愚昧的最黑暗地带。

要旨 非人格神主义者无法认识到灵性世界是多姿多彩的超然世界，所以是最不幸的人。他们害怕谈论五彩缤纷的外琨塔星球，认为那气象万千的景象必定是物质的。这类非人格神主义者认为灵性世界空无一物；或说，不可能是多姿多彩的。他们的想法在这节诗中被形容为是“被不值得听的话语所迷惑的智性(ku-kathā mati-ghnīḥ)”。这节诗谴责了鼓吹虚无主义、鼓吹灵性世界不具人格特征的哲学家，因为他们的宣传迷惑人的智性。非人格神主义者和虚无主义哲学家怎么会在看着这个多姿多彩的物质世界的同时，却说灵性世界空无一物呢？经典中说物质世界是灵性世界扭曲了的倒影，所以除非灵性世界是多姿多彩的，否则物质世界这一短暂的多姿多彩展示又是从何而来的呢？摆脱、超越这个丰富多彩的物质世界，并不意味着这世界之外不有一个多姿多彩的超然世界。

这部《博伽瓦谭》，尤其是这节诗强调指出：谁尝试谈论和理解灵性天空及外琨塔星球的灵性本质，谁就是幸运的。这里所描写的外琨塔星球多姿多彩的景象，都与至尊主的超然娱乐活动有关。可是，现代人不致力于了解灵性世界和至尊主的灵性活动，却热衷于政治和经济发展等事宜。他们召开大大小小的会议解决他们停留不了几年的这个世俗环境中的各种问题，却不关心外琨塔世界的灵性环境。他们如果真够幸运的话，就会对回归家园、回归首神产生兴趣。他们除非能认识灵性世界，否则永远只能在物质的黑暗中沉沦。

第 24 节　येऽभ्यर्थितामपि च नो नृगतिं प्रपन्ना
ज्ञानं च तत्त्वविषयं सहधर्म यत्र ।
नाराधनं भगवतो वितरन्त्यमुष्य
सम्मोहिता विततया बत मायया ते ॥२४॥

ye 'bhyarthitām api ca no nṛ-gatiṁ prapannā
jñānaṁ ca tattva-viṣayaṁ saha-dharmaṁ yatra
nārādhanaṁ bhagavato vitaranty amuṣya
sammohitā vitatayā bata māyayā te

ye－那些人 / abhyarthitām－想要 / api－肯定地 / ca－和 / naḥ－被我们(布茹阿玛以及其他半神人) / nṛ-gatim－人体生命 / prapannāḥ－达到了 / jñānam－知识 / ca－和 / tattva-viṣayam－有关绝对真理的话题 / saha-dharmam－以及宗教原则 / yatra－其中 / na－不 / ārādhanam－崇拜 / bhagavataḥ－至尊人格首神的 / vitaranti－举行 / amuṣya－至尊主的 / sammohitāḥ－被迷惑 / vitatayā－无所不在 / bata－唉 / māyayā－受错觉能量影响 / te－他们

译文　主布茹阿玛说：我亲爱的半神人们，在人体生命中，灵魂可以获得完美的宗教真理和知识，因此人体生命是如此珍贵，就连我们都想要有那样的生命形式。在这种人体生命中不了解至尊人格首神和祂住所的灵魂，被视为受到外在能量极大的影响。

要旨　布茹阿玛严厉谴责那些对人格首神和祂所在的超然世

界外琨塔不感兴趣的人。布茹阿玛和半神人们的物质躯体远远胜过人的躯体，可就连布茹阿玛他们都想投身为人，得到一个人的躯体。这是因为：人体生命的独特之处在于，它能让灵魂借助于它获得超然的知识，达到宗教的完美境界。回到首神身边这一目标，不是一世就能达到的，但灵魂一旦投身到人体中，就至少可以知道他的人生目的并开始培养奎师那意识。经典中说，人体生命是无价之宝，因为它是能把灵魂渡出无知之洋的最佳渡船。在此过程中，灵性导师是船上经验丰富的船长，经典中的知识是推动渡船向前行驶，助它渡过无知之洋的顺风。人如果不知道利用他在这一生中所能得到的这些便利条件，就等于是在自杀。因此，还未开始培养奎师那意识的人，实际上等于在错觉能量的摆布下葬送了自己的生命。布茹阿玛为这类人感到惋惜。

第 25 节 यच्च व्रजन्त्यनिमिषामृषभानुवृत्त्या
दूरे यमा ह्युपरि नः स्पृहणीयशीलाः ।
भर्तुर्मिथः सुयशसः कथनानुराग-
वैक्लव्यबाष्पकलया पुलकीकृताङ्गाः ॥२५॥

yac ca vrajanty animiṣām ṛṣabhānuvṛttyā
dūre yamā hy upari naḥ spṛhaṇīya-śīlāḥ
bhartur mithaḥ suyaśasaḥ kathanānurāga-
vaiklavya-bāṣpa-kalayā pulakī-kṛtāṅgāḥ

yat－外琨塔 / ca－和 / vrajanti－前往 / animiṣām－半神人的 / ṛṣabha－首领 / anuvṛttyā－追随……的步伐 / dūre－保持距离 / yamāḥ－规范守则 / hi－肯定地 / upari－在……之上 / naḥ－我们 / spṛhaṇīya－为……所向往 / śīlāḥ－好品质 / bhartuḥ－至尊主的 / mithaḥ－为彼此 / suyaśasaḥ－荣耀 / kathana－通过谈论 / anurāga－吸引 / vaiklavya－狂喜 / bāṣpa-kalayā－眼中的泪 / pulakī-kṛta－颤抖 / aṅgāḥ－身体

译文　吟诵、吟唱和聆听至尊主的荣耀时，身体特征因如痴如醉而改变、呼吸沉重且流汗不止的人，被升上神的王国，尽管他们并不看重打坐冥想和其他种类的苦修。神的王国超越物质宇宙之上，是布茹阿玛和其他半神人所向往的地方。

要旨　这节诗中清楚地说，神的王国在物质宇宙之外。正如在这个地球之上有成千上万的高等星球，物质宇宙外的灵性天空中有千千万万的灵性星球。布茹阿玛在这节诗中说：灵性王国在半神人的王国之上。只有品质高尚、完美的人，才能进入至尊主的王国。奉献者是集所有优秀品质于一身的人。《圣典博伽瓦谭》第5篇第18章的第12节诗说：有奎师那意识的人具备半神人的一切美好品质。在物质世界里，半神人的品质备受赞誉，就我们个人的感受而言，我们都欣赏绅士的品质，而非愚蠢、低俗之人的品质。高等星球的半神人，都品质卓越，远非地球人所能相比。

布茹阿玛在此证实：只有品质完美的人才能进入神的王国。《永恒的柴坦亚经》(Caitanya-caritāmṛta)中谈到，奉献者有二十六项完美的品质，分别是：与人为善；从不与人发生口角、争执；将培养奎师那意识视为人生最高的目标；平等对待众生；具有完美的、无可挑剔的品格；宽宏大度、温和，里里外外始终保持洁净；从不声称自己在这个物质世界拥有什么；是众生的赐福者；平和，是完全投靠、服从奎师那的灵魂；没有物质欲望；温顺、谦卑、稳定，超越感官层面的活动；食不过量，只求能维持生存；从不热衷于追逐物质的名位；尊重每一个人，却不求得到他人的尊重；外表严肃庄重，性格十分友善，充满怜悯心；有诗人的才气；精通各个领域的活动；对无聊的事保持缄默。同样，《圣典博伽瓦谭》第3篇第25章的第21节诗也提到圣人的品质说：有资格进入神之王国的圣人总是非常容忍，善待一切众生；他公正，对人和动物一视同仁，而不是那种杀一头山羊纳茹阿亚纳，用牠的肉去喂一个人纳茹阿亚纳(daridra-nārāyaṇa)的傻瓜；他善待一切众生，所以从无敌人；他十分平和、安详。具有这些品质的人，有资格进入神的王国。对此，《圣典博伽瓦谭》第5篇第5章的第2节诗证实说：这样的人将逐渐走向解脱，进入神的王国。此外，在这部巨著第2篇第3章的第24节诗中也说：人在长期吟诵、吟唱至尊主的圣名后，如果他的心没有改变，身体仍没有出现泪如泉涌、毛发直竖等如痴如醉的征象，他的心无疑是钢铸的。如果我们没有冒犯地吟诵、吟唱神的圣名哈瑞·奎师那(Hare Kṛṣṇa)，内心就会改变，身体就会出现如痴如醉的征象。哈瑞·奎师那曼陀是：哈瑞·奎师那　哈瑞·奎师那　奎师那·奎师那　哈瑞·哈瑞/哈瑞·茹阿玛　哈瑞·茹阿玛　茹阿玛·茹阿玛　哈瑞·哈瑞(Hare Kṛṣṇa, Hare Kṛṣṇa, Kṛṣṇa Kṛṣṇa, Hare Hare/Hare Rāma, Hare Rāma, Rāma Rāma, Hare Hare)。

在吟诵、吟唱圣名时，我们应该避免十项冒犯。第一项冒犯是诽谤毕生致力于传播至尊主荣耀的人。大众应该受到教育，以了解和认识至尊主的荣耀，因此绝不可以诽谤那些致力于向大众传播至尊主荣耀的奉献者。这是最大的冒犯。第二项冒犯是认为半神人的名字与维施努(Viṣṇu)的圣名一样。维施努的圣名是最吉祥的，祂的名字与祂的娱乐活动没有区别。有许多无知的愚蠢之人说：吟诵、吟唱哈瑞·奎师那，与吟诵、吟唱卡莉(Kālī)、杜尔嘎(Durgā)和希瓦(Śiva)等名字一样。这种认为至尊人格首神的圣名与各种半神人的名字和活动处在同一层面上，或将维施努的圣名振荡视为是一种物质声音的想法，也是一项冒犯。第三项冒犯是将传播至尊主荣耀的灵性导师视为普通常人。第四项冒犯是将往世书等超然的韦达启示经典，视为一般性的书籍。第五项冒犯是认为奉献者故意夸大神的圣名的重要性。但事实上，至尊主的圣名和祂本人没有区别。吟诵、吟唱神的圣名，哈瑞·奎师那　哈瑞·奎师那　奎师那·奎师那　哈瑞·哈瑞/哈瑞·茹阿玛　哈瑞·茹阿玛　茹阿玛·茹阿玛　哈瑞·哈瑞，是专门推荐给这个年代的人们的觉悟自我的最佳方法，它能使人达到最高的灵性觉悟。第六项冒犯是曲解神的圣名。第七项冒犯是借着吟诵、吟唱神的圣名的力量行恶。经典中说，只是吟诵、吟唱神的圣名，就能使人摆脱过往的一切罪恶报应。但如果有人以为吟诵、吟唱神的圣名后就可以无所顾忌地做各种恶事了，那便是冒犯。第八项冒犯是将吟诵(吟唱)哈瑞·奎师那等同于祭祀、冥想和苦修等其他灵性活动。事实上，其他灵性活动绝对无法与吟诵、吟唱哈瑞·奎师那相提并论。第九项冒犯是对毫无兴趣的人强调吟诵、吟唱圣名的重要性。第十项冒犯是在灵修的过程中始终执迷不悟，还把自我与躯体相认同，或者妄想拥有、掌握某些事物。

人如果能在没有上述十项冒犯的情况下吟诵、吟唱神的圣名，他的身体就会展现出各种如痴如醉的征象，梵文称之为普拉卡施茹(pulakāśru)。普拉卡(Pulaka)的意思是“喜乐的征象”，阿施茹(aśru)的意思是“眼里的泪水”。在不冒犯的情况下吟诵、吟唱圣名的人，必然会展示出流泪和喜乐等征象。这节诗中说：在吟诵、吟唱和聆听至尊主的荣耀时展现出喜乐及流泪等征象的人，有资格进入神的王国。《永恒的柴坦亚经》中说，人如果在吟诵、吟唱哈瑞·奎师那时没有这些反应，就说明他还在进行各种冒犯。那么，怎样才能停止这些冒犯呢？《永恒的柴坦亚经》阿迪·丽拉(Ādi-līlā)篇第8章的第31节诗，教导我们一个秘诀是：无论你是谁，只要你托庇于主柴坦亚(Caitanya)，专心吟诵、吟唱至尊主的圣名哈瑞·奎师那，你就能停止一切冒犯。

第 26 节　तद्विश्वगुर्वधिकृतं भुवनैकवन्द्यं
दिव्यं विचित्रविबुधाग्र्यविमानशोचिः ।
आपुः परां मुदमपूर्वमुपेत्य योग-
मायाबलेन मुनयस्तदथो विकुण्ठम् ॥२६॥

tad viśva-gurv-adhikṛtaṁ bhuvanaika-vandyaṁ
divyaṁ vicitra-vibudhāgrya-vimāna-śociḥ
āpuḥ parāṁ mudam apūrvam upetya yoga-
māyā-balena munayas tad atho vikuṇṭham

tat—那时 / viśva-guru—被宇宙的导师——至尊人格首神 / adhikṛtam—统治 / bhuvana—星球的 / eka—唯一 / vandyam—值得崇拜的 / divyam—灵性的 / vicitra—装饰得极其华美的 / vibudha-agrya—奉献者的(最博学的) / vimāna—飞机的 / śociḥ—照亮 / āpuḥ—到达 / parām—最高的 / mudam—喜乐 / apūrvam—前所未有的 / upetya—获得了 / yoga-māyā—靠灵性能量 / balena—借着……影响 / munayaḥ—圣人 / tat—外琨塔 / atho—那 / vikuṇṭham—维施努

译文 伟大的圣人萨纳卡、萨纳坦、萨南丹和萨纳特·库玛尔，凭借他们练神秘瑜伽得到的力量，到达上述谈到的灵性世界中的外琨塔，感受到前所未有的快乐。他们发现，灵性天空被外琨塔最优秀的奉献者所驾驶的装饰极其华丽的飞机照得通亮，那里由至尊人格首神统治着。

要旨 至尊人格首神是独一无二的。祂在众生之上。没有人能与祂平等或比祂伟大。正因为如此，祂被称为宇宙的导师(viśva-guru)。祂是物质和灵性创造中的第一位生物，至高无上，是三个世界内唯一值得崇拜的对象(bhuvanaika-vandyam)。灵性天空中的飞机自行发光，由至尊主伟大的奉献者驾驶着。换句话说，物质世界里有的东西，外琨塔星球上都有，但由于它们是灵性的，所以是永恒、充满极乐的，因而比物质世界的东西更有价值。进入外琨塔星球的圣人们感受到前所未有的快乐，因为统治这个星球的人不是普通人，而是玛杜苏丹(Madhusūdana)、玛达瓦(Mādhava)、纳茹阿亚纳、帕杜么纳(Pradyumna)等奎师那(Kṛṣṇa)的各个扩展。由于人格首神亲自统治这些超然的星球，这些星球便值得人们崇拜。这节诗中说，圣人们靠他们的神秘力量到了超然的灵性天空。这是练瑜伽(yoga)得到的完美结果。调节呼吸、遵守其他规定以维持躯体健康，并非练瑜伽最终要达到的目的。瑜伽通常又称八部瑜伽(aṣṭāṅga-yoga)或希迪(siddhi)。希迪是练瑜伽达到完美境界后所获得的八种瑜伽神通，例如，变得比最轻的还轻，比最重的还重，想去哪里就去哪里，可以得到想要得到的任何财富，等等。诸如此类的神通共有八种。库玛尔兄弟这四位圣人就是通过让自己变得比最轻的还轻而穿过物质太空到外琨塔去的。现代的宇宙飞船并没有什么了不起；它既去不了物质创造的高层区域，也肯定进不了灵性天空。练瑜伽达到完美境界后，人不仅能在物质太空中遨游，还可以穿过物质太空，进入灵性天空。从杜尔瓦萨·牟尼(Durvāsā Muni)与安巴瑞施王(Mahārāja Ambarīṣa)的故事中，我们能够了解到这一事实。当时，杜尔瓦萨·牟尼用了一年的时间在各处漫游，最后进入灵性太空晋见至尊人格首神纳茹阿亚纳。据科学家们估算，按照目前的标准，若以光的速度飞行，需要四万年才能到达物质世界最高的星球。然而，有瑜伽神通的人可以不受这些限制，轻而易举的到任何地方去。这节诗里有“灵性能量(yoga-māyā)”一词；灵性世界里所呈现的超然极乐景象和所有其他灵性的展示，都是至尊人格首神的内在能量——灵性能量的作用结果(yoga-māyā-balena vikuṇṭham)。

第 27 节　तस्मिन्नतीत्य मुनयः षडसज्जमानाः
कक्षाः समानवयसावथ सप्तमायाम् ।
देवावचक्षत गृहीतगदौ परार्ध्य-
केयूरकुण्डलकिरीटविटङ्कवेषौ ॥२७॥

tasminn atītya munayaḥ ṣaḍ asajjamānāḥ
kakṣāḥ samāna-vayasāv atha saptamāyām
devāv acakṣata gṛhīta-gadau parārdhya-
keyūra-kuṇḍala-kirīṭa-viṭaṅka-veṣau

tasmin—在外琨塔 / atītya—在穿过……之后 / munayaḥ—伟大的圣人 / ṣaṭ—六 / asajja mānāḥ—并不很受吸引 / kakṣāḥ—墙 / samāna—同样的 / vayasau—年纪 / atha—之后 / saptamāyām—在第七道门 / devau—两个外琨塔看门人 / acakṣata—看见 / gṛhīta—拿着 / gadau—大头棒 / para-ardhya—最珍贵的 / keyūra—手镯 / kuṇḍala—耳环 / kirīṭa—头盔 / viṭaṅka—华丽的 / veṣau—衣服

译文 他们穿过至尊主的住所外琨塔城的六道大门，对各种装饰并未感到丝毫的惊讶。他们在第七道大门口看到有两个年龄相同、光彩照人的看门人，那两人手持锤矛，穿着华丽的服饰，佩戴着钻石等最珍贵的珠宝，以及耳环和头盔等。

要旨 圣人们急于想见到外琨塔城(Vaikuṇṭha-purī)的至尊主，所以在穿过前六道门时，对门上超然的饰物丝毫不在意。他们走到第七道门时，发现两个年纪相同的看门人。描述看门人的年纪一样这一点很重要，因为外琨塔星球上的人不会衰老，所以那里的人没有老少之分。外琨塔居民的装束打扮酷似至尊人格首神纳茹阿亚纳，手中也持有海螺(śaṅkha)、飞轮(cakra)、大头棒(gadā)和莲花(padma)。

第 28 节 मत्तद्विरेफवनमालिकया निवीतौ
विन्यस्तयासितचतुष्टयबाहुमध्ये ।
वक्त्रं भ्रुवा कुटिलया स्फुटनिर्गमाभ्यां
रक्तेक्षणेन च मनाग्रभसं दधानौ ॥२८॥

matta-dvirepha-vanamālikayā nivītau
vinyastayāsita-catuṣṭaya-bāhu-madhye
vaktraṁ bhruvā kuṭilayā sphuṭa-nirgamābhyāṁ
raktekṣaṇena ca manāg rabhasaṁ dadhānau

matta—陶醉的 / dvi-repha—蜜蜂 / vana-mālikayā—戴着鲜花花环 /

nivītau－挂在颈项上 / vinyastayā－置于……之间 / asita－蓝色的 / catuṣṭaya－四只 / bāhu－手 / madhye－之间 / vaktram－脸 / bhruvā－眉毛 / kuṭilayā－弧形的 / sphuṭa－喷鼻息 / nirgamābhyām－呼吸 / rakta－红红的 / īkṣaṇena－双眼 / ca－和 / manāk－有点 / rabhasam－激动 / dadhānau－扫视

译文 这两个看门人的颈部环绕着吸引了陶醉的蜜蜂的鲜花花环，长长的花环垂挂在他们四只蓝色的手臂间。从他们挑成弧形的眉毛、不满地扩张着的鼻孔和微微泛红的眼睛看，他们显得有些激动。

要旨 他们的花环之所以引来成群的蜜蜂，是因为花环是用鲜花穿成的。外琨塔世界里的一切都是新鲜、超然的。外琨塔人长得与纳茹阿亚纳一样，都有四只手臂，皮肤呈蓝色。

第 29 节 द्वार्येतयोर्निविविशुर्मिषतोरपृष्ट्वा
पूर्वा यथा पुरटवज्रकपाटिका याः ।
सर्वत्र तेऽविषमया मुनयः स्वदृष्ट्या
ये सञ्चरन्त्यविहता विगताभिशङ्काः ॥२९॥

dvāry etayor niviviśur miṣator apṛṣṭvā
pūrvā yathā puraṭa-vajra-kapāṭikā yāḥ
sarvatra te 'viṣamayā munayaḥ sva-dṛṣṭyā
ye sañcaranty avihatā vigatābhiśaṅkāḥ

dvāri－在门里 / etayoḥ－两个看门人 / niviviśuḥ－跨进 / miṣatoḥ－看着 / apṛṣṭvā－不问一声 / pūrvāḥ－像以前一样 / yathā－如 / puraṭa－黄金造的 / vajra－和钻石 / kapāṭikāḥ－门 / yāḥ－……的 / sarvatra－到处 / te－他们 / aviṣa-mayā－不加区分 / munayaḥ－伟大的圣人 / sva-dṛṣṭyā－随自己的心愿 / ye－……的 / sañcaranti－走动 / avihatāḥ－不被阻挡 /

vigata—毫无 / abhiśaṅkāḥ—疑问

译文 以萨纳卡为首的大圣人们，把四处的大门都打开了。他们没有“我们的”和“他们的”概念。他们怀着宽广的胸怀，跟穿过前六道用金子和钻石制成的大门一样，按他们的意愿进入第七道大门。

要旨 萨纳卡、萨纳坦、萨南丹和萨纳特·库玛尔这几位大圣人，虽然年龄都很老了，但却始终是幼儿的模样。他们心地纯真，没有丝毫的世故和伪善，像幼童一样地进出大门，无所顾忌。小孩子就是这样。他们随便进到哪里，别人都不会阻拦他们。在通常的情况下，大家看到小孩子来了都会很高兴地让他进去，而如果有谁阻拦孩子，孩子就会感到很委屈、很气恼。小孩子的本性就是这样。同样，长得像孩童的圣人们在进前面六道大门时，没遇到任何阻拦，可到了第七道大门前竟被看门人用职杖拦住，不准他们进去；这自然让他们很委屈、很气恼。一般的孩子这时就会哭了，但他们并非一般的孩子，所以他们当时的反应是要立刻教训那两个冒犯他们的看门人。即使在今天的印度，圣人们仍可以随意进出任何地方而不受阻拦。

第 30 节 तान् वीक्ष्य वातरशनांश्चतुरः कुमारान्
वृद्धान्दशार्धवयसो विदितात्मतत्त्वान् ।
वेत्रेण चास्खलयतामतदर्हणांस्तौ
तेजो विहस्य भगवत्प्रतिकूलशीलौ ॥३०॥

tān vīkṣya vāta-raśanāṁś caturaḥ kumārān
vṛddhān daśārdha-vayaso viditātma-tattvān
vetreṇa cāskhalayatām atad-arhaṇāṁs tau
tejo vihasya bhagavat-pratikūla-śīlau

tān－他们 / vīkṣya－在见到……后 / vāta-raśanān－赤身裸体 / caturaḥ－四个 / kumārān－幼儿 / vṛddhān－年纪 / daśa-ardha－五岁 / vayasaḥ－看上去是……岁的模样 / vidita－已觉悟到 / ātma-tattvān－有关自我的真相 / vetreṇa－用他们的棍棒 / ca－和 / askhalayatām－阻拦 / a-tat-arhaṇān－不应该被他们这样 / tau－那两个看门人 / tejaḥ－荣耀 / vihasya－不顾礼节 / bhagavat-pratikūla-śīlau－带着令至尊主不悦的态度

译文 这四位裸体的男童圣人，虽然看起来只有五岁大，但其实是最老的生物体，而且已经觉悟了自我的真相。然而，那两个碰巧具有令至尊主不愉快的性格的看门人看到圣人们时，却不顾圣人们的荣耀，用职杖挡住他们的路，尽管圣人们本不该受到看门人如此对待。

要旨 这四位圣人是布茹阿玛最早生的四个儿子，包括主希瓦在内的其他众生都比他们晚出生，比他们年轻。库玛尔四兄弟虽然长得像五岁的幼童，且赤身裸体地四处走动，但实际上却比众生都年长，而且已经觉悟了自我的真相。这样的圣人进入外琨塔世界不该受到阻拦，可偏巧有两个看门人出来挡住了他们的去路。这很不应该。至尊主时刻都渴望侍奉像库玛尔兄弟那样的圣人，看门人明知至尊主有这样的意愿，竟然将他们拒之门外。

第 31 节 ताभ्यां मिषत्स्वनिमिषेषु निषिध्यमानाः
स्वर्हत्तमा ह्यपि हरेः प्रतिहारपाभ्याम् ।
ऊचुः सुहृत्तमदिदृक्षितभङ्ग ईषत्
कामानुजेन सहसा त उपप्लुताक्षाः ॥३१॥

tābhyāṁ miṣatsv animiṣeṣu niṣidhyamānāḥ
svarhattamā hy api hareḥ pratihāra-pābhyām
ūcuḥ suhṛttama-didṛkṣita-bhaṅga īṣat
kāmānujena sahasā ta upaplutākṣāḥ

tābhyām－被那两个看门人 / miṣatsu－正看着 / animiṣeṣu－外琨塔的居民们 / niṣidhyamānāḥ－被禁止入内 / su-arhattamāḥ－最合适的人 / hi api－尽管 / hareḥ－至尊人格首神哈尔依的 / pratihāra-pābhyām－被两个看门人 / ūcuḥ－说 / suhṛt-tama－至爱的 / didṛkṣita－渴望见到 / bhaṅge－阻拦 / īṣat－稍微 / kāma-anujena－被欲望的弟弟(愤怒) / sahasā－突然 / te－那些圣人 / upapluta－激怒 / akṣāḥ－眼睛

译文 当显然是最有资格的人——库玛尔兄弟，在外琨塔其他居民的眼前这样被哈尔依的两个主要看门人挡在门外不许进入时，因急切渴望看到最心爱的主人哈尔依——人格首神，但却受阻不能实现愿望的圣人们，眼睛顿时被愤怒的火焰烧得通红。

要旨 按照韦达传统，处于弃绝阶层的人——托钵僧(sannyāsī)穿橘黄色袍子。托钵僧周游四方，他们身上穿的袍子是他们的特别通行证。托钵僧的职责是启发众生，帮助他们培养奎师那意识。处在弃绝阶层的人唯一要做的，就是向大众宣讲至尊人格首神的荣耀和祂至高无上的地位。

因此，在传统的韦达社会观念里，托钵僧无论走到哪里都畅行无阻；无论去居士家请求什么布施，居士都应该满足他们。库玛尔四兄弟去见至尊人格首神纳茹阿亚纳。这节诗中有个关键词是“最心爱的、最好的朋友(suhṛttama)”。在《博伽梵歌》第5章的第29节诗中，主奎师那说：祂是众生最好的朋友(suhṛdaṁ sarva-bhūtānām)。再也没有谁能像至尊人格首神那样称得上是众生的朋友、祝愿者。祂善待一切生物；尽管我们忘了自己与至尊主的关系，但祂却有时亲自降临地球(如主奎师那)，有时以祂奉献者的身份到来(主柴坦亚・玛哈帕布)，有时派祂真正的奉献者来拯救所有堕落的灵魂。因此，祂是众生最好的朋友、祝愿者。为此，库玛尔兄弟想去看祂。看门人应该知道这四位圣人是为见至尊主而来，所以不该把他们挡在门外。

这节诗中形象地说：当圣人在去看他们最亲爱的人格首神的途中遭到拦阻时，欲望的弟弟立刻出现了。欲望的弟弟是愤怒，如果一个人的欲望没有得到满足，欲望的弟弟就会随之到来。这里我们注意到，就连库玛尔兄弟那样的大圣人也会愤怒，但他们不是为自身的利益受损而发怒，却是为被挡在宫殿外见不到人格首神而发怒。因此，那种以为人达到完美境界后就不再有愤怒的说法，在此并没有得到支持。人即使到了解脱的阶段，愤怒也还是存在。这四位周游四方的库玛尔兄弟被视为是解脱了的灵魂，可一旦有人阻碍他们为至尊主服务，他们就会变得很愤怒。普通人愤怒和解脱之人愤怒的区别在于：普通人是因为自己感官享乐的欲望没有得到满足而愤怒，但像库玛尔兄弟那样解脱了的人，是因为在为至尊人格首神服务、履行义务的过程中受到干涉和阻挠而愤怒。

前一节诗中说库玛尔兄弟是解脱之人，用梵文“已觉悟到有关自我真相的人(viditātma-tattva)”形容他们。不了解这一真相的人处在愚昧中，而觉悟了自我并能认识到自我、超灵及其相互间关系和活动的人，被称为已觉悟到有关自我真相的人。库玛尔四兄弟虽然都是已经解脱了的人，但还是会发怒。这一点很重要。解脱绝不意味着中止感官层面的活动；人即使已经进入解脱的状态，其感官活动也依然存在。区别在于：解脱的灵魂只用感官从事与为奎师那做奉爱服务有关的活动，而受制约的灵魂是为个人的感官享乐用感官从事活动。

第 32 节

मुनय ऊचुः
को वामिहैत्य भगवत्परिचर्ययोच्चै-
स्तद्धर्मिणां निवसतां विषमः स्वभावः ।

तस्मिन् प्रशान्तपुरुषे गतविग्रहे वां
को वात्मवत्कुहकयोः परिशङ्कनीयः ॥३२॥

munaya ūcuḥ
ko vām ihaitya bhagavat-paricaryayoccais
tad-dharmiṇām nivasatāṁ viṣamaḥ svabhāvaḥ
tasmin praśānta-puruṣe gata-vigrahe vāṁ
ko vātmavat kuhakayoḥ pariśaṅkanīyaḥ

munayaḥ一伟大的圣人 / ūcuḥ一说 / kaḥ一谁 / vām一你们两人 / iha一在外琨塔 / etya一达到了的 / bhagavat一至尊人格首神的 / paricaryayā一通过服务 / uccaiḥ一因为以往的虔诚活动而发展出 / tat-dharmiṇām一奉献者的 / nivasatām一住在外琨塔 / viṣamaḥ一不和睦的 / svabhāvaḥ一心态 / tasmin一对至尊主 / praśānta-puruṣe一没有焦虑 / gata-vigrahe一没有任何敌人 / vām一你们俩的 / kaḥ一谁 / vā一或 / ātma-vat一像你们俩 / kuhakayoḥ一依旧表里不一 / pariśaṅkanīyaḥ一不值得信赖的

译文 圣人们说：这两个人被放在为至尊主服务的最高职位上，本该培养出与至尊主一样的品格，但却发展出如此不和睦的心性，他们是谁？这两个人怎么会生活在外琨塔中？敌人哪里有可能进入这神的王国？至尊人格首神没有敌人。有谁会忌妒祂？这两个人很可能是骗子；所以才会怀疑别人跟他们一样。

要旨 外琨塔星球与物质星球上的生物的不同之处在于：外琨塔星球上的生物都在侍奉至尊主本人，都具有与至尊主一样的美好品质。一些伟人曾分析过：受制约的灵魂获得解脱并成为奉献者后，能拥有至尊主美好品质的百分之七十九。因此，在外琨塔世界里，至尊主和其他生物之间绝不可能存有敌意。在这个物质世界里，国民会怨恨执政者，但外琨塔里的人绝不会对至尊主抱有这种心态。人除非完全具有灵魂该具备的一切完美品质，否则不被允许进入外琨塔；而在所有的完美品质中，服从至尊人格首神是一项最基本的善良品质。圣人们惊奇地发现，阻挡他们进入宫殿的两个看门人，根本不像外琨塔星球的人。也许有人会说，看门人的职责就是判别谁能进皇宫，谁不能进皇宫。但这不是理由；因为除非一个人发展出全心全意地为至尊主做奉爱服务的心态，否则根本进不了外琨塔星球。对至尊主怀有敌意的人绝不可能进入外琨塔星球。据此，库玛尔兄弟断定，看门人挡住他们去路的原因只能有一个，即他们两人自己是冒牌货。

第 33 节　न ह्यन्तरं भगवतीह समस्तकुक्षा-
वात्मानमात्मनि नभो नभसीव धीराः ।
पश्यन्ति यत्र युवयोः सुरलिङ्गिनोः किं
व्युत्पादितं ह्युदरभेदि भयं यतोऽस्य ॥३३॥

na hy antaraṁ bhagavatīha samasta-kukṣāv
ātmānam ātmani nabho nabhasīva dhīrāḥ
paśyanti yatra yuvayoḥ sura-liṅginoḥ kiṁ
vyutpāditaṁ hy udara-bhedi bhayaṁ yato 'sya

na－不 / hi－因为 / antaram－区别 / bhagavati－在至尊人格首神之中 / iha－这里 / samasta-kukṣau－一切都在腹中 / ātmānam－生物 / ātmani－在超灵之中 / nabhaḥ－一少量的空气 / nabhasi－在整个空气之中 / iva－如同 / dhīrāḥ－博学之人 / paśyanti－看见 / yatra－在……中 / yuvayoḥ－你们俩的 / sura-liṅginoḥ－打扮得像外琨塔居民 / kim－怎么 / vyutpāditam－唤起、培养起 / hi－肯定地 / udara-bhedi－躯体和灵魂的区别 / bhayam－害怕 / yataḥ－从哪里 / asya－至尊主的

译文　在外琨塔世界里，居民们与至尊人格首神完全是和睦相处、协调一致的关系，恰似大天空与小天空在太空中和谐共存。那么，为什么在这和谐的领域里会有恐惧的种子？

这两人打扮得像外琨塔居民，但他们这种不协调是从哪里来的？

要旨 在物质世界的每一个国家里都有两个生活空间，一个是守法公民的生活空间，一个是罪犯的生活空间。同样，在神的创造中也有两个生存空间。我们看到物质世界里罪犯的生活空间远远小于守法公民的生活空间，同样，这个被视为是罪犯生存空间的物质世界，也仅占至尊主整体创造的四分之一。物质宇宙内的众生因为不想服从至尊主的命令，而且违背神的意愿从事不和谐的活动，所以都是罪行轻重不等的罪犯。至尊主——人格首神，要进行创造的主要想法是：祂天性快乐，祂要无限地扩展自己，以便享受到更多的超然快乐。我们这些生物原本是至尊主扩展出的不可缺少的一部分，所以理应去满足至尊主的感官。这一和谐的状态中一旦出现不和谐的成分，制造这一不和谐的生物就会立即陷入错觉(māyā)中。

由至尊主的外在能量构成的世界被称为物质世界，由至尊主的内在能量构成的王国被称为外琨塔——神的王国。在神的完美创造——外琨塔世界里，至尊主和生物之间和睦相处，没有任何不和谐的情况，也没有引起恐惧和担忧的因素；整个王国是绝对和谐的世界，人们彼此间没有敌意。那里的一切都是绝对的。正如机体内有无数的组织和器官，它们都为满足胃而齐心协力地活动。又如一部机器上有成千上万个零部件，它们都在各自的位置上步调一致地工作，从而使整部机器得以正常运转。同样道理，在每一个外琨塔星球上，生物都在以完美的方式侍奉着完美的至尊主。

假象宗(Māyāvādī)哲学家——非人格神主义者，在解释《圣典博伽瓦谭》这节诗时说：小天空就是大天空，两者是一样的。这个说法不能成立。我们可以把大天空和小天空的例子运用在人体上来说明问题。大天空是整个躯体，躯体的各个部位如肠子等相当于小天空，躯体的各个部位虽然在整个躯体中仅占一小部分，但却是互不相同的个体。同样道理，整个创造是至尊主的躯体，而我们这些被造的生物或任何被造之物，都是祂这个躯体中的个别的微小部分；躯体的一部分永远无法等同于整个躯体。这是绝对不可能的。《博伽梵歌》中说：生物是至尊主不可缺少的一部分，而且永远如此。假象宗哲学家的理论是：生物因为处在错觉中，才会将自己视为是至尊整体的一部分，但他实际上与至尊整体两者是完全一样的一体。这种理论不能成立。整体与部分在质上相同，但小天空和大天空虽然在质上相同，并不意味着小天空能成为大天空。

在外琨塔星球上，划分并治理天下等政治权谋已不再有用武之地；那里没有恐惧和担忧，因为至尊主和那里的生物的利益完全一致。梵文“玛亚”意味着生物与至尊主之间存在着不和谐，而“外琨塔”意味着他们之间是和谐的。事实上，至尊主是至尊的生物，祂维系众生，为他们提供生存所需的一切。但愚蠢之人虽然处在至尊生物的控制和掌握中，却公认蔑视祂的存在，这种状态就称为错觉——玛亚。他们有时否认有这样一位称之为“神”的生物存在，说什么“一切皆空”；有时又以另一种方式否定祂的存在，说什么“神是有的，但祂无形无象”。这两种观念都来自生物的反叛思想。只要这种反叛思想仍占主导地位，物质世界就不可能有和谐与安宁。

一个地方的社会生活是否和谐、安宁，与当地法律的制定和实施情况有关。宗教是至尊主的法律。在《博伽梵歌》中我们看到：宗教就是奉爱服务，就是奎师那意识。奎师那说：放弃其他一切宗教原则，只向我皈依。这是宗教。人充分意识到奎师那是至尊主、至尊的享受者，并依此行动，就是真正的宗教。违背这一原则，就是非宗教。这就是奎师那说“放弃其他一切宗教原则”的原因之所在。在灵性世界中，以奎师那意识为核心的宗教原则得到很好的贯彻，和谐地渗透进社会生活的方方面面，因此灵性世界被称为外琨塔。如果同样的原则也能在这个物质世界里得到全面或部分的贯彻，这里也会成为外琨塔。这个道理适用于任何社团和组织，包括国际奎师那意识协会。如果国际奎师那意识协会的成员能满怀信心地把奎师那放在中心，按照《博伽梵歌》的原则和教导和谐地生活，他们就不再身处这个物质世界，而是身处外琨塔了。

第 34 节 तद्वाममुष्य परमस्य विकुण्ठभर्तुः
कर्तुं प्रकृष्टमिह धीमहि मन्दधीभ्याम् ।
लोकानितो व्रजतमन्तरभावदृष्ट्या
पापीयसस्त्रय इमे रिपवोऽस्य यत्र ॥३४॥

tad vām amuṣya paramasya vikuṇṭha-bhartuḥ
kartuṁ prakṛṣṭam iha dhīmahi manda-dhībhyām
lokān ito vrajatam antara-bhāva-dṛṣṭyā
pāpīyasas traya ime ripavo 'sya yatra

tat－因此 / vām－对这两个 / amuṣya－祂的 / paramasya－至尊者 / vikuṇṭha-bhartuḥ－外琨塔之主 / kartum－赐予 / prakṛṣṭam－裨益 / iha－有关这个冒犯 / dhīmahi－让我们想想 / manda-dhībhyām－那些缺乏智慧的人 / lokān－到物质世界 / itaḥ－从这里(外琨塔) / vrajatam－去 / antara-bhāva－二元性 / dṛṣṭyā－因为见到 / pāpīyasaḥ－罪恶的 / trayaḥ－三 / ime－这些 / ripavaḥ－敌人 / asya－生物体的 / yatra－那里

译文 因此，让我们考虑一下该怎么惩罚这两个被污染的人。惩罚应该恰到好处，这样才能让他们最终受益于惩罚。既然他们认为在外琨塔的生活中存在有相对性，他们就是被污染了，应该离开这地方到物质世界去，那里的生物有三种敌人。

要旨 物质世界被认为是至尊主在创造中留给罪犯的生存空间。纯粹的灵魂为什么会来到物质世界呢？《博伽梵歌》第7章的第27节诗解释其中的原因说：生物如果是纯洁的，他的生存就与至尊主的愿望完全一致；他一旦变得不纯洁，他的生存就与至尊主的愿望产生冲突。自身的不纯洁使生物被迫迁入物质世界；在这里，物质欲望、愤怒和贪婪是生物的三个大敌。这三个大敌迫使生物一直停留在物质存在中；当他能够摆脱它们时，他才有资格进入神的王国。因此，人不该为感官享乐的欲望无法得到满足而愤怒，不该利欲熏心、贪得无厌。这节诗清楚地说：那两个看门人应该被送往罪犯的囚禁地——物质世界。感官享乐、愤怒和贪婪是引人犯罪的根源，因此被这三大敌人俘虏的人永远不可能升入外琨塔星球。我们应该学习《博伽梵歌》，接受至尊人格首神奎师那是高于一切的至尊主这一事实；应该学着去满足至尊主的感官，而不是自己的感官。接受训练培养奎师那意识，可使人升上外琨塔星球。

第 35 节　तेषामितीरितमुभाववधार्य घोरं
तं ब्रह्मदण्डमनिवारणमस्त्रपूगैः ।
सद्यो हरेरनुचरावुरु बिभ्यतस्तत्-
पादग्रहावपततामतिकातरेण ॥३५॥

teṣām itīritam ubhāv avadhārya ghoraṁ
taṁ brahma-daṇḍam anivāraṇam astra-pūgaiḥ
sadyo harer anucarāv uru bibhyatas tat-
pāda-grahāv apatatām atikātareṇa

teṣām－库玛尔四兄弟的 / iti－就此 / īritam－说出 / ubhau－两个看门人 / avadhārya－明白 / ghoram－可怕的 / tam－那 / brahma-daṇḍam－布茹阿玛纳的诅咒 / anivāraṇam－不可能被抵消 / astra-pūgaiḥ－被任何武器 / sadyaḥ－立即 / hareḥ－至尊主的 / anucarau－奉献者 / uru－十分 / bibhyataḥ－变得很害怕 / tat-pāda-grahau－抱住他们的足 / apatatām－跪下 / ati-kātareṇa－惊慌失措

译文　当无疑是至尊主奉献者的外琨塔星球看门人，发现他们将会受到布茹阿玛纳的诅咒时，他们立刻感到极度的恐惧，焦虑不安地扑倒在布茹阿玛纳的脚下，因为布茹阿玛纳的诅咒用任何武器他们都无法对抗。

要旨 看门人将这几位布茹阿玛纳(brāhmaṇa，婆罗门)挡在外琨塔门外，冒犯了他们，但一听到他们要诅咒自己时，立刻就意识到那将是个十分可怕的诅咒。冒犯有许多种，但最严重的一种是冒犯至尊主的奉献者。看门人也是至尊主的奉献者，所以能意识到自己的错误。正因为如此，他们一旦听库玛尔四兄弟说要诅咒他们，便吓坏了。

第 36 节 भूयादघोनि भगवद्भिरकारि दण्डो
यो नौ हरेत सुरहेलनमप्यशेषम् ।
मा वोऽनुतापकलया भगवत्स्मृतिघ्नो
मोहो भवेदिह तु नौ व्रजतोरधोऽधः ॥३६॥

bhūyād aghoni bhagavadbhir akāri daṇḍo
yo nau hareta sura-helanam apy aśeṣam
mā vo 'nutāpa-kalayā bhagavat-smṛti-ghno
moho bhaved iha tu nau vrajator adho 'dhaḥ

bhūyāt—愿 / aghoni—对罪人 / bhagavadbhiḥ—由你们 / akāri—实施 / daṇḍaḥ—惩罚 / yaḥ—……的 / nau—与我们有关的 / hareta—应当毁灭 / sura-helanam—不服从伟大的半神人 / api—肯定地 / aśeṣam—无穷无尽的 / mā—不 / vaḥ—你们的 / anutāpa—忏悔 / kalayā—一丝一毫的 / bhagavat—至尊人格首神的 / smṛti-ghnaḥ—不要摧毁对……的记忆 / mohaḥ—虚幻 / bhavet—应当 / iha—在愚蠢的物种中 / tu—但 / nau—我们的 / vrajatoḥ—即将 / adhaḥ adhaḥ—坠入物质世界

译文 受到圣人们的诅咒后，看门人说：你们因为我们不尊重你们这样的圣人而惩罚我们是十分恰当的；但我们祈求你们大慈大悲，看在我们已经忏悔的份上，在我们逐渐下坠的过程中，不要让遗忘至尊人格首神的错觉蒙蔽了我们。

要旨　对奉献者来说，只要能不忘记至尊主，任何严厉的惩罚都还是可以忍受的。两位看门人也是至尊主的奉献者，知道把几位圣人挡在外琨塔星球的门外是极严重的冒犯，所以很清楚等待自己的将是什么样的惩罚。在物质世界里，包括动物在内的低等生物体，完全处于遗忘至尊主的状态中。看门人知道自己会被送往物质世界的牢笼，并预料到自己可能会因为投生在低等物种中而忘了至尊主。为此，他们祈求圣人让他们在遭到诅咒，生活在物质世界期间，不要忘记至尊主。《博伽梵歌》第16章的第19—20节诗中说：忌妒至尊主和神的奉献者的人，将被抛进低等物种中，生生世世想不起至尊人格首神，从而不断地往下坠落。

第 37 节　एवं तदैव भगवानरविन्दनाभः
स्वानां विबुध्य सदतिक्रममार्यहृद्यः ।
तस्मिन् ययौ परमहंसमहामुनीना-
मन्वेषणीयचरणौ चलयन् सहश्रीः ॥३७॥

evaṁ tadaiva bhagavān aravinda-nābhaḥ
svānāṁ vibudhya sad-atikramam ārya-hṛdyaḥ
tasmin yayau paramahaṁsa-mahā-munīnām
anveṣaṇīya-caraṇau calayan saha-śrīḥ

evam－这样 / tadā eva－在那一刻 / bhagavān－至尊人格首神 / aravinda-nābhaḥ－有一朵莲花从祂肚脐上长出 / svānām－祂自己的仆人的 / vibudhya－听说 / sat－对伟大的圣人 / atikramam－侮辱 / ārya－有德行的人 / hṛdyaḥ－高兴 / tasmin－那里 / yayau－去 / paramahaṁsa－隐士 / mahā-munīnām－被伟大的圣人 / anveṣaṇīya－值得追求 / caraṇau－一双莲花足 / calayan－走 / saha-śrīḥ－在幸运女神的陪伴下

译文 就在那时，因为肚脐生出莲花而被称为帕德玛纳巴德，且为公正之人所喜爱的至尊主，听说了自己的仆人羞辱、冒犯圣人的事。祂在妻子幸运女神的陪伴下，迈动祂那双出世之人及伟大的圣人寻求的莲花足赶到现场。

要旨 至尊主在《博伽梵歌》中宣称，祂的奉献者在任何时候都不会遭毁灭。至尊主知道看门人和圣人之间的争执出现了转折，便立即赶往争执现场，以防止事态进一步激化，使祂的两位看门人奉献者不致永遭毁灭的厄运。

第 38 节 तं त्वागतं प्रतिहृतौपयिकं स्वपुम्भि-
स्तेऽचक्षताक्षविषयं स्वसमाधिभाग्यम् ।
हंसश्रियोर्व्यजनयोः शिववायुलोल-
च्छुभ्रातपत्रशशिकेसरशीकराम्बुम् ॥३८॥

tam̐ tv āgatam̐ pratihṛtaupayikam̐ sva-pumbhis
te 'cakṣatākṣa-viṣayam̐ sva-samādhi-bhāgyam
ham̐sa-śriyor vyajanayoḥ śiva-vāyu-lolac-
chubhrātapatra-śaśi-kesara-śīkarāmbum

tam—祂 / tu—但 / āgatam—走上前 / pratihṛta—拿着 / aupayikam—随身物品 / sva-pumbhiḥ—由祂的同伴们 / te—伟大的圣人(库玛尔兄弟) / acakṣata—看到了 / akṣa-viṣayam—现在可以亲眼看到的对象 / sva-samādhi-bhāgyam—只有在全神贯注的状态中才能看到 / ham̐sa- śriyoḥ—像白天鹅一样美丽 / vyajanayoḥ—白色的拂尘 / śiva-vāyu—柔风 / lolat—动 / śubhra-ātapatra—白色的华盖 / śaśi—月亮 / kesara—珍珠 / śīkara——滴滴的 / ambum—水

译文 以萨纳卡为首的圣人们，看到以前只有当人处在全神贯注的出神状态中才能在心中看到的至尊人格首神维施努，现在真正出现在他们面前，让他们用眼睛看到了祂。至尊主与祂的同伴们一道前来，同伴们携带着华盖、用牛尾毛制成的拂尘等所有的随身用品；拂尘上两束白色的长发十分轻柔地飘动着，恰似两只天鹅。它们舞动出的令人心旷神怡的微风，使华盖上垂挂着的珍珠装饰也随之飘动，仿佛从白色的满月上坠下的甘露滴或由劲风吹化了的冰。

要旨　这节诗中有一句梵文是，“现在可以亲眼看到的对象(acakṣatākṣa-viṣayam)”。人用肉眼看不到至尊主，但祂现在却出现在库玛尔四兄弟眼前。梵文“只有在全神贯注的状态中才能看到(samādhi- bhāgyam)”一句也很重要。练瑜伽(yogic)冥想的人如果足够幸运，便能在内心见到维施努的形象，但这与面对面地见到祂还是不一样。只有纯粹的奉献者才能面对面地见到至尊主。因此，当库玛尔兄弟看到至尊主在一群撑着华盖、手持拂尘(cāmara)的侍从簇拥下向他们走来时，不由地惊呆了。《布茹阿玛·萨密塔》中说：被提升到爱神境界中的奉献者，能时刻在内心看到至尊人格首神夏玛逊达尔(Śyāmasundara)的形象；当他们在灵性上完全成熟后，同一位至尊神将出现在他们面前。对普通人来说，神是不可见的。然而，如果人能认识到祂圣名的重要性，首先从舌头开始为祂做奉爱服务，也就是吟诵、吟唱祂的圣名，品尝给祂供奉过的素食(prasāda)，那么至尊主就会逐渐向这位奉献者揭示祂自己。正因为如此，奉献者能时常在内心见到至尊主，而一旦达到更成熟的阶段，便能像我们看其他人、事、物一样，直接用眼睛看到同一位至尊主。

第 39 节　कृत्स्नप्रसादसुमुखं स्पृहणीयधाम
स्नेहावलोककलया हृदि संस्पृशन्तम् ।
श्यामे पृथावुरसि शोभितया श्रिया स्व-
श्चूडामणिं सुभगयन्तमिवात्मधिष्ण्यम् ॥३९॥

kṛtsna-prasāda-sumukhaṁ spṛhaṇīya-dhāma
snehāvaloka-kalayā hṛdi saṁspṛśantam
śyāme pṛthāv urasi śobhitayā śriyā svaś-
cūḍāmaṇiṁ subhagayantam ivātma-dhiṣṇyam

kṛtsna-prasāda－祝福每一个生物 / su-mukham－吉祥的脸庞 / spṛhaṇīya－值得向往的 / dhāma－庇护所 / sneha－爱 / avaloka－注视 / kalayā－通过扩展 / hṛdi－在心中 / saṁspṛśantam－打动 / śyāme－向肤色微黑的至尊主 / pṛthau－宽阔的 / urasi－胸膛 / śobhitayā－装饰着 / śriyā－幸运女神 / svaḥ－天堂星球 / cūḍā-maṇim－顶端 / subhagayantam－传播幸运 / iva－如 / ātma－至尊人格首神 / dhiṣṇyam－家园

译文 至尊主是一切快乐的宝库。祂吉祥的出现是给每一个人的赐福，祂温柔亲切的微笑和瞥视使人深受感动。至尊主美丽的身体颜色呈微黑色，祂宽阔的胸膛是幸运女神的休息所，而幸运女神美化了天堂星球的顶峰——整个灵性世界。因此，看来是至尊主本人伸展了灵性世界的美丽和好运。

要旨 至尊主来到众人面前时对大家都很高兴、很满意，因此这节诗里说："至尊主吉祥的出现对每一个人都是赐福(kṛtsna-prasāda-sumukham)"。至尊主知道，两个看门人在无意中冒犯了其他奉献者的莲花足，但尽管如此，他们还是祂纯粹的奉献者。在奉爱服务的过程中冒犯其他奉献者，其后果非常严重。主柴坦亚说：冒犯奉献者就好比一头失控的疯象闯入花圃，把园中的花草践踏得七零八落、面目全非。同样，冒犯纯粹奉献者的莲花足，使人在奉爱服务中的地位一落千丈。至尊主从不在意真诚的奉献者对祂的冒犯，但却绝不容忍任何人对祂的奉献者的冒犯。所以奉献者应该十分小心不要冒犯其他奉献者。至尊主对众生一视同仁，而且特别珍爱祂的奉献者，所以祂当时仁慈地看着冒犯的一方和被冒犯的一方。至尊主之所以有这样的心态，是因为祂的各项超然品质高不可测，宽广无边。至尊主在看到奉献者时所表现出的无比喜悦的心情，使奉献者们感到十分亲切、激动。对他们来说，祂的笑容魅力无限。祂的那种魅力不仅在物质世界里的所有高等星球上受到赞美，在灵性世界中也备受颂扬。人类对在地球之上的高等星球一般没什么概念；物质世界里的高等星球的环境和条件远比地球优越，灵性世界中的外琨塔星球更是风光旖旎，胜似仙境，被誉为是珍珠项链正中一颗最耀眼的明珠。

这节诗中的“值得向往的庇护所(spṛhaṇīya-dhāma)”一句表明：至尊主集所有超然品质于一身，因此是所有快乐的源泉。虽然渴望融入至尊主不具人格特征的梵(Brahman)的人，只对祂的某些品质感兴趣，但另一些人却渴望能到至尊主身边，侍奉至尊主。至尊主极为仁慈，祂给每个人以庇护，无论那人是非人格神主义者还是奉献者。祂让非人格神主义者到祂不具人格特征的梵光中去，让奉献者留在祂那称之为外琨塔星球的家园里。祂很偏爱自己的奉献者，对他们微笑，用眼睛瞥视他们，而仅仅是这些就已经打动了他们的心。《布茹阿玛·萨密塔》说：外琨塔星球上有千千万万的幸运女神在侍奉祂(lakṣmī-sahasra-śata-sambhṛama-sevyamānam)。在这个物质世界里，幸运女神只要随便给谁一点点恩惠，那人就显得很风光、很了不起，由此我们不难想象灵性世界中神的王国是如何风光、荣耀——那里有成千上万的幸运女神在亲自侍奉至尊主！这节诗中还有一点很关键，那就是明确指出了外琨塔星球所在的位置，说它们高于所有天堂星球的顶端——位于宇宙最高处的萨提亚星球(Satyaloka)或称布茹阿玛星球(Brahmaloka)；太阳星球在萨提亚星球的下面。由于灵性世界在宇宙之外，所以这里说灵性世界外琨塔星球，位于众星系的顶端。

第 40 节 पीतांशुके पृथुनितम्बिनि विस्फुरन्त्या
काञ्च्यालिभिर्विरुतया वनमालया च ।
वल्गुप्रकोष्ठवलयं विनतासुतांसे
विन्यस्तहस्तमितरेण धुनानमब्जम् ॥४०॥

pītāṁśuke pṛthu-nitambini visphurantyā
kāñcyālibhir virutayā vana-mālayā ca
valgu-prakoṣṭha-valayaṁ vinatā-sutāṁse
vinyasta-hastam itareṇa dhunānam abjam

pīta-aṁśuke－围着黄色的布 / pṛthu-nitambini－祂宽大的臀部上 / visphurantyā－闪闪发亮 / kāñcyā－以腰带 / alibhiḥ－被蜜蜂 / virutayā－嗡嗡叫 / vana-mālayā－戴着一串鲜花花环 / ca－和 / valgu－美丽的 / prakoṣṭha－手腕 / valayam－手镯 / vinatā-suta－维纳塔之子——嘎茹达的 / aṁse－在肩上 / vinyasta－搭在 / hastam－一只手 / itareṇa－另一只手 / dhunānam－捻着 / abjam－一朵莲花

译文 祂用一条光彩夺目的腰带装饰着裹住祂宽大臀部的黄色衣料，胸前佩戴着由嗡嗡叫的蜜蜂环绕着的鲜花花环。祂可爱的手腕因佩戴手镯而更显优美；祂把一只手搭在祂的坐骑嘎茹达肩上，另一只手中捻动着一朵莲花。

要旨 这节诗中对人格首神的形象所作的比较完整的描述，正是圣人们亲眼看到的至尊主的形象。至尊主身穿黄色衣衫，祂的腰很细。在外琨塔星球上，无论何时，只要人格首神或祂的同伴胸前戴上一串花环，就会招来嗡嗡叫的蜜蜂。在奉献者看来，这一切是那么美、那么诱人。至尊主一手搭在祂的坐骑嘎茹达(Garuḍa)肩上，一手捻着一朵莲花。这些都是人格首神纳茹阿亚纳的特征。

第 41 节　विद्युत्क्षिपन्मकरकुण्डलमण्डनार्ह-
गण्डस्थलोन्नसमुखं मणिमत्किरीटम् ।
दोर्दण्डषण्डविवरे हरता परार्ध्य-
हारेण कन्धरगतेन च कौस्तुभेन ॥४१॥

vidyut-ksipan-makara-kuṇḍala-maṇḍanārha-
gaṇḍa-sthalonnasa-mukhaṁ maṇimat-kirīṭam
dor-daṇḍa-ṣaṇḍa-vivare haratā parārdhya-
hāreṇa kandhara-gatena ca kaustubhena

vidyut－闪电 / kṣipat－使……黯然失色 / makara－鳄鱼状的 / kuṇḍala－耳坠 / maṇḍana－装饰 / arha－搭配的 / gaṇḍa-sthala－脸颊 / unnasa－高挺的鼻子 / mukham－面容 / maṇi-mat－镶有宝石 / kirīṭam－皇冠 / doḥ-daṇḍa－祂结实的四臂的 / ṣaṇḍa－一组 / vivare－在……之间 / haratā－迷人的 / para-ardhya－以最贵重的 / hāreṇa－项链 / kandhara-gatena－装饰祂的颈项 / ca－和 / kaustubhena－以考斯图巴宝石

译文　祂脸颊两旁悬挂着闪亮的短吻鳄形状的耳坠，更增添了祂面庞的俊美。祂的鼻子高挺，头上戴着镶嵌着宝石的皇冠。迷人的项链悬挂在祂粗壮的两臂间，祂的脖子用名叫考斯图巴的宝石装饰着。

第 42 节　अत्रोपसृष्टमिति चोत्स्मितमिन्दिरायाः
स्वानां धिया विरचितं बहुसौष्ठवाढ्यम् ।
मह्यं भवस्य भवतां च भजन्तमङ्गं
नेमुर्निरीक्ष्य न वितृप्तदृशो मुदा कैः ॥४२॥

atropasṛṣṭam iti cotsmitam indirāyāḥ
svānāṁ dhiyā viracitaṁ bahu-sauṣṭhavāḍhyam

mahyaṁ bhavasya bhavatāṁ ca bhajantam aṅgaṁ
nemur nirīkṣya na vitṛpta-dṛśo mudā kaiḥ

atra一在此，就美丽而言 / upasṛṣṭam一挫败了 / iti一就此 / ca一和 / utsmitam一她因美丽而产生的傲气 / indirāyāḥ一幸运女神的 / svānām一祂本人的奉献者的 / dhiyā一运用智慧 / viracitam一冥想 / bahu-sauṣṭhava-āḍhyam一穿戴华美的衣饰 / mahyam一我的 / bhavasya一主希瓦 / bhavatām一你们大家的 / ca一和 / bhajantam一崇拜 / aṅgam一形象 / nemuḥ一顶拜 / nirīkṣya一在见到后 / na一不 / vitṛpta一满足 / dṛśaḥ一眼睛 / mudā一欢乐地 / kaiḥ一用他们的头

译文 纳茹阿亚纳被祂的奉献者运用智慧多次颂扬的精致美，是那么引人注目，甚至挫败了幸运女神作为最美丽的女神而滋生的骄傲。亲爱的半神人们，这样展示祂自己的至尊主值得我、主希瓦和你们全体的崇拜。圣人们用贪婪的目光凝视祂，快乐地向祂的莲花足顶礼。

要旨 至尊主令人销魂的美丽容貌，无法完全用言语描述清楚。幸运女神本该是至尊主在整个灵性世界和物质世界中最美的创造，她本人也觉得自己是天下第一美人，但当至尊主出现时，她的美就被比下去了。换句话说，当至尊主出现时，至尊主是最美的，她只能位居第二。外士纳瓦诗人赞美道：至尊主美丽的容貌令人销魂，使千百万个丘比特甘拜下风，因此被称为玛丹·牟罕(Madana-mohana)。但经典的另一个记载说：茹阿妲茹阿妮(Rādhārāṇī)长得极其美丽，令至尊主神魂颠倒，祂为此成了玛丹·达哈(Madana-dāha)——被茹阿妲茹阿妮迷住的人。事实上，至尊主的美超群绝伦，胜过外琨塔星球上的幸运女神拉珂施蜜，外琨塔星球的奉献者看至尊主是最美的。然而，在哥库拉(Gokula)——奎师那星球(Kṛṣṇaloka)，奉献者觉得茹阿妲茹阿妮比奎师那更美。至尊主被称为“总渴望取悦祂的奉献者的人(bhakta-vatsala)”；祂因为想取悦像主布茹阿玛、

主希瓦等半神人那样的奉献者，包括库玛尔兄弟这几位奉献者圣人，所以展现了祂这一最美的形象。圣人们目不转睛地盯着至尊主看，怎么也看不够，想一直这样看下去。

第 43 节　तस्यारविन्दनयनस्य पदारविन्द-
किञ्जल्कमिश्रतुलसीमकरन्दवायुः ।
अन्तर्गतः स्वविवरेण चकार तेषां
सङ्क्षोभमक्षरजुषामपि चित्ततन्वोः ॥४३॥

tasyāravinda-nayanasya padāravinda-
kiñjalka-miśra-tulasī-makaranda-vāyuḥ
antar-gataḥ sva-vivareṇa cakāra teṣāṁ
saṅkṣobham akṣara-juṣām api citta-tanvoḥ

tasya－祂的 / aravinda-nayanasya－眼如莲花的至尊主的 / pada-aravinda－莲花足的 / kiñjalka－以脚趾 / miśra－混在一起 / tulasī－图拉西叶 / makaranda－香气 / vāyuḥ－微风 / antaḥ-gataḥ－进入 / sva-vivareṇa－他们的鼻孔中 / cakāra－使 / teṣām－库玛尔四兄弟的 / saṅkṣobham－引起……发生改变 / akṣara-juṣām－执著于不具人格特征的梵的觉悟 / api－尽管 / citta-tanvoḥ－身心的

译文　当微风携带着人格首神莲花脚趾上图拉西叶散发的芳香，进入那些圣人的鼻孔中时，他们感受到身心的变化，尽管他们曾执著于对不具人格特征的梵的理解。

要旨　从这节诗中我们可以看出，库玛尔四兄弟不是非人格神主义者，就是主张“与至尊主合一”的一元论哲学的人。但一看到至尊主的形象，他们的内心就发生了改变。换句话说，在竭力与至尊主合一的过程中感受到超然快乐的非人格神主义者，看到至尊主美丽、超然的形象后，便被至尊主的美丽征服了。当至尊主莲花足散发出的幽香混合着图拉西(tulasī)叶的芬芳传入他们鼻孔中时，他们的内心发生了改变，不再想与至尊主合一，而是感到当奉献者更明智。在至尊主的莲花足下当仆人胜过与至尊主合一。

第 44 节 ते वा अमुष्य वदनासितपद्मकोश-
मुद्वीक्ष्य सुन्दरतराधरकुन्दहासम् ।
लब्धाशिषः पुनरवेक्ष्य तदीयमङ्घ्रि-
द्वन्द्वं नखारुणमणिश्रयणं निदध्युः ॥४४॥

te vā amuṣya vadanāsita-padma-kośam
udvīkṣya sundaratarādhara-kunda-hāsam
labdhāśiṣaḥ punar avekṣya tadīyam aṅghri-
dvandvaṁ nakhāruṇa-maṇi-śrayaṇaṁ nidadhyuḥ

te—那些圣人 / vai—肯定地 / amuṣya—至尊人格首神的 / vadana—脸庞 / asita—蓝色的 / padma—莲花 / kośam—里面 / udvīkṣya—往上看后 / sundara-tara—更美 / adhara—双唇 / kunda—茉莉花 / hāsam—笑容 / labdha—实现 / āśiṣaḥ—生命的目标 / punaḥ—再次 / avekṣya—往下看 / tadīyam—祂的 / aṅghri-dvandvam——对莲花足 / nakha—脚趾 / aruṇa—红色的 / maṇi—红宝石 / śrayaṇam—庇护所 / nidadhyuḥ—冥想

译文 在他们眼里，至尊主美丽的脸庞仿佛蓝色莲花的内侧，至尊主的微笑恰似盛开的茉莉花。看到至尊主的脸庞后，圣人们心满意足。当他们进一步看祂时，他们看向祂莲花足上红宝石般的指甲。他们就这样一遍又一遍地观看至尊主的超然身体，终于达到了冥想至尊主个人特征的目的。

第 45 节 पुंसां गतिं मृगयतामिह योगमार्गै-
र्ध्यानास्पदं बहुमतं नयनाभिरामम् ।

पौंस्नं वपुर्दर्शयानमनन्यसिद्धै-
रौत्पत्तिकैः समगृणन् युतमष्टभोगैः ॥४५॥

puṁsāṁ gatiṁ mṛgayatām iha yoga-mārgair
dhyānāspadaṁ bahu-mataṁ nayanābhirāmam
pauṁsnaṁ vapur darśayānam ananya-siddhair
autpattikaiḥ samagṛṇan yutam aṣṭa-bhogaiḥ

puṁsām－这些人的 / gatim－解脱 / mṛgayatām－正在寻求 / iha－在这个世界里 / yoga-mārgaiḥ－通过练八部瑜伽 / dhyāna-āspadam－冥想的对象 / bahu－为伟大的瑜伽师 / matam－认可 / nayana－眼睛 / abhirāmam－赏心悦目的 / pauṁsnam－人 / vapuḥ－形体 / darśayānam－展示 / ananya－不为其他人 / siddhaiḥ－达到完美的 / autpattikaiḥ－永远存在 / samagṛṇan－称颂 / yutam－拥有……的至尊人格首神 / aṣṭa-bhogaiḥ－八种成就

译文　这是遵守瑜伽程序的人所冥想的至尊主的形象，它使打坐冥想的瑜伽师非常快乐。正如伟大的瑜伽师所证实的，这并非虚构，而是事实。至尊主具备全部的八种成就，但其他人不可能完全具有这些成就。

要旨　这节诗清楚地告诉人们练瑜伽最终会达到的完美境界。诗中特别提到，练瑜伽(yoga-mārga)的人将至尊主的四臂纳茹阿亚纳形象作为冥想的对象。现代有许多所谓的瑜伽师(yogī)并不冥想四臂纳茹阿亚纳形象，其中一些人冥想不具人格特性的事物或“空”。对于这类做法，杰出、正统的瑜伽师们并不予承认。真正练瑜伽的方法是：瑜伽师独自坐在一个僻静的圣地，控制感官，冥想本章所讲述的至尊主展现在四位圣人面前的四臂纳茹阿亚纳形象。纳茹阿亚纳是奎师那的一个扩展，因此正在扩展的奎师那意识运动，旨在推广真正最高级的瑜伽。

培养奎师那意识是受过特定训练的奉爱瑜伽师所练的最高级的

瑜伽。尽管练瑜伽能带给人各种诱人的好处，但有八种瑜伽神秘力量是一般人所难得到的。然而这节诗中说，站在四位圣人面前的至尊主完全具备这八种神秘力量。练瑜伽达到的最高境界是，人能一天24小时不间断地想着奎师那。这称为奎师那意识。《圣典博伽瓦谭》和《博伽梵歌》中所谈的瑜伽，以及帕谭佳里(Patañjali)所谈的瑜伽，不同于目前西方人头脑中认为的体操性哈塔瑜伽(haṭha-yoga)。真正的瑜伽是控制感官，并在感官得到控制后开始在心中冥想至尊人格首神圣奎师那的纳茹阿亚纳形象。主奎师那是存在中的第一位人格首神，其他所有四只手中分别持有海螺、莲花、大头棒和飞轮的维施努，都是奎师那的完整扩展。《博伽梵歌》建议人们要冥想至尊主的形象。为集中注意力，瑜伽师必须到人迹罕至、气氛圣洁的地方去打坐冥想，头和背要挺直成一线。他必须严格做到禁欲(brahmacarya)、自制，恪守相关的戒律。住在人多嘈杂的城市里，过着富裕奢侈的生活，吃喝无度，沉溺于声色，是不可能练瑜伽的。要练瑜伽就必须控制感官，控制感官的第一步是控制舌头。能控制舌头的人，自然也能控制其他感官。人不可能一面嘴里喝着酒、吃着各种乱七八糟不该吃的东西，一面还想要练好瑜伽。一个令人遗憾的现象是：如今有许多所谓的瑜伽师到西方国家，利用西方人对瑜伽的兴趣，误导欺骗他们。那些未经授权的瑜伽师竟然公开说：大家可以练冥想，同时也可以照样喝酒。

五千年前，主奎师那建议阿尔诸纳(Arjuna)练瑜伽，但阿尔诸纳坦率地告诉奎师那，他没法遵守瑜伽那套非常严格的规定和戒律。人做任何事情都要讲求实际效果，而不该把自己宝贵的时间浪费在名为练瑜伽实为练体操的无聊活动上。真正的瑜伽是寻找居住在自己内心、有着四臂形象的超灵，并通过冥想能够一直看到祂。这种持续性的冥想被称为萨玛迪(samādhi, 三摩地)，冥想的对象是四臂纳茹阿亚纳，而祂的穿着打扮正是《圣典博伽瓦谭》这一章中介绍的样子。可是，如果人要冥想“空”或某个不具人格特征的事物，那他就需要经过十分漫长的时间才能有所成就。我们无法把注意力专注在“空”或不具人格特征的对象上。真正的瑜伽是冥想至尊主的形象——居于众生心中的四臂纳茹阿亚纳形象。

人通过冥想会发现，神就在他心里。但不管他是否了解这一点，神都存在于每个生物体的心中。祂不仅处在人类的心里，也在狗和猫的心里。至尊主在《博伽梵歌》中证实说：“至尊主处在众生心中(īśvaraḥ sarva-bhūtānāṁ hṛd-deśe)”。主宰整个世界的至尊者(īśvara)处在众生心中。不仅如此，祂还存在于原子中。《至尊奥义书》(Īśopaniṣad)中说：至尊主无所不在。神无处不在，一切都在祂的掌握中，一切都归祂所有。至尊主因祂无所不在的特点而被称为帕茹阿玛特玛(Paramātmā)。梵文阿特玛(ātmā)的意思是“个体灵魂”，帕茹阿玛特玛的意思是“个体超灵”，阿特玛和帕茹阿玛特玛都是个体之人，其区别在于：阿特玛——个体灵魂，只存在于各个特定的躯体中；而帕茹阿玛特玛——超灵，却无所不在。用太阳的例子就很能说明这个问题：一个人只能身处一地，但太阳虽然也是个体，却能照到每个人身上。《博伽梵歌》中就是这样解释的。因此，尽管从质上看，包括至尊主在内的所有生物都是相同的，但因为超灵能扩展自身，所以祂在量上与个体灵魂有着天壤之别。至尊主(超灵)能扩展出千千万万个不同的形象，但个体灵魂却做不到。

超灵处在每个生物体的心中，看着他们在过去、现在和未来从事的各种活动。奥义书(Upaniṣad)中说：超灵是陪伴在个体灵魂身边的一位朋友和见证者。作为朋友，至尊主总是渴望能把自己的朋友——个体灵魂，带回家，带回灵性世界；作为见证者，至尊主赐予个体灵魂一切恩惠，按照每个灵魂的所作所为赐予他相应的结果。无论个体灵魂有什么心愿，想在这个物质世界享受什么，超灵都设法为他创造一切条件去满足他。生物之所以受苦，那是因为他有主宰物质世界的倾向。个体灵魂既是至尊主的朋友，也是至尊主的儿子，至尊主教导他们放弃其他一切活动，只是投靠、服从祂，以得到那充满知识和极乐的永恒生命。这就是被广泛阅读，最具权威性且涵盖了所有瑜伽体系的《博伽梵歌》最终的教导。因此，《博伽梵歌》最终的结论，是达到瑜伽最高完美境界的金科玉律。

《博伽梵歌》中说，始终满怀奎师那意识的人是最高级的瑜伽师。什么是奎师那意识？正如个体灵魂借助意识的作用使自己遍及整个躯体一样，超灵也借助超意识使自己遍及整个创造。拥有有限意识的个体灵魂想效法超灵，也拥有那样的超意识。然而事实是：我能意识到我有限的躯体中发生的一切，但却意识不到他人躯体中的情况；我靠意识遍及我的整个躯体，但我的意识进不了他人的躯体。可是，无所不在、处于每个生物体心中的超灵却能意识到每个人的存在状态。我们不同意“灵魂与超灵是一体的”说法，因为权威的韦达文献不支持这种说法。个体灵魂的意识不具备超意识那样的功能。然而，个体灵魂却能通过使自己的意识与至尊者的意识相吻合而达到超意识，这个达到一致的过程就称为皈依，也就是奎师那意识。从《博伽梵歌》中我们了解到，阿尔诸纳一开始并不想与他的亲戚、朋友作战，但理解《博伽梵歌》后，他便调整自己的意识，使之与奎师那的超意识相吻合。那时，他就具有了奎师那意识。

完全具有奎师那意识的人按奎师那的指示行动。在培养奎师那意识的一开始，奉献者从灵性导师这一透明的媒介处接受指示，以及一整套完整的训练；随后，在灵性导师的指导下，用一颗谦卑的心满怀对奎师那的信心和爱从事活动。这使他的意识越来越与奎师那的意识趋于一致。奉献者满怀奎师那意识做奉爱服务的阶段是瑜伽的最高境界。在这个阶段，奉献者内心受到奎师那(超灵)的指导，外在受到奎师那真正的代表——灵性导师的指导。至尊主处在每个生物体的心中，祂作为心中的灵性导师(caitya guru)，在内心帮助奉献者。人仅仅知道神在每个生物体心中还不够，还必须从内到外都能很好地认识神，接受神的指示，怀着奎师那意识去活动。这是人体生命的完美境界，是瑜伽的最高境界。

练瑜伽达到完美境界的瑜伽师，能获得八种超级神秘力量：能比空气还轻，比原子还小，比山还大，心想事成，能像至尊主一样控制事物，等等。但当人升上能接收至尊主指示的层面时，他便进入比获得上述任何一种物质神秘力量都要高的完美境界。人们在练瑜伽时都练调息，但那只是起步而已；冥想超灵是再上一个台阶，而与超灵直接沟通，从祂那里接受指示才是最高的完美境界。即便在五千年前，冥想时的调息也是一项很难练的功夫，否则阿尔诸纳在奎师那建议他练这种瑜伽时就不会拒绝了。我们目前所处的这个喀历(Kali)年代被称为堕落的年代，这个年代的人寿命都很短，在理解觉悟自我之道和灵性生活方面显得非常迟钝，而且大多数人都很不幸；如果有谁对觉悟自我稍微感一些兴趣，就会被很多骗子所误导。觉悟瑜伽完美境界的唯一方法，就是以主柴坦亚为榜样，遵循和实践《博伽梵歌》的教导。这是最简便易行却能使人达到最高完美境界的瑜伽。就有关如何练这种培养奎师那意识的瑜伽，主柴坦亚推出一个切实可行的方法并亲自给予示范，那就是：按照《韦丹塔·苏陀》(Vedānta,《吠檀陀经》)、《圣典博伽瓦谭》、《博伽梵歌》和其他重要的往世书(Purāṇa)的指示，吟诵、吟唱奎师那的圣名。

这种瑜伽不仅大多数印度人都在练，而且目前也已传入世界许多国家。对这个年代的人，尤其是真正想练成瑜伽的人来说，这种瑜伽简单而又切实可行。这个年代的人练其他瑜伽是行不通的。打坐冥想的瑜伽方式只适合黄金年代(Satya-yuga)的人练，因为那时的人一般都能活十万岁。人要想选一种切实可行的瑜伽并通过练习达到完美的境界，就应该选择吟诵、吟唱哈瑞·奎师那曼陀的方法。哈瑞·奎师那曼陀是：哈瑞·奎师那　哈瑞·奎师那　奎师那·奎师那　哈瑞·哈瑞/哈瑞·茹阿玛　哈瑞·茹阿玛　茹阿玛·茹阿玛　哈瑞·哈瑞。通过这样练习，人将能切实感受到自己在灵性方面的进步。《博伽梵歌》中把这套培养奎师那意识的灵修方法称为“一切知识之王(rāja-vidyā)”。

练奉爱瑜伽(bhakti-yoga)这一最高级的瑜伽之人——满怀对奎师那超然的爱练习做奉爱服务的人，可以向大家证明：这一方法简单易行，实践起来令人快乐。这一章的第43节诗中说，至尊主的形象和祂莲花足上的尘土散发出的超然香气，迷住了萨纳卡、萨纳坦、萨南丹和萨纳特·库玛尔四位圣人。

练瑜伽必须控制感官，而奉爱瑜伽——培养奎师那意识，能净化人的感官。感官得到净化后自然就受到控制。用强制的方法让感官不活动行不通，但人如果用他的感官为至尊主服务，使它们得到净化，它们就不仅不会去做无聊的事，而且还能像萨纳卡、萨纳坦、萨南丹和萨纳特·库玛尔四位圣人所渴望的那样，为至尊主做超然的服务。奎师那意识不是人凭想象和推敲胡乱编造出的东西，而是《博伽梵歌》第9章的第34节诗中所推荐的程序。在那节诗中，奎师那说：“总用心想着我；成为我的奉献者，顶拜我，崇拜我(man-manā bhava mad-bhakto mad-yājī māṁ namaskuru)。”

第 46 节

कुमारा ऊचुः
योऽन्तर्हितो हृदि गतोऽपि दुरात्मनां त्वं
सोऽद्यैव नो नयनमूलमनन्त राद्धः ।
यर्ह्येव कर्णविवरेण गुहां गतो नः
पित्रानुवर्णितरहा भवदुद्भवेन ॥४६॥

kumārā ūcuḥ
yo 'ntarhito hṛdi gato 'pi durātmanāṁ tvaṁ
so 'dyaiva no nayana-mūlam ananta rāddhaḥ
yarhy eva karṇa-vivareṇa guhāṁ gato naḥ
pitrānuvarṇita-rahā bhavad-udbhavena

kumārāḥ ūcuḥ—库玛尔四兄弟说 / yaḥ—……的祂 / antarhitaḥ—不展示 / hṛdi—在心中 / gataḥ—居于 / api—尽管 / durātmanām—向无赖 / tvam—您 / saḥ—祂 / adya—今天 / eva—肯定地 / naḥ—我们的 / nayana-mūlam—面对面地 / ananta—无限的人啊 / rāddhaḥ—获得 / yarhi—当 / eva—肯定地 / karṇa-vivareṇa—用耳朵 / guhām—智慧 / gataḥ—已达到 / naḥ—我们的 / pitrā—由我们的父亲 / anuvarṇita—讲述 / rahāḥ—奥秘 / bhavat-udbhavena—因您的出现

译文　库玛尔兄弟说：我们亲爱的至尊主，您虽然就坐在每一个生物体的心中，但却不向无赖展示自己。然而就我们而言，尽管您是无限的，我们却面对面地看到了您。靠您仁慈的出现，我们现在真正领悟了用耳朵从父亲布茹阿玛那里听到的有关您的信息。

要旨　《圣典博伽瓦谭》这节诗中谈到了一心冥想非人格事物和“空”的所谓瑜伽师。诗中说，有些人看上去像造诣高深的瑜伽师，但尽管他们在打坐冥想，实际上却看不到居于他们心中的至尊人格首神。这些人在这节诗中被称为“心灵扭曲、智力欠缺的无赖(durātmā)”；他们与心胸开阔的伟大灵魂(mahātmā)相比有着天壤之别。那些所谓的瑜伽师虽然在打坐冥想，但因为心胸狭隘而无法见到甚至就处在他们心中的四臂纳茹阿亚纳。尽管觉悟不具人格特征的梵(Brahman)是觉悟至尊绝对真理的第一步，但人不该只满足于这种体验。《至尊奥义书》中也谈道：奉献者祈求至尊主除去他眼前那片耀眼的梵光，让他能看到至尊主的真容；这样他才能真正感到心满意足。至尊主一开始虽然因为放射出耀眼的光芒，使我们看不清祂，但如果我们作为奉献者真心想要见到祂，祂就会在我们面前显现。《博伽梵歌》中说，我们无法用自己不完美的眼睛看到至尊主，无法用自己不完美的耳朵听到至尊主，也无法用自己不完美的感官知觉到至尊主的存在，但如果人满怀信心和爱地为至尊主做奉爱服务，至尊主就会向他揭示自己。

诗中称萨纳卡、萨纳坦、萨南丹和萨纳特四位圣人是真正诚实的奉献者。尽管他们听父亲布茹阿玛描述过至尊主的外貌，但至尊主一直以来都只向他们展示不具人格特征的一面——梵光。然而，由于他们真心诚意地寻找至尊主，结果终于看到了至尊主的真貌——与父亲描述过的完全一样，他们为此而感到心满意足。他们在这节诗中表达了他们充满感激的心情；因为他们最初虽然都是愚蠢的非人格神主义者，但借至尊主的仁慈，他们有幸看到了至尊主的真貌。

这节诗中还有一个重点，那就是：圣人们说他们从直接诞生于至尊主的父亲布茹阿玛那里聆听了超然的知识。换句话说，从至尊主到布茹阿玛，从布茹阿玛到纳茹阿达(Nārada)，从纳茹阿达到维亚萨(Vyāsa)……这条师徒传承是被认可的。库玛尔四兄弟是布茹阿玛的儿子，所以有机会从布茹阿玛师徒传承中聆听韦达知识。他们虽然最初都是非人格神主义者，但最后还是亲眼看到了至尊主本人。

第 47 节

तं त्वां विदाम भगवन् परमात्मतत्त्वं
सत्त्वेन सम्प्रति रतिं रचयन्तमेषाम् ।
यत्तेऽनुतापविदितैर्दृढभक्तियोगै-
रुद्ग्रन्थयो हृदि विदुर्मुनयो विरागाः ॥४७॥

taṁ tvāṁ vidāma bhagavan param ātma-tattvaṁ
sattvena samprati ratiṁ racayantam eṣām
yat te 'nutāpa-viditair dṛḍha-bhakti-yogair
udgranthayo hṛdi vidur munayo virāgāḥ

tam—祂 / tvām—您 / vidāma—我们知道 / bhagavan—至尊人格首神啊 / param—至尊者 / ātma-tattvam—绝对真理 / sattvena—被您纯粹善良属性的形象 / samprati—现在 / ratim—对神的爱 / racayantam—创造 / eṣām—他们所有人的 / yat—……的 / te—您的 / anutāpa—仁慈 /

viditaiḥ－认识 / dṛḍha－坚定地 / bhakti-yogaiḥ－通过奉爱服务 / udgranthayaḥ－不带执著心，摆脱了物质束缚 / hṛdi－在心中 / viduḥ－认识 / munayaḥ－伟大的圣人们 / virāgāḥ－对物质生活不感兴趣

译文　我们知道您是至尊绝对真理——人格首神，以不受污染的纯粹善良属性展示您超然的形象。您本人这一超然、永恒的形象，只有靠虔诚方式净化了内心的伟大圣人，通过坚定地做奉爱服务获得您的仁慈才能了解。

要旨　人可以从三个方面认识绝对真理，即不具人格特征的梵(Brahman)、处在局部区域的超灵(Paramātmā)和至尊人格首神。这节诗中认为：至尊人格首神是最高的绝对真理。库玛尔四兄弟虽然跟随他们博学的父亲布茹阿玛学习知识，但并未真正认识绝对真理，而只有亲眼看到人格首神后，才真正认识了至尊绝对真理。换句话说，能够看到或认识至尊人格首神的人，自然就认识了绝对真理的另外两方面——不具人格特征的梵和处在局部区域的超灵。为此，库玛尔兄弟说："您是至尊绝对真理。"非人格神主义者也许会提出异议说：从至尊人格首神穿戴得那么美这一点看，祂就不是绝对真理。但这节诗中指出：处在绝对层面上的多姿多彩的事物，都是纯粹善良型的(śuddha-sattva)。物质世界里的任何属性，无论是善良、激情还是愚昧的，都受到污染，即便是善良属性也免不了带有激情和愚昧属性的成分。然而在超然的国度里，一切都处在纯粹善良属性的层面上，不带丝毫的激情或愚昧属性。因此，至尊人格首神的形象、各种娱乐活动、随身用具和随员，都是纯粹善良型的。至尊主为了取悦祂的奉献者，永恒地向他们展示纯粹善良型的、多姿多彩的事物和活动。奉献者不愿看到身为至尊者的绝对真理是"空"的或不具人格特征的。从某种意义上说，这些绝对超然、丰富多彩的事物和活动，并不是为其他人展示，而是专门为奉献者展示的。这一切完全不同于一般的事物和活动，只有凭至尊主的仁慈

才能认识和把握，靠心智思辨或其他向上探求知识的方法无法了解它们。经典中说，人哪怕只得到至尊人格首神一点点的仁慈，就足以认识祂；但如果没有祂的仁慈，人苦思冥想上千年也无法真正认识绝对真理。这样的仁慈只有完全洗净一切污染的奉献者才能感受到。因此这节诗中说：只有当奉献者完全洗净一切污染，不再理会各种物质诱惑时，他才能得到至尊主的这一仁慈。

第 48 节　नात्यन्तिकं विगणयन्त्यपि ते प्रसादं
किम्वन्यदर्पितभयं भ्रुव उन्नयैस्ते ।
येऽङ्ग त्वदङ्घ्रिशरणा भवतः कथायाः
कीर्तन्यतीर्थयशसः कुशला रसज्ञाः ॥४८॥

nātyantikaṁ vigaṇayanty api te prasādaṁ
kimv anyad arpita-bhayaṁ bhruva unnayais te
ye 'ṅga tvad-aṅghri-śaraṇā bhavataḥ kathāyāḥ
kīrtanya-tīrtha-yaśasaḥ kuśalā rasa-jñāḥ

na－不 / ātyantikam－解脱 / vigaṇayanti－理会 / api－甚至 / te－那些 / prasādam－祝福 / kim u－更不用说 / anyat－其他物质快乐 / arpita－得到 / bhayam－恐惧 / bhruvaḥ－眉毛的 / unnayaiḥ－以抬起 / te－您的 / ye－那些奉献者 / aṅga－至尊人格首神啊 / tvat－您的 / aṅghri－莲花足 / śaraṇāḥ－已托庇于……的 / bhavataḥ－您的 / kathāyāḥ－讲述 / kīrtanya－值得吟唱 / tīrtha－纯粹的 / yaśasaḥ－荣耀 / kuśalāḥ－经验丰富 / rasa-jñāḥ－了解甜美滋味的人

译文　经验丰富、能了解事情真相的最有智慧的人，聆听对至尊主的吉祥活动和娱乐时光的讲述，这些活动和时光值得人去吟唱和聆听。这样的人甚至不在乎“解脱”这一最高级的物质恩赐，更不必说天堂王国的物质快乐等其他更不重要的恩赐了。

要旨　至尊主的奉献者所享受的超然快乐与缺乏智慧的人所享受的物质快乐有天壤之别。物质世界中缺乏智慧的人，大都追求宗教(dharma)、感官享乐(artha)、经济发展 (kāma)和解脱(mokṣa)这四种能给他们带来“好运”的事物。他们过宗教生活也是为了求取物质上的利益，以满足感官享乐的要求。当他们用这种方法寻求最大限度的感官享乐遭到挫折，感到心灰意冷时，他们便转而寻求他们所认为的解脱——与至尊主合一。解脱共分五种，层次最低的一种称为萨尤佳(sāyujya) ——与至尊者合一。奉献者是真正有智慧的人；他们既不追求这种解脱，也没兴趣追求另外四种解脱。另外四种解脱分别是：与至尊主住在同一个星球，与祂共同生活、形影不离，像祂一样拥有无比的财富，以及长相与祂一样。他们唯一感兴趣的是赞美至尊主和祂从事的种种吉祥活动。纯粹的奉爱服务是聆听(śravaṇaṁ)和吟诵、吟唱(kīrtanam)；《博伽瓦谭》这一篇中谈道：在聆听和吟诵、吟唱至尊主的荣耀中感受到超然快乐的纯粹奉献者，对各种解脱一概不感兴趣；即使至尊主赐予他们这五种解脱，也会遭到他们的拒绝。

物质主义者一心想升入天堂星球，在那里过神仙般的生活，随心所欲地进行感官享乐。但奉献者对此却很不以为然，他们会毫不犹豫地拒绝这类物质享乐。奉献者甚至不稀罕成为天帝因铎(Indra)，因为他们知道，任何物质地位都只能给人带来一时的快乐，人终有一天会这个位置上掉下来。人即使升到天帝因铎、月亮神昌铎(Candra)或其他半神人的位置上，时间一到也得下台。奉献者从不留恋这类短暂的快乐。我们从韦达经中了解到，就连布茹阿玛和因铎有时都会坠落，但生活在至尊主的超然世界中的奉献者却永不坠落。在超然世界中生活的奉献者通过聆听至尊主的娱乐活动感受到超然的快乐，他们的这种生活方式也是主柴坦亚倡导的生活方式。在主柴坦亚与茹阿玛南达·若依(Rāmānanda Rāya)的一次交谈中，茹阿玛南达提出许多种获得灵性觉悟的方法和途径，但主柴坦亚只首肯了一种方法，那就是：人应该与纯粹奉献者联谊，一起聆听至尊主的荣耀。这方法适用于每一个人，尤其适合这个年代的人。我们应该把时间用于聆听纯粹奉献者讲述至尊主的活动。这被视为是人类最大的幸事。

第 49 节 कामं भवः स्ववृजिनैर्निरयेषु नः स्ता-
चेतोऽलिवद्यदि नु ते पदयो रमेत ।
वाचश्च नस्तुलसिवद्यदि तेऽङ्घ्रिशोभाः
पूर्येत ते गुणगणैर्यदि कर्णरन्ध्रः ॥४९॥

kāmaṁ bhavaḥ sva-vṛjinair nirayeṣu naḥ stāc
ceto 'livad yadi nu te padayo rameta
vācaś ca nas tulasivad yadi te 'ṅghri-śobhāḥ
pūryeta te guṇa-gaṇair yadi karṇa-randhraḥ

kāmam－应得的 / bhavaḥ－出生 / sva-vṛjinaiḥ－因为我们犯下的罪恶活动 / nirayeṣu－低等生物体中 / naḥ－我们的 / stāt－让它发生 / cetaḥ－心 / ali-vat－像蜜蜂 / yadi－如果 / nu－可以是 / te－您的 / padayoḥ－在您的莲花足下 / rameta－从事 / vācaḥ－话语 / ca－和 / naḥ－我们的 / tulasi-vat－像图拉西叶 / yadi－如果 / te－您的 / aṅghri－在您的莲花足下 / śobhāḥ－被美化 / pūryeta－充满 / te－您的 / guṇa-gaṇaiḥ－由超然的品质 / yadi－如果 / karṇa-randhraḥ－耳孔里

译文 至尊主啊！我们祈祷，只要您让我们的心和思想能总是为您的莲花足服务，我们的话语能像图拉西叶在供奉到您莲花足上时更加美丽那样(通过讲述您的活动)变得美妙；只要我们的耳朵总是装满吟唱您超然品质的声音振荡，您就可以让我们出生在任何地狱般的生活环境中。

要旨 四位圣人在人格首神面前现在开始变谦卑了；而在此之前，他们傲气十足地诅咒至尊主的另外两位奉献者——佳亚(Jaya)和维佳亚(Vijaya)。两位看门人阻挡他们进入外琨塔星球，无疑是冒犯了他们，但作为外士纳瓦(Vaiṣṇava)，这四位圣人不该为此而动怒，诅咒他们。事情发生后，他们开始意识到自己不该诅咒至尊主的奉献者，于是向至尊主祈求道：即使他们堕入地狱般的生活，至尊主也能让他们始终永不分心地侍奉至尊主纳茹阿亚纳的莲花足。至尊主的奉献者敢于接受任何 种生存环境，唯一只求能永恒地侍奉至尊主。《圣典博伽瓦谭》第6篇第17章的第28节诗中说：至尊人格首神纳茹阿亚纳的奉献者(nārāyaṇa-para)，不论去哪里都无所畏惧(na kutaścana bibhyati)。他们因为总是在为至尊主做超然的爱心服务，所以无论上天堂还是下地狱都一样，当然也不怕在地狱生活。在物质生活中，地狱和天堂实际都一样，因为都是物质的，都少了为至尊主服务的内容。因此，在为至尊主服务的人看来，天堂和地狱并没有区别，只有物质主义者才会觉得一个比另一个要好。

这四位奉献者向至尊主祈祷说：他们有可能因为诅咒奉献者而下地狱，所以祈求能始终不忘为至尊主服务。人可以用身、心和语言为至尊主做超然的爱心服务。在这节诗中，圣人们祈祷能始终用自己的话语赞美至尊主。一个人也许精通语法修辞，口才很好，语言优美动听，但如果不能用他的话语为至尊主服务，他所说的就只是华而不实的空话和废话。圣人们以图拉西(tulasī)叶为例加以说明。图拉西叶有很多用处，甚至还有杀菌、治病等药用价值。图拉西叶被视为是圣洁的，被用来供奉在至尊主的莲花足下。图拉西叶虽然有许多用处，但如果不被供奉在至尊主的莲花足下，就不算有很大的作用和价值。同样，一个人也许精于修辞语法，语言优美动听，很受世俗之人的赞赏，但他说的话如果与为至尊主服务无关，就等于是一堆废话。

耳孔很小，一点点声音就能将它塞满，那赞美至尊主的伟大的声音振荡如何进得去呢？回答是耳孔就像天空，往天空里填充再多的东西也永远填不满。同样，往耳朵里灌再多的声音也永远灌不满。

奉献者只要能一直不断地聆听至尊主的荣耀，就不怕下地狱。这就是吟诵、吟唱哈瑞·奎师那 哈瑞·奎师那 奎师那·奎师那 哈瑞·哈瑞/哈瑞·茹阿玛 哈瑞·茹阿玛 茹阿玛·茹阿玛 哈瑞·哈瑞的妙处。一个人也许会被置于各种各样的环境中，但神给了他吟诵、吟唱哈瑞·奎师那的特权。他在任何情况下只要一直不断地吟诵、吟唱哈瑞·奎师那，就永远不会感到忧愁。

第 50 节 प्रादुश्चकर्थ यदिदं पुरुहूत रूपं
तेनेश निर्वृतिमवापुरलं दृशो नः ।
तस्मा इदं भगवते नम इद्विधेम
योऽनात्मनां दुरुदयो भगवान् प्रतीतः ॥५०॥

prāduścakartha yad idaṁ puruhūta rūpaṁ
teneśa nirvṛtim avāpur alaṁ dṛśo naḥ
tasmā idaṁ bhagavate nama id vidhema
yo 'nātmanāṁ durudayo bhagavān pratītaḥ

prāduścakartha－您已经展示 / yat－……的 / idam－这 / puruhūta－受到庄严崇拜的人啊 / rūpam－永恒的形象 / tena－因那形象 / īśa－主啊 / nirvṛtim－满意 / avāpuḥ－获得 / alam－如此多 / dṛśaḥ－所见 / naḥ－我们的 / tasmai－向祂 / idam－这 / bhagavate－向至尊人格首神 / namaḥ－顶拜 / it－只 / vidhema－让我们 / yaḥ－……的 / anātmanām－智力欠佳的人 / durudayaḥ－不能被看到 / bhagavān－至尊人格首神 / pratītaḥ－已被我们看到

译文 至尊主啊！我们虔敬地顶拜您仁慈地展现在我们眼前的永恒的人格首神形象。您至尊、永恒的形象不可能被智力欠佳的不幸之人看到，但我们却在心中和眼前看到了这一形象，这使我们感到心满意足。

要旨　四位圣人在他们灵性生涯的开始阶段都是非人格神主义者，但后来凭借他们的父亲兼灵性导师布茹阿玛的仁慈，终于看到了至尊主永恒的灵性形象，自此感到心满意足。换句话说，追求不具人格特征的梵和处在局部区域的超灵的超然主义者，还没有感到心满意足，还渴望得到更多的东西。而且，从超然的层面上说，即便他们的内心已感到满足，他们的眼睛也还没得到满足。可是，当他们最终看到至尊人格首神后，他们就在各方面都彻底满足了。换句话说，他们就成了奉献者，希望能永远看到至尊主。《布茹阿玛·萨密塔》中证实道：培养起对奎师那超然之爱的人，用爱的眼膏涂抹双眼，所以可以时常看到至尊主的永恒形象。这节诗中梵文“智力欠佳的人(anātmanām)”一词，是指那些无法驾驭心和感官，一直进行心智思辨，总想与至尊主合一的人。这类人无法获得看到至尊主永恒形象的快乐。对非人格神主义者和所谓的瑜伽师，至尊主永远用祂的内在迷惑能量(yogamāyā)遮住自己。《博伽梵歌》中说：即便当至尊主降临地球，人人都能看到他时，非人格神主义者和所谓的瑜伽师也照样对祂视而不见，因为他们没有奉爱的眼光。非人格神主义者和所谓的瑜伽师认为：至尊主实际上并没有形象；祂只是在与错觉能量接触后才有了某个特定的形象。非人格神主义者和所谓的瑜伽师因为坚持这种想法，所以无法见到至尊人格首神的真貌。至尊主为此永远处在这类非奉献者的视野之外。四位圣人在这节诗中对至尊主感激不尽，再三恭敬地向祂顶礼。

到此为止，结束了巴克提韦丹塔对《圣典博伽瓦谭》第3篇第15章——“对神的王国的描述”所作的阐释。

第十六章

外琨塔两位看门人遭圣人诅咒

第 1 节

ब्रह्मोवाच
इति तद् गृणतां तेषां मुनीनां योगधर्मिणाम् ।
प्रतिनन्द्य जगादेदं विकुण्ठनिलयो विभुः ॥१॥

brahmovāca
iti tad gṛṇatāṁ teṣāṁ
munīnāṁ yoga-dharmiṇām
pratinandya jagādedaṁ
vikuṇṭha-nilayo vibhuḥ

brahmā uvāca—主布茹阿玛说 / iti—就此 / tat—话语 / gṛṇatām—赞美 / teṣām—他们的 / munīnām—那四位圣人 / yoga-dharmiṇām—与至尊相连 / pratinandya—在祝贺……之后 / jagāda—说 / idam—这些话 / vikuṇṭha-nilayaḥ—住在毫无焦虑的住所中的人 / vibhuḥ—至尊人格首神

译文 主布茹阿玛说：住所在神的王国中的至尊人格首神，祝贺圣人们所说的美好话语后，说了如下一番话。

第 2 节

श्रीभगवानुवाच
एतौ तौ पार्षदौ मह्यं जयो विजय एव च ।
कदर्थीकृत्य मां यद्वो बह्वक्रातामतिक्रमम् ॥२॥

śrī-bhagavān uvāca
etau tau pārṣadau mahyaṁ
jayo vijaya eva ca
kadarthī-kṛtya māṁ yad vo
bahv akrātām atikramam

śrī-bhagavān uvāca－至尊人格首神说 / etau－这两个 / tau－他们 / pārṣadau－侍卫 / mahyam－我的 / jayaḥ－名叫佳亚 / vijayaḥ－名叫维佳亚 / eva－肯定地 / ca－和 / kadarthī-kṛtya－因怠慢 / mām－我 / yat－……的 / vaḥ－反对你们 / bahu－严重的 / akrātām－作了 / atikramam－冒犯

译文 人格首神说：我的这两个侍卫佳亚和维佳亚，因为怠慢我而严重地冒犯了你们。

要旨 冒犯至尊主的奉献者是严重的过错。人即使被提升到外琨塔星球后，也有可能作出这样的冒犯。但有一点不同的是：人在外琨塔星球上即使不小心作出冒犯，至尊主也会保护他。至尊主与祂仆人的关系间这一显著的特点，在佳亚(Jaya)、维佳亚(Vijaya)这件事情上得到了体现。梵文“冒犯(atikramam)”一词在这节诗中表达的意思是：冒犯奉献者就是怠慢至尊主本人。

看门人因为误会而将几位圣人拦在外琨塔星球门外，但由于他们是在为至尊主做超然的服务，至尊主伟大的奉献者们便不愿意看到他们因此而遭灭顶之灾。至尊主的出现令在场的奉献者欣喜万分。至尊主知道：出现这一纠纷的原因，是圣人们前来看祂的莲花足却未能如愿；为此祂亲自来到他们面前，满足他们的心愿。至尊主是如此仁慈，当奉献者遇到障碍时，祂就会亲自替奉献者作出安排，让奉献者能够看到祂的莲花足。哈瑞达斯·塔库尔(Haridāsa Ṭhākura)所经历的一切，就是一个很好的例子。当柴坦亚·玛哈帕布(Caitanya Mahāprabhu)住在佳干纳特城(Jagannātha Purī)时，出生在穆斯林家庭中的哈瑞达斯·塔库尔是至尊主身边的同伴。印度神庙中有一条规矩是：非印度教徒一律不准入内。当时这方面控制得很严；尽管就哈瑞达斯·塔库尔的品格而言，他是印度教徒最杰出的楷模，但他却自认为是穆斯林，从不跨进印度神庙。主柴坦亚能理解他这种谦卑心态，所以既然他不去神庙，与主佳干纳特没有区别的主柴坦亚本人就每天来看望他，坐在他身边。在这部《圣典博伽瓦谭》(Śrīmad-Bhāgavatam)中，我们也看到至尊主以同样的方式对待祂的奉献者。既然有人挡住祂的奉献者，不让他们看祂的莲花足，祂就迈动祂那双奉献者渴望看到的莲花足，亲自来见他们。祂当时偕幸运女神一同到来这一点也很不寻常。幸运女神不是一般人所能见到的，但至尊主无限仁慈，尽管奉献者并不期望得到这份光荣，祂还是偕幸运女神一同来到他们面前。

第 3 节　यस्त्वेतयोर्धृतो दण्डो भवद्भिर्मामनुव्रतैः ।
स एवानुमतोऽस्माभिर्मुनयो देवहेलनात् ॥ ३ ॥

yas tv etayor dhṛto daṇḍo
bhavadbhir mām anuvrataiḥ
sa evānumato 'smābhir
munayo deva-helanāt

yaḥ－……的 / tu－但 / etayoḥ－对于佳亚、维佳亚两人 / dhṛtaḥ－给予 / daṇḍaḥ－惩罚 / bhavadbhiḥ－由你们 / mām－我 / anuvrataiḥ－对……怀有奉爱 / saḥ－那 / eva－肯定地 / anumataḥ－认可 / asmābhiḥ－由我 / munayaḥ－伟大的圣人们 / deva－反对你们 / helanāt－因为冒犯

译文　伟大的圣人啊！我赞成深爱着我的你们所给予他们的惩罚。

第 4 节　तद्वः प्रसादयाम्यद्य ब्रह्म दैवं परं हि मे ।
तद्धीत्यात्मकृतं मन्ये यत्स्वपुम्भिरसत्कृताः ॥ ४ ॥

tad vaḥ prasādayāmy adya
brahma daivaṁ paraṁ hi me

tad dhīty ātma-kṛtaṁ manye
yat sva-pumbhir asat-kṛtāḥ

tat－因此 / vaḥ－你们几位圣人 / prasādayāmi－我请求你们原谅 / adya－刚才 / brahma－布茹阿玛纳 / daivam－最受人爱戴的人物 / param－最崇高的 / hi－因为 / me－我的 / tat－那冒犯 / hi－因为 / iti－就此 / ātma-kṛtam－是我做的 / manye－我认为 / yat－……的 / sva-pumbhiḥ－由我的侍从 / asat-kṛtāḥ－对……不敬

译文 对我来说，布茹阿玛纳是最崇高、最可爱的人。我的侍卫表现出的不敬其实就是我表现的，因为看门人是我的仆人。我把这视为是我本人的过错，因此请求你们予以宽恕。

要旨 至尊主很钟爱布茹阿玛纳和乳牛(go-brāhmaṇa-hitāya ca)，而布茹阿玛纳崇拜的是至尊人格首神主奎师那(Kṛṣṇa)——维施努(Viṣṇu)。《瑞歌·韦达》(Ṛg Veda)中的瑞歌赞歌(ṛg-mantra)中有这样一句诗说：真正的布茹阿玛纳总是把注意力集中在维施努的莲花足上(oṁ tad viṣṇoḥ paramaṁ padaṁ sadā paśyanti sūrayaḥ)。有资格的布茹阿玛纳只崇拜至尊人格首神的维施努形象，崇拜奎师那、茹阿玛(Rāma)和所有维施努的扩展。有些人因为生在布茹阿玛纳家庭中就自诩为是布茹阿玛纳，但实际上却总是与至尊主的奉献者外士纳瓦(Vaiṣṇava)作对。这些人不能被接受为是布茹阿玛纳，因为布茹阿玛纳就是外士纳瓦，外士纳瓦就是布茹阿玛纳。人一旦成为至尊主的奉献者，就是布茹阿玛纳了。经典中说：布茹阿玛纳是已经觉悟到布茹阿曼(Brahman，梵)的人(brahma jānātīti brāhmaṇaḥ)，而外士纳瓦是已经认识人格首神的人。觉悟梵是认识人格首神的第一步，而已经认识人格首神的人自然也就已经觉悟了至尊者的非人格特征——梵。因此，人一旦成为外士纳瓦，就已经是布茹阿玛纳了。我们应该明白，至尊主本人在这一章中所高度赞扬的布茹阿玛纳，是祂指的奉献者布茹阿玛纳——外士纳瓦；而绝不是指那些出生在布茹阿玛纳家庭，却不具备上述所说的布茹阿玛纳品质的滥竽充数之辈。

第 5 节　यन्नामानि च गृह्णाति लोको भृत्ये कृतागसि ।
सोऽसाधुवादस्तत्कीर्तिं हन्ति त्वचमिवामयः ॥५॥

yan-nāmāni ca gṛhṇāti
loko bhṛtye kṛtāgasi
so 'sādhu-vādas tat-kīrtiṁ
hanti tvacam ivāmayaḥ

yat－谁的 / nāmāni－名字 / ca－和 / gṛhṇāti－取 / lokaḥ－众人 / bhṛtye－当一个仆人 / kṛta-āgasi－做了错事 / saḥ－那 / asādhu-vādaḥ－责备 / tat－那人的 / kīrtim－名声 / hanti－毁坏 / tvacam－皮肤 / iva－就像 / āmayaḥ－麻风病

译文　正如身体上的任何一个部位只要有一个麻风病的白点，就会传染至全身的皮肤，一个仆人如果做错了事，就会使众人责备他的主人。

要旨　所以，外士纳瓦应该是十全十美的。《博伽瓦谭》中说：外士纳瓦具备半神人的一切优秀品质。《永恒的柴坦亚经》(Caitanya-caritāmṛta)中也论及外士纳瓦的二十六项美好品质。奉献者应该时刻注意：随着他的奎师那意识不断增强，他自身应该展现出更多的外士纳瓦好品质。奉献者在品格上应该是完美无瑕的，因为奉献者无论犯什么错都等于是在往至尊人格首神脸上抹黑。奉献者在为人处世方面应该十分注意，尤其是在与至尊主的其他奉献者交往时，更要小心谨慎。

第 6 节　यस्यामृतामलयशःश्रवणावगाहः
सद्यः पुनाति जगदाश्वपचाद्विकुण्ठः ।

सोऽहं भवद्भ्य उपलब्धसुतीर्थकीर्ति-
श्छिन्द्यां स्वबाहुमपि वः प्रतिकूलवृत्तिम् ॥ ६ ॥

yasyāmṛtāmala-yaśaḥ-śravaṇāvagāhaḥ
sadyaḥ punāti jagad āśvapacād vikuṇṭhaḥ
so 'haṁ bhavadbhya upalabdha-sutīrtha-kīrtiś
chindyāṁ sva-bāhum api vaḥ pratikūla-vṛttim

yasya—谁的 / amṛta—甘露 / amala—至纯至粹的 / yaśaḥ—荣耀 / śravaṇa—聆听 / avagāhaḥ—进入 / sadyaḥ—立即 / punāti—净化 / jagat—宇宙 / āśva-pacāt—甚至包括食狗肉者 / vikuṇṭhaḥ—无忧无虑地 / saḥ—那人 / aham—我是 / bhavadbhyaḥ—从你们 / upalabdha—获得 / sutīrtha—最佳的朝圣地 / kīrtiḥ—名声 / chindyām—将砍下 / sva-bāhum—我自己的手臂 / api—甚至 / vaḥ—对你们 / pratikūla-vṛttim—以敌意对待

译文 全世界的任何一个生物体，甚至下到靠烹煮和吃狗肉为生的昌达拉，只要他透过耳朵沐浴在聆听我的名字、声望等荣耀中，便会立刻得到净化。现在你们无疑认识了我；因此，如果我发现我自己的手臂对你们做出不友善的举动，我将毫不犹豫地砍下它。

要旨 如果人类大众能致力于培养奎师那意识，那么整个人类社会将得到真正的净化。对此，所有韦达文献都给予了明确的肯定。诚心诚意培养奎师那意识的人即使在品行上还有所欠缺，但本人已经得到了净化。我们可以训练各阶层人士成为奉献者，但不可能期望来自社会各阶层的人都有一样的良好品质。这节诗与《博伽梵歌》(Bhagavad-gītā)中的许多诗都提道：一个人即使没有出生在布茹阿玛纳家庭，哪怕是生在食狗肉者(caṇḍāla)的家庭，只要他开始培养奎师那意识，他就立刻能得到净化。《博伽梵歌》第9章的第30—32节诗中明确说明：即便一个人行为缺乏教养，只要他开始培养奎师那意识，他就被认为是个圣人。人只要还身处这个物质世界，就必然会维持两种关系：一种是与躯体有关的关系，一种是与灵魂有关的关系。因此，尽管人在灵性上已得到净化，但在涉及社会交往和从事与躯体有关的活动时，他仍会时常在躯体的层面上活动。如果我们看到一个来自最低贱的食狗肉者(昌达拉)家庭的奉献者，有时还在从事他过去一贯从事的活动，我们不该把他还看做食狗肉者。换句话说，我们不该从躯体的层面评价外士纳瓦。经典(śāstra)告诫我们：绝不可以将神庙里的神像看做泥塑木雕，也绝不可以将出身低贱但已开始培养奎师那意识的人，仍视为是低贱阶层中的一员。必须戒除这种思想，因为开始培养奎师那意识的人被认为是已经脱胎换骨，得到了净化。这样的人至少已经处在净化的过程中，只要他坚持遵循培养奎师那意识的原则，很快就能完全得到净化。结论是：人一旦开始诚心诚意地培养奎师那意识，就被认为是已经得到净化，奎师那已经准备全力保护他。至尊主在此保证说：祂随时准备保护祂的奉献者，哪怕需要砍去自己的手臂也在所不惜。

第 7 节　यत्सेवया चरणपद्मपवित्ररेणुं
सद्यः क्षताखिलमलं प्रतिलब्धशीलम् ।
न श्रीर्विरक्तमपि मां विजहाति यस्याः
प्रेक्षालवार्थ इतरे नियमान् वहन्ति ॥ ७ ॥

yat-sevayā caraṇa-padma-pavitra-reṇuṁ
sadyaḥ kṣatākhila-malaṁ pratilabdha-śīlam
na śrīr viraktam api māṁ vijahāti yasyāḥ
prekṣā-lavārtha itare niyamān vahanti

yat—谁的 / sevayā—通过服务 / caraṇa—足 / padma—莲花 / pavitra—圣洁的 / reṇum—尘土 / sadyaḥ—立即 / kṣata—清除 / akhila—所有的 / malam—罪恶 / pratilabdha—获得 / śīlam—美德 / na—不 / śrīḥ—幸运女神 / viraktam—不依恋 / api—即使 / mām—我 / vijahāti—离开 /

yasyāḥ－幸运女神的 / prekṣā-lava-arthaḥ－为获得一点恩惠 / itare－像主布茹阿玛等其他人 / niyamān－神圣的誓言 / vahanti－遵守

译文 至尊主继续说：由于我是我奉献者的仆人，我的莲花足变得如此神圣，以致能立刻消除一切罪恶；而且，我所具有的这种美德使得幸运女神无论如何都不离开我；哪怕我并不依恋她，哪怕其他人赞美她的美丽，为确保能得到她哪怕一点点的恩惠而去遵守神圣的誓言，她也不离开我。

要旨 至尊主与祂奉献者之间的关系超然甜美，奉献者心想：自己因为是至尊主的奉献者，所以才有可能得到提升，具备所有完美的品质。同样，至尊主心想：是自己对仆人怀有的一片奉爱之情，使自己所具有的超然荣光益发凸显。换句话说，正如奉献者总是渴望侍奉至尊主，至尊主也总是渴望为祂的奉献者服务。在这节诗中，至尊主承认道：祂能使得到祂莲花足上尘土的人立即成为伟大的灵魂，而这能力来自祂对奉献者的爱。由于祂的这份爱，幸运女神从不离开祂，而且不止一位幸运女神，是千千万万的幸运女神都在侍奉祂。在物质世里界，人们为求幸运女神赐予一点恩惠，要从事严格的苦行，遵守各种苛刻的戒律。但至尊主不忍见到奉献者承受任何不适或不便，因此有“爱奉献者的人(bhakta-vatsala)”的美名。

第 8 节 नाहं तथाद्मि यजमानहविर्विताने
श्च्योतद्घृतप्लुतमदन् हुतभुङ्मुखेन ।
यद् ब्राह्मणस्य मुखतश्चरतोऽनुघासं
तुष्टस्य मय्यवहितैर्निजकर्मपाकैः ॥ ८ ॥

nāhaṁ tathādmi yajamāna-havir vitāne
ścyotad-ghṛta-plutam adan huta-bhuṅ-mukhena
yad brāhmaṇasya mukhataś carato 'nughāsaṁ
tuṣṭasya mayy avahitair nija-karma-pākaiḥ

na－不 / aham－我 / tathā－另一方面 / admi－我吃 / yajamāna－由祭祀者 / haviḥ－供品 / vitāne－在祭祀之火中 / ścyotat－投入 / ghṛta－纯奶油 / plutam－混合 / adan－吃 / huta-bhuk－祭祀之火 / mukhena－用嘴 / yat－如 / brāhmaṇasya－布茹阿玛纳的 / mukhataḥ－从嘴里 / carataḥ－作为 / anughāsam－佳肴 / tuṣṭasya－感到满意 / mayi－对我 / avahitaiḥ－供奉 / nija－自己的 / karma－活动 / pākaiḥ－用结果

译文　比较举行祭祀之人向祭祀之火——我自己的嘴巴之一，所供奉的祭品而言，我更喜爱品尝给虔诚的布茹阿玛纳供奉的流溢着纯净黄油的美味佳肴；那些布茹阿玛纳把自己的活动结果都献给我，并永远满足于吃我的帕萨达么。

要旨　至尊主的奉献者——外士纳瓦，不吃任何未给至尊主供奉过的食物。至尊主的奉献者总是把所有活动的结果都献给至尊主，所以绝不品尝未先给至尊主供奉过的食物。另一方面，当外士纳瓦将已经给至尊主供奉过的食物送入口中时，至尊主也随着他们一起快乐地享受。这节诗说得很清楚：至尊主通过祭祀之火和布茹阿玛纳的嘴进食。为取悦至尊主，人们常在祭祀中供奉谷物、纯净黄油(butter)等多种祭品。至尊主不仅接受布茹阿玛纳和奉献者供奉的祭品，还接受人们供奉给布茹阿玛纳和外士纳瓦的各类食物。这节诗中说到，当食物送进布茹阿玛纳和外士纳瓦口中时，至尊主吃得更加津津有味。阿兑塔·帕布(Advaita Prabhu)款待哈瑞达斯·塔库尔的故事就是一个最好的例子。尽管哈瑞达斯出生在穆斯林家庭，但阿兑塔·帕布在一次神圣的火祭仪式后，将第一盘给至尊主供奉过的素食(prasāda)先端给了哈瑞达斯。哈瑞达斯·塔库尔告诉阿兑塔·帕布自己是个穆斯林，并问他为什么不把这食物先端给布茹阿玛纳，而是端给他这个穆斯林。哈瑞达斯出于谦卑将自己说成是穆斯林，但作为一名成熟的奉献者，阿兑塔·帕布将他视为是真正的布茹阿玛纳。阿兑塔·帕布明确表示：把第一盘给神供奉过的食物端给哈瑞达斯·塔库尔，就等于招待了十万名布茹阿玛纳。由此可见，招待布茹阿玛纳或外士纳瓦的效果，胜过举行千万次祭祀。正因为如此，经典中推荐：这个年代的人要吟诵、吟唱神的圣名(harer nāma)及取悦外士纳瓦。这两种方法可以使人在灵性生活中取得巨大的进步。

第 9 节 येषां बिभर्म्यहमखण्डविकुण्ठयोग-
मायाविभूतिरमलाङ्घ्रिरजः किरीटैः ।
विप्रांस्तु को न विषहेत यदर्हणाम्भः
सद्यः पुनाति सहचन्द्रललामलोकान् ॥ ९ ॥

yeṣāṁ bibharmy aham akhaṇḍa-vikuṇṭha-yoga-
māyā-vibhūtir amalāṅghri-rajaḥ kirīṭaiḥ
viprāṁs tu ko na viṣaheta yad-arhaṇāmbhaḥ
sadyaḥ punāti saha-candra-lalāma-lokān

yeṣām—众位布茹阿玛纳的 / bibharmi—我顶着的 / aham—我 / akhaṇḍa—持续不断的 / vikuṇṭha—不可阻挡的 / yoga-māyā—内在能量 / vibhūtiḥ—财富 / amala—纯粹的 / aṅghri—脚的 / rajaḥ—尘土 / kirīṭaiḥ—在我的头盔上 / viprān—众位布茹阿玛纳 / tu—那么 / kaḥ—……的 / na—不 / viṣaheta—顶着 / yat—至尊主的 / arhaṇa-ambhaḥ—洗脚水 / sadyaḥ—立即 / punāti—净化 / saha—和 / candra-lalāma—主希瓦 / lokān—三个世界

译文 我是所向披靡的内在能量的主人，恒河之水是洗过我双足的水。那水神圣化三个世界和用自己的头顶着它的主希瓦。如果我能把外士纳瓦脚上的灰尘放在我头上，有谁还会拒绝做同样的事呢？

要旨 至尊人格首神的内在能量及外在能量的区别是：内在能量(灵性世界)中的一切财富永不毁灭，外在能量(物质世界)中的一切财富都短暂易逝。至尊主是物质世界和灵性世界至高无上的主宰，但灵性世界被称为神的王国，物质世界被称为玛亚(Māyā)的王国。玛亚的意思是“虚幻、不真实的”。物质世界的财富只是灵性世界财富的一个扭曲了的倒影。《博伽梵歌》中说，物质世界恰似一棵根在上、枝在下倒长的树，这意味着物质世界只是灵性世界的一个倒影，灵性世界中才有真正的财富。在灵性世界中，至尊主是唯一的一位主宰神明；但物质世界里谁都想当控制者。这是物质能量和灵性能量的区别。至尊主说，尽管祂主宰内在能量，尽管光是流过祂莲花足的水就能净化这个物质世界，但祂却对布茹阿玛纳和外士纳瓦尊崇备至。如果连至尊主本人都如此礼敬外士纳瓦和布茹阿玛纳，我们又怎能不对他们表示应有的敬意呢？

第 10 节　ये मे तनूर्द्विजवरान्दुहतीर्मदीया
भूतान्यलब्धशरणानि च भेदबुद्ध्या ।
द्रक्ष्यन्त्यघक्षतदृशो ह्यहिमन्यवस्तान्
गृध्रा रुषा मम कुषन्त्यधिदण्डनेतुः ॥१०॥

ye me tanūr dvija-varān duhatīr madīyā
bhūtāny alabdha-śaraṇāni ca bheda-buddhyā
drakṣyanty agha-kṣata-dṛśo hy ahi-manyavas tān
gṛdhrā ruṣā mama kuṣanty adhidaṇḍa-netuḥ

ye—那些人 / me—我的 / tanūḥ—身体 / dvija-varān—一流的布茹阿玛纳 / duhatīḥ—乳牛 / madīyāḥ—与我相关 / bhūtāni—生物体 / alabdhaśaraṇāni—无自卫能力的 / ca—和 / bheda-buddhyā—认为有分别 / drakṣyanti—看 / agha—被罪恶 / kṣata—损害 / dṛśaḥ—其辨别能力 / hi—因为 / ahi—像一条蛇 / manyavaḥ—愤怒 / tān—同样那些人 / gṛdhrāḥ—秃鹰般的使者 / ruṣā—愤怒地 / mama—我的 / kuṣanti—撕碎 / adhidaṇḍa-netuḥ—掌管惩治罪人的阎罗王

译文 布茹阿玛纳、乳牛及不能自卫的生物体，都是我自己的身体。那些因为自己的罪恶而减损了判断力的人，看这些生物体都有别于我。他们就像怒火中烧的毒蛇，最后会被掌管罪人的阎罗王那些貌似秃鹰的使者，用他们的鸟嘴愤怒地撕开。

要旨 《玛努法典》(Brahma-saṁhitā)中将乳牛、布茹阿玛纳、妇女、儿童和老人列为无自卫能力的生物体。在这五种生物体中，至尊主对布茹阿玛纳和乳牛的利益及处境极为关注，所以在这节诗中专门提到他们。为此，奉献者在向至尊主祈祷时总提到这一点。至尊主特别告诫道：不要忌妒这五种生物体，尤其不要忌妒乳牛和布茹阿玛纳。这节诗中的梵文“乳牛(duhatīḥ)”一词在有些版本的《博伽瓦谭》中写成“太阳神的女儿(duhitṝḥ)，但两个字意思其实一样，都指乳牛，因为乳牛实际上是太阳神的女儿。正如儿童必须受到父母亲的照管，妇女必须受到父亲、丈夫和成年儿子的照管，无自立能力的人必须受到他们各自的监护人的照管。否则，受至尊主委派主管惩治罪恶生物体的阎罗王(Yamarāja)，就会惩罚失职的监护人。这节诗中将阎罗王的使者比做秃鹰，把没有好好保护被监护对象的失职的监护人比做毒蛇；秃鹰对毒蛇非常凶狠，同样，阎王的差役在捉拿失职的监护人时也绝不心慈手软。

第 11 节 ये ब्राह्मणान्मयि धिया क्षिपतोऽर्चयन्त-
स्तुष्यद्धृदः स्मितसुधोक्षितपद्मवक्त्राः ।
वाण्यानुरागकलयात्मजवद् गृणन्तः
सम्बोधयन्त्यहमिवाहमुपाहृतस्तैः ॥११॥

ye brāhmaṇān mayi dhiyā kṣipato ’rcayantas
tuṣyad-dhṛdaḥ smita-sudhokṣita-padma-vaktrāḥ
vāṇyānurāga-kalayātmajavad gṛṇantaḥ
sambodhayanty aham ivāham upāhṛtas taiḥ

ye—那些人 / brāhmaṇān—布茹阿玛纳们 / mayi—在我之中 / dhiyā—用智慧 / kṣipataḥ—说严厉的话 / arcayantaḥ—尊重 / tuṣyat—喜悦 / hṛdaḥ—内心 / smita—微笑着 / sudhā—甘露 / ukṣita—湿润的 / padma—莲花般的 / vaktrāḥ—脸庞 / vāṇyā—用话语 / anurāga-kalayā—充满爱心的 / ātmaja-vat—像儿子 / gṛṇantaḥ—赞美 / sambodhayanti—安慰 / aham—我 / iva—像 / aham—我 / upāhṛtaḥ—被……左右 / taiḥ—被他们

译文　另一些人凭他们内心的喜悦，因甜美的微笑而看上去开朗的莲花般脸庞，以及哪怕布茹阿玛纳说话严厉都还是对他们保持尊敬，等等，深深打动了我的心。他们看布茹阿玛纳就像看我本人一样，用充满爱心的言语赞美他们、抚慰他们，就像儿子抚慰生气的父亲或我抚慰你们一样。

要旨　韦达文献中记载了许多在布茹阿玛纳或外士纳瓦动怒诅咒某人时，被诅咒的人不还口的例子。例如，库维尔(Kuvera)的儿子在遭到伟大的圣人纳茹阿达(Nārada)诅咒后并不还口，而是心甘情愿地接受纳茹阿达的训斥。这一章描述的事例也如此：佳亚和维佳亚在被库玛尔四兄弟诅咒时没有还口，而是心甘情愿地接受圣人的训斥。这是我们对待布茹阿玛纳和外士纳瓦时应该有的态度。有时，可能有一位布茹阿玛纳会使我们面临很痛苦的情况，我们绝不能用同样的态度对待他，而是应该面带笑容，用温和的话语安慰他，平息他的怒气。所有的人都该把布茹阿玛纳和外士纳瓦看做纳茹阿亚纳(Nārāyaṇa)的代表。现在有些蠢人编造出"穷人纳茹阿亚纳(daridra-nārāyaṇa)"一词，说是应该把穷人视为纳茹阿亚纳的代表。然而，我们从未看到韦达文献中有这样一条规定说，该把穷人看成纳茹阿亚纳的代表。上节诗中提到"无自卫能力的生物体"，但这句话究竟是什么意思，经典给予了明确的解释。穷人不该不受到保护，但布茹阿玛纳应该被视为是纳茹阿亚纳的代表，应该像崇拜祂一样地崇拜他们。这节诗中特别提到，人在安抚布茹阿玛纳时应该面如莲花。当人带着一脸的关切和爱时，他的脸就会仿佛莲花一般。这里用的一个比喻很贴切，那就是：父亲对儿子动怒，儿子要微笑着用动听的话语安慰父亲，平息他的怒气。

第 12 节 तन्मे स्वभर्तुरवसायमलक्षमाणौ
युष्मद्व्यतिक्रमगतिं प्रतिपद्य सद्यः ।
भूयो ममान्तिकमितां तदनुग्रहो मे
यत्कल्पतामचिरतो भृतयोर्विवासः ॥१२॥

tan me sva-bhartur avasāyam alakṣamāṇau
yuṣmad-vyatikrama-gatiṁ pratipadya sadyaḥ
bhūyo mamāntikam itāṁ tad anugraho me
yat kalpatām acirato bhṛtayor vivāsaḥ

tat－因此 / me－我的 / sva-bhartuḥ－他们的主人的 / avasāyam－意向 / alakṣamāṇau－不明白 / yuṣmat－对你们 / vyatikrama－冒犯 / gatim－结果 / pratipadya－收获 / sadyaḥ－立即 / bhūyaḥ－再次 / mama antikam－接近我 / itām－获得 / tat－那 / anugrahaḥ－恩惠 / me－对我 / yat－……的 / kalpatām－就这样安排 / acirataḥ－不久 / bhṛtayoḥ－这两位仆人的 / vivāsaḥ－放逐

译文 我的这些仆人不了解他们主人的心，放肆冒犯了你们。因此，如果你们发命令说，尽管他们要承受放肆的结果，但他们会很快回到我身边，而且他们从我的居所被流放的时间不会太长，我将把这视为是赐予我的恩惠。

要旨 从至尊主的这番话中我们可以看出，至尊主十分渴望祂的仆人能早日回到外琨塔(Vaikuṇṭha)。这件事证明：进入外琨塔星球的人永远不会坠落。佳亚和维佳亚从未坠落，这只是发生在他们身上的一个“意外事故”。至尊主时刻想着让这样的奉献者尽早返回外琨塔。我们要知道：至尊主和奉献者之间不可能有误会，但奉献者彼此之间却可能有矛盾和冲突，奉献者必须承受那苦果；当然，受那样的苦也只是暂时的。至尊主对祂的奉献者那么仁慈，虽然是看门人冒犯了圣人，但祂却替他们承担一切责任，请求圣人能从轻发落他们，让他们早日返回外琨塔。

第 13 节　ब्रह्मोवाच
अथ तस्योशतीं देवीमृषिकुल्यां सरस्वतीम् ।
नास्वाद्य मन्युदष्टानां तेषामात्माप्यतृप्यत ॥१३॥

brahmovāca
atha tasyośatīṁ devīm
ṛṣi-kulyāṁ sarasvatīm
nāsvādya manyu-daṣṭānāṁ
teṣām ātmāpy atṛpyata

brahmā—主布茹阿玛 / uvāca—说 / atha—现在 / tasya—至尊主 / uśatīm—悦耳动听 / devīm—闪烁 / ṛṣi-kulyām—像一串韦达赞歌 / sarasvatīm—话语 / na—不 / āsvādya—聆听 / manyu—愤怒 / daṣṭānām—被咬 / teṣām—那些圣人们的 / ātmā—内心 / api—尽管 / atṛpyata—心满意足

译文　布茹阿玛接着说：尽管圣人们被愤怒的毒蛇所咬，但他们的灵魂还未听够至尊主悦耳动听、充满启示、恰似韦达系列赞歌的话语。

第 14 节　सतीं व्यादाय शृण्वन्तो लघ्वीं गुर्वर्थगह्वराम् ।
विगाह्यागाधगम्भीरां न विदुस्तच्चिकीर्षितम् ॥१४॥

satīṁ vyādāya śṛṇvanto
laghvīṁ gurv-artha-gahvarām
vigāhyāgādha-gambhīrāṁ
na vidus tac-cikīrṣitam

satīm—绝妙的 / vyādāya—全神贯注地聆听 / śṛṇvantaḥ—聆听 / laghvīm—用词恰当 / guru—重大的 / artha—意义 / gahvarām—难以理解 / vigāhya—思考 / agādha—深深地 / gambhīrām—严肃的 / na—不 / viduḥ—明白 / tat—至尊主的 / cikīrṣitam—意图

译文 至尊主非凡的话语充满了重大、深刻的含义，因此很难领会。圣人们张开耳朵使劲听，同时仔细思考其中的含义。但尽管如此，他们还是不明白至尊主想要做什么。

要旨 我们应该知道，至尊人格首神的言谈超群绝伦、无人能比。至尊者处在超然的层面上，因此祂本人和祂的话语没有区别。圣人们全神贯注地聆听，想听明白至尊主话中的含义。然而，尽管至尊主的话言简意赅，他们却不能完全听懂祂的话。他们甚至无法了解至尊主话里的意思，不明白祂究竟想做什么，也不清楚祂对他们是否满意。

第 15 节 ते योगमाययारब्धपारमेष्ठ्यमहोदयम् ।
प्रोचुः प्राञ्जलयो विप्राः प्रहृष्टाः क्षुभितत्वचः ॥१५॥

te yoga-māyayārabdha-
pārameṣṭhya-mahodayam
procuḥ prāñjalayo viprāḥ
prahṛṣṭāḥ kṣubhita-tvacaḥ

te—那些 / yoga-māyayā—通过祂的内在能量 / ārabdha—已展示 / pārameṣṭhya—至尊人格首神的 / mahā-udayam—多种荣耀 / procuḥ—讲 / prāñjalayaḥ—双手合十 / viprāḥ—四位布茹阿玛纳 / prahṛṣṭāḥ—狂喜 / kṣubhita-tvacaḥ—毛发直竖

译文　尽管如此，四位布茹阿玛纳圣人还是极其快乐地看着祂，体会到全身涌动的兴奋。接着，他们对用内在能量尤嘎·玛亚揭示了祂自身多种荣耀的至尊主，说了如下一番话。

要旨　聆听至尊人格首神的一番话，圣人们虽然不理解其中的含义，但内心的狂喜仍然令他们毛发直竖。布茹阿玛住在这个物质世界中最高的星球上，拥有物质世界最多的财富(pārameṣṭhya)。然而，因为灵性世界的财富是超然的，产自内在能量尤嘎·玛亚(yogamāyā)，物质世界的财富产自外在能量玛哈·玛亚(mahāmāyā)，所以布茹阿玛的物质财富根本无法与至尊主的灵性财富相提并论。

第 16 节

ऋषय ऊचुः
न वयं भगवन् विद्मस्तव देव चिकीर्षितम् ।
कृतो मेऽनुग्रहश्चेति यदध्यक्षः प्रभाषसे ॥१६॥

ṛṣaya ūcuḥ
na vayaṁ bhagavan vidmas
tava deva cikīrṣitam
kṛto me 'nugrahaś ceti
yad adhyakṣaḥ prabhāṣase

ṛṣayaḥ—圣人们 / ūcuḥ—说 / na—不 / vayam—我们 / bhagavan—至尊人格首神啊 / vidmaḥ—的确知道 / tava—您的 / deva—主啊 / cikīrṣitam—希望我们做 / kṛtaḥ—已做 / me—对我 / anugrahaḥ—恩惠 / ca—和 / iti—就此 / yat—……的 / adhyakṣaḥ—最高统治者 / prabhāṣase—您说

译文　圣人们说：至尊人格首神啊！我们没有能力了解您想要我们做的事，因为尽管您是全体生物的至尊统治者，您却说支持我们的话，就好像我们为您做了什么好事似的。

要旨 圣人们感受到，处在众生之上的至尊人格首神在对他们说话时，完全就像祂自己做错了事一样。这使他们困惑不解，不明白至尊主为什么要这样说话。但有一点他们知道，至尊主说话如此谦卑，是为了向他们表示祂无边的仁慈。

第 17 节 ब्रह्मण्यस्य परं दैवं ब्राह्मणाः किल ते प्रभो ।
विप्राणां देवदेवानां भगवानात्मदैवतम् ॥१७॥

brahmaṇyasya paraṁ daivaṁ
brāhmaṇāḥ kila te prabho
viprāṇāṁ deva-devānāṁ
bhagavān ātma-daivatam

brahmaṇyasya－布茹阿玛纳文化的最高指导者 / param－最高的 / daivam－地位 / brāhmaṇāḥ－布茹阿玛纳 / kila－为教导他人 / te－您的 / prabho－至尊主啊 / viprāṇām－布茹阿玛纳的 / deva-devānām－受到半神人的崇拜 / bhagavān－至尊人格首神 / ātma－自我 / daivatam－值得崇拜的神像

译文 至尊主啊！您是布茹阿玛纳文化的最高指导者。您把布茹阿玛纳当做社会地位最高的人对待，您是在以身作则教导他人。事实上，无论是对半神人还是对布茹阿玛纳来说，您都是值得崇拜的至尊神明。

要旨 《布茹阿玛·萨密塔》中明确断言：至尊人格首神是一切原因的起因。毫无疑问，物质世界中有许许多多半神人，布茹阿玛和希瓦(Śiva)是他们的领袖，而主维施努是布茹阿玛和希瓦的主人，也是物质世界里全体布茹阿玛纳的主人。《博伽梵歌》中谈到，至尊主很高兴看到人们追随布茹阿玛纳文化，做到控制感官和心，保持清洁、自制，笃信经典，掌握理论和实践知识等。至尊主是众生的超灵。《博伽梵歌》中说，至尊主是一切被造物的源头，因此是布茹阿玛和希瓦的源头。

第 18 节　त्वत्तः सनातनो धर्मो रक्ष्यते तनुभिस्तव।
धर्मस्य परमो गुह्यो निर्विकारो भवान्मतः ॥१८॥

tvattaḥ sanātano dharmo
rakṣyate tanubhis tava
dharmasya paramo guhyo
nirvikāro bhavān mataḥ

tvattaḥ－从您 / sanātanaḥ－永恒的 / dharmaḥ－职责 / rakṣyate－被保护 / tanubhiḥ－通过种种展示 / tava－您的 / dharmasya－宗教原则的 / paramaḥ－至高无上的 / guhyaḥ－目标 / nirvikāraḥ－不可改变的 / bhavān－您 / mataḥ－依我们看

译文　您是众生永恒职责的源头，凭您人格首神的多种展现，您一直在保护宗教。您是宗教原则的最高目标，依我们看，您无穷无尽、永恒不变。

要旨　这节诗中的梵文“宗教原则最高的目标(dharmasya paramo guhyaḥ)”一句，是指一切宗教原则中最机密、最核心的部分。这一点在《博伽梵歌》中得到确认。主奎师那在教导阿尔诸纳时，最后说的一句总结性话语是：停止一切宗教活动，只向我皈依。这是在贯彻和实践一切宗教原则的过程中，需要了解的一个最大的秘密。同样，《博伽瓦谭》中也说，如果人履行自己的宗教职责，但却未因此而发展出奎师那意识，那他遵循无论那条宗教原则都只是在浪费时间。圣人们在这节诗中也证实道：一切宗教原则最高的目标是至尊主而不是半神人。许多愚蠢之人鼓吹说，崇拜半神人也能达到最高的宗教目标。但这种说法不符合《圣典博伽瓦谭》和《博伽梵歌》的权威论断。《博伽梵歌》中指出：崇拜半神人的人去半神人所在的星球；崇拜至尊人格首神的人去外琨塔星球。有些人鼓吹说：人无论怎么做，最终都会到达人格首神的至尊住所。这种说法毫无根据。至尊主是永恒的，至尊主的仆人和住所是永恒的，所有这一切都被称为是永恒的(sanātana)。正因为如此，奉爱服务的结果是永恒的，不像崇拜半神人进入天堂星球那样只是短暂的结果。圣人们在此着重指出：尽管至尊主出于没有缘故的仁慈说祂崇拜布茹阿玛纳和外士纳瓦，但实际上是至尊主受到布茹阿玛纳和外士纳瓦的崇拜，以及半神人的崇拜。

第 19 节 तरन्ति ह्यञ्जसा मृत्युं निवृत्ता यदनुग्रहात् ।
योगिनः स भवान् किं स्विदनुगृह्येत यत्परैः ॥१९॥

taranti hy añjasā mṛtyuṁ
nivṛttā yad-anugrahāt
yoginaḥ sa bhavān kiṁ svid
anugṛhyeta yat paraiḥ

taranti—度过 / hi—因为 / añjasā—轻而易举地 / mṛtyum—生死 / nivṛttāḥ—去除一切物质欲望 / yat—您的 / anugrahāt—靠仁慈 / yoginaḥ—超然主义者 / saḥ—至尊主 / bhavān—您 / kim svit—绝不可能 / anugṛhyeta—被赐福 / yat—……的 / paraiḥ—被其他人

译文 神秘主义者和超然主义者，是凭借了至尊主的仁慈，才通过停止一切物质欲念超越物质的。因此，不可能有人能够给予至尊主恩惠。

要旨 人除非能得到至尊主赐福，否则不可能渡过生死轮回的无知之洋。这节诗中说，瑜伽师(yogī)和神秘主义者凭至尊人格首神的仁慈渡过无知之洋。世间有许多神秘主义者，他们分别是：

入世从事活动的瑜伽师(karma-yogī)，思辨瑜伽师(jñāna-yogī)，冥想瑜伽师(dhyāna-yogī)和奉爱瑜伽师(bhakti-yogī)，等等。功利性活动者(karmī)一心寻求半神人的赐福；思辨者(jñānī)希望能与至尊绝对真理合一；瑜伽师只是看到至尊人格首神的一部分——超灵(Paramātmā)，所以只满足于与祂合一；但奉献者(bhakta)却希望能永远与至尊人格首神在一起，侍奉祂。我们已经说过：至尊主是永恒的，渴望能永远得到至尊主仁慈的人也是永恒的。因此这节诗中所说的瑜伽师是指奉献者。凭借至尊主的仁慈，奉献者能轻易渡过生死轮回的无知之洋，进入至尊主永恒的住所。至尊主不需要他人的仁慈，因为没人与祂平等或比祂伟大。事实上，所有的人都需要靠至尊主的仁慈，才能真正认识到人生的使命。

第 20 节 यं वै विभूतिरुपयात्यनुवेलमन्यै-
रर्थार्थिभिः स्वशिरसा धृतपादरेणुः ।
धन्यार्पिताङ्घ्रितुलसीनवदामधाम्नो
लोकं मधुव्रतपतेरिव कामयाना ॥२०॥

yaṁ vai vibhūtir upayāty anuvelam anyair
arthārthibhiḥ sva-śirasā dhṛta-pāda-reṇuḥ
dhanyārpitāṅghri-tulasī-nava-dāma-dhāmno
lokaṁ madhuvrata-pater iva kāma-yānā

yam—……的人 / vai—肯定地 / vibhūtiḥ—幸运女神拉珂施蜜 / upayāti—等待 / anuvelam—偶尔 / anyaiḥ—被其他人 / artha—物质设施 / arthibhiḥ—被那些渴望……的人 / sva-śirasā—放在他们头上 / dhṛta—接受 / pāda—足的 / reṇuḥ—尘土 / dhanya—被奉献者 / arpita—供奉 / aṅghri—在您的足上 / tulasī—图拉西叶 / nava—新鲜的 / dāma—在花环上 / dhāmnaḥ—有一席之地 / lokam—地方 / madhu-vrata-pateḥ—蜂王的 / iva—像 / kāma-yānā—渴望赢得

译文 脚上的尘土被他人放在头顶上的幸运女神拉珂施蜜，像受命在侍奉您，因为她渴望在蜂王的居所中获得一席之地；而蜂王在某个神圣的奉献者供奉在您莲花足上的新鲜图拉西叶花环上盘旋。

要旨 我们前面谈过，图拉西 (tulasī) 叶因为被置于至尊主的莲花足上而拥有一切杰出的品质。这里用了一个很好的比喻说：如蜂王围绕供奉在至尊主莲花足上的图拉西叶盘旋飞舞般，半神人、布茹阿玛纳、外士纳瓦，以及人人都追寻的幸运女神拉珂施蜜(Lakṣmī)，总是在侍奉至尊主的莲花足。由此得出结论：没人能赐福至尊主；相反，人人都是至尊主仆人的仆人(《永恒的柴坦亚经》中篇13.80)。

第 21 节 यस्तां विविक्तचरितैरनुवर्तमानां
नात्याद्रियत्परमभागवतप्रसङ्गः ।
स त्वं द्विजानुपथपुण्यरजःपुनीतः
श्रीवत्सलक्ष्म किमगा भगभाजनस्त्वम् ॥२१॥

yas tāṁ vivikta-caritair anuvartamānāṁ
nātyādriyat parama-bhāgavata-prasaṅgaḥ
sa tvaṁ dvijānupatha-puṇya-rajaḥ-punītaḥ
śrīvatsa-lakṣma kim agā bhaga-bhājanas tvam

yaḥ—……的 / tām—拉珂施蜜 / vivikta—完全纯粹的 / caritaiḥ—奉爱服务 / anuvartamānām—侍奉 / na—不 / atyādriyat—依恋 / parama—最高的 / bhāgavata—奉献者 / prasaṅgaḥ—依恋 / saḥ—至尊主 / tvam—您 / dvija—布茹阿玛纳的 / anupatha—在……路途上 / puṇya—神圣化 / rajaḥ—尘土 / punītaḥ—净化 / śrīvatsa—施瑞瓦特萨的 / lakṣma—标记 / kim—什么 / agāḥ—您获得 / bhaga—所有的财富或所有的好品质 / bhājanaḥ—泉源 / tvam—您

译文　至尊主啊！您极喜欢您纯粹的奉献者所从事的活动，但却从不依恋一直不断为您做超然爱心服务的幸运女神。所以，布茹阿玛纳走过路途上的尘土怎么可能净化您？您胸前的施瑞瓦特萨标志怎么可能美化您或使您更幸运？

要旨　《布茹阿玛·萨密塔》中说：在至尊主的外琨塔星球，有成千上万的幸运女神在侍奉至尊主，但因为祂有弃绝一切财富的心态，所以不依恋她们中的任何一个。至尊主有六种财富，它们分别是：无限的钱财、无限的声望、无限的力量、无限的美丽、无限的知识和无限的弃绝。所有的半神人和其他众生都崇拜幸运女神拉珂施蜜，祈求得到她的赐福；但至尊主却从不依恋她，因为祂能创造出千千万万个这样的女神，为祂做超然的服务。幸运女神拉珂施蜜有时很羡慕放在至尊主莲花足上的图拉西叶，因为这些叶片紧紧贴在至尊主的莲花足上寸步不离，而幸运女神虽然常住在至尊主的胸前，却不得不时常去满足她那些祈求她赐福的追随者。幸运女神有无数的追随者需要她去满足，图拉西叶却从不离开至尊主的莲花足，因此就侍奉至尊主而言，图拉西叶比幸运女神更让至尊主感到满意。所以，当至尊主说到祂是靠布茹阿玛纳没有缘故的仁慈才把幸运女神留在身边时，我们必须清楚事实并非如此，幸运女神在至尊主身边，不是因为至尊主得到了布茹阿玛纳的祝福，而是幸运女神本身被至尊主的财富所吸引。至尊主始终是自给自足的，不需要依靠任何人的赐福去拥有各种财富。至尊主之所以说自己靠布茹阿玛纳和外士纳瓦的祝福拥有各种财富，是为了以身作则教导他人尊重祂的奉献者——布茹阿玛纳和外士纳瓦。

第 22 节　धर्मस्य ते भगवतस्त्रियुग त्रिभिः स्वैः
पद्भिश्चराचरमिदं द्विजदेवतार्थम् ।

नूनं भृतं तदभिघाति रजस्तमश्च
सत्त्वेन नो वरदया तनुवा निरस्य ॥२२॥

dharmasya te bhagavatas tri-yuga tribhiḥ svaiḥ
padbhiś carācaram idaṁ dvija-devatārtham
nūnaṁ bhṛtaṁ tad-abhighāti rajas tamaś ca
sattvena no varadayā tanuvā nirasya

dharmasya—所有宗教的人格化身的 / te—您的 / bhagavataḥ—至尊人格首神的 / tri-yuga—在三个年代显现的您 / tribhiḥ—由三 / svaiḥ—您本人的 / padbhiḥ—足 / cara-acaram—动与不动的 / idam—这个宇宙 / dvija—再生者 / devatā—半神人 / artham—为了 / nūnam—但 / bhṛtam—保护 / tat—那双足 / abhighāti—消灭 / rajaḥ—激情属性 / tamaḥ—愚昧属性 / ca—和 / sattvena—纯粹善良属性 / naḥ—向我们 / vara-dayā—赐予一切祝福 / tanuvā—以您超然的形象 / nirasya—驱散

译文 至尊主啊！您是所有宗教的人格化身。因此，您在三个年代中都展现自己，以保护这个由无生命的物质和有生命的生物组成的宇宙。您的恩典属纯粹善良型，而且赐予一切祝福，请为半神人和再生之人着想，用您的恩典去除激情和愚昧属性。

要旨 至尊主在这节诗中被称为“在三个年代显现的至尊主(tri-yuga)”，因为祂分别在萨提亚年代(Satya yuga)、杜瓦帕尔年代(Dvāpara yuga)和特瑞塔年代(Tretā yuga)显现。这节诗里并没有提到第四个年代——喀历年代(Kali yuga)。韦达文献中说：祂在喀历年代将以隐藏起身份的化身(channa-avatāra)到来。在其他三个年代中，祂都是以公开身份的化身显现，所以被称为“在三个年代显现的至尊主”。

施瑞达尔·斯瓦米(Śrīdhara Svāmī)解释梵文“特瑞·伊乌嘎(tri-yuga)”说：“伊乌嘎(yuga)”的意思是“一对”，“特瑞(tri)”的意思是“三”，至尊主带着六种(也即三对)财富显现，为此被称为特瑞·伊乌嘎。至尊主是宗教原则的人格化身，在三个年代中，宗教原则受苦行、洁净和仁慈这三种灵性文化的保护，至尊主也因此而被称为特瑞·伊乌嘎。在喀历年代，灵性文化的这三个基本原则已丧失殆尽，但至尊主是那么仁慈，尽管喀历年代丧失了这三个灵性品质，祂还是以主柴坦亚(Caitanya)这一隐藏起身份的化身形式显现，保护这个年代里的人。主柴坦亚之所以被称为隐藏起身份的化身，是因为祂虽然是主奎师那本人，却不直接以奎师那而是以奎师那的奉献者的身份显现。正因为如此，奉献者祈求主柴坦亚消除他们身上的激情和愚昧属性，这两种属性在当前这个年代中最为显著。在奎师那意识运动中，我们按照主柴坦亚传授的方法，通过吟诵、吟唱至尊主的圣名哈瑞·奎师那，哈瑞·奎师那(Hare Kṛṣṇa, Hare Kṛṣṇa)，清除自身的激情和愚昧属性。

库玛尔四兄弟能意识到自己身上有激情和愚昧属性；因为他们虽然到了外琨塔，却想诅咒至尊主的奉献者。他们意识到自身的缺欠，所以祈求至尊主去除他们身上留有的激情和愚昧属性。再生之人和半神人拥有洁净、苦行和仁慈这三种超然的品质——灵性文化的三个基本要素，不具备善良属性的人无法接受这三项宗教原则。为此，奎师那意识运动中禁止从事的三种罪恶活动是：非法性生活、服用麻醉品和吃未给奎师那供奉过的食物。这三条戒律是基于苦行、洁净和仁慈这三条原则制定的。奉献者不宰杀可怜的动物，这是仁慈；不吃不洁的食物，杜绝不良的习惯，这是洁净；而苦行则体现为禁欲。培养奎师那意识的奉献者应该遵循库玛尔四兄弟在祈祷文中所暗示的这几项原则。

第 23 节　न त्वं द्विजोत्तमकुलं यदि हात्मगोपं
गोप्ता वृषः स्वर्हणेन ससूनृतेन ।

तर्ह्येव नङ्क्ष्यति शिवस्तव देव पन्था
लोकोऽग्रहीष्यदृषभस्य हि तत्प्रमाणम् ॥२३॥

na tvaṁ dvijottama-kulaṁ yadi hātma-gopaṁ
goptā vṛṣaḥ svarhaṇena sa-sūnṛtena
tarhy eva naṅkṣyati śivas tava deva panthā
loko 'grahīṣyad ṛṣabhasya hi tat pramāṇam

na—不 / tvam—您 / dvija—再生者的 / uttama-kulam—最高阶层 / yadi—如果 / ha—确实 / ātma-gopam—值得受到您的保护 / goptā—保护者 / vṛṣaḥ—最好的 / su-arhaṇena—通过崇拜 / sa-sūnṛtena—和温和的话语 / tarhi—然后 / eva—肯定地 / naṅkṣyati—将失去 / śivaḥ—吉祥的 / tava—您的 / deva—至尊主啊 / panthāḥ—道路 / lokaḥ—普通大众 / agrahīṣyat—将接受 / ṛṣabhasya—最好的 / hi—因为 / tat—那 / pramāṇam—权威

译文 至尊主啊，您是最高级的再生者的保护者。如果您不通过崇拜和温和的话语保护他们，把您当做至尊权威而跟随您的普通大众，无疑就会拒走崇拜的吉祥路途。

要旨 至尊主本人在《博伽梵歌》中说：普通大众追随和效仿伟人的一言一行、品格风范。因此，社会需要由品德高尚完美的人担任大众领袖。至尊人格首神奎师那在这个物质世界显现，是为给大众树立一个完美的榜样。所以，大家都应该学习祂的榜样。韦达训喻指出：仅仅靠心智思辨和逻辑推理不可能认识绝对真理，必须要追随权威人士(mahājano yena gataḥ sa panthāḥ)。我们应该追随伟大的权威人士，否则如果只依靠经典，有时就会被居心不良的人误导，或者因为本身不理解经典中给予的不同的灵性教导而感到无所适从。最好的方式是追随权威人士。这四位布茹阿玛纳圣人说：奎师那自然是乳牛和布茹阿玛纳的保护者(go-brāhmaṇa-hitāya ca)。奎师那在这个星球上时为大众树立了活生生的榜样：祂本身是牧牛童，而且非常尊敬布茹阿玛纳和奉献者。

这节诗还证实：布茹阿玛纳是再生者中的佼佼者。布茹阿玛纳(婆罗门)、查锤亚(kṣatriya, 刹帝利)和外夏(vaiśya, 吠舍)都是经过第二次出生的再生者，但布茹阿玛纳是其中的佼佼者。人在相互搏斗时，都会注意保护自己的头、手臂和腹部等关键部位。同样道理，为了促使人类文明获得真正意义上的进步，应该特别保护布茹阿玛纳(知识阶层)、查锤亚(军人阶层)和外夏(商人阶层)等社会大机体的关键部位。劳动阶层也不容忽视，但注意力应该更多地放在上面三个阶层。在所有四个阶层的成员中，布茹阿玛纳和外士纳瓦应该得到最特殊的保护，并受到全社会的崇拜。适当地保护布茹阿玛纳和外士纳瓦，就是在崇拜神了。那是一种责任和义务，而不仅仅是保护。人们向布茹阿玛纳和外士纳瓦奉上各种钱财物，以及关怀、赞美的话语；如果送不起钱物，至少可以用春风般的话语赞美和关怀他们。至尊主在接待库玛尔四兄弟时，就是这么做的。

如果当政者不在全社会范围内推广这一传统，人类文明就将走向末路。应该对至尊主那些拥有高度灵性智慧的奉献者给予特别的保护、特殊的对待。人类社会如果不能形成这一良好的风气，整个社会就会一团糟，最终一败涂地。梵文“将失去(naṅkṣyati)”一词指文明将被玷污和摧毁。这里提到的文明是指半神人所奉行的高尚文明(deva-patha)——半神人所走的高尚之途。半神人都具有高度的奎师那意识，全心致力于做奉爱服务。这是一条吉祥之路，应该受到保护。社会领袖和权威如果不尊敬布茹阿玛纳和外士纳瓦，不对他们说关怀和赞美的话，不向他们赠送各类物品，人类文明就将走向末路。至尊主之所以极力赞扬库玛尔兄弟，就是要以身作则教导天下人。

第 24 节　तत्तेऽनभीष्टमिव सत्त्वनिधेर्विधित्सोः
क्षेमं जनाय निजशक्तिभिरुद्धृतारेः ।

नैतावता त्र्यधिपतेर्बत विश्वभर्तु-
स्तेजः क्षतं त्ववनतस्य स ते विनोदः ॥२४॥

tat te 'nabhīṣṭam iva sattva-nidher vidhitsoḥ
kṣemaṁ janāya nija-śaktibhir uddhṛtāreḥ
naitāvatā try-adhipater bata viśva-bhartus
tejaḥ kṣataṁ tv avanatasya sa te vinodaḥ

tat—吉祥之途的毁灭 / te—被您 / anabhīṣṭam—不喜欢 / iva—正如 / sattva-nidheḥ——切善良的储存体 / vidhitsoḥ—渴望做 / kṣemam—好事 / janāya—普通大众 / nija-śaktibhiḥ—以您本人的力量 / uddhṛta—摧毁 / areḥ—敌对势力 / na—不 / etāvatā—通过这 / tri-adhipateḥ—三大创造的拥有者 / bata—至尊主啊 / viśva-bhartuḥ—宇宙的维系者 / tejaḥ—力量 / kṣatam—减少 / tu—却 / avanatasya—服从的 / saḥ—那 / te—您的 / vinodaḥ—快乐

译文 亲爱的至尊主，您是一切善良、美德的宝库，因此从不想要摧毁吉祥之途。为了造福普通大众，您用您全能的力量摧毁邪恶的因素。您是三个世界的拥有者，整个宇宙的维系者。正因为如此，您柔顺的举动并不会减损您的力量。相反，凭借着谦恭，您展示了您超然的娱乐时光。

要旨 主奎师那当牧牛童，恭敬有礼地对待布茹阿玛纳出身的苏达玛(Sudāmā)，以及南达王(Nanda Mahārāja)、瓦苏戴瓦(Vasudeva)、尤帝士提尔王(Mahārāja Yudhiṣṭhira)或潘达瓦(Pāṇḍava)兄弟的母亲琨缇(Kuntī)等奉献者，并没有降低祂本身的地位。人人都知道祂是至尊人格首神，但祂却以身作则起到很好的表率作用。至尊人格首神是萨·祺德·阿南达·维卦哈(sac-cid-ānanda-vigraha)，祂的形象是永恒、全知、充满极乐的灵性形象。众生作为祂不可缺少的一部分，本质上与祂完全相同，也拥有永恒、灵性的形象，可是与物质能量玛亚接触后，便因为遗忘，而让物质能量遮盖了自己原本的存在状态。库玛尔四兄弟在祈祷时表达了他们对主奎师那显现的认识，我们也该有这样的认识。祂永远是温达文(Vṛndāvana)的牧牛童，永远是库茹柴陀(Kurukṣetra)战场上的统帅，永远是杜瓦尔卡(Dvārakā)富裕的王子，永远是温达文牧牛姑娘们的心上人。所有这些形象都很有意义，都可以使遗忘了与至尊主关系的受制约的灵魂了解至尊主是怎样的人物，有什么特点。祂无论做什么都是为受制约的灵魂好。奎师那希望打仗，并由阿尔诸纳具体去打的库茹柴陀战争必须要打，因为当人们丧失了宗教心，变得极度邪恶时，就必须诉诸武力；这时再讲非暴力是无稽之谈。

第 25 节 यं वानयोर्दममधीश भवान् विधत्ते
वृत्तिं नु वा तदनुमन्महि निर्व्यलीकम् ।
अस्मासु वा य उचितो ध्रियतां स दण्डो
येऽनागसौ वयमयुङ्क्ष्महि किल्बिषेण ॥२५॥

yaṁ vānayor damam adhīśa bhavān vidhatte
vṛttiṁ nu vā tad anumanmahi nirvyalīkam
asmāsu vā ya ucito dhriyatāṁ sa daṇḍo
ye 'nāgasau vayam ayuṅkṣmahi kilbiṣeṇa

yam—……的 / vā—或 / anayoḥ—他们俩 / damam—惩罚 / adhīśa—至尊主啊 / bhavān—您阁下 / vidhatte—赐予 / vṛttim—更好的存在 / nu—肯定地 / vā—或 / tat—那 / anumanmahi—我们接受 / nirvyalīkam—表里如一 / asmāsu—对我们 / vā—或 / yaḥ—无论什么 / ucitaḥ—恰当的 / dhriyatām—可能赐予 / saḥ—那 / daṇḍaḥ—惩罚 / ye—……的 / anāgasau—无罪的 / vayam—我们 / ayuṅkṣmahi—给予 / kilbiṣeṇa—诅咒

译文 至尊主啊！您无论想给予这两个无罪的人或我们怎样的惩罚，我们都会真心诚意地接受。我们明白，我们诅咒了两个完美无瑕的人。

要旨 库玛尔兄弟这四位圣人现在收回他们对看门人佳亚和维佳亚的诅咒，因为他们开始明白侍奉至尊主的人不可能犯错误。经典中说，谁对为至尊主服务抱有坚定不移的信心，或者正在实际地为至尊主做超然的爱心服务，谁就拥有半神人所有的美好品质。因此，奉献者不可能犯错误。即使偶尔出乎意料或受某种安排的暂时支配而犯了错误，也不该把它看得很严重。库玛尔兄弟现在开始后悔当初诅咒了佳亚和维佳亚；他们反省自身，看到自己所具有的愚昧和激情属性，所以准备接受至尊主给予的任何惩罚。我们在与奉献者相处时，不该在他们身上找缺点。《博伽梵歌》中也说道：诚心诚意地为至尊主服务的奉献者，即使犯了弥天大罪，也应该被视为是圣人(sādhu)。奉献者因过去的习惯仍可能犯错，但由于他在为至尊主服务，我们不该把他犯的错误看得太重。

第 26 节

श्रीभगवानुवाच
एतौ सुरेतरगतिं प्रतिपद्य सद्यः
संरम्भसम्भृतसमाध्यनुबद्धयोगौ ।
भूयः सकाशमुपयास्यत आशु यो वः
शापो मयैव निमितस्तदवेत विप्राः ॥२६॥

śrī-bhagavān uvāca
etau suretara-gatiṁ pratipadya sadyaḥ
saṁrambha-sambhṛta-samādhy-anubaddha-yogau
bhūyaḥ sakāśam upayāsyata āśu yo vaḥ
śāpo mayaiva nimitas tad aveta viprāḥ

śrī-bhagavān uvāca—至尊人格首神回答道 / etau—这两个看门人 / sura-itara—恶魔的 / gatim—子宫 / pratipadya—获得 / sadyaḥ—很快 / saṁrambha—因愤怒 / sambhṛta—增强 / samādhi—全神贯注 / anubaddha—紧紧地 / yogau—与我连在一起 / bhūyaḥ—再次 / sakāśam—到我身边 / upayāsyataḥ—将回到 / āśu—很快 / yaḥ—……的 / vaḥ—你们

的 / śāpaḥ－诅咒 / mayā－由我 / eva－独自 / nimitaḥ－注定 / tat－那 / aveta－知道 / viprāḥ－布茹阿玛纳啊

译文　至尊主回答道：布茹阿玛纳啊！在知道你们对他们的惩罚原是按我的意志行事的情况下，他们将降落，去一个魔鬼的家庭投生。但是，他们将因为愤怒而全神贯注于我，并通过这样想着我，与我紧密地连接在一起，从而在很短的时间内回到我身边。

要旨　至尊主说圣人们施与佳亚和维佳亚的惩罚实际是祂一手策划的。没有至尊主的允许，一切都不可能发生。至尊主在外琨塔的奉献者遭诅咒一事是至尊主的安排；对此，许多杰出的权威人士都给予了解释。至尊主有时很想与人搏斗一番，至尊主身上也有勇武好斗的精神，否则这个世界里的争斗、厮杀是从哪里而来的呢？至尊主是一切的源头，愤怒、动武也是至尊主性格中不可缺少的一部分。祂既然想打斗，就必须找一个敌人，但外琨塔世界里无人与祂为敌，所有的生物都在一心一意地侍奉祂。为此，祂有时就需要以化身的方式来到物质世界，展示祂勇武好斗的精神。

《博伽梵歌》第4章的第8节诗中也说：至尊主为保护奉献者、消灭非奉献者而显现于世。非奉献者只存在于物质世界，灵性世界是没有的。因此，当至尊主想与人搏斗一番时，祂就必须来到我们所在的这个物质世界。但由谁来担当与至尊主打斗的对手呢？事实上，没人是祂的对手！至尊主来物质世界只是与祂的奉献者一起从事娱乐活动，所以祂也必须找某个奉献者当祂的“敌人”。在《博伽梵歌》中，至尊主对阿尔诸纳说：我亲爱的阿尔诸纳，你我曾多次在这个物质世界中显现，我都能记得，你却不能。所以，为了满足打斗的愿望，至尊主选择佳亚、维佳亚到物质世界去与祂搏斗。这就是圣人去见至尊主，无意中诅咒看门人这一事件背后的真相。是至尊主本人想派他们去物质世界，但那只是暂时的，而不是永久性的。在戏台上，有人演主角，有人演与主角为敌的配角；戏一旦结束，主角和配角之间恢复原有的关系。同样道理，外琨塔奉献者(surajana)遭圣人诅咒投生在无神论者(asurajana)家中的经历便是如此。奉献者出人意料地竟然投生在无神论者家中一事，只是为符合演戏的需要而已。在假戏真做的搏斗结束后，奉献者将与至尊主在灵性星球重新相聚，这一点在诗中已有清楚的说明。总之，灵性世界外琨塔星球是永恒的住所，那里的人永不坠落。但有时，按照至尊主的愿望，奉献者会来到这个物质世界当传教士或无神论者。我们必须明白，这两种情况都是至尊主的安排。正如佛祖(Buddha)是至尊主的化身，但却传播无神论思想，告诉大家“不存在神”。对此，《博伽瓦谭》(Bhāgavatam)解释说：这背后其实是有原因的，是至尊主的一个安排。

第 27 节 ब्रह्मोवाच

अथ ते मुनयो दृष्ट्वा नयनानन्दभाजनम् ।
वैकुण्ठं तदधिष्ठानं विकुण्ठं च स्वयंप्रभम् ॥२७॥

brahmovāca
atha te munayo dṛṣṭvā
nayanānanda-bhājanam
vaikuṇṭhaṁ tad-adhiṣṭhānaṁ
vikuṇṭhaṁ ca svayaṁ-prabham

brahmā uvāca—主布茹阿玛说 / atha—现在 / te—那些 / munayaḥ—圣人 / dṛṣṭvā—在见到……后 / nayana—眼睛的 / ānanda—快乐 / bhājanam—产生 / vaikuṇṭham—外琨塔星球 / tat—祂的 / adhiṣṭhānam—住所 / vikuṇṭham—至尊人格首神 / ca—和 / svayam-prabham—自放光芒

译文 主布茹阿玛说：在自放光芒的外琨塔星球见过外琨塔的主人至尊人格首神后，圣人们准备离开那超然的居所。

要旨　《博伽梵歌》和这节诗都说：至尊人格首神的超然住所是自放光芒的。《博伽梵歌》中说灵性世界不需要靠日月和电照明，意思是：那里所有的星球都是自明、自给自足和独立的，一切都很完善。主奎师那说：进入外琨塔星球的人永不重返物质世界。外琨塔的居民从不回到物质世界。佳亚和维佳亚的事情属于特殊的安排；他们在物质世界逗留一些时间后将重返外琨塔。

第 28 节　भगवन्तं परिक्रम्य प्रणिपत्यानुमान्य च ।
प्रतिजग्मुः प्रमुदिताः शंसन्तो वैष्णवीं श्रियम् ॥२८॥

bhagavantaṁ parikramya
praṇipatyānumānya ca
pratijagmuḥ pramuditāḥ
śaṁsanto vaiṣṇavīṁ śriyam

bhagavantam—至尊人格首神 / parikramya—在绕拜……后 / praṇipatya—在顶拜……后 / anumānya—知晓……后 / ca—和 / pratijagmuḥ—返回 / pramuditāḥ—喜不自胜 / śaṁsantaḥ—荣耀 / vaiṣṇavīm—外士纳瓦的 / śriyam—财富

译文　圣人们绕拜至尊主，恭恭敬敬地向祂顶礼，然后启程回返，心中很高兴学到了外士纳瓦的神性财富。

要旨　在印度神庙内，信徒们都绕拜至尊主，以表示对祂的敬意。这一礼仪一直沿袭至今。外士纳瓦神庙更是如此，人们通常绕拜神庙三圈，向神像致敬。

第 29 节　भगवाननुगावाह यातं मा भैष्टमस्तु शम् ।
ब्रह्मतेजः समर्थोऽपि हन्तुं नेच्छे मतं तु मे ॥२९॥

bhagavān anugāv āha
  yātaṁ mā bhaiṣṭam astu śam
brahma-tejaḥ samartho 'pi
  hantuṁ necche mataṁ tu me

bhagavān－至尊人格首神 / anugau－对祂的两位侍卫 / āha－说 / yātam－离开这地方 / mā－不要 / bhaiṣṭam－害怕 / astu－愿 / śam－高兴 / brahma－布茹阿玛纳的 / tejaḥ－诅咒 / samarthaḥ－能够 / api－甚至 / hantum－使无效 / na icche－不想 / matam－同意 / tu－相反 / me－我

译文 至尊主接着对祂的侍卫佳亚、维佳亚说：离开这里，但不要害怕；所有的荣耀归于你们。尽管我有能力抵消布茹阿玛纳的诅咒，但我不准备这么做。相反，那诅咒是我批准的。

要旨 正如在第26节诗的要旨中所解释的，当时所发生的一切都是至尊主默许的。从常理看，四位圣人不可能对看门人那么愤怒，至尊主也不可能撇下自己的看门人不管，而且已经在外琨塔的人也不可能重返物质世界。所以，当时所发生的一切，都是至尊主本人为去物质世界从事某些娱乐活动而亲自策划的。正因为如此，祂坦率地说这些事是经祂批准后发生的。否则，外琨塔的居民绝不可能仅仅因为布茹阿玛纳的诅咒去物质世界。至尊主特别祝福这两个所谓的罪人说：“所有的荣耀归于你们。”从这件事上我们能得出的结论是：奉献者一旦被至尊主所接纳，就永不再坠入物质世界。

第 30 节 एतत्पुरैव निर्दिष्टं रमया क्रुद्धया यदा ।
पुरापवारिता द्वारि विशन्ती मय्युपारते ॥३०॥

etat puraiva nirdiṣṭaṁ
  ramayā kruddhayā yadā
purāpavāritā dvāri
  viśantī mayy upārate

etat—这次离去 / purā—以前 / eva—肯定地 / nirdiṣṭam—预言 / ramayā—由拉珂施蜜 / kruddhayā—怒火中烧 / yadā—当 / purā—以前 / apavāritā—阻挡 / dvāri—在门口 / viśantī—进入 / mayi—当我 / upārate—在休息

译文　这次离开外琨塔是幸运女神预言的。她有一次在离开我的住所后返回时，你们把她挡在门外，使她很生气。那时我正在睡觉。

第 31 节　मयि संरम्भयोगेन निस्तीर्य ब्रह्महेलनम् ।
प्रत्येष्यतं निकाशं मे कालेनाल्पीयसा पुनः ॥३१॥

mayi saṁrambha-yogena
nistīrya brahma-helanam
pratyeṣyataṁ nikāśaṁ me
kālenālpīyasā punaḥ

mayi—对我 / saṁrambha-yogena—通过以愤怒的心情练神秘瑜伽 / nistīrya—摆脱 / brahma-helanam—不服从布茹阿玛纳的结果 / pratyeṣyatam—将返回 / nikāśam—近旁 / me—我 / kālena—在一定时候 / alpīyasā—很快 / punaḥ—再次

译文　至尊主向佳亚和维佳亚这两位外琨塔居民保证说：你们将通过以愤怒的心情练神秘瑜伽，洗清违抗布茹阿玛纳的罪，在很短的时间内回到我身边。

要旨　至尊人格首神吩咐佳亚和维佳亚这两位看门人，要带着愤怒的情绪练奉爱瑜伽(bhakti-yoga)，以此去除布茹阿玛纳的诅咒。对此，圣玛德瓦·牟尼(Madhva Muni)评论道：练奉爱瑜伽(bhakti-yoga)将使人摆脱一切恶报；奉爱瑜伽——奉爱服务，是帮助人摆脱诅咒的唯一方法，就连用其他方法无法抵消的布茹阿玛纳的诅咒(brahma-śāpa)也不例外。

个体灵魂与至尊主的甜美关系(rasa)各不相同，人可以以其中的一种关系为至尊主做奉爱服务。这种甜美的关系共有十二种，其中分五种主要关系和七种次要关系。五种主要的甜美关系是直接为至尊主做奉爱服务，七种次要关系是间接地做服务，但也同样属于奉爱瑜伽的范畴。换句话说，奉爱瑜伽包罗万象。《圣典博伽瓦谭》第10篇第29章的第15节诗说：人无论以何种方式与至尊人格首神建立起联系，就是在做奉爱服务——练奉爱瑜伽(kāmaṁ krodhaṁ bhayam)。牧牛姑娘(gopī)因色欲(kāma)爱上奎师那，是在练奉爱瑜伽；康萨(Kaṁsa)始终害怕被奎师那杀死，也是在练奉爱瑜伽。因此，奉爱瑜伽具有无比强大的力量；人哪怕与至尊主为敌，怀着仇恨的心情时刻想着祂，都能很快得到解脱。经典中说：“主维施努的奉献者被称为半神人，非奉献者被称为恶魔(viṣṇu-bhaktaḥ smṛto daiva āsuras tad-vipanyayaḥ)。”然而，奉爱瑜伽的力量如此强大，无论是半神人还是恶魔，只要一直想着人格首神，就能获得巨大的利益。练奉爱瑜伽的关键是永远想着至尊主。至尊主在《博伽梵歌》第18章的第65节诗中说：“永远想着我(man-manā bhavamadbhaktaḥ)。”奉爱瑜伽的关键在于想着人格首神，至于具体以什么心态去想并不重要。

在物质世界里，罪恶活动有轻重之分，其中属冒犯布茹阿玛纳或外士纳瓦最严重。但这节诗中明确说：人即使犯下如此严重的罪，也能通过想着维施努清除罪恶，哪怕不是善意地想而是怀着愤怒地想也不例外。所以，就连非奉献者只要始终想着奎师那，也可以摆脱一切恶报。奎师那意识是最高形式的想念，而这个年代想念主维施努的方式是吟诵、吟唱哈瑞·奎师那 哈瑞·奎师那 奎师那·奎师那 哈瑞·哈瑞/哈瑞·茹阿玛 哈瑞·茹阿玛 茹阿玛·茹阿玛 哈瑞·哈瑞(Hare Kṛṣṇa, Hare Kṛṣṇa, Kṛṣṇa Kṛṣṇa, Hare Hare/Hare Rāma, Hare Rāma, Rāma Rāma, Hare Hare)。从《博伽瓦谭》的论述中我们看到，人如果能总想着奎师那——维施努，哪怕作为奎师那的敌人怀着仇恨的心情想着祂，都能帮助他洗清所有的罪恶。

第 32 节　द्वाःस्थावादिश्य भगवान् विमानश्रेणिभूषणम् ।
सर्वातिशयया लक्ष्म्या जुष्टं स्वं धिष्ण्यमाविशत् ॥३२॥

dvāḥsthāv ādiśya bhagavān
vimāna-śreṇi-bhūṣaṇam
sarvātiśayayā lakṣmyā
juṣṭaṁ svaṁ dhiṣṇyam āviśat

dvāḥ-sthau一对看门人 / ādiśya　只是教导他们 / bhagavān一至尊人格首神 / vimāna-śreṇi-bhūṣaṇam一总是有一流的飞机装饰着 / sarva-atiśayayā一各方面都富丽辉煌 / lakṣmyā一财富 / juṣṭam一饰有 / svam一祂自己的 / dhiṣṇyam一住所 / āviśat一返回

译文　在外琨塔的门口说了这番话后，至尊主返回祂的住所，那里有许多精美的飞机，以及绝对非凡的财富与辉煌。

要旨　这节诗清楚地说明这个事件是在外琨塔星球的门口发生的，也就是说，圣人们只是站在外琨塔星球的门口，而并未进入。有人也许会问："他们既然进了外琨塔星球，为什么还要再回到物质世界呢？"但事实上，他们并没有进入，所以又回去了。这方面类似的事件有很多，这个物质世界里有许多了不起的瑜伽师、布茹阿玛纳都曾靠练瑜伽去过外琨塔星球，但因为并不适合留在那里，所以又回来了。这节诗中还描述说：有许多外琨塔飞机环绕在至尊主的周围，外琨塔星球是无比富丽辉煌的世界。它的富裕程度远非这个物质世界所能比较。

包括半神人在内的众生都来自布茹阿玛，布茹阿玛又生于主维施努。奎师那在《博伽梵歌》第10章的第8节诗中说："我是灵性世界和物质世界的源头(ahaṁ sarvasya prabhavaḥ)。”主维施努是物质世界一切展示的源头。谁了解这一点，知晓创造的整个过程，认识到维施努——奎师那，是最值得众生崇拜的对象，谁就会学习外士纳瓦去崇拜维施努。韦达赞歌中确认说：了解维施努是生命的最终目的(oṁ tad viṣṇoḥ paramaṁ padam)。就有关这一点。《博伽瓦谭》在其他地方也给予证实。愚蠢之人不明白维施努是最值得众生崇拜的对象，于是便在物质世界里编造了无数其他的崇拜对象；他们因此而坠落。

第 33 节 तौ तु गीर्वाणऋषभौ दुस्तराद्धरिलोकतः ।
हतश्रियौ ब्रह्मशापादभूतां विगतस्मयौ ॥३३॥

tau tu gīrvāṇa-ṛṣabhau
dustarād dhari-lokataḥ
hata-śriyau brahma-śāpād
abhūtāṁ vigata-smayau

tau－那两个看门人 / tu－但 / gīrvāṇa-ṛṣabhau－最杰出的神性人物 / dustarāt－无法逃脱 / hari-lokataḥ－从主哈尔依的住所外琨塔 / hata-śriyau－失去了美丽和光辉 / brahma-śāpāt－因为布茹阿玛纳的诅咒 / abhūtām－变得 / vigata-smayau－忧心忡忡

译文 但那两位看门人——最优秀的神性人物，却因为布茹阿玛纳的诅咒而逐渐失去美丽和光辉，变得阴郁，从至尊主的居所外琨塔掉了下来。

第 34 节 तदा विकुण्ठधिषणात्तयोर्निपतमानयोः ।
हाहाकारो महानासीद्विमानाग्र्येषु पुत्रकाः ॥३४॥

tadā vikuṇṭha-dhiṣaṇāt
tayor nipatamānayoḥ

hāhā-kāro mahān āsīd
　vimānāgryeṣu putrakāḥ

tadā—那时 / vikuṇṭha—至尊主的 / dhiṣaṇāt—从住所 / tayoḥ—当他们俩 / nipatamānayoḥ—坠落时 / hāhā-kāraḥ—失望地惊呼 / mahān—高声 / āsīt—产生 / vimāna-agryeṣu—在一流的飞机中 / putrakāḥ—半神人啊

译文　当时，随着佳亚和维佳亚从至尊主的居所向下落，所有乘坐在光辉灿烂的飞机上的半神人，都发出了沮丧的大吼声。

第 35 节　तावेव ह्यधुना प्राप्तौ पार्षदप्रवरौ हरेः ।
दितेर्जठरनिर्विष्टं काश्यपं तेज उल्बणम् ॥३५॥

tāv eva hy adhunā prāptau
　pārṣada-pravarau hareḥ
diter jaṭhara-nirviṣṭaṁ
　kāśyapaṁ teja ulbaṇam

tau—这两个看门人 / eva—肯定地 / hi—向……说 / adhunā—现在 / prāptau—得到 / pārṣada-pravarau—重要的同伴 / hareḥ—至尊人格首神的 / diteḥ—迪缇的 / jaṭhara—子宫 / nirviṣṭam—进入 / kāśyapam—喀夏帕·牟尼的 / tejaḥ—精子 / ulbaṇam—强有力的

译文　主布茹阿玛继续说道：人格首神那两个主要的看门人，现在进入了迪缇的子宫；喀夏帕·牟尼强有力的精子包裹了他们。

要旨　这里清楚地讲述了从外琨塔星球下来的生物，最初是如何被困在物质元素中的。生物先进入父亲的精子，随精液一起被注入母亲的子宫，然后借母亲的受精卵发育形成特定的躯体。有关这方面我们应该记住：喀夏帕·牟尼(Kaśyapa Muni)在使妻子受孕，召到黑冉亚克沙(Hiraṇyākṣa)和黑冉亚卡希普(Hiraṇyakaśipu)这两个儿子时，他的心态不对，而这导致他射出的精子蕴涵强大的威力，并混有愤怒的性质。从这点看，夫妇两人在通过性生活怀孩子时，头脑应该十分清醒，必须具有奉爱的心态。为此，韦达经推荐人们要做受孕净化仪式(Garbhādhāna-saṁskāra)。父亲的头脑如果不是很清醒，他所射出的精子的质量就不会很好，这样被裹在由父体和母体产生的物质元素中的生物，将带有像黑冉亚克沙和黑冉亚卡希普一样的恶魔品性。人们应该对受孕时的状态作深入细致的研究，其中大有学问。

第 36 节 तयोरसुरयोरद्य तेजसा यमयोर्हि वः ।
आक्षिप्तं तेज एतर्हि भगवांस्तद्विधित्सति ॥३६॥

tayor asurayor adya
tejasā yamayor hi vaḥ
ākṣiptaṁ teja etarhi
bhagavāṁs tad vidhitsati

tayoḥ—他们的 / asurayoḥ—这两个恶魔的 / adya—今天 / tejasā—非凡能力 / yamayoḥ—孪生兄弟的 / hi—肯定地 / vaḥ—你们所有半神人的 / ākṣiptam—受骚扰 / tejaḥ—力量 / etarhi—因此肯定 / bhagavān—至尊人格首神 / tat—那 / vidhitsati—希望这么做

译文 打扰你们的，是这两个孪生恶魔的非凡能力，是它在抵消你们的力量。然而，由于是至尊主本人想做这一切，现在这情况非我的力量所能调整。

要旨 尽管佳亚、维佳亚现在成了黑冉亚克沙和黑冉亚卡希普两个恶魔(asuras)，这个物质世界的半神人也仍然不是他们的对手。因此，主布茹阿玛说，他本人和所有的半神人都无力制止他们侵扰四方的恶行。他们按至尊人格首神的命令来到这个物质世界，所以只有至尊主才能制伏他们。换句话说，佳亚、维佳亚虽然投生在恶魔的躯体中，但还是比谁都厉害。这也反映了至尊人格首神想与人搏斗的愿望，勇武好斗这也是祂性格的一部分。祂是一切的源头，当祂想与人搏斗时，祂必须找个奉献者与祂交手。由于祂的意愿，佳亚、维佳亚遭到库玛尔四兄弟的诅咒。至尊主命令祂的心腹奉献者——两位看门人，下到物质世界与祂为敌，和祂搏斗，满足祂渴望大战一场的心愿。

布茹阿玛告诉众位半神人，整个宇宙之所以变得暗无天日，让他们感到很难受，完全是至尊主的意愿使然。他告诉他们，尽管这两位仆人生在恶魔的躯体中，却远比半神人厉害，半神人根本制伏不了他们。无人能挫败至尊主的行动；由于发生的事情是由至尊主导演的，布茹阿玛建议半神人不要干涉这件事的发生。同样道理，当人按至尊主的旨意在这个物质世界完成某项使命，尤其是去传播祂的荣耀时，无人能够阻挡。至尊主的意愿在任何情况下都终将成为现实。

第 37 节 विश्वस्य यः स्थितिलयोद्भवहेतुराद्यो
योगेश्वरैरपि दुरत्यययोगमायः ।
क्षेमं विधास्यति स नो भगवांस्त्र्यधीश-
स्तत्रास्मदीयविमृशेन कियानिहार्थः ॥३७॥

viśvasya yaḥ sthiti-layodbhava-hetur ādyo
yogeśvarair api duratyaya-yogamāyaḥ
kṣemaṁ vidhāsyati sa no bhagavāṁs tryadhīśas
tatrāsmadīya-vimṛśena kiyān ihārthaḥ

viśvasya一宇宙的 / yaḥ一谁 / sthiti一维系 / laya一毁灭 / udbhava一创造 / hetuḥ一原因 / ādyaḥ一最老的人 / yoga-īśvaraiḥ一被瑜伽之主 / api一甚至 / duratyaya一不能轻易了解 / yoga-māyaḥ一祂的尤嘎·玛亚能量 / kṣemam一好的 / vidhāsyati一将做 / saḥ一祂 / naḥ一我们的 /

bhagavān－至尊人格首神 / tri-adhīśaḥ－物质自然三种属性的主宰 / tatra－那里 / asmadīya－由我们 / vimṛśena－讨论 / kiyān－什么 / iha－就这件事 / arthaḥ－目的

译文 我亲爱的子孙们，至尊主是物质自然三种属性的控制者，负责宇宙的创造、维系和毁灭。祂神奇的创造力量尤嘎·玛亚，就连瑜伽大师们都无法轻易了解。那最古老的人——人格首神，将独自来援救我们。商议这个问题，能使我们为祂做什么呢？

要旨 至尊人格首神作出某种安排时，即使看似与我们的预料或想法背道而驰，我们也应该坦然接受，即便我们有时看到伟大的传教士被杀害或遭受磨难也不例外。例如：哈瑞达斯·塔库尔就曾遭人迫害，他是至尊主伟大的奉献者，来到这个物质世界执行至尊主的命令——传播至尊主的荣耀；但他却被穆斯林法官处以酷刑，在二十二个集市上当众遭鞭打。同样，主耶稣基督被钉在十字架上；帕拉德王(Prahlāda Mahārāja)遭受种种迫害；奎师那的挚友潘达瓦兄弟的王国被人侵吞，妻子被人侮辱，遭遇极为惨烈。我们在看到奉献者经受这些磨难时不该想不通，而应该明白：所有这些事都是至尊人格首神的安排。《博伽瓦谭》最终的结论是：奉献者从不会被挫折和磨难吓倒，甚至把这些也视为至尊主的仁慈。人如果能经受逆境的考验，坚持不懈地为至尊主做服务，就必将回归首神，回到外琨塔星球。主布茹阿玛告诉半神人们：一直在那里议论、抱怨宇宙变得暗无天日无济于事，因为这是至尊主的旨意。布茹阿玛之所以对这一切了如指掌，因为他是至尊主的伟大的奉献者，能够了解至尊主所作的安排。

到此为止，结束了巴克提韦丹塔对《圣典博伽瓦谭》第3篇第16章——“外琨塔两位看门人遭圣人诅咒”所作的阐释。

圣帕布帕德小传

圣恩 A.C.巴克提韦丹塔·斯瓦米·帕布帕德于 1896 年在印度的加尔各答显世。

1922 年，帕布帕德在加尔各答首次与他的灵性导师圣巴克提希丹塔·萨茹阿斯瓦提·哥斯瓦米会面。巴克提希丹塔·萨茹阿斯瓦提作为一位杰出的宗教学者，在他的一生中创建了 64 所名为高迪亚·玛特的传播韦达文化的机构。巴克提希丹塔非常喜爱这位受过教育的年轻人，于是便说服他献身于传播韦达知识。帕布帕德成了巴克提希丹塔·萨茹阿斯瓦提的学生，并于 11 年后(1933 年)在阿拉哈巴接受了他的启迪，正式成为他的门徒。

在他们第一次会面时，巴克提希丹塔·萨茹阿斯瓦提曾要求帕布帕德用英语去传播韦达知识。为此，帕布帕德在随后的日子里用英文翻译、评注了《博伽梵歌》，参加高迪亚·玛特的传教工作，并在 1944 年独自创办了英语“回归首神”双月刊杂志。他自己编辑，打出原稿，校样，甚至逐本赠送、售卖，为维持杂志的出版艰苦奋斗。“回归首神”杂志自创刊后从未停刊，目前在西方正由他的门徒用 30 多种语言继续出版着。

高迪亚·外士纳瓦协会对帕布帕德的哲学造诣及奉爱精神推崇备至，于 1947 年授予他巴克提韦丹塔的称号。

1950 年，圣帕布帕德在他 54 岁时退出家庭生活，以便用更多的时间进行研究和写作。他到了圣地温达文，住在历史上著名的中世纪神庙——茹阿妲·达摩达尔庙，过着简朴的生活。在那里，他花了好几年的时间进行写作和深入的研究工作。

1959 年，圣帕布帕德在茹阿妲·达摩达尔庙接受萨尼亚希(托钵僧)称号，进入弃绝阶层。接着，他开始翻译、评注含有一万八千节诗的卷帙浩繁的《圣典博伽瓦谭》(《博伽梵往世书》)。这是他生活中的一部杰作。他还撰写了《简易的星际旅行》。

圣帕布帕德在出版了三篇《圣典博伽瓦谭》后，于 1965 年 9 月去了美国，以完成他灵性导师交给他的使命。在随后的岁月里，他写下的权威性翻译、评注和对有关印度哲学及宗教经典作品的综合研究论文，共有 60 多册。

圣帕布帕德乘货轮第一次到纽约时，几乎身无分文。仅仅一年后，他便克服巨大的困难，于 1966 年 7 月建立了国际奎师那意识协会。在 1977 年 11 月 14 日他离世前，他一直指导着协会，看着它成长为一个在全世界有超过一百所灵修所、学校、神庙、研究机构和集体农庄的联合体。

1968 年，圣帕布帕德在美国加利福尼亚州的一个山坡上创办了新温达文——实验性韦达社区。新温达文成了一个繁荣的、有超过两千英亩土地的集体农庄。新温达文的成功激励了圣帕布帕德的门徒。他们在美国和其他国家相继成立了几个同样的集体农庄。

1972 年，圣帕布帕德通过在美国得克萨斯州的达拉斯市创办灵性导师学校，把韦达制度的初级和中级教育引介给西方社会。从那以后，在他的监督、指导下，他的门徒在美国和世界其他地区开设了同样的儿童学校，其主要的教育中心设在印度的温达文。

圣帕布帕德还促成了几个规模宏大的国际文化中心在印度的兴建。坐落在印度西孟加拉圣玛亚普尔的中心，是计划中的灵性城市。这是一个雄心勃勃的计划，需要许多年才能实现、完成。在印度的温达文有宏伟的奎师那·巴拉茹阿玛庙宇、国际宾馆、圣帕布帕德纪念馆和博物馆，在孟买有文化和教育主中心。别的中心计划建在印度其他十二个重要地区。

然而，圣帕布帕德最重要的贡献是他的书籍。这些书籍因其深刻、清晰、具权威性而受到学术界的高度敬重，并在为数众多的学院里被当做典范性的教科书使用。他的著作以 50 多种语言翻译出版。于 1972 年成立的巴帝维丹达书籍信托基金会，负责出版圣帕布帕德翻译、评注、撰写的书籍。它目前已成为世上最大的、出版有关印度宗教及哲学书籍的出版机构。

圣帕布帕德不顾自己年事已高，仅仅在 12 年里就进行了 14 次环球旅行，走遍 6 大洲不断演讲。尽管旅程安排得如此紧凑，圣帕布帕德仍翻译、评注、撰写了大量的书籍。他的著作构成了一个名副其实的韦达哲学、宗教、文学和文化的图书馆。

圣帕布帕德著作一览表

《博伽梵歌原意》
《圣典博伽瓦谭》第1—10篇
《永恒的柴坦亚经》共17篇
《主柴坦亚的教导》
《奉爱的甘露》
《教诲的甘露》
《至尊奥义书》
《简易星际旅行》
《奎师那意识——瑜伽体系的顶峰》
《奎师那——快乐的泉源》共2卷
《完美的问答录》
《主卡皮拉的教导》
《帕拉德·玛哈茹阿佳超然的教导》
《灵性辩证论——西方哲学的韦达视野》
《琨缇王后的教导》
《觉悟自我的科学》
《臻善》
《追求解脱》
《生命来自生命》
《瑜伽的完美境界》
《超越生死》
《知识之王》
《培养奎师那意议》
《奎师那意识——无与伦比的礼物》
《回归首神杂志》（创办人）

参考书籍

圣帕布帕德是根据公认的权威经典写作《圣典博伽瓦谭》要旨的，以下是他引用过的经典名称：

梵文词典 (Amara-kośa)

《博伽梵歌》 (Bhagavad-gītā)

《奉爱服务的纯粹甘露之洋》 (Bhakti-rasāmṛta-sindhu)

《布茹阿玛·萨密塔》 (Brahma-saṁhitā)

《伟大的纳茹阿迪亚往世书》 (Bṛhan-nāradīya Purāṇa)

《永恒的柴坦亚经》 (Caitanya-caritāmṛta)

《哥帕勒·塔帕尼奥义书》 (Gopāla-tāpanī Upaniṣad)

《至尊奥义书》 (Īśopaniṣad)

《喀塔奥义书》 (Kaṭha Upaniṣad)

《瑞歌·韦达》 (Ṛg Veda)

《斯康达往世书》 (Skanda Purāṇa)

《圣典博伽瓦谭》 (Śrīmad-Bhāgavatam)

《韦丹塔·苏陀》 (Vedānta-sūtra)

《维施努·达尔玛》 (Viṣṇu-dharma)

《维施努往世书》 (Viṣṇu Purāṇa)

词　表

- A -

Ācārya — 以身作则，为整个人类树立灵修榜样的灵性导师。

Ārati — 迎接和崇拜至尊人格首神的一种仪式。在这个仪式中要一边吟唱至尊主的圣名，一边摇铃，一边向至尊主供奉香，点燃用纯净黄油做灯芯的油灯和用樟脑为燃料的灯，以及供奉盛在海螺中的水、一块精美的手帕、芬芳的鲜花、牛尾毛做的拂尘和孔雀羽毛扇。

Arcanā — 崇拜神像的奉爱程序。

Āśrama — 一生中四个灵性阶段中的其中一个阶段，它们分别是：独身禁欲的学生生活阶段、居士阶段、逐渐退出家庭生活阶段和出家当托钵僧的完全弃绝阶段。

Asura — 无神论者、十足的物质主义者等不按经典原则做事的恶魔；嫉妒神，无视至高无上的绝对真理，反对为至尊主奎师那服务的人。

Avatāra — 至尊主降临到物质世界里的化身。

Avidyā —愚昧；至尊主的错觉能量。

- B -

Bhagavad-gītā — 《博伽梵歌》，至尊主奎师那与祂的奉献者阿尔诸纳在一场大战即将开始前的谈话，其中详细地解释说，奉爱服务既是最重要的灵修方法，也是最高级的灵性完美境界。

Bhakta — 至尊主的奉献者。

Bhakti-yoga — 通过做奉爱服务与至尊主相连的方法。

Bhārata-varṣa — 如今的印度；巴茹阿特王统治后以他的名字命名。

Brahmacarya — 独身禁欲的学生生活，韦达制度中人生的第一个灵性阶段。

Brahman — 绝对真理，特别指绝对真理不具人格特征的方面。

Brāhmaṇa — 婆罗门，知识分子及祭司阶层。韦达社会制度中的最高阶层。

Brahmāstra — 通过吟诵曼陀生产出的核武器。

Buddhi-yoga — 让自己的智力听从至尊主的意愿。

- C -

Cit-śakti — 至尊主的知识能量。

- D -

Dharma — 宗教原则，人的天职，尤其指每一个灵魂的服务本性。

- E -

Ekādaṣī — 用来增加对奎师那的想念的特殊日子，是满月和新月后的第十一天。经典规定在这一天禁食谷类和豆类。

- G -

Garbhādhāna-saṁskāra — 父母在怀孩子前所举行的一种韦达净化仪式。

Goloka Vṛndāvana (Kṛṣṇaloka) — 最高的灵性星球，主奎师那的私人住所。

Gopīs — 奎师那的牧牛姑娘朋友，是祂最顺从、最亲密的奉献者。

Gṛhastha — 按经典的规定过有节制的居士生活的人；韦达灵性生活的第二个阶段。

Guru — 灵性导师。

- H -

Hare Kṛṣṇa mantra — 请看Mahā-mantra。

- J -

Jīva-tattva — 个体生物，至尊主的微粒部分。

- K -

Kali-yuga — “纷争、伪善的年代”，是大周期循环中的第四个年代，也是最后一个年代，从五千年前开始。

Kalpa — 布茹阿玛的一个白天，地球的四十三亿二千万年。

Karatālas — 在集体吟唱至尊主圣名时手中拿着的用以敲击伴奏的铙钹。

Karma — 物质、功利性的活动及其报应。

Kīrtana — 吟唱至尊主的圣名并赞美至尊主的奉爱服务程序。

Kṛṣṇa kathā —至尊主奎师那讲的话；或者，谈论与至尊主奎师那有关的话题。

Kṛṣṇaloka — 参看Goloka Vṛndāvana。

Kṣatriya — 战士或管理者；韦达社会的第二个阶层。

- M -

Mahā-bhāva — 对神的最高境界的爱。

Mahā-mantra — 为得到拯救而吟诵、吟唱的伟大的曼陀：

哈瑞・奎师那　哈瑞・奎师那　奎师那・奎师那　哈瑞・哈瑞

哈瑞・茹阿玛　哈瑞・茹阿玛　茹阿玛・茹阿玛　哈瑞・哈瑞

Mahāmāyā — 至尊主的物质能量——错觉能量。

Maṅgala-ārati — 每天黎明前举行的崇拜至尊主神像的仪式。

Mantra — 超然的声音振荡或韦达赞歌，它们可以使人摆脱心中的错觉。

Mathurā — 主奎师那的住所及五千年前显现的地方，温达文就在那一区域内。主奎师那在温达文从事过孩提时期的娱乐活动后，又回到那里。

Mauṣala-līlā — 雅杜王朝从地球上隐迹的娱乐活动。

Māyā — 至尊主的低等、错觉能量，负责统治这个物质创造并迷惑生物，使其遗忘自己与奎师那的关系。

Māyāvādī — 持非人格神哲学观念的人。他们以为绝对真理最终没有形象，个体生物与神是平等的。

Mṛdaṅga — 用黏土制作的鼓，在集体吟唱神的圣名时作伴奏用。

Mukti — 解脱；摆脱物质的束缚。

- P -

Pāñcarātrika-vidhi — 崇拜神像这一奉爱服务的程序，以及韦达文献Pañcarātra中记载的赞歌(mantra)冥想。

Paramparā — 师徒传承，灵性知识经由传承中有资格的灵性导师传递下来。

Prajāpatis —负责繁殖宇宙中生物体的半神人。

Prasādam — 主奎师那的仁慈；以爱心供奉给至尊主后被灵性化了的食物或其他东西。

Puruṣa — 享受者或男性；生物或至尊主。

- S -

Sac-cid-ānanda-vigraha — 至尊主的永恒、极乐、充满知识的超然形象。

Saguna — 只有超然的质量。

Saṅkīrtana — 聚众或集体赞美至尊主奎师那，特别是用吟唱至尊主的圣名的方法。

Sannyāsa — 韦达灵性生活中的第四个阶段；弃绝的生活。

Sarga — 物质创造。

Śāstra — 像韦达经典那样的启示经典。

Śravaṇaṁ kīrtanaṁ viṣṇoḥ — 聆听和吟诵、吟唱有关主奎师那(维施努)的一切的奉爱方法。

Śūdra — 韦达社会制度中第四个阶层的人——为其他阶层做服务的劳动者。

Svāmī — 控制住自己的感官和心念的人；对托钵僧这种弃绝的人的称呼。

- T -

Tapasya — 苦修；为了取得灵性进步自愿承受某种物质的不便。

Taṭastha-śakti — 至尊主的边缘能量——生物。

Tilaka — 奉献者用圣泥在前额和身体的其他部位所画的标志。

- V -

Vaikuṇṭha — 灵性世界，在那里没有焦虑。

Vaiṣṇava — 至尊主维施努(Viṣṇu, 奎师那)的奉献者。

Vaiśyas — 韦达社会制度中的第三个阶层的人，即农场主和商人。

Vānaprastha — 退出家庭生活的人，韦达灵性生活的第三个阶段。

Varṇa — 韦达社会制度中的四个阶层，由人所从事的工作性质和受哪一种物质属性影响所区分。请看Brāhmaṇa，Kṣatriya，Vaiśya，Śūdra。

Varṇāśrama-dharma — 韦达社会制度中的四个社会阶层和四个灵性阶段。请看Varṇa和Āśrama。

Vedas — 由主奎师那最先讲述的原始启示经典。

Viṣṇu — 至尊人格首神为了创造和维系物质宇宙而扩展出的四臂形象。

Vṛndāvana — 奎师那永恒的住所，祂在那里完全展示了祂甜美的质量；这个地球上的一个村庄，至尊主奎师那五千年前在那里演出了祂孩提时的娱乐活动。

Vyāsadeva — 主奎师那的文学化身，为人类编纂了韦达经(Vedas)、往世书(Purāṇas)、《韦丹塔·苏陀》(Vedānta-sūtra)和《玛哈巴茹阿特》(Mahābhārata)等韦达文献。

- Y -

Yajña — 韦达祭祀；也是一切祭祀的目的和享受者至尊主的名字，意思是祭祀的人格体现。

Yajña-puruṣa — 一切祭祀的最高享受者。

Yogī — 以某种方法努力与至尊者相连的超然主义者。

Yugas — 计算宇宙寿命的年代，四个年代循环往复。

梵文发音指导

人们历来用不同的字母来代表梵文，但在印度被最广泛采用的是戴瓦讷嘎瑞(devanāgarī)字母。戴瓦讷嘎瑞的意思是，半神人的城市文字。戴瓦讷嘎瑞共含有 48 个字母；13 个元音，35 个辅音。古代的梵文语法家根据方便、实用的语言学原则，把这些字母加以排列，其排列顺序被所有的现代语言学者所接受。本书所用的拉丁语字母拼音系统，50 年以来一直被语言学家所采用。

元音

अ a आ ā इ i ई ī उ u ऊ ū ऋ ṛ
ॠ ṝ ऌ ḷ ए e ऐ ai ओ o औ au

辅音

喉　音：	क	ka	ख	kha	ग	ga	घ	gha	ङ	ṅa
颚　音：	च	ca	छ	cha	ज	ja	झ	jha	ञ	ña
卷舌音：	ट	ṭa	ठ	ṭha	ड	ḍa	ढ	ḍha	ण	ṇa
齿　音：	त	ta	थ	tha	द	da	ध	dha	न	na
唇　音：	प	pa	फ	pha	ब	ba	भ	bha	म	ma
半元音：	य	ya	र	ra	ल	la	व	va		
丝　音：	श	śa	ष	ṣa	स	sa				

送气音：ह ha　　鼻后音(anusvāra)：ं ṁ
无声音(visarga)：ः ḥ　　省字号(avagraha)：ऽ

数词

० -0　१-1　२-2　३-3　४-4　५-5　६-6　७-7　८-8　९-9

辅音后元音的写法

ा ā　ि i　ी ī　ु u　ू ū　ृ ṛ　ॄ ṝ　े e　ै ai　ो o　ौ au

例如：क ka　का kā　कि ki　की kī　कु ku　कू kū
कृ kṛ　कॄ kṝ　के ke　कै kai　को ko　कौ kau

一般来说当辅音是两个或两个以上一起时有特殊的写法，例如：क्ष kṣa त्र tra。

在辅音后没有标出元音时，应该当作有元音 a 来念。

当出现符号(्)时，表示没有元音，例如：क्。

元音发音

a —如英语 but 中的 u
ā —如英语 far 的 a 而两倍长于 a
ai —如英语 aisle 中的 ai
au —如英语 how 中的 ow
e —如英语 they 中的 e
i —如英语 pin 中的 i
ī —如英语 pique 中的 i 而两倍长于 i

ḷ —如 lree
o —如英语 go 中的 o
ṛ —如英语 rim 中的 ri
ṝ —如英语 reed 中的 ree 而两倍长于
u —如英语 push 中的 u
ū —如英语 rule 中的 u 而两倍长于 u

辅音发音

喉音

k —如英语 kite 中的 i
kh —如英语 Eckhart 中的 kh
g —如英语 give 中的 g
gh —如英语 dig-hard 中的 g-h
ṅ —如英语 sing 中的 ng

唇音

p —如英语 pine 中的 p
ph —如英语 up-hill 中的 p-h
b —如英语 bird 中的 b
bh —如英语 rub-hard 中的 b-h
m —如英语 mother 中的 m

卷舌音

ṭ —如英语 tub 中的 t
ṭh —如英语 light-heart 中的 t-h
ḍ —如英语 dove 中的 d
ḍh —如英语 red-hot 中的 d-h
ṇ —如英语 sing 中的 n

颚音

c —如英语 chair 中的 ch
ch —如英语 staunch-heart 中的 ch-h
j —如英语 joy 中的 j
jh —如英语 hedgehog 中的 dgeh
ñ —如英语 canyon 中的 n

齿音

t —如英语 tub 中的 t
th —如英语 light-heart 中的 t-h
d —如英语 dove 中的 d
dh —如英语 red-hot 中的 d-h
n —如英语 nut 中的 n

半元音

y —如英语 yes 中的 y
r —如英语 run 中的 r
l —如英语 light 中的 l
v —如英语 vine 中的 v

丝音

ś —如德语 sprechen 中的 s

ṣ —如英语 shine 中的 sh

s —如英语 sun 中的 s

送气音

h —如英语 home 中的 h

鼻后音(anusvāra)

ṁ —如法语 bon 中的 n

无声音(visarga)

ḥ —字尾的 h 音（aḥ 发音如 aha；iḥ 发音如 ihi）

梵文音节的声调没有明显的起伏，在一行中字与字之间也没有间单，有的只是一个音节接着一个音节连绵不断地连接。有的音节短，有的音节长，而长音节的长度是短音节的二倍。长音节含有长元音(ā, ai, au, e, ī, o, ṝ ,ū)或短元音后加一个以上的辅音(包括 ḥ 和 ṁ)。丝音辅音——后面带 h 的辅音，只算单辅音。

梵文诗句索引

- A -

- B -

- C -

- D -

- E -

- G -

- H -

- I -

- J -

- K -

- L -

- M -

- N -

- P -

- T -

中文译者简介

嘉娜娃（金磊），法籍华人，生于北京，医疗管理专科毕业。自1991年开始接触瑜伽后，深受印度古代文化的吸引，逐渐走上翻译这些经典的道路。迄今为止，她已经翻译、编辑了许多著名的古印度典籍，其中包括帕谭伽里的《瑜伽经》以及帕布帕德的《博伽梵歌原意》和《博伽梵往世书》（《圣典博伽瓦谭》）等40本印度古籍。此外，还有中国广大读者熟悉的《瑜伽的故事》和《瑜伽的艺术》（上、下）等。